ULLSTEIN

Das Buch

»Mitunter muß man in die Vergangenheit zurück, wenn man die Zukunft gewinnen will.« Dieser Satz bewahrheitet sich für die erfolgreiche New Yorker Journalistin Micah, die nach langer Abwesenheit in ihren Geburtsort, eine Kleinstadt in Georgia, zurückkehrt. Dort wird sie mit ihrer Kindheit konfrontiert, die an einem Abend vor zwanzig Jahren nach einem erbitterten Streit in ihrem Elternhaus abrupt endete. Nun liegt ihr Vater im Sterben. Sein letzter Wunsch ist es, zu verhindern, daß das alte Familienhaus einer geplanten neuen Straße weichen muß. Der Kampf um das Haus bringt den sterbenden Vater und seine jüngste Tochter einander wieder näher …

Heimwärts ist ein bewegender Roman über den amerikanischen Süden von heute, über Treue und Verrat, Vertrauen und Habgier, Leidenschaft und Tod – und der Roman einer wiedergefundenen Kindheit.

Die Autorin

Anne Rivers Siddons, geboren 1936, arbeitete nach ihrem Studium in der Werbebranche, bis sie 1964 Redakteurin des *Atlanta Magazine* und später freie Journalistin wurde. Anne Rivers Siddons lebt als erfolgreiche Bestsellerautorin mit ihrem Ehemann in Atlanta und Maine.

Anne Rivers Siddons

Heimwärts

Roman

Aus dem Amerikanischen
von Hedda Pänke

Ullstein

Ullstein Taschenbuchverlag 2001
Der Ullstein Taschenbuchverlag ist ein Unternehmen der
Econ Ullstein List Verlag GmbH & Co. KG, München

Titel der amerikanischen Originalausgabe: Homeplace
Übersetzung: Hedda Pänke
Umschlagkonzept: Lohmüller Werbeagentur GmbH & Co. KG, Berlin
Umschlaggestaltung: Christof Berndt & Simone Fischer, Berlin
Titelabbildung: Mauritius
Druck und Bindearbeiten: Ebner Ulm
Printed in Germany
ISBN 3-548-25237-0

Für Larry Ashmead

First, last and always

1

Noch bevor es die Augen öffnete, fürchtete sich das kleine Mädchen.

Als es so aus dem Schlaf auftauchte, war es sich nicht sicher, wo es sich befand. Es wußte lediglich, daß es nicht gut war. Es sollte nicht hier sein. Er würde böse sein. Sie war acht Jahre alt und hatte ihr ganzes Leben lang Angst vor ihm gehabt.

Sie lag ruhig da und lauschte. Sie hörte den Regen. Er kam mit einem gewaltigen, grauen Wind daher, bombardierte das flache Blechdach und pfiff in den Kronen der schwarzgrünen Kiefern im Wald gegenüber der Hütte. Daneben, sehr viel näher, hörte sie das Klirren des eisernen Schürhakens im auskühlenden Kamin und das Stakkato-Jammern des schwarzen Senders von Atlanta im Radio, das Rusky J. W. zu Weihnachten geschenkt hatte.

Ohne die Augen zu öffnen vergrub das Kind seinen Kopf unter dem schlaffen Federkissen und zog das Quilt enger um sich. Ihr Körper war warm in dem aufgetürmten Nest aus Quilts und Decken, die Rusky im Laufe der Nacht auf sie gehäuft hatte, aber ihre Füße waren eiskalt, und ihr Nachthemd mußte ihr hoch bis zum Hals gerutscht sein, denn ihre Beine waren kalt bis zur Hüfte. Sie holte tief Atem, inhalierte die Muffigkeit des Bettzeugs und den fahlen dunklen Geruch, der der Hütte eigen war – eine Mischung aus dem Kamin und den Gerüchen von Rusky und J. W. selbst. Es war nicht nur Schweiß, obwohl der auch ein Bestandteil davon war; es war mehr der fruchtbare Extrakt der Cromies, die in der absackenden Hütte hinter dem großen Haus an der Pomeroy Street wohnten. Es war ein voller Geruch, unergründlich und kompliziert, irgendwie sehr alt – die Essenz aller Neger, die Mike je gekannt hatte.

»Warum riechen Neger wie Asche?« hatte sie Rusky einmal gefragt.

»Weil sie soviel Zeit damit zubringen, die Feuer der Weißen zu hüten«, sagte Rusky und drückte das Eisen auf das Bügelbrett in der großen, quadratischen, süß-warmen Küche. »Und weil der Herr ihnen diesen

Geruch so gibt, wie er dir den eines neugeborenen kleinen Hündchens gibt. Süßlich und säuerlich zur gleichen Zeit. Es ist nicht sehr höflich, Leute zu fragen, warum sie so riechen wie sie riechen. Das verletzt ihre Gefühle.«

»Sind deine Gefühle verletzt?«

»Nein, denn ich gehöre zu deiner Familie. Aber frag bloß niemanden außerhalb deiner Familie, warum er so riecht wie er riecht.«

»Warum gehörst du zu meiner Familie, wo du doch schwarz bist und ich weiß bin?«

»Nun mach aber halblang. Ich muß hier mit dieser Wäsche fertig werden und mich dann um die Bohnen kümmern, sonst kriegt keiner von euch etwas zu essen. Du fragst doch nur, um dich reden zu hören.«

Der Name des Kindes war Micah Winship. Es wollte die Augen nicht öffnen, den Kokon des Bettes und der Decken nicht verlassen. Sie döste eine Zeitlang vor sich hin, ihre Beine und Füße eng an den Körper gezogen, und wollte, daß Rusky sich ruhig verhielt, aber das tat sie nicht.

»Steh auf, Mike. Höchste Zeit, daß du zum Frühstück hinüberkommst. Du weißt, daß dein Daddy keine Ahnung hat, daß du hier bist.«

»Ich will nicht aufstehen.«

»Es ist mir egal, was du willst. Du sitzt ganz schön in der Patsche, wenn er von seinem Spaziergang zurückkommt, und dich hier bei mir vorfindet. Das letzte Mal habe ich ihm versprochen, dich nicht mehr mit nach Hause zu nehmen. Er würde mich glatt rausschmeißen, wenn er dich hier im Bett entdeckt, und was würde dann wohl aus euch?«

»Das ist mir egal. Ich stehe nicht auf.«

»Du hast mir gestern abend nach diesem Alptraum, nach all dem Geschrei versprochen, daß du aufstehst, wenn ich dich wecke. Nur deshalb habe ich dich mitgenommen. Ein großes Mädchen wie du, schon in der dritten Klasse, und dann so ein Gebrüll und Geschrei. Steh jetzt auf! Mach endlich!«

»Ich brauche nicht aufzustehen. Du kannst mich nicht dazu zwingen.«

»Nun, ich kenne jemanden, der dich zwingen kann und das ganz schön schnell. Komm, J. W., wir gehen zu Mister John und sagen ihm, daß Mike hier im Bett liegt und daß wir sie nicht rausbekommen.«

»Himmel, Mama ...« sagte J. W. aus dem Verschlag neben dem Hauptraum der Hütte, in dem er winters und sommers schlief.

»Ich gehe jetzt durch die Tür, Mike, J. W.«, sagte Rusky und schlug zur Untermalung ihrer Worte die Tür hinter sich zu.

»Warte!« kreischte Mike, sprang aus dem Kokon von Decken und wühlte blindlings nach ihren Jeans und ihrem Pullover. Angst breitete sich aus wie ein Steppenbrand. »Warte doch auf mich, Rusky! Ich komme ... sag ihm nichts!«

»Was soll ich wem nicht sagen?« fragte Derek Blessing, und Mike kam abrupt zu sich. Sie setzte sich in dem großem Bett in Dereks Krähennest von einem Schlafzimmer im Dachgeschoß des Strandhauses an der Potato Road in Sagaponack auf Long Island auf. Der Regen auf einem Blechdach und das Rauschen des Windes in den Kiefern von Lytton, Georgia, wurden zum nachlassenden Prasseln des düsteren abziehenden Nordwestwindes und dem Brausen der Brandung am Strand. Der beißende Geruch von Rusky Cromies ersterbendem Feuer wurde der erste Atemzug des wiederbelebten in Dereks freistehendem schwedischen Kamin. J.W.s radioübermittelter Little Richard wurde Bruce Springsteen. Sie sah sich um. Sie lag nackt im Bett unter der absurden Nerzdecke, die auf den Boden hing und ihre Füße und Beine dem kalten Luftzug vom bleifarbenen Meer freigab, der durch die offenstehende Glasschiebetür hereindrang. Ihr Herz schlug noch immer mit dem nun schon vertrauten, langsamen, schleppenden Trommeln der letzten zwei Tage, und ihr Mund schmeckte unangenehm und metallisch nach dem ungewohnten Beruhigungsmittel und dem Cognac, den sie am Abend getrunken hatten. Der Schwenker stand noch immer halb voll auf dem Tisch neben ihr, und der süß-widerliche Dunst bereitete ihr leichte Übelkeit. Sie räusperte sich, klärte den trockenen, engen Hals und kämmte sich die Haare mit klammen Fingern nach hinten. Sie blinzelte zu Derek Blessing auf, der am Bett stand und ihr einen Becher Kaffee entgegenhielt. Er roch nur unwesentlich besser als der Cognac; vermutlich wegen des Zimtes, mit dem Derek ihn anreicherte – eine Marotte, die er irgendwo auf einer Werbetour für sein letztes Buch übernommen hatte.

»Das muß ja ein Weltklasse-Alptraum gewesen sein«, sagte er, als er seine Masse auf das niedrige Bett senkte, das im Grunde gar kein Bett war, sondern nur eine große Matratze, die barkengleich auf dem hellen Holz des Fußbodens ruhte. Er trug einen blauen Frottee-Jogginganzug sowie ein piratenhaftes rotes Stirnband, und sein wilder Baumwollkapselschopf von kräftigem, lockigem, grauem Haar war feucht. Bäche von Wasser oder Schweiß rannen ihm über den Nacken, und das Handtuch war naß.

»Bist du gelaufen?« fragte Mike. Offensichtlich war er, aber sie wollte Ablenkung, keine Information.

»Sechs Meilen.« Er tätschelte den Schrittzähler, der an einem seiner stämmigen Beine befestigt war. »Eine ganze Meile mehr in weniger als einer Woche.« Er war zwischen zwei Büchern und tat sich – zugegebenermaßen – schwer damit, ein neues zu beginnen. Er beschäftigte sich mürrisch mit kurzen Artikeln und Essays, die er nicht mochte, und Mike wußte, daß er in diesem Zustand die sportliche Ertüchtigung mit wahrer Besessenheit betrieb. Sein vierschrötiger, muskulöser Körper hatte etwas von den weichen Runden um Taille und Hüfte verloren, und er trank weniger als sonst. »Was war denn mit dir? War dir ein rasender Redakteur oder so was auf den Fersen? Du hast dich die ganze Nacht herumgewälzt wie ein Wasserbüffel und dich die Hälfte der Zeit mit irgend jemandem unterhalten. Ich habe dich noch nie im Schlaf reden hören.«

»Ich erinnere mich nicht«, sagte Mike. Sie erinnerte sich, fand den Traum jedoch zutiefst beunruhigend, obwohl doch – oberflächlich betrachtet – an einem Traum über eine Nacht, die sie vor langer Zeit bei Rusky in ihrer Hütte verbracht hatte, nichts Beunruhigendes war. Annie Cochran hatte ihr geraten, ihren

Träumen besondere Aufmerksamkeit zu widmen und sich an so viele wie möglich zu erinnern, sie sogar aufzuschreiben. Aber den hier wollte Mike nicht aufschreiben. Sie wollte nicht einmal mit Derek darüber sprechen. Statt dessen wollte sie ihren Kaffee trinken und in das Nest zurückgleiten, das sie sich unter der Decke gemacht hatte, und noch eine oder zwei Stunden in Dereks Armen liegenbleiben, bis das Hämmern in ihrer Brust nachgelassen hatte und sie ihre Gedanken ordnen konnte. Es war Sonntagmorgen, und sie würde den Ein-Uhr-Zug zurück nach Manhattan nehmen müssen, denn sonst müßte sie bis sieben warten, und so lange konnte sie Rachel nicht bei den Perez in der Bleecker Street lassen. Entweder das oder den kleinen Bus nehmen, und sie haßte den Bus.

Dann fiel ihr ein, daß ihre Tochter nicht in der Stadt auf sie wartete, auch nicht warten würde, und daß es eigentlich gar keinen Grund gab, den Zug um eins oder den letzten zu nehmen, den um sieben. Es bestand keine Veranlassung, überhaupt in die Stadt zurückzukehren. Zunächst einmal gab es keinen neuen Auftrag. Da war niemand anzurufen, nichts war abzuklären. Es war zur Zeit kein neues Buch in Sicht, und bald würde es in der Stadt nicht einmal einen Platz geben, an den sie zurückkehren konnte.

Ihr Herz hämmerte immer schneller, bis sie ihren Puls im Hals spürte und ihn an der blauweißen Haut ihres Handgelenkes flattern sah wie einen aufgeregten Vogel.

»Tschuldige«, sagte sie und schlüpfte aus dem Bett, ins Bad, wo sie ihre Kleider und ihre Handtasche zurückgelassen hatte. Dort schluckte sie hastig ein Xanax. Der Schluckreflex ließ sie fast erbrechen. Sie sah auf ihr Bild in Dereks gnadenlos flutlichtbeleuchteter, verspiegelter Wand. Haut, Knochen und große, angstverdunkelte Augen, wildes und fahles, dunstiges Haar, an den Schläfen naß von Schweiß, zu liederlichem Gewirr verfilzt. Weiße, bebende Nasenflügel. Zerbissene Lippen, geschwollen von Dereks wilden Küssen in der vergangenen Nacht, und so fest zusammengepreßt, daß die Muskeln neben ihnen unter dem Aufprall des grellen Lichtes vorstanden. Grünliche Ringe unter den Augen und tiefe Schatten in den Höhlen unter den scharfgeschnittenen Wangenknochen. Mike lächelte sich zu, ein gräßliches Lächeln mit weit offenem Mund. Dann schloß sie schmerzerfüllt die Augen.

Sie spritzte sich Wasser ins Skelettgesicht und drehte Dereks Dusche voll auf. Der Hammacher-Schlemmer-Duschkopf war auf Massage eingestellt, und sie zuckte unter dem Anprall des pulsierenden Nadelregens zusammen. Bei der Berührung war ihre Haut so empfindlich wie bei einem hohen Fieber.

»Beeil dich«, rief Derek ihr durch das Rauschen des Wassers und die dröhnenden Bässe der Musik zu. »Ich werde dir ein paar Eier im Glas machen, und dann glaube ich, werde ich Alan und Chloe bitten, auf ein paar Bloody Marys herüberzukommen. Sie sind schon fünf Tage in Sag Habor, und ich habe sie noch nicht gesehen.«

»Du hältst wohl nicht viel davon, für drei oder vier Jahre ins Bett zurückzukriechen, was?« rief Mike zurück. Das Wasser kaschierte das Zittern in ihrer Stimme sehr effektiv. »Es ist kaum ein Tag für irgend etwas anderes.«

»Im Westen klart es auf«, rief er. »Und ich muß mit Alan über diese *Rolling Stone*-Geschichte sprechen. Ich sehe mich gezwungen, mich heute Nachmittag dranzusetzen und die ganze Nacht zu arbeiten, wenn er nicht ein paar Tage Gnadenfrist bei diesem alten Gauner für mich herausholt. Was ist denn eigentlich mit dir los? Du hast fast zwei volle Tage geschlafen.«

»San Francisco war der totale Stress, und du weißt, daß ich bei solchen Anlässen nie viel schlafe. Ich muß sechs Wochen aufholen«, sagte Mike und drehte das Wasser ab. Sie lehnte sich gegen die handgemalten Kacheln der Wand und schloß die Augen; ließ die glatte Kühle in ihre brennenden Wangen sickern. Die Dusche unten hatte glatte Bretterwände, einen rohen Betonfußboden, eine Abflußrinne und keinen Vorhang. Aus irgendeinem Grund fühlten sich die Photographen stets zu dieser Dusche hingezogen. Sie war in fast ebenso vielen Hochglanzmagazinen erschienen wie Dereks hartes Primatengesicht. Aber hier oben gab es keine Photographen und nur wenige Menschen erhielten Zugang. Derek legte Wert auf seine leiblichen Genüsse. Er hatte ihr einmal erzählt, daß er für Schlafzimmer und Bad ebensoviel bezahlt hatte wie für das ganze Haus, als er es vor zwanzig Jahren gekauft hatte. Es kümmerte Mike nicht allzu sehr, daß er sich derart produzierte und posierte; ebensowenig wie die Tatsache, daß das sorgfältige Rauhe-Schale-weicher-Kern-Image, das er der Welt zeigte, nur so tief ging wie seine K-Mart-Jeans, seine Caterpillar-Kappen und die Arbeitsstiefel. Er hatte ein brennendes, exzentrisches Talent, wenn seine Kritiker inzwischen auch begannen, an seinen Flanken zu zerren wie ein Rudel Schakale, und er war ein unermüdlicher, einfallsreicher und feuriger Liebhaber. Er verlangte wenig von Mike, zeigte ihr kaum etwas von seinem berüchtigten Temperament, war großzügig mit seiner Zeit und seiner Aufmerksamkeit und war ausnahmslos entzückt, sie zu sehen, wenn sie zum Wochenende ins Strandhaus kam, was sie mehrmals im Monat tat. Keiner von ihnen hatte von Liebe gesprochen. Er kam nicht in die Stadt, und sie drängte ihn nicht dazu. Sie waren seit fast drei Jahren zusammen.

Rachel hatte ihn auf Anhieb nicht gemocht.

»Er ist ein falscher Klugscheißer«, hatte sie gesagt, nachdem sie ihn auf einer großen Gartenparty in Southampton kennengelernt hatte, wo Mike in diesem ersten Sommer ein Haus gemietet hatte. Er und Mike hatten sich im Haus seines Agenten Alan Peden kennengelernt, den Mike gut leiden konnte, und zu dem Zeitpunkt, als Rachel seine Bekanntschaft machte, war er mit

Mike dreimal zum Essen im Restaurant und einmal im Bett gewesen.

»Er sagte, er glaube, ich würde ein umwerfend heißes Ding, wenn ich groß bin, genau wie du, und er wolle seinen Namen rechtzeitig auf die Warteliste setzen. Aber ich weiß, daß er Kinder nicht ausstehen kann.«

»Woher denn?« hatte Mike gefragt – halb amüsiert, halb verärgert, sowohl über Rachel als auch über Derek Blessing.

»Weil niemand ›heißes Ding‹ zu einem Kind sagen würde. Es ist beleidigend. Er hat es wohl für komisch gehalten, weißt du, aber ich mag nun einmal solche Worte nicht. Du sagst immer, nur Rüpel sprechen eine ungehobelte Sprache. Ich finde, er ist ein Rüpel.«

»Diese Meinung vertrete ich noch immer – meistens, aber es gibt auch Umstände, in denen eine solche Sprache durchaus in Ordnung ist. Es ist einfach seine Art. Er ist ein hochbegabter Romanschriftsteller, Rachel, einer der bekanntesten im Land.«

»Er ist auch ein Sexprotz.«

»Solche Worte schätze ich ganz und gar nicht, mein Schätzchen. Neun ist dafür noch ein bißchen jung. Wo um alles in der Welt hast du denn das gehört?«

»Georgette Peden hat mir erzählt, daß er es ist; und die muß es schließlich wissen, denn sie ist schon fast zwölf. Abgesehen davon kann ich lesen. Er war in *Us* und *People* und was weiß ich, wo noch. Dort steht immer alles über seine Frauen. Ich kann nicht verstehen, warum du mit einem Sexprotz zusammen sein möchtest. Du bist für ihn wahrscheinlich nicht mehr als eine ...«

»Rachel!«

»Nun, mir kann es ja gleich sein. Aber er ist und bleibt ein elender Großkotz. Er sagte, er sei den ganzen Weg hierher mit dem Fahrrad gekommen, aber er hat noch nicht einmal geschwitzt. Ich wette, er hat einen Lamborghini mit Fahrer.«

Rachel hatte es in diesem Jahr mit exotischen Automobilen.

Mike hatte diesen Zwischenfall der natürlichen Animosität eines Kindes mit nur einem Elternteil gegenüber dem Auftauchen eines Rivalen zugeschrieben. Sie kannte Derek Blessings Ruf, und sie kannte auch seine Begabung. Sie hatte seine Bücher gelesen und bewunderte die scharfsinnige Feinheit und die unsentimentale Sensitivität, mit der er seine weiblichen Charaktere zeichnete. Jede von ihnen war prallvoll mit Leben und Glaubwürdigkeit; ihre Freuden und Leiden waren peinlich genau beschrieben, authentisch und unvergeßlich anrührend. Sie liebte sie bei weitem mehr als seine Männergestalten, die im großen und ganzen so hart, klug, aufrecht und austauschbar wie Revolverkugeln waren. Zu der Zeit, als sie Liebende im allgemein akzeptierten Sinn des Wortes geworden waren, wußte sie sehr wohl um den Widerspruch zwischen seiner vereinfachten, übertrieben männlichen Persönlichkeit, die er in der Öffentlichkeit zur Schau stellte, und dem genußsüchtigen, selbstbezogenen Menschen, der er privat war, aber das bereitete ihr kein besonderes Kopfzerbrechen. Derek, so glaubte sie, besaß mehr Schichten und Lagen als die meisten anderen Menschen. Die Grille und die Ameise, der Sinnenmensch und der Asket konnten problemlos unter seiner narbenreichen und ledernen Haut zusammenleben. Ein Mensch, der Frauen so glaubwürdig und echt in seinem schriftstellerischen Werk ins Leben rief, konnte einfach kein wirklicher Poseur sein. Und sie war so ehrlich, sich einzugestehen, daß sich irgend etwas in ihrem Inneren angesichts der Aufmerksamkeit, die sie als Langzeitgeliebte von Derek Blessing genoß, entfaltete wie eine Blume im Mairegen.

»Du hast doch diese Art von Identität absolut nicht nötig«, hatte Annie Cochran bei einem ihrer seltenen gemeinsamen Mittagessen mißbilligend geäußert. »Du bist in deinem Beruf ähnlich bekannt wie er in seinem, zumindest wirst du es bald sein. Du wirst da aufpassen müssen.«

»Es ist nicht die Journalistin, die mit ihm schlafen möchte, Annie«, hatte Mike erwidert. »Es ist die Frau. Er schafft es, daß ich mir nackt genau so gutaussehend vorkomme wie fein in Schale und in einem Laden wie dem hier.« Sie befanden sich in der Bar des *Four Seasons* – eigenartigerweise einer der wenigen Orte in New York, in die sich Annie zum Lunch einladen ließ. Sie war ein paar Jahre älter als Mike, schwarz, sarkastisch, zornig, stets leicht amüsiert von Leben und Welt. Sie war auch eine glänzende Psychotherapeutin. Sie waren Freundinnen seit dem ersten Jahr, in dem Mike und Richard nach New York gezogen waren.

»Ich will doch hoffen, du weißt, daß du eine ebenso attraktive Frau wie eine gute Journalistin bist«, sagte Annie. »Ich will doch hoffen, daß es nicht erst einer Mittelseite in *People* bedarf, damit du mit dir zufrieden bist.«

»Oh, laß doch diesen Psychoquatsch«, sagte Mike. Annie hatte mitunter so eine Art, daß sie sich vorkam, als läge sie unter dem Mikroskop. »Du mußt zugeben, daß er interessanter ist als Richard«, fügte sie hinzu.

»Von dem Sportjournalisten vor ihm gar nicht zu reden, dem Redakteur vor dem oder dem Provinz-Moderator davor. Oder all den anderen. Ich glaube nicht unbedingt, daß du wieder heiraten solltest, Mike, aber ich glaube, daß du dich binden solltest.«

»Hier und heute? Es ist bloß gut, daß du kein Seelendoktor im Rundfunk bist, Annie. Du hättest bald an der gesamten Ostküste keine einzige Frau mehr, die bereit wäre, dir zuzuhören.«

»Du bist nicht irgendeine Frau«, hatte Annie Cochran gesagt, aber das war auch alles gewesen. Später, als Mikes Verbindung mit Derek Blessing fortgedauert hatte, war sie nie wieder darauf zurückgekommen.

Mike wickelte sich in Dereks dicken Plüschbademantel und ging in das lichtgebadete Schlafzimmer. Der Himmel über der See hellte sich auf und weit hinten am Horizont tauchte die Sonne das Blaugrau in ein überwältigendes, milchiges Aquamarin. Sie ließ den Bademantel vor dem Kamin auf das Schaffell fallen und beugte sich vor, um ihre Cordhosen anzuziehen. Derek Blessing blinzelte sie durch den Rauch der sonderangefertigten Zigarette in seiner Spitze an. Beides hatte er von Dunhill.

»San Francisco muß tatsächlich der totale Stress gewesen sein«, stellte er fest. »Du siehst nicht gerade blendend aus, Mike. Du wirkst vielmehr so, als wärst du ertrunken und vor ungefähr sechs Tagen an den Strand getrieben worden. Deine Hände zittern, seit du hier angekommen bist, du sprichst im Schlaf, und ich habe dich noch nie soviel Cognac trinken sehen wie gestern abend. Abgesehen davon schluckst du auch irgend etwas, das sehe ich an deinen Pupillen. Ich hatte keine Ahnung, daß du auch nur Aspirin schluckst. Willst du mit mir darüber sprechen oder nicht?«

»Nein.« Sie redeten nie über persönliche Probleme. Zwischen ihnen gab es nichts, was über die unbedingt nötigen Brocken an Information hinausgegangen wäre. Derek verabscheute das, nannte es hormonell bedingte Zurschaustellung, und Mike hatte eine fast britische Zurückhaltung, wenn es darum ging, ihre Kümmernisse auszubreiten. Schon an ihrem ersten gemeinsamen Abend hatte sie ihm erklärt, sie sei entschlossen, eine Beziehung keineswegs auf Mitleid aufzubauen.

Doch diesmal überraschte er sie.

»Nun komm schon«, sagte er, zog sie heran, dann zu sich aufs Bett. Er barg sie an seiner Schulterbeuge und zog die Decke über sie. Er roch gut – wie kalte, kühle Salzluft, teurer Tabak und Zahnpasta.

»Spuck's aus«, sagte er.

»Du mußt dich um Alan und Chloe kümmern«, wich sie aus und spürte, daß sich Angst in ihr zu rühren begann, daß sie am Boden des schwarzen Loches zu wühlen begann, in das sie die See, der Schlaf und die Drogen verbannt hatten. Sie hatte keine Ahnung, was geschehen würde, wenn sie sie freiließ ... »Du mußt da noch die *Rolling Stone*-Geschichte regeln.«

»Alan und Chloe können mich mal, und diese *Rolling Stone*-Sache auch. Ich habe dich noch nie so erlebt. Ich will wissen, was mit dir eigentlich los ist.«

»Du weißt, daß wir da eine Absprache haben«, sagte Mike. »Keine seelischen Ergüsse. Darauf haben wir im *Palm* getrunken, an unserem ersten Abend.«

»Das ist lange her. Die Dinge ändern sich. Du bist mir näher, als du es anfangs gewesen bist. Du bist stark und du bist tapfer, Mike, aber du bist auch nur ein Mensch, ob es dir nun paßt oder nicht, und irgend etwas setzt dir ganz schauerlich zu. Ich wäre ein verdammter Mistkerl, wenn ich nicht wissen wollte, um was es sich handelt. Mehr als das: Ich muß es einfach wissen.«

»Warum?«

»Sagen wir, du bist mir unter die Haut gegangen. Liegst mir im Magen. Ich scheine mitzuleiden, wenn du leidest.«

»Ich ... Gott, Derek, ich weiß überhaupt nicht, wo ich anfangen soll. Um so etwas wie einen Sinn in das Ganze zu bekommen, müßte ich so weit ausholen, in der Vergangenheit gründeln ...«

»Fang am Anfang an. Fang an mit: ›Ich wurde geboren.‹ Ein erstaunlich effektvoller erster Satz. Ich war schon immer von der Vorstellung deiner Vergangenheit fasziniert. Ist dir eigentlich bewußt, daß ich buchstäblich nichts über dich weiß, bevor du den Süden verlassen hast und nach New York gekommen bist? Du siehst aus wie eine junge Hepburn, die Scarlett O'Hara spielt, handelst aber so, als wärst du letzten Donnerstag in der Empfangshalle von Time-Life geboren worden.«

»Das hat Annie auch gesagt.«

»Annie?«

»Annie Cochran. Du weißt, meine Freundin, die Seelenklempnerin. Du hast sie in dem Sommer kennengelernt, als sie nach Southampton kam.«

»Ah, deine schwarze Freundin. Mammy Courage. Warum hast du eigentlich das entscheidende Adjektiv ausgelassen?«

»Schwarz hat absolut nichts mit Annie zu tun.«

»Entschuldigung, es hat alles mit ihr zu tun. Das liegt doch auf der Hand. Die Tatsache, daß du es ausgelassen hast, sagt mir etwas über deine geheime Vergangenheit. Allerdings kann ich mir nur schwer vorstellen, daß du eine hast. Noch nie habe ich eine schöne und erfolgreiche Frau kennengelernt, die derart geschichtslos war.«

Mike wußte, daß sie nicht eigentlich schön, sondern vielleicht nur außergewöhnlich impulsiv war. Und das hatte häufig den gleichen Effekt wie Schönheit. Derek nannte diese Eigenschaft ihre weiße Flamme, und sie nahm das kalkuliert lässige Kompliment wegen seiner unvollständigen Wahrheit hin, aber auch wegen seiner Absicht, daß sie sich dadurch ein bißchen besser fühlte. Es tat ihr auch wohl. Ein wenig.

»Oh, ich habe eine Geschichte«, erwiderte sie. »Nur hat sie so gar nichts mit meiner Gegenwart zu tun. Jedenfalls bin ich davon überzeugt. Aber Annie sagt . . .«

»Warst du aus beruflichen Gründen bei Annie?« Er war aufmerksam; irgendwo in ihm schien ein kleiner Motor warmzulaufen.

»O nein. Oder höchstens einmal.«

»Wann?«

»Freitag. Freitagabend.«

»Bevor du herkamst?«

»Ich . . . ja.«

»Also deshalb warst du so spät hier. Was ist am Freitag vorgefallen, Mike?«

»Oh, so einiges. Aber nichts, womit man nicht fertigwerden könnte. Es war ein mieser Tag, aber ...«

»Mike.«

»Verdammtnochmal, Derek. Ich hatte im Zug einen Anfall von beklemmender Angst und mußte zurück in die Stadt. Da nahm ich eben an, Annie könne mir vielleicht helfen. Sie konnte. Basta. Ende der Krise.«

»Nein. Anfang der Krise, glaube ich. Also hat Annie dir diese Muntermacher gegeben, die du offenbar nimmst, und dir erzählt, daß dich irgend etwas aus deiner Vergangenheit verrücktmacht. Was hat sie dir sonst noch so erzählt?«

»Das wär's eigentlich. Zusammengefaßt. Und es ist nicht annähernd so schrecklich, wie du es hinstellst. Hast du schon jemals einen akuten Anfall von Panik gehabt?« Mike Stimme ritt auf der Woge der Furcht, die sich trotz des Xanax aus ihrem schwarzen Loch aufschwang und inzwischen ihre Handgelenke erreicht hatte. Sie flatterten so erschreckend, wie sie es bei seltenen Gelegenheiten großer Erschöpfung oder Anspannung in der Vergangenheit erlebt hatte, als sie einer Ohnmacht nahegewesen war.

»Nein, nicht daß ich wüßte. Du übrigens auch nicht. In den letzten zwanzig Jahren bist du überall im Land in höchst kitzligen Situationen gewesen, ohne auch nur mit der Wimper zu zucken. Ich verlange, daß du mir diesen sogenannten Anfall in allen Einzelheiten schilderst. Und laß dir Zeit. Es wäre nicht fair, das vor mir zu verheimlichen.«

»Nicht fair ... Und was ist mit mir? Was ist, wenn ich dir nichts davon erzählen möchte?«

»Du mußt. Du mußt endlich aus deinem Leben berichten, Mike.« Seine Stimme war weicher und tiefer geworden. Sie hörte, wie sie in seiner Kehle vibrierte. »Ich kann nichts für dich in Ordnung bringen, wenn du das nicht tust. Sonst kann ich dir nicht helfen.«

»Du willst etwas für mich in Ordnung bringen? Du willst mir helfen? Kannst du das denn, Derek? Ich glaube nicht, daß du es kannst.«

»Nun, ich weiß, daß ich es kann. Selbstverständlich kann ich es. Ich werde dich jedenfalls nicht mit dem alleinlassen, das dich in so einen Zustand versetzt hat. Ich werde dich nicht so einfach im Stich lassen.«

Irgend etwas schien zu brechen und seine Wärme in Mikes kalte, gequälte Brust zu ergießen. Sie spürte ein unbekanntes, verräterisches Prickeln hinter ihren Augen und in ihrer Nase. Ihre Kehle schloß sich wie aus eigenem Antrieb.

Ich werde doch nicht etwa zu heulen anfangen, dachte sie entsetzt. Ich habe nicht geheult, seit ... damals. Seit jenem Tag.

Sie schluckte und setzte sich im Bett auf. Derek lehnte sich gegen das Bücherregal, das als Kopfteil diente, und sah sie an.

»Nun?« fragte er.

»Ich weiß wirklich nicht, ob ich es kann, Derek«, sagte sie. »Ich habe es noch niemandem erzählt ... alles, meine ich.«

»Es kann kaum schlimmer sein als das Zeug, daß ich mitunter geschrieben habe.« Er lächelte sie an, ein unerwartetes und seltsam weiches Lächeln, das so gar nicht zu seinem harten Toltekengesicht zu passen schien. »Ich werd dir was sagen. Ich gehe jetzt runter, rufe Alan an und sage ihm, er soll gefälligst ein bißchen zusätzliche Zeit für den *Rolling Stone*-Artikel für mich rausschinden, sonst könnten sie sich das Ganze sonstwohin stecken. Und dann bringe ich nicht nur eine, sondern sogar zwei Flaschen Moët et Chandon mit herauf, die ich zufällig auf Eis liegen habe, helfe dem Feuer hier ein bißchen auf die Sprünge, lege diesen gottverdammten Vivaldi auf, den du so magst, nehme den Telephonhörer von der Gabel und wickele dich in diesen toten Nerz hier ein; du wirst einen kleinen Schwips kriegen und von Mike Winship erzählen. Einschließlich der Antwort auf die Frage, warum du Mike Winship heißt und nicht Sally-Sue wieauchimmer. Und wenn es den ganzen Tag bis in die nächste Woche hinein dauern sollte. Ist das ein Angebot?«

»Ja«, erwiderte Mike zaghaft. »Ja, ich denke, das ist ein Angebot.«

Sie blieb reglos liegen, während er aufstand, den Raum verließ und die schmiedeeiserne Wendeltreppe zum unteren Bereich des Hauses hinunterstieg. Sie hörte seine schweren Schritte in der Küche, das Öffnen und Schließen der Kühlschranktür und ein unverständliches Telephongespräch. Draußen verschwand die Sonne in den Wolken über dem Meer, tauchte wieder daraus hervor; es war eine gewalttätige und apokalyptische Ozeanlandschaft. Sie wirkt arktisch, dachte sie, sibirisch, obwohl sie wußte, daß es vermutlich nicht so war. Die Kälte, die sie im Griff hielt, kam aus ihrem Inneren, war massiv, schwer und kalt wie ein längst gestorbener Fötus. Bei diesem Gedanken machte sich Mike ganz klein.

Derek kam die Treppe wieder herauf, beladen mit Flaschen, Gläsern, und stellte alles neben dem Bett auf den Fußboden. Er hielt einen Moment inne, betrachtete sie und zog ihr die Nerzdecke bis zum Hals, fügte noch eine Daunensteppdecke hinzu, die schwach nach vergossenem Wild Turkey roch.

»Laß mich nur noch schnell den Heizlüfter aus dem Schrank holen und anschließen«, sagte er über die Schulter hinweg. »Da draußen ist es affenkalt. Keine Angst, Mike. Du kannst jederzeit aufhören, wenn es zu schwer wird. Aber du mußt zumindest einmal anfangen. Du mußt endlich einen Versuch unternehmen.«

Sie sagte nichts. Sie machte sich noch kleiner. Als er das

Heizgerät aus dem Schrank geholt und an seine Seite des Bettes gestellt hatte, war sie auf ihrer Seite zu einem Ball zusammengerollt: Knie angezogen, die Arme dazwischen verschränkt, Fäuste eng verknotet. Wieder das Bild eines Fötus'. Wie der Fötus, der sie gewesen war, bevor sie geboren wurde.

Sie lag eine Weile absolut ruhig, und als sie schließlich zu sprechen begann, war es mit der hinfälligen, schwachen Stimme eines erschöpften Kindes.

»Nun, weißt du«, sagte Mike, »das erste, was ich in meinem Leben getan habe, war, daß ich meine Mutter getötet habe.«

2

Nach jenem Sommerabend in Lytton, Georgia, der Mike Winship so unendlich weit von ihrem Zuhause entfernte, bezeichnete sie ihre Kindheit – wenn sie überhaupt von ihr sprach – nie anders als normal.

»Absolut durchschnittlich«, erklärte sie auf dieser oder jener Party in den strahlenden, jungen, stets ein wenig schummrigen ersten Jahren in New York, als sie noch viele große Parties besuchte. »Wie aus dem Lehrbuch. Kaulquappen und Apfelbäume, Fahrräder, das Schlagen des eigenen Weihnachtsbaumes auf der Farm der Großeltern, Zahnspangen und Sommerferienlager ... alles das eben.«

»Waren Sie in den Jungen von nebenan verliebt?« fragte mit Sicherheit jemand, angezogen wie die meisten Menschen von Mikes weichem, vollen Altlachen, ihrem Akzent und dem eigenartigen Strahlen, das manchmal um ihr klares Gesicht spielte.

»Nein. In den Jungen am Ende der Straße«, lächelte sie und ihre Zuhörer ausnahmslos auch.

»Und dann haben Sie das alles hingeschmissen, den Jungen am Ende der Straße und die Plantage verlassen, um für Klugscheißermagazine zu schreiben«, meinten Richards neugierige jüdisch-liberale Schulfreunde. Vielleicht auch mit etwas anderen Worten. »Wie konnte eine Schönheit aus dem Süden wie Sie nur in New York stranden, bei einem sprücheklopfenden jüdischen Muttersöhnchen?«

»Oh«, sagte Mike. »Ich konnte einfach nicht mehr mit ansehen, wie sie ihre Sklaven auspeitschten und in den Vorgärten der Neger Kreuze abbrannten.«

»Hatte Ihre Familie tatsächlich eine Plantage? Hat Ihre Familie Baumwolle gepflanzt?« hatte einmal eine verblüffend naive blonde Krankenschwester aus Yonkers gefragt, und die versammelte Party hatte aufgestöhnt. Es war eine Benefizparty für Shirley Chisholm gewesen und alle jungen Angestellten aus Richards Rechtsanwaltspraxis waren gekommen.

»Lieber Himmel, nein.« Mike hatte das Mädchen angelächelt und ausnahmsweise mal nicht ihr Heil im Sarkasmus gesucht. Sie wußte, daß die Krankenschwester fast zufällig mitgenommen worden war, die Tochter einer Freundin der Mutter ihres unglücklichen Begleiters, und nicht wieder eingeladen werden würde. Mike wußte auch, daß es ein allgemeines Gelächter geben würde, wenn das Paar sich verabschiedet hatte. Sie empfand Mitleid und einen kleinen Stich schwesterlicher Solidarität.

»Ich habe in einem großen alten unpraktischen Haus mitten in der Stadt gewohnt. Mein Vater war – ist – Anwalt. Ich glaube, meine Großeltern haben früher einmal ein bißchen Baumwolle angebaut, aber das war vor meiner Zeit. Eine Plantage habe ich lediglich in *Vom Winde verweht* zu Gesicht bekommen, genau wie Sie. Ich hatte wirklich eine ungewöhnlich gewöhnliche Kindheit. Sie hätte sich so auch in Connecticut, New Jersey oder Yonkers abspielen können.«

»Aber war es eine glückliche Kindheit?« hatte das Mädchen beharrlich nachgehakt. Es schien, als könne der unverfälschte weiße Verstand hinter der gleichermaßen unverdorbenen Stirn Normalität in einer so exotischen Region wie Georgia einfach nicht begreifen. Genauso gut hätte Mike auch erklären können, sie hätte eine unauffällige und zufriedene Kindheit auf dem Uranus verbracht.

»Mein Gott, Elise«, murmelte der Begleiter der Krankenschwester.

»Ja, sie war glücklich«, lächelte Mike die unglückliche Elise erneut an. »Es war einfach eine rundum normal glückliche Kindheit.«

»Und das stimmt auch«, sagte sie später auf dem Heimweg zu Richard, als der das in Frage stellte. »Sie war glücklich – bis auf diese letzte Sache, aber die gehörte im Grunde genommen gar nicht mehr zu meiner Kindheit. Ich kann mich nicht erinnern, in all den anderen Jahren anders als glücklich gewesen zu sein.«

Es ist verblüffend, wie das mißhandelte Kind in uns allen doch mit seinen Mördern paktiert.

Claudia Searcy Winship, Mikes Mutter, starb im Alter von achtundzwanzig Jahren an einer nicht erkannten, angeborenen Funktionsstörung des Herzens, als ihre zweite Tochter geboren wurde. Neben dem winzigen, schreienden Mädchen, das als Junge zur Welt kommen und den Namen des väterlichen Großvaters John Micah Winship hätte erhalten sollen, hinterließ Claudia in dem großen alten viktorianischen Haus an der Pomeroy Street eine fünfjährige Tochter, die ein zierliches, blauäugiges, ebenholzlockiges Duplikat von ihr war, und einen hochgewachsenen, schlanken aschblonden Ehemann mit schottischen Ahnen aus den Lowlands, der sich in der Nacht ihres Todes von einem stolzen, offenen, jungen Mann in eine unnahbare Holographie seiner selbst verwandelte.

Die Jahre, die das kleine Mädchen in dem Haus leben sollte, das sein Vater seiner Braut von den Ersparnissen seines ersten Jahres als Sozius in einer Rechtsanwaltskanzlei in Atlanta gekauft hatte, wurden von einer großen, förmlichen Leere dominiert. Die einzigen Geräusche, die in diesem Tempel zu vernehmen waren, der einstmals die unbeschwerten fröhlichen Litaneien des Familienleben gehört hatte, waren das hohe Piepsen der zierlichen DeeDee (nach ihrer väterlichen Großmutter Daisy genannt), die sporadischen Aufschreie von Baby Mike und das sonore Gegrummel der liebevollen schwarzen Rusky Cromie, die die Winship-Mädchen umsorgte, das dumpf hallende Haus in Schuß hielt und der Welt dann ein ruhender Anker war.

In einem großen, düsteren Arbeitszimmer hinten im ersten Stockwerk, außerhalb der Umlaufbahn häuslichen Lebens, verharrte John Worthy Winship mit seinem versehrten und verbitterten Herzen in Schweigen, vergraben in Dokumente aus seiner Aktentasche. Er sah nur hoch, um seinen Blick auf die Photographie von Claudia in ihrem Hochzeitskleid zu richten, die auf dem Schreibtisch stand. Es war ein Rolladensekretär hohen, dunklen Alters und wirkte wie ein Familienerbstück, aber John hatte ihn aus dem Nachlaß eines verarmten Farmer-Gelehrten erworben, um dessen Geschäfte sich die Kanzlei bemüht hatte. In seiner eigenen Familie hatte es keine Schreibtischmenschen gegeben. Der einzig andere Schmuck auf der polierten Oberfläche des Schreibtisches war ein verblichenes Photo in einem Nußbaumrahmen. Es zeigte ein einfaches, weißes Farmhaus, das gelassen in sich selbst ruhte, wie eine robuste alte Frau, die sich mit ihren Jahren abgefunden hat, und von riesigen Pecannußbäumen beschattet wurde. Hinter dem Haus gab es ein paar angejahrte Nebengebäude, und im Hintergrund erstreckten sich Felder, die mit einem wechselhaften Kodak-Himmel verschwammen. Sowohl das

Haus als auch das Photo wirkten alt, wettergegerbt und abgenutzt.

John Winship hatte das Haus stets Hof genannt, wie es der Brauch in diesem Teil des rötlichen Hügelgebiets im Norden Georgias war, das so viel seines Ursprungs den Schotten und Engländern verdankt, die aus dem Hochland der Appalachen heruntergezogen waren. Seit fünf Generationen im Besitz der Familie, war das Haus von jeder neuen Generation Winship aufgefrischt und ausgebaut worden, bis es eine irgendwie imposante Klotzigkeit erreicht hatte, die von der Dürftigkeit seines Inneren und seiner Einrichtung Lügen gestraft wurde. Nie war mehr Geld dagewesen als nötig, um das Überleben des Winship-Clans zu sichern, weil seine einhundertundetwas Morgen Land nur von den jeweiligen Winships und zwei oder drei schwarzen Pächterfamilien bewirtschaftet wurden, die in baufälligen Baracken am Bach wohnten.

Die ersten Winships waren aus Virginia nach Georgia gekommen, davor hatten sie in den wilden, unbekannten Bergen und geheimen Schluchten der Great Smoky Mountains gesiedelt und waren wieder davor dem falschen jungen Clanoberhaupt in die Schlacht von Culloden gefolgt, um dann Schottland auf dessen Fersen zu verlassen. Seither hatten die Winships im Grunde immer wieder auf das falsche Pferd gesetzt. In Dürrejahren pflanzten sie Hafer. Als sie Mais säten, kam die Sintflut. Entschieden sie sich für Baumwolle, folgte der Baumwollkapselkäfer. Das Land war fruchtbar, aber sie hatten kein Glück. Doch nach Jahrhunderten der Frondienste auf Besitztümern anderer Menschen in Schottland war in ihnen eine stille, zähe Leidenschaft für diese wenigen Morgen roter Erde über dem Meer im Westen entflammt; und diese Leidenschaft loderte unverdrossen in guten wie in schlechten Jahren in ihren Herzen wie die unterirdischen Feuer, die hundert Jahre lang unsichtbar in den Minen ihrer öden Heimat im Norden gebrannt hatten.

Sowohl das Land als auch die Leidenschaft wurden auf John Worthy vererbt, den letzten männlichen Winship, der diesen Namen trug, und den ersten, der dieses Land seit dem Großen Krieg (in dem die Winships, wie vorherzusehen, die Verlierer unterstützt hatten) verließ, und den ersten, der eine Schule besuchte, um etwas anderes zu erlernen als das Bewirtschaften des Landes.

»Aber ich habe nicht vor, es für immer zu verlassen«, sagte John Winship zu seiner künftigen Braut Claudia, als er sie nach Hause mitnahm, damit sie seine verschlossenen, abgearbeiteten Eltern John und Daisy Winship kennenlernte. Sie waren offensichtlich eingeschüchtert von dem in der Stadt aufgewachsenen Dresdener Porzellanpüppchen, das ihr unbegreiflicher Sohn da mitgebracht hatte und das an seinem Arm hing wie ein exotischer Vogel, der einer verirrten Karawane entstammte.

»Als erstes werde ich das Haus in der Stadt ausbauen, zu etwas machen, auf das du und unsere Kinder stolz sein können, und dann Mama und Daddy einen angenehmen Lebensabend sichern«, führte er aus, und die Träume in seinen grauen Augen überschlugen sich fast. »Eines Tages werde ich aus dem Hof ein Prunkstück machen, einen richtigen Herrensitz. Den Mais und die Baumwolle ab- und Milchkühe anschaffen. Die Farm mechanisieren, fähige Leut einstellen. Das Haus von unten bis oben, vorn bis hinten erneuern, vielleicht ein paar Säulen hinzufügen. Dann werden wir dorthin zurückkehren. Mein Sohn wird der Winship von Winship Farms sein, und die wird alles in der Umgebung in den Schatten stellen.«

Claudia, eine gefeierte Schönheit in der mittleren Stadt ein paar Meilen im Osten, in der sie aufgewachsen war, ein kluges Mädchen aber kaum eine Intellektuelle, die Inhaberin eines eher mageren Stammbaumes sowie einer nicht vorhandenen Mitgift, dafür aber einer dauerhaften Angst vor Kühen, lächelte zu dem hochgewachsenen jungen Mann mit den traumverlorenen grauen Augen auf und hielt den Mund. Es blieb noch viel Zeit, um das Haus an der Pomeroy Street und ihren künftigen Status als Ehefrau eines Rechtsanwalts zu genießen, bis der Moment gekommen war, ihn von der Vorstellung abzubringen, sie sei eine gute Farmerfrau - und sei es auch auf einem Herrensitz.

John Winship verehrte und idealisierte seine wortkargen, schwer arbeitenden Eltern, wenn auch die Flamme des Ehrgeizes in seiner Brust mit ihrem Credo von Arbeit, Opfer und der unveränderlichen Souveränität des Bodens im Hader lag. Zu dem Zeitpunkt, an dem sie an Erschöpfung und schierer Langeweile ebenso wie an der grassierenden Grippe starben, die Fulton County in den kargen Jahren der Weltwirtschaftskrise dezimierte, waren sie in seinen Augen weise, schlichte agrarische Heilige geworden und seine dürftige, eingeschränkte Kindheit auf den Feldern der Farm zu einer verkitschten Norman-Rockwell-Knabenzeit stilisiert. Er betrauerte ihr Dahinscheiden lange und leidenschaftlich. Es verging kaum ein Tag, an dem er sich nach seiner Heimkehr von der Arbeit nicht die kleine, schreiende DeeDee griff und die zwei Meilen den Highway 29 neben den Gleisen der Atlanta and West Point-Eisenbahn entlang dahin fuhr, wo das alte weiße Haus an der Straße stand und seine brachen Felder in den Sonnenuntergang glitten. Er achtete darauf, daß immer Holz in den gekalkten Kaminen lag - bereit für das Zündholz. Er bezahlte die Kleinpächter, die auch weiterhin auf dem einzigen Land werkelten, das sie je gehabt hatten, dafür, daß sie die Hecken geschnitten und den Hof saubergefegt hielten. Er selbst kümmerte sich um die Muskatellerreben an der Laube und das Feld von Narzissen, die in jedem Frühling neben dem Highway ihren strahlenden, gelben Glanz entfalteten.

John Winship arbeitete angestrengt und erfolgreich in seinem Beruf, er war in DeeDee vernarrt, aber es war Claudia, die sein Herz ausfüllte und den leeren Raum einnahm, in dem John und Daisy so lange verweilt hatten. Sie war sein Leben, seine hübsche, heitere Frau, deren irisches Temperament seine schottische Strenge lockerte, löste; und als sie mit dem Kind schwanger wurde, das John Micah Winship II werden und diesen Namen zurück auf den Hof tragen sollte, machten Freude und Erfüllung seine helle sommersprossige Haut und die eigentümlichen, lichtgrauen Augen über den schrägen Wangenknochen strahlend und anziehend. Im Alltag wirkte er mit seiner Eckigkeit, seinen aschblonden Haaren, Brauen und Wimpern einfach, fast freudlos. Aber wenn ihn Freude oder eine andere starke Emotion ergriff, zog er die Blicke wie ein Waldbrand auf sich. In den Monaten von Claudias zweiter Schwangerschaft sahen ihm die Menschen auf der Straße oft nach, blickten weg, um erneut zu ihm hinzublicken - unsicher darüber, was es eigentlich war, das ihre Augen zu diesem eher unattraktiven Mann zog. Auf den ersten Blick wirkte er fast madenbleich. Aber in diesen Tagen glühte John Winship, zehrte von seinem eigenen Feuer. Als Claudia im fahlen Novembermorgengrauen starb, erlosch das Feuer, und die Asche legte sich für den Rest seines Lebens auf sein Gesicht, sein Herz und sein Heim.

Auf den Rat des bekümmerten alten Hausarztes hin stellte er eine Hebamme ein, eine Witwe aus dem nahegelegenen Lightning, die mit ihrem eigenen winzigen Sohn erschien, um das kleine weiße Baby am Leben zu erhalten, und dann blieb, um das Haus zu führen und die winzige Micah zu nähren . . . weil er es nicht über sich gebracht hatte, diesem Kind, das seiner Frau den Tod gebracht hatte, einen eigenen Namen zu geben und es einfach Micah nannte, wie sie den Sohn nennen wollten, der sie hatte werden sollen. Er machte sich auch nicht die Mühe eines zweiten Vornamens. Rusky Cromie gewann die plappernde kleine DeeDee ebenso schnell lieb, wenn auch nicht ganz so wie das kleinere Kind, und nahm sie ohne viel Federlesen an ihre große, unförmige Brust, zusammen mit Baby Mike und ihrem eigenen Sohn. Den letzteren benannte sie in J. W. um, aus einer profunden aber ganz und gar nicht ehrfurchtsvollen Bewunderung für John Winship. Und sie erzählte ihren Geschwistern in Christo in der Little Bethel African Methodist Church, daß ein Mann, der seiner toten Frau so nachhing, mit Sicherheit kein Casanova war. Darüberhinaus würde ein Mann, der so lange, ermüdende Stunden erst im nahen Atlanta und danach in seinem eigenen, verschlossenen Arbeitszimmer für den Lebensunterhalt seiner kleinen, mutterlosen Töchter schuftete, ein gutes Vorbild für ihren Sohn abgeben.

»Besser als sein eigener Daddy, er ruhe in Frieden, denn dieser Mann verbrachte nie mehr Zeit als unbedingt nötig bei mir zu Hause. Ich wette, vor seinem Tod kannte er sich in Gene Coggins's Billardsaal weit besser aus als in seinem Heim oder in seiner Kirche.«

Und so wuchsen die drei Kinder, zwei kleine weiße Mädchen und ein ernster, schwarzer Junge mit großen Augen in diesen großen, weißen Schrein für eine längst tote Frau auf.

3

Zu dem Zeitpunkt, als Micah Winship ihren Verstand gebrauchen konnte, wußten alle drei Kinder im Haus an der Pomeroy Street, ohne daß es ihnen direkt erzählt worden war, wer die Schuld an Claudia Winships Tod trug. John Winship und Rusky Cromie hätten diesen Sachverhalt pflichtschuldigst verneint, falls die Rede darauf gekommen wäre, aber Micah tat das nie. Sie war im Besitz einer größeren Wahrheit. Das furchtbare Wissen sank langsam wie ein schwarzer Stein in die Tiefen ihres Bewußtseins, aber seine Kreise breiteten sich endlos aus. Mike trieb von einer problematischen Babyzeit in eine schwierige Kindheit.

John Winship hielt den Hof weiterhin gemäht, gestutzt, gefegt und ordentlich gestrichen, aber er träumte keine großartigen Träume mehr. Er hätte nicht sagen können, warum er das Anwesen nicht verkaufte oder vermietete; er wußte nur, daß er es nicht tun durfte, weil es ihm nicht nur gehörte, sondern weil es auf irgendeine undefinierbare Weise er selbst war. Er dachte aber nicht daran, dorthin überzusiedeln. Alles, was ihm von Claudia geblieben war, war in dem Haus an der Pomeroy Street verankert. Wenn er überhaupt dachte, dann vielleicht daran, daß eines Tages DeeDee und ein nebulöser Ehemann dort leben könnten. Er dachte nicht darüber nach, daß Mike auf der Farm leben könnte. Er dachte über Mike überhaupt nicht nach. Wenn er in seinem Arbeitszimmer blieb und die solide Eichentür geschlossen hielt, konnte er ihre dünnen, ausgehungerten Schreie aus dem Kinderzimmer nicht hören und für längere Zeitabstände vergessen, daß es sie gab. Und irgendwie - wenn Micah nicht da war, lebte Claudia wieder. Nach einer längeren Phase der Stille die Schreie des Kindes zu hören, bedeutete für John, den Tod seiner Frau erneut erleiden zu müssen. John Winships Gesicht sank nach und nach in sich selbst zusammen wie ein Reliefbildnis auf dem Sarkophag eines Kreuzfahrers.

Die koboldhafte DeeDee, die mit jedem Tag ihrer Mutter ähnlicher sah, war das einzige lebende Wesen im Haus, das einen Abglanz der alten magischen Anziehungskraft auf das Gesicht ihres Vaters zaubern konnte. Ungeachtet Ruskys Versuche, ihn für das neue Baby zu interessieren, einen dünnen Säugling mit seinen eigenen langen, leichten Knochen, schmalem Schädel und sanften Augen, konnte er sich lediglich dazu durchringen, ganz gelegentlich Micahs flaumweichen Kopf mit einer Fingerspitze zu berühren oder zuzulassen, daß sich ihre winzige Faust um seinen Finger schloß. Er konnte sich nicht dazu bringen, sie zu wiegen, zu schaukeln oder ihr Studentenlieder oder Balladen vorzusingen, wie er es mit DeeDee getan hatte. Er wurde immer schweigsamer, unzugänglicher, sich selbst genug. Ansichten verhärteten sich zu Vorurteilen, Vorstellungen zu Obsessionen. Das Recht, der Winship-Hof und seine junge Frau, für die Ewigkeit in den Silberrahmen auf seinem Schreibtisch eingefroren, waren die Pfeiler seines Lebens, das Gerüst, mit dem er seine Tage stützte. DeeDee durfte seinen Elfenbeinturm betreten und verlassen, wie es ihr beliebte. Mike blieb vor der Tür, starrte ihn mit seinen leuchtenden Meeraugen an und durfte nicht eintreten. Aber sie gab die Belagerung nie auf.

Selbstverständlich war sie von Anfang an ein schwieriges Kind. Sie schrie laut und anhaltend. Nur Rusky konnte sie beruhigen, wenn auch nur nach längerem Schaukeln und Summen. DeeDee, inzwischen in der ersten Klasse der Grammar School, war mit ihren Malbüchern, dem Tee-Service und ihren Puppen beschäftigt. Sie konnte mit der neuen Puppe kaum etwas anfangen, die sich weder anziehen noch hätscheln ließ, die nur ihren hilflosen und untröstlichen Kummer durch das stille Haus brüllte. John Winship hielt die Tür seines Arbeitszimmers weiterhin vor den hartnäckig fordernden Schreien verschlossen. Und so blieben der weinenden Mike nur die schwarze Frau und deren kleiner Sohn, der ruhig in einem Wäschekorb neben Mikes Bettchen schlief. Mit der Zeit, als sie ein bißchen größer wurde, hörte Mike auf zu weinen und begann zu kämpfen.

Sie wehrte sich an allen Fronten gegen die Erwachsenen, die auch nur den geringsten Versuch unternahmen, sie dirigieren zu wollen. Nach einer Weile gaben die meisten von ihnen auch diese Versuche auf, bis auf Rusky, deren halbherzige Ermahnungen nie in wirkliche Verärgerung abglitten, und deren Arme stets weit zu Tröstungen ausgebreitet waren und nicht zum Strafen. Mike kämpfte mit ihren kleinen, flinken Fäusten gegen jene Kinder in Lytton, die es wagten, ihre Kreise zu stören. Das waren nicht viele, bis auch sie zur Schule kam. Da wurde sie zum Schrecken ihrer kleinen Welt: Ein schmächtiges, elfenhaftes Kind mit Distelwollehaaren und einem quecksilbrigen Verstand, neugierig auf alles, aber streitsüchtig, wenn die Antworten sie enttäuschten oder ihre Intelligenz nicht herausforderten, ohne jede körperliche Angst und den ihrer Ansicht nach Benachteiligten um sie herum leidenschaftlich ergeben. Ihre rauhe Koboldstimme und herzhaftes Lachen kontrastierten scharf mit ihrer spindeldürren Erscheinung. Wie ihr Vater zog Mike Blicke wie ein Magnet auf sich, wenn sie erregt war. Briefe und Anrufe der Lehrer strömten anfangs nur so ins Haus, aber John Winship befaßte sich mit ihnen, indem er sich nicht mit ihnen befaßte. Mit der Zeit wurde aus dem Strom ein Rinnsal, das dann ganz versiegte. Mikes Eigensinn wurde zur Tatsache wie der Tod ihrer Mutter.

Mit acht oder neun Jahren hatte sie eine Phalanx kleiner schwarzer Jungen aus Lightning zu Freunden sowie Ruskys friedfertigen J. W., mit dem sie aufgewachsen war. Mit ihrer Bande durchstreifte sie nach Schulschluß die Wälder hinter dem Winship-Haus, schwang sich aus der schwindelerregenden Höhe von Indian Cove an Weinranken herab, fing Flußkrebse in Turnipseed's Creek. Als John Winship in ihrer Pubertätszeit intervenierte und weitere Kontakte zu den Jungen mit dem Hinweis untersagte, daß sich das »einfach nicht gehört; es würde deiner Mutter das Herz brechen«, tauchte Mike in den Tiefen der Zweigstelle der Carnegie Library in Lyttleton unter und kam nur zum Essen und Schlafen hervor. John Winships stiller Haushalt trat in die sechziger Jahre ein.

Während Mike heranwuchs, alterte Rusky erschreckend schnell. Ihr Blutdruck und »ihr Zucker« verschlimmerten sich, und in jenem Herbst, in dem Mike dreizehn Jahre alt wurde, zog sie sich mit einem Seufzer der Erleichterung in das winzige Pächterhaus im hinteren Teil des Winship-Besitzes zurück, das so lange leergestanden hatte. Von da an kam sie nur noch bis zum frühen Nachmittag ins große Haus. Auch J. W. blendete sich aus, verschwand in die schäbige Betonfertigteil-High School für Schwarze am Rand von Lightning, und die hübsche, überaus weibliche DeeDee wurde zur pedantischen kleinen Mutter für ihre rebellische, sprunghafte jüngere Schwester sowie eine gespenstische Miniaturehefrau für John Winship. Es machte ihr Spaß, sich endlos und ganz offiziell mit den Haushaltsfinanzen, den Mahlzeiten und kleinen süßen Wonnen für ihren Vater herumzuschlagen, und nie versäumte sie es, die am wenigsten zu beanstandenden, am ehesten zusammenpassenden Kleidungsstücke für Mikes Schulbesuch am nächsten Tag herauszulegen. Wenn Mike sich weigerte, sie anzuziehen, schnalzte sie mißbilligend mit der Zunge wie eine dreimal so alte Frau. Rusky bereitete das Essen vor und überließ es dann DeeDee, die Mahlzeiten allabendlich aufzuwärmen, und sie erledigte die schweren Putz-, Wasch- und Bügelarbeiten, aber John Winship war bezaubert und geheimnisvoll getröstet durch sein herumflatterndes Surrogat und pries ihre Dienste mit der ganzen eingerosteten Verve, die ihm geblieben war. Genaugenommen ignorierte er Mike nicht ganz; er nahm sie und DeeDee jede Woche zur Sonntagsschule und in die Kirche mit und erkundigte sich mit spröder Höflichkeit mindestens einmal am Abend, was sie am Tag gemacht und was sie in der Schule gelernt hätte. Da sie jedoch stets mit »Nichts« antwortete, und da er wußte, daß er von irgendwelchen aktuellen Problemen, die über ihrem gesenkten Kopf hereinbrechen könnten, über DeeDee erfahren würde, bemühte er sich erst gar nicht, unter die glatte, geschlossene Oberfläche ihres unbewegten kleinen Gesichts zu spähen. Es wäre wie der Blick in einen Spiegel gewesen.

DeeDee Winship hätte mit ihrer Elizabeth Taylor-Schönheit jeden jungen Mann bekommen können, auf den ihre blauen Augen fielen, aber von der achten Klasse an war sie ausschließlich und unbegreiflicherweise mit Eugene Wingo ausgegangen – weithin als Duck bekannt –, einem gutaussehenden, kräftigen Jungen von Lyttons ersten und einzigen Trailerpark am Rande der Stadt. Von den allerersten Anfängen ihrer Beziehung an hatte Rusky ihn als »jämmerlich« bezeichnet, und das einzige Mal, daß Mike je den Schimmer von Tränen in John Winships Augen erblickt hatte, war bei DeeDees Hochzeit, unmittelbar nach ihrem Abschluß an der Lytton High. DeeDee zog sich pflichtschuldig mit Duck in einen neuen Trailer zurück und belegte Kurse an der nahegelegenen staatlichen Lehrerhochschule. Duck raffte seine strammen Waden und Bizeps, seine à la Robert Mitchum zusammengekniffenen Augen, sein schiefes Grinsen und seinen Ruf als bester Außenverteidiger in der jüngeren Football-Geschichte des Staates Georgia zusammen und machte in Verkauf. In diesem ersten Jahr verhökerte er Ford-Lieferwagen und John Deere-Traktoren an jeden Blue Devils-Fan im Umkreis von fünfzig Meilen. Es war ein Job mit einem hohen Gratifikationsquotienten, aber gewissen Beschränkungen in der Zukunftsperspektive. Notwendigerweise scheiterte seine Verkaufskarriere an der Tatsache, daß es mehr Lieferwagen als Blue Devils-Fans gab. Duck wechselte in die Eisenwaren-Branche über.

DeeDee bekam ihre Examensurkunde in Grundschul-Musikerziehung sechs Tage, bevor ihr erstes Kind geboren wurde. Sechs Tage nach der Geburt des Babys bekam Duck seinen vierten Job. Diesmal sollte er Segelzubehör verkaufen, ungeachtet der Tatsache, daß die Küste 350 Meilen entfernt war. Sie nannten das Kind John Winship Wingo, und John Winship legte einen unantastbaren Treuhandfonds für ihn an und steckte DeeDee tausend Dollar zu, damit sie es sich leisten konnte, eine

Weile zu Hause zu bleiben. Das war eine glückliche Fügung. Zu dem Zeitpunkt, als Duck den maritimen Job los war und einen anderen übernahm, bei dem er von seinem Studebaker aus Kosmetika engros in sechs Staaten verkaufte, war das Kind alt genug, um bei Ruskys kurzlebiger Nachfolgerin Pinky im Haus an der Pomeroy Street bleiben zu können, und DeeDee konnte eine Stellung an der Grammar School von Lytton antreten, um den schwerfälligen, helläugigen Kindern Musikunterricht zu erteilen. Unter Eltern und Lehrern herrschte weitgehend Übereinstimmung darüber, daß DeeDee eine Stimme wie Yma Sumac hatte. Mike, die in ihrem Zimmer im ersten Stock in Exemplaren von *Look* und *Life* vergraben war und an Artikeln für die Schülerzeitung arbeitete, zuckte jedesmal zusammen, wenn DeeDee dem Baby Pseudo-Anden-Arien vorträllerte, wenn sie nach dem Unterricht erschien, um es abzuholen.

Eine Woche nach Mikes dreizehntem Geburtstag starb Rusky im Schlaf in dem kleinen Haus hinter der Ligusterhecke, und die ganze himmelschreiende Einsamkeit, die ihr schützender, schwarzer Körper im Zaum gehalten hatte, brach über Mike herein. Sie war untröstlich. Sie weinte hinter ihren Schulbüchern, sie weinte nachmittags in ihrem Zimmer, bevor ihr Vater von der Arbeit nach Hause kam, und so sehr sie sich auch bemühte, konnte sie es einfach nicht verhindern, daß ihr die Tränen während der gefürchteten, schweigsamen Dinnerstunden die Wangen hinunterliefen. Schließlich hob John Winship seinen Kopf von der Zeitung und sagte: »Ich denke, du solltest zu DeeDee ziehen, bis du dich beherrschen kannst. Sie hat sich nie so aufgeführt, als deine Mutter gestorben ist.«

Die Vorstellung von DeeDees fürchterlichem Mini-Königreich im Wohnwagen, aus dem Ducks endlose Fernsehprogramme auf den nächtlichen Parkplatz hinausplärrten, ließ sie die Tränen hinunterschlucken, obwohl ihr tagelang ein salziger Klumpen in der Kehle saß und sie keinen einzigen Bissen hinunterbekam. Das Abendessen, das schon schlimm genug gewesen war, seit DeeDee und Rusky das hallende Haus verlassen hatten, wurde für Micah und ihren Vater gleichermaßen zur Tortur. Schließlich gab er zu ihrer unendlichen Erleichterung die Scharade auf, schützte Arbeitsüberlastung durch einen ungewöhnlich anspruchsvollen und komplizierten Steuerfall vor und bat sie darum, ihm seinen Teller in sein Arbeitszimmer zu bringen. Künftig aß er dort, und Mike zog sich dankbar mit ihrem Essen in den Schutz ihres Zimmers zurück. Wenn sie mit der Mahlzeit fertig war – eine ziemlich traurige Angelegenheit im Vergleich zu der, die Rusky und selbst DeeDee auf den Tisch gebracht hatten – flüchtete sie in die Bibliothek. Und manchmal, ohne das Wissen und gegen den Wunsch ihres Vaters, schlüpfte sie durch die Ligusterhecke zurück und verbrachte die Abende mit J. W.

Der Junge, inzwischen fast zur Mannesgröße herangewachsen, und in Anwesenheit von Weißen so zurückhaltend, daß man kaum festzustellen vermochte, ob er von normaler Intelligenz war, war nach dem Tod seiner Mutter in dem kleinen Haus geblieben. John Winship hatte an der prächtigen Trauerfeier für Rusky nicht teilgenommen und auch Mike verboten, hinzugehen, obwohl sie gefleht, geschluchzt und getobt hatte.

»Du gehörst dort nicht hin, Micah«, hatte er kühl und abschließend erklärt. »Deine Anwesenheit würde allen anderen ein Gefühl der Unbehaglichkeit vermitteln. Du würdest die Trauerfeier für alle ruinieren, die sie geliebt haben. In solchen Momenten wollen Menschen unter ihresgleichen sein.« Danach hatte sich Mike zwei Tage lang in ihrem Zimmer verkrochen, bis der Hunger sie schließlich wieder hinausgetrieben hatte. John Winship sprach mit ihr längere Zeit nicht wieder über Rusky.

Doch offenbar sprach er mit J. W. über sie, denn vom Wochenende nach Ruskys Begräbnis an erschien J. W. stillschweigend im Hof, um dort zu arbeiten, und an den meisten Nachmittagen kam er nach der Schule für ein paar Stunden ins Haus und erledigte die schweren Putz-, Staubsauge- und Polieraufgaben, die Rusky stets besorgt hatte. Immer lag ein wöchentlicher Geldbetrag für ihn – eine ungewöhnlich großzügige Summe in jenen Tagen im Süden – in der Messingschale auf dem Eßzimmertisch, die einst Daisy Winship gehört hatte. Sein Abendessen nahm er im Haus einer Cousine in Lightning ein, und er schien über genügend Geld für Schulbücher, ein paar neue Kleidungsstücke und – am bemerkenswertesten – einen gebrauchten Fernsehapparat zu verfügen. Nie ging er irgendwoanders hin als zur Schule, in die Kirche, in die Stadt zum Essen oder durch die Hecke zum Winship-Haus, um seine Aufgaben zu erfüllen. Und an den Abenden, wenn er vom Haus der Cousine in die kleine, düstere Hütte zurückgekehrt war, machte er seine Schularbeiten und schaltete dann Jackie Gleason oder Sid Caesar, Imogene Coca oder Peter Gunn ein. Mit seinen dreizehn Jahren hätte er ein abgeklärter, wenn auch nicht unbedingt unglücklicher Mann von vierzig sein können.

An den Abenden, an denen Mike neben ihm auf dem Rand des wackligen Bettes saß, das Rusky gehört hatte, und auf den bläulich flackernden alten Dumont-Fernseher starrte, hatten sie einander noch genauso wenig zu sagen wie in den Tagen von Indian Cove und den Flußkrebsen. Aber ihr Schweigen war nicht unbehaglich. Mike fühlte sich in J.W.s Gesellschaft nie so gereizt oder unruhig wie im Zusammensein mit den meisten anderen Menschen, und er schien ihr gegenüber nicht so augenniederschlagend-ehrerbietig wie bei anderen Weißen. Es war, als gäbe es da zwischen ihnen eine Bindung, die so tief war, daß sie keiner Worte bedurfte, obwohl abgesehen von dieser Bindung doch überhaupt keine Gemeinsamkeiten bestand. Und diese Bindung war ihre gemeinsame Kindheit im Schatten der toten Frau und des trauernden, unzugänglichen Mannes im Haus an der Pomeroy Street sowie den beständigen Segnungen von

Rusky. Nur Mike wußte, daß J.W.s verschlossenes, fast stures Gesicht eine unverfälschte, keineswegs eingeschüchterte Intelligenz verbarg und eine naive, zugängliche Freundlichkeit. Nur er wußte, daß sie noch immer manchmal um seine Mutter weinte. Erst zwei oder drei Monate nach Ruskys Tod erfuhr Mike, daß ihr Vater für J.W.s Essen, seine Kleidung und sonstigen kleinen Ausgaben aufkam. Priss Comfort erzählte es ihr.

»Warum hat er mich denn dann nicht zu ihrer Beerdigung gehen lassen?« erregte sich Mike. »Es ist doch Heuchelei, J. W. zu unterstützen, sich um ihn zu kümmern, aber nicht zu ihrer Trauerfeier zu gehen und auch mich nicht daran teilnehmen zu lassen. Es ist sogar schlimmer als das. Es ist hinterlistig.«

»Nein, das ist es nicht«, entgegnete Priss Comfort ernst. »Es ist ganz einfach seine Art. Dein Vater mag eine ganze Reihe von Eigenschaften haben, aber Hinterlist gehört auf keinen Fall dazu. Du weißt noch nicht einmal ansatzweise, wie er ist. Ich rate dir, ihn nicht zu beschimpfen, bevor du ihn wirklich kennst.«

Mike befolgte den Rat.

4

Priss Comfort war neben Rusky der einzige Fixstern an Mikes Firmament. Priss aus dem merkwürdig aussehenden kleinen Stein-Cottage unten am Sportplatz der High School war für Mike seit ihren Babytagen Anregung, Zuflucht und Freundin gewesen. Die stämmige, alte Jungfer mit kastanienbraunen Haaren und einer pedantischen Trompetenstimme, die Englisch an der Lytton High unterrichtete, eine Jugendfreundin John Winships, war nach dem Arzt der erste Mensch im Haus gewesen, als Claudia starb. Danach kam sie mehrmals in der Woche, bis Mike in den Kindergarten ging, später dann wenigstens einmal pro Woche.

Als Mike von Rusky für alt genug gehalten wurde, um die Straße überqueren zu dürfen, verbrachte sie viel Zeit in Priss' büchervollgestopftem, katzenüberfüllten Haus, in dem Priss ihr vorlas, ihre unzähligen unruhigen Fragen beantwortete und sich mit ihr vernünftig über all jene Themen unterhielt, die man auch mit einem durchschnittlich intelligenten Erwachsenen anschneiden würde. In dem ungeheuer unaufgeräumten Haus nahm Mike Literatur, liberale Politik, Kunst, Musik, Priss' höchsteigene Variante der Ethik, der Heimat- und Familiengeschichte von Lytton in sich auf, neben woanders verbotenen Coca Colas und Nehis. Priss eigene Getränke waren üblicherweise vom Bourbon rötlich angehaucht, und manchmal versank sie auf dem Sofa unvermittelt in Schlaf, während sie gerade Mike zuhörte. Das kam Mike nicht seltsamer vor als alles andere an Priss, und so kam sie gar nicht auf den Gedanken, es zu Hause zu erwähnen. Priss schloß eine undefinierbare aber fundamentale Kluft zwischen Rusky und DeeDee, und sie nahm mühelos den Raum ein, an dem John Winship hätte sein können. Sie ging mit Mike Kleidung kaufen und ließ ihr feines, seidiges Haar schneiden und frisieren. Sie hörte ihre Schulaufgaben ab und ihre größten Hoffnungen, den Kummer, die Irritationen an – aber auch ihre häufigen Wutausbrüche und Frustrationen. Als Folge davon zog sich Mike ähnlich exzentrisch an wie Priss, in einem strengen, unverbindlichen Stil, sie trug eine Frisur, die niemand in Lytton als solche erkannte, und sie entwickelte eine harte und weitausholende Art des Denkens und Sprechens.

Für DeeDee tat Priss nichts entsprechendes. DeeDee brauchte keine Ratschläge im Hinblick auf ihre gerüschten und gestärkten Kleider, auf ihr lockiges Haar, und John Winship hörte sich ausnahmslos und aufmerksam ihre beispielhaften Schularbeiten und ihre belanglosen, konventionellen Kümmernisse an. Dee-

Dee wußte immer, wohin sie wollte, sie war nicht neugierig. Rusky schüttelte zwar düster den Kopf über Priss Comforts auffällige Bourbon-Aura, sagte aber ebensooft: »Ich weiß nicht, was wir ohne Miss Priss machen würden.«

DeeDee nannte sie Tante Priss, aber für Mike war sie immer nur Priss.

»Ich bin nicht deine Tante«, hatte sie einmal zu DeeDee gesagt. »Ich bin weder die Schwester deines Vaters noch die deiner Mutter. Sei präzise, DeeDee. Nenne die Dinge beim richtigen Namen.«

Aber DeeDee war nicht präzise und konnte sich nicht erinnern.

»Das ist schon in Ordnung«, meinte Priss später zu Mike. »Ich verlange Schwieriges, aber nichts Unmögliches.«

5

Als Mike vierzehn Jahre alt war, zog Bayard Everett Sewell mit seiner verwitweten Mutter in das alte Parsons-Haus drei Türen weiter, und ihre bedenklich schwankende Welt fiel mit ihm in Reih und Glied wie ein Kaleidoskop. All das, was zuvor einsam, trübe oder feindlich erschienen war, schien plötzlich kristallklar, herrlich, perfekt passend, gesichert. Bay Sewell war einfach wunderbar. Er war das Leben, das Atmen, Bewegung und Lachen. Er war zu gut, um wahr sein zu können. Aber er war wahr. Er war wirklich und greifbar. Von fast genau dem Moment an, an dem sie sich kennenlernten, an der Auffahrt zum Parsons-Haus, wohin Mike gegangen war, um den Männern zuzusehen, die die kärglichen Möbel der Sewells abluden, war er vor allem *da*.

Bayard Sewell war dunkelhaarig, blauäugig, gutaussehend, offen, lustig, unbeschwert, klug, sprachgewandt und von ausgeglichenem Temperament. Er war geschmeidig wie eine Katze und hätte ein meisterlicher High School-Sportler sein können, aber er arbeitete nach der Schule und an den Wochenenden, um die schmalen Einkünfte seiner Mutter aufzubessern, die auf Auftrag hin backte und schneiderte, wenn es ihr Rheumatismus zuließ. Nach einem Jahr hatte er alle Ämter und Ehren an der Lytton High inne, die keine Zeit nach der Schule beanspruchten, und den drittbesten Jahrgangsdurchschnitt in der Schulgeschichte. Nach drei Jahren war nicht zu übersehen, daß Bayard Sewell das war, was amerikanische Pädagogen meinten, wenn sie von »erstklassigem College-Material« sprachen.

Er hatte kaum Aussichten, aufs College zu gehen, aber er klagte nicht, sondern nahm sich ganz realistisch vor, nach dem Abschluß der High School einen Vollzeitjob anzunehmen und sich auf der Abendschule weiterzubilden. Als er in der Abschlußklasse war, hatte sich der Gesundheitszustand seiner Mutter so verschlechtert, daß sie gar keine Arbeit mehr annehmen konnte, und ihre vornehme Mittellosigkeit war kurz davor, in offene Armut abzugleiten. Arbeit nach der Schule war ein Muß. Die Pension seiner Mutter konnte nur einen ernähren.

»Haßt du es denn nicht, dauernd arbeiten zu müssen?« fragte ihn Mike einmal, ziemlich am Anfang.

»Nein«, sagte er. »Ich hasse nur zwei Dinge.«

»Welche?«

»Kleinstädte«, erwiderte er, »und arm zu sein.«

Er war in Mikes Alter, und von diesem ersten Augenblick an der Auffahrt an, sprachen sie eine eigenartig identische Sprache des Herzens und waren unzertrennlich. Er hielt ihr Aussehen nicht für kurios, ihre Meinungen nicht für unmöglich, ihre Handlungen nicht für fragwürdig. Er hielt sie für hübsch, mutig, klug und lustig. Unter der Sonne seiner Anerkennung kroch

Mike aus ihrem Kokon und kam diesen Eigenschaften sehr nahe. Er schien auch zu fühlen, daß sie seinen unmittelbaren Schutz nötig hatte und vermöbelte einen stämmigen Jungen aus der Stadt, der sich über sie lustig gemacht hatte, so nachhaltig, daß nie wieder jemand auf den Gedanken kam, das zu wiederholen. Derart hofiert, verteidigt und umsorgt verlor Mike das Gefühl, ein Kuckuck im fremden Nest zu sein, und sie schwebte auf Wonnewölkchen. So muß sich DeeDee gefühlt haben, staunte sie innerlich. So muß sich meine Mutter gefühlt haben. Wie grauenhaft, zu sterben und das zu verlieren.

Und sie spürte von neuem die lang vergrabene Lanze der Schuld am Tod von Claudia sowie ein verschämtes Verlangen, ihrem Vater den unermeßlichen Verlust irgendwie zu vergüten. Aus ihrem neuen Glück heraus suchte sie nach etwas, was sie ihm geben konnte. Und wie sich herausstellte, war das Bayard Sewell.

Bayard hatte nicht viele freie Stunden, aber die verbrachte er in ihrer Gesellschaft. Üblicherweise lernten sie. Dann schmusten sie. Der Junge hegte eine respektvolle Bewunderung für John Winship, und als er und Mike das letzte Jahr auf der High School begannen, verbrachte John viele seiner Abende mit den beiden. Dann tauchte er aus seinem Arbeitszimmer auf, rieb sich die Augen, streckte sich, stellte die Kaffeemaschine in der Küche an und machte es sich in dem Ohrensessel bequem, in dem er auch gesessen hatte, als sich Claudia, die kleine DeeDee und er an den Abenden zusammengefunden hatten. Bayard Sewell und eine zögernde Mike schlugen die Bücher zu, setzten sich auf der Couch aufrechter hin, und John verwickelte Bayard und – am Rande – Mike in ein Gespräch.

Meist sprachen sie über Neger. Oder John Winship redete, und Mike und Bayard Sewell hörten zu.

John Winship war mit den Jahren einer dieser konfliktbeladenen und oft karikierten, gutsituierten Südstaatler geworden, die erklärten, einzelne Schwarze zu mögen, sie zu verstehen, die die Rasse kollektiv jedoch fürchteten und verabscheuten. Er hatte Rusky und J. W. unter seinem Dach ernährt und unterstützt, sich um ihr Wohlergehen gekümmert, ihre Arztrechnungen bezahlt, seine Kinder Rusky anvertraut, ihre Beerdigungskosten beglichen, und jetzt unterstützte er ihren Sohn. Aber für die Neger in ihrer Gesamtheit hatte er keine anderen als harte und bittere Worte. Die aufstrebende Bürgerrechtsbewegung brachte ihn von Anfang an in Rage.

»Sie sind darauf aus, alles zu übernehmen. Unsere Schulen, unsere Kirchen, unsere Töchter, unser eigenes Land. Wir müssen ihnen hier und jetzt Einhalt gebieten«, psalmodierte er, und Mike und Bayard Sewell sahen ihn im Lampenlicht an, entdeckten im Erröten der Erregung auf seinem asketischen Gesicht etwas von dem Magnetismus, der Claudia Searcy zu ihm hingezogen hatte. Sie lauschten aufmerksam seiner Stimme, schenkten seinen Worten aber wenig Beachtung. Irgendwo, irgendwann im langen Zwielicht seiner Isolation war John Winship ein bigotter Mann geworden, der neben den Negern auch Juden, Republikaner und Nordstaatler fürchtete und verfluchte. Die letzteren drei Gruppen überschüttete er mit Hohn und Spott, aber die Neger konnten ihn in schier unermeßliche Wutausbrüche treiben. Auch wenn Mike und Bayard diese Tiraden schon viele Male gehört hatten, nickten sie jedesmal aufs Neue, und Bayard murmelte üblicherweise etwas wie »Ja, Sir«, oder »Ich verstehe, warum Sie das sagen.« Mike wußte, daß er die Einstellung ihres Vaters nicht teilte und hatte, zu Beginn, an seiner Aufrichtigkeit gezweifelt.

»Nun, ich mag deinen Daddy«, sagte er. »Er hat keinen Menschen, bei dem er mal Dampf ablassen kann. Über die meisten anderen Themen weiß er ganz gescheite Dinge zu sagen. Es schadet doch nichts, ihm zuzuhören.«

Und es schadete tatsächlich nichts. John Winship schien,

soweit er dazu in der Lage war, einen Narren an Bayard Sewell gefressen zu haben.

»Er wird seinen Weg machen, das steht fest«, sagte er. »Es ist eine Schande, daß kein Geld für seinen Collegebesuch da ist, aber ich habe mit Flora gesprochen, und es gibt tatsächlich keinen einzigen überflüssigen Cent. Ein Junge wie er sollte nicht auf die Abendschule angewiesen sein.«

»Aber bei dir war es doch genauso, Daddy«, sagte Mike.

Er runzelte die Stirn. »Ja, aber man hofft doch immer darauf, daß es die Jungen nach einem leichter haben«, sagte er.

»Und was ist mit den Mädchen?« fragte Mike nicht.

»Du bist der Sohn, der ich werden sollte«, sagte sie zu Bayard Sewell. »Du machst ihn glücklicher, als ich es je könnte.« Sie sagte es nicht bitter, sondern dankbar und aus einem Gefühl für die Gunst der Stunde. Sie verspürte nicht den geringsten Hauch von Verärgerung. Mikes Ärger war stets vom Haus an der Pomeroy Street ausgestrahlt, hatte sich nie gegen es gerichtet. Und als sie Bayard kennengelernt hatte, war der Ärger in Rauch aufgegangen.

Die ganze Stadt schwärmte für Bayard Sewell.

»Du bist ein wirklich glückliches Mädchen«, sagte dieser oder jener immer wieder, nachdem klar wurde, daß die Freundschaft mehr war – eine Flamme, die alles verzehrte, die für die Ewigkeit bestimmt war. Mike liebte mit jedem Atom ihres Seins. Es war Bayard Sewell, der an den langen Sommerabenden auf der mit Glyzinen berankten Veranda des Hauses an der Pomeroy Street vernünftig war und sich zurückhielt, wenn sie sich küßten, bis Mike nahezu um den Verstand gebracht war.

»Es wird alles noch viel besser sein, wenn wir noch ein bißchen warten«, sagte er dann heiser und schob die liebesnärrische Mike von sich.

»Aber ich will nicht warten«, tobte Mike gegenüber Priss Comfort am Tag nach einer solchen Szene. »Was soll schon sein, wenn ich schwanger werde? Wir werden sowieso heiraten. Wir werden ohnehin Kinder bekommen.«

»Ich kann nur hoffen, daß du nicht schwanger wirst, weil ihr selbst noch Kinder seid«, entgegnete Priss spitz.

»Wir sind keine Kinder mehr. Er jedenfalls nicht.«

»Damit hast du recht«, meinte Priss. »An Bayard ist absolut nichts Kindliches.«

»Warum sollten wir dann noch warten?«

»Weil es unvernünftig wäre, es nicht zu tun, Mike. Und du bist nicht unvernünftig. Du wirst eine Mutter werden, hoffe ich, und eine gute dazu. Aber vorher gibt es noch so vieles andere, was du werden solltest.«

»Zum Beispiel?«

»Eine Persönlichkeit zum Beispiel.«

»Ich bin bereits eine Persönlichkeit.«

»Nein. Du bist eine vielversprechende Kandidatin. Geh jetzt heim. Ich bin müde, sehne mich nach einem Bad, und F. Scat Fitzgerald will sein Abendessen.«

Als die Hälfte ihres letzten High School-Jahres hinter ihnen lag, war abgemacht, daß sie im folgenden August heiraten wollten, und John Winship sie beide auf die University of Georgia in Atlanta schicken würde. Dann konnte Bayard einen Abendjob annehmen, wenn er wollte, und sie würden im Haus an der Pomeroy Street wohnen, bis sie ihre Examina abgelegt hätten. Im hallenden Tempel für Claudia gab es mehr als genug Platz; Flora Sewell wohnte nur ein paar Türen weiter, und ihr Sohn konnte ein wachsames Auge auf sie haben. John Winship war beschwingter, als Mike ihn je erlebt hatte, redete nahezu ohne Punkt und Komma und wischte ihren Dank beiseite. Bayard Sewell strahlte vor Glück und Dankbarkeit gegenüber John. Mike war sprachlos vor Freude. Zum ersten Mal in ihrem Leben fühlte sie sich wirklich als eine Winship, und manchmal sah sie ihren Vater an, und er fing den Blick ein und lächelte sie an, oder doch fast, und sie dachte: Ich bin Mike Winship. Micah *Winship*. Ich bin er, und er ist ich. Und sie wußte mit einer Klarheit, die ihren Jahren weit vorauseilte, daß es nicht wichtig war, welche Münze die Zugehörigkeit gekauft hatte, noch wie spät. Nur die Zugehörigkeit zählte. Dazuzugehören. Mike Winship zu sein, zu John Winship zugehören und zu Bayard Sewell. Das habe ich gut gemacht, wußte sie in ihrem Inneren.

Selbst DeeDee, erschöpft von Unterricht, Hausarbeit und der Pflege des Babies, sowie anschwellend durch zuviele Makkaroniaufläufe mit Käse, stimmte zu.

»Man stelle sich vor – meine kleine dürre Schwester und so ein Mann«, sagte sie.

Lediglich Priss Comfort schien über die Verbindung nicht entzückt zu sein.

»Paß du nur auf, daß du nicht schwanger wirst, bevor zu mit der High School fertig bist und irgendeine ordentliche Arbeit machst«, schnappte sie. »Du weißt, was man da nimmt?«

»Oh, Priss, natürlich. DeeDee hat mir gesagt . . .«

»DeeDee ist die Richtige, anderen in Sachen Schwangerschaftsverhütung Ratschläge zu geben«, grollte Priss und ging mit Mike zu einem Gynäkologen in Atlanta und ließ ihr ein Diaphragma anpassen.

»Freust du dich denn nicht für mich?« fragte Mike sie einmal. »Du machst nicht gerade den Eindruck.«

»Wir wollen mal sagen, die Geschworenen beraten immer noch«, erwiderte Priss. In diesem Winter, während es langsam Frühling wurde, fand Mike Priss mehr als einmal einwandfrei betrunken auf dem Sofa im kleinen Steinhaus an. Aber sie ging nicht mehr so häufig dorthin wie früher, also konnte sie nicht feststellen, ob Priss mehr als gewöhnlich trank.

6

Es war in Priss' Unterricht in Englischer Literatur, daß Mike einen wichtigen Teil ihrer Persönlichkeit entdeckte.

Priss ließ die Abschlußklasse *Othello* lesen, und Mike verfiel dem vollen, glitzernden Zauber des tragischen Mohren. Sein komplexer Charakter, seine Grandeur, Torheit, sein Leid – seine reine Menschlichkeit – sangen in ihren Ohren und füllten ihre Gedanken. Sie war überzeugt, nie zuvor einem so vollständigen und leidgeprüften menschlichen Wesen begegnet zu sein. Und damit, wußte sie, stand sie allein.

Die Klasse bestand aus Mike und ein paar anderen Schülern aus der Stadt sowie einer Reihe von schlaksigen, schwerfälligen Achtzehn- und Neunzehnjährigen, die in jedem Frühjahr ausfielen, um zu pflügen und zu pflanzen sowie im Herbst für die Ernte. Manche wiederholten Priss' Klasse zum zweiten oder dritten Mal, denn im Gegensatz zu vielen anderen Lehrern in Lytton, die erleichtert aufseufzten, wenn sie in Festanstellung übernommen wurden und automatisch jeden bestehen ließen, der seinen Namen schreiben konnte, bestand sie darauf, daß ihre Schüler zu einer korrekten Zensur kamen, und sei es die schlechteste. Aber leicht war das nicht. Nur wenige der Farmerkinder mochten Priss, aber alle fürchteten sie. Und keiner von ihnen mochte Shakespeare. Alle haßten *Othello*. Erst in der dritten Januarwoche begriff Mike, warum.

»Nun«, sagte Priss an einem grauen, kalten, verregneten Morgen, »wir wissen jetzt, wie die äußeren Ereignisse zusammenwirken, um Othello zu Fall zu bringen. Aber wie sieht es mit den inneren aus? Was ist mit den Kräften im Inneren dieses Mannes? Können Sie sich irgendeine Eigenschaft, ein Gefühl in Othello vorstellen, der dazu beiträgt, den Mohren in den Untergang zu treiben? Ja, Wesley?«

Mike wandte neugierig den Kopf. Wesley Cato war ein hagerer, stiernackiger Riese aus der Gegend von Red Oak, an der Lytton High vor allem wegen der Schrotkugel berühmt, die seit seiner Kindheit in seinem Augenlid steckte, und für die Tatsache, daß er die zwölfte Klasse häufiger als jeder andere Schüler in der Schulgeschichte wiederholt hatte. Mike hatte gehört, daß dies sein vierter Versuch war. Sie hatte keine Ahnung, wie alt Wesley inzwischen war. Jedenfalls alt genug, um feine Fältchen in der dünnen, aufgeschwemmten Haut um seine hervorstehenden hellen Augen zu haben, aber das konnte auch von der Sonne kommen. Wenn Wesley nicht auf den Feldern seines Vaters arbeitete, war er mit seiner Harley-Davidson unterwegs. Mike hatte in Priss' Klasse noch nie ein Wort von ihm gehört.

»Das liegt daran, daß er ein Nigger war«, schnarrte Wesley nasal. »Jeder weiß doch, daß Nigger immer Scheiße bauen, sobald man ihnen eine Chance dazu gibt.«

Es herrschte absolute Stille. Sie summte in Mikes Ohren und schien kein Ende nehmen zu wollen. Sie zuckte mit dem Kopf herum, um Priss Comfort anzublicken. Als Priss die Lippen zu einer vernichtenden Rede öffnete, explodierte die Klasse vor Lachen, und alles, was sie sagen wollte, ging in dem Getöse unter. Er spricht von J. W., dachte Mike ungläubig. Er spricht von Rusky. Sie holte tief Atem. Sie kam sich vor, als habe sie jemand in die Magengrube geschlagen und ihr dadurch die Luft genommen. Sie kam sich vor, als würde sie das ganze Geschehen aus zwanzig Meter Höhe betrachten. Aus dieser kühlen, abgehobenen Entfernung sah sie sich aufstehen, umdrehen und hörte sich mit kalter Stimme zu Wesley Cato sagen: »Das stimmt nicht. Es ist ganz mies, so etwas zu sagen. Wage es ja nicht, in dieser Klasse oder Schule ›Nigger‹ zu sagen, du . . . Abschaum. Othello ist einer der traurigsten, besten Menschen, von denen ich je gehört habe. Er ist fünfhundertmal besser als du.«

Und während sie das sagte, erkannte Mike eine grundsätzliche Wahrheit, so neu, einfach und weltbewegend wie die Tatsache ihrer Existenz: Die schwarzen Menschen sind ebenso gut wie ich oder jeder andere, und wir haben sie seit Hunderten von Jahren abscheulich behandelt. Sie sind wie ich; sie sind ich, und ich bin sie. Es ist falsch, alles ist falsch. Warum habe ich das vorher nicht schon gewußt? Warum hat es mir niemand gesagt?

Es war ein zeit- und raumloser Augenblick, anders als alles, was sie zuvor empfunden hatte, und sie war mit der Ungeheuerlichkeit in Priss' schal riechenden Klassenraum lange Zeit allein, bis sie von Wesley Catos wütendem Schnarren durchbrochen wurde. »Nun, sieht ja ganz so aus, als wäre Miss Mike Hochwohlgeboren Winship ein Niggerliebchen, oder?«

Eine langsame kalte Wut stieg in Mike hoch, und eine profunde Überraschung. Der Gedanke formte sich in ihrem Kopf und blieb da hängen, vollkommen und schwer wie eine Frucht: Wie kann er es wagen, mich so zu nennen? Wie kann es dieser weiße Abschaum wagen, mich das zu nennen? *Ich bin Micah Winship.* Sie starrte ihn an, die Wut zog sich in ihrem Magen zusammen.

»Setz dich, Mike«, sagte Priss Comfort in das Schweigen, das Wesleys Worten gefolgt war. »Wesley, nehmen Sie Ihre Sachen und verlassen Sie den Raum. Sie brauchen nicht wiederzukommen. Ich will derartige Worte in meiner Klasse nicht hören, und ich will Sie auch nicht hier haben. Um Ihre Zensur werde ich mich irgendwann im Jahr Zweitausend kümmern.«

Wesley Cato starrte sie eine ganze Weile herausfordernd an, aber dann holte er seine Bücher und seine Mappe hervor, stakste nonchalant aus der Klasse und schlug die Tür hinter sich zu. Mike setzte sich, Stirn und Oberkörper waren brennendheiß. Ihr war schwindlig und kalt vor Empörung und neuer Erkenntnis. Der Rest der Klasse starrte beflissen auf Shakespeares Verse, die meisten von ihnen seit September zum ersten Mal. Priss fuhr mit dem Unterricht fort.

»Das war vielleicht ein Ausbruch«, stellte sie am Nachmittag fest, als Mike auf ihrem Weg zur Bibliothek bei ihr vorbeikam. »Was ist denn nur in dich gefahren?« Sie blickte Mike sehr intensiv an, als wollte sie in Mikes Gesicht etwas erkennen, was außerhalb Mikes Wahrnehmungsvermögen lag.

»Ich weiß nicht«, sagte Mike ein bißchen nervös, wie so häufig unter Priss' grünen Augen. »Es war plötzlich nur so . . . Ich kann es einfach nicht erklären . . .«

»Man nennt es Epiphanias«, sagte Priss. »Saulus von Tarsus erlebte etwas ähnliches auf der Straße nach Damaskus. Hat ihn ganz schön verändert, würde ich sagen. Schön und gut. Nachdem du nun auch dein Epiphanias hattest, was willst du daraus machen?«

»Ich weiß nicht«, erwiderte Mike. Ich muß darüber noch ein bißchen nachdenken. Aber ich habe das Gefühl, daß es etwas ist, das man nicht vergessen sollte. Daß ich nicht vergessen sollte. Aber ich habe keine Ahnung, was ich tun sollte. Was meinst du, Priss?«

»Ich meine, daß du sehr genau wissen wirst, was du zu tun hast, wenn der Zeitpunkt gekommen ist«, sagte Priss. »Aber du könntest ja schon mal mit diesem Essay anfangen. Geh in die Bibliothek und sieh nach, was die da über die Bürgerrechtsbewegung haben . . . obwohl ich stark bezweifle, daß sie in Lytton überhaupt etwas haben . . . und versuche, diese gute neue Leidenschaft von dir mit ein paar Fakten zu untermauern. Das wäre ein ganz guter Anfang.«

Als sie ging, kam es Mike so vor, als hätte sie einen winzigen Anflug von Feuchtigkeit in Priss' Augen erspäht, aber da nur eine Lampe im überfüllten Wohnzimmer gebrannt hatte, konnte sie sich nicht sicher sein. Doch dann war sie überzeugt, sich geirrt zu haben. Priss in Tränen war wie eine Madonna in sexueller Erregung – einfach jenseits jeder Vorstellungskraft.

»Schön von dir, diesem verrückten Cato die Meinung zu

sagen«, erklärte Bayard Sewell, nachdem sie ihm von dem Zwischenfall erzählt hatte. »Aber du solltest besser dafür sorgen, daß dein Daddy nichts davon erfährt. Sonst trifft ihn der Schlag.«

Mike war versucht gewesen, ihm von der bemerkenswerten Erkenntnis zu berichten, die ihre Worte begleitet hatten. Nun tat sie es nicht. Irgendwie hatte sie erwartet, er würde spüren, was in ihr vorgegangen war, es verstehen und die Fülle des Erlebnisses mit ihr teilen. Sie hätte nicht sagen können, warum sie schwieg. Schließlich war seine Einschätzung ihres Vaters absolut richtig. Aber sie hatte nicht einmal im Traum daran gedacht, Wesley Cato die Meinung zu sagen, das war nicht die Aussage ihrer Worte gewesen. Zum ersten Mal hatte ihr privates Lexikon versagt. Das verwirrte sie, und sie kam nie wieder darauf zurück.

Als es langsam Frühling wurde, widmete sich Mike ihrem Essay in der Bibliothek, während er in Pembrokes Drugstore arbeitete, und wenn sie sich danach trafen, um über den Tag zu sprechen, ihre Zukunft, um einander zu umarmen und ihre endlosen Zärtlichkeiten auszutauschen, blieb die ängstliche neue Erkenntnis in Mikes Herzen stumm zwischen ihnen – so warm, lebendig und verborgen wie ein Embryo.

7

Mike arbeitete an einem Essay, mit dem sie sich an einem Wettbewerb beteiligen wollte, der von der Georgia Civil Liberties Union ausgeschrieben war. Der Preis war ein Jahresstipendium für die University of Georgia, Unterkunft und Verpflegung eingeschlossen, und Mike brannte darauf, ihn in Bayard Sewells Anwesenheit ihrem Vater vorweisen zu können, wenn es soweit war. Sie war sich durchaus bewußt, daß ihr neuer Status als gelittene Tochter im Winship-Haus und ihre leise Anerkennung in John Winships Augen von Bayard Sewell und keineswegs durch eine ihrer eigenen Qualitäten errungen worden waren. Aber wenn sie sich darüber auch nicht grämte, so leuchtete die Möglichkeit einer so großartigen Geste in ihr doch wie eine angezündete Wachskerze.

Weder Mike noch irgendjemand sonst in Lytton wäre mit der Ausnahme von Priss Comfort, die an der Lytton High für den Wettbewerb verantwortlich war, in der Lage gewesen, die Civil Liberties Union vom Obersten Gerichtshof der Vereinigten Staaten zu unterscheiden, und so hatte Mike wenig Skrupel, sich des Essays anzunehmen. Sein Thema – »Der Süden in Flammen: Die Bürgerrechtsbewegung am Scheidewege« – versetzte ihr zwar dann und wann ein paar unbehagliche Stiche, besonders wenn sie sich die Reaktion ihres Vaters auf ihren Sieg vorstellte, aber sie verdrängte das und sah vor ihrem inneren Auge seinen Stolz und Respekt, wenn sie ihm den Scheck über eintausend Dollar überreichte. Sie setzte ihre Nachforschungen in der Bibliothek fort, die, wie Priss weise vorausgesagt hatte, im Hinblick auf Informationen über die Bürgerrechtsbewegung praktisch jungfräulich rein war; aber Priss stellte gutes Quellenmaterial zur Verfügung, und Mikes neuer Konvertitenehrgeiz brachte sie schnell voran.

Sie sprach mit niemandem über ihren Essay mit Ausnahme von – vielleicht nicht einmal überraschend – J. W. Cromie. Bayard Sewell und ihrem Vater gegenüber erklärte sie ihr Verschwinden in der Bibliothek und ihrem Zimmer im ersten Stock mit dem Satz: »Das wird eine Überraschung.« Und oberflächlich betrachtet stimmte das ja auch. Weiter dachte Mike nicht. Im neuen Elan ihres Glücks war sie nur allzu bereit gewesen, jede Selbstbeobachtung aufgeben zu können. Mit Priss hätte sie auch über ihre Arbeit gesprochen, aber Priss erkundigte sich nicht danach. Als Mike ganz zu Anfang das Thema ein oder zweimal angeschnitten hatte, bekam sie von Priss als Antwort zu hören: »Wir werden darüber sprechen, wenn der Wettbewerb vorüber ist. Jetzt möchte ich kein Wort dazu hören. Es ist wichtig, daß alles, was du da schreibst, vollständig aus dir selbst herauskommt, Mike.«

Aber mit J. W. sprach sie an vielen Abenden, wenn sie mit ihrer Arbeit fertig war und Bayard von seinem Job im Drugstore direkt ins Eßzimmer der Winships gegangen war, um am riesigen runden Eichentisch unter dem Familienkronleuchter zu lernen. Später, gegen halb elf trafen sie sich kurz in der Küche zu einem Kakao. John gesellte sich zu ihnen, um sich dann mit vollendetem Takt in sein klösterliches Schlafzimmer zurückzuziehen und den Wohnraum ihnen, ihren sehnsüchtig-gierigen Händen und Lippen zu überlassen. Aber die leere Stunde dazwischen füllte Mike mit erneuten Besuchen bei J. W. im kleinen Haus hinter der Ligusterhecke.

Wie es seine Gewohnheit war, sagte J. W. während dieser Besuche kaum etwas, aber er hörte zu. Mike berichtete ihm, was in ihren Nachschlagewerken, Zeitungen und Zeitschriften stand, was sie aus Radio und Fernsehen erfahren hatte - ganz so, als hätte er selbst keinen Zugang zu diesen Medien; aber am wichtigsten war, daß sie ihm ihre Meinung zu dem allen mitteilte. Ihre Gedanken waren anfangs extrem schwärmerisch und idealistisch, im Aufwind ihres Offenbarungsfeuers dahintreibend, aber nach und nach entwickelte sich eine prägnante, annehmbar vernünftige Form ihrer Kritik: eine durchaus akzeptable Bestandsaufnahme des Ringens um Rassengleichheit im Süden der Vereinigten Staaten und der Dinge, die ihm förderlich oder auch hinderlich sein konnten. Obwohl sie praktisch keine Kenntnis von der Welt außerhalb des Südens hatte und keine Vorstellungen vom Phänomen der Bewegung, verfügte Mike doch über das langfristige, fast unbewußte Wissen des geborenen Südstaatlers von den Strukturen und Realitäten des alltäglichen Lebens von Schwarzen unter Weißen. Das verlieh ihren ein bißchen simplizistischen und leidenschaftlichen Ansichten zum Thema einen überzeugenden Pragmatismus.

Und Mike besaß das, was man in Lytton einen guten Umgang mit Worten nannte. Sie las J. W. ihren Essay in allen Phasen des Entstehens vor, in allen Entwürfen, mit allen Überarbeitungen. Er sagte nichts, nickte nur, wenn sie eine Pause machte oder ihn ansah. Sein Gesicht wirkte so versammelt-ernst, so verständnisvoll, als wäre es im Grunde gar nicht er, um den es dabei ging. Mikes lange frühe Jahre des Gefühls, allein und isoliert zu sein, des Verrats bei ihrer eigenen Geburt, gaben ihren Worten eine Dringlichkeit und treffende Präzision, die mitunter – sehr selten – ein flüchtiges Lächeln auf seine Züge zauberten. Hätte sie dieses Lächeln bemerkt, dann hätte sie gewußt, daß sie in J. W. einen aufmerksameren Zuhörer hatte als in jedem Juristen in den Büros in Atlanta, aber sie blickte nur selten von ihren Unterlagen auf, wenn sie ihm vorlas.

Mike hätte auch noch etwas anderes sehen können: Die kleine Flamme eines neugeborenen Stolzes und Engagements. Sie konnte nicht wissen, daß sich in ihren Worten an jenen Frühlingsabenden für J. W. Cromie Möglichkeiten abzeichneten, von denen er nicht einmal geahnt hatte, daß sie überhaupt existierten. Sie beide empfingen den Essay, nährten und gebaren ihn. Mitte März tippte Mike ihn ein letztes Mal ab und brachte ihn zur Post.

Im Mai erfuhr sie, daß sie den Wettbewerb gewonnen hatte.

Mike rannte lachend und sich selbst umarmend vom Postamt in Lytton zu Priss Comforts Haus. Priss sah sie lange Zeit an und blickte dann auf den Scheck über tausend Dollar und lächelte.

»Laß mir eine Kopie da, wenn du gehst«, sagte sie. »Jetzt werde ich es lesen.«

»Es ist eine gute Arbeit, Mike«, sagte sie am nächsten Tag. »Sie verrät mir eine Menge darüber, wie dein Leben verlaufen wird, wenn du nur hart genug arbeitest und mutig bist. Das sind Kriterien, über die ich noch nichts aussagen kann. Hast du den Essay deinem Vater gezeigt? Weiß er von dem Preis?«

»Nein«, erwiderte Mike. »Ich wollte noch warten, ihn überraschen ... oh, irgendwann später dann, wenn wir die Hochzeit und das alles vorbereiten, ganz einfach sagen: ›Ach, übrigens, im nächsten Jahr brauchst du dir im Hinblick auf das College keine Sorgen um mich machen‹ oder so was ähnliches. Dann gebe ich ihm ganz beiläufig den Scheck.«

Priss sah sie nachdenklich an.

»Und was ist mit Bayard?«

»Ich ... nun ja, nein. Er hat die Arbeit nicht gelesen und weiß auch noch nichts von dem hier. Ich habe den Scheck doch gerade erst bekommen, Priss. Ich bin sofort zu dir gelaufen ...«

»Ich denke, du hast recht, Mike. Wenn du vielleicht auch noch nicht weißt, warum du warten willst. Ich denke, du willst vielleicht warten, bis du verheiratet bist – falls du wirklich ganz sicher bist, daß du heiraten willst ...«

»O Priss! Natürlich will ich heiraten. Es ist doch das, was ich immer ...«

»Schon gut, schon gut.« Priss hob beschwichtigend die Hand. »Man wird ja wohl versuchen dürfen ... Dieser Essay macht mir ganz deutlich, wie wichtig du für den Süden werden könntest. Ich habe immer gehofft, du würdest vielleicht Journalistin werden. Und ich bin sicher, mit viel Arbeit, Hingabe und dem Mut, über den du zweifellos verfügst, könntest du zu gegebener Zeit eine der wichtigen Stimmen im neuen Süden sein. Wenn wir, mit Gottes Hilfe, den alten abwürgen können.«

»Du hast gehofft? Du glaubst? Nun ... Himmel, Priss. Danke. Du hast mir nie gesagt ... Aber warum sollte ich das nicht trotzdem tun können? Was hat denn die Ehe damit zu tun?

Warum kann ich nicht beides tun? Ich wollte immer berufstätig sein. Auch Bay hat stets gesagt, ich solle es tun ...«

»Das will ich wohl glauben, daß er dafür ist«, sagte Priss. »Ich denke schon, daß du beides tun könntest, Mike. Ich denke nur nicht, daß du es tun wirst. Die ganze Leidenschaft, das Feuer, das du deiner Arbeit schenken müßtest, wird deinem jungen Mann zuteil werden«, erwiderte Priss traurig. »Du hast das Talent und du hast die Leidenschaft, aber ich glaube wiederum nicht, daß du von beiden genug hast, um beides zu verwirklichen. Und ich befürchte manchmal auch, daß du vielleicht noch nicht genug Mut dazu gefunden hast.«

»Warum sagst du so etwas?« Mike war getroffen.

»Weil du diesen erstklassigen Essay weder deinem Vater noch deinem Verlobten gezeigt hast. Du hast auch beiden noch nicht erzählt, daß du den Wettbewerb gewonnen hast. Überraschung? Unsinn! Wie dein junger Mann über die Rassenfrage denkt, weiß ich nicht, aber wir wissen beide, welche Meinung dein Vater dazu hat.«

»Nun, wenn du dieser Meinung bist, dann werde ich jetzt nach Hause gehen und beiden den Scheck auf der Stelle zeigen ...«

»Nein. Wie gesagt, ich glaube, du hast recht. Ich glaube, du solltest es nicht tun. Ich fürchte, sie könnten es nicht verkraften – vielleicht auch du selbst nicht. Warte, bis du verheiratet bist. Warte, bis du an der Universität so gut wie eingeschrieben bist. Warte, bis du immatrikuliert bist. Dann wird es vielleicht schwerer sein, einmal gefaßte Pläne noch zu ändern.«

»Warum sollten denn Pläne geändert werden? Du meinst doch nicht etwa, daß ein so kleiner, alberner Essay etwas an Daddys Absicht ändert, uns das Studium zu bezahlen und uns bei sich wohnen zu lassen? Abgesehen davon zahle ich doch selbst. Er wird stolz sein, Priss ...«

Priss Comforts Gesicht wurde weicher, und sie legte ihre

Arme um Mikes Schultern, eine seltene Geste. Priss hatte nicht viel übrig für Berührungen.

»Er sollte stolz sein, Mike«, sagte sie. »Er sollte es wirklich sein. Herzlichen Glückwunsch. Ich habe dir vor langer Zeit gesagt, du solltest deine ganze Kraft in deine Sprache, deine Worte legen. Jetzt hast du damit einen Anfang gemacht. Und nun weiter so, Micah Winship! Eines Tages wird man diesen Namen außerhalb Lyttons hören. Darauf wette ich.«

»Micah Sewell.« Mike lächelte.

»Sewell«, korrigierte sich Priss. Sie lächelte nicht.

Mike brachte den Scheck zur Lytton Bank and Trust, löste ihn ein und verpflichtete Lavinia Calhoun, die mittelalterliche Bankangestellte, zur absoluten Verschwiegenheit. Sie tat das Geld in die silberne Spardose in Form einer Ente, die ihr Priss Comfort zur Geburt geschenkt hatte. Sie nahm es so häufig wieder heraus und zählte es, daß die Hundert-Dollar-Scheine ihre knisternde Neuheit verloren und lappig wurden. Da holte sie sie nicht mehr heraus, hielt die Ente aber stets auf Hochglanz poliert und sah sie oft an. Sie kam ihr vor wie ein greifbarer Beweis ihres Wertes.

8

Der Schulabschluß kam und mit ihm die Feierstunden mit schwarzen Roben und leuchtenden Kerzen. Die Zeremonie in der stickigen Aula der High School - mit Talar, Kappe und Schweißausbrüchen - zog wie im Nebel an Mike vorbei. Sie sah und hörte Bayard Sewells Abschiedsrede durch einen Tränenschleier und eine Aufwallung von Stolz und Liebe. Ihre eigene, kürzere Ansprache lieferte sie fehlerlos zu bescheidenerem Applaus ab. Beide graduierten mit Auszeichnung, er mit der höchsten, sie immerhin mit einem respektablen *magna*. John Winship umarmte sie flüchtig und schüttelte Bayard die Hand, seine Mutter schloß sie tränenfeucht in die Arme und Priss schenkte ihr eine lange, harte, bourbonumwogte Umarmung. DeeDee küßte sie artig und umarmte Bayard kichernd. Ihr Mann Duck verpaßte Mike einen groben, fast zweideutigen Kuß auf den Mund, und Mike zuckte angewidert zusammen – wegen seiner nassen Lippen und der fordernden Härte seiner Lenden, mit der er sie an sich drückte. Er ließ seine Hände kaum von ihr und nannte sie *Little Sis*. DeeDee funkelte ihn an. Er grinste breit zurück und versetzte Bayard einen schallenden Klaps auf den Rücken und einen kumpelhaften Knuff gegen den Bizeps.

John Winships Geschenk für sie war ein hübsches kleines, zwei Jahre altes Ford-Coupé. Die Schlüssel gab er Bayard.

»Könnte ich ihn denn nicht haben?« flehte Mike. »Ich hatte vor, nach Atlanta zu fahren, um zu sehen, ob es beim *Journal* oder bei der *Constitution* irgendeinen Sommerjob für mich gibt. Du bleibst doch hier im Drugstore, und da dachte ich ...«

»Er ist auf Bayards Namen zugelassen, um die Sache zu vereinfachen«, erklärte John Winship. »Und wenn du bei einer Zeitung arbeiten willst, warum gehst du dann nicht zu Carl Thigpen? Er könnte beim *Observer* eine Hilfe brauchen. Und du weißt, wie froh er wäre, dich zu bekommen.«

»Nun, Daddy, du weißt doch, daß das eine Wochenzeitung ist«, entgegnete Mike. Sie wußte nicht, warum es sie so traf, daß ihr gemeinsames Geschenk auf Bayards Namen lief. In drei Monaten wären sie ohnehin eine legale Einheit. »Ich würde wirklich gern ein paar Erfahrungen bei einer Tageszeitung sammeln. Das würde mir nach dem College sehr helfen, wenn ich einen Vollzeitjob suche.«

»Vielleicht gründest du zu diesem Zeitpunkt bereits eine Vollzeitfamilie. Und dann macht es absolut keinen Unterschied mehr, ob du in diesem Sommer bei einer Wochen- oder einer Tageszeitung gearbeitet hast«, sagte der Vater. Er zwinkerte ihr zu, eine fast groteske Geste.

Sie lächelte. Aber in diesen hitzeflimmernden Tagen des Sommeranfangs erinnerte sie sich oft an Priss Comforts Worte.

»Micah Winship. Eines Tages wird dieser Name außerhalb von Lytton bekannt sein.« Und: »Lege all deine Kraft in deine Sprache, deine Worte, Mike.«

In der ersten Juliwoche 1964 begann das Student Nonviolent Coordinating Committee ein dreitägiges Sit-in in *Jojo's Restaurant* im Zentrum von Atlanta, und am zweiten Morgen verblüffte Mike sich selbst dadurch, daß sie einen durchaus willigen und fast übersprudelnden J. W. Cromie dazu bewog, mit ihr den Greyhound Bus um 9.40 Uhr nach Atlanta zu nehmen und sich zu ihnen zu gesellen.

Zu dieser Zeit hätte Mike nicht sagen können, warum sie sich dazu entschloß, das fragile Gleichgewicht zu erschüttern, das ihre Verlobung mit Bayard Sewell im Haus an der Pomeroy Street bewirkt hatte. Priss Comfort hätte den Grund nennen können, wurde aber nicht gefragt. Sehr viel später würde Annie Cochran das wagen können und tat es auch. Mike waren ihre Motive gleichgültig. Jedenfalls dachte sie es. Sie hatte sich zum Handeln entschlossen, beschritt den Weg, der ihr dadurch gewiesen wurde und nannte sich glücklich, das getan zu haben.

»Weil ich sonst kein eigenes Leben gehabt hätte und keinen Beruf«, erzählte sie Annie.

»Richtig«, sagte Annie Cochran. »Aber erzähl mir doch nicht solchen Quatsch, du wärst darüber glücklich gewesen. Du hast es getan, weil du dazu gezwungen worden bist, nicht, weil du es so gewollt hättest.«

»Mich hat niemand gezwungen«, widersprach Mike.

»Jeder einzelne hat das getan«, gab Annie zurück.

Mike ging davon aus, daß Bayard sie unterstützen würde, wie er es immer getan hatte. Aber in ihrem tiefsten und unerforschtesten Innern wußte sie auch, daß ihr Vater außer sich sein würde und die Einwohner von Lytton ähnlich denken würden.

Was Lytton betraf, so hätte Mike gesagt, daß ihr das absolut gleichgültig war. Sie hatte sich im großen und ganzen in der langen Dämmerung ihres Erwachens, im Übergang vom Teenager zur jungen Frau von der Stadt und ihren Bewohnern gelöst. Ihre Lektüre und ihre Gespräche mit Priss hatten ihr eine weitere Welt der Bücher, Künste und Ideen gezeigt, eine Welt der Würde, Schönheit und Anregung, und ihre Erkenntnis in jenem winterlichen Klassenraum hatten ihr ein gänzlich anderes Land offenbart - und ein freundlicheres. Darüberhinaus hatte ihr der Triumph mit dem Essay einen schwindelerregenden Geschmack der Macht gegeben, das schwellende Spannen von ausgebreiteten Schwingen.

Zu Bayard Sewell, aber nur zu ihm und gelegentlich zu J. W. Cromie äußerte Mike ihre neue Verachtung über die Enge, die Banalität und Trivialität, die Schäbigkeit von Stil und Substanz, die ihr überall in Lytton begegneten - jetzt, da ihr die Schuppen von den Augen gefallen waren. Sie verabscheute die Kirche-und-Klatsch-dominierte, zeitunabhängige Existenz in der kleinen Stadt. Nichts, so sagte sie sich, passierte je in Lytton. Auf diesem steinigen Grund konnte einfach nichts gedeihen, was der Mühe wert gewesen wäre. Kein Mensch von Substanz und Vision würde freiwillig unter derartigen Philistern verweilen. Sie würden niemanden und nichts tolerieren, der oder das sich auch nur einen Hauch von ihnen unterschied. Bayard und J. W. gegenüber äußerte Mike ihre Schmähungen recht wortgewaltig, aber bei allen anderen, selbst bei Priss, hielt sie ihre Zunge im Zaum. Priss hätte verstanden, dachte Mike, befürchtete aber, daß sie Kritik da witterte, wo gar keine beabsichtigt war. Schließlich hatte sich Priss auf Gedeih und Verderb in Lytton niedergelassen. Mike hatte vor, ihr Leben mit Bayard, wenn das Studium erst einmal hinter ihnen lag, in einer sehr viel größeren und unendlich exotischeren Arena als Lytton, Georgia zu verbringen. In diesem Punkt stimmte er mit ihr überein. Bayard Sewell war ruhig, tüchtig und brannte vor Ehrgeiz.

»Was willst du?« fragte ihn Mike häufig. »Wie stellst du dir unser Leben vor?«

»Zunächst einmal will ich hier raus«, erwiderte er. »Dorthin, wo sich was tut. Dann werde ich weitersehen.«

»Könnte das hier sein?«

»Nein«, sagte er. »Hier auf gar keinen Fall. Und an keinem Ort, der so ist wie Lytton.«

Und Mike stimmte zu.

Also war die Fahrt nach Atlanta, um an dem Sit-in teilzunehmen, vielleicht der erste Schritt dieser Odyssee. Vielleicht war es der erste Schuß gegen John Winships Bug. Und vielleicht war es, wie es ihr später vorkommen wollte, der erste kräftige Schlag eines neugeborenen Herzens. Auf jeden Fall unternahm Mike diesen Schritt ohne einen einzigen bewußten Gedanken an die Folgen. Sie kamen schnell und waren endgültig.

Zwangsläufig wurden sie und J. W. zusammen mit den meisten anderen Demonstranten festgenommen und verbrachten die Nacht im Gefängnis von Fulton County an der Decatur Street in Atlanta. Und ebenso zwangsläufig war die Presse in voller Besetzung am Schauplatz. Reines Unglück war es dagegen, daß die Fernsehkameras Mike einfingen und auf ihr verweilten, als sie echt überrascht, empört und sich wehrend (»Ich bin *Micah Winship*!«) in Handschellen abgeführt wurde. Reiner Zufall war es wiederum, daß ausgerechnet diese Filmmeter in den Sechs-Uhr-Lokalnachrichten übertragen wurden, die fast jede Familie in Lytton einschließlich der Winships beim Abendessen sahen. Es war das erste Mal an diesem Tag, daß John Winship

Mike seit dem Frühstück zu Gesicht bekam. Er hatte sich bei ihrer langen Abwesenheit nichts gedacht. Er hatte angenommen, sie wäre bei Priss oder in der Bibliothek wie so oft.

Er sprach nicht mit ihr, als sie zu Hause anrief und ganz verzagt darum bat, gegen Kaution aus dem Gefängnis herausgeholt zu werden. Er legte den Hörer auf, als er ihre Stimme vernahm. Schließlich erreichte sie DeeDee, die ihre Bitte mitsamt ihren eigenen reichlichen Tränen hinüber ins Haus an der Pomeroy Street trug und sie vor John Winships Antlitz brachte. Inzwischen hatte sich bereits ein schneeweißer Bayard Sewell zu Mikes Vater gesellt, aber John gestattete ihm und DeeDee nicht, mit Mike zu sprechen, und er verbot ihnen auch, sie aus dem Gefängnis zu holen. Er ging schweigend zu Bett, stand am Morgen schweigend auf und schloß sich beim ersten Tageslicht in seinem Arbeitszimmer ein. Er reagierte nicht auf Klopfen und Rufe von draußen, noch öffnete er seine Tür. Schließlich war es Priss Comfort, die nach Atlanta fuhr und Mike und einen verstörten J. W. gegen Zahlung einer Kaution aus dem Gefängnis holte und in der Abenddämmerung des nächsten Tages nach Hause brachte. Priss, die stramm getrunken hatte, war fast unzurechnungsfähig, als sie ihren Wagen auf die Auffahrt der Winships lenkte, aber sie parkte ihn ohne Fehl und Tadel. Selbst wenn sie betrunken war, konnte Priss stets autofahren.

Was sie nicht konnte, war sprechen. Und so ließ sie sich in den Ohrensessel fallen, der Claudia gehört hatte, legte den Kopf in die Hände und äußerte kein einziges Wort zu Mikes Verteidigung, als John Winship seinen dämmerigen Wohnraum betrat – in Begleitung einer rotverweinten DeeDee sowie eines aschgrauen, wie ertrunken aussehenden Bayard Sewell –, um seine jüngste Tochter und den niedergeschlagenen, schwarzen Jungen hinter ihr in Augenschein zu nehmen.

»Dir gebe ich keine Schuld, J. W.«, sagte er schließlich zu dem verschreckten Jungen. »Du bist zwar dumm, aber du bist nicht erbärmlich. Ich weiß, wer dich dazu gebracht hat, nach Atlanta zu fahren. Aber du, Micah . . . Nun. Ich denke, wir könnten mit Hure anfangen, oder? Und dann könnten wir Kriminelle hinzufügen, Rassenschänderin und Muttermörderin . . .«

Die Worte zischten aus ihm heraus – schlangenkalt, massiv, mörderisch: Achtzehn Jahre nicht ausgespuckten Schleims.

»Daddy . . .«, flüsterte Mike. Sie streckte die Hand aus, legte sie dann haltsuchend auf die Rückenlehne von Priss' Sessel. Sie dachte, sie würde ohnmächtig werden. In ihren Ohren war ein Dröhnen und vor ihren Blicken verschwamm es weißlich.

»Ich verfluche den Tag, an dem ich diesen Titel erhalten habe«, fuhr die Stimme des schrecklichen Fremden fort. »Und ich lehne es ab, ihn weiterhin zu tragen. Du bist nicht mehr meine Tochter. Ich habe nur eine Tochter. Die andere hat ihre Mutter getötet, meine Frau, und dann starb sie selbst – in einem Gefängnis voller Nigger und Krimineller.«

Ein groteskes Schnauben, ein verdrehtes Wiehern kam von J. W., und Mike sah mit dümmlichem Unverständnis, daß er weinte. Undurchsichtige Silbertränen liefen ihm wie Schneckenspuren die schwarzen Wangen hinunter.

»Ich bin froh, daß deine Mutter tot ist, J. W.«, sagte John Winship mit der eiskalten Schlangenstimme. »Sonst hätte sie dieser Tag mit Sicherheit getötet. Geh jetzt nach Hause. Wie ich schon sagte, niemand kann dir irgendeinen Vorwurf machen.«

J. W. entfloh, schnüffelnd und schluchzend. DeeDee brach in lautes Klagen aus. John Winship und Bayard Sewell schwiegen.

Mike wandte sich dem dunkelhaarigen Jungen zu, der in der Dunkelheit des unbeleuchteten Wohnzimmers stand. Sein Gesicht schimmerte weiß. Draußen parfümierte die Glyzine in voller Sommerblüte die Luft, als wäre die nicht bereits mit Leid und Schauerlichkeit erfüllt.

»Bay«, flüsterte Mike. »Hilf mir. Sag ihm, daß ich das Richtige getan habe. Ich habe versucht ... Ich wollte ... Sag's ihm. Und dann laß uns gehen. Laß uns jetzt gehen.«

Sie streckte die Hand aus. Sie fühlte sich unglaublich schwer und zittrig an, als hinge sie am Ende eines meterlangen dünnen Drahtes.

Bayard Sewells Gesicht war eine bleiche Maske in der Dämmerung. Er ergriff ihre Hand nicht. Er machte einen halben Schritt nach hinten, näher an John Winship heran. Jetzt standen sie nebeneinander, der Junge und der Mann. Er schüttelte den Kopf, einmal, noch einmal.

»Ich kann nicht, Mike«, sagte er. »Es tut mir leid. Ich kann nicht.«

Sie konnte ihn wegen des Dröhnens in ihren Ohren kaum verstehen. Nach einer langen Weile, die die Luft dumpf erschütterte wie der Nachhall eines Donnerschlags, sagte sie sanft: »Nun, das ist schon in Ordnung.«

Sie ging an den beiden vorbei, die da auf Claudias kostbarem Buchara-Teppich standen. Vorbei an Priss Comfort, die im Ohrensessel hing und vor sich hin starrte. Hinauf in ihr Zimmer. Sie machte die Tür hinter sich zu, schloß sie aber nicht ab.

Am nächsten Morgen vor fünf Uhr nahm sie einen Koffer mit Kleidungsstücken, die tausend Dollar aus der Enten-Spardose und den ersten Morgenbus nach Atlanta. Nur wenige Leute fuhren mit: Arbeiter der Frühschicht der Ford-Montagefabrik in Hapeville, ein oder zwei Frauen in Dienstmädchenkleidung, niemand, den sie gekannt hätte. Sie bekam ein Zimmer in einem Wohnheim für unverheiratete Mädchen der Methodist Church neben dem Kunstmuseum, das sie schon einmal besucht hatte, und schrieb sich am selben Tag für ihre Herbstkurse an der University of Georgia ein. Sie zahlte ihre Gebühren bar. Sie nahm zu niemandem in Lytton Kontakt auf und auch nicht an, daß man nach ihr suchen würde. Sie hatte sich von der Norm entfernt.

9

Am nächsten Morgen fuhr Mike mit einem Bus ins Zentrum von Atlanta und zur Carnegie Library. Das Betreten des verschlafenen, grünen, kühlen Halbdunkels im Inneren der Bibliothek nach der mörderischen, weißen Hitzeglut des Pflasters war, als würde man lautlos in eine Kathedrale schlüpfen, und sie atmete voll und dankbar zum ersten Mal innerhalb von zwei Tagen und ließ sich langsam in die klösterliche Stille sinken. Sie ging die schäbigen Steinstufen ins Untergeschoß, in dem die Zeitungen und Zeitschriften auslagen und bestellte alles, was sie über die Bürgerrechtsbewegung finden konnte. Die Hauptbibliothek in Atlanta war eine wesentlich reicher ausgestattete Fundgrube als die in Lytton. Es kostete Mike drei volle Tage, um sich aus den Kindertagen der Bewegung zu ihrer fiebrigen Gegenwart vorzuarbeiten. Sie las langsam, vom Vormittag bis zum späten Nachmittag, so konzentriert, wie sie es in jenem Sommer gewesen war, als sie sich auf der Seitenveranda des Hauses an der Pomeroy Street vergraben und *Krieg und Frieden* in einem Zug gelesen hatte. Und wenn sie ihre Tageslektüre beendet und ihr karges Abendbrot hinter sich hatte, ging sie in ihr Geviert im Kirchen-Wohnheim zurück, streckte sich im Luftzug des kleinen Ventilators, den sie sich gekauft hatte, auf dem Bett aus und schlief sofort und traumlos ein.

Als sie bei der Berichterstattung über die vergangene Woche und dem Sit-in in *JoJo's Restaurant* angelangt war, las sie das mit nicht mehr und nicht weniger Interesse und Konzentration als den Rest des Materials, das sie sich hatte geben lassen. Das alles schien nicht realer als das glatte Papier der *Time* von dieser Woche.

Auf dem Heimweg von der Bibliothek nahm Mike am letzten Tag eine Abkürzung durch das Untergeschoß von Kresge's Five and Ten Cent Store, und fand sich vor einem Tisch voller Portemonnaies wieder. Eines davon zog sie wie magisch an, ein grellrosa Plastikding mit Schlangenledermuster, und ganz unvermittelt wollte sie es so einfach und absolut wie es sie nach Schlaf und Nahrung verlangte. Sie öffnete und untersuchte es. Das Photofach enthielt glänzende Portraits von Rock Hudson, Doris Day und Anita Ekberg sowie ein Gruppenphoto der Cleaver-Familie, mit Beaver spitzbübisch grinsend vor den Eltern und Bruder Wally. Sie kaufte das Portemonnaie mit ihrem Tagessatz aus der Entenspardose und hatte nun kein Geld mehr fürs Abendessen, aber sie war nicht hungrig. Im Bus trat sie nervös von einem Fuß auf den anderen, bis er endlich an ihrer Haltestelle angelangt war, und lief dann im langen, heißen Zwielicht über die Straße, in das Wohnheim der Kirche, die diarrhoe-braunen Stufen zu ihrem Zimmer hinauf und warf ihren Einkauf aufs Bett. Methodisch transferierte sie den Inhalt ihres eigenen Portemonnaies aus weichem, burgunderrotem Kalbsleder, das ihr Priss zu Weihnachten geschenkt hatte, in das neue flamingofarbene, und warf ihre alte Börse in den grünlichen Abfallkorb. Die Photos von ihrem Vater, DeeDee und Bayard Sewell warf sie hinterher und steckte an ihre Stelle Rock, Doris, Anita und die Cleaver-Familie.

Im selben Ramschladen kaufte sie am nächsten Morgen einen Geldgürtel, der unter ihrer Kleidung um ihre Taille paßte. Künftig trug sie ihre etwas mehr als achthundert Dollar unter ihren magerer werdenden Rippen, selbst an den heißesten Tagen. Sie waren dort so beruhigend wie die Umarmung eines Vaters, einer Mutter oder eines Geliebten.

Nachdem sie eine Woche in dem Wohnheim lebte, hatte Mike einen Traum. Sie träumte, daß sie auf einem hölzernen Anlegesteg stand, der in einen blauen Bergsee hinausreichte. Der See sah dem ähnlich, an den sie sich von einem Ausflug her erinnerte, den sie und DeeDee mit John Winship zum Lake

Burton in den Bergen Nord-Georgias unternommen hatten, als sie noch sehr klein gewesen war. In einem hölzernen Ruderboot, das mit einem Seil an einer Klampe am Steg befestigt war, befanden sich ihr Vater, ihre Schwester, Bayard Sewell, Priss Comfort und eine wunderschöne Frau in tropfnassen Kleidern, von der sie aus irgendeinem Grund wußte, daß das ihre Mutter war, Claudia. Sie lächelten und winkten ihr zu, und sie lief sehnsüchtig dem Ende des Docks entgegen. Es kam ihr gar nicht seltsam vor, daß die anderen im Traum so alt waren wie im aktuellen Leben, während sie selbst noch immer ein kleines Kind war. Als sie an sich hinunterblickte, konnte sie die winzigen, knappen weißen Sandalen an ihren Füßen sehen und dünne weiße Socken mit gestickten Blüten an den Rändern, die sie von einer Photographie von ihrem vierten Geburtstag her kannte. Sie hopste und jauchzte vor Freude, streckte die Hände aus, um die der anderen in dem sanft schaukelnden Boot zu berühren.

Aber als sie das Ende des Anlegestegs erreicht hatte und in das Boot steigen sollte, trat sie statt dessen auf die Klampe, an der das Boot befestigt war und löste das Seil. Innerhalb eines Augenblicks glitten das Boot und die Menschen darin vom Steg fort und hinaus auf den See. Mit der zeitraffenden Schnelligkeit von Träumen waren sie sehr schnell nicht viel mehr als Pünktchen auf der tanzenden, sonnenglitzernden Bläue. Lange nachdem sie die Gesichter nicht mehr unterscheiden konnte, konnte sie ihre Arme noch winken sehen. In ihrem Traum lächelte sie, lächelte unentwegt, aber als sie erwachte, schweißüberströmt und aufrecht im ersten Licht des Morgens im Bett saß, liefen ihr Tränen über die Wangen und in die Mundwinkel. Sie wischte sie fort, stand auf, lief über den Korridor in den gemeinsamen Waschraum, spritzte sich Wasser ins Gesicht, putzte sich die Zähne, ging wieder ins Bett und schlief ein.

Lange Jahre weinte sie nicht wieder.

In der nächsten Woche verbrachte sie ihre Vormittage in der

Bibliothek und las an den Nachmittagen in ihrem Zimmer oder sah sich einen außergewöhnlichen Film an. Sie schien auf einer friedlichen Ebene zu leben, abgeschirmt durch Berge der Hitze, der Entfernung und der heißflimmernden Stadt von dem reinen Erinnern an den Schmerz und das Leid des letzten Tages in Lytton. Sie ging überaus sorgsam mit dem Geld im Gürtel um, aß nur in Drugstores und Cafeterias, da sie wußte, wenn es aufgebraucht war, müßte sie einen anderen Weg finden, ihre Ausbildung zu beenden. Nur das lag ihr am Herzen; das und der Wunsch, den Süden zu verlassen.

Und die Bürgerrechtsbewegung. In jenen langen, heißen Tagen brandete sie hoch wie ein Feuersturm, bis sie ihr ganzes Bewußtsein erfüllte, und sie verfolgte die Geschehnisse fast obsessiv in der Presse und auf dem flimmernden Schwarzweiß-Fernseher im schäbigen Gemeinschaftsraum des Wohnheims. In dieser Hinsicht hätte sie für die anderen Mädchen im Heim unsichtbar gewesen sein können, ein Geist, denn die schienen auf dem Fernsehschirm die vorbeifliegenden Silhouetten der Demonstranten und der Menge gar nicht zu bemerken, die Hunde und die Wasserwerfer; sie schienen das endlose, zeitlose Intonieren von »We Shall Overcome« und das gutturale Aufschreien der Menge nicht zu hören. Meistens warteten sie darauf, daß die Nachrichten endlich zu Ende waren und »Rauchende Colts« begann. Etwas in den vorbeiflackernden Bildern weckte in Mike Anklänge an ein Gefühl, das sie zuerst im Gefängnis in Atlanta gehabt hatte, nach dem Sit-in und ihrer Festnahme, eine neue und listig durchdringende Empfindung, die aus der Angst, der Empörung und dem schieren Erstaunen jenes Abends geboren zu sein schien: Ein klares und eindeutiges Gefühl der Gemeinsamkeit, eine fast martialische Gemeinschaft, Solidarität. Irgendwo in diesen Geistertänzen auf dem alten General Electric-Fernseher des Kirchen-Wohnheims hatte Mike ihren Platz.

Das war schon immer der Glanz der Bewegung gewesen, dieser dämonische Zauber des Dazugehörens, der Seelenverwandtschaft. Der moralische Anspruch war selbstverständlich und überzeugend, und die Politik verführerisch, aber es waren die »Waffenbrüder«-Anklänge von Gefahr, Jugend und Gewalt, die reine jugendliche, animalische Kraft der Revolution, die offen sexuelle Erregung, einen Mantel der Geschichte packen zu können, die der Bürgerrechtsbewegung im Süden ihre unwiderstehliche, dunkle Anziehungskraft gab. Als der Council of Federated Organizations in diesem Sommer die erste Busladung weißer Studenten in den Süden nach Mississippi hineinschickte, spürte Mike, daß sich der Aspik abrupt und warm auflöste, der sie seit Wochen im Zustand der Bewegungslosigkeit gehalten hatte. Sie hob den Kopf und sah sich im Gemeinschaftsraum des Wohnheimes um. Ein Mädchen, eine dünne, empfindsame, schlichte Rothaarige aus New Jersey, die ein paar Türen entfernt von Mike wohnte, hob auch den Kopf, und ihre Blicke trafen sich. Mike stand von dem Naugahyde-Sofa auf und setzte sich in den Sessel neben dem Mädchen. Am nächsten Morgen verließen sie Atlanta im Auto der Rothaarigen, fuhren nach Süden und Westen, durch Alabama auf Mississippi zu, dem Sommer der Freiheit entgegen.

In Hattiesburg trafen sie auf die Busse; aber es schien sich nichts Ungewöhnliches zu ereignen. Keine Waffen, Hunde, Wasserwerfer, wütende Mengen, KuKluxKlan-Angehörige. Statt dessen eine feuchte, unbarmherzige, gespenstische Hitze, ungeheure und wilde Armeen von Mücken und öde, verschlafene Orte, in denen sie lange nach Einbruch der Dunkelheit verschwitzt aus den Bussen krochen. Sie trotteten müde in armselige Hütten am Ende schmutziger Straßen inmitten von Baumwollpflanzungen und Feldern, die von Schwarzen bewohnt wurden und sich alle glichen wie ein Ei dem anderen, um auf Pritschen und Quilts in der nie nachlassenden Hitze zu schlafen, sich an Pumpen im Freien zu waschen, Abtritte zu benutzen sowie tagelang Greens, Grits und Pork Gravy zu essen. Mike, die an zahllosen Abenden in Ruskys und J. W.s Hütte das gleiche getan hatte – das gleiche Essen gegessen, die gleiche aschene Luft gerochen –, fand nichts besonderes an diesen schwülen, übelriechenden Abenden in Mississippi, und sie wollte endlich zur Sache kommen. Für sie waren das die längst erwarteten Waffen, Hunde und Wasserwerfer. Aber sie unterdrückte ihre Ungeduld aus natürlicher Höflichkeit und dem Wunsch heraus, die erregte Stimmung ihrer Gesinnungsgenossen nicht zu dämpfen. Denn die, hauptsächlich Nordstaatler, schwammen auf einer hohen Woge von Überschwang und nervöser Heiterkeit, und Mike machte sich klar, daß die elenden Hütten der stillen, devoten Schwarzen Exotica allerersten Ranges waren.

Nun ja, dachte sie, sicher wird es in Greenville losgehen.

Im Bus sang sie mit den anderen: *Yes, we are the Freedom Riders and we ride a long Greyhound, white or black, we know no difference, for we are glory bound*, und sie tobte und weinte mit den anderen, als die Körper der drei vermißten Arbeiter des Summer Projects in einem Erdwall in der Nähe von Philadelphia, Mississippi, gefunden wurden, aber sie erlebte unmittelbar noch immer nichts von dem moralisch-ethischen Kampf, dessentwegen sie gekommen war.

»Warte nur bis Greenville«, versicherten die älteren im Bus.

Aber sie kam nie bis Greenville, kam nicht einmal bis zum Rand des riesigen, fruchtbaren und gefährlichen Deltas. Denn in ihrem Bus befand sich ein melancholischer junger Mann aus dem Fairfax County, Connecticut, namens Richard Singer; ein junger Jude von gewisser trauriger Schönheit und scharfem Witz, der an der Law School von Harvard Jura studierte. Er verliebte sich in das Leuchten um das schlanke, bleiche Mädchen aus dem tiefen Süden (denn das großartige und elektrisierende

Gefühl des Dazugehörens und drohender Gefahr sowie die hehren Vorsätze hatten in Mike das alte, erloschene Feuer ihres Vaters entzündet, und in der gefährlichen Luft brannte es stetig), und ihre Überzeugung erregte ihn auf eine perverse Art, als wäre sie eine Spionin gegen ihr eigenes Land tief hinter den feindlichen Linien. Richard Singer war im Grund und unter seinem kultivierten Zynismus ein hoffnungsloser und unverbesserlicher Romantiker.

Mike wiederum fand diesen lässigen und sarkastischen Angehörigen der Ivy League so gänzlich anders als ihren Vater, als Bayard Sewell, als jeden Mann, den sie je kennengelernt hatte, als wäre er eine total neue Spezies. Und in diesen heißen, endlosen, einander so ähnlichen Nächten unter dem Doppelantrieb von Gefahr und Nähe stellte sie fest, daß sie in der Tat sehr gern mit ihm schlafen wollte. Und eines Abends, außerhalb von Dooleyville, Mississippi, kaum fünfzig Meilen von der vergifteten Kieselerde des Deltas entfernt, tat sie es auch – in einem Schuppen, den sie sich mit einem Traktor Marke Eigenbau und ein paar Hühnern auf der Stange teilten, während dampfender und erbarmungsloser Regen dumpf auf das verrostete Blechdach trommelte.

Zu ihrer unendlichen Überraschung, zu ihrer ungeheuren Freude tat sich die Erde auf, so wie sie es für Robert Jordan und Maria getan hatte; ein Umstand, von dem sie angenommen hatte, daß er mit niemandem anderen als Bayard Sewell möglich wäre. Es war ihr erstes Mal, und sie hatte geglaubt, es würde schmerzen, würde sie abstoßen, bis sie sich, wie DeeDee gesagt hatte, daran gewöhnt hätte. Als das nicht so war, als es sie zum Stöhnen brachte, zum leidenschaftlichen Aufbäumen und schließlich, in schweißnasser Entspannung, zum Aufschreien, zog sie den Schluß, daß sie in Richard Singer verliebt war. Und obwohl er lieber gestorben wäre, als ihr oder irgend jemandem sonst gegenüber zuzugeben, daß es auch sein erstes Mal gewesen war, machte Richard Singer aus Begeisterung, Dankbarkeit, Verliebtheit und einem gewissen bockigen Bravado sowie dem durchaus praktischen Wunsch heraus, im Herbstquartal in Harvard sein erstes Seminar hinter sich zu bringen, ihr einen Heiratsantrag.

Und Mike heiratete ihn, zwei Tage später in Winona, Mississippi, in der letzten Augustwoche, mit der Rothaarigen aus New Jersey und einem dicklichen Theologiestudenten von Yale, der dauernd »Immer forsch voran, Mann« sagte, als Trauzeugen. Der schmuddelige, gleichgültige Friedensrichter machte sich nicht einmal die Mühe, sich vorzustellen. Ein Jahr später konnten sich weder Mike noch Richard an die Namen derjenigen erinnern, die mit von der Hochzeits-Partie gewesen waren. Kurz bevor sie sagte: »Ich will« und Mrs. Richard Singer III. wurde, erinnerte sich Mike an den Hauch von Feuchtigkeit in den Augen ihres Vaters bei DeeDees Hochzeit und dachte: Ich wünschte, du könntest mich jetzt sehen, Daddy. Da hättest du wirklich Grund zum Weinen. Aber während der gesamten gemurmelten Zeremonie dachte sie kein einziges Mal an Bayard Sewell. Als sie am Tag nach der Hochzeit nach Osten und Westen fuhren, um Richards Eltern in Connecticut aufzusuchen und dann Unterkunft in Cambridge zu finden, war das endgültig. Mike Winship fuhr nicht mehr nach Hause.

10

Danach verlief ihr Leben ganz so, wie sie es sich vorgestellt hatte – bis auf die Tatsache, daß der Mann an ihrer Seite nicht Bayard Sewell war. Mike war nicht unglücklich. Sie war nicht so grenzenlos, atemberaubend glücklich wie sie es in jenen Frühlingstagen in Lytton vor dem Sit-in gewesen war, aber sie hatte pausenlos zu tun, engagierte sich, war an allem interessiert. Welchen Schmerz sie auch empfunden haben mochte, er wurde verdrängt durch den schieren Reiz des Neuen. Jede Pore ihres Körpers schien offen für neue Anregungen, neue Informationen, neue Möglichkeiten. Ihre Horizonte, vor langer Zeit an das mikroskopische Universum von Lytton gebunden, erweiterten sich mit Lichtgeschwindigkeit. Manchmal kam sie sich vor wie eine Maschine, die nur damit beschäftigt war, Informationen aufzunehmen und zu verarbeiten. Ihr Kopf schwirrte vor Neuem in den kühler werdenden Herbsttagen, und in den Nächten in dem winzigen Apartment in Cambridge, nachdem sie und Richard sich geliebt hatten, pulsierte ihr ganzer Körper. Sie nahm sich keine Zeit, um zu analysieren, was sie alles aufnahm; sie verarbeitete es einfach. Manchmal tat sie nicht einmal das, sondern registrierte nur, legte alles für künftige Recherchen ab und reckte den Kopf nach mehr. Irgendwo im verbarrikadierten Bereich ihres Verstandes sagte eine kleine, stechende Stimme, die nicht ihre war: »Bleib nicht stehen. Sieh dich nicht um. Denk nicht - jetzt nicht, lange Zeit nicht. Öffne keine Tür.«

Richard Singers gutbetuchte Eltern waren nicht gerade entzückt darüber, daß ihre Schwiegertochter sowohl Nichtjüdin als auch Südstaatlerin war, und sie trauerten um die entgangene Hochzeit und den Empfang im Country Club, aber wenigstens war Mike nicht schwanger, vorzeigbar und vorgeblich aus hinlänglich guter Familie. Sie begriffen auch sehr schnell, daß sie ihren Kronprinzen verlieren würden, wenn sie sie nicht akzeptierten. Da war auch ein ganz bestimmter Zauber, eine gewisse Tapferkeit um Mikes Lebensumstände, was ihre liberalen Gefühle fast ebenso stark ansprach, wie es bei Richard der Fall gewesen war, der allen Ernstes glaubte, mit seiner Heirat eine neue Art von Volksheldin befreit zu haben. In seiner Vorstellung war Mike eine aristokratische Blume aus dem korrupten und sterbenden alten Süden, die gegen die monströsen Vorurteile dieses dekadenten Arkadiens rebelliert hatte und darüber zur Märtyrerin geworden war. Hatte ihr grausamer und arroganter Grundbesitzervater sie denn nicht ohne einen Penny vor die Tür gesetzt? Hatte er sie nicht der Familienplantage beraubt, auf die sie von ihrer Geburt her einen Anspruch hatte? Hatte er ihr nicht für alle Zeiten den Zutritt zu ihrem angestammten Elternhaus verboten? Richard hatte zu Bar-Mizwa *Onkel Toms Hütte* von einem sentimentalen Onkel geschenkt bekommen, der ein paar elende Jahre in Richmond verbracht hatte, und das Buch übte einen profunden Einfluß auf sein Leben aus. Nichts von dem, was er auf seiner Spritztour mit den Freedom Riders nach Mississippi gesehen hatte, konnte ihm den überdramatischen Eindruck nehmen, den ihm das Buch vermittelt hatte.

Wie viele Liberale von der Ostküste und selbsternannte Intellektuelle dieser Zeit waren die Singers und ihr Sohn nicht in der Lage, den Süden und seine Menschen in mehr als nur einer Dimension zu sehen. Daß der herrische, aristokratische Jurist mit seinem ungeheuren, sklavenbesudelten Landbesitz in Wahrheit ein verbitterter und verängstigter Kleinstadt-Anwalt mit einem verdorrten Herzen und einer verkümmerten Vision war, nur eine sich-abplackende Generation von einer schäbigen Pächterfarm entfernt, lag jenseits ihres Fassungsvermögens. Zu Mikes Ehre muß gesagt werden, daß sie dieses Zerrbild nie unterstützte, daß sie sogar aufrichtig verblüfft war, ihre Familie nicht davon abbringen zu können. Sie hatte ihnen auch nicht gesagt, daß John Winship ihr etwa verboten hätte, je wieder nach Hause zu kommen, weil er das ja auch gar nicht getan hatte. Aber andere Dinge, die wahr waren, hatte sie ihnen auch nicht erzählt. Zum Beispiel, daß seine Nachricht an sie, als sie zu Hause anrief, um ihm mitzuteilen, daß sie verheiratet war und in Cambridge lebte, von einer offenbar dauerweinenden DeeDee übermittelt, folgenden Wortlaut hatte: »Bring diesen Juden bloß nicht hierher.« Diese Worte verursachten in ihr eine grenzenlose Müdigkeit. Sie ließen für einen Moment lang all die sprudelnden Quellen ihrer ziellosen Energie versiegen. Es schien einfacher zu sein, die Singers glauben zu lassen, was sie wollten.

Nach diesem Telephongespräch redete Mike nicht mehr von ihrer Familie in Lytton. In dem Glauben, daß der Schmerz der Trennung und Entfremdung einfach zu groß war, ließen die Singers das Thema taktvoll fallen. Aber die Wahrheit war, daß Mike schließlich den Chitinpanzer von Lytton mit allem, was sich daran befand, resigniert abgestreift und das Interesse verloren hatte. Pflichtbriefe von DeeDee und ein oder zwei gedämpfte Nachrichten von Priss, die nichts über die Winships oder Bayard Sewell erwähnte, waren ihre einzigen Verbindungen zum Süden. Irgendwie schienen die Presseberichte von Revolten, Bränden und Schlägereien, von Hunden, Bomben und Kugeln mit einem anderen Land als dem zu tun zu haben, das sie verlassen hatte. Die Bürgerrechtsbewegung kochte und strudelte um Lytton, wußte sie, aber die Stadt stand in Mikes Vorstellung, wenn sie schon mal an sie dachte, still vor sich hin träumend wie ein sonnenbeschienener Fels in der Brandung. Mike dachte selten an Lytton, und wenn, dann flüchtig.

Aus einem von DeeDees Briefen erfuhr sie, daß Bayard Sewell sich an der University of Georgia in Athens eingeschrieben hatte und daß ihm John Winship das Studium bezahlte. Sie beantwortete den Brief nicht und hob ihn auch nicht auf.

Als wollten sie ihr ihren Schmerz und ihren Verlust ein wenig lindern, boten die Singers an, Mikes Ausbildung in Radcliffe zu bezahlen, bis Richard sein Studium an der Law School von Harvard beendet hatte, und sie nahm dankbar an. Nachdem er sein Examen bestanden hatte, trat Richard einer emsigen kleinen Anwaltskanzlei im südlichen Manhattan bei, die sich auf Rechtshilfe für Bedürftige spezialisiert hatte, und sie bezogen ein Zwei-Zimmer-Apartment in der 18th Street in der Nähe der

Third Avenue. Mike liebte die schmutzige, pulsierende Stadt auf den ersten Blick, liebte ihre Energie, überwältigende Vielfalt und pragmatische Gerissenheit mit glühender, freudiger und bestätigender Gewißheit. Vor allem aber liebte sie die unverblümte Un-Südlichkeit an ihr. Es war eine Liebesaffäre, die nie an Intensität verlor.

Sie wechselte in diesem Sommer zur Columbia University und lernte auf den endlosen U-Bahnfahrten nach Norden und wieder zurück, studierte bis in die hellen Nächte hinein, wenn Richard zu irgendwelchen Treffen oder in schwierigen Fällen unterwegs war, was häufig vorkam. Manchmal sahen sie sich in diesen stürmischen Tagen und Wochen nur im großen Doppelbett, das ihr winziges dunkles Schlafzimmer so ausfüllte, daß das Telephon unter dem Bett stand und ihre Kleidung in einem Kartonschrank von Sears im Wohnzimmer hing. Sie hob den Kopf von den Armen, auf die er gesunken war, als die Buchstaben ihres Buches verschwommen und wie Regen auf einem kalten Fenstersims weggerutscht waren, und streckte ihm die Hände entgegen. Dann liebten sie sich drängend und heiß in der zerknüllten Bettwäsche, die Mike die dritte Woche hintereinander zu wechseln vergessen hatte. Oft sagten sie kein einziges Wort, stöhnten nur, keuchten, schrien ihre Klimax heraus und schliefen bei noch brennender Deckenbeleuchtung ein. An den Wochenenden blieben sie sogar manchmal den ganzen Tag lang, mitunter beide Tage im Bett - essend, schlafend, sich liebend. Mike nahm die Pille, dachte jedoch insgeheim, daß es ein Wunder war, nicht fast sofort schwanger geworden zu sein.

»Alles was wir tun ist Essen, Schlafen und Bumsen wie die Frettchen«, sagte sie einmal zu Richard.

»Was gibt es denn sonst noch?« wollte er wissen.

»Ja, was sonst«, sagte Mike und machte sich klar, daß das für den Moment zutraf. Ihr Studium langweilte sie nie, ihr Sex auch nicht. Und wenn sie für ihn auch nicht die hilflose und übermächtige Aufwallung des Verlangens empfand, das sie jedesmal überfallen hatte, wenn sie Bayard Sewell nur angesehen hatte, reagierte sie schnell und hungrig, wann Richard auch immer sich ihr näherte, und kam explosionsartig.

Frettchen stimmt, dachte sie nicht ohne eine gewisse Selbstzufriedenheit.

Sie graduierte 1968 *magna cum laude* im Fach Journalismus und wurde fast umgehend als Redaktionsassistentin bei einem wöchentlich erscheinenden Nachrichtenmagazin eingestellt. Als 1974 ihre Tochter Rachel geboren wurde, Mike also achtundzwanzig Jahre alt war, hatte sie fünf Jahre unablässiger, zielstrebiger Arbeit in ihrer Laufbahn als Freie Journalistin hinter sich und die ersten »Rosinen«-Aufträge trafen ein.

Mike machte sich langsam einen Namen als Chronistin von Individuen, die in den Untiefen zeitgenössischer Konflikte gefangen waren. Sie schrieb über die schwankende Bürgerrechtsbewegung, die sie so angezogen hatte und die jetzt wie ein verletzter Vogel hilflos flatternd zu Boden taumelte, über die eskalierenden Proteste gegen den Vietnamkrieg an den Colleges und Universitäten, über das Auflösen politischer Traditionen, über das Zunehmen der Sorgen um die Umwelt. Ihr Blick dafür, sich genau das richtige Gesicht, die richtige Stimme zum jeweiligen Thema zu suchen, war scharf. Doch manchmal betrachtete sie im Morgengrauen kurz ihr Gesicht im Spiegel, bevor ein Taxi draußen hupte, oder im schwarzen Glas eines Flugzeuges, das irgendwo am amerikanischen Nachthimmel hing. Und sie erkannte die bleiche Frau mit den schärfergewordenen Gesichtszügen nicht wieder, die sie da anschaute. Und manchmal sah sie plötzlich Richards Gesicht in irgendein Gespräch auf einer Klientenparty vertieft oder auf eine der hochglänzenden Kunstzeitschriften konzentriert, die er sich angewöhnt hatte, mit nach Hause zu bringen, und sie fragte sich, warum er so prallvoll geworden war, so durchdrungen von Selbstsicherheit und Selbstvertrauen, warum er sich so strahlend bei all jenen Menschen einschmeichelte, zu deren Parties sie immer gingen. Für Mike waren das »die Anderen«. Sie waren etwa zu der Zeit aufgetaucht, als Richard die kleine Anwaltskanzlei verlassen hatte und in eine größere Sozietät in Midtown Manhattan eingetreten war, ungefähr ein Jahr vor der Geburt des Babies.

»Ach ja, die Journalistin«, sagten sie zu Mike, wenn sie ihr in einem weiteren Upper East Side-Zwielicht bei einem Glas Wein begegneten. Sie wirkten glanzvoll, teuer, lackiert, so gar nicht wie die Freunde, die Mike und Richard in jenen Tagen in der 18th Street gehabt hatten oder wie die Redakteure, Photographen und Kollegen von der schreibenden Zunft, die Mikes Berufswelt bevölkerten. Die »Anderen« sahen bedeutend aus. Richard, erkannte sie, sah aus wie sie. Mike, obwohl sie jeden Morgen gute, wenn auch hastig ausgesuchte Kleidung anzog und ein Apartment in den Sixties der East Side verließ, das denen der »Anderen« glich, sah nicht so aus.

»Interessant«, sagte Richard einmal auf dem Gelände der »Anderen« und neigte den Kopf, um sie so zu betrachten, wie er die postmodernen Gemälde studierte, die er zu sammeln begonnen hatte. Er wollte sie überzeugen, ein paar neue Kleider zu kaufen und zu Kenneth's zu gehen.

»Faszinierend«, fuhr er wohlüberlegt fort. »Charakteristisch. Aber nicht kultiviert. Das ist ein Unterschied. Mit ein bißchen gutem Willen könntest du eine bemerkenswerte Frau sein. Weit mehr als nur hübsch. Aber du machst ja absolut nichts aus dir. Du hast deinen Stil nicht verändert, seit wir uns kennengelernt haben.«

»Ich habe gedacht, dir gefällt mein Stil . . . was immer das auch sein mag«, erwiderte Mike.

»Er hat mir gefallen, als du ein Mädchen warst. Jetzt bist du eine Frau.«

»Ich habe keine Zeit für dieses Zeug, Richard«, sagte Mike.

Aber sie nestelte an ihrem seidigen, lose herabfallenden Haar. Es war längst aus der Form gewachsen, und sie hatte versucht, es mit Band zu einem Pferdeschwanz zusammenzufassen. So hatte sie es auf der Fahrt im Bus nach Mississippi getragen, erinnerte sie sich.

Als das Kind geboren war, stellte Richard ein Kindermädchen und eine Haushaltshilfe ein, beide von einer untadeligen Agentur vermittelt, und dann hatte Mike Zeit für sich. Sie hatte ihm versprochen, mindestens drei Jahre lang zu Hause bei Rachel zu bleiben, und ohne andere Gründe und nur wenige mütterliche oder haushälterische Pflichten, ging sie wenigstens einkaufen und zum Friseur, besuchte Galerien, Premieren und Lunches. Und verabscheute es.

Nach zwei Jahren widmete sie sich wieder ihren Aufträgen. Richards Proteste klangen ihr in den Ohren und Schuldgefühle lagen ihr schwer im Magen, aber Klein-Rachel gedieh prächtig bei ihrer Nanny und in ihrer Kindergruppe, und bald sprühte Mikes Energie wieder Funken.

Als Rachel fünf und sie zweiunddreißig war, im Jahr 1979, hob sie den Kopf von der Schreibmaschine, um einen perfekt gekleideten und noch nicht ganz korpulenten Richard ankündigen zu hören, daß er ginge und seine Bibliothek mitnähme, seine Platten, seine Garderobe, seinen Porsche, seine Sammlung antiker Pillendöschen und seine postmodernen Gemälde, um mit einer dreiundzwanzigjährigen Betriebswirtin aus Wharton namens Tracy zusammenzuziehen – eine der neuesten der »Anderen« –, und daß sich sein Anwalt mit ihr in Verbindung setzen würde, um Vorkehrungen für Rachel zu treffen.

»Ich werde mich nicht um das Sorgerecht bemühen, Micah«, sagte er, »weil ich sie für zu klein halte, um entwurzelt zu werden. Aber nimm dich in acht. Mir paßt deine Arbeit nicht, deine Arbeitszeiten, deine Herumreiserei, deine Haushaltsführung – besser deren Nichtvorhandensein –, und mir paßt der ganze irre Klüngel nicht, mit dem du dich umgibst. Du bist eine total unfähige Ehefrau, und ich könnte dich ohne Übertreibung auch eine unfähige Mutter nennen. Du solltest mir besser glauben, daß ich dem ein Ende setzen könnte, wenn ich wollte. Ich werde dich im Auge behalten. Ich werde nicht zulassen, daß meine Tochter zu einer langmähnigen internationalen Hippiegöre heranwächst, die nie badet und sich nicht die Beine rasiert. Ich werde nicht zulassen, daß sie Bomben bastelt oder welche wirft oder mit Plakaten herumzieht, auf denen von ihnen die Rede ist. Ich werde nicht zulassen, daß sie auf Matratzen in irgendwelchen verdammten Kommunen im verdammten Spanish Harlem rumbumst.«

»Wäre eine Chaise mit Blick auf den Park passender? Mit einer kleinen Plastik-Betriebswirtin von Harvard?« gab Mike zurück. »Und ich werde nicht zulassen, daß sie zu einer ... gelackten kleinen Konsummaschine in Designerjeans heranwächst.« Aber sie hatte Angst. Konnte er ihr Rachel nehmen? Würde er das tun? Sie wußte, er könnte und würde, wenn er wollte. Aber Richard zog aus und mit der wohlgeborenen und kaltlippigen Tracy in ein Apartmenthaus am Park ein. Die Zeit verging, und er machte keine Anstalten, ihr Rachel zu nehmen. Allmählich entspannte sie, spürte, daß Beherrschung und Selbstsicherheit zurückkehrten.

Während der nächsten sieben Jahre lebten sie und Rachel für den Augenblick und mit Höchstgeschwindigkeit sowie, wie Mike annahm, glücklich in dem geräumigen, sonnigen, nur ganz wenig schäbigen Apartment, das sie im Village gefunden hatte. Mike entließ die Nanny und die Haushaltshilfe, die unter gar keinen Umständen südlich der Grand Central Station gereist wären, und fand in der Nähe einen Tagespflegeplatz für Rachel, meldete sie in einer Public School an und stellte eine warmherzige Witwe aus Costa Rica ein, die im Haus wohnte und sich um Rachel kümmerte, wenn sie mit journalistischen Aufträgen unterwegs war, und organisierte eine anregende Routine von Museums- und Ausstellungsbesuchen, von Theater- und Kinovorstellungen für Rachels Freizeit nach der Schule und fürs Wochenende (denn sie beharrte darauf, daß ihre Tochter das vielfältige Kulturangebot der Stadt nutzte) und vertiefte sich wieder in ihre krisengeschüttelten Individuen. Inzwischen hatte sich Richard von seiner alternden Betriebswirtin getrennt und war nach Los Angeles gezogen, um Berühmtheiten zu beraten und das Recht der Unterhaltungsbranche zu praktizieren sowie Rachel alle zwei Wochen mit Star- und Sternengefunkel zu überschütten. Die zurückhaltende und ausgeglichene Rachel schien davon nicht allzu beeindruckt; sie bewahrte sich ihre kleinen Leidenschaften für die östliche, großstädtische Großzügigkeit um sie herum – wie Mike, und zu deren großer Befriedigung hielt der Zauber Manhattans Rachel sicher in Bann.

Mike fand eine Folge erfreulicher und ehrenwerter Liebhaber, in deren Betten sich zwar nicht gerade die Erde auftat, die sie regelmäßig wechselte und deren dauerhaftester und aufsehenerregendster Derek Blessing war. Ihre Arbeit versah sie mit der ganzen geballten Energie ihrer schlanken Persönlichkeit. Es gab immer noch wenig Zeit für Selbstbetrachtung, aber Mike hatte die Introspektive über Bord geworfen, als sie Lytton verließ. Sie dachte selten zurück – nicht an Lytton, nicht an Bayard Sewell, nicht an Richard und nie an John Winship. Sie jonglierte die glänzenden Bälle ihres Lebens fehlerfrei. Sie investierte nicht mehr von sich in ihre Beziehungen, als sie sich zu verlieren leisten konnte. Sie führte ihre Arbeit intensiv aber nicht verbissen aus, mit großem Können und viel Genuß. Sie spielte auf den Saiten ihrer Existenz mit kühlen und fachmännischen Fingern.

Und dann kam die verrückte Woche im Mai ihres vierzigsten Lebensjahres, in dem die glitzernden Bälle, die Mike so virtuos gehandhabt hatte, der Sonne zu nahe kamen und zur Erde stürzten. Eine Reihe von sieben leuchtenden, frischgrünen Tagen im Frühling. Eine Woche ...

Es war wie etwas aus einem dieser scheußlichen zeitgenössischen Romane, deren metallisch geprägte Busen-Titelgestaltung Mike auf den Flugplätzen überall im Land irritierte. Nach der Heimkehr von einer Reportage in einer neuartigen Unterkunft und Beratungszentrum für mißhandelte Frauen in der Bay Area in San Francisco fand Mike in ihrem Briefkasten die Mitteilung, daß das Miethaus, in dem sie nun schon seit sieben Jahren wohnte, verkauft werden würde, und daß ihr ein Monat blieb, ihr Apartment entweder zu kaufen oder sich eine neue Bleibe zu suchen. Ein Kauf stand nicht zur Debatte. Ihr Einkommen war in den letzten Jahren zwar entsprechend den bedeutender werdenden Aufträgen gestiegen, reichte aber auch so kaum aus, um ein Leben in New York einigermaßen finanzieren zu können. Und dann erfuhr sie von dem Nachrichtenmagazin, für das sie in letzter Zeit hauptsächlich gearbeitet hatte, daß eine hochinteressante Reportage, die sie im Sommer drei Monate lang in den Dürregebieten Afrikas machen wollte und sollte, mit einem hochgerühmten Photographen und dem vorgesehenen Titel »Das Gesicht des Hungers«, zu ihrem Entsetzen an eine sehr viel jüngere, gerissenere und brillant-begabte Journalistin vergeben worden war, die Mike schon ein paar Jahre hechelnd an de[n] Fersen gehangen hatte. Ihre Mentorin hatte sie Mike genann[t]. Mike hatte bereits einen Vertrag mit einem Verlag geschlossen, um die Reportageserie auch als Buch erscheinen zu lassen. Mit dieser Serie hätte sie einen großen Sprung auf der Karriereleiter machen können, und der Vorschuß war bereits für ein Ferienlager und die Kieferbehandlung von Rachel draufgegangen.

Zu allem Überfluß hatte dann Rachel, deren Fähigkeit zu unverhülltem Konsum mit dem Knospen ihrer Brüste und dem eleganten Straffen der Beine dramatisch zugenommen hatte, ruhig, fast kühl angekündigt, sie habe beschlossen, bei ihrem Vater in Los Angeles zu leben.

Mike, die im Geist all die Jahre zurückspulte, in denen sie bewußt alles Materielle unterbetont sowie für das gesorgt hatte, was sie als eine »liberal-humanistische Umgebung« für Rachel bezeichnet hatte, brachte es kaum über sich, ihre Tochter nach dem Warum zu fragen. Aber sie kannte die Antwort auch so und verfluchte Richard und seine betäubenden Hochglanzbriefe.

»Weil«, beging Rachel qualvoll Verrat, »ich es einfach satt habe, unter Kuratel zu leben, nie etwas Anständiges zum Anziehen zu haben, mit halb Harlem zur Schule gehen zu müssen und mit all deinen dummen Freunden herumzuhängen, die Kraushaar aber kein Make up tragen und nur blödes Zeug über den atomaren Winter auf dem blöden Washington Square verbreiten.«

Das war eine erstaunliche Rede für die ansonsten sonnige und weltfremde Rachel, und Mike spürte, als sie sich das aufmüpfige Wechselbalg im hellen, geräumigen, vielleicht eine Spur schäbigen Frühstückszimmer des Apartments an der Bleecker Street betrachtete, wie brennende Leere in ihre Augen stieg. Zu ihrer ungeheuren Überraschung stellte sie fest, daß sie vor allem anderen den drängenden Impuls hatte, diese selbstgefällige Überheblichkeit aus Rachels Gesicht zu wischen, ihre Wut über ihren Ex-Ehemann herauszukreischen und ihre Tochter für etwa zehn Jahre in ihren schützenden Armen zu begraben. Aber sie war immer peinlich genau darauf bedacht gewesen, Rachels Meinungen und Entscheidungen zu achten, und so hatte sie in der schwindelerregenden Frist von drei Tagen Rachels Kindheit zusammengepackt (»Kümmere dich nicht um meine Sachen, ich bekomme neue von Daddy!«) und ihre Tochter in ein Flugzeug nach Los Angeles gesetzt – Erster Klasse natürlich, gezahlt von Richard. Als sie vom Flugplatz zurückkam, hatte sie Rachels entblößtes Zimmer methodisch in keimfreie Ordnung gebracht, die Tür fest und entschieden geschlossen und war hinuntergegangen, um sich die *Times* zu holen und im Anzeigenteil nach einem neuen Apartment Ausschau zu halten. Am nächsten Tag, auch am übernächsten aß sie wenig, schlief kaum und weinte überhaupt nicht.

Und dann, am siebten Morgen war ein Brief von ihrer Schwester DeeDee eingetroffen. Sie war immer noch verheiratet und wohnte noch immer in Lytton, Georgia. In dem Brief stand, daß ihr Vater, der allein lebte, seit Mike ihr Zuhause 1964 verlassen hatte, an Prostata-Krebs litt und ganztägige Pflege brauchte. DeeDee hätte sich seit seiner Pensionierung fast tagtäglich um sein Mittag- und Abendessen gekümmert, aber nun, da ihre Schwiegermutter, ein Alzheimer-Opfer, deren Verhalten jetzt nur geringfügig unangenehmer war als vor Ausbruch ihrer Krankheit, zu ihr und ihrem Mann Duck gezogen sei, könne sie einfach nicht mehr bei ihrem Vater bleiben oder ihn zu sich nehmen. Es war auch kein Geld vorhanden, jedenfalls nicht in DeeDees Familie, und ihr Vater weigere sich hartnäckig, sein eigenes Bankkonto anzutasten oder auch nur darüber zu reden. Wäre es unter Umständen möglich, daß Mike Geld für eine Betreuerin schickte oder, falls das unmöglich war, selbst nach Hause käme?

»Ich weiß, Du hast Deinen Beruf, hast Daddy die ganzen Jahre nicht gesehen – und ich mache Dir keine Vorwürfe, Mikie, es war schrecklich; diese dauernden Beschimpfungen und die Weigerungen, Deinen Mann und das Baby zu sehen –, aber er ist ein so alter Mann und so krank, und er hat nach Dir gefragt. Das hat er wirklich getan, Mikie. Ob Du es nun glaubst oder nicht. Es wäre ja auch nur, bis wir uns entschieden haben, was am besten zu tun ist. Es kann wirklich nicht allzu lange dauern, Eugene hat da ein paar gute Ideen. Ich möchte auf keinen Fall weinerlich klingen, aber Du weißt, daß ich Dich noch nie um etwas gebeten habe, und es war eine sehr lange Zeit ziemlich schlimm für mich . . .«

Nun, genau so hörst du dich auch an, dachte Mike und wurde dann von einem fast atemberaubenden Schuldgefühl überfallen. In ihrem Kopf begann es zu hämmern. DeeDees Briefe hatten immer den Hauch von Vorwurf in sich getragen, und sie hatte sie selten beantwortet. Ihrem Vater gegenüber empfand sie nichts anderes als eine große, ruhige Gelassenheit.

»Du hast Zeit«, sagte sie laut, wischte den Brief und die katastrophale Woche aus ihrem Bewußtsein, rannte zu ihrem Schrank, um ihre Wochenendgarderobe zusammenzustellen und hastete los, um den 14.10 Uhr-Zug nach Bridgehampton zu kriegen, wo Derek Blessing in seinem sorgsam spartanischen Strandhaus den Hörer abgenommen und ihr gesagt hatte, ja, er würde jetzt an dem Artikel für *Rolling Stone* arbeiten, wäre aber dennoch bemüht, sie vom Bahnhof abzuholen. Wenn ihm das nicht gelänge, solle sie sich einfach ein Taxi nehmen, er würde es bezahlen.

Aber dann hatte der schwindelnde Schrecken im Zug zugeschlagen, gerade als er Hampton Bays verlassen hatte, und nun lag Mike im schimmernden grünen Meerlicht in Dereks Schlafzimmer in Sagaponack, auf der anderen Seite einer großen Kluft in der Zeit.

11

Als sie schließlich mit ihren Schilderungen am Ende war, entstand ein langes Schweigen. Sie hörte das erschöpfte Zischen der todgeweihten Asche, die sich im schwedischen Kamin zur Ruhe begab, und das nasse Flappen der windgezausten amerikanischen Fahne auf der Terrasse, die Derek immer vergaß bei schlechtem Wetter einzuholen. Dahinter war das Murren der

Brandung zu vernehmen. Es war leiser, weiter weg. Mike wandte den Kopf. So zitronengelb, wie das Sonnenlicht draußen wirkte, mußte es bereits nachmittags sein. Sie hatte mindestens drei Stunden lang erzählt. Sie streckte sich in dem großen Bett. Ihre Glieder waren steif. Wahrscheinlich hatte sie sich in der Zeit, in der sie geredet hatte, kaum gerührt. Ihre Muscheln mußten sich verspannt haben. Sie drehte den Kopf auf dem steifen Hals und konnte Dereks Arm im Nacken spüren. Sie kam sich leer, ausgehöhlt, schwach vor und so leicht, daß sie mit Sicherheit zur Decke hätte emportreiben können, wäre da nicht das Gewicht der Pelzdecke gewesen.

»Heiliger Mist«, sagte Derek Blessing endlich leise. »Großer Gott.«

»Du wolltest die Geschichte«, erwiderte Mike mit kratziger, abgenutzter Stimme. »Du hast sie bekommen.«

Er zog sie nahe an sich heran, so daß ihr Gesicht gegen seine Rippen gedrückt wurde. Er roch nach Schweiß unter dem noch immer leicht feuchten Sweatshirt; im Raum war es inzwischen unbehaglich warm. Ohne etwas anderes sehen zu können als Frottee, die Terrasse und den Himmel wußte Mike doch, daß es draußen wieder Frühling war. Ihre Brüste, Beine, ihr Oberkörper waren feucht vom Schweiß, und ihre Haarwurzeln waren naß. Ihr Mund schmeckte unangenehm nach dem längst getrunkenen Champagner; die eine Flasche schwamm lau und ungeöffnet im Eiskübel neben Dereks Seite des Bettes. Eigentlich hätte ihr Kopf schmerzen müssen, wie er es immer tat, wenn sie Champagner getrunken hatte – aber diesmal war es nicht so. Die kalte, schwindelerregende Schlange der Angst war auch fort, hatte sich nicht nur zurückgezogen, sondern war ganz weg. Dankbar und in einer Aufwallung reiner Zuneigung reckte Mike den Kopf und knabberte am Stoff von Dereks Sweatshirt, und er strich ihr mit für ihn untypischer Zärtlichkeit das Haar aus dem Gesicht. Die Worte »geliebt und umsorgt« tauchten aus dem Nichts auf und blieben leuchtend in Mikes Gedanken hängen.

»Ich wollte eine Geschichte, habe aber eine Tragödie gehört«, sagte er. »Gottverdammt, Mike. Das ist durch nichts in der russischen Literatur zu überbieten. Auch Faulkner hätte es sich nicht so ausdenken können – vielleicht Aeschylos. Mein Gott. Kein Wunder, daß du im Zug einen Anfall panischer Angst bekommen hast. Natürlich war es der Brief, der ihn ausgelöst hat. Dieser miese alte Hund ... Er hat dir praktisch den Todesstoß versetzt und dich auf einer Eisscholle ausgesetzt.«

»Nun, ich bin nicht gestorben, oder?« gab Mike zurück und setzte sich auf. Die Decke rutschte ihr auf die Taille hinunter. Ihre nackten Brüste waren mit einem feinen Schweißfilm bedeckt. Er sah sie schweigend an; mit einem abwesenden, überlegenden Blick, den sie nur ein- oder zweimal an ihm bemerkt hatte, wenn er mit einem Roman besonders gut vorankam.

»Warum starrst du mich so an?« fragte sie, griff nach ihrem Pullover und zog ihn sich über den Kopf. »Ich bin nicht Anna Karenina. Ich werde schon damit fertig. Ich war nie in wirklich ernsthaften Schwierigkeiten. Es hat mich ein bißchen aus dem Lot gebracht, weil alles auf einmal gekommen ist, aber jetzt, da ich es losgeworden bin ...«

»Aber das stimmt nicht«, unterbrach Derek Blessing und griff nach einer seiner Zigaretten. »Du bist es ganz und gar nicht losgeworden.«

»Ich habe nicht die geringste Kleinigkeit ausgelassen. Ich habe dir buchstäblich alles erzählt – vom Zeitpunkt meiner Geburt bis heute ...«

»Bis auf deine Gefühle.« Er zog den Rauch tief in die Lungen, setzte sich abrupt auf und warf den Pelz auf den Boden. Er kreuzte die Beine, stützte seine Arme auf sie und sah sie an. Sein Gesicht leuchtete vor intensiver Spannung. An seinem Hals pochte eine Ader.

»Na ja, als das alles aktuell war, habe ich mich natürlich ganz schön scheußlich gefühlt, aber dann dauerte es nicht lange und ich habe es vergessen ... Jetzt ist das alles gar nicht mehr wichtig. Es ist schon seit Jahren nicht mehr wichtig.« Mike war in der Defensive. Sie wußte nicht, was er von ihr wollte. Die Schlange der Angst rührte sich leicht in ihrem Inneren. Sie war also doch noch nicht fort.

»Von wegen vergessen. Von wegen nicht mehr wichtig. Es war immerhin so wichtig, daß du im Zug nach Bridgehampton durchgedreht bist. Wir sind noch nicht einmal ansatzweise durch, Mike. Und jetzt möchte ich, daß du mir alles **aus**führlich erzählst, daß du mir deine Gefühle und Empfindungen schilderst ... ausführlich. Das Leid, die Angst, den Kummer, die Wut ... Himmel, deine Wut muß doch unvorstellbar gewesen sein. Du mußt doch wütend genug gewesen sein, um einen ganzen Kontinent aus den Angeln zu heben. Ich möchte alles erfahren ... und dann werden wir entscheiden, was du tun wirst.«

»Was ich ... tun werde? Was meinst du denn damit? Ich werde gar nichts tun. Wenn du annimmst, ich kehre zurück in dieses Haus, in diese Stadt ... Du bist ja so verrückt wie Annie. Ich werde in New York bleiben und mein Leben weiterleben wie bisher. Das werde ich tun. Derek, ich bin wirklich leer, total ausgeredet. Ich kann nicht mehr darüber sprechen. Ich habe seit Jahren und Jahren nicht mehr darüber geredet. Es gibt ganz einfach nichts, was ich dir noch erzählen könnte.«

»Doch. Es gibt mehr. Unendlich viel mehr. Und du wirst es mir erzählen. Erst werden wir beide etwas essen, oder noch besser, etwas trinken. Aber du kommst mir hier nicht fort, bevor du mir gesagt hast, wie du das alles empfindest. Wie du fühlst, nicht denkst. Siehst du es denn nicht? Du hast da eine großartige Geschichte, aber keine Lösung. Du kannst ganz unmöglich weitermachen, bevor du diese grauenhafte Angelegenheit mit deinem Vater in Ordnung gebracht hast.«

»Warum sorgst du dich so um mich?« fragte Mike offen.

»Weil ich mich nun mal um dich sorge und weil ich dich ganz haben will«, erwiderte er ebenso offen und sah sie mit undurchlässigen, anomal konzentrierten Augen an. Sie gaben seinem zerklüfteten Gesicht den Eindruck großer, geballter Energie. Mike spürte erneut das schwache, warme Brennen von Tränen in Kehle und Nase.

»Okay«, sagte sie. »In Ordnung. Ich werde mein Bestes versuchen. Aber du wirst mir zunächst gestatten müssen, meine Glieder zu strecken, und du mußt mir etwas zu essen geben.«

»Abgemacht«, erwiderte er. »Laß mich nur schnell pinkeln gehen, und dann brutzele ich uns etwas. Wonach steht dir der Sinn? Auf die Schnelle oder formvollendet? Auf die Schnelle, nehme ich an. Nachos und Bier. Und nachdem wir uns unterhalten haben, gehe ich vielleicht mit dir auf eine Pizza zu *Bobby Van's*.«

Er stand auf, ging auf das Bad zu und schälte sich aus seinem Frottee-Jogginganzug.

»Ich hätte da eine Lösung, die ganz gut klingt«, rief sie ihm nach und ihre Stimme erbebte ein bißchen unter der Ungeheuerlichkeit dessen, was sie fragen wollte. Ihr Herz begann wieder langsam und schwerfällig zu hämmern.

»Und die wäre?« fragte er und verschwand im Bad. Sie hörte das Plätschern im Toilettenbecken.

»Ich ... dachte, ich könnte dir in diesem Sommer vielleicht ein wenig Gesellschaft leisten. Vielleicht mein Zeug irgendwo auf den Speicher bringen, nur ein paar Dinge mitbringen und ein- oder zweimal in der Woche in die Stadt fahren, um nach meiner Post zu sehen und nach einem neuen Apartment Ausschau zu halten. Ich könnte ein paar Recherchen für dich anstellen; ich weiß doch, wie sehr du das verabscheust.« Sie hörte ihre Stimme weitersprechen, immer weitersprechen. Sie haßte es, konnte aber auch nicht aufhören. Wenn sie verstummt wäre, hätte sie seine Antwort hören müssen.

»I'll do de cookin', honey, I'll pay de rent«, fügte sie hinzu und verstummte unter der Unvorstellbarkeit des Gesagten. Im anschließenden Schweigen formte sich der Gedanke, setzte sich angsteinflößend fest: Ich habe keinen Ort, wohin ich sonst gehen könnte.

Wasser rauschte ins Becken, dann Stille, und sie hörte, daß die Dusche angestellt wurde. Vielleicht hatte er sie nicht verstanden. Erleichterung überkam sie. Bitte, lieber Gott, laß ihn meine Worte nicht mitbekommen haben, flehte sie.

»Hört sich gar nicht so schlecht an«, rief er über das volle Rauschen der Dusche hinweg, und ihr Herz sprang vom kalten Boden ihres Magens in ihre Kehle. Erneut durchfloß sie Leichtigkeit. Nicht allein zu sein ... einfach nicht mehr allein sein zu müssen ... Zum ersten Mal seit mehr als zwanzig Jahren fühlte sie sich fast schwindlig vor Verlangen, mit jemandem zusammen zu sein, schwindlig vor Erleichterung, daß ihrem Verlangen entsprochen wurde.

Sie sprang aus dem Bett, strauchelte ein bißchen mit eingeschlafenen Füßen, schlüpfte in ihre Hosen und schob die Füße in ihre Mokkasins. Sie ging zum Spiegel über seinem Schreibsekretär und betrachtete ihr Gesicht, das blaß, aber erleuchtet wirkte; ihr Feuer war wieder da. Sie lächelte sich zu. Sie nahm die Elfenbeinbürste hoch, die sie im letzten Sommer in Kenia bekommen hatte, setzte ihrem Haar zu, bis es ihr wie ein Heiligenschein um den Kopf lag und fuhr sich mit den groben Borsten leicht über die Wangen, sah zu, wie die sepiabraunen Sommersprossen unter dem Erröten verschwanden. Plötzlich kam sie sich leichtsinnig, kapriziös und sehr jung vor und legte ein paar schnelle Tanzschritte auf die kleine quadratische Navaho-Brücke, die er vor dem Sekretär hatte.

Der Raum war wirklich sehr heiß. Mike ging an seine Seite des Bettes und schaltete die elektrische Heizung aus. Ihr Fuß stieß gegen etwas direkt unter der Bettkante und ließ diesen Gegenstand über den glänzenden Fußboden rutschen, bis er an einem ledernen Hocker von Abercrombie and Fitch zur Ruhe kam. Es war ein Kassettenrecorder, der alte Panasonic, den er besaß, solange sie ihn kannte. Es klickte, surrte, und dann erfüllte ihre Stimme in voller Lautstärke den Raum.

»Du wolltest die Geschichte. Du hast sie bekommen.«

»Ich wollte eine Geschichte, habe aber eine Tragödie gehört«, leierte Derek aus dem malträtierten Recorder, und Mike ging auf ihn zu und drückte die Stoptaste. Sie setzte sich aufs Bett, starrte auf das Gerät und begriff nichts.

Schließlich wurde ihr bewußt, daß er an der Badezimmertür stand, ein Handtuch um die Hüften, und sie leidenschaftslos betrachtete. Eine Augenbraue war hochgezogen.

Sie sah ihn schweigend an.

»Ich kann, glaube ich, mit Fug und Recht annehmen, daß die berüchtigte Blockade am Zerbrechen ist, und du bald mit einem neuen Buch beginnen wirst, so daß du vermutlich gar keine Gesellschaft haben willst«, sagte sie endlich. In ihrem Kopf war ein mächtiges Dröhnen. In ihren Handgelenken begann das verhaßte Schwirren.

Er errötete leicht und verzog das Gesicht.

»Himmel, ich hoffe, du glaubst nicht etwa, daß ich das benutzen würde«, sagte er. »Ich dachte nur, du solltest es auf Band haben, es als therapeutisches Instrument einsetzen, wie Annie es tut.«

Sie sah ihn weiter unverwandt an.

»Aber es ist eine Tatsache, daß der Damm wirklich schon ein paar Sprünge hat«, fuhr er fort. »Und du weißt, wie ich bin, wenn ich arbeite, Mike. Sicher, wenn du es willst, kannst du kommen und bei mir wohnen, aber ich bin nun mal ein so zielgerichteter Hund, wenn ich dabei bin. Nun, du kennst das ja. Es wäre für dich mit Sicherheit kein Vergnügen. Hör mal, warum fährst du nicht nach Hause, wie Annie gesagt hat? Stellst deinen Ruf bei dem alten Herrn wieder her, siehst deine Schwester und deine Freunde wieder, erneuerst alte Bindungen? Bringst die Dinge endlich wieder in eine ordentliche Perspektive? Das wäre doch eine großartige Lösung für die nächsten zwei oder drei Monate, bis du eine neue Wohnung hast und wieder Boden unter die Füße kriegst. Und wenn du zurückkommst, haben wir den ganzen Herbst ...«

»Du bist ein Lump, Derek«, sagte Mike. »Aber du schreibst gute Bücher über Frauen. Ich habe mich schon immer gefragt, wie du das eigentlich hinkriegst. Da muß es doch eine ganze Reihe von uns hier irgendwo geben – alles auf kleinen Kassetten, oder sind es inzwischen Floppy Discs? Nun, es tut mir leid, daß ich gehen muß, bevor dieser literarische Höhenflug zuende ist, aber du hast zweifellos genug Material, um weiterzumachen. Ich bin sicher, daß dir im Laufe der Zeit wie von selbst der richtige Schluß einfällt.«

»Hölle, ich habe doch immer gewußt, daß irgendwo unter all dieser südlichen Damenhaftigkeit eine hochklassige Zimtzicke steckt ...«

»Laß dich einsargen, Derek«, sagte Mike.

Sie verließ New York drei Tage später mit einem Vormittagsflug nach Atlanta, und als die L-1011 über dem Sandbogen von Long Island kurvte, die glitzernde See der Hampton Roads hinter sich ließ und nach Süden schwenkte, dachte sie mit einem kleinen, kalten Lächeln, daß sie Sagaponack schließlich doch mit dem Kleinbus verlassen hatte.

12

»Ist der neue Flughafen nicht eine tolle Sache?« fragte DeeDee munter. »Ich wette, in New York gibt es nichts Vergleichbares.«

»Mit Sicherheit nicht. Er schlägt sogar London, Paris und Rom«, erwiderte Mike mit einer Begeisterung, die sie nicht empfand. Sie litt unter fehlendem Schlaf und der physischen Anstrengung, ihre innere Unruhe in den Griff zu bekommen, und die Falten in ihrem Leinenrock und der Seidenbluse trockneten im arktischen Lufthauch der Klimaanlage des großen Pontiac rapide zu runzligen Schründen und Schluchten. Als sie das Flughafengebäude von Atlanta verließen, hatte die Temperatur 33 Grad betragen und stieg ständig weiter an. Als sie endlich das Auto erreicht hatten, das umsichtig auf dem weit entfernten Sparparkplatz des Flughafens abgestellt worden war, war sie durch die Unterwäsche naß bis auf die Haut.

DeeDees Augen verschwanden in Fleischfalten, als sie Mike anblinzelte, und ihr kleiner Scharlachmund wurde spitz. Sie sagte nichts, aber ihr Schweigen schrillte in der abgestandenen kalten Luft. Mike wußte, daß sie DeeDee mit ihrer Erwähnung ausländischer Flughäfen vor den Kopf gestoßen hatte. Ihre Absicht war es gewesen, ihrer Schwester das Geschenk der Unvergleichlichkeit ihrer Heimatstadt zu machen, aber sie wußte, daß es sich protzig angehört hatte.

»Nicht, daß ich besonders viel von ihnen zu Gesicht bekommen hätte«, fügte sie hinzu und verspürte den seit kurzem wieder vertrauten Stich der Verärgerung über sich selbst und ihre Schwester. Seit ihrer Ankunft hatte sie DeeDee zu beschwichtigen versucht, war sich aber nicht ganz sicher warum. Sie hatte es nie zuvor getan.

Erneut sah sie DeeDee an, ihren Blick hinter der großen, schützenden Sonnenbrille verborgen. Es war schwer, sie nicht anzusehen. DeeDee war immens. Sie blickte noch immer aus den schönen blauen, schwarzgewimperten Augen um sich, aber der Rest ihres Gesichts war eine Travestie der hübschen, rosigen, jungen Frau, die sie gewesen war, als Mike Lytton verlassen hatte. Es war ebenso komisch wie mitleiderregend, wie die Bemühungen eines Kindes mit gestohlenen Kosmetika auf dem Antlitz einer schmelzenden Schneefrau. Der rosige Hauch auf ihren Wangen waren nun Kreise von Magenta-Rouge auf Apfelbäckchen und ihr feingeschnittener Blütenmund war fast in den Falten verschwunden, die sich von ihrer kecken Nase herabzogen. Diese Nase, einst Mikes Verzweiflung und Anlaß zu bitterem Neid, war jetzt nahezu schweinsförmig mit all dem lappenden Fleisch, und der Teint zeigte das eigenartige gräuliche Blauweiß alten Schnees.

Das Gesicht thronte auf einem amorphen Körper, der von einer Seite zur anderen schwankte, wenn DeeDee lief. Sie trug einen mittelblauen Polyester-Hosenanzug und kalkweiße Ketten, die auf einem Busen auf und ab hüpften, dessen erstaunlicher Ansatz fast ihr unterstes Kinn erreichte, selbst in dem züchtig geschnittenen Polyester-Pullover. Schweiß, Talcum und ein mutiertes Parfum stiegen dampfend zwischen den großen weißen Pontonbrüsten auf. Nur die winzigen trippelnden Füße in Sandalen mit hohen Absätzen und kunstvollem Riemchenwerk zeugten von der DeeDee von einst. Sie und ihr glänzender Berg blauschwarzen Haars, der wie ein komplizierter, gelackter Bienenkorb auf ihrem Kopf saß. Mike spürte, wie sich ihr Herz vor Mitleid, Widerwillen und Schuldgefühl zusammenzog. Neben ihrer eigenen fast dürren Gestalt mußte ihre Schwester geradezu grotesk aussehen. Sie war froh, daß keine Familienähnlichkeit zwischen ihnen bestand – mehr wegen DeeDee als ihretwegen. Es war ihr gleichgültig, was die erhitzten, drängelnden Menschen dachten, die ihnen begegneten. Aber DeeDee war das nie gleichgültig gewesen.

Mitten in Mikes Erschöpfung gab es einen toten Punkt, als wäre die Luft aus einem großen Ballon entwichen, der nun schlaff und lustlos zur Erde torkelte. Sie machte sich klar, daß sie auf einer unterbewußten Ebene die Behaglichkeit der Umarmung ihrer Schwester erhofft hatte, die herrische aber doch so tröstende Zuwendung, an die sie sich kaum bewußt aus ihrer Kindheit erinnerte, die aber dennoch irgendwo in ihrem Bewußtsein war, unter all den Jahren der Verärgerung über DeeDees schwatzhafte Briefe. Aber dieser Trost, diese Zuwendung wurden nicht gegeben. Seit ihrer ersten formellen Umarmung nach ihrer Ankunft auf dem Flughafen hatte DeeDee ausgeteilt. Kleine, stichelnde Seitenhiebe gegen Mikes Akzent, ihren Beruf, ihre »New Yorky« Kleidung, ihr »aufregendes Jetset-Leben«, waren wie Stechmücken um ihre ersten gemeinsamen Minuten geschwärmt. Zugegeben, sie hatte Mike wieder und wieder dafür gedankt, daß sie heimgekommen war, um »zur Hand zu gehen«, und sie war wortreich besorgt über Mikes Scheidung und die Aufgabe, ein Kind in einer Stadt wie Manhattan allein aufziehen zu müssen, einer Stadt, die schon ihr Tonfall lasterhaft und babylonisch erscheinen ließ. Und sie hatte sich verbal fast noch besorgter über Mikes nur allzu offensichtliche Unruhe geäußert, die sich in ihren zitternden Händen und schnellen, hohlen Atemzügen zeigte. Aber als Mike auf dem Flughafen an einem Wasserspender stehengeblieben war, um noch eine Xanax zu schlucken, war das kleine, kalte Funkeln des Triumphes in ihren Augen nicht zu übersehen gewesen. Und ihre Mutmaßungen über Mikes Liebesleben, wie sie es pointiert formulierte, strotzten vor Andeutungen. Mike wußte, daß DeeDee kaum von Derek Blessing und den anderen vor ihm erfahren haben konnte, ertappte sich aber doch dabei, fast störrisch zu rebellieren, wie sie es stets getan hatte, wenn DeeDee aus ihr Informationen herausholen wollte, die sie nicht zu geben bereit war.

»Mein Leben ist ungefähr so unspektakulär wie zur Zeit mein

Beruf.« Sie lächelte und hoffte resigniert, ihre Schwester zum Schweigen bewegen zu können. Sie wollte nichts als ein bißchen Zeit, um mit dem Phantom des Verlustes schwesterlichen Zuspruchs fertig zu werden, von dem sie gar nicht gewußt hatte, daß sie ihn sich erhoffte. Sie wollte Zeit, um diese dicke, aufdringliche, unzufriedene Fremde einordnen zu können. Wo war nur die hübsche, atemberaubende DeeDee, die ihre Partei ergriffen und nach Mikes explosiven Kindheitsaufwallungen den Familienfrieden wiederhergestellt hatte, und die so treu, wenn auch pedantisch nörgelnd, in den langen Jahren von Mikes Abwesenheit aus Lytton geschrieben hatte? Doch nicht etwa in dieser unförmigen und plumpen Frau mittleren Alters.

»Ich bin dir wirklich sehr dankbar, daß du nach Hause gekommen bist, Mikie«, sagte DeeDee noch einmal vom Rücksitz, auf dem sie so selbstverständlich Platz genommen hatte, als wäre das der ihr zustehende Sitz, und es Mike überlassen hatte, auf das glutheiße goldene Vinyl des Beifahrersitzes neben Duck zu gleiten. »Ich weiß, daß es nicht leicht war, dich da loszureißen. Du bist doch so beschäftigt. Wir sind wirklich sehr stolz auf dich, auch wenn wir das nicht ausdrücklich betonen. Ich bin sicher, alles, was du jemals geschrieben hast, ausgeschnitten und eingeklebt zu haben. Ich dachte mir, du würdest das vielleicht einmal haben wollen. Ich weiß, wie wenig du doch daran gewöhnt bist, deine Sachen in Ordnung zu halten.«

Sie patschte Mike unbeholfen auf die Schulter, und die junge DeeDee war wieder da, flüchtig, in dieser Berührung. Mike drehte sich um und lächelte sie an.

»Es ist gar keine so große Belastung, Dee«, sagte sie. »Rachel verbringt den Sommer bei ihrem Vater, und bis zum Herbst habe ich beruflich ein bißchen Leerlauf. Wenn ich überhaupt kommen wollte, so ist das jetzt der beste Zeitpunkt. Und ich freue mich, wenn du dadurch ein wenig zur Ruhe kommst.

Wenn ich ganz aufrichtig sein will, so bin ich eigentlich nur wegen deiner Kochkünste gekommen.«

Ich werde ihr nicht sagen, daß ich gekommen bin, weil ich nicht weiß, wo ich sonst hin soll, dachte sie. Ich werde ihr nichts über diese unsäglich schreckliche Woche erzählen, die mein Leben durcheinandergebracht hat. In dieser Frau ist zwar irgendwo eine Spur von DeeDee, aber noch etwas anderes – jemand, den es nur allzu sehr nach meinem Blut dürstet.

Ihre Schwester lachte das reizende klingende Lachen, das ihren Vater stets so gefesselt hatte.

»Nun, davon wirst du noch früh genug einen Geschmack bekommen«, sagte sie. »Ich habe für Daddy und dich ein gefülltes Huhn vorbereitet. Das scheint im Moment alles zu sein, auf das er Appetit hat: Huhn mit dieser Maismehlfüllung, deren Zubereitung mir Rusky beigebracht hat. Und du wirst auch alles aufessen. Ich kann ja durch deine Bluse jede einzelne Rippe sehen.«

»Ich sehe da noch was anderes«, verkündete Duck und piekte mit einem großen, roten Finger auf ihren Oberschenkel. Mike wurde über und über rot. Sie wußte, daß der feuchte, cremefarbene Stoff ihrer Bluse wie Seidenpapier an der Winzigkeit ihres BH klebte, daß ihre Brustwarzen im eiskalten Luftzug der Klimaanlage hervorstanden wie das Relief auf einem Fries. Sie verschränkte die Arme über der Brust und sah geradeaus. Er hatte sich seit dem letzten Mal, als sie ihn gesehen hatte, nicht zu seinem Vorteil verändert – mal abgesehen von den grellweißen Kunstleder-Slippers, einem Gürtel aus dem gleichen Material und dem Schmerbauch, die ihn jetzt zierten. Seine Haare waren so massig, aufgebauscht und pomadig wie immer, derselbe cognacfarbene Pelz kroch seinen wulstigen Nacken hinunter, jetzt allerdings mit Koteletten, und seine verhangenen Augen streunten noch immer wie raublustige Spinnen oder die Periskopaugen von Krabben. Sie wanderten über Mikes Körper, glitten dann zu ihrem Gesicht hinauf, und er lächelte sein berühmtes schiefes Grinsen.

Das Schweigen vom Rücksitz war schneidend und giftig. Mike war dankbar für die Xanax-Gelassenheit, die in ihrem Kopf summte und sanft in ihrem Puls vibrierte. Sie machte Gebrauch von einer Fähigkeit, die sie in den Tagen der Aufstände, mitunter sogar der Gefahr im Laufe der Jahre erworben hatte, in den Tagen von Los Angeles, Chicago und in anderen Städten, in denen sie in Krisensituationen geraten war: Sie verdrängte ihn so gründlich aus ihren Gedanken, als hätte sie ihn herausgeschnitten. Mike wandte den Kopf und sah durch das bläulich getönte Fenster hinaus auf die vorbeifliegende Landschaft. Sie hatte Duck noch nie leiden können, von Anfang an nicht. Aber sie war dann durch DeeDees offenkundige Bewunderung für ihn beruhigt worden. Doch jetzt sah ihn DeeDee ganz und gar nicht bewundernd an, wenn er sprach, noch streckte sie die Hand aus, um ihn wie zufällig zu berühren. Sie blickte ihn eigentlich kaum an, bemerkte Mike, und berührte ihn noch weniger.

Ich würde es auch nicht tun, dachte Mike erschauernd. Es wäre, als würde man einen toten Frosch anfassen.

Im Gegensatz zu Duck Wingo hatte sich die Landschaft verändert. Immer, wenn Mike an ihre Heimat gedacht hatte, was selten vorgekommen war, waren es vertraute, weiche, gleitende Bilder gewesen, die ihr in den Sinn gekommen waren: Berge und Hügel wie die Kurven eines weiblichen Körpers, die ineinander übergingen, aufgelockert durch die unvermeidlichen schwarzgrünen Kiefernwälder, Woge auf Woge goldbrauner Besenhirse, Felder voller Jimsonweed und Brombeerranken, Farmhäuser mit weißen Holzfronten und Asbestpappenseiten, die in die müde, sanftrote Erde saubergefegter Vorgärten sanken, umgeben von leicht schiefen Stacheldrahtzäunen und wegrutschenden Nebengebäuden, wettervergilbte Skelette ungestrichener Negerhütten, unordentliche Haufen orangeverrosteter Autokarossen in furchigen Seitengärten und ausrangierte weiße Kühlschränke auf Vorderveranden, *Jesus Saves*-, Wahrsager- und *Burma-Shave*-Schilder, Herden von grobfelligen Rindern, alle in eine Richtung gewandt unter Pecan- und Walnußbäumen, riesige, virulente Schleier und Meere von Kadzu-Wein, der ganze Felder überschäumte, aufgegebene Häuser, Telephonmasten und die Gerippe spitziger Bäume umhüllte, so daß ganze Morgen Land zu irrwitzigen grünen Skulpturengärten geworden waren.

Aber jetzt war die Landschaft, die man durch die Wagenfenster sah, eine scharfkantige, quadratische Vorstadt: Sie rasten an weißen Beton-Einkaufszentren vorbei, die wie eine Stadt von Grabmalen im harten Licht glänzten. Pfeile von Feuer erglänzten auf den Dächern von Tausenden von Autos. An der neuen vierspurigen Zubringerstraße, auf die sie von der Interstate eingebogen waren, lechzte eine baumlose Dienstleistungs-Mall in der Hitze, bot ein *Big Star*, eine *Treasury Drug*, eine Taxivermittlung, Immobilienagenturen, ein Discount-Warenhaus, eine katholische Kirche, die recht unpassend ein Geschäftshaus okkupierte, sowie eine kleine Ansiedlung von Fast Food Läden. Mike zählte *Burger King, Arby's, McDonald's, Del Taco, Kentucky Fried Chicken* und *Long John Silver's* – alle nur wenige Meter voneinander entfernt. Bis auf das *Del Taco* erfreuten sich alle eines lebhaften Betriebes. AMCs und ungeheuer groß-bereifte Geschosse mit Heck-Spoilern und Lieferwagen mit protzenden Aufklebern wie *I love that country sound* und *Support your NRA* standen Bauch an Bauch auf sonnenflirrenden Parkplätzen. Es hätte überall in den Vereinigten Staaten sein können, denn sie durchfuhren eine Gegend, die Mike auf ihren Fahrten in Mietwagen von den Flughäfen der verschiedensten Städte von Küste zu Küste schon einmal gesehen hatte. Das Wesensfremde dieses Terrains wurde durch das kalte Geisterblau der Autofenster noch beunruhigender. Es war sogar unmöglich festzustellen, ob es Winter oder Sommer war – wäre da nicht das üppige Laub und etwas Unerbittliches im Einfall des Sonnenlichtes gewesen.

»Findet denn Tex-Mex hier unten keinen rechten Anklang?« fragte Mike beiläufig.

»Tex-Mex?« fragte DeeDee verblüfft.

»Vor dem Taco-Laden da hinten haben kaum Autos geparkt«, erklärte Mike und wünschte sich, das Gespräch nicht angefangen zu haben. Ihre Erschöpfung war fast lähmend.

»Oh, das spanische Restaurant in der Mall. Im Gegenteil, spanisches Essen ist hier sogar sehr beliebt. Zuhause gibt es zwei Läden, einen *Taco Bell* und einen *Mr. Tortilla*. Aber die Leute gehen in den da nicht gern, weil der Geschäftsführer ein so komischer Kauz ist. Und mit den Angestellten, die er sich sucht, ist es kaum anders. Es soll da ein paar Probleme gegeben haben ... Schlägereien und so Sachen. Wir haben auch gehört, daß er da, woher er kommt, irgendeinem Kind zu nahe getreten sein soll. Aus Lytton geht niemand zu ihm.«

»Man ist wohl feiner geworden in Lytton«, murmelte Mike. Sie schienen sie nicht zu verstehen.

Sie durchfuhren eine riesige baumlose Ebene, die, wie Mike wußte, einmal ein Gelände mit Farmen und kleinen Ansammlungen von weißen, holzfrontigen General Merchandise-Läden, Benzin-Zapfsäulen und ein paar Drei- bis Vier-Zimmer-Häusern gewesen war. Doch jetzt war es ein endloses Diorama von kleinen, in der Sonne brütenden, strauchlosen Ziegel- und Schmiedeeisen-Parzellen sowie Eigentumswohnanlagen, beengten Büro- und Geschäftsräumen und neuen, rohen Freeway-Konstruktionen. Atlanta war über seine Grenzen hinausgewuchert, um alles zu verschlingen, was sich ihm in den Weg stellte – genau wie es einst der Kudzu-Wein getan hatte.

Duck lehnte sich auf dem Fahrersitz zurück und umfaßte die gesichtslose Ebene mit großartiger Geste.

»Das ganze Gebiet ist im Kommen«, sagte er. »Wir sind nicht mehr die Schlafmützen des Südens, wir sind der *Sunbelt*, und jemand, der schlau genug ist zu erkennen, auf welcher Seite sein Brot gebuttert ist, wird reich. Nimm dich nur in acht, New York. Es dauert nicht mehr lange, und du frißt unseren Staub.«

Er stieß Mike herzhaft mit dem Ellbogen an, und dabei streifte sein dicker Finger ihre Brust schnell und leicht, es war eine Berührung wie mit der Zunge eines Reptils. Sie drehte sich um, als wolle sie den aufblühenden *Sunbelt* studieren.

»Ich wünschte, ich würde ihn jetzt schon fressen«, sagte sie, aber nicht laut. Wie ertrug DeeDee diesen Neandertaler?

Weiteres Schweigen machte sich breit, und dann räusperte sich DeeDee, als wäre sie bereit, den Vorsitz einer Konferenz zu übernehmen.

»Da gibt es noch etwas, was wir dir sagen müssen, bevor wir zu Hause sind«, sagte sie. Sie zögerte, als suche sie die passenden Worte, und fuhr dann fort, wobei ihre Stimme Geschwindigkeit aufnahm, bis sie einen schnalzenden Galopp erreicht hatte.

»Höchstwahrscheinlich ist es nicht mehr als ein Sturm im Wasserglas, aber Daddy regt sich so furchtbar darüber auf. Niemand kann ihn beruhigen. Das Verkehrsministerium von Georgia will eine Zubringerstraße auf dem Gelände des Hofes bauen, und das würde bedeuten, das Haus und die Nebengebäude abzureißen. Daddy sagt, er wolle sie alle in der Hölle schmoren sehen, bevor er auch nur daran denkt, zu verkaufen. Er meint, dann würde der Rest des Besitzes jedem wie ein reifer Pfirsich in den Schoß fallen, der auch nur eine Spur von Interesse daran hat. Er denke nicht im Traum daran, das Angebot der Verkehrsbehörde für die Gebäude und das bißchen Land anzunehmen, das sie für die neue Straße brauchen. Wir machen uns große Sorgen um ihn. Doktor Gaddis auch.«

»Weshalb sollte jemand Interesse an dem Land haben? Was sollte er damit anfangen wollen?« fragte Mike echt erstaunt. Es war schönes Land, erinnerte sie sich, sanft hügelig und dichtbewaldet. Seit es ihre Großeltern nicht mehr bewirtschaften konnten, war es in den wilden Urzustand zurückgefallen. Aber es war isoliert, absolut unberührt von jeder Zugangsmöglichkeit mit Ausnahme der selten befahrenen, löcherübersäten und zweispurigen U.S.29 sowie ein paar doppelgefurchter Sandwege. Es gab kein Wasser, keine Kanalisation, keine Gasversorgung.

»Oh, er glaubt, irgendjemand wolle es erschließen, parzellieren oder sonst was«, meinte DeeDee wegwerfend. »Er ist nahezu besessen davon. Er hat sogar einen Rechtsanwalt beauftragt – das heißt, wenn man den überhaupt als solchen bezeichnen kann. Das ist irgendsoein emporgekommener Prolet aus Birmingham – ausgerechnet! –, und er ist erst so kurz in der Stadt, daß er noch nicht einmal Möbel für sein Büro hat. Daddy will die Verkehrsbehörde bis aufs Messer bekämpfen. Und wir fürchten, das könnte ihn umbringen.«

Wieder Schweigen und Mike wurde klar, daß sie auf eine Stellungnahme von ihr warteten. Sie wußte nur nicht, was sie hören wollten.

»Ist es denn ein gutes Angebot?« fragte sie schließlich.

»*Echt* gut«, sagte Duck. »Echt großzügig von der Regierung. Die Landpreise hier unten kommen in Bewegung. Himmel, John könnte das Land doch erschließen, wenn dieser alte Schandfleck erst einmal beseitigt ist, wenn es da eine gute Straße gibt. Daran könnte er sich doch glatt zu Tode verdienen.«

»Ich nehme an, daß er einen zusätzlichen Tod kaum nötig hat«, erwiderte Mike scharf. Sie hatte kein besonderes Interesse an dem alten Haus, und die Hochachtung, die ihr Vater dem Land seiner Vorfahren entgegengebracht hatte, nie verstanden. Aber sie zuckte vor der unverhüllten Überheblichkeit zurück, der schieren Käuflichkeit, die in Ducks Worten lag.

»Nein«, murmelte DeeDee. »Ich glaube, das braucht er tatsächlich nicht. Armer Daddy, er liebt dieses lächerliche alte Haus und das Land. Es ist eine Schande. Diese verfluchte Regierung schnappt sich, was sie auch immer will – und das von einem alten, kranken Mann. Dabei kann einem doch glatt übel werden. Aber es ist die Sache trotzdem nicht wert, daß sich Daddy solchen Strapazen unterzieht. Ich wünschte, er würde es verkaufen und vergessen, damit es ihn nicht noch umbringt. Schließlich würden ihm doch fast einhundert Morgen bleiben. Und es ist doch nicht so, daß er je in diesem entsetzlichen alten Kasten leben würde, und ich mit Sicherheit auch nicht . . .«

Sie brach ab und schielte Mike an.

»Ich hoffe, das macht dir nicht allzuviel aus«, sagte sie und sah Mike dabei nicht direkt an, »aber Daddy hat das Land für mich bestimmt. Er wußte, daß du nicht . . . daß du versorgt bist, daß sich dein Leben woanders abspielt . . .«

Wo? fragte sich Mike. Wo spielt sich mein Leben ab? Jedenfalls nicht da, wo ich es mir vorgestellt habe. Ich scheine ein extrem bewegliches Leben zu haben. Die Angst schoß unter den Rändern der Drogendecke hervor.

»O Dee, natürlich«, sagte sie hastig. »Du sollst es haben. Du hast dich all die Jahre um ihn gekümmert, du warst diejenige, die hier geblieben ist. Ich möchte es unter gar keinen Umständen haben. Du hast recht, mein Leben spielt sich woanders ab. Wirst du es behalten? Ich meine, wenn . . . es dir gehört?« Sie wollte nicht sagen: ». . . wenn er gestorben ist.« In New York konnte sie über John Winships möglichen Tod leicht und ohne nennenswerte Empfindungen sprechen, und hatte das auch getan. Mit dem Abstand von Zeit und Raum war er fast zu einer Gestalt der Legende geworden, ohne Substanz, jemand aus einer Geschichte, die vor langer Zeit erzählt worden war, ohne jeden Anspruch auf Lebendigkeit. Aber hier konnte sie es nicht, nicht gegenüber ihrer Schwester, nicht in diesem Geschoß, das sie dem Augenblick entgegenschleuderte, in dem die Legende mit verfallendem, verwandten Fleisch umhüllt werden würde. Ebensowenig wie sie ihn »Daddy« oder »Vater« nennen konnte.

»Ich möchte an so etwas nicht einmal denken«, sagte DeeDee. »Ich hätte Daddy lieber gesund und munter als alles Land von Georgia. Aber ja, ich habe vor, es in der Familie zu halten, für Claudia und Little-John, weil Daddy das so wünscht. Das Land behalten, meine ich. Aber mit dem alten Haus ist es eine andere Sache. Der Unterhalt zehrt ihn doch glatt aus. Er findet einfach niemanden, der dort wohnen will; nicht mal ein Neger will das. Und selbstverständlich kann Daddy nicht mehr wie früher täglich da unten nach dem Rechten sehen. Alles ist furchtbar heruntergekommen. Wir haben uns sehr bemüht, ihn so schonend wie möglich dazu zu bewegen, seine Meinung zu ändern. Zu seinem eigenen Besten. Aber dabei regte er sich immer so ungeheuer auf, daß wir gar nicht mehr davon reden. Vielleicht hört er auf dich. Wir brauchen dich wirklich auf unserer Seite, Mikie. Willst du versuchen uns zu helfen, ihn zur Vernunft zu bringen?«

»Wieso kommst du auf den Gedanken, er könnte auf mich hören?« fragte Mike. »Ich bin überzeugt, er würde mich wieder zur Tür hinauswerfen, wenn er könnte. Aber natürlich, Dee, sicher, ich werde mich bemühen, dir zu helfen. Ich verstehe, was du meinst. Ich nehme an, das Haus ist für alle nur ein Klotz am Bein.«

»Braves Mädchen«, dröhnte Duck und machte Anstalten, sie erneut zu betatschen. Sie zuckte von seiner Hand fort, und er ließ sie fallen. Er grinste sie an.

»Diesmal kämpfen die Yankees Seite an Seite mit uns«, sagte er. »Da können wir nicht verlieren.«

»Sei dir da nicht zu sicher«, warnte Mike. »Weiß er denn überhaupt wirklich, daß ich komme?«

»Aber ja.« Duck nickte heftig. »Darauf kannst du Gift nehmen. Er freut sich auf dich. Er hat nach dir gefragt, nachdem er diesen Schlaganfall hatte.«

Mike hob den Kopf, sah erst ihn und dann ihre Schwester auf dem Rücksitz an. DeeDee war blutrot.

»Schlaganfall?« wiederholte Mike.

»Er war nicht so schlimm«, beschwichtigte DeeDee, und ihre Worte verhaspelten sich miteinander. »Es geht ihm schon sehr viel besser. Er kann seine Glieder wie immer bewegen, bis auf seine Beine – ein bißchen. Er spricht so gut wie eh und je, bis auf dieses winzige Zucken um den Mund. Du würdest es gar nicht bemerken, daß er einen Schlaganfall hatte, Mike. Er benutzt zwar von Zeit zu Zeit einen Rollstuhl, aber das liegt nur daran, daß er nach der Chemotherapie so schwach ist, weißt du. Sein Verstand arbeitet so perfekt wie immer. Fast besser, finde ich. Mit seinem Kopf ist absolut nichts. Er ist ausgesprochen rege, richtig munter und auf Zack. Davor saß er doch häufig den ganzen Tag nur da und starrte vor sich hin, sagte kein einziges Wort. Wir werden dir dabei behilflich sein, ein nettes, kräftiges Negermädchen zu finden, die bis nach dem Dinner ins Haus kommt, um die schweren Dinge zu erledigen, das Heben und so weiter, so daß du nichts weiter zu tun hast, als dafür zu sorgen, daß im Haus alles seinen geregelten Gang geht ...« Ihre Energie verpuffte, der Strom der Worte versiegte irgendwie holpernd. Sie sah auf ihre Hände, dann aus dem Fenster.

»Doktor Gaddis kommt doch auch pausenlos vorbei«, nahm Duck den Faden da auf, wo ihn DeeDee fallen gelassen hatte. »Er sagt, John mache prächtige Fortschritte. Von Tag zu Tag ginge es ihm besser. Und ehe wir's uns versehen, ist er wieder wohlauf und auf den Beinen. Du wirst doch kaum jemals allein mit ihm zusammensein. Dieser Anwalt schneit auch fast jede Minute zur Tür herein, und Ba. . .«

»Doktor Gaddis meinte, wir sollten dich ausdrücklich darauf hinweisen, daß es absolut keinen Grund zur Besorgnis gibt«, zirpte DeeDee hastig. »Mit Daddy ist nichts, was sich nicht mit der Zeit kurieren ließe.«

»Nichts bis auf den Krebs, meinst du«, stellte Mike ruhig fest. Sie sah Duck und ihre Schwester an. »Krebs und nun auch noch ein Schlaganfall. Warum hast du mir denn nichts von dem Schlaganfall erzählt, DeeDee?«

»Ich hatte Angst, du würdest dann nicht kommen«, antwortete ihre Schwester und errötete erneut. »Ich befürchtete, dann würdest du glauben, das alles sei zu schwer für dich – der Schlaganfall zusätzlich zum Krebs. Aber er ist wirklich keine Last, Mike, und er hat eigentlich auch noch gar keine wirklichen Schmerzen durch den Krebs. Doktor Gaddis meint, das sei mitunter so, manchmal sogar bis zum Schluß, und davon ist er doch noch sehr weit entfernt.«

»Yeah, er hat durchaus eine Chance, ihn zu besiegen, zäh wie er ist«, warf Duck ein. »Meine Güte, du würdest nicht einmal merken, daß er so krank ist, und, wie DeeDee gesagt hat, mit Ausnahme des Rollstuhls . . .«

»Bist du sicher, daß er nach mir gefragt hat?« unterbrach Mike. Sie sah DeeDee an.

»Ja«, erwiderte DeeDee. »Das hat er.« Ihr Gesicht war abgewandt.

Duck fuhr eine Zeitlang durch das Schweigen, das sich über das kalte blaue Innere des Pontiac gelegt hatte und schaltete dann das Radio an. Crystal Gayle begann laut zu klagen. Mike zuckte zusammen, und Duck sah sie unter seinen plüschigen, geäderten Lidern hervor an (Mike hatte im Biologieunterricht der High School sofort an ihn gedacht, als sie über die Nickhaut der Reptilienlider gesprochen hatten) und drehte die Lautstärke herunter. Sie schwiegen wieder.

»Bist du wütend auf mich?« fragte DeeDee ein wenig später. Ihre Stimme flötete wie die eines Kindes, das sich vor einer Zurechtweisung fürchtete.

»Nein«, sagte Mike. »Aber du hättest mich über den Schlaganfall informieren sollen.«

»Das hätten wir tun müssen, du hast recht«, sagte DeeDee beflissen. »Ich bin froh, daß du nicht wütend bist. Du warst doch früher so schrecklich aufbrausend. Und ich hätte einen deiner Anfälle im Moment einfach nicht ertragen.«

»Ich hatte keinen Anfall, wie du das zu nennen beliebst, seit ich von hier fortgegangen bin«, entgegnete Mike gereizt. »Bei meiner Arbeit kann ich mir Temperamentsausbrüche nicht leisten. Du kannst das von deiner Liste der Belastungen streichen, Dee.«

»Nun, du brauchst nicht gleich so giftig zu werden«, sagte DeeDee zimperlich. Die Worte hallten mit porzellanhafter Klarheit in Mikes Kopf nach. Ihre eigenen ebenfalls. DeeDees pflaumenweiches Erdulden zog sich durch ihre Kindheit, ebenso wie ihre eigene verwirrende Reaktion darauf. Sie konnte sich nicht erinnern, in ihrem erwachsenen Leben einen anderen Menschen so behandelt zu haben. Selbst bei den schlimmsten Krächen mit Richard, selbst in Krisen mit eigenwilligen Kameramännern und dümmlich obstinaten Kleinamtsträgern, selbst in jenen letzten vernichtenden Momenten des Verrats durch Derek Blessing hatte Mike nie genörgelt oder gekrittelt. Sie hatte sich entweder hinter Eiseskälte verschanzt oder, wesentlich häufiger, geschrien. Ihr Professionalismus kam für sie gleich nach Rachel. Ihr Ruf der Gelassenheit und Ruhe waren fast legendär in einem Umfeld aufgeblasener, schillernder Egos.

Ich klinge wie eine Dreizehnjährige, dachte sie. Ich will verdammt sein, wenn ich mich in eine verwandle, nur weil ich wieder zu Hause bin.

»Keine beleidigte Leberwurst«, sagte sie. »Waffenstillstand. Ich werde dich wie eine Erwachsene behandeln, wenn du es auch tust.«

DeeDee lächelte besänftigt. Mike dachte nicht gerade freundlich, daß ihre Schwester in dem ausufernden Blauweiß, mit dem kleinen, krummen Lächeln, das ihr angespanntes glänzendes rosiges Gesicht verzog, aussah wie etwas aus einer Faschingsparade.

Sie fuhren von der Zubringerstraße auf den alten Highway 29, eine schlaglöcherübersäte Asphaltstraße, die parallel zu den Gleisen der Atlanta and West Point Rail Road lief und die Lyttons einzige Verbindung zur Welt gewesen war, als Mike fortgegangen war. Unvermittelt wurde die Landschaft zu einem anderen Süden: schroffe, erodierte rote Tonabhänge und frischgrüne Kiefern, asbestpappengedeckte Drive-ins, die Dr. Pepper verkauften, und Tankstellen, die Red Wriggler und Angelzeug feilboten, sonnenüberflutete Parkplätze, auf denen sich Lieferwagen und Traktoren drängten. Mike wußte, es war die Straße nach Lytton, aber sie wußte nicht, auf welchem Abschnitt sie sich befanden. Kein bekanntes Wahrzeichen war zu entdecken. Sie hätten genausogut in Alabama, Mississippi, North oder South Carolina, Louisiana gewesen sein können. Aber sie hätten auch nirgendwo anders gewesen sein können als im Tiefen Süden. Mike konnte diese eindeutige Besonderheit der Gegend nicht erklären, wußte aber, daß es sie gab. Ihr journalistischer Verstand begann sich mit dem Begriff zu beschäftigen, ließ ihn dann aber wieder fallen, da sie das Gefühl für ihn in einer dichten, geräuschlosen Nebeldecke verlor. Sie erkannte, daß sie nicht klar denken konnte. Sie erkannte auch, daß sie nichts zu fühlen schien.

Aber ich muß doch irgend etwas fühlen, dachte sie. Wenn es überhaupt eine Situation für Gefühle gibt, dann ist es die, in der ich mich gerade befinde. Nach all dieser Zeit zurückzukommen, nach allem, was vorgefallen ist ... Mein Kopf sollte doch so etwas wie eine chemische Versuchsanordnung sein, ein verschlossenes Reagenzglas, in dem Dämpfe und Gase wie wild herumwabern. Aber da schien absolut nichts zu sein. Wie empfinde und fühle ich eigentlich?

Sie unternahm den heldenhaften Versuch, am Xanax vorbei

in ihr Inneres zu spähen. Verärgerung? Mit Sicherheit mußte da doch Ärger sein. Langgärende Wut auf ihren Vater, Verärgerung über Priss Comfort, frischere Verärgerung über ihren Redakteur, ihren Vermieter, über Richard, über Rachel, Wut auf Derek Blessing ... Annie Cochran hatte beim Verschreiben der Xanax gesagt, daß sie lediglich für einen kurzen Zeitraum gedacht seien, daß Mike ihrer Wut, ihrer Verärgerung entgegentreten müsse. Derek hatte gesagt, in ihr müsse ausreichend Wut vorhanden gewesen sein, um einen Kontinent aus den Angeln zu heben. Also würde ein normaler Mensch jetzt Wut empfinden. Aber sie konnte in sich nichts anderes entdecken als eine eher oberflächliche Verstimmung über DeeDee und Duck sowie den unendlichen Wunsch, schlafen zu können - tief, sehr tief schlafen zu können. Konnte man wütend sein, unendlich wütend, und das gar nicht spüren?

Wieder kroch Furcht in ihr hoch und sie rieb sich die feuchten Handflächen. Was war sie denn dann, diese lähmende Angst, die sie seit einigen Tagen fest im Griff hatte? Zorn? Hatte sie auf irgendeiner tieferen Bewußtseinsebene Angst davor, daß dieses Heimkommen, diese Begegnung mit ihrem Vater eine wilde, lange verleugnete Wut hochkochen lassen und ... und was bewirken würde? Zügelloses Aufschreien? Weinen? Gewalttätigkeit? Schon dieser Gedanke war zu absurd, um weiter verfolgt zu werden. Mike Winship tat so etwas nicht, hatte es, soweit sie sich erinnerte, nie getan. Sie konnte sich nicht vorstellen, es jemals zu tun.

Dann vielleicht Schmerz. Furcht davor, daß die nahezu tödlichen Verluste vor so langer Zeit schließlich doch aus ihrer Gruft an die Oberfläche kamen und sie überwältigten? Angst davor, an diesen Ort zurückzukehren, an dem ihr soviel Leid angetan worden war? Angst davor, was diese schreckliche, sonnenflirrende Welt ihr erneut antun könnte?

Mike war es nicht gewohnt, in sich zu schauen. Sie hatte statt dessen ihre Fähigkeit verfeinert, in anderen Gesichtern zu lesen, anderen Köpfen, anderen Herzen. Sie war immer so handwerkerstolz auf die Abgehobenheit und Disziplin gewesen, die diese Fähigkeit verlangte. Jetzt entdeckte sie in sich selbst nichts anderes als die schale, leicht schwindelerregende Ruhe der Drogen und darunter, weit darunter, die zuckenden, unpersönlichen Vipernzungen der Angst.

Sie schloß die Augen und rieb die Lider heftig mit den Fingern, konzentrierte sich auf die wirbelnden Nordlichter aus dumpfem Rot und grellem Weiß, die sich von der Schwärze abhoben. Sie wünschte, sie könnte noch eine Beruhigungstablette nehmen. Sie würde es tun, sobald sie zu Hause angekommen waren ...

»Da wären wir also«, sagte DeeDee. »Willkommen zu Hause, verlorene Tochter«, sagte Duck Wingo. Mike öffnete die Augen und sah auf Lytton.

Auf den ersten Blick schien es sich nicht verändert zu haben, wie es da schlafend in der Junisonne lag. Das nackte, schattenlose Spiel des Lichts auf den roten Klinkerfassaden hätte aus einem anderen Himmel kommen können, aus einem jahrzehntealten Himmel. Die beiden identischen Ziegelgebäude der Frachtdepots neben den Eisenbahngeleisen, der phallische weiße Aufwärtsdrang des Denkmals für die Gefallenen des Ersten Weltkrieges, die überhängende, schiefe alte Zeder mit der klaffenden Wunde, durch die sich die Stromleitungen zogen, die in ihrer Kindheit als Weihnachtsbaum der Gemeinde gedient hatte, stand bebend vor Hitze neben dem Highway, der für die Länge von drei Blocks zur Hauptstraße von Lytton wurde. Höhere Gebäude und neue, unbekannte Formen wurden schwach von ihr registriert, und sie bekam den Eindruck von sehr viel mehr Autos, einem ungewohnten Gedränge und Geschiebe auf den Bürgersteigen, von Glas, Kunststoff, Neon und raffiniert geschmiedetem Eisen, wo es früher nur schmächtiges, rotes oder beigefarbenes Ziegelwerk, Blech und Markisen gegeben hatte. Aber das Grundsätzliche und Typische an Lytton war es, was sie wirklich verblüffte. Das war etwas, was sich auf irgendeine undefinierbare Weise nicht verändert hatte, was sich nicht ändern würde, sich vielleicht auch gar nicht verändern konnte. Sie hätte auf Anhieb gewußt, wo sie war – und hätte man sie und die Stadt mitten nach Ohio oder Kuala Lumpur versetzt. Duck bremste auf Schrittempo herab und grinste sie breit an, während Mike auf Lytton starrte, das draußen an ihr vorbeizog.

»Na, wie findest du es?« jubelte DeeDee und beugte sich nach vorn, lehnte sich auf den Vordersitz. »Du würdest doch kaum glauben, daß das noch derselbe Ort ist, oder? Was für ein Gefühl ist es, Mikie, nach all diesen Jahren?«

»Es ist so, als hätte ich immer davon gewußt, aber es nie gesehen«, sagte Mike. »Es ist so, als hätte ich mein ganzes Leben lang Geschichten darüber gehört, es aber zuvor noch nie besucht. Oder wie etwas aus einem alten Kinderbuch. Irgenwie kommt es mir nicht wirklich vor.«

»Nun, es mag vielleicht nicht gerade Paris, Rom oder London sein, aber wir mögen es, und es ist mit Sicherheit wirklich.« DeeDee war pikiert, gefiel sich darin, beleidigt zu sein. »Ich kann nur hoffen, daß unser Haus ein bißchen realer für dich ist, denn es ist gleich da drüben, hinter der Kirche und dem Postamt. Falls du dich an die erinnerst.«

»Ich erinnere mich«, sagte Mike.

Als sie an der alten Methodistenkirche aus grauem Stein vorbeikamen, in die sie sonntags und manchmal auch am Mittwochabend gegangen waren, fragte DeeDee: »Übrigens, Mikie, wie sieht Rachel eigentlich aus?«

»Rachel?« Mike war aus ihrer Verträumtheit gerissen. Abgesehen von einer flüchtigen Sorge um Rachels Aufwachsen ohne Vater und in einer großen Stadt, hatte DeeDee am Flughafen nur wenig Interesse an ihrer Nichte gezeigt, und auf Mikes Frage nach ihrem Sohn John und ihrer Tochter, beide inzwischen erwachsen oder doch zumindest fast, nur nebenbei bemerkt: »Oh, sie sind einfach wundervoll. Ich erzähle dir später ausführlich von ihnen, wenn wir ein bißchen zusammensitzen und uns das Herz ausschütten können.«

»Rachel«, wiederholte DeeDee mit künstlicher Geduld. »Daddy erkundigt sich häufig nach ihr.«

»Daddy fragt nach Rachel? Wie sie aussieht?« Mike machte sich klar, daß sie ausgesprochen dümmlich klingen mußte. Die Fragen kamen völlig unerwartet. John Winship hatte nach der Geburt ihrer Tochter verkündet, und DeeDee hatte diese Proklamation treulich weitergegeben, daß Mike es auf keinen Fall wagen solle, ein jüdisches Kind oder einen jüdischen Ehemann nach Hause nach Lytton zu bringen, solange er am Leben war. Mike hatte diesen Kommentar tief in der Eis-Krypta mit allem anderen aus dieser Zeit vergraben. Sie hatte bis jetzt nie wieder daran gedacht. Die Tatsache, daß Rachel John Winships Enkeltochter war, war ihr seit der Geburt des Kindes nicht wieder zu Bewußtsein gekommen.

»Mehrmals«, sagte DeeDee. »Gleich nachdem ich ihm gesagt hatte, du würdest kommen und gestern abend wieder. Ich habe gesagt, ich wisse es nicht, da du seit Jahren nie irgendwelche Bilder geschickt hast, weißt du. Alle denken, du schämst dich vielleicht ihretwegen.«

Mike empfand Wut, einen rauchenden Zorn; aber er richtete sich nicht gegen ihren Vater. Sie verspürte eine plötzlich auflodernde Wut auf DeeDee, über die unerhörte Banalität und das Gewöhnliche des unmißverständlichen Seitenhiebs. DeeDee klang wie irgendeine beleidigte Tante, deren geliebte Nichte den Segnungen ihrer Aufmerksamkeit und Zuneigung absichtlich entzogen wurde. Die alte Irritation begann Blüten zu treiben.

»Rachel sieht aus wie jedes andere jüdische Mädchen in New York«, sagte sie zu ihrer Schwester. »Sie hat eine verrückte Frisur und eine Nase wie Barbra Streisand. Wir hoffen, daß sie uns alle durch Parodien zu reichen Leuten macht.«

»Mikie? Das meinst du doch nicht im Ernst! Schon die Vorstellung!« ächzte DeeDee aufrichtig schockiert.

»O doch, das ist mein Ernst«, erwiderte Mike glatt. »Und das kannst du ihm ruhig so sagen. Zu dumm, wenn er sein Herz an Brooke Shields gehängt haben sollte.«

Entschuldige, sagte sie insgeheim zu ihrer Tochter, die in der Tat Brooke Shields zum Verwechseln ähnlich sah. Und dann schob sie Rachel beiseite, tief nach unten, hinunter in diese Eis-Krypta in ihr, wo der Schmerz des Gedankens an sie Mike nicht mehr zu zersprengen drohen konnte.

»Hört jetzt damit auf«, sagte Duck. »Wir sind da.«

Mike wandte den Kopf, blickte durch die bläuliche Scheibe und sah nach endlosen Jahren auf das Haus, in dem sie geboren worden war.

13

Als Mike fast sechs Jahre alt war und in die Elementary School von Lytton kam, hörte sie dort zum ersten Mal, daß das Haus an der Pomeroy Street, in dem sie wohnte, die Winship-Villa genannt wurde. Diese ungewöhnliche Bezeichnung wurde ihr von Fletcher Grubbs zu Ohren gebracht, zehn Jahre alt, dick mit der elastischen Zähigkeit eines Tintenfisches, fies wie ein Gassenköter und der unbestrittene Herrscher in Miss Tommie Golightly's erster Klasse.

Dieser Name wurde in genauso wenig schmeichelhafter Absicht geäußert wie der einer »Prinzessin Hühnerhirn«, der ebenfalls das Werk von Fletscher Grubbs war und zu der daunenblonden, verhutzelten jüngsten Bewohnerin des Hauses perfekt zu passen schien. Die höhnische Meute angefeuerter Grundschüler, die sich versammelt hatten, um Mike zu peinigen, grölten und jauchzten unbändig über Fletchers Einfallsreichtum, und Mike ließ sich ohne jedes Zögern auf den ersten Faustkampf ihrer Schulkarriere ein. Sie hatte keine Ahnung, was eine Villa war, aber Hühnerhirn verstand sie sehr wohl und beschloß mit einer kampfbereiten Weisheit, die ihrem zarten Alter weit vorauseilte, daß sie ihr dauerhaftes Recht, sie und ihr Zuhause bei den neuen Namen zu nennen, teuer genug verdienen sollten. Die gleiche Weisheit sagte ihr, daß sie die Kämpfe nicht gewinnen konnte, und damit behielt sie recht, aber sie konnte ihren Quälgeistern Beine machen, und das tat sie auch. Mike blieb Prinzessin Hühnerhirn, bis ein behindertes Kind aus Valdosta in die Stadt zog und zur neuen Zielscheibe für Spitznamen wurde. Das Haus an der Pomeroy Street blieb für eine ganze Generation von Lytton-Kindern die Winship-Villa.

Das Haus war keine Villa, es war noch nicht einmal besonders groß, aber es verfügte über eine Reihe kurioser Türmchen, Giebel und Flügel sowie jede Menge überladene Verzierungen viktorianischen Stils, und stand weit hinten in einer scheckigen Höhle überhängender Eichen. Zwei riesige Hortensienbüsche flankierten die vordere Veranda, und die vergitterten Seitenveranden waren von ehrwürdigen aber verwahrlosten Glyzinen überhangen, die ihnen im Spätfrühling einen leuchtenden Lavendelschein gaben, eine Art verzauberten Purpur-Milieus. All diese Verschönerungen, zuzüglich des kurzgehaltenen Rasens, der sauber geschnittenen Hecken und Büsche – das Werk des tyrannischen, schlurfenden John aus Lightning – ließen das Haus weit imposanter erscheinen als es war, gaben ihm Ausstrahlung, eine Art von Charisma.

Es gab nicht viele viktorianische Gebäude in Lytton, nicht einmal besonders viele zweigeschossige Wohnhäuser. Die Stadt hatte nicht die Ehre, ein echter Vorort von Atlanta zu sein, dafür war sie zu weit entfernt, und so gab es nur sehr wenige der wirklich großen Wohnhäuser, die man in den Vororten sieht, und gar keines der echt großartigen, die man in einigen von ihnen antrifft. Andererseits lag Lytton auch nicht gerade in einem ausschließlich landwirtschaftlich genutzten Gebiet, daher gab es auch wenige Herrensitze, und keine einzige Vorkriegs-Plantage hatte überlebt. General Sherman hatte sich mit großer Gründlichkeit der Anwesen angenommen, die es zur Zeit des Sezessionskrieges in der Umgebung von Lytton gegeben hat, aber es hatte ohnehin nichts vergleichsweise Prächtiges wie *Tara* oder *Twelve Oaks* hier gestanden. Eingeschossige längliche Holzbauten waren die Regel, weiß angestrichen, oder seitlich mit grauer oder pastellgrüner Asbestpappe geschindelt. Die einzigen anderen beiden viktorianischen Gebäude in Mikes Kindheit waren ein schäbiges altes Monstrum in der Stadtmitte, stets mit einem Hof voller beklagenswerter Automobile und einem blauen Neonschild, das um Touristen warb, aber nur Untermieter beherbergte sowie das Beerdigungsinstitut. Das leztere war trauergrau geschindelt und hatte schwarze Fensterläden, die an die gesenkten Augenlider trauernder Hinterbliebener erinnerten. Es war dazu bestimmt, von Geistern heimgesucht zu werden. Man sagte, das wäre auch der Fall.

Und so war das Winship-Haus durch den Mangel an Konkurrenz das »große Haus« von Lytton geworden, und wenn Fletcher Grubbs und seine Anhänger Mike mit ihrer Bezeichnung »Winship-Villa« nur hatten verletzen wollen, so genoß sie doch insgeheim diesen Namen und hatte bei jedem der Ehrenrettungsgefechte das Gefühl, Schild und Wappen eines großartigen und ehrenvollen Familiensitzes zu verteidigen. Ganz insgeheim liebte sie es sogar, Prinzessin Hühnerhirn aus der Winship-Villa zu sein. Es gab ihr die erste Auszeichnung, die sie für lange Zeit kannte, bis Bayard Sewell kam und ihr den Status »seines« Mädchens verlieh sowie, indirekt, den von John Winships Tochter.

Das Haus wirkte ganz und gar nicht großartig. Es wirkte, vom Hammer der Nachmittagssonne geduckt, absolut unbedeutend und schlichtweg klein. Der riesige grüne Rasen war in all den vergangen Jahren irgendwie auf normale Proportionen zusammengeschrumpft, und die mächtigen Hortensien waren gestutzte Strünke, so daß das bröckelige Ziegelwerk des Hauses hindurchschimmerte. Das gesamte Strauchwerk war bis nahezu auf Bodenniveau hinuntergeschnitten und der Rasen, obwohl frisch getrimmt, zeigte das ausgeblichene Grün sommerverbrannten Bermudagrases. Die alten Eichen spannten noch immer ihre schützenden Arme über das Dach über den Giebeln und Mansarden und die Seitenveranden waren wieder purpurfarben von den Glyzinen, aber der Plattenweg zur Haustür war gesprungen und die Sonne hatte dem Anstrich die strahlende Weißheit entzogen, so daß das Haus in der milchigen Un-Farbe des blendenden Himmels zu bluten schien. Türen und Fenster waren verschlossen, und in ein Fenster zu ebener Erde waren surrende Klimaanlagen eingepaßt. Mike konnte sie durch die geschlossenen Scheiben des Pontiac hören, das und das stotternde Jaulen eines Rasenmähers irgendwo außer Sichtweite.

Duck Wingo stieg aus dem Auto und kam an ihre Tür, während gleichzeitig J.W. Cromie um die Ecke des Hauses bog, den Rasenmäher schob, stehenblieb – der Rasenmäher lief noch immer –, stillstand und sie anschaute.

Mike spürte einen mächtigen Stoß irgendwo in ihrem Inneren, einen Stoß, dann ein Stoppen, schließlich ein Anrucken, als hätte da ein inwendiger Motor blockiert, sich endlich aber doch wieder gefangen. Einen Augenblick lang fühlte sie sich unendlich benommen. Impressionen überfluteten sie; keine Erinnerungen, nichts so Konkretes, sondern Bilder und ein

Kaleidoskop der Gefühle, von denen sie kein einziges einordnen oder benennen konnte. Sie hockte auf der Kante des Beifahrersitzes, ein Fuß ruhte auf dem Rinnstein neben dem alten, vom Zahn der Zeit ausgehöhlten Kutschenpfosten, der schon immer dort gestanden hatte, und sah auf J.W. Sie hatte keine Ahnung gehabt, daß er noch in Lytton war. Priss Comfort hatte ihr geschrieben, bald nach ihrer Heirat mit Richard Singer und dem Beginn ihres Studiums in Radcliffe, daß J.W. nach Atlanta gezogen wäre und ein kleines Gartenpflegeunternehmen gegründet hätte. Mike hatte diese Nachricht damals mit Freude gehört, da sie sich irgendwie leicht verantwortlich gefühlt hatte.

Sie stieg steif aus dem Auto und war sich ihrer Überschlankheit sehr bewußt, ihrer blassen Haut, der übergroßen schwarzen Sonnenbrille und der riesigen, leicht angeschlagenen Guccitasche, die sie auf allen Reportagen der letzten Jahre überallhin begleitet hatte, ihrer weichen, behenden italienischen Schuhe. Alles sah nach Großstadt aus und schien plötzlich unsinnig, fremdartig zu sein. Im schattenlosen Licht schien J.W. von all den Jahren unversehrt geblieben zu sein. Sein gelbliches, indianisch geformtes Gesicht war ungezeichnet und sein hochgewachsener Körper lehnte mit einer trügerischen Trägheit über dem Mäher, an die sie sich fast schmerzhaft erinnerte. Sein Mund zeigte noch immer die weichen Züge, die ihn mitunter auf Menschen einfältig wirken ließen, die ihn nicht kannten. Aber seine Augen waren nicht mehr dieselben. Früher einmal war ihr Blick tief gewesen, leuchtend mit einem ganz besonderen Licht, voll und satt wie nasse schwarze Winterblätter. Jetzt waren sie flach und undurchsichtig, wie trockene Flußkiesel. Er stand neben dem inzwischen ausgeschalteten Rasenmäher und sah sie an, rührte sich nicht. Mike spürte, daß unfreiwillige Freude ihren Mund zu einem Lächeln verzog. Mit ausgestreckten Armen lief sie auf ihn zu.

Er trat vor ihren ausgestreckten Armen leicht zurück.

»Hey, Miss Mike«, sagte er.

Sie stockte und starrte ihn an. »Großer Gott, J.W., was soll denn das ›Miss Mike‹? Ich bin's. Ich bin froh, dich zu sehen. Ich wußte ja gar nicht, daß du in Lytton bist. Du siehst gut aus, J.W., genau wie immer. Erzähl mir doch, was mit deinem ...«

Sie brach ab, machte sich klar, daß sie schwatzte.

»In Lytton ist nicht besonders viel passiert«, sagte J.W., blickte nachdenklich auf etwas in der Ferne und dann hinauf in die Sonne. Er blinzelte.

»Sie sehen auch gut aus, Miss Mike. Wir hören von Ihnen da unten ...«

DeeDee unterbrach strahlend. »J.W. hilft Daddy und uns im Garten, manchmal fährt er auch für Daddy, und ich habe absolut keine Ahnung, was wir ohne ihn anfangen sollten. Morgens arbeitet er auch noch unten auf dem Friedhof. Komm jetzt, du kannst dich ja später noch mit ihm unterhalten. Es ist fast Zeit für Daddys Schläfchen, und er wird so schnell nervös, wenn er das versäumt.«

Sie nahm Mikes Arm und steuerte sie den gesprungenen Weg hinauf. J.W. berührte den Schirm seiner Atlanta Braves-Baseballkappe und wandte sich ab. Er lächelte nicht, hatte nicht gelächelt, und so etwas wie Verdrossenheit hatte auf seinem senffarbenen Gesicht gelegen. Mike wußte, daß J.W. so gar nicht zur Verdrossenheit geneigt hatte. Sie kam sich vor wie eine Schauspielerin in einem Stück, für das sie kein Textbuch besaß. Und was sollte dieser Negerslang? Sie hatte ihn seit Jahren von keinem Schwarzen mehr gehört, nur von jener Art Weißer, die sie sich weigerte zu kennen. J.W. hatte stets recht präzise gesprochen. Rusky, bei der das nicht der Fall gewesen war, hatte darauf bestanden. Sie blieb auf dem Weg stehen und entzog DeeDee ihren Arm.

»Seit wann erledigt J.W. die Gartenarbeiten für dich und Daddy?« fragte sie.

»Oh, seit kurz nach deinem Fortgehen«, erwiderte DeeDee. »Priss hatte ihn hier in einer kleinen Gärtnerei untergebracht, aber hier war ja nichts gut genug. Also ging er nach Atlanta, um dort sein Glück zu machen. Es dauerte knapp sechs Monate. Was weiß J.W. auch schon von der Leitung eines Unternehmens? Er kam reumütig zurück, aber niemand in Lytton wollte ihn einstellen nach ... na ja, du weißt schon. Daddy hat ihn aufgenommen und gab ihm kostenlos diesen Raum über der Garage und zahlte ihm eine kleine Summe, damit er den Garten in Ordnung hält. Seither ist er hier. Er hat eine Kochplatte und eine Dusche, und Daddy gab ihm ein paar alte Möbel und ein Bett. Außerdem hat er jetzt einen Job auf dem Friedhof. Den hat ihm Daddy auch verschafft. Er kommt ganz gut aus und kann sich kaum beklagen.«

Mikes Gesicht glühte. John Winship hatte sich offensichtlich verpflichtet gefühlt, den verführten J.W. wieder auf den Pfad zu bringen, von dem sie ihn so katastrophal fortgelockt hatte. Aber dadurch hatte er um J.W. Gitter hochgezogen, die ebenso unüberwindlich waren wie jene im Gefängnis von Fulton County. Einen Augenblick lang empfand Mike heiße Wut über sie beide. Warum um alles in der Welt hatte J.W. eine so fragwürdige Fürsorge überhaupt angenommen. Mit Sicherheit gab es doch andere Städte, andere Orte.

Sie sah über die Schulter hinweg zu J.W. hinüber, der gerade mit dem surrenden Rasenmäher wieder um die Hausecke entschwand. Er trug etwas, was sehr gut der gleiche ausgeblichene Overall, das gleiche Arbeitshemd sein konnte, die er an jenem Tag getragen hatte, als sie beide den Bus nach Atlanta bestiegen hatten, um sich den Demonstranten in *JoJo's Restaurant* anzuschließen. Mike wurde sich bewußt, daß diese Kleidung in den Kreisen sehr chic wäre, in denen sie sich in New York bewegt hatte. Derek Blessing wählte mitunter eine identische Aufmachung, besonders wenn Photographen in der Nähe waren.

»Komm schon«, sagte DeeDee wieder, und Mike holte tief Atem, der ein bißchen in ihren trockenen Nasenflügeln pfiff. Dann betrat sie das Haus, um ihren Vater zu begrüßen.

Zunächst konnte sie absolut nichts erkennen; die Dunkelheit in der Halle war so intensiv und das Sonnenlicht draußen so blendend gewesen. Die Xanax-Gelassenheit knackte und brach zusammen. Sie empfand die plötzliche Panik eines blinden Menschen, der mit Gefahren konfrontiert wird, die er nicht sehen kann. Ihr Herz flatterte hektisch wie ein gefangener Vogel in ihrer Kehle, und die summende Angst lief ihr die Arme hinauf. Sie dachte, sie müßte in derselben düsteren Halle ohnmächtig werden, die sie vor so langer Zeit so schmerzerfüllt verlassen hatte, und einen Augenblick hatte diese Vorstellung eine große Anziehungskraft, fast unwiderstehlichen Zauber. Einfach nicht hier zu sein, nicht zu sein ...

Da gab es eine Bewegung im Raum. Ein Rollstuhl glitt nach vorn in das staubige Sonnenlicht, das durch die Eingangstür fiel, und sie sah ihn. Oder sah zumindest ein Skelett, einen Leichnam, einen Kadaver, der aus dem sterilen Gerüst des Aluminiumstuhls zu ihr aufblickte. Sie dachte plötzlich und unendlich erschreckt an einen Film, den sie im Alter von zehn oder elf Jahren gesehen, und der sie so geängstigt hatte, daß sie mitunter heute noch davon träumte. Einen Film mit dem Titel *I Walked with a Zombie*, in dem ein schauerlicher, ungeheuer großer, unmöglich hagerer Neger-Zombie an einem dunklen Strand auf Haiti blindlings und unerbittlich diversen kreischenden jungen Frauen nachsetzt – dabei hörte man nur das Schlurfen seiner riesenhaften, mißgeformten Füße durch den Sand und das unheimliche Säuseln des Nachtwindes. Die Gestalt im Rollstuhl, das pergamentene Gesicht, das zu ihr aufblickte, ruiniert und erstarrt, erinnerte sie an diesen Neger-Zombie. Aber er war nicht schwarz und er war nicht tot, es schien nur so. Das Gesicht zeigte das wächserne Gelbweiß der Menorah-Kerzen aus dem

Supermarkt, die Richards Familie benutzt hatte, und es gehörte ihrem Vater. Es mußte so sein. War es denn nicht das Haus ihres Vaters?

In diesem Wesen war nichts mehr von dem Mann, dessen schmales Gesicht sie zum letzten Mal vor mehr als zwanzig Jahren genau hier gesehen hatte, in unbändigem Zorn verzerrt und erstarrt. Das Gesicht dieses Mannes war in sich zerstört. Er war total kahl, und der Schädel zeigte die Verwesungssprenkel eines längst verdorbenen Eis. Dieser Mann war unaussprechlich hinfällig, fast durchsichtig, im Stuhl zusammengesunken, und die grauen Augen bewegten sich nicht oder zwinkerten, als er zu ihr aufschaute. Da lag ein Schleier von Tränen über ihnen, die lockeren Tränen von Schwäche, Krankheit, Alter, die mit einer erkennenden Begrüßung nichts zu tun hatten. Das wußte Mike sogar in dem langen Moment dröhnenden Schocks. Ein Mundwinkel und eine Augenbraue waren zu einer dauerhaften Grimasse verzogen. Eine durchscheinende Hand zupfte unaufhörlich an der Heizdecke, in die er gehüllt worden war. Sein Atem ging leicht, hohl und hörbar, aber sonst gab er absolut kein Geräusch von sich.

In Mike entkrampfte sich etwas, entspannte so unerwartet, daß es sie schlaff, hohl, leer fühlen ließ. In ihrem Kopf war ein Schwindelgefühl, ihre Knie und Ellbogen fühlten sich losgelöst an. Erneut dachte sie, auf dem Teppich in der Halle ohnmächtig zusammenbrechen zu müssen. Hier war nichts mehr von der großen, unnahbaren Persönlichkeit, die ihre Kindheit überschattet hatte. Diese Hülse war nicht ihr Vater. In diesem Haus gab es nichts mehr, nichts, was sie jetzt verletzen könnte.

Mike bewegte sich ein wenig vorwärts, sagte aber nichts. Eine Art von Erlösung regte sich in ihr. Das Gefühl von Sicherheit machte sich bemerkbar.

»Nun«, sagte John Winship. Seine Stimme war dünn und quengelig, hoch und gereizt wie die eines Kindes. Keine Stimme, die sie kannte. Mit Sicherheit keine Stimme, die einen bei lebendigem Leibe geißeln konnte. Diese Stimme war fort. Fort.

»Da bist du also.«

»Hier bin ich«, sagte Mike. Sie versuchte ein Lächeln. Es dehnte ihren trockenen Mund, war ein höflicher, gesellschaftlicher Ritus.

»Du kommst allein?« fragte er nach geraumem Schweigen, in dem sein Atem gekommen und gegangen war wie eine schlaffe Flut und Ebbe im August.

»Du meinst, ob ich meinen jüdischen Ehemann und mein jüdisches Kind mitgebracht habe?« erkundigte sich Mike mit gespielter Erheiterung. »Nein.«

Er schien das nicht zu registrieren.

»Haben sie dir erzählt, ich könne nicht mehr für mich selbst sorgen?« wollte er wissen, und seine Stimme schien mit ihrem Gebrauch an Leben und Kraft zuzunehmen. »Du meinst, du bist den ganzen Weg von New York oder wo immer du jetzt auch wohnen magst gekommen, um nach mir zu sehen?«

»Daddy!« jammerte DeeDee atemlos. »Du *weißt*, daß wir darüber gesprochen haben! Du weißt doch, daß du gesagt hast, es wäre eine gute Sache, wenn Mikie käme. Du weißt, daß ich jetzt Mama Wingo bei mir im Haus habe, und daß ich nicht ...«

Die ausgetrocknete Gestalt hob eine Hand. Sie war fleckig und spröde wie ein Novemberblatt; das Licht schien hindurch, machte saubere alte Knochen sichtbar.

»Daddy ...« begann DeeDee erneut.

»Sei ruhig, Daisy«, sagte John Winship gereizt. »Ich weiß, was ich gesagt habe. Ich wollte nur sehen, ob Micah weiß, auf was sie sich da einläßt. Wollte wissen, ob du ihr alles gesagt hast. Haben sie dir von den Windeln erzählt, Micah? Haben sie dir gesagt, daß ich wie ein kleiner Vogel mit der Hand gefüttert werden muß? Schluck für Schluck? Haben sie dir gesagt, daß mein alter Schwanz ins Klo gehalten werden muß, damit nicht alles ...«

»*Daddy*!« kreischte DeeDee. Ihr Mehrfachkinn erbebte. »Das stimmt einfach nicht! Du weißt genau, daß du essen kannst und ... all das andere ... genau, wie du es immer gekonnt hast. Was ist denn nur in dich gefahren, Mike derart anzulügen? Du weißt genau, daß du der erste warst, der nach ihr gerufen hat!«

Ein gebrochener, klagender Ton kam aus dem Mund des alten Mannes, und Mike dachte eine Sekunde lang, er würde weinen, aber dann stellte sie fest, daß das Geräusch Gelächter und das Wasser, das ihm aus den starren Augen rann, Tränen der Erheiterung waren. Sie lächelte in die Runde.

»Wollte nur mal sehen, ob Micah sich noch ihren Bezug zu den Realitäten des Lebens bewahrt hat – eine hochtrabend wortgewaltige Journalistin wie sie hier unten, um Freude und Erbauung unter uns Bauern zu verbreiten«, sagte John Winship. »Wollte auch sehen, ob du noch einen Funken Leben in dir hast, Daisy. Wirst ganz schön langweilig mit den Jahren.«

DeeDee schnaufte und legte ihre Hand nicht allzu sanft auf die Schulter ihres Vaters.

»Wir werden dich auf die Veranda bringen, da ist es heller, Daddy«, erklärte sie. »Du und Mikie – ihr könnt euch noch ein bißchen unterhalten, aber dann ist Zeit für dein Schläfchen. Sieht ganz so aus, als würdest du es heute besonders nötig haben.«

Er schüttelte ihre Hand ab, als wäre sie ein lästiges Insekt und äugte erneut zu Mike empor.

»Einen Augenblick«, sagte er. »Bleib wo du bist, Micah. Ich möchte, daß du jemanden kennenlernst. Daisy, hol uns geeisten Kaffee. Es ist vom Frühstück noch etwas in der Kanne. Nimm Duck mit.«

»Daddy, du wirst nie einschlafen können, wenn du jetzt geeisten Kaffee trinkst, und du brauchst doch dein Nickerchen ...« warf DeeDee ein.

»Trink lieber Buttermilch, Pop. Ist besser für dich.« Duck Wingo strahlte breit.

»DeeDee, ich möchte jetzt Kaffee«, sagte der hinfällige Mann im Rollstuhl mit einem sanften, gefährlichen Abgleiten der Stimme. Er klang nun eine volle Oktave tiefer, und einen erschreckenden Wimperschlag lang war Mike ein Kind, das in Ungnade vor einem Mann stand, an den sich ihre Eingeweide besser erinnerten als ihr Verstand. Dann war dieser Eindruck verloren. DeeDee drehte schweigend in Richtung Küche ab, enorm unförmig, enorm blau. Duck tappte hinterher, seine mächtigen Schenkel strapazierten die Polyester-Karos seiner Hosen. John Winship machte eine Bewegung mit seiner herbstlichen Hand, und ein Mann trat aus dem abgedunkelten Wohnzimmer hinter ihm.

»Sam, das ist Micah Winship«, sagte John Winship über seine Schulter hinweg. Er sagte nicht »meine Tochter«. »Ich glaube, sie ist jetzt Micah Singer. Eine berühmte Journalistin – wird mir jedenfalls so erzählt. Ist den ganzen Weg zurückgekommen, um meine Pfützen aufzuwischen. Micah, das ist Sam Canaday, mein Anwalt. Entschuldigung, Sam ... mein Prozeßbevollmächtigter.«

Er lächelte ein grausames Totenkopfgrinsen. Der Mann an seiner Seite erwiderte das Lächeln, sah dann Mike an und streckte seine Hand aus.

»N'Abend, Miss Winship«, sagte er. »Oder Singer. Es ist eine große Freude für mich, Lyttons berühmteste Tochter kennenzulernen. Wenn es auch schade ist, daß das unter diesen Umständen geschieht. Aber trotzdem bleibt es eine Ehre. Selbstverständlich lese ich Ihre Arbeiten häufig.«

»Vielen Dank«, sagte Mike. »Ich freue mich, Sie kennenzulernen, Mister Canaday.«

Seine Hand war hart, trocken, schwielig und fühlte sich zwischen ihren eiskalten Fingern warm an.

»Sagen Sie Sam zu mir«, meinte er leutselig. »Das macht jeder. Hier in Lytton sind alle eine einzige große, glückliche Familie, *yessir.*«

»Sam«, novellierte Mike. Sie zog ihre Hand zurück.

Sie mochte ihn vom ersten Augenblick an nicht. Er sprach wie diese professionellen Südstaatler, die in ihrem Kreis in New York Hohn und Spott auf sich zogen. Sein schneeweißes Lächeln war intensiv und hart an der Grenze zur Überheblichkeit. Er war massiv gebaut, fast quadratisch, tiefbraun, in verwaschene Jeans gekleidet und trug staubige Cowboystiefel mit aufragenden Spitzen. Dichtes, glattes, blondes Haar, heller als sein Teint, hing ihm über eine Augenbraue, und ein Propf, der verdächtig nach Kautabak aussah, steckte ihm im Kiefer. Seine Augen zeigten ein verblüffendes Bernstein-Grün und die Pupillen waren schwarzberingt. Wolfsaugen, dachte Mike. Kalt, denen entging nichts. Er trug eine Nickelbrille mit kreisrunden Gläsern. Seine Stimme war weich, tief, glatt, und er hatte eine schleppende Sprechweise. Er sah aus ... Sie suchte nach den passenden Worten. Unerschrocken. Unnachgiebig. Irgendwie erdverbunden.

Er lächelte sie weiter liebenswürdig an, während John Winship zwischen ihnen hin und her blickte wie der Zuschauer eines Tennismatch. Weder der Anwalt noch Mike äußerten sich weiter, aber irgend etwas schien den alten Mann zu befriedigen, denn er ließ erneut ein gespenstisches Gegacker hören und piekste mit seiner Hand in Richtung auf Sam Canaday.

»Rollen Sie dieses Ding auf die Veranda hinaus, Sam«, sagte er. »Habe es satt, hier im Dustern zu sitzen wie ein verdammter Ochsenfrosch. Micah, geh in die Küche und sag Daisy und diesem Idioten, sie können den Kaffee vergessen. Sam wird uns was Richtiges zu trinken holen. Der Bourbon steht auf dem Tablett neben dem Sekretär, Sam.«

»Ich weiß, wo er ist, Colonel«, sagte Sam Canaday. »Ich habe ihn Ihnen mitgebracht. 'Tschuldigen Sie uns eine Minute, Miss Singer.«

»Nennen Sie sie Mike«, erklärte John Winship. »Ich kenne keinen Singer.«

»Sie müssen mich auf alle Fälle Mike nennen«, sagte sie ironisch, aber Sam Canaday rollte ihren Vater bereits aus der Halle auf die sonnige Veranda hinaus, und so sagte sie es zu seinem breiten Rücken.

»Also dann, Mike«, trieb es in seinem Kielwasser zurück.

Mike ging automatisch in die Küche. In dem großen, quadratischen, weißen Raum schien sich nichts verändert zu haben. Duck Wingo zerrte an den Eisbehältern im vergilbten, alten Kühlschrank, und DeeDee stellte hohe Gläser auf ein Tablett. Mike erinnerte sich an das Tablett, ein altes, chinesisches Lacktablett von ihrer Mutter, mit weißlichen Ringen da, wo unachtsam nasse Gläser abgestellt worden waren. Die Gläser in DeeDees Händen, mit verstreuten gelben und weißen Margeriten, kannte sie nicht.

»Er sagt, er möchte keinen Kaffee mehr«, sagte sie. »Statt dessen wird er Bourbon trinken. Ich denke, dafür passen die Gläser auch. Warum bringst du sie ihm nicht einfach?«

»Bourbon! Das wird er nicht tun!« schnaubte DeeDee empört. »Er weiß verdammtnochmal gut genug, daß er keinen Alkohol anrühren darf. Darüber hat sich Doktor Gaddis absolut unmißverständlich ausgedrückt. Er könnte ihn umbringen. Es ist nur dieser Winkeladvokat, dieser Sam Wieheißterdochgleich ...?«

»Canaday«, half Mike aus.

»Canaday. Er weiß ebenso gut wie wir, daß Daddy nichts trinken darf, aber er bringt das Zeug immer wieder ins Haus, und wenn man ihn darauf anspricht, setzt er dieses scheinheilige Grinsen auf ...«

»Als könne er kein Wässerchen trüben«, meldete sich Duck Wingo.

»... und sagt, er hätte noch gar nicht bemerkt, daß Daddy senil sei. Er hätte im Gegenteil den Eindruck, er wisse sehr wohl selbst gut genug, was ihn umbringe und was nicht. Ich weiß, daß er Daddy alles gibt, was der will, wenn er hier mit ihm allein ist.«

»Kommt er denn oft her?«

»O ja! Praktisch jeden Nachmittag nach der Arbeit, und manchmal bleibt er bis zum Abendessen – kocht selbst, wenn ihm nicht paßt, was ich vorbereitet habe, ein Wunder, daß er Daddy noch nicht vergiftet hat ..., und danach spielt er dann mit ihm Schach oder Karten. Manchmal geht er auch, um dann gegen zehn noch einmal für ein weiteres Glas aufzutauchen. Ich bin überzeugt, der würde hier einziehen, wenn er könnte. Und wenn ich mir überlege, wie vernarrt Daddy in ihn ist, kann es auch nicht mehr lange dauern, bis es soweit ist. Daß er hier einzieht, meine ich. Er hat sich in Daddys Herz eingeschlichen und wird ihn nicht wieder aus den Fängen lassen, bis er soviel wie möglich aus ihm herausgeholt hat. Er hetzt Daddy auf, sich wegen dieses alten Hauses zum Hanswurst zu machen, redet ihm ein, die Verkehrsbehörde zu bekämpfen, erzählt ihm, er sei überzeugt, er könne gewinnen. Er ist nichts als ein karrieregeiler Opportunist.«

DeeDees mächtige Brüste hoben und senkten sich wie eine Barke auf wildbewegter See, und unter dem Zinnober-Rouge auf ihren Wangen erschienen dumpfrote Kreise. Hals und Nakken glühten genauso wie Mikes, wenn sie verärgert oder verlegen war. Mike hatte sich als Kind oft gefragt, ob die helle Haut ihrer Mutter ähnlich reagiert hatte.

»Was um alles in der Welt hat er in Lytton denn gesellschaftlich zu gewinnen, wenn er sich an Daddy hängt?« wollte sie wissen. Hier in der hallenden Küche kam diese Bezeichnung ganz natürlich über ihre Lippen, aber der Nachgeschmack war fremd. Sie fuhr sich mit der Zunge über die Lippen, als wolle sie ihn loswerden.

»Daddy ist schließlich jemand in der Stadt«, empörte sich ihre Schwester. »Die Winships haben in Lytton immer etwas dargestellt, das weißt du. Zumindest würdest du es herausfinden können, wenn du dir die Mühe machen würdest, ein bißchen hier zu bleiben. Er hat eine Menge zu gewinnen. Wahrscheinlich ist er auch hinter Daddys Geld her. Und darüber hinaus ist er ignorant, überheblich und ausgesprochen gewöhnlich.«

Mike dachte an den Mann, den sie gerade kennengelernt hatte. DeeDee irrte sich. Überheblich war Sam Canaday mit Sicherheit. Gewöhnlich vielleicht. Aber ignorant? Nein.

»Daisy!« rief John Winships Stimme überraschend robust von der Veranda.

»Ich komme, Daddy«, trillerte ihre Schwester zurück. Und zu Mike sagte sie: »Komm, versuch doch, ihn im Hinblick auf den Bourbon ein bißchen zur Vernunft zu bringen. Wenn das nicht klappt, hat er in dir wenigstens mal einen Neuen zum Anschreien.«

Plötzlich durchflutete Mike die Erschöpfung wie schmutziges Wasser. Eindrücke und Nuancen belasteten sie, machten sie benommen und empfindungslos. Ihr ganzer Körper sank in sich zusammen. Die Küche drehte sich langsam aus ihrem Gesichtsfeld und schwebte dann langsam wieder ein.

»Du mußt mich entschuldigen, Dee«, sagte sie. »Ich kann mich einfach nicht mehr auf den Beinen halten. Ich muß mich kurz hinlegen. Ich denke, ich werde in das Zimmer gehen, das du für mich vorgesehen hast.«

»Ich habe dir dein altes Zimmer vorbereitet«, sagte DeeDee. »Aber ein bißchen könntest du dich schon zusammenreißen, finde ich. Wir sind alle müde, mußt du wissen, Mike. Und ich habe Estelle extra dafür bezahlen müssen, daß sie bei Mama Wingo bleibt. Wir können hier nicht den ganzen Nachmittag und Abend verbringen, um darauf zu warten, bis du dein Nikkerchen beendet hast.«

»Ist schon in Ordnung, Miss Daisy«, sagte Sam Canaday, der lautlos in die Küche gekommen war – in Anbetracht der Metallbeschläge an seinen Cowboystiefeln verblüffend. »Sie und Duck gehen jetzt nach Hause. Lassen Sie Miss Singer hinaufgehen und sich ein bißchen ausruhen. Sie sieht abgespannt aus. Es ist ein langer Weg zurück nach Hause, vermute ich - nicht nur in Meilen gerechnet. Ich bleibe beim Colonel, und es wäre mir eine Ehre, uns allen später etwas zu essen zu machen, falls sie sich nicht dazu in der Lage fühlt.«

Er lächelte Mike an, seine weißen Zähne blitzten fast fuchsartig in dem ockerfarbigen Gesicht. Sie konnte in seinen eigenartigen grünen Augen nicht lesen, ob er DeeDees Bemerkungen über ihn gehört hatte oder nicht. Irgend etwas aber sagte ihr, daß es ihm absolut gleichgültig wäre, wenn er sie mitbekommen hätte.

»Vielen Dank«, sagte sie. »Im Moment bin ich für niemanden von großem Nutzen.«

»Es würde mir nicht einmal im Traum einfallen, Sie das tun zu lassen, Mister Canaday«, sagte DeeDee mit mißbilligend verzogenem Gesicht.

»Das ist doch überhaupt kein Problem«, versicherte er. »Sie wissen, daß ich ohnehin fast jeden zweiten Abend das Essen für den Colonel und mich zubereite.«

»Komm, DeeDee«, sagte Duck Wingo. »Ich muß vor dem Abendessen noch mit Curtis Pike wegen des Ladens am Turnipseed sprechen. Laß Mister Canaday ruhig den Haushalt und alles andere übernehmen, wenn er das so gut kann.«

Es war offensichtlich, daß er es beleidigend gemeint hatte, aber Sam Canaday schloß Duck Wingo in sein zähnebleckendes Grinsen ein und lehnte sich behaglich an die zerkratzte Arbeitsfläche. Er wirkte in dieser Küche absolut zuhause.

Mike wartete den Ausgang des kleinen Schauspiels nicht ab. Plötzlich fühlte sie sich von allen nahezu tödlich gelangweilt.

»Bis später«, sagte sie, verließ die Küche und ging durch die Halle in das dunkle Innere des Winship-Hauses. Sie hatte das Gefühl, als wären ihre Beine dreißig Meter lang und aus Draht. Der einzige Gedanke in ihrem Kopf war der, ihr Bett zu erreichen bevor ihre Knie und Ellbogen nachgaben. Sie fand die Tür zu ihrem alten Zimmer, bewegte sich blindlings über den muffig-riechenden Teppichboden und drehte die Klimaanlage am Fenster auf Hochtouren. Sie ließ ihre Tasche fallen, trat aus ihren Schuhen und schlief bereits, bevor ihr Gesicht auf die getürmten Kissen auf dem hohen, schmalen Bett mit den Ananas-Knaufen fiel, das während ihres gesamten Lebens in diesem Zimmer gestanden hatte. Sie bewegte sich nicht in ihrem Schlaf und träumte auch nicht.

Einige Zeit später - wieviel später konnte sie nicht sagen, weil die Fensterläden fest geschlossen waren, und die kühle Dunkelheit zum späten Abend wie auch zum frühen Morgen gehören konnte - wurde sie wach. Sie wußte sofort, wo sie war, und die Angst, die sich während des langen Tages unter dem Schutzmantel der Droge nur träge gerührt hatte, tat nun so, als wolle sie emporzucken und sie blitzschnell umfangen, bevor sie sich gegen sie wappnen konnte. Mike sprang aus dem Bett und suchte in ihrer Tasche nach dem Xanax. Sie fummelte hektisch zwischen Papiertaschentüchern, Kosmetika und Kugelschreibern, als sie Geräusche aus der Küche direkt unter sich hörte. Sie hielt inne und lauschte, erinnerte sich, daß sie viele Male so gelauscht hatte, wenn sie aus einem alptraumgestörten Schlaf hochgeschreckt war und dann die beruhigenden Laute gehört hatte, mit denen sich Ruskys Masse langsam durch die Küche bewegt hatte. Jetzt vernahm sie die gleichen langsamen Bewegungen eines schweren Körpers, das gleiche geübte Hantieren mit Töpfen, das Klappern von Geschirr, die gleichen weichen Geräusche von Unterhaltung und Gelächter. Aber diesmal war es nicht Rusky, die mit J.W. sprach, sondern

Sam Canaday, der etwas zu ihrem Vater sagte. Sie erkannte die lakonische Stimme.

»O Rusky!« sagte Mike laut und empfand einen so schmerzlichen Stich von schierem, hilflosem Alleingelassensein, daß sie sich platt, pulverisiert, ausgelöscht vorkam. Aber dann, wie eine Segnung, eine Gnade, verschwand die Angst langsam, unmißverständlich, unabänderlich. An ihre Stelle trat eine ungeheure melancholische Mattigkeit, eine unendliche, schlichte, klare Ruhe. Stolpernd wie ein erschöpftes Kind ging Mike in das weiße Badezimmer und warf die Xanax-Tabletten eine nach der anderen in die Toilette und spülte sie fort. Dann ging sie wieder ins Bett und kroch unter die Decken, zog sie sich über den Kopf, glitt tief und endgültig in das Vergessen.

Das letzte, was sie hörte, war Sam Canadays weit entfernte Stimme. »Das kann bis morgen warten«, sagte er. »Lassen Sie sie schlafen.«

Was Mike auch tat.

14

Die Mattigkeit war noch da, als sie am nächsten Morgen erwachte. Sie lag reglos und konnte an den Lichtstreifen, die durch die altmodischen hölzernen Fensterläden fielen, nicht erkennen, wie spät es war. Sie wußte nur, daß die Sonne schien. Als sie den Arm hob, um auf ihre Uhr zu sehen, stellte sie fest, daß sie sich fühlte, als hätte sie lange Zeit in unveränderter Lage geschlafen oder als hätte sie eine Grippe hinter sich. Ihr Arm war unendlich schwer, und er schmerzte. Der gleiche Schmerz hielt ihren gesamten Körper gefangen. Sie streckte die Beine soweit wie möglich, dann ihre Arme, spreizte Finger und Zehen, aber der unangenehme Schmerz blieb. Sie schloß und öffnete die Augen etliche Male, bis sie den Blick auf die quadratische Cartier-Quarz-Uhr konzentrieren konnte, die ihr Derek Blessing zu ihrem ersten gemeinsamen Weihnachtsfest geschenkt hatte, und mußte feststellen, daß sie stehengeblieben war.

Es kümmerte Mike nicht im geringsten, daß sie nicht wußte, wie spät es war. Die melancholische Schläfrigkeit um sie herum war so geschlossen und luftlos wie eine Glocke, ein hermetischer Dom. Sie wußte genau, wo sie war und warum. Sie wußte, wenn sie das Bett verlassen und die Treppe hinuntergehen würde, sie dort nicht nur auf ihren Vater, sondern auch auf die gesamte erste Hälfte ihres Lebens stoßen würde, ein Leben, das sie Jahre zuvor ordentlich weggepackt und nicht daran gedacht hatte, es wieder hervorzuholen. Sie wußte, daß da unten am Fuß der zerschrammten Eichenstufen – eingebrannt in die Wände, aufgesogen von den Teppichen – das Äußerste an Schmerz auf sie wartete, das sie kennengelernt hatte. Es machte ihr nichts aus. Sie wußte auch, wußte bis in die Spitzen ihrer fühllosen Finger und Zehen und ohne zu wissen, warum sie es wußte, daß die ungeheuere, überwältigende Woge der Angst und der Qual nicht über sie hereinbrechen würde. Die Glocke, das spürte sie, war undurchdringlich. Sie würde halten.

Sie lag eine Zeitlang da und lauschte dem Tiefseesummen der Klimaanlage und ihres eigenen trägen Blutes, das weich durch ihre Adern sickerte. Die Klimaanlage dämpfte alle anderen Geräusche in dem großen dunklen Raum. Selbst wenn sie aus einem zehnjährigen Koma erwacht wäre, hätte sie gewußt, wo sie war. Der Geruch alter Zitronenpolitur und Staub vom abgetretenen blauen Teppich, der zu ihrem dreizehnten Geburtstag gelegt worden war, war ihrer Nase so vertraut wie der beißende Teufelsatem von New York. Das Gefühl der abgenutzten, seidenen alten Perkalkissen an ihrer Wange war genauso, wie sie es erinnerte, obwohl sie stark nach Mottenkugeln rochen, was sie seinerzeit nicht getan hatten. Sie konnte fast die Muschelmuster an ihren Rändern im Geist nachzeichnen, so mächtig war die Wirkung ferner Erinnerung. All ihre Sinne schienen durch sie geschärft zu sein, zu fast schmerzhaftem Bewußtsein verstärkt - ein angenehmer Kontrast zu ihren eher trägen, schweren Gliedern. Die Wirkung war die einer behaglichen physischen Unempfindlichkeit.

Schließlich schlüpfte sie unter den Decken hervor, ging zu den Fenstern, fuhr sich mit den Fingern durch die Haare. Sie schaltete die Klimaanlage aus und öffnete die Fensterläden. Sonnenlicht, so weiß, daß es sie blendete, kam in den Raum geflutet, Staubflöckchen tanzten in seinen Bahnen. Mit fest geschlossenen Augen atmete sie den Ozean von Glyzinenduft ein, der mit der Hitze ins Zimmer drang, gefolgt von dem Zirpen früher Zikaden. Mike hielt die Augen geschlossen und sog Heimat, Zuhause ein.

Sie nahm ein Bad in der gewölbten alten Wanne, deren Porzellan so abgenutzt war, daß es sie am Po scheuerte. Es hatte nie eine Dusche im Winship-Haus gegeben, und so drehte sie sich in der Wanne und wusch sich die Haare - auf dem Rücken liegend, Knie in der Luft - unter dem spärlichen Strom aus dem Wasserhahn und mit dem neuen Stück Ivory-Seife aus dem Drahthalter. Sie erinnerte sich daran, daß sie früher, als sie hier gelebt hatte, dazu einen Schlauch benutzt hatte, der an den Hahn angeschlossen wurde und in einem Duschkopf endete, der dazu neigte, wie wild herumzusausen und buchstäblich alles naßzuspritzen. Sie konnte jetzt noch hören, wie Rusky sich darüber erregte. Manchmal hatte sie sich die Haare auch unten im Spülbecken der Küche gewaschen, wo es eine rudimentäre Geschirrdusche gab und Rusky, die sie bediente und ihre feinen, seidigen Haare zweimal mit Wasser spülte, einmal mit Essig und dann noch einmal mit Wasser. Der Essig, hatte Rusky gesagt, würde die Schönheit von Mikes Haaren erst so richtig zur

Geltung bringen. Durch ihn würde es in der Sonne weißgolden schimmern. Für DeeDee benutzte Rusky kräftigen Tee, um die satinartige Schwärze noch zu betonen. Mike hatte damit aufgehört, sich die Haare in der Küchenspüle zu waschen, nachdem Duck Wingo einmal unerwartet früh erschienen war, um DeeDee abzuholen. Dabei hatte er Mike mit tropfnassen Haaren am Spülbecken erwischt, wo sie in dem verhaßten Baumwollunterhemd stand, das ihr so an ihren Leitersprossen-Rippen und Hühnerbrüstchen klebte, und sie ein Zwerghühnchen genannt. Aber sein Blick hatte dennoch an ihren Brüsten geklebt. Sie hatte damit aufgehört, sich die Haare mit Essig zu spülen, nachdem Bayard Sewell die Nase gerümpft und gesagt hatte, sie rieche wie Früchte-Allerlei. Sie war in den Drugstore gegangen und hatte sich eine große rosafarbene Flasche Tame gekauft.

Sie stieg aus der Wanne und trocknete ihren Körper mit dem dünnen, groben alten Handtuch, wickelte sich ein weiteres um die Haare und zog Unterwäsche aus ihrem Koffer an. Sie suchte nach langen Hosen, trat dann aber, aus einem Impuls heraus, an die große alte Mahagoni-Kommode an der Wand und öffnete die Schubladen. Da lagen die verschiedenen Jahre ihres Lebens mottensicher vor ihr – sauber gefaltet von anderen Händen als ihren. Wer konnte die Sachen hineingelegt haben? Rusky war längst tot gewesen, als sie das Haus verlassen hatte, DeeDee verheiratet und fort. John Winship? Undenkbar. Im untersten Schubfach fand sie ein Paar milchweiß ausgeblichene Blue Jeans, die noch aus ihren Kindertagen stammen mußten, denn sie trugen noch das Namensschildchen, das Rusky in sie eingenäht hatte, bevor sie ins Sommerferienlager Camp Greystone fuhr. Und damals war sie elf Jahre alt gewesen. Die Jeans paßten, saßen sogar ein bißchen locker um die Taille. Sie bedachte ihre dünne Figur mit einer Grimasse. In einer anderen Schublade fand sie T-Shirts und zog eins mit einem aufgedruckten Mickey Mouse-Gesicht an. Wie die Jeans war es sauber, ausgeblichen, roch nach Mottenkugeln und paßte locker. Mike erinnerte sich an die Freude, die sie über ihren Eintritt in den Mickey Mouse-Club empfunden hatte, das neue und warme Gefühl des Dazugehörens, als sie ein Mouseketeer wurde. Aus dem verschobenen, leicht bläulichen Spiegel der Kommode sah sie ihr Gesicht wie durch Wasser an, und ihre Augen, groß, hell und leicht geschwollen vom Schlaf, hätten die Augen gewesen sein können, die vor Freude darüber gefunkelt hatten, eins von Mickeys Kindern zu sein. Sie befestigte das Handtuch mit einem alten, mit Leopardenmuster bedruckten Schal zu einem Turban und lief barfuß die Treppe hinunter, durch die Halle und in die Küche.

Ihr Vater saß da, aber nicht im Rollstuhl, sondern in einem der blauweißen Chromstühle, die zu einer abscheulichen Eßecke paßten, die sie noch nicht bemerkt hatte. Ein kleiner Sony-Fernseher stand auf der Arbeitsfläche neben einem neuen Mikrowellenherd und plärrte eine Quizshow heraus. In ihr hüpften ein dickes Mädchen und ein kinnloser junger Mann aufgeregt mit offenen Mündern auf und ab. Mikes Vater starrte ausdruckslos auf den Apparat, während der Kaffee in einer Tasse vor ihm kalt wurde. Ein kaum angerührter Teller mit Rührei auf Toast stand in seiner Nähe auf dem Tisch, dazu ein Glas Erdbeermarmelade mit einem Löffel darin. Er griff hinüber, holte einen gehäuften Löffel der klebrigen Masse aus dem Glas und steckte ihn in den Mund, während er kein Auge vom Sony ließ. Etwas von der Marmelade verfehlte seinen Mundwinkel, lief ihm über das Kinn auf den Hals und blieb dort glänzend hängen. Er schien es nicht zu bemerken. Ein leichtes Klappern erklang, und Mike drehte sich nach der Quelle des Geräusches um. Sam Canaday stand am Spülbecken, sein Rücken in einem unglaublichen baumwollgestrickten Burgunderrot genau so breit, und seine Arme verschwanden bis zu dem Ellbogen im Spülwasser. Die runde Uhr über dem Herd zeigte auf Viertel nach elf.

»Ist es möglich, ein bißchen von dem Kaffee zu bekommen?« fragte Mike über das idiotische Geplapper des Quizmasters hinweg, der unübersehbar vor der Umarmung durch das dicke Mädchen zurückschreckte. Offenbar hatte sie etwas gewonnen, was von großem Wert für sie war.

John Winships Augen lösten sich vom Fernseher und richteten sich einen Moment lang fast leer auf Mike, als wisse er nicht, wer sie war. Sie sah, wie Erkennen in seinen Blick kam und eine Art Leben, als hätte er ihn auf sie in der Absicht gerichtet, sich an sie zu erinnern. Sam Canaday drehte sich am Spülbecken um, seine erhobenen Hände tropften. Er trug heute entsetzliche, karierte, gürtellose Polyesterhosen von der Sorte, die Sansabelt genannt wurde, in den Farbnuancen Burgunderrot, Pink, Weiß und Gelb. Sein weinrotes Polohemd trug ein Krokodil auf der Brust. An seinen Füßen trug er anstelle der Cowboystiefel weiße Wildlederschuhe von blindmachender Sauberkeit. Die Wirkung war die eines Passagiers auf einem Kreuzfahrtschiff zu verbilligten Preisen zwischen Miami und San Juan. Die Bräune seines Gesichts und das Wergblond seiner Haare, in der sonnendurchfluteten Küche nicht zu übersehen, verstärkten den Billig-Touristen-Effekt. Er grinste sein Wolfslächeln.

»Morgen, Miss Singer«, sagte er. »Hoffe, wir haben sie mit unserem Frühstücksgetöse nicht geweckt. Setzen Sie sich, da sind frischer Kaffee und ein paar Quark-Plunderstücke im Ofen.«

»Nur Kaffee, danke«, sagte Mike zimperlich. Sein Anblick, wie er in dieser vertrauten Küche herumwuselte, irritierte sie. Er schien hier zuhause zu sein. Fast kam es ihr so vor, als sei sie der Besucher im Haus und nicht er. Aber im Grunde war sie doch froh, daß sie jetzt nicht mit John Winship allein zu sein brauchte. Sie sah ihn an. Er starrte sie an, als würde ihm irgend etwas an ihr mißfallen, aber das konnte auch an dem durch den Schlaganfall verzerrten Mundwinkel liegen.

»Guten Morgen«, sagte sie fast förmlich. Sie hatte noch immer ihre Schwierigkeiten mit »Daddy« und noch nie »Vater« gesagt. »Ich hoffe, du hast gut geschlafen. Ich habe das mit Sicherheit getan. Ich glaube, ich habe mich kein einziges Mal umgedreht.«

»Dann ist es mit deinem Glauben aber nicht allzu weit her«, krächzte John Winship. »Du hast dich herumgewälzt und gedreht wie ein Vierzig-Dollar-Muli mit Kolik. Bist auch einmal rausgeplumpst. Konnte dich bis unten hören. Dachte anfangs, du hättest einen Anfall.«

Abrupt schoß eine Seite seines Mundes nach oben, und Mike erkannte, daß er das gleiche belustigte Lachen zeigte wie gestern, als er DeeDee malträtiert hatte.

»Sam, geben Sie ihr Milch und was Nahrhaftes«, sagte er. »Kaffee ist nichts für ein Baby. Denn das hier ist ein Baby in Mickey Mouse-Kleidung und mit einer großen Schleife im Haar. Dachte, wir hätten eine Starjournalistin aus New York hier, dabei ist es nichts anderes als ein Baby.«

Außerhalb der Glocke entdeckte Mike Zorn. Er trieb an den Rand des gläsernen Globus, der sie umschloß, und stieß dagegen wie ein Hai in einem Aquarium, spähte ins Innere, konnte aber nicht eindringen. Sie betrachtete den ausgezehrten Mann auf dem Stuhl und dachte wieder, wie sie es schon am vergangenen Tag gedacht hatte, daß in ihm nichts mehr von ihrem Vater vorhanden war. Der Unterschied war heute sogar noch größer: Dieser Mann war nicht nur anders als jener, den sie vor zweiundzwanzig Jahren im dämmerigen Wohnzimmer verlassen hatte – es schien ein ganz anderer zu sein. Dieser Mann schien nie anders gewesen zu sein, als er jetzt war. Seine Erscheinung, das Spiel der Muskeln, die Art des Denkens, das Muster der Sprache ... all das war Eigentum dieses ruinierten Mannes, grob und bis zur Karikatur vereinfacht. Der andere Mann – schlank, düster, scharf, verletzend – hatte dieses Haus verlassen.

»Nun, das Baby hat sich ein paar dumme Angewohnheiten zugelegt und braucht seinen Kaffee«, sagte sie.

»Schon unterwegs«, sagte Sam Canaday. »Achten Sie auf Ihre Worte, Colonel. Miss Singer wäre durchaus im Recht, wenn sie Sie in den Allerwertesten träte. Abgesehen davon sieht sie ganz bezaubernd aus in diesen Röhren und diesem T-Shirt. Mickey Mouse-Club circa 1960, wenn ich mich nicht irre.«

»Sie irren nicht«, verkündete Mike spitz. Der »Allerwerteste« und das »bezaubernd« kratzten in ihren Ohren, als wäre er mit einem Griffel von einer Schiefertafel abgerutscht.

»Waren Sie einer von uns?« fragte sie ätzend. Sie konnte sich das Wolfsgrinsen dieses Mannes einfach nicht über einem Mikkey Mouse-T-Shirt vorstellen.

»Gründungsmitglied«, sagte er. »Erster Mouseketeer in Birmingham. Fast auch der letzte. Das einzige, was sie mit Mäusen in dem Teil der Stadt anzufangen wußten, in dem ich aufgewachsen bin, war, sie abzuschießen oder mit einem Baseballschläger zu zerquetschen. Ratten auch. Sie waren die einheimische Fauna in Elyton Village.«

Mike fragte sich flüchtig, wie dieser grobe, massive Mann aus den gärenden, sonnenlosen Slums von Birmingham, Alabama, sich das Recht erworben hatte, sich Anwalt zu nennen und Recht zu praktizieren, wie er seinen Weg nach Lytton, Georgia, gefunden hatte und in dieses Haus. Sie dachte leidenschaftlos, daß er sehr gut der Scharlatan sein konnte, als den ihn DeeDee bezeichnet hatte, und daß diese Beziehung sich für ihren Vater als katastrophal erweisen konnte. Ihre Vorstellung spielte mit den Ecken und Kanten von Sam Canaday, stocherte ziellos in der potentiellen Dramatik der Situation. Aber die neue Ruhe war zu umfassend, um große mentale Anstrengungen zuzulassen und darüberhinaus zu attraktiv, um aufs Spiel gesetzt zu werden. Sie kam zu der Feststellung, daß ihr Vater schließlich selbst Anwalt gewesen war und ein sehr guter. Also würde er durchaus in der Lage sein, zwischen einem absoluten Versager und einem Juristen seines Kalibers unterscheiden zu können. Außerdem zeigte die Beziehung zwischen den beiden Männern die Patina der Gewohnheit und Behaglichkeit. Sie war mit Sicherheit lange vor John Winships Erkrankung geschlossen worden. Mike reagierte nicht auf Sam Canadays Eröffnungszug in Sachen Vergangenheit und trank den Kaffee, den er vor sie hingestellt hatte. Er war gut, frisch und stark; gefiltert, kein Pulverkaffee. Zu ihrer Überraschung stellte sie fest, daß sie Hunger hatte.

Sie aß den warmen Quark-Plunder schweigend und trank dann noch eine Tasse Kaffee. Sam Canaday trocknete und verstaute das Geschirr, das sie benutzt hatten; ignorierte den Geschirrspüler, der inzwischen unter der Arbeitsfläche neben der Spüle stand. Als sie sich in der Küche umblickte, entdeckte Mike weitere arbeitssparende Geräte, die vor ihrem Auszug noch nicht dagewesen waren: einen Müllschlucker, einen Gemüseschneider und einen Mixer mit vielfältigem Zubehör; die Mikrowelle hatte Mike bereits gesehen. DeeDee mochte vielleicht ihre Tage schwerarbeitend in der Küche ihres Vaters zugebracht haben, aber sie hatte für ihre Plackerei eine Arena auf der Höhe der Zeit, soviel war sicher. Mike fragte sich, wer wohl diese Hilfsgerätschaften bezahlt hatte. Duck Wingo bestimmt nicht.

Sie bewegte ihren nackten Fuß in einer Bahn von Sonnenstrahlen und beobachtete das Spiel der Knochen unter der bläulichweißen Haut. Dieselbe Sonne, noch nicht brütendheiß wie mittags, saß warm zwischen ihren Schulterblättern, und Sam Canaday hatte den Fernseher aus- und das Radio eingeschaltet. Ein kleines Quartett von Haydn plätscherte in den Raum wie Wasser, das sich über Kristall ergießt, und er dachte gar nicht daran, einen anderen Sender zu suchen, sondern summte die Melodie leise mit, während er sich durch die Küche bewegte und gelegentlich mit einem seifenwassernassen Zeigefinger dirigierte. Ihr Vater döste auf seinem Stuhl. Sein Kinn nickte auf der

Brust, schreckte hoch, nickte erneut hinunter. Er sagte nichts. Mike nahm an, daß er die meiste Zeit schlief oder döste, und dafür war sie dankbar. Das würde Gespräche ersparen. Sie fühlte sich eingelullt und sorglos, trieb auf der reinen Ontologie des Moments wie ein Tier mit vollem Bauch in der Sonne. Es war weniger Zufriedenheit als ein Nicht-Sein. Sie konnte sich nicht erinnern, daß es in ihrem Leben schon einmal einen solchen Augenblick gegeben hatte: Einen Wimpernschlag der Zeit, in dem sie sich nichts wünschte, nicht auf irgend etwas konzentriert war.

Der Haydn klang seinem Ende zu und die bekümmerte Stimme des Ansagers verkündete: »Hier ist WABE, die Stimme der schönen Künste in Atlanta. Damit ist unser Konzert zum Zweiten Frühstück beendet. Als nächstes hören Sie . . .«, und Sam Canaday schaltete den Apparat aus, setzte sich Mike gegenüber, scharrte laut mit dem Stuhl und stieß eine halbvolle Tasse Kaffee um. John Winship zuckte zusammen und schickte trübe, alte Blicke aus halbgeschlossenen Schildkrötenaugen zu ihnen hinüber.

»Wir haben da etwas Geschäftliches zu besprechen, Miss Singer, und danach werde ich ins Büro gehen, damit Sie und der Colonel sich aneinander gewöhnen können«, sagte er. »Ich habe mich heute früh da ein bißchen rar gemacht, aber ich dachte, Sie hätten den Schlaf nötig.« Seine Stimme war jetzt irgendwie anders – schneller, tiefer. Das aufgesetzte Geplänkel um jeden Preis war aus ihr verschwunden.

»Das sollten wir tun«, sagte Mike. »Und nennen Sie mich Mike, um Himmelswillen, oder Micah – alles, nur nicht Miss Singer. Ich bin nicht mehr Mrs. Singer, und habe diesen Namen sowieso kaum benutzt.«

»Ich weiß«, erwiderte er. »Wie ich schon sagte, habe ich hin und wieder Ihre Autorenzeile gesehen, Micah Winship. Lange Zeit dachte ich, Sie wären ein Mann.«

»Tut mir leid, Sie enttäuscht zu haben«, sagte Mike. Ein winziges Fragment der Irritation schreckte sie unter ihrer gläsernen Glocke auf. Warum störte sie die nur allzu verständliche Annahme plötzlich? »Was haben Sie über geschäftliche Dinge gesagt?«

»Yeah. Nun, ich denke, Sie sollten die Grundlage kennen, auf der Sie das Haus führen werden – wie die finanziellen Dinge liegen, was aussteht und so weiter. Es ist zwar nicht kompliziert, aber vielleicht ein wenig ungewöhnlich ...«

»Ich brauche das alles gar nicht zu wissen, und ich will es auch nicht wissen«, erklärte Mike. »So lange werde ich ohnehin nicht bleiben. Sie müssen wissen, daß DeeDee mir eine Hilfe für ... meinen Vater suchen will, die hier wohnt. Und sobald das erledigt ist, wenn sie und ich überzeugt davon sind, daß die Dinge zu unserer Zufriedenheit laufen, werde ich zurückfahren ...«

»Zurück nach New York?«

»Ja. Natürlich nach New York. Wohin denken Sie denn?«

»Ich bemühe mich nur um Konversation. Nun, das höre ich mit Bedauern, und ich bin sicher, daß der Colonel das ähnlich empfinden wird. Wir hatten gehofft, daß Sie in der Lage wären, eine Zeitlang hier zu bleiben, sich mit Ihrer Familie und Ihrer Stadt wieder vertraut zu machen ... das alles. Jedermann ist mächtig gespannt auf Sie. Sie müssen wissen, daß Sie unser einziger Anspruch auf Ruhm sind.«

Er sprach über Lytton, als wäre es von Geburt an seine Stadt gewesen, und Mike empfand erneut eine Spur Irritation.

»Das will ich gern glauben«, erwiderte sie. »Aber Lytton wäre ziemlich schlecht dran, wenn ich die einzige Person wäre, die die Stadt vor der Obskurität retten kann. Selbstverständlich werde ich eine Zeitlang bleiben ... zwei oder drei Wochen etwa. Ich werde nicht davonlaufen und alles DeeDee überlassen. Ich möchte nur wissen, welche Art von Haushaltskonto ich habe, wo ... er jetzt seine Bankgeschäfte tätigt, und was ich tun muß, um eine Vollmacht zu erhalten. Ich nehme an, dabei können Sie mir behilflich sein.«

»Eigentlich habe ich bereits Vollmacht«, erklärte Sam Canaday. Mehr sagte er nicht. Gegenüber am Tisch hob John Winship den Kopf und sah Mike direkt an. Er lächelte offen und eindeutig das Grinsen eines bösartigen alten Ziegenbocks.

»Sie haben Vollmacht?« plapperte Mike nach. Sie wollte es einfach nicht glauben. Warum sollte dieser arme weiße Aufsteiger Vollmacht über John Winships Vermögen haben? Warum nicht DeeDee, wenn ihr Vater nicht mehr in der Lage sein sollte, seine finanziellen Dinge selbst zu regeln, was sie für wahrscheinlich hielt. Hatte ihre Schwester letzten Endes doch recht?

»Stimmt. Der Colonel dachte, es wäre so leichter für Miss Wingo – für DeeDee –, wenn sie jede Woche einen bestimmten Geldbetrag bekommt, mit dem sie arbeiten kann, und sich nicht um die Bezahlung von Rechnungen und andere Dinge zu kümmern braucht. Also gab ich ihr einfach jeden Montagmorgen Geld – und das ist ein ziemlich großzügig berechnetes Kleingeld, wenn ich das bemerken darf –, und ich erledige alles andere, bezahle die Rechnungen, die anderen Kosten. Es hat bisher ganz gut funktioniert. Wenn Sie dieses Arrangement jedoch ändern wollen ...«

Er sah nicht sie, sondern John Winship an. Der alte Mann zwinkerte träge wie eine ausgetrocknete, schnappende Schildkröte auf einem sonnigen Felsen und gab dann eins seiner überraschenden Lachgemecker von sich.

»Sehe überhaupt keinen Grund, irgend etwas zu ändern, wenn Micah nur kurze Zeit hierbleibt«, stellte er fest. »Glaube nicht, daß sie sich damit belasten sollte. Aber wenn sie ein bißchen Geld ausgeben will, können wir den Umschlag natürlich ein bißchen großzügiger füllen. Nehme allerdings nicht an, daß sie etwas braucht. Sie muß ja inzwischen reich sein.«

»Ich habe Geld«, erklärte Mike spitz. Sie hatte zwar, aber es schmolz wie Butter an der Sonne. Das Flugticket nach Atlanta und die Lagergebühren für ihre Möbel hatten große Löcher in ihr Girokonto gefressen, und das Sparkonto war von jeher eher schmal. Sie wollte gar nicht daran denken, daß der Vorschuß des Buchverlages zurückgezahlt werden mußte oder daran, was das neue Apartment kosten würde, wenn sie überhaupt eins fand. Und kein Mensch konnte vorhersehen, wie Rachels neue Bedürfnisse aussehen würden ... Sie drängte die Gedanken gewaltsam unter die Vakuumglocke.

»Also gut«, sagte Sam Canaday, stand auf und fischte einen dicken, weißen Umschlag aus seiner Hosentasche. Er reichte ihn ihr. Sie nahm ihn und kam sich vor wie ein Kind, eine Angestellte oder eine Hure.

»Das Arrangement besagt, daß ich das an jedem Montagmorgen bringe«, erklärte er. »Falls es knapp wird, können Sie natürlich jederzeit schreien. Alle anderen Haushaltsrechnungen gehen an mich, auch alle Reparaturen. Sie können die Kreditkarte des Colonels benutzen, aber bringen Sie mir die Kopien. Ich weiß, daß Sie eine Hilfe im Haus brauchen. Dafür ist bereits gesorgt. J. W. hat eine Frau drüben in Lightning gefunden, eine Frau mit einem Krankenpflegediplom, die jeden Morgen um neun Uhr kommen und bis drei Uhr nachmittags bleiben wird, wenn ihr Sohn aus der Schule kommt. Sie erledigt zwar keine Putzarbeiten, aber der Colonel hält alle Zimmer außer diesen beiden hier und seinem Schlafzimmer verschlossen. Dazu kommt nun noch ihr Zimmer, aber allzu viel Arbeit dürfte das nicht sein. Wir können jederzeit jemanden einmal pro Woche kommen lassen, der die Putzarbeiten übernimmt, falls Sie mögen. Mrs. Lester - Lavinia - wird für Sie beide das Abendessen vorbereiten, bevor sie heimgeht, so daß Sie im Grunde bis etwa drei Uhr tun und lassen können, was Sie wollen. J. W. ist nachmittags ja auch noch da und kümmert sich um den Garten.

Danach macht er eine Spazierfahrt mit dem Colonel, wenn der von seinem Nickerchen aufwacht. Er schläft jeden Tag von zwei bis etwa vier Uhr. J. W. steht nicht im Wege, er kommt nur ins Haus, wenn er gerufen wird - ich stelle ein Telephon in den Garten, wenn der Colonel krank ist -, aber er ist im allgemeinen in der Nähe. Ich habe ihm meistens sein Abendessen gemacht, und Mrs. Lester hat zugesagt, es ebenso zu halten. Er ißt in seinem Zimmer, geht zum Frühstück und Lunch außer Haus. Ich halte das für eine gute Lösung. So werden Sie keineswegs überbeansprucht, brauchen nur eine leichte Hand am Ruder zu halten und können sonst tun, was Ihnen Spaß macht: Spazierengehen, Leute treffen, etwas schreiben oder sich auch einfach nur ausruhen, wenn Sie das mögen. Ich habe Mrs. Lester besucht und finde sie munter wie einen Fisch im Wasser, aber Sie sind diejenige, die einverstanden sein muß. Hier ist ihre Nummer. Sie wartet auf Ihren Anruf.«

»Will keine fremden Nigger hier«, krächzte John Winship verdrießlich, aber Sam Canaday ignorierte ihn, als wäre der Einwand lediglich eine Pflichtübung. Mike nahm an, daß er so etwas schon häufig gehört hatte und erinnerte sich an die virulente Bigotterie ihres Vaters. Er reichte Mike ein Stück Papier über den Tisch. Sie nahm es, legte es dann aber wieder auf den Tisch. Die gelassene Ruhe schlug unvermutet wieder in Erschöpfung um.

»Ich bin sicher, daß sie in Ordnung ist«, meinte sie. »Jeder, den J. W. aussucht, ist mir recht. Was hält DeeDee von ihr?«

»Ich habe sie nicht gefragt«, sagte Sam knapp. »Das ist Ihre Entscheidung, nicht die Miss Wingos.«

»Hält sie für einen hochnäsigen Nigger, zu etepetete, und meint, die denke nur an ihren eigenen Vorteil«, dröhnte John Winship. »Sie hat ein Diplom von irgendeinem Junior College. Nennt sich selbst *Miss* Lester. Daisy sagt, sie wolle sie hier nicht im Haus haben.«

»Nun, dann ist es ja gut, daß DeeDee nicht so häufig hier ist, denn ich finde, daß sich alles über Mrs. Lester hervorragend anhört«, erklärte Mike gelassen. »Würden Sie sie für mich anrufen, da Sie bereits mit ihr gesprochen haben? Sie kann anfangen, wann sie will. Mir ist jeder Tag recht.«

John Winship meckerte erneut, und Sam Canaday zog den Papierstreifen ein. »Ich werde sie anrufen, sobald ich im Büro bin«, sagte er. »Wahrscheinlich kann sie bereits am Montagmorgen kommen. Sie braucht das Geld. Aber jetzt schiebe ich besser ab. Ich muß nach Atlanta, um um drei Uhr eine eidesstattliche Erklärung eines Mister Bob Carithers entgegenzunehmen.«

»Gottverdammter Lumpenhund ...« Die Worte explodierten aus John Winships Mund. Sie unterschieden sich von seinem anderen Geraunze wie ein Dolch von einer Kinderschere aus Plastik. Mike fuhr herum, um ihn anzusehen. Wut glühte in den blassen, weißlichen Augen und sein gelähmter Mund bebte.

»Er ist nur der Geometer, Colonel«, sagte Sam Canaday sachlich, aber Mike sah, daß er ihren Vater nicht aus den Augen ließ. »Er erledigt nur seine Arbeit. Ich werde mich nicht direkt mit den Bonzen der Verkehrsbehörde unterhalten. Ich spreche nur mit ihren Anwälten. Aber das ist ohnehin noch eine Weile hin. Wir sind erst am Anfang. Sie müssen ganz ruhig bleiben, sonst kommen wir nicht einmal durch die erste Runde.«

John Winship senkte den Kopf und faltete seine altersfleckigen Hände auf dem Tisch vor ihm. Mike verdrängte auch diese Szene unter die Glocke des Glasvakuums. Sie sagte nichts, stellte keinerlei Fragen. Sie hatte nicht die geringste Absicht, sich in diese Sache verwickeln zu lassen, wollte so wenig wie möglich über sie wissen. Ihr Vater hob seine Hand, da waren hektische rote Flecken auf seinen scharfgeschnittenen Wangenknochen, und die Tränen der Schwäche hingen wieder in seinen Augen. Anfangs dachte sie, er sähe sie an, aber dann machte sie sich klar, daß er an ihr vorbei auf etwas blickte, das sie nicht sehen konnte.

»Mein Daddy hat mir immer wieder gesagt, daß sein Herzblut in dieses Land eingegangen ist«, sagte er, und seine Stimme klang fern, war das Echo eines anderen Mannes in einer anderen Zeit. »Er hat sein Blut dafür gegeben. Und an dem Tag, an dem er starb, bin ich zum Seerosenteich neben dem Haus gegangen, an dem er immer gesessen hatte, wenn das Wetter schön war. Ich nahm das Taschenmesser, das er mir zu meinem zwölften Geburtstag geschenkt hat, und schnitt mir in die Hand. Ich ließ mein eigenes Blut dort in die Erde tropfen. Und nun bilden sich diese gottverfluchten Hyänen aus Atlanta ein, sie könnten es mir so ganz einfach wegnehmen. Wollen eine gottverdammte Straße da bauen, damit die Dschungelhäschen einfallen und überall Nester bauen können. Wollen das Haus niederreißen, das meine Familie mit Blut, Schweiß und Tränen errichtet hat. Nun, bei Gott, da werden sie sich wohl etwas anderes einfallen lassen müssen, was Sam?«

Der Blick, den er Sam Canaday zuwarf, war der eines alten Adlers in der Mauser.

»Wir werden sie auf jeden Fall zum Nachdenken bringen, Colonel«, erwiderte Sam Canaday. Er lächelte ein zugängliches, besänftigendes Lächeln. John Winships Gesicht entspannte sich und glitt in seine reduzierte Gelassenheit zurück.

»Gottverdammt richtig«, sagte er.

Aus ihrer Sphäre der Distanz hörte sich Mike sagen: »Daddy, wenn du dich so aufregst, wirst du wieder krank werden«, und war erstaunt. Erstaunt über die jahrelang nicht geübte Bezeichnung, aber auch über die Verärgerung, die sie darüber empfand, daß Sam Canaday ihren Vater so aufstachelte.

»Und ich dachte, Sie wären eine Kämpfernatur, Miss Singer-Winship«, meinte Sam Canaday schleppend und grinste zähnebleckend. »Hatte es so verstanden, daß Sie eine ziemlich harte Lady sind, ein echter Champion der Unterdrückten.«

»Wie kommen Sie denn darauf?« schnappte Mike.

»Oh, ich habe Sie manchmal gelesen, wie ich schon mehrmals gesagt habe. Wenn ich nicht gerade *Car and Driver* vor der Nase habe, oder *Penthouse.* Ich glaube, ich habe kürzlich was in *People* von Ihnen gelesen.«

»Ich schreibe nicht für *People.*«

»Nun, dann muß es in der *New Republic* oder der *Nation* gewesen sein. Und dann hat mir ja auch der Colonel viel über Sie erzählt.«

Mike sah ihren Vater an, der ein Stück Toast aufgenommen hatte und nun darauf herumkaute. Er hob den Blick nicht vom Teller. Hinter seiner hinfälligen Gestalt schien sie plötzlich einen anderen Mann an einem anderen Tisch in diesem Haus zu sehen; einen jungen Mann mit schmalem Gesicht, aufrecht, zurückhaltend, diszipliniert. Es war der erste Anflug von John Winship als dem Mann, den sie einmal gekannt hatte. Die Augen der beiden Männer waren von Wimpern verhangen und blickten nicht auf. Dann löste sich die schattenhafte Gestalt auf und nur der alte Mann, der seinen Toast kaute, war geblieben.

Sam Canaday ging in dem Moment zur Küchentür, als J. W. Cromie die hintere Veranda heraufkam.

»Schön, hier ist J. W.«, sagte Sam Canaday. »Er wird den Colonel in sein Zimmer zurückbringen, damit er ein bißchen schlafen kann, und Sie brauchen sich bis zum Nachmittag keine Gedanken um sein Mittagessen zu machen, da wir so spät gefrühstückt haben. Warum nehmen Sie sich nicht das Auto und fahren ein bißchen herum? Fahren Sie herum, suchen Sie zum Beispiel Priss Comfort auf. Sie ist ganz wild darauf, Sie zu sehen.«

Der Gedanke war wie ein Sonnenstrahl, der in dunkles Wasser eindringt. Mike lächelte erfreut.

»O ja, Priss. Oh, das ist eine hervorragende Idee. Das werde ich tun. Wie geht es Priss? Wohnt sie noch immer in dem komischen kleinen Steinhaus am Schulsportplatz? Schluckt sie ihren Bourbon noch immer im Eistee? Kennen Sie sie?«

»Sie wohnt noch immer dort«, sagte Sam Canaday und lächelte über ihre sprudelnden Worte. »Nein, ich glaube nicht, daß sie seit Jahren auch nur ein Glas angerührt hat. Ja, ich kenne sie recht gut. Ich war erst gestern abend bei ihr, nachdem ich mich vom Colonel verabschiedet hatte, Priss ist einer der Hauptgründe, warum ich in Lytton bleibe. Sie und der Colonel hier.«

»Oh, vielleicht können wir sie bald einmal zum Abendessen einladen«, sagte Mike. »Ich würde ihr zu gern zeigen, daß ich inzwischen kochen kann. Sie hat immer gesagt, ich würde ungefähr im Alter von fünfundzwanzig Jahren glatt verhungern.«

»Priss Comfort hat seit mehr als zwanzig Jahren keinen Fuß mehr in dieses Haus gesetzt«, äußerte sich John Winship abfällig von seinem Stuhl. »Seit dem Tag nicht mehr, an dem du dich hier fortgeschlichen hast, Micah. Wenn du also für sie kochen möchtest, dann solltest du lieber planen, das in ihrem Rattenloch zu tun.«

Mikes Gesicht erstarrte unter der Bösartigkeit in seinen Worten. Ärger kroch wieder ganz nahe an die Glasglocke heran. Sie sah ihren Vater an, der den Kopf hob und ihren Blick erwiderte.

»Dann werde ich das tun«, erklärte sie. »Das ist eine hervorragende Idee. Vielen Dank für die Informationen, Sam.«

»Es war mir wirklich ein Vergnügen, Miss Singer-Winship.« Sie spürte seine Erheiterung mehr als sie sie sah, während sie forsch die Treppe hinaufeilte, um sich etwas anderes anzuziehen. Einen Moment später hörte sie die Küchentür sanft klappen und wußte, daß er gegangen war.

15

Priss Comfort hatte sich in zweiundzwanzig Jahren weniger verändert, als daß sie ganz einfach expandiert hatte. Vorher hatte sie das Aussehen eines versteinerten Redwoodbaumes gehabt, massiv, Säulenhöhe, kräftig, Renaissance-Kolorit. Jetzt war ihr Körper so formlos wie der von DeeDee, aber er war androgyn, hatte nicht DeeDees aufgeweichte und ausufernde Weiblichkeit, und sie trug seine Last so leicht, wie sie das immer getan hatte. Ihre Schritte, mit denen sie sich durch das vertraute Durcheinander des düstern Wohnzimmers bewegte, um Mike zu begrüßen, waren so leichtfüßig und ungeduldig wie stets. Und die Augen, die aus dem gelassenen, faltenlosen Gesicht leuchteten, waren frisch und jung wie grüner Salat. Priss' Gesicht war ein großer Vollmond: Glatt, rot und höchst anziehend. Ihr glänzender Wust kastanienfarbener Haare war noch immer springlebendig, wenn auch hier und da von ein paar kräftigen eisengrauen Strähnen durchzogen. Ihre Arme, mit denen sie Mike umschlang, waren so solide wie Kastanienholz. Nur ihr Geruch hatte sich verändert. Während Priss Comfort früher warme Atemwogen von Bourbon und Lavois von sich gegeben hatte, roch sie nun kräftig nach Colgate Bouquet und dem trockenen, unaufdringlichen Schweiß des Alters.

Sie drückte Mike lange Zeit an sich, sagte nichts, atmete hörbar und hielt sie dann mit beiden kräftigen Händen von sich, um sie zu betrachten. Mike sah, daß sich auch Priss' Lächeln nicht verändert hatte; es war in dem großen, ruhigen Gesicht sogar fast noch buddha-ähnlicher. Die ungezähmten Adleraugen, von keinen Brillengläsern verstärkt, erforschten Mikes Züge wie elektronische Scanner.

»*For lo, the winter is passed, the rain is over and gone; the flowers appear on the earth; the time of the singing of birds is come, and the voice of turtle is heard in our land*«, zitierte sie mit der kräftigen, klaren Stimme, die Mike glaubte, erst heute früh zum letzten Mal gehört zu haben. Mike empfand eine Woge der Unbeschwertheit und etwas, was durchaus für Glück durchgehen konnte.

»Du hast mir gefehlt«, sagte sie und lächelte Priss an. »Wie sehr, habe ich nicht gewußt, bis ich dich jetzt wiedersehe. Priss, du bist mir unheimlich. Du siehst Jahre jünger aus als damals, als ich gegangen bin. Und du klingst immer noch wie Brunhilde, die in den Kampf hinauszieht. Was um alles in der Welt hast du nur gemacht. Den Brunnen ewiger Jugend entdeckt?«

»Die Finger von der Suppe gelassen«, sagte Priss mit ihrer herrlichen Altstimme und führte Mike durch den Raum dorthin, wo noch immer das tiefe alte Sofa und Priss' formloser, lederner Morris-Sessel standen. »Als ich mit dem Trinken aufhörte, habe ich zu essen begonnen, und all die Falten und Furchen füllten sich. Ich bin nicht jünger, ich bin nur gebläht wie ein Ballon. Wenn ich auch nur ein paar Pfunde verlöre, sähe ich aus wie das Bildnis des Dorian Gray.«

Sie trat behende über die Gegenstände hinweg, die auf dem abgetretenen alten Navaho-Teppich verstreut waren, der noch immer die Mitte des Raumes bedeckte, und Mike suchte sich hinter ihr sorgsam ihren Weg. Schuhe, ein Stapel Bücher und Zeitschriften, eine ungeöffnete Tüte Vogelfutter und ein Gummistiefel verstellten den Weg zum Sofa. Ein Objekt unbekannten Ursprungs huschte vom Fußboden hoch und verschwand unter dem Couchtisch, und Mike erinnerte sich an Priss' allgegenwärtige Katzen. An diesem Haus schien die Zeit spurlos vorübergegangen zu sein.

Priss sank in den Morris-Sessel und deutete auf den Krug Eistee auf dem Tisch. Eine Schale gekaufter Schokoladenkekse stand daneben. Mike schüttelte den Kopf, und Priss hob eine kupferne Augenbraue.

»Ich habe mit dem Essen angefangen, aber du hast offenbar

damit aufgehört«, stellte sie fest. »Bist du magersüchtig oder ist das der letzte Schrei in New York? Geht es um den Titel des schönsten Skeletts in der nackten Stadt?«

»Ich weiß, ich weiß . . . Ich sehe aus wie ein munteres Ding von hundertundzehn«, sagte Mike. »Du brauchst es mir nicht unter die Nase zu reiben. Ich bin gerade von einem längeren Auftrag zurück. Es war anstrengend. Aber in einer Woche werde ich alles aufgeholt haben.«

»Du siehst nicht aus wie hundertundzehn. Du siehst aus wie vierzehn«, stellte Priss Comfort fest und sah sie stirnrunzelnd an. »Eine äthiopische Vierzehnjährige. Wie alt bist du jetzt, Mike? Ich weiß es nicht mehr ganz genau . . . siebenunddreißig? Achtunddreißig?«

»Im November werde ich vierzig.« Mike verzog das Gesicht. »Du solltest dich eigentlich daran erinnern, Priss. Du hast mich vor jedem anderen Menschen auf der Welt zu Gesicht bekommen. Mit Ausnahme des Arztes und Ruskys.«

Priss lächelte. »So ist es. Du warst ein lächerlicher, schreiender, kleiner Winzling mit einer Baumwollkapsel auf dem Kopf. Du hattest bereits das Gesicht von John Winship, bevor du eine Stunde alt warst. Und das hat sich nicht geändert, Mike. Du siehst genauso aus wie dein Vater, als er so alt war wie du. Es ist schon fast lächerlich. Ich würde wissen, daß du seine Tochter bist, auch wenn wir uns heute zum ersten Mal sehen würden.«

»Das ist mir noch nie so aufgefallen«, sagte Mike.

»Nein«, entgegnete Priss. »Das habe ich nicht anders erwartet.«

Die Katze kam vorsichtig unter dem Couchtisch hervor, sprang auf Priss' Polyesterschoß und machte es sich auf dessen gepolsterter Ausdehnung gemütlich. Wie DeeDee trug Priss einen Hosenanzug. Ihrer war grün. Dazu trug sie ein großgeblümtes Oberteil. Die Katze war weiß, hatte einen großen Kugelkopf, einen dicken Hals und geschlitzte, verrückt-blaue

Augen. Sie starrte Mike unverwandt an und schnurrte wie ein Küchenmixer, knetete ihre großen Vorderpranken in Priss' Knie.

»Das ist Walker Pussy«, sagte Priss. »So genannt wegen seiner verblüffenden Ähnlichkeit mit ...«

»Sag's nicht«, lachte Mike. »Er sieht tatsächlich so aus, nicht? Kann er schreiben?«

»Ich nehme stark an, daß er es kann; sogar recht gut«, erklärte Priss und streichelte den großen, runden Kopf. »Aber seit ich ihn habe, ist er blockiert. Ich habe ihn im letzten Winter oben auf dem Seifennußbaum entdeckt, wohin ihn Coppers Mistvieh von einem Doberman gehetzt hatte. Er war so traumatisiert, daß er bisher kein einziges Wort geschrieben hat. Aber ich nehme an, daß die Sperre jeden Tag brechen könnte. Ich hoffe es. Die Menschen fangen an, ihn zu vergessen. Du weißt doch, wie Leser sind. Ein Autor ist nur so gut wie sein letztes Buch.«

»Du solltest Literatur schreiben, nicht unterrichten«, meinte Mike. »Du bist an neunundneunzig Prozent der kleinen Nichtsnutze in deinen Klassen glatt vergeudet.«

»Welche Klassen?« fragte Priss Comfort. »Ich befinde mich seit mehr als zwanzig Jahren im Ruhestand und mache nichts, was ich nicht unbedingt tun muß – außer zu lesen, zu sticken und für diesen verhinderten Poeten hier zu sorgen. Und zu essen natürlich.«

»Warum hast du aufgehört?« fragte Mike verblüfft. »Ich kann mir einfach nicht vorstellen, daß du keine englische Literatur mehr unterrichtest. Das ist wie ein Meer ohne Ebbe und Flut.«

»Mike, ich bin genauso alt wie dein Vater. Irgendwann hätten sie mich in den Ruhestand versetzen müssen, ob ich das nun wollte oder nicht. Aber ich wollte.«

Mike sah Priss an, wie sie da riesig und vital im Dunkel des Raumes saß. Daß sie genauso alt sein sollte wie der verbitterte und streitsüchtige Kadaver im Haus an der Pomeroy Street, war nahezu unfaßlich. Und doch wußte sie, daß es stimmte. Priss und ihr Vater hatten zusammen die Grammar und die High School besucht.

»Du wirkst ein Jahrhundert jünger als er«, stellte sie fest.

»Vier Monate und fünf Tage«, wenn du es ganz genau wissen willst«, erwiderte Priss. »Der einzige Unterschied zwischen uns besteht darin, daß ich nicht an Krebs erkrankt bin und auch keinen Schlaganfall hinter mir habe.«

»Nein«, entgegnete Mike. »Das ist nicht der einzige Unterschied.« Aber sie verfolgte diesen Gedanken nicht weiter, und Priss ließ die Feststellung so stehen. Sie saßen eine Weile in friedlichem Schweigen. Erinnerungen und Eindrücke aus fast zwei Jahrzehnten von Nachmittagen und Abenden, die sie in diesem Haus verbracht hatte, schlugen wie warme Meereswellen über Mike zusammen.

Schließlich sagte Priss: »Erzähl mir, wie dein Leben abgelaufen ist, seit du fortgegangen bist. Ich meine nicht die Scheidung und das alles . . . Über diese Dinge hat mich DeeDee informiert. Ich meine, was wirklich mit dir geschehen ist. An deiner Arbeit kann ich da nicht viel ablesen.«

»Das ist ja wohl auch kaum zu erwarten«, sagte Mike leicht gereizt. »Ein Journalist soll sich nicht persönlich in seine Arbeit hineindrängen. Ich habe mich stets darum bemüht, meine Themen für sich selbst sprechen zu lassen.«

»Ich habe deine Arbeit keineswegs kritisiert«, sagte Priss, hob eine große Hand und lächelte. »Ich bin sogar sehr stolz auf deine Arbeit. Du hast einen guten Anfang auf dem Gebiet gemacht, von dem du etwas verstehst. Aber du bist noch längst nicht am Ziel. Und außerdem glaube ich, daß du dich irrst. Die besten Journalisten – die zwei oder drei ganz oben an der Spitze – scheuen sich keineswegs, ihre Persönlichkeit, ihre eigene Meinung zum Ausdruck zu bringen und in ihre Arbeiten einfließen zu lassen. Sie verstecken sich nicht hinter ihrem Beruf. Das ist es, was sie zu den besten ihres Fachs gemacht hat, eine Art von Gewissen. Du versteckst dich noch immer, sagst nichts über deine persönliche Einstellung aus. Wie ist das Leben mit dir umgegangen, Mike?«

Ohne das auch nur ansatzweise zu wollen, erzählte Mike Priss nahezu alles. Sie redete und redete über die Anfänge ihrer Ehe und ihres Berufes, über die zunehmende Entfremdung zwischen Richard und ihr, die Scheidung; über Rachel und deren beunruhigende Verwandlung und ihr abruptes, qualvolles Überlaufen, über den entgangenen Auftrag, das Apartment und alle anderen Ereignisse dieser bizarren und verheerenden letzten Maiwoche, über DeeDees dringlichen Brief und ihre eigene Entscheidung, heimzukommen, um ihrer Schwester zu helfen. Sie sagte jedoch nichts von der furchtbaren, fast tödlichen Angst, die sie im Zug nach Bridgehampton überfallen hatte, von der Flucht zu Derek Blessing und dessen Verrat, auch nichts von der Xanax-Trance, die erst in der vergangenen Nacht ein Ende gefunden hatte – in ihrem alten Zimmer im oberen Stockwerk des Hauses an der Pomeroy Street, nichts von der gläsernen Glocke, die seither fest auf ihr lag. Sie schilderte einfach und peinlich genau das nackte Gerippe ihres Lebens, und wurde sich beim Sprechen des flotten, neutralen nordöstlichen Timbres ihrer Stimme bewußt, also dessen, was DeeDee die »New Yorkiness« ihrer Sprache genannt hatte.

Als sie fertig war, lächelte Priss sie an.

»Also ist der ganze Kram dir wieder in den Schoß gefallen, oder?« fragte sie. »Und du bist wieder da, wo du angefangen hast. Nun, gut für dich, Mike, obwohl ich keine Sekunde lang glaube, daß du aus den Gründen gekommen bist, die du mir genannt hast. Seit wann würdest du denn auch nur einen Pfifferling darum geben, DeeDee zu helfen. Und was das anbelangt: Braucht sie wirklich Hilfe? Ducks jämmerliche Schwester könnte diese alte Schachtel ebensogut zu sich nehmen wie er und

DeeDee. Sie hätte dich nicht nach Hause zu holen brauchen. Aber was auch immer die Gründe sein mögen – ich bin froh, daß du da bist. Es war Zeit, daß du nach Hause kommst.«

»Ich bin nicht gekommen, um zu bleiben«, erklärte Mike hastig. »Ich habe nicht die Absicht zu bleiben, Priss. Denk das bitte nicht. Es ist nur für eine gewisse Zeit . . .«

»Wohin willst du denn dann? Wenn du gehst?«

»Zurück nach New York, denke ich. Und dorthin, wohin mich mein Beruf auch immer führen mag. Voran. Ich will vorankommen. Das habe ich immer tun wollen. Du weißt ebensogut wie ich, daß man nicht wieder nach Hause zurückkehren kann«, sagte Mike.

»Manchmal muß man nach Hause zurück, um vorankommen zu können«, erwiderte Priss. »Fast jeder von uns, Mike, früher oder später.«

Sie schwiegen wieder, und dann fragte Mike: »Wird er wirklich sterben?«

»Ja«, sagte Priss Comfort. »Das wird er.«

»Weiß er das?«

»Ich weiß es nicht«, erwiderte Priss. »Ich habe mit deinem Vater nicht mehr gesprochen, seit du fortgegangen bist. Ich habe ihn weder gesehen, noch habe ich mit ihm gesprochen. Ich bin sicher, daß DeeDee dir das erzählt hat, oder John selbst. Es ist nicht gerade ein Geheimnis in Lytton.«

»Oh, Priss . . . warum?« klagte Mike. Der Schmerz, der hinter Priss' Worten lag, nicht die Worte selbst, tat auch ihr weh.

»Weil«, sagte Priss, »ich keinem von uns vergeben kann. Weder ihm noch mir.«

»Priss . . .« begann Mike, aber die ältere Frau hob erneut die Hand. Sie war ein weißer Nebel in der dunkel glühenden Düsternis des Raumes.

»Nein, Mike. Ich werde nicht mit dir darüber reden, weder jetzt noch irgendwann«, sagte sie. »Ich war betrunken, und ich habe dich im Stich gelassen. Das werde ich mir nie verzeihen können. Ich habe am selben Tag mit dem Trinken aufgehört – auch mit dem Unterrichten –, aber das möchte ich nicht weiter vertiefen. Und deinem Vater werde ich nicht verzeihen können, was er an jenem Tag in seinem Haus zu dir gesagt hat. Und ich werde dieses Haus zu seinen Lebzeiten nicht mehr betreten. Solltest du darauf bestehen, ausführlicher darüber zu sprechen, werde ich dich bitten, nach Hause zu gehen.«

»Priss, ich kann es nicht ertragen, daß du dich für etwas bestrafst, das nicht wichtig ist«, sagte Mike drängend. »Glaube mir, ich habe nie . . .«

»Mike!«

»Schon gut«, erwiderte Mike und hatte ein salziges Prickeln in Augen und Kehle. »Dann werden wir eben nicht darüber reden. Erzähl mir etwas über diese Sache mit dem . . . wie heißt es doch gleich – DOT? Department of Transportation? Die Sache mit der Verkehrsbehörde. Erzähl mir von dem alten Haus.«

Priss musterte sie mit dem hartnäckigen, schiefen Blick, an den sie sich aus ihren High School-Tagen erinnerte, wenn Mike einen Punkt absolut nicht begreifen wollte, den Priss ihr klarzumachen versuchte, oder wenn sie auf einen naheliegenden Schluß nicht kam. In diesem Blick war nicht einmal die kleinste Andeutung von Hilfsbereitschaft.

»Interessierst du dich denn wirklich für das Haus, Mike? Oder für diese Angelegenheit mit der Verkehrsbehörde? Ich denke nicht«, meinte sie.

»Nein«, erklärte Mike und war erleichtert, daß Priss ihre Gedanken gelesen hatte, daß sie wenigstens in diesem Haus nichts vorzutäuschen brauchte. »Es interessiert mich wirklich nicht besonders bis auf die Tatsache, daß es ganz offenkundig ist, daß ich Tag und Nacht davon hören werde, solange ich hier bin. Es scheint ihn ungeheuer aufzuregen – meinen Vater, meine ich –, und das ist selbstverständlich nicht gut für jemanden, der einen

Schlaganfall hinter sich hat. Mir ist es völlig egal, was mit diesem alten, heruntergekommenen Farmhaus geschieht – Dee hat vermutlich recht, daß es besser wäre, wenn ihm diese Sorge genommen wäre, denn schließlich bleibt ihm ja noch immer das Land –, aber ich kann jetzt schon sagen, daß er die Klage unter gar keinen Umständen zurückziehen wird, oder was er sonst mit diesem Canaday ausgeheckt hat. Ich fände es nur einfach ganz gut, wenn ich über diese Angelegenheit ein bißchen mehr informiert wäre.«

»Dann solltest du dich wirklich bei Sam Canaday erkundigen«, antwortete Priss. »Über die Einzelheiten und Zeitabläufe weiß ich nur nebulös Bescheid. Ich weiß lediglich, daß die Sache vor etwa sechs Monaten hochgekocht ist. Im Food Giant habe ich gehört, daß der Staat Georgia eine neue Straße vom Neubaugebiet im Westen, in der Gegend von Carrolltown, zur I-85 im Osten bauen will, und daß die dann direkt durch die alte Winship-Farm führen würde. Ich verstehe sowieso nicht, warum sie das machen wollen. Da gibt es doch schon eine Verbindungsstraße, knapp fünf Meilen von hier in Richtung Shelbyville. Die neue Trasse kann doch keinem mehr als zwei Minuten Zeitersparnis bringen. Nun, als nächstes hörte ich, daß dein Daddy Sam Canaday beauftragt hat, dagegen Einspruch zu erheben. Und das ist auch schon alles. Frag Sam. Du hast recht, du solltest wirklich wissen, was da vor sich geht, wenn du schon im Haus lebst – ob du dich nun für den alten Kasten interessierst oder nicht. Seit dein Daddy nicht mehr in der Lage ist, sich ordentlich darum zu kümmern, ist er wirklich zu einem echten Schandfleck geworden.«

»Ich habe nicht die geringste Lust, Sam Canaday irgend etwas zu fragen«, entgegnete Mike. »Er ist ein ungehobelter Klotz, ein Nervtöter und – was noch schlimmer ist – ein ausgesprochener Profi-Südstaatler. Ich habe es bereits mehr als satt, ihn pausenlos volkstümelnd, übertrieben freundlich und baumwollweich durchs Haus stolzieren zu sehen. Ich habe nicht die leiseste

Absicht, mit ihm mehr zu tun zu haben als unbedingt nötig. Es wird mir eine Wonne sein, ihm aus dem Weg zu gehen. Wie hat mein Vater den denn nur aufgegabelt?«

»Nun ja, ich habe ihn vor etwa vier Monaten zu ihm geschickt«, erklärte Priss dunkel und fütterte die weiße Katze mit den wilden Augen mit Schokoladenkeksstückchen, die diese nicht gerade appetitlich verschlang. »Ich wußte, daß John nicht jeden Tag hinauf nach East Point kann, um diesen McDonough aufzusuchen, und in Lytton hat es keinen Rechtsanwalt mehr gegeben, seit sich dein Vater zur Ruhe gesetzt hat. Sam Canaday kam vor etwa einem Jahr nach Lytton und richtete sich ein Büro über dem Eisenwarenladen ein, in den Räumen, die zuvor Doktor Gaddis genutzt hatte – kaum mehr als eine Bruchbude, wenn du mich fragst –, und ich mußte eine kleine rechtliche Frage im Hinblick auf ein Stück Land klären lassen, wollte aber auch nicht nach East Point fahren. Also bin ich zu ihm gegangen. Er hat die Sache zu meiner vollen Zufriedenheit erledigt und mich finanziell auch nicht über den Tisch gezogen. Und so sagte ich ihm, er solle doch mal John Winship wegen dieser Straßen-Geschichte aufsuchen, vielleicht könne er helfen. Er hat es getan, und der Rest ist, wie man so schön sagt, Geschichte.«

»Ich wußte ja gar nicht, daß ehrbare Rechtsanwälte ihre Aufträge durch Klinkenputzen hereinholen«, stellte Mike fest. »Allerdings habe ich auch noch keinen Anlaß zu der Annahme, er sei ein ehrbarer Anwalt.«

»Oh, er ist ehrbar«, erwiderte Priss. »Er hatte bislang noch gar keine Zeit, unehrenhaft zu sein. Hat sein juristisches Examen vor wenigen Jahren gemacht. Zu dem ist er durch ein selbstfinanziertes Abendstudium an der Oglethorpe University gekommen, soviel ich weiß. Er kam direkt aus Atlanta und hängte sein Firmenschild raus. Ich glaube, ich war seine erste Klientin, und John ist sein zweiter. Viel mehr werden es allerdings kaum werden. Die Leute hier mögen ihn nicht besonders.«

»Das kann ich nachempfinden«, sagte Mike.

»Nein, ich glaube kaum«, entgegnete Priss. »Der Grund dafür ist vielmehr der, daß er eines Tages kurz nach seiner Ankunft hier in der Sonntagsschule aufgestanden ist und diesem aufgeblasenen alten Narren Horace Tait glatt sagte, er kenne sich im Alten Testament nicht aus, um danach eine Rede über die Integration zu halten.«

»Großer Himmel, tatsächlich?«

»Tatsächlich. Du weißt – das heißt, du weißt vermutlich nicht –, daß sich Horace Tait für den größten Fachmann in biblischer Geschichte seit Auffindung der Schriftrollen aus dem Toten Meer hält. Er plusterte sich auf wie eine Puffotter, und als Sam dann seine kleine Ansprache über alte und neue Propheten sowie über die Bürgerrechtsbewegung hielt, hätte man eine Nadel zu Boden fallen hören können. Melvin und Carrie Sue Hinds standen auf und gingen hinaus. Mir war klar, daß er sich dadurch in Lytton alles verdorben hatte, also lud ich ihn für den Sonntagabend zum Essen ein. Er kam, und seither sind wir befreundet.«

»Das kann ich mir vorstellen.« Mike lächelte sie an, war fast wider Willen interessiert. »Was hat er denn nur gesagt, du meine Güte?«

»Nun, Horace hatte behauptet, daß Esra vom Hohen Priester gesagt worden sei, er sollte doch ins Land Juda zurückfliehen und sein Brot daselbst essen. Da stand Sam auf und sagte, dabei hätte es sich nicht um Esra, sondern um Amos gehandelt. Womit er selbstverständlich recht hatte. Horace wird langsam so senil wie ein alter Ziegenbock. Und während er herumstotterte, erklärte Sam, daß ihn Amos immer an die ›Agitatoren von außen‹ in der Bürgerrechtsbewegung erinnert hätte, an jene, die aus dem Norden gekommen sind und hier ein solches Theater veranstaltet haben, soviel Ärger gemacht haben, daß sie von durchaus liberalen Südstaatlern fast aus der Stadt geworfen wurden, die im Grunde die gleichen Dinge erreichen wollten wie diese Agitatoren. Nun, man hätte die Stille schneiden können, und mich stach der Hafer. Also meinte ich, daß auch ich sie als eine Spur zu scharf und radikal empfunden hätte. Sicher, meinte er, aber wie bei Amos und den anderen wären es immer die schrillen Heiligen von außen, die störenden Schreihälse, die Veränderungen bewirkten, und nicht die von uns hier, die über die Erfahrungen, das Instrumentarium, die Sensibilität und das Verständnis verfügten, die unsere lange Beziehung zu den Schwarzen nun einmal mit sich bringen. Ich wollte von ihm wissen, warum das seiner Meinung nach so sei, und er erwiderte, das läge daran, daß die Schwarzen wir seien, ein Teil von uns selbst, ob uns das nun passe oder nicht. Und daß das Anstreben ihrer echten Befreiung im Grunde eine Art von Selbstverstümmelung sei. Das war der Moment, an dem Melvin und Carrie Sue aufstanden und gingen – als er davon sprach, sie wären ein Teil von uns. Die hatten nicht einmal die Spur einer Vorstellung davon, was er eigentlich sagen wollte. Und dann fuhr er fort und meinte, die wahren Propheten seien schon immer mehr als liberale Humanisten gewesen. Sie seien ebenso Mystiker wie gesellschaftliche Aktivisten, und ihr sozialer Aktivismus entspringe einem stark verinnerlichten Leben, einem ausgeprägten Sinn für Berufung und einer zielstrebigen Besessenheit, einer echten Vision. Wie Gandhi, meinte er. Oder Martin Luther King. Da wußte ich, daß er keine weiteren Klienten in Lytton mehr bekommen würde, und deshalb habe ich ihn zum Essen eingeladen. Und ich behielt recht. Er hat keinen einzigen dazugewonnen.«

»Ich bin überrascht, daß die Leute mit dir noch sprechen«, meinte Mike amüsiert.

»Oh, sie sind nun mal an mich gewöhnt«, erklärte Priss genüßlich. »Jedermann weiß, daß die Comforts schon immer heißblütig, klugschwätzerisch und obendrein halb verrückt waren. Sie sind mit mir aufgewachsen. Sam hat den Fehler begangen, in dem Spiel seinen Mund zu früh aufzumachen.«

»Nun, das war wirklich ziemlich dumm«, erklärte Mike. »Besonders, wenn man bedenkt, daß er sein Examen erst vor ... wieviel Jahren eigentlich ... gemacht hat. Er muß doch in meinem Alter sein, oder älter. Ich frage mich, warum er sich die Mühe eines Examens gemacht hat, wenn er es beim ersten Mal aufs Spiel setzt, wo er den Mund aufmacht. Er muß doch gewußt haben, wie diese Stadt ist. Was hat er eigentlich sonst noch so in seinem Leben gemacht? Chevrolets verkauft?«

»Da wirst du ihn fragen müssen«, erwiderte Priss. »Darum habe ich mich nicht gekümmert. Es interessiert mich nicht die Bohne, was er getan hat. Er ist ein guter Anwalt, er bringt mich zum Lachen – das reicht mir vollauf.«

»Nun, er mag vielleicht klüger sein, als ich angenommen habe, aber ich kann ihn noch immer nicht ausstehen«, sagte Mike. »Er ist ungehobelter als er sein dürfte, wenn er wirklich so verständig ist, wie du sagst. Und er geht für meinen Geschmack zuviel in unserem Haus ein und aus. Er nennt Daddy ›Colonel‹. Hast du das gewußt? Wenn ich es höre, könnte ich mich glatt übergeben.«

Ihr wurde bewußt, daß sie das »Daddy« ganz frei und natürlich herausbrachte und spürte, daß ihr aus einem unerklärlichen Grund die Hitze in den Kopf stieg.

»Warum sollte es wichtig sein, wie er deinen Vater nennt, wenn du nicht mit ihm zusammensein willst, wenn du dich für diese DOT-Geschichte ganz und gar nicht interessierst? Wichtig ist doch nur, daß John ihn mag und ihm vertraut – so etwas ist bei ihm nicht gerade häufig. Du solltest doch froh sein, daß er Gesellschaft hat und dir nicht dauernd am Schürzenzipfel hängt. Wie kommt ihr eigentlich so miteinander aus, John und du?« fragte Priss Comfort. Sie sah Mike forschend an.

»So gut wie nötig«, erwiderte Mike. »Er hat sich so sehr

verändert, daß man das Gefühl hat, mit einem Fremden zusammen zu sein. Er ist verschroben und übellaunig, aber darum schere ich mich nicht besonders. Wie schon gesagt, plane ich nicht, allzu häufig bei ihm zu sein. Am Montag kommt eine tüchtige Frau, die tagsüber bis zum Nachmittag bei uns bleibt, um uns zu helfen, Sam erscheint abends und J. W. ist auch noch da. Daddy braucht mich nicht oft zu sehen, wenn er nicht will, und ich denke, das paßt ihm ebenso wie mir. Wir können schließlich höflich miteinander umgehen; zumindest kann ich das, und es ist mir absolut gleichgültig, was er zu mir sagt. Er kann mich nicht mehr verletzen. Was er von mir hält, ist schon seit langem nicht mehr wichtig für mich, Priss.«

»Meine arme Mike«, sagte Priss Comfort weich, und Mike starrte sie an, als hätte sie nicht richtig gehört. Priss sah aus dem Fenster des Wohnzimmers, wo das leuchtende Licht des Nachmittags langsam in die Malvenfarbe des frühen Abends überging. Sie sagte nichts weiter.

»DeeDee ist davon überzeugt, daß Sam Canaday hinter dem Geld meines Vaters her ist«, sagte Mike in das Schweigen hinein. Mehr um Priss zurückzuholen als aus irgendeinem anderen Grund.

»DeeDee ist auf Geld fixiert«, stellte Priss fest. »Sie hat so lange Zeit keins gehabt, daß sie jetzt annimmt, es sei der Grund dafür, daß alle überall alles tun. Dein Vater hat kein Geld, das der Rede wert wäre, Mike. Er hatte nie welches, bis auf die Summe, die er für dein Studium zurückgelegt hatte ...« Sie stockte, brach ab und sah Mike an. Mike gab den Blick gleichmütig zurück.

»Alles was er hat, ist diese alte Farm«, fuhr Priss fort. »Und bei den Preisen, die hier unten für Grundbesitz gezahlt werden, und wie es da liegt – wie ein toter Hund im Straßengraben –, ist es auch nicht viel wert. Ich halte den Preis, den ihm das DOT geboten hat, für mehr als fair. Die Sache ist nur, daß er das Geld nicht braucht. Er wird vermutlich längst tot sein, bevor er es ausgeben kann. Es ist das Land, das er braucht.«

»Warum um alles in der Welt?« fragte Mike. »Wenn er so bald sterben wird, wozu braucht er denn dann dieses dumme Land? Das klingt doch genau wie Gerald O'Hara: ›Das Land ist es, was zählt, Katie Scarlett. Kümmere dich um das Land.‹ Glaubt er denn, daß es die Familie reich machen wird? Ich will es auf gar keinen Fall haben. DeeDee wird es sowieso bekommen. Er weiß, daß es in der Familie bleiben wird ...«

»Ich habe keine Ahnung, warum er das dumme Land, wie du es nennst, so dringend braucht«, erwiderte Priss ernst. »Ich weiß nur, daß es nun einmal so ist. Vielleicht war es das, was ihn bis heute am Leben gehalten hat, ihn ein Jahr der Krebserkrankung und zwei Monate des Schlaganfalls überstehen ließ. Es hat schon immer eine große Macht auf ihn ausgeübt. Ich war stets davon überzeugt, daß er nach deiner Mama das Land mehr als alles in der Welt liebt. An deiner Stelle würde ich meine Zunge hüten, Mike. Es ist nicht an dir, darüber zu urteilen, was ein Mensch liebt.«

»Und ich dachte, du würdest ihm nie vergeben«, sagte Mike, und die Worte klangen in ihren eigenen Ohren verdrossen. Doch Priss' Sätze hatten sie nachdenklich gestimmt wie immer, und die Fortdauer kindlicher Gereiztheit gefiel ihr nicht.

»Das mache ich auch nicht – für das, was er dir angetan hat«, entgegnete Priss gelassen. »Aber das heißt nicht, daß ich demgegenüber blind bin, was ihm weh tut. Oder daß ich so verhärtet wäre, daß ich mich nicht zumindest ein wenig um ihn sorgen würde. Was man von seiner jüngeren Tochter offenbar nicht sagen kann.«

»Warum sollte ich?« fragte Mike und sah Priss in dem zunehmenden Zwielicht direkt an. »Er sorgt sich auch nicht um mich. Und mir ist es egal, daß es so ist. Wir sind erwachsene Menschen. Nun wissen wir zumindest, woran wir sind ...«

»Ich frage mich ...« begann Priss Comfort, sprach dann aber nicht weiter.

»DeeDee ist in einer ziemlich schlechten Verfassung«, stellte Mike schließlich fest. Sie wußte, daß sie zum Haus an der Pomeroy Street zurückkehren sollte, daß ihr Vater aus seinem Schläfchen erwachen und allein sein würde. Aber trotz der kleinen Sticheleien im Gespräch mit Priss wollte sie die warme Zeitlosigkeit dieses Wohnzimmers nicht verlassen.

»Nun, du hast sie ja gesehen«, meinte Priss. »Sie sieht wirklich schrecklich aus, und ich könnte mir vorstellen, daß es auch mit ihrer Gesundheit nicht zum Besten steht, bei all dem überflüssigen Gewicht, das sie da mit sich herumschleppt. Es muß eine Qual für sie sein, so auszusehen - so hübsch, wie sie immer gewesen ist, und so stolz darauf. Und dann haben sich die beiden Kinder auch nicht gerade positiv entwickelt. Der Junge ist vor einem Jahr verschwunden, nachdem es da ein paar komische Sachen in dem Autozubehörladen in Red Oaks gegeben hat, in dem er arbeitete. Der hat es nie lange in einem Job ausgehalten, genau wie sein Pa. Und das Mädchen hat gleich nach seinem sechzehnten Geburtstag geheiratet und ist mit ihrem Tunichtgut von einem Ehemann per Motorrad auf und davon. Ich habe erfahren, daß sie inzwischen geschieden sein soll und offenbar in einer Art Badeort in der Nähe von Panama City arbeitet. Sie ist jetzt nicht älter als neunzehn, und Little John, wie DeeDee ihn immer noch nennt, ist dreiundzwanzig. Sie waren eine große Enttäuschung für sie, auch wenn sie das nie zugeben würde, sondern über sie spricht, als hätten sie ihre Examina *summa cum laude* auf einem der besten Ivy League-Colleges der Nation gemacht.«

»Ah, die arme DeeDee«, sagte Mike. »Ich dachte, Daddy hätte so eine Art Treuhandfonds für Little John eingerichtet - irgend etwas, was ihm ein Studium ermöglicht.«

»Ja, das hat er auch getan«, sagte Priss. »Das weiß ich. Aber dieser Junge hätte doch nicht einmal das erste Semester des Georgia College für Barmixer geschafft. Wie sein Vater. Duck schafft es noch immer nicht, einen anständigen Lebensunterhalt zu erwirtschaften. So war es doch immer. Er hat DeeDee in dieses gräßliche kleine Minihaus außerhalb der Stadt neben dem alten Trailerpark gesteckt, auf dem er aufgewachsen ist, und nun hat er auch noch diese verdrehte alte Eule von seiner Mutter dort einquartiert, damit sich DeeDee um sie kümmert. Sie könnte also nicht einmal an die Schule zurückkehren, um sich zusätzlich etwas Geld zu verdienen – selbst wenn sie es wollte.«

»Ich dachte, Duck wäre im Immobiliengeschäft ganz groß herausgekommen«, meinte Mike. »Auf dem Weg vom Flughafen hat er mir erzählt, daß South Fulton einen echten Boom erlebt...«

»South Fulton County mag ja durchaus auf der Schwelle eines Booms stehen, aber Duck Wingo befindet sich vor keiner anderen Schwelle als der zum Bankrott, und das wird immer so sein«, stellte Priss fest. »Er hält es in keinem Job aus. Keine Ahnung, wieviele er eigentlich so im Laufe der Jahre gehabt hat. Der einzige Besitz, den er hat, sind die Krumen, die man ihm zuwirft...« Sie brach abrupt ab. »Aber«, fuhr sie dann fort, »dein Daddy ist alles, was DeeDee geblieben ist. Er und die Tatsache, eine Winship zu sein; was natürlich keine schlechte Sache ist, aber auch nicht mehr das, was es einmal war. Die Hälfte der Einwohner sind zugezogen. Sie wissen weder, wer DeeDee noch wer dein Vater ist. DeeDee würde davon natürlich nichts wissen wollen. Es ist der Rettungsring, an den sie sich klammert. In ihrer Vorstellung ist sie noch immer die hübsche, verhätschelte, kleine DeeDee Winship, der Augapfel ihres Vaters und die Erbin seines Namens sowie der altehrwürdigen Familienplantage. Kein Wunder, daß sie denkt, Sam Canaday sei hinter Johns Geld her. Ich glaube, es wurmt sie ungeheuer, daß John inzwischen Sam lieber um sich zu haben scheint als sie.«

»Nun«, erwiderte Mike, »mit ihr ist manchmal aber auch nicht gut Kirschen essen, Priss. Seit meiner Ankunft hat sie mich nahezu pausenlos bis aufs Blut gereizt.«

»Das wundert mich ganz und gar nicht«, antwortete Priss. »Überleg doch mal, wie du auf sie wirken mußt. Elegant, großstädtisch, in ihren Augen sogar berühmt, ohne die Fesseln eines nicht gerade erfolgreichen Ehemanns und eher ungeratener Kinder, mit viel Geld, einer klugen Tochter ...«

»O Gott, die arme Dee«, sagte Mike noch einmal und lächelte unwillkürlich. »Wenn sie wüßte! Aber immerhin ist sie es doch gewesen, die mich gebeten hat, herzukommen ...«

»Aber er war es, der als erster nach dir gefragt hat«, wandte Priss ein. »Vergiß das nicht. Er ist alles, was sie noch hat, und nun muß sie ihn mit Sam Canaday und dir teilen. Ich bin zwar auch nicht allzu gern mit ihr zusammen, kann aber verstehen, warum sie so ist wie sie ist.«

»Nun, das kann ich selbstverständlich auch, nachdem du mir das alles über sie erzählt hast«, meinte Mike. »Wer hat dir eigentlich gesagt, daß Daddy nach mir gefragt hat?«

»Sam«, erwiderte Priss.

»Langsam habe ich den Eindruck, daß Sam Canaday zu gottverdammt gut Bescheid über die Winships weiß, mich eingeschlossen«, schnappte Mike und stand auf, um zu gehen. »Wenn du es mir erlaubst, werde ich dich morgen wieder besuchen.«

Sie hatte fast schon die Tür des kleinen Hauses erreicht, als Priss Comfort sagte: »Warte, Mike. Da ist noch etwas, das du wissen solltest, glaube ich.«

Mike drehte sich um und sah sie an. »Was?«

»Bayard Sewell hält sich auch oft im Haus an der Pomeroy Street auf«, sagte Priss. Ihre Stimme war neutral, gelassen, aber Mike erspürte doch etwas darin, eine vorsichtige Art behutsamen Vortastens.

»Bayard Sewell?« echote Mike. »Bay?«

»Ja«, sagte Priss. »Normalerweise verläßt er recht früh das Büro und kommt gegen vier Uhr zu deinem Vater auf ein Glas und einen Schwatz. Das macht er, seit er mit dem College fertig ist. Er hat John sehr gern und war sehr gut zu ihm, besonders nach der Sache mit dem Krebs. Er ist jetzt geschäftlich unterwegs, denke ich, wird aber in ein paar Tagen zurück sein. Ich möchte nicht, daß du von seiner Anwesenheit im Haus überrascht wirst. Er sagt, er freue sich, dich wiederzusehen, aber ich wußte nicht, wie du darüber denkst. Ich weiß ja nicht einmal, ob du darüber informiert warst, daß er immer noch in Lytton ist...«

Priss' Stimme verlor sich. Mike schwieg. Die gläserne Glocke schloß sich eng um sie, und durch sie hindurch, die das Innere des kleinen Wohnraumes und die hitzestarren Bäume und Sträucher vor den Fenstern wie Kristall durchließ, empfand Mike absolut nichts.

»Das wußte ich in der Tat nicht«, erklärte sie leichthin. »Und ich bin froh, daß du es mir gesagt hast. Es wird schön sein, ihn wiederzusehen. Ich freue mich, daß er Daddy noch immer gern hat und ihn häufig besucht. Daddy war immer verrückt nach Bay, wie du weißt. Wie geht es ihm? Was tut er so in Lytton? Ich war eigentlich davon überzeugt, daß er in irgendeine Großstadt ziehen würde...«

»Er macht sich so gut, wie man das von ihm erwartet hätte«, erwiderte Priss. »Wenn du mich fragst, sogar mehr als gut. Er kam nach dem Studium hierher zurück. Du weißt natürlich, daß ihm John die Ausbildung bezahlt hat, und er betont immer wieder, wie dankbar er John sei, wie sehr er in seiner Schuld stehe. Und das sollte er ja auch. Dein Daddy hat ihm den Start ins Immobiliengeschäft ermöglicht, indem er ihm dreißig Morgen Land vom Grund und Boden der alten Farm für den Anfang gab und ihn ein paar wichtigen Leuten in Atlanta vorstellte, Leuten aus seiner alten Kanzlei. Bayard hat alle in ihn gesetzten

Erwartungen erfüllt. Er ist einer der erfolgreichsten Immobilienmakler hier in der Umgebung und hat fast alle Ämter und Würden eingeheimst, die in diesem Teil des County zu vergeben sind – er war fast zehn Jahre lang Bürgermeister –, und er ist erst kürzlich in die Justizverwaltung des Staates gewählt worden. Und obendrein ist er hier auch noch immens beliebt. Ich habe gehört, daß man darüber nachzudenken beginnt, ihn in ein paar Jahren zum Gouverneur zu machen. Also hat er recht. Er schuldet deinem Daddy sehr viel. Aber um ihm auch gerecht zu werden: Er ist ebenso verrückt nach John wie John nach ihm. Er hat Duck in seine Firma aufgenommen, obwohl ich mich frage, wie er den davor bewahrt, das Unternehmen in den Ruin zu treiben, und er verbringt mehr Zeit mit DeeDee und Duck, als einem normal empfindenden Menschen zuzutrauen wäre. Ich habe gehört, daß nur ihm zu verdanken ist, wenn der Junge jetzt nicht im Gefängnis sitzt. Und wie ich schon sagte, ist er fast täglich bei deinem Dad, und wenn es nur für eine Minute ist. Ein Sohn könnte John nicht näher stehen.«

»Er hat schon immer sehr an Daddy gehangen«, sagte Mike unverbindlich. »Wie schön, daß es ihm so gut geht. Aber daran habe ich eigentlich nie gezweifelt. Was ist mit seiner Familie? Er wird doch eine Familie haben?«

»O ja, eine Familie und ein herrliches Haus in eurer Nähe, nur um die Ecke. Er hat es vor geraumer Zeit gebaut, nachdem er die alte Pension, in der seine Mutter und er gewohnt haben, als ihr noch Kinder gewesen seid, gekauft und abgerissen hat, um das Gelände aufzuteilen und mit Neubauten zu bestücken. Er ist dann in den größten Neubau gezogen. Hat einen Swimmingpool und das alles. Ja, er hat Sally Chambers geheiratet, nachdem er das College abgeschlossen hat – erinnerst du dich an sie? Dieses kleine, blonde Cheerleadermädchen aus der Gegend von College Park? –, und sie haben zwei nette Kinder. Außergewöhnliche Jungen, ganz ausgezeichnet in der

High School, genau wie ihr Vater, und sie gehen auf wirklich gute Schulen. In diesem Sommer sind sie im Ferienlager, glaube ich. Ihr Ältester, Win – sie haben ihn nach deinem Vater Winship genannt –, ist im Swimmingpool ertrunken, als er gerade fünf Jahre alt war. Ist lange her. Ich glaube nicht, daß Bay darüber hinweggekommen ist. Sally ist es mit Sicherheit nicht. Sie ist recht . . . schwach. Er hat im Laufe der Jahre ein paar böse Zeiten mit ihr durchmachen müssen, liebt sie und die Jungen aber unendlich. Läßt sie nie allein. Sie kommen ausnahmslos jeden Sonntag zur Kirche, bis auf die Zeiten, in denen Sally im Krankenhaus ist . . .«

»Hat sie irgendeine bestimmte Krankheit?« erkundigte sich Mike höflich. Ihr kam es so vor, als höre sie Neuigkeiten über alte Bekannte, die sie schon fast vergessen hatte.

»Nun, wie ich schon sagte, sie ist labil«, erklärte Priss. »Sie war schon in den unterschiedlichsten psychiatrischen Institutionen.«

»Das tut mir leid«, erwiderte Mike. »Das kann auch für Bay nicht gerade einfach gewesen sein.«

»Das weiß man nicht so recht«, meinte Priss. »Er beklagt sich nicht.«

»Nein. Jedenfalls danke ich dir, daß du es mir erzählt hast«, sagte Mike. »Ich frage mich, warum mir Daddy nichts darüber gesagt hat, daß er in Lytton ist.«

»Sam hat ihm das Versprechen abgenommen, es nicht zu tun, bevor ich mit dir gesprochen und herausgefunden habe, wie du darüber denkst«, sagte Priss. »Wir waren uns nicht sicher, ob du ihn sehen willst. Es ist ein reiner Zufall, daß er jetzt gerade nicht da ist.«

»Nun, wie soll ich schon darüber denken?«, fragte Mike. »Ich freue mich für Bay und Daddy, daß ihre Beziehung so angenehm ist, bin entzückt, daß er soviel Erfolg hat, aber das mit seiner Frau und seinem Sohn tut mir aufrichtig leid. Das ist alles. Wirklich, Priss, das ist alles schon so lange her. Ich denke nie mehr daran.

Ich habe kaum je daran gedacht, nachdem ich von hier fortgegangen bin.«

Sie schwieg einen Moment lang und fragte dann: »Weiß Sam Canaday von ... Bay und mir?«

»Ja«, erwiderte Priss. »Das weiß er, und auch die Sache mit deinem Vater – alles.«

Wieder zuckte schwacher Zorn durch die Glasglocke.

»Es überrascht mich, daß Daddy ihm davon erzählt hat«, sagte sie. »Ich habe angenommen, er wolle das vergessen. Ich dachte, er *hätte* es vergessen oder zumindest verdrängt. Jedenfalls tut er mir gegenüber so. Es paßt mir einfach nicht, daß dieser ... Winkeladvokat alles über mich weiß.«

»Es war nicht dein Vater«, erklärte Priss sanft. »Ich habe es ihm erzählt.«

»*Warum?* Warum mußtest du das alles vor einem absolut Fremden ausbreiten?« Die Vorstellung, daß der glatthaarige, träge lächelnde Mann, der ihr sein Wolfsgrinsen zeigte, ihren privatesten Kummer kannte, ließ Mike zusammenzucken, als hätte er ihren Körper mit allzu zudringlichen Händen berührt.

»Ich dachte, er sollte es wissen«, erklärte Priss Comfort.

Abrupt fiel die Verärgerung von Mike ab. Sie zuckte mit den Schultern. Die Erschöpfung von gestern kam mit saugenden Händen und Füßen zurückgekrochen.

»Nun ja, das ist nicht wichtig«, sagte sie. »Früher oder später hätte er es sicher ohnehin von jemandem erfahren. Für Lytton muß es die größte Sensation seit der Baumwollkapselkäferplage gewesen sein.«

»Du würdest dich wundern«, sagte Priss.

Als sie in der Einfahrt zum Haus an der Pomeroy Street aus dem großen alten Cadillac stieg, entdeckte Mike direkt vor sich einen kleinen, staubigen Toyota mit einem Oglethorpe-Aufkleber an der Stoßstange. Sie wußte, daß Sam Canaday zurückgekehrt war, um ihrem Vater einen Besuch abzustatten. Sie würde direkt in ihr Zimmer hinaufgehen, sich hinlegen und abwarten, bis er wieder gegangen war, bevor sie sich ein Abendessen zubereitete. Sie wußte, daß er darauf achten würde, daß ihr Vater etwas zu sich nahm, und sie selbst war noch nicht hungrig. Die Hitze war immer noch schwer und drückend. Sie tötete neben der Energie auch jeglichen Appetit.

J. W. Cromie kam mit einem Schlauch um die Ecke der Garage, als Mike zur Haustür ging.

»N'Abend, Miss Mike«, sagte er, tippte sich an die Baseballmütze und ging weiter.

Sie seufzte. »Guten Abend, J. W.«, sagte sie und ging auf sein Werkzeug ein. »Willst du ein wenig sprengen?«

»Yessum«, antwortete er über die Schulter hinweg. »Seit Ende April hat es praktisch nicht mehr geregnet. Das Gras ist total verbrannt. Sieht ganz so aus, als kriegen wir eine lange Trockenperiode.«

»Das kann man wohl sagen«, erwiderte Mike, wandte seiner hochgewachsenen Gestalt den Rücken zu und ging über die breiten, hallenden, alten Dielenbretter der Veranda. Aber sie sagte es so leise, daß er es nicht hörte.

16

In diesen ersten Tagen in Lytton hatte Mike häufig das Gefühl, besonders wenn sie an einem der alten, fleckigen Spiegel im Haus ihres Vaters vorbeikam, daß hinter ihr die körperlose Gestalt eines jungen Mädchens mit fliegenden Haaren und leicht verschwommenen grauen Augen schwebte. Das Mädchen war nicht deutlich zu erkennen, und sein Bild wurde hinter Mikes eigenem Spiegelbild nicht schärfer, aber es war beunruhigend und seltsam herzerweichend. Der verschwommene Anblick - besser war Eindruck, denn Mike sah das Mädchen nie einwandfrei - brachte ihr mitunter einen salzigen Geschmack in die Kehle.

Das Mädchen war natürlich sie selbst. Das wußte Mike, und sie wußte auch, daß seine Erscheinung in diesem Haus der verschütteten Erinnerungen und des wartenden Todes ganz und gar nicht eigenartig war. Im Grunde wäre die Abwesenheit eines solchen Phänomens sogar merkwürdiger als sein Auftauchen. Dennoch ertappte sie sich dabei, schnell zur Seite zu blicken, wenn sie an einem Spiegel vorbeikam. Bald darauf verzichtete sie ganz darauf, in einen zu schauen, bis auf jene Momente am Morgen, wenn sie sich die Haare bürstete oder einen Hauch Lippenstift auftrug. Sie wollte ihrem längst toten Selbst nicht in irgendwelchen Spiegeln oder auf Treppen begegnen, wollte keine Konfrontation mit dieser verletzlichen Erscheinung in den heißen, drückenden Nächten. Sie befürchtete, daß dieses verwundete Gespenst trotz der Glocke zurückgekrochen kommen könnte, um die Frau heimzusuchen, die sie Stein für Stein in der Krypta ihres Schmerzes eingemauert hatte. Sie hatte Angst, daß sie angesichts der Reduzierung und Besessenheit ihres Vaters und dadurch, daß sie täglich dem Tod ins Auge sah, der hinter ihm stand, sich in die Kindheit zurückziehen könnte, so wie es John Winship tat. Priss Comforts Worte über Reue und Gewissen gingen ihr am ersten Wochenende im Haus an der Pomeroy Street nicht aus dem Kopf.

Lavinia Lester erwies sich als Geschenk des Himmels. Sie erschien am Montagmorgen nach Mikes Besuch bei Priss Comfort, stand Punkt acht vor der Tür, bevor John Winship erwacht war und Mike noch immer im Hausmantel und mit nackten Füßen in der Küche herumwerkelte und Kaffee trank. Sie reagierte auf das Klingeln mit aufgeräumtem Lächeln und darauf vorbereitet - das gestand sie sich später ein -, eine mollige, strahlende Rusky oder deren zeitgenössisches Faksimile vor sich zu sehen, sah sich aber statt dessen einer hochgewachsenen, schlanken, gleichmütigen Schwarzen mit einer chicen Brille auf der Nase gegenüber. Die Frau trug einen weißen Nylonanzug, weiße Krankenschwester-Halbschuhe und eine riesige Tasche, in der Mike ein Paar Gummisandalen, eine gelbe Bouclé-Jacke, eine ordentlich zusammengerollte *USA Today*, eine Kunststoff-Thermosflasche, eine weiße *McDonald's*-Tüte und verblüffenderweise eine kastanienfarbene Pagenkopfperücke entdeckte. Mike hatte unbewußt eine freundliche, anmutige und mädchenhafte Willkommensrede vorbereitet, in der ein hohes Lob für Lavinia Lesters Pünktlichkeit ebenso vorgesehen war wie eine eidesstattliche Absichtserklärung, sich »von Lavinias Küche fernzuhalten und nicht im Wege herumzustehen«, aber auch entschiedene Dankbarkeit dafür, daß die Frau die Stellung angenommen hatte. »Es ist rasend nett von Ihnen, uns so kurzfristig aus der Patsche zu helfen«, lag ihr schon auf den Lippen, erstarb jedoch glücklicherweise und ganz selbstverständlich unter dem taxierenden Blick durch die grünen Polaroid-Gläser. Es war die Art Satz, die früher einmal unwillkürlich dem Rusky-Frauentyp aus dem Süden gegenüber angewandt wurde; die Art von Worten, die ihr nicht mehr über die Lippen gekommen waren, seit sie von hier fortgegangen war, und Mike zuckte unter ihrer Rückfälligkeit innerlich zusammen. Sie streckte die Hand aus und sagte: »Ich bin Micah Winship. Ich freue mich, daß Sie da sind.«

»Ich bin Mrs. Lester«, sagte die Frau. Sie war zwei oder drei Zentimeter größer als Mike und fast ebenso dünn, aber sie vermittelte keineswegs den Eindruck von Hagerkeit. Sie hielt sich sehr gerade, ihr Kopf saß sehr aufrecht auf dem langen Hals. Ihr gutgeformter Kopf trug einen kleidsamen Kurzhaarschnitt, und da war nicht das geringste Anzeichen von Alter oder Schlaffheit um Mund und Kinn. Sie war durchaus keine schöne Frau, aber eine sehr attraktive, und Mike dachte, daß sie genau die Art von Krankenschwester sein mußte, die ihre Patienten durch ihre reine Autorität und Persönlichkeit heilte und nicht durch warmherzige, liebevolle Freundlichkeit. Ihre Stimme war neutral und klar, und obwohl es unmöglich war, ihr Alter einzuschätzen, wußte man doch sofort, daß sie nicht mehr jung war. Diese Art von Selbstsicherheit wächst nicht im Land der Jugend.

»Bitte, kommen Sie doch herein«, sagte Mike. »Ich werde Ihnen zeigen, wo Sie Ihre Sachen verwahren können, und dann werde ich Sie durch das Haus führen, bevor Daddy aufsteht. Ich habe Ihnen ein kleines Schlafzimmer neben dem meines Vaters vorbereitet, für den Fall, daß Sie gern einen Raum zum Wechseln Ihrer Kleidung hätten und in dem Sie sich ausruhen können, wenn er schläft oder fernsieht. Mit dem Zimmer ist ein Bad verbunden, das Sie sehr gern benutzen können, falls Sie mögen.«

»Ich kenne dieses Haus«, sagte Lavinia Lester. »Und ich kenne Mister Winship. Ich bin mehrmals hier gewesen, als er noch praktizierte. Er hat das Testament meines Mannes für mich vollstreckt, sich um den Besitz gekümmert und mir dabei geholfen, einen Treuhandfonds für meinen Sohn einzurichten.«

»Oh«, sagte Mike mehr als erstaunt. Sie war eine beeindrukkende Frau, aber sie war unabweisbar schwarz. Eine schwarze Klientin in diesem Haus? »Nun, dann kommen Sie, trinken Sie eine Tasse Kaffee, während ich ihn wecke. Ich habe gerade frischen gebrüht.«

»Ich habe meinen eigenen in einer Thermosflasche mitgebracht, vielen Dank«, sagte die schwarze Frau, aber sie klang nur gelassen, nicht abweisend. »Ich habe mir auch meinen Lunch mitgebracht. So brauchen Sie sich nicht um Essen für mich zu sorgen. Es wird mir eine Freude sein, Mister Winships Frühstück und Mittagessen zuzubereiten, und Ihnen beiden etwas zum Abend bereitzustellen, wie Mister Canaday gesagt hat, aber es paßt mir besser, mein eigenes Essen mitzubringen und es zu mir zu nehmen, nachdem Mister Winship gegessen hat. Ich esse später als die meisten anderen Leute.«

»Nun, wenn Sie das so wollen«, sagte Mike. Sie nahm an, daß sie nun hätte protestieren, einwenden sollen, daß die paar zusätzlichen Lebensmittel absolut nichts ausmachten, aber sie spürte, daß diese Person genau das meinte, was sie sagte, und darüberhinaus hätte sie es mit Sicherheit ebensowenig geschätzt, ihr Essen mit John Winship einzunehmen wie der mit ihr. Eine Anstellung war eine Sache, die Intimität eines gemeinsamen Mahles eine ganz andere. Mike stieß innerlich einen Seufzer der Erleichterung aus. Sie hatte befürchtet, daß irgend etwas an dieser Frau ihren Vater zu einem seiner schnellen, schwachen, ausfälligen Wutausbrüche provozieren könnte, aber sie sah nichts, weder Haken noch Unebenheiten auf dieser glatten, gefälligen Oberfläche, die sein Blut zum Kochen bringen könnten.

»Ich sollte Sie vielleicht darauf hinweisen, daß mein Vater unter Umständen nicht mehr so ist, wie Sie ihn in der Erinnerung haben«, sagte sie. »Ich fürchte, daß sein geistiges Befinden und seine Stimmung zur Zeit nicht die besten sind.«

»Die meisten Menschen, die einen Schlaganfall erlitten haben, unterliegen Veränderungen in der Persönlichkeit«, erklärte Mrs. Lester. »Und Krebs verursacht fast immer tiefe Depressionen. Machen Sie sich keine Sorgen, Miss Winship, ich bin an beides gewöhnt.«

»Nennen Sie mich Mike«, sagte Mike. »Ich wüßte nicht, mit wem Sie reden, wenn Sie mich Miss Winship nennen.«

»Mike«, sagte Lavinia Lester mit einem kleinen, förmlichen Lächeln. Aber sie forderte Mike nicht auf, sie Lavinia zu nennen, und so tat es Mike auch nicht. Sie verließ die Küche in dem eigenartigen Bewußtsein, zu einem Wettbewerb gedrängt zu sein, von dem sie gar nicht gewußt hatte, daß es ihn gab, aber auch darüber erleichtert, daß von ihr keine leutselige Spülbekken-Kameraderie verlangt werden würde. Als könnte sie in die Zukunft sehen, wußte sie, daß Lavinia Lester tüchtig, verläßlich, ruhig, kompetent und unaufdringlich sein würde, und daß sie – wenn sie nicht mehr gebraucht wurde – das Haus an der Pomeroy Street ebenso rätselhaft verlassen würde, wie sie es heute früh betreten hatte.

»Gut«, sagte Mike zu sich selbst und ging zu ihrem Vater, um ihn zu wecken, während sich Mrs. Lester wie selbstverständlich daran machte, sein Frühstück vorzubereiten. »Ich werde jede Menge Zeit für mich haben und muß keineswegs mit ihr zusammen *Wheel of Fortune* gucken. Sie wird ohnehin *MacNeil-Lehrer* bevorzugen. Und todsicher wird sie nicht wetten.«

Das Schlafzimmer ihres Vaters war dasselbe, das er schon während Mikes Kindheit und Jugend benutzt hatte, ein großer, quadratischer Raum mit hoher Decke und Stuckkronen, im hinteren Bereich des oberen Stockwerks, seinem Arbeitszimmer direkt gegenüber. Neben ihm befand sich ein schlichtes Bad sowie das kleine Zimmer hinter dem großen Wohnraum, das Mike für Lavinia Lester in Ordnung gebracht hatte. Ihr eigenes Zimmer war davon so weit entfernt, wie in diesem Haus möglich. Sie wußte nicht, ob das seiner Absicht von vor langer Zeit entsprach oder reiner Zweckdienlichkeit. Ihr Zimmer lag unter dem Dach über dem Eßzimmer und führte auf den Vorgarten und die Pomeroy Street hinaus. DeeDee hatte das Zimmer ihr gegenüber gehabt, über dem Wohnzimmer und auf derselben Seite wie ihr Vater. Jetzt war es wie die anderen Räume im oberen Stock mit Ausnahme Mikes geschlossen und, wie Mike herausfand, als sie am Türknauf drehte, auch verschlossen. Aus welchen Gründen interessierte sie nicht besonders.

Sie klopfte leise an die geschlossene Tür ihres Vaters, erhielt keine Antwort, öffnete und machte einen oder zwei vorsichtige Schritte in den Raum hinein. Die Gardinen waren zugezogen, es war dunkel und die alte Klimaanlage gab müde hallende Geräusche in dem hohen Raum von sich, genau wie in ihrem eigenen Zimmer. Sie blickte sich zögernd um. Sie hätte an ihren Händen abzählen können, wie oft in ihrem Leben sie sich in diesem Raum aufgehalten hatte. Nicht einmal DeeDee hatte sich hier häufig blicken lassen, wenn auch öfter als Mike. Irgendwie war es in ihrer Kindheit undenkbar gewesen, John Winship in dem Raum zu stören, in dem er schlief, sich an- und auszug, seine Kleidung aufbewahrte. Was, wenn sie ihn nun nackt gesehen hätte? Sie wäre mit Sicherheit erblindet – davon war sie damals fest überzeugt gewesen. Auch jetzt war es Mike hier unbehaglich, ganz unbewußt bewegte sie sich auf Zehenspitzen, und als sie ihn ansprach, flüsterte sie. Er war nicht in seinem Bett.

»Was willst du?« fragte er mit der dünnen, mürrischen Stimme des neuerdings alten Mannes, und sie zuckte zusammen, drehte sich in die Richtung des Klangs. Er saß in seinem Rollstuhl in der Ecke des Zimmers komplett angezogen in der Dunkelheit. Er las nicht, sah nicht durch das Fenster in den Garten, döste nicht. Saß einfach da, sah direkt geradeaus, als sie in sein Blickfeld kam.

»Nun sieh mal an«, sagte sie aufgeräumt-fröhlich wie zu einem Kind. »Du bist ja schon völlig angezogen. Ich wußte ja gar nicht, daß du das allein kannst. Seit wann bist du schon auf?«

»Seit fünf Uhr, wie jeden Tag«, schnappte er. »Selbstverständlich kann ich mich anziehen. Meinst du denn, ich brauche jemanden, der hereinkommt und mich dann wie ein Baby anpuppt? Hast du angenommen, du müßtest das tun? Frage mich, warum du dann überhaupt gekommen bist.«

Mike verkniff sich eine schroffe Antwort und trat an das Fenster hinter ihm. Sie zog die Vorhänge auf. Im einfallenden Licht sah sie, daß die fast klösterliche Kargheit, die lineare Ordnung einem wilden Durcheinander von Kleidung, Schuhen und aufgehäuften Zeitungen, Zeitschriften und Büchern gewichen waren. Dazwischen bedeckten Teller, Tassen, Gläser, Flaschen und Medizinampullen nahezu jeden Zentimeter freier Bodenfläche. Es war so schlimm wie in Priss' Haus, aber deren Chaos hatte wenigstens noch den Nachhall, den Eindruck einer vitalen, lebendigen Persönlichkeit. Das hier war schlicht Unordnung – alt, schal, sterbend oder bereits gestorben. Unwillkürlich konnte sie ein Aufstöhnen nicht unterdrücken, und ihr Vater riß ihr die Kordel der Vorhänge aus der Hand und zog sie heftig wieder zu.

»Wenn ich es hell wollte, hätte ich die gottverdammten Vorhänge selbst öffnen können«, schnauzte er. »Laß mein Zimmer in Frieden, Micah. Den Rest des Hauses könnt ihr meinetwegen scheuern, bis euch die Knöchel bluten, du und diese hochnäsige Niggerin – aber diesen Raum hier laßt ihr in Ruhe.«

»Ich würde ihn nicht einmal mit der Kneifzange anrühren«, erklärte Mike spröde und umfaßte die Lehne seines Rollstuhls, um ihn in die Küche zu fahren. Dem Duft nach zu urteilen, der ins Zimmer drang, mußte Mrs. Lester sein Frühstück inzwischen fertig haben. Sollte sie ihn doch übernehmen – viel Spaß.

»Und ich kann mich auch selbst bewegen«, fügte er hinzu.

»Gut«, erwiderte Mike friedfertig und drehte sich um, um das Zimmer zu verlassen. Sie würde sich doch nicht die klingende Klarheit der Glasglocke durch diesen nörgelnden alten Mann gefährden lassen. Sie nahm sich vor, ihn von nun an, so komplett und distanziert in Ruhe zu lassen, wie es das Leben unter einem Dach zuließ.

»Warte einen Moment«, sagte er. »Wie heißt sie eigentlich ... diese Niggerin, die du da angestellt hast, damit sie mich beaufsichtigt?«

»Sie heißt Mrs. Lester«, erwiderte Mike ruhig. »Und wenn du sie in ihrem Beisein Niggerin nennst, kann es passieren, daß sie dir den Kopf abreißt. Beim Hinausgehen. Und dann steckst du böse in der Klemme, weil ich dir jemanden suchen werde, der so schlimm ist, daß du den Tag bereust, an dem du deinen Mund aufgemacht hast. Und darüber hinaus jemanden, der absolut taub ist, damit du ihn oder sie nicht fortgraulen kannst. Also, bist du bereit, dich in die Küche zu begeben, oder soll ich Mrs. Lester sagen, du bleibst bis zum Mittag in deinem Raum?«

Es entstand ein langes Schweigen, und dann lachte er so, wie sie es vom Vortag in der Erinnerung hatte: Mit dem Geräusch zermalmter Eierschalen.

»Sag ihr, daß ich sofort komme«, meinte er. »Und daß ich die Kanten von meinem Toast geschnitten haben möchte, *bevor* sie ihn in den Toaster schiebt. Die verfluchten Kanten krümeln überall herum, wenn man sie danach abschneidet. Und sag ihr, daß ich ihr wegen ihres Erscheinens verbunden bin. Sie ist gar nicht so schlecht für einen Nigger. Ziemlich klug. Vor geraumer Zeit habe ich ein paar kleine Dinge für sie erledigt, und sie hat begriffen, was ich ihr sagte, und mich sofort bezahlt. Das sind zwei Dinge, die ich zuvor noch nie bei einem Nigger erlebt habe.«

Mike überhörte die Entschuldigung, die in dieser kleinen Rede enthalten war und verließ das Zimmer mit vor Widerwillen verkrampften Lippen. Sie wußte, daß es sinnlos war, irgendwelche Einwände gegen die unglaublichen Vorurteile ihres Vaters zu erheben, aber zumindest wollte sie sie sich nicht weiter anhören. Als sie die Tür schloß, sich gerade noch zurückhalten konnte, sie nicht zuzuschlagen, hörte sie wieder das Eierschalenlachen.

Sie zog die weißen Hosen und den gestreiften Seemannspullover von L. L. Bean an, den ihr Rachel zum letzten Geburtstag geschenkt hatte *(»Oh, Rachel!«)* und trat aus dem noch kühlen Haus in die Junisonne hinaus. Sie hatte die Schlüssel für den festungsähnlichen alten Cadillac eingesteckt und wollte ein bißchen herumfahren, bevor die morgendlichen Käufer auf den Straßen erschienen. Ihre Gedanken wehrten sich gegen die Vorstellung, auf das Haus mit ihrem Vater darin beschränkt zu sein, und der Tag breitete sich leer und lang vor ihr aus. Spazierengehen schien plötzlich undenkbar, da sie – noch – keine Lust hatte, jemanden zu treffen und zu sprechen, den sie von früher kannte.

Mike war sicher, daß die ganze Stadt inzwischen wußte, daß John Winships verlorene Tochter, die New Yorker Journalistin, das rebellische Kind, nach langem Exil wieder heimgekehrt war – heim in das Haus, über das sie solche Schande gebracht hatte, ohne ihren jüdischen Mann, ihr Kind und sichtbaren Reichtum. Sie erinnerte sich an ihre Empfindungen über Lytton in ihrem letzten High School-Jahr, als sie so begierig darauf gewesen war, seine Engstirnigkeit und Selbstgefälligkeit verlassen zu können und ihr eigenes Leben zu leben – ihr eigenes und Bayard Sewells Leben. All diese Leute, deren Beschränktheit und enge Blickwinkel in ihr eine so leidenschaftliche Ungeduld erregt hatten, deren gierige Hände und minderbemittelte Geister nach ihr zu greifen schienen – sie alle würden nur allzu begierig auf eine neue Explosion im Winship-Haus warten, dachte sie, irgendein neues Winship-Drama zu ihrem Entzücken. Mike wußte, daß sie ihnen nicht aus dem Weg gehen konnte, aber – wie im Hinblick auf ihren Vater – suchte sie auch keine Konfrontation. Nach einem Blick auf die Uhr entschied sie, daß sie sicher sein würde. Es war noch nicht einmal neun. Wenn sie sich richtig erinnerte, zeigte sich in Lytton vor zehn Uhr niemand auf der Straße.

J. W. Cromie kam die Treppe von seinem Apartment über der Garage herunter, in einen grünen Overall gekleidet. Der Anzug war stocksteif gestärkt, und er roch intensiv nach *Old Spice.* Er nickte ihr zu, blieb aber nicht stehen.

»Guten Morgen, J. W.«, sagte sie unverdrossen fröhlich. »Ich dachte, ich fahre ein bißchen mit dem Wagen herum, wenn du nichts dagegen hast. Ich würde gern einen Blick auf die Stadt werfen. Ich verspreche, mit ihm nicht an einem Baum oder einer

Parksäule zu landen und vor der Mittagszeit wieder zurück zu sein.«

»Ist Ihr Auto, Miss Mike«, sagte er. »Ihrs und Mister Johns. Ich fahre nicht damit, wenn Mister John nicht einen Ausflug machen will oder etwas aus dem Laden braucht.«

»Nun ... vielen Dank«, sagte Mike. Sie rührte sich nicht. Er sah sie an, hielt inne und wartete darauf, daß sie weitersprach. Aber es war ihr klar, daß er nicht aus sich herausgehen würde, also sagte sie noch einmal »Vielen Dank« und betrat die Garage.

»Keine Ursache«, erwiderte J. W. und verschwand im Sonnenschein.

Mike glitt in dem großen alten Wagen ruhig die Pomeroy Street hinunter und bog dann in die Main Street ein, die ihrem Namen alle Ehre machte und durch das Zentrum der Stadt führte. Der kraftvolle V-8-Motor zeigte Sauberkeit und Pflege durch behagliches Schnurren an. Die Lederbezüge glänzten und selbst die abgenutzten Fußmatten waren makellos rein. Das Auto war größer als alles, das sie in den letzten Jahren gelenkt hatte. Sie hatte in Manhattan nie ein eigenes Auto besessen, aber sich stets für kleinere Wagen entschieden, wenn sie aus beruflichen Gründen einen mieten mußte, was häufig genug geschah. Jetzt kam es ihr so vor, als würde sie in einer großen, ruhigen, reichverzierten Pharaonen-Barke auf einem gleichermaßen ruhigen Strom dahingleiten. Es war ein Gefühl der Abgeschiedenheit, der Unverletzlichkeit, sogar fast der Unsichtbarkeit. Mike fühlte sich vor den Blicken von Lytton geschützt.

Was die Einwohner betraf, so irrte sie sich. Die Straßen waren voll von ihnen. Leuten in Autos und Lastwagen, die vor den drei neuen Ampeln in der Stadtmitte warteten, Leuten, die zügig Geschäfte betraten oder verließen, deren Fassaden und Namen ihr unbekannt waren, und Leuten, die in die beiden großen Einkaufszentren an beiden Enden Lyttons hineingingen oder sie verließen. Mike steuerte den Cadillac eine Straße hinauf, eine andere hinunter, erkannte sie alle wieder, empfand aber keinerlei Vertrautheit, nichts, was in die Hemisphäre der Glasglocke eindringen konnte. Sicher in dem großen Bronzesarg des Automobils sitzend durchfuhr sie die Straßen von Lytton und sah kein Gesicht, das sie kannte. Im Drugstore, in der Bank, im Eisenwarenladen, in den Büros der Versicherungsagenten und Immobilienmakler, beim Friseur, im Blumengeschäft, im Steuerbüro, im Waschsalon, auf den Tankstellen, bei der Arbeitsvermittlung, in den Cafés und Fast Food-Geschäften, in Post und Bibliothek, im neuen Ärztehaus, in den Geschäften von Ford, Chevrolet und General Motors, auf den Parkplätzen der Einfamilienhäuser und Apartmenthäuser, die es noch nicht gegeben hatte, als sie fortgegangen war, in den Kirchen und den Bestattungsunternehmen waren Menschen: Männer, Frauen und Kinder, so blühend, banal und anonym wie eine Schar Spatzen, und Mike kannte keinen von ihnen. Die einzigen Schwarzen, die sie sah, standen in Trauben an den Bushaltestellen, fuhren wie sie in Autos oder betraten und verließen die Supermärkte.

Später am Nachmittag fuhr sie zu Priss Comfort.

»Wie findest du Lytton?« fragte Priss über Kaffee und Erdbeertörtchen. »Sehr verändert?«

»Überhaupt nicht. Bis auf die Tatsache, daß ich niemanden mehr kenne«, sagte Mike. »Oh, es gibt ein paar neue Geschäfte und mehr Verkehrsampeln, aber es wirkt noch genauso einfach, nett und kulissenhaft wie 1964. Die Lyttons dieser Welt verändern sich nicht. Besonders für die Schwarzen. Ich bin überall in der Stadt gewesen, könnte aber schwören, daß die Integration noch nicht bis hierher gekommen ist. Niemand hat von ihr gehört. Die einzigen schwarzen Gesichter sieht man in den Supermärkten, irgendwelchen Küchen von Weißen und auf Hinterhöfen – wie J. W. und Lavinia Lester. Ich habe weder in einem Restaurant ein schwarzes Gesicht entdeckt, noch in der Bibliothek, der Bank oder im Rathaus – noch nicht einmal an der Autowaschanlage. Nicht einmal im Waschsalon, dem großen Gleichmacher der Menschen. Sie nennen sie noch nicht einmal Schwarze; in Lytton sind es noch immer Neger oder schlimmer. Viel schlimmer – bei mir zu Hause. Und J. W. ... Gott, er wird mich mit seinem ›Yessum‹ noch umbringen. Was ist nur mit J. W. los, Priss? Warum ist er nicht weggezogen, als er die Möglichkeit hatte? Er muß das alles hier doch verabscheuen. Er befindet sich buchstäblich in Abhängigkeit von meinem Vater. Warum wirft er denn diesen Haus-und-Hof-Boy-Mist nicht einfach hin?«

Priss Comfort betrachtete Mike eine Zeitlang schweigend und seufzte dann.

»Es ist seine Heimat, Mike«, sagte sie. »Lytton ist seine Stadt, ist alles, was er kennt. Sie ist er. Wie kann er sie hassen? Er macht hier weiter, weil er weitermachen muß. Du siehst nur die Oberfläche, nur die schlechte Seite von uns. Du hast noch nicht die Zeit gehabt, die gute zu sehen, selbst wenn du dazu in der Lage wärst. Und die gibt es. Es gibt sehr viel Gutes in Lytton. Und das hat es immer gegeben, ganz egal, was du darüber gedacht hast ... und denkst. Großer Gott, selbstverständlich gibt es auch eine Menge, was nicht so gut ist. Manchmal denke ich ... wir haben das Beste und das Schlechteste des Südens erlebt, du und ich. Und eines Tages könnte das Schlechteste nur noch ein Splitter sein – wie der zunehmende Mond. Jede neue Generation entfernt uns ein Stückchen weiter von unserer dunkleren Seite. Manchmal befürchte ich, wir bewegen uns dabei zu schnell und verlieren die Liebenswürdigkeit und den Geist des Südens zugleich mit dem Schlechten. Aber wir müssen uns bewegen. Verabscheue Lytton nicht, Mike. Es gehört zu dir – ist ebenso Teil von dir, wie von J. W.«

»Ich wünschte, du würdest wieder zu trinken anfangen«, erklärte Mike. »Diese metaphysische Weisheit ist mehr, als ich ertragen kann. Ich brauche nicht überzeugt zu werden.«

»Oh, das wirst du schon noch.« Priss lächelte sie ruhig an. »Ich habe gerade erst angefangen, an dir zu arbeiten.«

Sie saßen eine Weile schweigend da, und der weiße Kater kam aus Priss' Schlafzimmer, streckte sich und sprang auf Mikes Schoß. Er stieß mit seinem großen Kopf so lange gegen ihre Hand, bis sie ihn lachend streichelte. Dann machte er es sich auf ihrem Schoß gemütlich und ließ ein rauhes Schnurren hören. Priss strahlte sie an wie eine liebende Mutter ihr altkluges Kind.

»Läuft es inzwischen ein bißchen besser zwischen dir und John?« fragte sie schließlich.

»Ich denke, es läuft so gut, wie es laufen kann«, erwiderte Mike. »Er tut sein Allerbestes, mich pausenlos zu provozieren, und ich lasse mich nicht provozieren. Vermutlich wird er aufhören, wenn ich auch weiterhin nicht reagiere. Weißt du, Priss, wir haben eine komplette Drehung vollführt. Als ich klein war, hat er mir halb soviel Aufmerksamkeit entgegengebracht. Damals hätte ich sein heutiges Verhalten fast begrüßt. Es wäre auf jeden Fall besser als das gewesen, was ich von ihm bekommen habe. Aber jetzt ist es so, als bemühe er sich förmlich darum, mich fortzutreiben. Das hätte ich nach dieser letzten Sache durchaus verstehen können, als ich das Haus verlassen habe. Er hat immerhin gesagt, er wolle mich nie mehr wiedersehen. Und das war mir gerade recht. Aber nun erzählt mir jeder, daß er derjenige war, der den Wunsch nach meiner Heimkehr geäußert hat. Also hier bin ich. Und soweit ich es sehen kann, empfindet er aber auch nicht den allergeringsten Hauch irgendwelcher Zuneigung mir gegenüber. Oder irgend etwas anderem gegenüber. Bis auf dieses alte Haus natürlich.«

Priss runzelte die Stirn. »Die Leute halten alte Menschen für sentimental«, sagte sie. »Aber das sind wir nicht. Wir sind rücksichtslos, die meisten von uns jedenfalls. Wir haben uns von zu vielen Dingen verabschieden müssen, um uns noch Gefühlsduselei leisten zu können. Im besten Fall sind wir selektiv rücksichtslos. Ganz unabhängig davon, was dein Vater für dich empfinden mag – er kann es nicht zeigen. Nicht einmal sich selbst gegenüber. Er hat dich einmal verloren.«

»Und wessen Schuld war das?«

»Ich weiß«, sagte Priss. »Alte Menschen sind auch nicht rational. Das langweilt uns. Hinter uns liegen zu viele Jahre, in denen wir uns darum bemüht haben, alles Vernunftgründen unterzuordnen. Schließlich hören wir einfach auf, vernünftig zu sein. Der Punkt ist doch der, daß John dabei ist, möglicherweise dieses Haus zu verlieren; und er weiß, daß er früher oder später sein Leben verlieren wird. Er ist kein Dummkopf. Also nehme ich an, daß er versucht, dich fortzujagen, bevor du aus eigenem Antrieb gehst. Und du wirst gehen. Das hast du selbst gesagt.«

»Nun, dieser Aufenthalt war nie als Dauerzustand gemeint, Priss. Das habe ich allen ganz eindeutig klargemacht. Sobald wir sehen, wie Mrs. Lester mit ihrer Aufgabe zurechtkommt . . .«

»Ich weiß, ich weiß«, sagte Priss ungeduldig. »Du willst wieder auf die Suche nach dem Goldenen Gral gehen. Es will mir aber so vorkommen, als ob der weder das sein könnte, was du dir vorstellst, noch dort ist, wo du ihn vermutest.«

»Was meinst du damit?« fragte Mike. Unbehaglichkeit umschwamm ihre Glasglocke wie ein junger Barracuda – entfernt, aber doch potentiell gefährlich.

»Oh, nichts besonderes. Mir kam nur so die Idee, daß du früher oder später, wenn du lange genug hierbleibst, vielleicht etwas über Lytton und seine Menschen schreiben könntest«, sagte Priss. »Nur so zum Zeitvertreib, um nicht einzurosten, wo du doch ohnehin schon einmal hier bist. Es wäre interessant zu sehen, was du über deine Leute zu sagen hast.«

»Erstens sind es nicht mehr *meine* Leute, Priss, mein augenblickliches Gegenüber und wenige andere ausgenommen. Und zweitens habe ich absolut nichts über Lytton und Einwohner zu sagen. Was gibt es denn schon in Lytton, daß ich darüber berichten könnte? Es gibt hier keine zentrale Krise, kein aktuelles Drama spielt sich ab. Du weißt, daß das meine Themen sind. Damit habe ich mir einen Namen gemacht. Was um alles in der Welt hat irgend jemand hier denn getan, daß ich über ihn schreiben müßte?«

»Mich interessiert nicht, was er oder sie getan haben – obwohl es da eine Menge mehr gibt, als du anzunehmen scheinst. Ich bin daran interessiert, wie du über sie denkst. Wie deine Gefühle ihnen gegenüber sind. Welche Empfindungen man hat, wenn man ausgerechnet zu diesem Zeitpunkt wieder nach Hause kommt. Welche Erinnerungen du hast, was zu dir aus der Zeit spricht, in der du noch hier gelebt hast. Das könnte ein höchst spannendes Buch ergeben, weißt du – und nach allem, was du gesagt hast, brauchst du dringend ein Buch.«

»Bis auf die Tatsache, daß das alles längst geschrieben worden ist«, stellte Mike fest. »Von Thomas Wolfe. Und denk daran, wie weit es ihn gebracht hat.«

»Ja«, sagte Priss und sie lächelte nicht. »Denk daran.«

»Ach, komm schon, Priss«, sagte Mike. »Ich habe nicht vor, mich hochliterarisch zu gebärden. Ich glaube nicht einmal, daß ich das könnte. Ich bin einfach zu ... distanziert, zu journalistisch, wenn du so willst, um so etwas abhandeln zu können.«

»Zu feige, willst du sagen«, erklärte Priss. »Weil das bedeuten würde, daß du dich allem stellst – was ist geschehen, was geschieht im Moment, was wird höchstwahrscheinlich geschehen. Es würde bedeuten, das alles durchzuleben, zu erfahren, zu fühlen. Ich nehme an, du hast recht, Mike. Ich nehme an, du kannst das wirklich nicht.«

»Nun, das habe ich dir doch schon vor zwei Tagen gesagt, oder?« entgegnete Mike gereizt und eigentümlich verletzt durch Priss' Worte. »Ich bin einfach nicht an deiner Direkt-aus-dem-Bauch-Prosa interessiert. Sie ist irgendwie ... ungehörig. Es kränkt mich.«

»War nur so ein Gedanke«, meinte Priss. »Reich mir diese alberne Katze rüber und mach dich auf die Socken. Deine Mrs. Lester wird nach Hause gehen wollen. Es ist schon nach drei. Mrs. Lester. Hmm. Ich kann mich noch an sie erinnern, als sie Lavinia Parrott war, ein dürres, kleines Ding, ohne genug zu essen, die ihrer Mutter dabei half, Wäsche abzuholen und sauber wieder auszutragen. Sie war schon damals ein überaus kluges Geschöpf. Ich habe mir immer gewünscht, ich hätte sie in meiner Klasse behalten können.«

Mike übergab einen schlaffen, schnurrenden Walker Pussy an Priss und ging. Priss' Gerede von einem Buch über Lytton hinterließ in ihr das Gefühl, unzulänglich zu sein, gerügt, leicht dümmlich und widerspenstig – ganz so, als hätte sie nachlässigerweise sehr viel weniger als ihr Bestes bei einer Aufgabe getan, die Priss ihr gestellt hatte. An dieses Gefühl erinnerte sie sich gut. Wenn sie sich seinerzeit zu Recht darüber beklagt hatte, von den anderen in der Klasse würde nicht annähernd so viel verlangt wie von ihr, hatte Priss lediglich erwidert: »Das ist relativ, Mike.«

»Was zum Teufel erwartet sie denn von mir?« fragte Mike laut und stieg aus dem Cadillac in die helle Hitze des Winship-Gartens. »Auf meinem Gebiet bin ich besser als alle anderen in New York. Und was weiß Priss denn überhaupt?«

»Für eine jungfräuliche Lady aus dem kleinen Lytton in Georgia eine ganze Menge, will mir scheinen«, sagte Sam Canaday, der plötzlich neben ihrem Ellbogen auftauchte und ihn ergriff, um ihr beim Aussteigen zu helfen. »Aber sie läßt mit Sicherheit nichts darüber verlauten, daß es so ist. Eine virtuose Frau. Sie öffnet den Mund voller Weisheit, und auf ihrer Zunge liegt das Gesetz der Liebenswürdigkeit. Sie ist wertvoller als jeder Rubin.«

»Schnüffeln Sie immer hinter den Leuten her?« schnappte Mike. Heiße, verräterische Röte ergoß sich über ihr Gesicht. »Jedesmal, wenn ich aufblicke, lauern Sie irgendwo. Arbeiten Sie denn niemals?«

»Nicht, wenn ich es verhindern kann«, sagte er grinsend. »Tut mir leid, wenn ich Sie erschreckt habe. Ich habe J. W. gesucht. Nein, ich glaube, es gibt schon viel zuviel Schaffen und Raffen auf der Welt. Seht euch Yankees doch mal an: Haut und Knochen, Stress-Migräne und all das. Jederzeit bereit, aus der Haut zu fahren. Sie sollten sich ein Beispiel an den Lilien auf dem Felde nehmen – sie arbeiten nicht, auch spinnen sie nicht ...«

»Was haben Sie eigentlich immer mit der Bibel?« erkundigte sich Mike. »Priss hat mir gesagt, daß niemand in der Stadt mehr mit Ihnen spricht, weil Sie sich in der Kirche mit dem Alten Testament den Mund verbrannt haben. Meinen Sie wirklich, das beeindruckt uns Yankees, wie Sie uns so gern nennen, wenn Sie in Ihrer Jeeter Lester-Laune sind ... was wohl meistens der Fall ist.«

»Aber Miss Singer-Winship.« Er strahlte, seine Hand hielt noch immer ihren Ellbogen. »Ich habe doch nicht gemeint, daß *Sie* eine Yankee sind. Hand aufs Herz! Mädchen aus dem Süden wie Sie sollten doch wissen, daß wir Jungs aus dem Süden unsere Heilige Schrift kennen, auch wenn wir sonst nichts lernen. Das macht uns zu guten Anwälten.«

»Es klingt, als stünden Sie hinten auf der Ladefläche eines Lasters und hielten Volksreden«, stellte Mike fest.

»Oh, das habe ich auch schon gemacht«, erwiderte Sam Canaday behaglich.

»Und Schlangen gebändigt, nehme ich an.«

»Etwas in der Art.«

Er lachte, drückte ihren Ellbogen, ließ ihn los und lief die Außentreppe zu J. W.s Horst über der Garage empor, indem er von den knarrenden Holzstufen zwei auf einmal nahm. Mike blickte ihm mit offener Abneigung nach. In dem gnadenlosen Sonnenlicht sah sie, daß sich das dunkelblaue Polohemd, das er heute trug, auf dem Rücken spannte; und es war kein Fett, das es dehnte, sondern dichte, behende Muskeln. Sein Bizeps schien gleichfalls vor Muskeln zu bersten wie auch seine Unterarme, und die Hand, die nach dem wettergegerbten Geländer griff, war überzogen mit spielenden Muskeln. Sie war auch schwielen- und narbenbedeckt, Mike sah das Glänzen von vernarbter Haut auf seinem Handrücken und an zwei seiner Finger – ganz so, als hätte er sich verbrüht oder verbrannt. Primitive Hände, kräftig und versehrt. Keine Juristen-Hände.

Ihre Augen wanderten seine Arme hinauf zu seinem Oberkörper, seinem Hals, noch weiter hinauf, und dann sah sie, daß er auf der kleinen Veranda oben stehengeblieben war und zu ihr herunterschaute. Ihr Gesicht flammte erneut auf. Sie drehte sich um und eilte durch die drückende Schwüle über die Auffahrt ins Haus. Bei jedem einzelnen Schritt spürte sie seine Blicke im Nacken.

Später am Abend, nachdem Mike Lavinia Lesters ausgezeichneten Chicken Pot Pie aufgewärmt und schweigend mit ihrem Vater in der Küche gegessen hatte, den Blick auf den Fernseher gerichtet, kam DeeDee für einen kurzen Besuch vorbei. Sie und Mike saßen in der Abgeschiedenheit der lavendelfarbenen Glyzinenranken, während aus der Küche *Let's Make a Deal* dröhnte. DeeDee machte sich fast gierig über den Pfirsich-Cobbler her, den weder Mike noch ihr Vater angerührt hatten. Sie war gekommen, um Mike für den nächsten Abend zum Essen in ihr Haus einzuladen und wollte sich mit Mikes halbherziger Ablehnung einfach nicht abfinden.

»Sei doch nicht albern. Du mußt auch einmal hier herauskommen, und du hast mein Haus noch nicht gesehen«, sagte sie, nachdem Mike eingewandt hatte, das Essen würde zuviel Aufwand machen, während doch Ducks Mutter DeeDees ganze Aufmerksamkeit erforderte.

»Ich werde einfach ihre Fünf-Uhr-Medizin ein bißchen stärker machen«, erklärte DeeDee und betupfte sich ihre schweißbedeckte Oberlippe mit einem Zipfel ihres erstaunlichen korallenfarbigen T-Shirts. »Ich glaube, es ist Belladonna oder etwas ähnliches drin. Normalerweise döst sie gleich danach ein. Meinst du denn, ich würde meine kleine Schwester hier in dieser Hitze vor dem Fernseher essen lassen, während mein Haus klimatisiert ist und sich mein berühmter Coca-Cola-Schinken bereits in der Backröhre befindet?«

»Nun, das ist sehr lieb von dir, und ich komme sehr gern«, log Mike. Die Vorstellung von DeeDees riesigem, fettglänzendem, großzügig mit Coca-Cola begossenem Schinken, für den sie in Hauswirtschaftslehre auf der High School höchstes Lob eingeheimst hatte, war etwa so appetitanregend wie der Gedanke, gekochten, reisgefüllten Pekinesen essen zu müssen.

»Oh, ich freue mich«, jubelte DeeDee, und Mike dachte, daß sie tatsächlich erfreut, sogar fast aufgeregt klang.

»Ich kann nur hoffen, daß du dich nicht überarbeitest«, sagte sie. »Es ist schlichtweg zu heiß, um viel essen zu können, vom stundenlangen Zubereiten gar nicht zu reden.«

»Ach, Unsinn. Ich brauche dann und wann eine kleine Festlichkeit wie jeder andere auch«, erklärte DeeDee. »Ich komme doch nirgendwo hin, nur in die Kirche. Und seit Mama Wingo da ist, selbst in die nicht mehr. Das wird eine schöne Abwechslung für mich sein. Für Duck auch. Du kommst aber wirklich, hörst du?«

»Ja, gern.«

»Und Mikie, zieh etwas anderes als Hosen an, ja? Irgend etwas Hübsches.« DeeDee hatte es schelmisch gesagt, aber sie sah Mike prüfend an, und irgend etwas in ihrem Blick erinnerte Mike an Sam Canadays Augen, die sie am Nachmittag bis ins Haus verfolgt hatten.

Warum sieht mich denn jeder pausenlos prüfend an, fragte sie sich gereizt.

»Was ist denn so falsch an Hosen?« wollte sie von DeeDee wissen.

»Oh, nichts«, sagte ihre Schwester und lächelte versöhnlich. »Du siehst in ihnen nur wie ein spindeldürrer kleiner Junge aus, das ist alles. Und dabei könntest du so hübsch sein. Es tut mir doch ein bißchen weh, dich so ... dünn und unweiblich zu sehen. Nicht etwa, daß du schlecht aussehen würdest, verstehst du, nur ...«

»Ich verstehe.« Mike lächelte über ihr Unbehagen. »Dünn und unweiblich.«

Sie dachte an das, was Priss über DeeDee und darüber gesagt hatte, wie sie auf ihre Schwester wirken mußte: Schlank, fremdartig und ausgesprochen chic in ihren engen Hosen, Blusen und teuren Schuhen.

»Okay, DeeDee«, sagte sie. »Versprochen. Das Gerüschteste, das ich besitze. Scarlett O'Hara würde sich nicht ums Verrecken darin sehen lassen.«

»Gut«, sagte DeeDee und watschelte schwerleibig über den Rasen dorthin, wo ihr ramponierter kleiner Käfer unter einer der großen Eichen geparkt war. Eine riesige orangefarbene Margerite saß oben auf der Außenantenne.

»Du wirst über diese Entscheidung froh sein«, rief sie über die Schulter zurück.

»Sicher«, rief Mike. »Und Mama Wingo wird entzückt sein.«

»Sie ist mit Sicherheit nicht die einzige«, jauchzte DeeDee fröhlich, stieg in den Käfer und zog die klappernde Tür zu.

Mike ging ins Haus zurück und schloß die Tür vor der erschöpften Abendluft. Es war Viertel acht und das Thermometer neben der Haustür zeigte fünfunddreißig Grad.

17

Als sie ihn sah, war ihr erster Gedanke, daß sie nach DeeDees Verhalten vom vergangenen Abend hätte wissen müssen, daß er da sein würde. Und der zweite, daß er genau die Art Mann geworden war, die ihm möglich war, daß er genetisch programmiert war, in seinem vierzigsten Lebensjahr genau so auszusehen.

»Hallo«, sagte sie. Ihre Stimme klang selbst in ihren Ohren distanziert und brüchig. »Ich hätte wissen können, daß ich dich hier treffen würde.«

Und dann, weil ihre Worte so abrupt und unhöflich klangen, errötete sie und war darüber wiederum so verlegen, daß ihr gleich zum zweiten Mal das Blut ins Gesicht schoß.

»Hallo«, sagte Bayard Sewell. »Ich *wußte,* daß ich dich hier treffen würde.«

Er erhob sich aus dem La-Z-Boy-Sessel im bedrückenden Wohnzimmer der Wingos und kam über den orangefarbenen Zottelteppich auf sie zu; mit ausgestreckter Hand, wie sie ihn zum letzten Mal im Foyer ihres Vaterhauses an einem Sommerabend vor zwei Jahrzehnten gesehen hatte. Er bewegte sich so lässig wie immer, wie eine gelenkige Dschungelkatze und ebenso geschmeidig. Mike hatte das Gefühl, er wäre erst vor Stunden so auf sie zugekommen. Sie hielt ihm die Hand entgegen, und er bedeckte sie mit seiner.

»Hat die Katze deine Zunge gefressen?« Er lächelte und seine Zähne blitzten weiß in seinem sonnengebräunten Gesicht. Das hatte er sie so oft gefragt – ob es ihr die Sprache verschlagen hatte –, erinnerte sie sich, wenn Ärger oder eine andere heftige Emotion sie vorübergehend zum Verstummen gebracht hatten. Er beugte sich herab und küßte sie auf die Wange, und Mike vollführte das absurde automatische Luftkuß-Ritual – neben sein linkes Ohr, neben sein rechtes Ohr –, das sie sich vor langer Zeit in Manhattan angewöhnt hatte. Er roch nach gestärkter Baumwolle, Gin und etwas Undefinierbarem, das schon immer Bayard Sewell gewesen war. Wäre sie seit langer Zeit blind, hätte Mike doch gewußt, daß es Bayard Sewell war, der sie da küßte.

»Es ist schön, dich wiederzusehen, Bay«, sagte sie. »Priss hat mir erzählt, daß du noch hier bist. Du siehst ... genauso aus wie immer.«

Was ist denn nur mit mir los? fragte sich Mike irritiert. Sie zeigte noch immer das kühle Gesellschaftslächeln und hatte ihre Hand in seiner. Mein Verstand hat sich offenbar in Sirup verwandelt. Er sieht absolut nicht aus wie immer. Er ist der bestaussehende Mann, der mir je vor die Augen gekommen ist.

Das war er natürlich nicht, aber er war ganz zweifellos ein faszinierender Mann. Mit Sicherheit drehten sich in der Öffentlichkeit Köpfe nach ihm um. Er hatte die Art visueller Ausstrahlung, über die bestimmte Berühmtheiten und Staatsoberhäupter verfügen, etwas Unerklärliches, das den Blick fesselt und einen in Atem hält, ohne den Anspruch auf herkömmliche Schönheit zu erheben. Während eines Aufenthalts in Washington im zweiten Studienjahr hatte Mike Präsident John Kennedy erlebt, wie er bei einem Spiel zwischen Senatoren den ersten Ball geworfen hatte. Dabei hatte sie seine körperliche Ausstrahlung ähnlich faszinierend empfunden. Und Bayard Sewell war sich seiner Aura offenbar ebenso unbewußt wie das bei dem jungen Präsidenten der Fall gewesen war.

Er war schlank bis zur Magerkeit, sein dichtes schwarzes Haar war nun grau bereift und da waren tiefe Falten in seinem schmalen Gesicht; Falten von der Art, die Leid verursacht, und Netze feiner Fältchen neben den Augen, die hervorstachen wie eine weiße Kreuzschraffierung. Er rug Khakihosen mit scharfen Bügelfalten und ein am Hals offenstehendes, blaues Oxford-Hemd mit hochgerollten Ärmeln, die seine Unterarme freiließen. Seine strumpflosen Füße steckten in altersweichen Topsiders. Es war die Uniform ihrer Kaste und Mike so vertraut wie keine andere Ausstattung in ihrer Welt an der Ostküste, aber an Bayard Sewell wirkte sie so, als hätte irgendein kosmischer Schneider ihn als einzigen Menschen des zwanzigsten Jahrhunderts so gekleidet. Seine Finger um ihre Hand waren warm, fast heiß, und an seiner Kehle pochte eine kleine Ader. Wäre sie nicht gewesen, hätte er aus Ebenholz, blauem Eis und irgendeinem goldfarbenen Holz geschnitzt sein können.

»Du nicht«, erklärte Bayard und führte sie über den fürchterlichen Teppich zum Sofa aus Kiefernholz und Leder, das zwischen den beiden Sesseln mit den verstellbaren Rückenlehnen stand. »Du siehst besser aus denn je und genauso schön, wie ich es immer angenommen habe. Du gefällst mir in diesen Rüschen. Früher hast du sie nie getragen.«

»Ich habe mich nicht getraut«, erwiderte Mike leichthin und haßte den Rüschenrock und die bestickte Bluse, die sie aus einem längst vergessenen Impuls heraus in Puerto Vallanta gekauft und seither nur selten getragen hatte. Derek Blessing hatte einmal zu ihr gesagt, sie sähe darin aus wie eine gerupfte Ente in einem Schondeckchen, und sie hatte ihr Abirren vom Pfad androgyner Schlichtheit bedauert und war nie wieder fehlgetreten. Mike empfand eine gelinde Wut auf DeeDee, die sie wegen Bayard Sewell zu diesem Firlefanz überredet hatte, und Widerwillen sich selbst gegenüber, sich nicht dagegen gewehrt zu haben.

Er setzte sich auf das Sofa, lehnte sich zurück, legte einen nackten Knöchel auf das Knie des anderen Beines und verhakte seine Finger hinter dem dunklen Kopf.

»Vermutlich bist du unter falschen Vorspiegelungen hierher gelockt worden, und das sollte mir peinlich sein. Aber das ist es nicht«, erklärte er. »Ich bin über unser Wiedersehen glücklicher, als ich sagen kann, und hatte befürchtet, du würdest mich nicht sehen wollen. Ich habe DeeDee zu der kleinen Scharade überredet, also kannst du ihr einen deiner Zornausbrüche ersparen.«

»Wie kommst du denn nur darauf, daß ich dich nicht sehen will?« fragte Mike. Innerhalb ihrer Glocke entstand eine seltsame Luftknappheit und sie hatte Mühe, die Worte hervorzubringen.

»Nach meinem Verhalten bei unserem letzten Zusammensein hättest du jeden Grund gehabt, dich einfach umzudrehen und zu gehen«, sagte er einfach, und plötzlich waren die Dinge wieder in Ordnung, unkompliziert, selbstverständlich und okay.

»Daran habe ich seit Jahren nicht mehr gedacht.« Mike lächelte jetzt unbeschwert, offen, natürlich und empfand nichts anderes als eine unverstellte, selbstverständliche Behaglichkeit.

»Ich schon«, sagte er, lächelte aber auch. Das Lächeln vertiefte die Falten um seinen Mund, packte ihr letztes, zerstörendes Zusammensein in ein strahlendes Leuchten und warf es für immer fort.

Am anderen Ende des Zimmers öffnete sich die Schwingtür und DeeDee kam mit einem Tablett angesegelt, getrieben von einer kräftigen Brise *Krystle.* Sie trug einen riesigen, pfingstrosengeblümten Kaftan, der unter ihren ungeheuren Brüsten durch ein samtenes Zugband zusammengehalten wurde und Fledermausflügel von ihren umfangreichen, weißen Armen fallen ließ. Die Ärmel waren so großzügig geschnitten, daß Mike die fischbeinverstärkte und freitragende Corsage ihrer Schwester sehen konnte; sie schnitt so tief in das blasse Fleisch, daß es über den strammsitzenden Nylonstoff fiel und ihn unter sich begrub. DeeDees Brustansatz überstieg heute abend jedes Fassungsvermögen; der tiefe V-Ausschnitt des Kaftan mußte gewählt worden sein, um ihn zur Schau zu stellen. Pinkfarbene Kristallperlen glitten rettungslos in ihn hinein und passende Kandelaber baumelten von DeeDees wohlgeformten kleinen Ohren. Ihr schweres, schwarzes Haar fiel ihr offen über den Rücken und gab ihr das Aussehen einer überdimensionalen und erschreckend nekkischen Hexe. Ihre Augenlider waren das reine, blasse Blau eines Blauhäherflügels, und schweres Schwarz säumte ihre Augen, betonte die Brauen. An ihren kleinen Füßen saßen goldene Pantoffeln mit hohen Absätzen. Mike wollte den Blick abwenden und spürte, daß ihr erneut die Röte in den Nacken stieg, aber Bayard Sewell schenkte ihr ein bereitwilliges Lächeln.

»Die Kupplerin«, meinte er, und in seiner Stimme war ebensoviel Zuneigung wie Erheiterung.

»Nun, ihr beiden, macht ihr euch nach all den Jahren wieder miteinander vertraut?« flötete DeeDee und stellte das Tablett auf den Tisch aus hellem, unbearbeitetem Kiefernholz vor dem Sofa. Der Tisch hatte in etwa die Form einer Niere. Auf dem Tablett befanden sich kleine Würstchen im Speckmantel und auf Zahnstochern, sowie ein Krug mit etwas, was vornehmlich purpurfarben war.

Sie beglückte Mike mit einem hochroten Gastgeberinnenlächeln, tätschelte Bayard Sewell vertraulich-besitzend auf die Schulter und senkte ihr geblümtes Volumen in den Sessel neben ihm. Ihre kurzen Beine flogen kurz in die Luft und die Goldpantoffeln blinkten Mike an. Ihre Sohlen waren so neu, daß sie keinen einzigen Kratzer zeigten, und als sich DeeDee an den Sesselarmlehnen in eine aufrechte Lage manövrierte, erspähte Mike unter einem der Fledermausärmel ein baumelndes Preisschild. Ihr Herz zog sich plötzlich vor Mitleid mit dem hübschen, zierlichen Mädchen zusammen, das irgendwo tief in dem massigen Fleisch dieser monumentalen Frau begraben war. DeeDees gerötete Wangen und funkelnden Augen sprachen ebenso wie die neue Pracht und das *Krystle* vom Seltenheitswert einer solchen kleinen Party. Mike beschloß, mit DeeDee möglichst bald und nicht nur einmal nach Atlanta zu fahren – zum Einkaufen, ins Kino, zum Essen, zu allem, was ihrer Schwester gefallen würde.

»Welchen Aufholbedarf sollte es da wohl geben?« fragte Bayard Sewell. »Ich weiß alles über Mike, habe alles gelesen, was sie je geschrieben hat, und über den Rest hast du mich auf dem laufenden gehalten. Sie hat uns alle am staubigen Boden zurückgelassen, und ich beglückwünsche ihre steile Flugbahn seit Jahren. Über mich gibt es weiß Gott wenig genug zu berichten, und dieses Wenige wirst du ihr sicher berichtet haben, kaum daß sie den ersten Fuß wieder auf unseren Boden setzte.«

Sein Lächeln nahm seinen Worten die Heftigkeit, und DeeDee verzog grotesk zimperlich das Gesicht.

»Habe ich nicht, Mister Neunmalklug.« Sie zeigte ihm Grübchen. »Ich habe ihr nichts gesagt, und sie hat nichts gefragt. Falls sie etwas über dich weiß, dann hat sie es von anderen. Eitler Typ.«

»Ich weiß über seine Ehrenämter, seinen Beruf, die Justizbehörde, die Tatsache, daß er Bürgermeister gewesen ist und alles, weil Priss es mir erzählt hat«, erklärte Mike. »Doch das hat mich nicht überrascht. Überrascht hat mich, daß er noch immer in Lytton ist. Ich hätte angenommen, daß er inzwischen zumindest Präsident sein würde.«

Mike lächelte abwechselnd ihre Schwester und Bayard Sewell an, der sie mit übertrieben gespielter Bescheidenheit angrinste.

»Was ist gegen Lytton einzuwenden?« rief DeeDee. »Wo könnte er denn mehr geschätzt werden als hier bei uns? Phh, was ist schon ein Präsident? Hat dir Priss auch erzählt, daß er im letzten Jahr Mister South Fulton County gewesen ist? Das hat noch niemand aus Lytton geschafft. Er erhielt eine Plakette, einen silbernen Pokal, und es wurde ein Bankett zu seinen Ehren gegeben.«

»Alles was fehlte, war der weiße Rauch aus dem Schornstein«, meinte Bayard Sewell. »Aber alle haben meinen Ring geküßt.«

»Deinen Ring geküßt? Kein Mensch hat deinen Ring geküßt, du alberner ...« begann DeeDee.

»Untertänigen Glückwunsch, Eure Heiligkeit«, sagte Mike schnell. »Alle Welt muß ungeheuer stolz auf dich sein. Warum weilst du bei dieser Hitze denn nicht in Castel Gandolfo?«

»Bay ist gerade aus Tennessee zurück«, sagte DeeDee.

»Genauso gut.« Mike funkelte ihn an. Eine heimliche Ausgelassenheit schien irgendwo tief in ihr hochzusprudeln, ein kleiner Teil von ihr wollte glucksen, lachen, sich die Seiten halten. Der Rest von ihr stand abseits und lächelte mit duldsamer Erheiterung über die Albernes-Kind-Rolle. Seit vielen Jahren hatte sie sich nicht mehr gezeigt.

»Hast du mit deiner Herzallerliebsten getanzt?« wollte das Alberne Kind in ihr wissen.

»Nun, das nicht«, erwiderte er. »Aber ich habe sie nach Hause begleitet.«

Mike dachte an Priss' Worte über Bayard Sewells Frau und ihre Krankheit. Sie zuckte zusammen. Es entging ihm nicht.

»Ist schon gut«, sagte er. »Priss hat dir sehr wahrscheinlich erzählt, daß es Sally nicht besonders gut ging. Sie war in Nashville im Krankenhaus, und es geht ihr jetzt schon viel besser. Ich bin froh, sie wieder zu Hause zu haben. Aber sie fühlte sich heute abend nicht besonders wohl, deshalb bin ich allein hier. Dee und Duck sind mir vertraut genug; also dachte ich, ich könne es tun.«

»Bay!« kläffte Duck Wingo hinter der Schwingtür. »Heb dein dürres Hintergestell vom Sofa und hilf mir bei diesen Martinis. Wer in meinem Haus dieses Zeug trinken will, muß es sich selbst zubereiten.«

Mike runzelte unwillkürlich die Brauen über die dröhnende Vertraulichkeit der Stimme und der Worte, aber Bayard zwinkerte ihnen zu, stand träge auf und bewegte sich in Richtung Küche. In dem scheußlichen, mit Möbeln und Nippsachen vollgepfropften Raum wirkte er mehr denn je wie eine sehnige Raubkatze in einem Puppenhaus.

»Entschuldigt mich, während ich das heilige Elixier von den Ungläubigen hole«, sagte er und verschwand hinter der Schwingtür. Er bewegte sich mit der Sicherheit, die Gewohnheit mit sich bringt, aber für Mike war es eine fast unmögliche Vorstellung, daß er viel Zeit in diesem Haus verbracht hatte. Er hätte der Abkömmling eines anderen Planeten sein können.

DeeDee strahlte ihm hinterher und wandte sich dann vertraulich an Mike.

»Er ist ein Heiliger, ein wahrer Heiliger«, sagte sie in einem lauten Flüstern. »Nicht besonders gut – großer Gott! Sie mußte mal wieder eine Trockenperiode einlegen. Alle wissen doch, daß Sally Sewell seit Jahren nur noch betrunken ist. Ihre Leber geht Zentimeter für Zentimeter vor die Hunde. Sie hat ihn unzählige Male in der Öffentlichkeit unsterblich blamiert. Buchstäblich alles hat sie sich geleistet – von Trunkenheit am Steuer bis zu Ausfällen vor aller Augen, und dann die *Männer*! Sie ist in den Motels der Umgebung so häufig ein- und ausgegangen, daß man sich da oft gar nicht mehr die Mühe macht, sie ins Gästebuch einzutragen. Sie warten ab, bis die Männer fort sind und rufen dann Bay an. Der kommt, holt sie ab, bringt sie nach Hause. Eine läufige Hündin. Er verhält sich ihr gegenüber jedoch nie anders als freundlich und geduldig. Wenn du sie zusammen sehen würdest, würde es dir das Herz brechen. Er hat ihr altes Kindermädchen eingestellt, damit sie den ganzen Tag bei ihr bleibt, und hat ihr ein großes, schönes Haus gebaut, kurz bevor der älteste Junge gestorben ist. Ich nehme an, Priss hat dir davon erzählt, oder? Sie hatten ihn Win genannt, nach Daddy, und er ist im Swimmingpool ertrunken. Niemand will mit der Sprache heraus, aber jedermann weiß, daß sie betrunken war, als es geschah. Sie war einfach nicht in der Lage, die anderen beiden Kinder aufzuziehen – und sie sind ganz wundervoll, Mike, genau wie er –, also kümmerte er sich um sie; er und die alte Opal. Er bemüht sich jetzt darum, die Verkehrsbehörde dazu zu bringen, die Hände von Daddys altem Haus zu lassen. Er hat sehr viel Einfluß bei der Justizverwaltung, obwohl er doch erst so kurz dabei ist. Aber ich fürchte, damit setzt er nur seine Karriere aufs Spiel. Die DOT hat da eine erschreckend große Lobby.«

»Das tut mir leid«, murmelte Mike und spürte, daß das Alberne Kind wie durch Zauberhand vor der Glasglocke verschwand. »Es tut mir sehr leid, daß er so viel durchgemacht hat. Und sie auch. Das hat mir Priss nicht gesagt.«

Aber da gab es einen winzigen Teil in ihr – winzig, rattenhaft, giftig –, dem der Ruin und die Schande von Sally Chambers Sewell ganz und gar nicht leid taten.

Dann kam Duck in den Raum gepoltert. Er trug eine Flasche Bourbon und zwei Gläser, während Bayard hinter ihm zwei Cocktailgläser, durchsichtig und eisüberkrustet, in den Händen hielt. Er reichte eins Mike und hob das andere.

»Auf uns alle zusammen«, sagte er. »Und auf Mike im besonderen. Daheim ist jetzt wirklich wieder Daheim.«

Mike nickte, plötzlich ganz scheu, und alle hoben ihre Gläser. Duck verschüttete etwas von seinem Bourbon auf sein Handgelenk und DeeDee nahm einen großen Schluck und preßte die Augen in dem Bemühen zusammen, nicht husten zu müssen.

»Wie ist er?« fragte Bayard Mike. »Ich habe dich gar nicht gefragt, ob du Martini trinkst. Macht kaum noch jemand.«

»Ich ja«, erwiderte Mike. »Ich habe ihn immer gern getrunken.«

Der Abend hätte überaus anstrengend werden können. Daß er es nicht wurde, war ein Triumph über die reine Scheußlichkeit von DeeDees und Ducks kleinem Häuschen, das sie mit seinen gelben, lackierten Möbeln aus Ponderosa-Kiefer und dem polierten Pseudo-Western Kunsthandwerk an ein Plastikspielzeug erinnerte und alle Gefühle und Nuancen dieses Abends verkümmern ließ. Es war einfach unmöglich, nach etwa einer Stunde

Aufenthalt hier Feinheiten zu spüren, Strömungen und Nachklänge aufzunehmen. Doch trotz der erdrückenden Dominanz des Hauses registrierte Mike dankbar und fast unbewußt, daß das, was sie am Tisch ihrer Schwester empfand, Behaglichkeit war. Als sie sich an dem runden Wagenrad-Tisch umschaute, stellte sie fest, daß sich auch DeeDee und Duck wohlfühlten, denn in der unbeschwerten Atmosphäre sprudelten sie in einer Art verschwörerischer Ausgelassenheit, zeigten die fieberhafte Aufgeregtheit durchtriebener Kinder. DeeDee war fast noch neckischer und besitzergreifender als sonst und Duck gelatineartig ausufernd. Bayard Sewell rechts neben ihr war zu Mike genauso locker und trocken-ironisch wie zu DeeDee und Duck, und Mike wußte, daß die warme, fast spritzige Stimmung des Abends von ihm kam. Er produzierte Wohlgefühl wie ein Springbrunnen Wasser.

Von Mikes Arbeit sprach er mit aufrechter und offensichtlicher Anerkennung und Bewunderung. Da war nichts von dem schleichenden Neid, dem sie so häufig bei gewissen Bekannten begegnet war. Ein paar Augenblicke lang, angefeuert von seinem Interesse, empfand sie ihre Arbeit wieder als ganz real, was seit jenem Anfall panischer Furcht im Zug nach Bridgehampton nicht mehr geschehen war, und sie konnte die frische, abnorm konzentrierte Woge reiner Energie spüren, die sie stets beim Arbeiten an einer aktuellen Story oder während eines Interviews empfand. Ihre Fingerspitzen konnten einen Moment lang tatsächlich den leichten, seidigen Spannungsstoß der Schreibcomputer-Tasten fühlen, und ihre Augen sahen das flüssige Erscheinen der grünen Buchstaben und Worte auf dem schwarzen Bildschirm. Ihr ganzes Sein war wieder konzentriert und gesammelt – ganz so, wie es war, wenn ihr ein Artikel besonders gut gelang.

»Manchmal«, sagte er, »habe ich beim Lesen deiner Sachen das Gefühl, als wärst du weniger eine Autorin als eine Art von . . .«

»Vergrößerungsglas«, beendete Mike den Satz für ihn. Sie erriet seine Gedanken, wie sie es früher so häufig getan hatte. Sie hielt inne, starrte ihn an und errötete.

»Das hast du schon immer gekonnt.« Er lächelte sie an. Es war, wie alles an ihm, ein natürliches und spontanes Lächeln.

Sonst wurde nichts aus ihrer gemeinsamen Vergangenheit erwähnt. Sie sprachen nicht über John Winship oder die Angelegenheit mit der Verkehrsbehörde, weder über sein Leben noch über ihre Heimkehr. Er führte das Gespräch wie ein in warmen Wassern spielender Delphin, und DeeDee und Duck folgten ihm mit mehr Anmut und Lebhaftigkeit als sie eigentlich besaßen, plauderten und reagierten über ihre Fähigkeiten hinaus. Sie sprachen von nationaler und lokaler Politik, über Klatsch aus Lytton und die Fortschritte von Atlanta, von den Rokoko-Exzessen und Arabesken in der Regierung von Georgia. Sein Fundus an Anekdoten über seine Kollegen im Statehouse war umfangreich und grenzte ans Skurrile, aber er bezog sich in die trockenen Späße mit ein und stimmte in das Gelächter ein, das er auf sein Haupt ebenso herabbeschwor wie auf die Köpfe seiner Kollegen in der Justizbehörde. Mike sagte nur wenig, lachte aber genauso herzlich wie die anderen über seine Torheiten und mit ebensoviel Genuß. Er war ein aufrichtig witziger Mann, und im Verlauf des Abends, während DeeDee und Duck in einem helleren Licht erstrahlten als ihnen zukam, begann sie seine Macht zu spüren.

Er ist hier glatt verschwendet, dachte sie. In New York oder Washington wäre er eine Sensation. Warum in Gottes Namen gibt er sich nur mit DeeDee und Duck ab? Er ist ihnen doch Lichtjahre voraus.

Gegen Ende des Abends, nachdem der Coca-Cola-Schinken zu glänzenden Streifen zusammengeballten Fetts auf der Platte zusammengeschmolzen, nachdem eine zweite und dritte Flasche Lancer's geholt und getrunken war, fingen sie an, sich peinlich daneben zu benehmen. DeeDees besitzergreifende Art ihm gegenüber glitt ins Groteske. Sie war so offensiv dominierend und vertraulich, als wäre er ein begabter, frühreifer, jüngerer Bruder oder auch ein brillanter Monarch und sie eine privilegierte Vasallin aus dem Bauernstand. Sie zog ihn wiederholt und mit offensichtlichem großspurigem Stolz wegen seiner Arbeitsstunden auf, seines Gesundheitszustands sowie seiner Neigung, sich von seinen Juristenkollegen und im Grunde – DeeDee zufolge – fast der gesamten Menschheit bei seiner Gutwilligkeit und mit seinem großen Herzen ausbeuten zu lassen. Duck ließ, mit schweren Lidern und fast platzend vor Wein und Begeisterung über sich selbst, eine Einzelheit nach der anderen aus ihrer langjährigen Bekanntschaft ins Gespräch einfließen – und beobachtete Mike jedesmal aus den Augenwinkeln, um ihre Reaktion auf seine Intimität mit diesem goldenen Löwen zu erhaschen, der in seinem Haus ein williger Gefangener war. Mike ärgerte sich mehr und mehr über sie, während ihr Bayard Sewells Toleranz ständig neue Rätsel aufgab, und als sich DeeDee dann von hinten über ihn beugte, um ihm einen lauten Schmatz auf seinen dunklen Kopf zu drücken, während ihre großen Brüste seine Ohren verschluckten, gegen seine Wangen schlugen und sie dabei feuchtfröhlich schrillte: »Ich könnte ihn glatt pausenlos verhauen, so schlimm benimmt er sich; aber ich werde ihn schon noch zur Vernunft bringen«, glühten Mikes Nacken und Gesicht vor Peinlichkeit und Verärgerung.

DeeDee und Duck standen auf, um den Tisch abzuräumen und schickten Mike und Bayard mit den Worten zurück ins Wohnzimmer: »Zieht eure Schuhe aus und macht es euch gemütlich; der Abend ist jung, und es gibt noch Amaretto und Sahne.« Sie gehorchten. Mike fiel erschöpft in einen der La-Z-Boys und Bayard setzte sich neben sie aufs Sofa. Er verdrehte gutmütig die Augen in Richtung auf DeeDees massiven Rükken.

»Es ist, als würde man von der Stoßstange eines 47er Studebakers umfangen«, sagte er, aber es lag nichts Verächtliches in seiner Stimme. »Sie ist mitunter ein bißchen viel, und er ist immer entscheidend zu viel. Aber sie ist John – deinem Dad – gegenüber treu wie ein Hund, und sie hat nicht gerade ein leichtes Leben. Ich betrachte John als Familie, also gehören DeeDee und Duck für mich auch dazu.«

Mike nickte und schämte sich, das Verhalten ihrer Schwester als peinlich empfunden zu haben. Die Behaglichkeit, die sie in seiner Gegenwart verspürte, weitete sich aus, um schlichte, ungeteilte Dankbarkeit aufzunehmen. Obwohl sie müde bis auf die Kochen war, diese neue, allesumfassende Erschöpfung empfand, die mit dem Aufhören der großen Angst und dem Herabfallen des Vakuums gekommen war, und obwohl sie Amaretto am meisten von allen Likören verabscheute, die sie getrunken hatte, wehrte sie sich nicht gegen den Schlummertrunk und die Gespräche, die er mit sich bringen mochte.

Eine kleine Weile saßen sie schweigend, dann griff er hinüber und schaltete ein kleines Plastikradio an, das die Form eines Stetson hatte. Er spielte mit der Senderskala, bis Barbara Streisand rauchig im Raum ertönte, lehnte sich zurück, legte die Beine auf den Couchtisch und schloß die Augen. Mike sah, daß unter ihnen bläuliche Schatten lagen.

»Ich möchte alles über dich erfahren«, sagte er mit noch immer geschlossenen Augen. »Was du denkst, ißt, anziehst, worüber du lachst, wie deine Tochter ist, wie du lebst. Aber jetzt möchte ich nur hier mit dir sitzen und zuhören, was diese Lady da singt. Für das andere ist noch viel Zeit. Wenigstens hoffe ich das.«

»Ich nehme an, es bleibt noch Zeit«, erwiderte Mike. »Fühl dich nicht zum Plaudern gezwungen. Du siehst müde aus.«

»Es war eine schreckliche Woche«, sagte er, öffnete seine Augen aber immer noch nicht. Es war das erste Mal, daß er nahe daran war, über sein Leben in Lytton zu sprechen.

Ein vogelartiges Krächzen aus einem anderen Raum durchdrang die klare, Satinstimme aus dem Radio, und Duck und DeeDee kehrten ins Zimmer zurück.

»Du bist dran«, erklärte DeeDee ihrem Mann. »Ich war vor dem Abendessen bei ihr.« Duck Wingo fluchte unterdrückt und verschwand in Richtung des Geräusches. Bayard Sewell stand auf und sagte, daß er nach Hause müsse, damit Opal endlich ein bißchen zum Schlafen käme. Überraschenderweise drängte ihn DeeDee nicht zum Bleiben, sondern begleitete ihn zur Hintertür. Während sie den beiden folgte, dachte Mike, daß er die Vordertür vermutlich schon seit langer Zeit nicht mehr benutzt hatte.

An der Tür hielt er inne und blickte sie mit dem ersten Zögern, der ersten Unsicherheit, die Mike an diesem Abend an ihm bemerkte, mit dem ersten Zögern überhaupt, an.

»Meint ihr, daß ihr drei zum Ende der Woche zu einem kleinen Abendessen zu uns kommen könnt?« fragte er. »Vielleicht am Freitag?«

Unvermittelt schaltete DeeDees Gesicht auf übersteigerte Besorgnis um.

»Bist du dir da auch sicher, Bay?« fragte sie eifrig. »Wirklich sicher?« Ihr wimpernverschleierter Blick war von ungeheurer Wichtigkeit.

»Aber ja«, erwiderte er. »Sally geht es diesmal tatsächlich sehr viel besser. Ein kleines Abendessen kann sie durchaus bewältigen. Opal und ich werden uns da etwas einfallen lassen ... Das gemästete Kalb für dich schlachten, Mike.«

»Wenn du meinst«, sagte Mike skeptisch. »Ich möchte keinerlei Aufregung verursachen.«

Er sah sie einen Moment lang intensiv an und meinte dann: »Meine Frau hat Probleme mit dem Alkohol, Mike. Ich bin sicher, du hast davon gehört. Sie ist ein ziemlich nervöses Mädchen und über unseren Sohn nie hinweggekommen – den, der gestorben ist. Aber sie ist tapfer und eine Kämpferin. Seit sie wieder zu Hause ist, reißt sie sich ungeheuer zusammen. Ich bin stolz auf sie und möchte sie vorzeigen. Und sie möchte dich sehen. Sie hat sich über dich auf dem laufenden gehalten wie wir alle. Sie ist einer deiner größten Fans.«

Er senkte den Blick und studierte angelegentlich den kümmerlichen Zottelteppich unter seinen Füßen. Dann sah er sie wieder an.

»Ich wäre dir aufrichtig dankbar, wenn du kommen würdest«, sagte er. »Damit würdest du mir einen großen Gefallen tun.«

»Natürlich, Bay«, antwortete Mike warm. »Natürlich komme ich. Vielen Dank für die Einladung.«

18

Am zweiten Freitagabend, den sie in Lytton verbrachte, lief Mike in der Dämmerung um die Ecke ihres Vaterhauses und dann die Straße hinauf dorthin, wo Bayard Sewell mit Sally Chambers Sewell lebte.

Es hatte kurz zuvor ein heftiges, schnelles Gewitter gegeben, das die Hitze und Schwüle vorübergehend verdrängt und Lytton gewaschen, kühl und duftend zurückgelassen hatte. Blätter funkelten, schlammige Sturzbäche schäumten in Gullies und auf den Bürgersteigen zuckten Regenwürmer in Ekstase. Die grasbedeckte Erde atmete und schmatzte laut, während sie die Nässe und Erlösung einsog. Vögel riefen, die Glyzinen und Mimosen dufteten geradezu herzerweichend. Mike streifte ihre Sandalen ab, rollte die Umschläge ihrer Leinenhosen hoch und watete durch die Pfützen. Sie fühlte sich leichtsinnig und auf der Schwelle zu etwas Großem und Wundervollem, das sie nur noch nicht sehen konnte. Sie erinnerte dieses Gefühl aus ihrer Kindheit. Seit DeeDees Einladung zum Abendessen hatte sie es immer wieder gehabt, sich aber geweigert, es näher zu untersuchen.

In der Woche, die sie nun schon wieder zu Hause verbrachte, war sie noch nicht in dieser Straße gewesen. Sie hatte noch nicht einmal von ihrem Badezimmerfenster aus in diese Richtung geblickt. Sie dachte daran, daß sie von dort aus früher das Dach des Parsons-Hauses hatte sehen können; aber inzwischen war der damals junge Seifennußbaum ausgewachsen, voll und beschirmend, und sie hatte ja sowieso nicht hingeschaut. Jetzt sah sie, daß das Parsons-Haus und die anderen drei alten Häuser an der Straße verschwunden waren und das gesamte Gelände zwischen zwei Querstraßen von verstreuten, niedrigen Häusern im Kolonialstil eingenommen wurde. Sie waren aus weichem, rötlichen Backstein, standen inmitten ausgedehnter Rasenflächen und wurden von großen alten Bäumen beschattet. Diese Bäume hatte man offensichtlich bei der Neuerschließung des Geländes nicht behelligt. Es waren keine alten Bauten, den Gärten nach zu urteilen, höchstens zehn Jahre alt, aber sie hatten die sanfte, würdige Patina von weicher Reife an sich. An einem alten Torpfosten aus Ziegelwerk war eine schlichte Bronzeplatte befestigt. »Lyttonwood, eine Sewell-Siedlung« war auf sie graviert. Mike ging an dem Pfosten und drei der Häuser vorbei zu Bayard Sewells Haus. Es war das letzte vor der Querstraße.

Es war größer als die anderen, aber nicht sehr, und wie sie weit zurückgesetzt auf einem Samtrasen unter einem Baldachin knorriger, bemooster alter Eichen. Auch dieses Haus war aus rötlich angehauchten alten Backsteinen, lang und niedrig, mit schwarzen Fensterläden und schmiedeeisernen Verzierungen an den niedrigen Säulen, die den tiefen Dachvorsprung stützten, und eine durchbrochene Schlängelmauer erstreckte sich von jedem Ende des Hauses auf das Ende des großen Grundstücks hin. Perfekt geputzte, glänzende Rhododendren lockerten die Strenge der Mauer auf, und vor ihnen senkten symmetrische Hügelchen von Azaleen in hellerem, regengewaschenen Grün ihr nasses, tropfendes Blattwerk auf das üppige Gras. Es zeigte nicht das verbrannte Weiß des Grases an der Pomeroy Street, sondern das schimmernde Blaugrün von sehr guten Smaragden. Leuchtendweiße Clematis strahlte vom schmiedeeisernen Briefkasten, auf dem lediglich »142 Church Street« stand, und eine Doppelreihe riesiger, lebhaft rosagrüner Kalladien breitete Crèpe de Chine-Blätter am gewundenen Ziegelpfad zur Frontveranda aus. Mike blieb am Beginn des Pfades stehen und blickte auf Bayard Sewells Haus, ihre Schuhe in der Hand schwingend.

Es hätte allzu perfekt wirken können, zu Vorort-symmetrisch, zu gepflegt, gestutzt, geschnitten und geputzt. Aber aus irgendeinem Grund war es nicht so. Ein zweiter Blick enthüllte einen sich locker ausbreitenden Steingarten am Ende der Backsteinmauer, in dem grazile, altmodische Blüten im letzten Sonnenschein rebellierten – Grasnelken, Schleifenblumen, Glockenblumen, die hängenden, weißen Fontänen der Spiräen. Hoch oben in einem der kleinen Kieferbestände war ein Basketballkorbring angebracht, und irgendeinem kleinen Vogel hatte es gefallen, sich sein Nest darin zu bauen. Es war jetzt verlassen. Mitten auf dem Rasenhang, im Mittelpunkt eines Halbkreises von niedrigem Wacholder und am Fuß einer riesigen, herabströmenden alten Weide bäumte sich schnaubend ein antikes Karussellpferd auf und schüttelte seine vergoldete Mähne. Mike lächelte über das Pferd, ging den Pfad hinauf und klingelte.

Die Tür wurde augenblicklich von einer massiven, alten schwarzen Frau in einem Kleid aus bedrucktem Rayon und Krankenschwester-Halbschuhen geöffnet, und Mike streckte die Hand aus und sagte: »Ich bin Mike Winship von nebenan. Ich glaube, ich werde erwartet.«

Die alte Frau sah Mike gelassen an und machte keinerlei Anstalten, ihre Hand zu ergreifen. Mike erinnerte sich daran, daß man dem Hauspersonal selbstverständlich nicht die Hand schüttelte. Daß die Frau keine Dienstkleidung trug, war nicht ungewöhnlich. Das hatte in Lytton noch nie ein Dienstmädchen getan. Mike stand ruhig da, während die alte Frau ihren Anblick in sich aufnahm, auch die nackten Füße, und als sie dann knapp sagte: »Sie sind hinten am Pool«, folgte Mike ihr, hielt nur kurz inne, um sich die Sandalen überzustreifen.

Das Innere des Hauses entsprach dem Äußeren: Symmetrisch, in perfekter Ordnung, poliert, gut aber nicht spektakulär eingerichtet. Da waren die erwarteten hochflorigen, leuchtenden Orientteppiche, die sanft schimmernden Chippendale- und Happlewithemöbel, das Waterford-Kristall und die Blumen und Landschaften in geschnitzten Goldrahmen, die man im Vorort-Heim eines erfolgreichen Mannes anzutreffen gewohnt war. Aber genau wie draußen gab es auch die reizvollen Kleinigkeiten, die kunstvoll kunstlosen Überraschungen: Das erfrischend primitive Bild der See vor Haiti über einer Kredenz in der Halle, die farbenfrohe Navaho-Brücke vor dem Kamin, eine seidene Flagge in Himalayastaat-Manier in einem kleinen Wohnzimmer, eine Sammlung Zeichnungen in der Diele, die von Picasso zu sein schienen, ein großes, hüpfendes scharlachrotes Mobile, das von Calder stammen konnte.

Irgendwie, dachte Mike, als sie hinter der schweigsamen Frau durch die wohlstandatmenden, dämmrigen Räume ging, paßt Bay perfekt in dieses Haus. Er und das Haus sind ... was? Verfeinert? Konventionell? Nein, kultiviert ist das Wort, das mir gefällt. Alles an ihnen ist perfekt und überlegt kultiviert.

Sie traten in die Strahlen der späten Sonne am blauen Swimmingpool, und die Angestellte glitt in den Schatten zurück, ließ Mike alleine mit Bayard Sewell zurück. Er nahm ihre Hand, wie er es ein paar Abende zuvor bei DeeDee auch getan hatte, beugte sich vor und küßte sie auf die Wange.

»Ich freue mich, daß du da bist«, sagte er lächelnd. Sie lächelte zurück und lachte dann laut auf. Zu seinen weißen Segeltuchhosen und dem blauen sommerleichten Blazer trug er ein Halstuch über dem blauen Baumwollhemd. Er sah damit theatralisch und unwahrscheinlich gut aus, wie ein Schauspieler, der von einer teuren, geistlosen Hochglanzzeitschrift dazu engagiert worden war, vor einem blauen Swimmingpool zu posieren.

»Ich weiß.« Er verzog das Gesicht. »Es ist schauerlich, nicht? Sal hat es mir aus Nashville mitgebracht, und selbst sie ist der Meinung, daß ich damit aussehe wie Richard Gere in *American Gigolo.* Aber ich habe keineswegs vor, es abzunehmen. Komm, sag ihr Guten Tag. Sie wartet mit angehaltenem Atem darauf, die Autorin kennenzulernen.«

Das ist es, dachte Mike. Das ist seine Macht. Bei ihm gibt es keine Mißgeschicke, und wenn doch, dann macht er sie sich zunutze. Aber sie sind immer Überraschungen. Wie dieses lächerliche Halstuch.

Sie lächelte an ihm vorbei die Frau an, die mit ausgestreckten Händen direkt neben ihm stand.

»Ich kann Ihnen gar nicht sagen, welche Ehre das ist«, sagte Sally Chambers Sewell, ein leichtes Glucksen von – Lachen oder Nervosität? – in ihrer hellen Stimme. »Seit zwanzig Jahren hat Bay über nichts und niemanden gesprochen, nur über Sie. Wir alle in Lytton sind so stolz auf Sie. Niemand von uns ist je in einer Zeitschrift erschienen, wissen Sie. Und in einer überregionalen schon gar nicht.«

»Aber das ist doch nun wirklich keine Empfehlung.« Mike lächelte sie an. »Einige der schlimmsten Leute, die ich kenne, tauchen mit erstaunlicher Regelmäßigkeit in Magazinen auf.«

»Aber doch nicht als Journalisten oder Storyschreiber«, sagte Sally Sewell. »Das ist doch etwas anderes. Schreiber sind ganz besondere Menschen.«

Sie war eine sehr kleine Frau, nicht größer als ein zwölfjähriges Kind. Sie reichte Mike gerade bis ans Kinn und kaum an

Bayards Schulter. Sie hatte eine kleine Stupsnase, deren Haut sich von der Sonne pellte, einen weichen, formlosen Mund ohne eine Spur von Lippenstift, und ihr weißblondes Haar war zu einem Pferdeschwanz zusammengefaßt. Mike nahm an, daß das Weißblond von der Sonne, Chlor und sorgfältigem Färben kam, denn ihre Haut zeigte das tiefe, eher grobe Mahagoni von zu stark gebräunter, mittelalterlicher Haut, glanzlos und opak, aber irgendwie ließ das Sally Sewell nicht wie eine Frau mittleren Alters aussehen. Sie hatte die leichten Knochen, die kurzen Hände und Füße, das schüchtern eingezogene Kinn eines Kindes, und sie war dünn, dünn bis zur Auszehrung, hatte die geschlechtslose Magerheit eines vorpubertären Mädchens. Sie trug ein buntgeblümtes Sonnenkleid mit Spaghettiträgern, und ihre Schulterblätter und Schlüsselbeine traten genauso scharf hervor wie Mikes eigene. Eins der Schlüsselbeine zeigte Knoten und seltsame Verformungen, als wäre es einmal gebrochen und nur schlecht zusammengefügt worden, und an ihren braunen Schienbeinen und Knöcheln waren noch schwache gelbliche Prellungen zu erkennen. Große, runde, schwarze Sonnenbrillengläser schützten ihre Augen, aber sie verliehen ihr keineswegs das Aussehen von Geheimnis oder Reife. Sie sah mit ihnen eher aus wie ein Kind, das sich mit der Sonnenbrille seiner Mutter maskiert hatte. Sie roch nach altmodischem Toilettenwasser und Sonnenöl und etwas anderem: An ihr war der fade Duft frischer Hefe. Mike hatte das schon an gewissen verlorenen, begabten und vergeudeten Journalisten und Photographen wahrgenommen, unter anderem auch an zwei von Derek Blessings Freunden. Es war der Geruch chronischer Alkoholiker.

Sally Sewell nahm die Sonnenbrille ab und sah zu Mike auf. Ihre Augen waren groß, blau, leicht geschwollen und hatten einen gehetzten Blick. Aber ihr offenes Gesicht war hübsch und freundlich – in ihm war nichts als die reine Freude über Mikes Anwesenheit und eine Spur echter Hochachtung. Sie lächelte erneut, riß die Augen auf, und Mike wurde an eine dünne, unerschrockene Promenadenmischung erinnert.

»Großer Gott, sind Sie dünn«, sagte Sally Sewell. »Sie sind ja fast so dünn wie ich. Und hübsch. Nun ja, Bay hatte erzählt, wie hübsch Sie wären, aber er hat nichts darüber verlauten lassen, daß Sie so dünn sind. Da fühle ich mich doch gleich wesentlich wohler. Ich nahm an, Sie würden wie Joan Crawford, Meryl Streep oder Gloria Steinem aussehen, oder auch wie eine dieser zähen, wichtigen Frauen mit Spürsinn und Schulterpolstern. Ich bin ja so erleichtert.«

Mike grinste, und Sally Sewell schlug sich gegen den Mund. »Himmel, wie gräßlich von mir. Bay wird mich dafür umbringen. Aber Sie sehen einfach so ... nett aus. Nicht so, als hätten Sie an Aufständen und Demonstrationen teilgenommen und das alles. Überhaupt nicht hart und zäh. Wissen Sie, ich wollte auch einmal demonstrieren, seinerzeit während dieser Selma-Affäre. Eine Freundin und ich wären fast losgezogen. Wir hatten es wirklich vor. Aber – Sie werden es sicher für albern halten, aber es stimmt – wir sind dann schließlich doch nicht gegangen, weil wir nicht wußten, was man bei so etwas anzieht.«

Mike brach in Gelächter aus. Sally Sewell gefiel ihr, und Bayard Sewell sagte: »Nun, jetzt kennst du Sal. Immer offen und unverblümt.«

Er zauste den Pferdeschwanz seiner Frau und wandte sich dann der Sitzfläche am Pool zu, wo DeeDee und Duck steif auf Rohrstühlen hockten. Seine Frau sah ihm nach ... in ihrem gehetzten Blick lag ihr ganzes Herz.

So gewandt und geschwätzig wie sie zwei Abende zuvor gewesen waren, so stumm und steif waren DeeDee und Duck Wingo heute. DeeDee trug ein gigantisches Zelt aus rosenbedrucktem Polyester und die hochhackigen Goldpantoffeln, die sie neulich angehabt hatte, und schwitzte in den letzten Strahlen der Sonne. Ihre kurze Oberlippe, die Schläfen, der Hals waren mit großen Tropfen benetzt. Sie schlug affektiert die Beine übereinander und sah Mike strahlend an. Duck steckte in karierten Golferhosen und einem schwarzen T-Shirt, trug einen weißen Gürtel und weiße Slipper sowie eine großzügige Dosis Pomade auf seinem dichten Pelz und den Koteletten. *Brut* verpestete die Luft um ihn herum. Auch er schwitzte ausgiebig und hielt in seiner riesigen Hand ein bonbonrosa Gebräu aus gestoßenem Eis mit Früchten und einer Gardenie darin. Ein identischer Drink stand neben DeeDee auf einem niedrigen Tisch aus Rohrgeflecht und Glas. Sie lächelten Mike an, als sie zu ihnen trat: DeeDee zimperlich und Duck mit etwas, das nach Erleichterung aussah, und DeeDee gab ein eigentümliches Streifenhörnchen-Gezwitscher von sich, das ein Lachen sein sollte.

»Du steckst ja schon wieder in diesen gräßlichen Hosen, Mikie«, sagte sie. »Ich habe wirklich keine Ahnung, warum du dir das antust. Hat sie neulich abend nicht bezaubernd in ihren Rüschen ausgesehen, Bay?«

»Mir gefallen die Hosen«, erklärte Bayard über die Schulter hinweg. »Ich finde, daß Mike in Hosen hinreißend aussieht. Passen zu ihr.« Er beugte sich über einen gasbetriebenen Grill auf der Poolterrasse, und eine Flamme zischte hoch.

»Das tun sie wirklich.« Sally Sewell lächelte Mike an. »Sie sehen großartig aus. So elegant. Ich würde am liebsten nur Hosen tragen, aber Bay sagt, ich würde in ihnen lachhaft aussehen. Zu dünn. Aber Sie nicht. Vielleicht, wenn ich ein Paar Leinenhosen wie die bekommen kann . . .« Sie sah ihren Mann an, aber der war über den Grill gebeugt und hatte sie nicht gehört.

»Nun ja«, sagte sie mit einer kleinen Geste der Resignation und ihrem netten, schnellen Lächeln.

»Das ist ein ausgesprochen hübsches Sonnenkleid«, sagte DeeDee. Sie sprach sorgfältig, wie zu einem kleinen Kind. »Hat Bay das für Sie ausgesucht?«

»Nein«, erwiderte Sally. »Ich habe es ... auf meiner Reise gekauft.«

»O ja«, meinte DeeDee und grinste affektiert. Sie sah Bay bedeutungsvoll an, aber er erwiderte ihren Blick nicht.

»Oh, meine Manieren!« rief Sally. »Da lasse ich Sie ohne ein Glas herumstehen. Bitte, setzen Sie sich doch, wo es Ihnen gefällt. Ich bin gleich wieder da. Ich mache Erdbeer-Daiquiris mit frischen Erdbeeren, im Mixer. Sie sind wirklich super.«

»Ich glaube, Mike hätte lieber einen Martini, Sal«, erklärte Bayard Sewell ruhig. Er war unvermutet neben ihr aufgetaucht. »Warum überläßt du das nicht mir? Du hast dich schon genug abgeschuftet. Setz dich und plaudere doch ein wenig mit deinen Gästen.«

»Oh, Bay, bitte!« Die blauen Augen sahen ihn flehend an. »Ich habe die Erdbeeren bereits geschnitten und alles vorbereitet. Sind sie denn nicht gut? Finden Sie, daß sie nicht gut sind, Mrs. Wingo? Mister Wingo?« Sie blickte hartnäckig von DeeDee zu Duck.

»Einfach köstlich«, erwiderte DeeDee, zeigte spärliche Grübchen und nahm einen Minischluck von ihrem Daiquiri.

»Wirklich schmackhaft«, erklärte Duck. Er trank nicht.

»Ich hätte wirklich lieber einen von Sallys Daiquiris, Bay«, sagte Mike und lächelte die eifrige Kindfrau an. Sally Sewell klatschte in ihre kleinen Hände und bewegte sich in Richtung Küche.

»Ist das nicht ein wundervolles Haus, Mike?« fragte DeeDee und deutete umfassend mit einem voluminösen, goldbebänderten Arm um sich. »Der Pool und alles – einfach perfekt. Wie ich weiß, hat Bay das alles ausgesucht. Jede kleine Vase, jedes Kissen, jeden einzelnen Sessel. Das Feinste vom Feinen. Duck und ich haben darüber gesprochen, uns auch einen Pool zuzulegen, weißt du, aber wir sind einfach nicht dazu gekommen, und außerdem bekomme ich so leicht Hitzebläschen ...«

Bayard zeigte Mike ein winziges, verschwörerisches Lächeln. DeeDee in einem Swimmingpool hinter der Miniatur-Hacienda am Rand des Wohnwagenparkplatzes hing monströs und sonnenverbrannt in der Luft zwischen ihnen.

»Jedes einzelne Stück war Sals Idee«, sagte er. »Ich darf keinerlei Ruhm in Anspruch nehmen. Du hast das verwechselt, Dee. Die Wände, Böden und Decken sind mein Revier. Was sich zwischen, über und unter ihnen abspielt ist Sallys.«

»Das hat mir mein kleiner Vogel aber ganz anders erzählt«, erklärte DeeDee spitz.

Sally Sewell kehrte mit einem Tablett voller Daiquiris auf die Terrasse zurück. Sie ging sehr langsam und vorsichtig, mit der Zunge zwischen den Lippen, in dem Bemühen, nichts zu verschütten. Mike nahm ein Glas und nippte. Der Cocktail war rumgesättigt.

»Gut«, sagte sie mit tränenden Augen.

»Das freut mich«, erwiderte Sally Sewell. »Ich halte mich an Orangensaft. Der Arzt sagt, ich müsse Unmengen davon trinken. Mein Kaliumspiegel ist im Keller und meine . . . Elektroden . . . erschöpft. Glücklicherweise mag ich Orangensaft.«

Sie trank einen großen Schluck aus einem übergroßen, kältebeschlagenen Glas voller Saft. Bayard schlug die Augen zum Himmel und lächelte wieder.

»Deine Elektrolyten meinst du«, sagte er. »Obwohl es bei dir durchaus auch Elektroden sein könnten. Du bist heute abend wirklich ein bißchen verdreht, Sal. Die Cocktails sind übrigens sehr gut.«

Sie strahlte ihn an.

Ein kleiner weißer Hund kam auf die Terrasse getappt. An seinem Halsband klingelte ein Glöckchen, und er sprang auf Sallys Schoß. Sie küßte ihn auf den seidenweichen Kopf und zauste an dem dünnen Fell über den Ohren. Der kleine Hund krümmte sich und zeigte wirkungslose Zähne.

»Das ist Snicker«, sagte sie. »Bay hat ihn mir geschenkt, als Stuart – unser Jüngster – im letzten Jahr zur Schule kam. Das Haus war mit einem Mal so schrecklich leer, und ich habe sie furchtbar vermißt ... ich habe nur noch geweint, es war schrecklich. Aber Snicker ist mein Ersatzbaby, mein Schatz – ist er nicht ein wirklicher Schatz?« Sie vergrub das Gesicht im Fell des Hundes und sah dann DeeDee an.

»Sie wissen doch, wie das ist. Nicht, Mrs. Wingo?« fragte sie. »Hat mir Bay nicht erzählt, daß ihre beiden Kinder das Nest auch verlassen haben? Ich weiß, wie Sie sich fühlen. Sie müssen sie schrecklich vermissen.«

»O ja, schrecklich«, erwiderte DeeDee bekümmert. »Aber sie machen sich so gut, daß ich mich wirklich nicht beklagen darf. Claudia ist Physiotherapeutin und Beraterin in einem großen Physiologie-Institut in Florida, und Johnny hat eine neue Geschäftsbeteiligung in Dallas.«

»Oh, das ist doch wundervoll«, sagte Sally Sewell mit aufrichtiger Begeisterung. »In welcher Branche?«

»Ich glaube, er hat von Öl gesprochen«, lächelte DeeDee albern. »Davon gibts in Big D jede Menge, wissen Sie.«

»Ich werde jetzt das Lamm auf den Grill legen, in Ordnung, Sal?« sagte Bayard Sewell. Er sah weder DeeDee, noch Duck oder Mike an. Mike dachte an das, was Priss über die Probleme von DeeDees Sohn auf seiner letzten Arbeitsstelle gesagt hatte, und wie Bayard das irgendwie für ihn ausgebügelt hatte. Ihr Herz zog sich aus Mitleid für ihre Schwester zusammen. Auch im Abseits hielt DeeDee noch immer ihre Flagge des schönen Scheins tapfer hoch.

Die Dämmerung kam und die Unterwasserbeleuchtung des Swimmingpools wurde eingeschaltet. Der ovale Pool schimmerte wie ein Edelstein im Zwielicht, traumhaft, irreal. Mike blickte nur ungern hin. Sie sah auf seiner leeren, satinartigen Oberfläche den kleinen, schlaffen Körper eines Kindes mit dem

Gesicht nach unten treiben, sich langsam, ganz langsam drehen. Aber für die anderen enthielt das Becken keine Gespenster. DeeDee lächelte auch weiterhin albern, Duck posierte, und Sally Sewell schwatzte ungekünstelt. Sie sorgte für den Nachschub der eiskalten Daiquiris, trank die ganze Zeit artig ihren Orangensaft, und als Bay dann ankündigte, das Lamm am Spieß habe den Zustand der Vollkommenheit erreicht, hatte das letzte Licht den Himmel verlassen und es war nach neun Uhr.

Das Essen ist einfach wunderbar, dachte Mike: Elegant und einfach, nur das rosagegrillte Lamm, gedünstet, junges Gemüse und federweiche warme Brötchen, in süßer Butter getränkt. Die Brötchen, erklärte Sally, wären Opals Werk, aber das Gemüse hätte sie zubereitet. Sie wäre am Vormittag zum Markt der Staatsfarm in der Nähe des Flughafens gefahren und hätte jedes einzelne Stück ausgewählt, es gewaschen, geputzt und mit Kräutern gedünstet – nicht mit Speck.

»Nur für Sie, Mike«, sagte Sie. »Ich weiß, Yankees können es nicht ausstehen, wie wir hier unten Gemüse zubereiten.«

»Ich war Südstaatlerin, bevor ich Yankee wurde«, antwortete Mike. »Aber ich habe noch nie so gutes Gemüse gegessen, weder im Süden noch im Norden.«

Sally Sewell strahlte. »Ich werde Ihnen noch etwas holen«, sagte sie. »Wir brauchen auch noch etwas Wein. Und dann ist, glaube ich, noch ein Blech Brötchen im Backofen.« Sie erhob sich und bewegte sich in Richtung Küche.

Die alte schwarze Opal erschien wie durch Zauberkraft.

»Das mache ich, Miss Sally«, sagte sie entschieden. »Sie setzen sich wieder hin und genießen Ihre Gesellschaft.«

»Oh, Opal, laß mich das machen! Bay, ich möchte es tun. Sag ihr, sie soll es mich holen lassen. Ich bin so lange fortgewesen, und du hast mich kaum etwas tun lassen . . . laß mich wenigstens meinen Gästen mein eigenes Essen servieren«, flehte sie und sah von der finster blickenden Opal zu Bayard Sewell.

»Lassen Sie sie machen, Opal«, meinte Bayard. »Ich weiß, sie sollte sich eigentlich ausruhen, aber es ist doch nur heute abend, und sie macht sich doch ganz hervorragend.«

Die alte Frau sah ihn einen Moment lang hocherzürnt an und stolzierte dann aus dem Eßzimmer. Sally Sewell glitt mit einem triumphierenden Lächeln von ihrem Stuhl und eilte in die Küche. Die Schwingtür schloß sich hinter ihr. Es entstand ein kleines Schweigen.

»Opal denkt immer noch, Sally sei fünf Jahre alt und ihr eigenes Kind«, erklärte Bay schließlich. »Manchmal muß ich ihr schon die Meinung sagen, und das paßt ihr ganz und gar nicht. Sie ist ein richtiger alter Tyrann, kommt aber mit Sally hervorragend aus, und ich weiß nicht, was wir ohne sie anfangen würden. Ich werde sie später beruhigen.«

Sally Sewell kam mit Wein, Orangensaft und zusätzlichen Portionen Essen wieder ins Eßzimmer, und der Abend floß, wirbelte und strudelte dahin. Sie knabberten und plauderten noch ungefähr eine Stunde lang miteinander. Das heißt, Mike und Bayard Sewell redeten. DeeDee, Duck und Sally hörten meistens zu und lachten gelegentlich über den unbeschwerten Schlagabtausch. Es war ein gutes Gespräch, behaglich, unbelastet.

Bayard Sewell hatte gerade gesagt: »Ich habe gerüchteweise gehört, daß es zum Dessert frische Pfirsich-Cobbler geben soll«, als Sally ihre Hände sorgsam auf dem Schoß faltete, wie im Gebet nickte und seitlich vom Stuhl auf den Fußboden rutschte.

»Mist«, sagte sie.

Einen Augenblick lang saßen sie alle ungläubig da und starrten sie an, während sie schwerfällig wieder hoch kam, sich am Tisch festhielt und unbeholfen auf ihren Stuhl setzte. Ihr Gesicht war plötzlich hochrot und schlaff, ihr Blick glänzend und unsicher. Mike stellte fassungslos fest, daß sie völlig betrunken war. Der Orangensaft . . .?

Bayard verließ seinen Stuhl, kam um den Tisch herum, aber Sally hob eine Hand, und er hielt inne. Sie sah Mike an, konzentrierte angestrengt ihren Blick auf sie. Sie lächelte ein durchtriebenes, vertrauliches Lächeln, das so gar nichts von ihrer früheren offenen, naiven Fröhlichkeit hatte.

»Sie sind meine Strafe, wissen Sie das?« fragte sie Mike mit quälender Präzision. »Mein Mann droht mir mit Ihnen. Er sagt mir immer wieder, daß er mich für immer nach Parkwood bringen und sich von mir scheiden lassen wird, um Sie in mein Haus zu holen, wenn ich mich nicht endlich zusammenreiße. Aber ich habe mich nicht daran gehalten – und nun sind Sie hier. Ich habe stets gehofft, daß Sie irgendwann bei einer Ihrer berühmten Reportagen ums Leben kommen, und ich nichts mehr von Ihnen zu hören brauche. Aber dafür ist es jetzt zu spät. Sie können Ihr dürres New Yorker Hinterteil darauf verwetten, daß mir jetzt nur die Klapsmühle bleibt. Und das innerhalb kürzester Zeit. *C'est la guerre,* Mike. Ich hoffe, Ihr beide werdet in der Hölle schmoren!«

Ihr Kinn entglitt ihrer stützenden Hand und ihr ganzer Körper folgte – wieder lag sie auf dem Fußboden, diesmal still und unbeweglich auf dem herrlich weichen Kerwin.

DeeDee und Duck saßen stocksteif und mit offenen Mündern, Mike war schreckensstarr und eiskalt, obwohl ihr Gesicht vor Qual glühte. In ihren Ohren schrillte es. Bayard sah keinen von ihnen an.

»Entschuldigt mich bitte«, sagte er, ging um den Tisch und kniete sich neben seine Frau. »Auf geht's, Sal«, sagte er, nahm sie auf die Arme und trug sie schnell aus dem Speisezimmer. Der blonde Pferdeschwanz wippte fröhlich auf seinem Arm, als sie sich entfernten. Die drei am Tisch Zurückgebliebenen sahen einander nicht an, sprachen nicht, wagten kaum zu atmen. Außerhalb des Vakuums schien die Welt zu brüllen, aber unter ihrer Glocke fühlte sich Mike nur leer und wieder betäubt, zufrieden damit, das ungegessene Essen auf ihrem Teller zu betrachten.

Es dauerte ein bißchen, bis er zurückkam. Sein Gesicht war sehr weiß, und zu beiden Seiten seines Mundes standen Muskelstränge hervor, aber seine Stimme klang gelassen.

»Es tut mir entsetzlich leid«, sagte er formell. »Sie wird nun die ganze Nacht schlafen und danach bis auf scheußliche Kopfschmerzen und ein schrecklich schlechtes Gewissen wieder in Ordnung sein. Selbstverständlich hat sie nicht eins ihrer Worte ernst gemeint. Sie ist so furchtbar bitter, seit Win ... und manchmal kann sie die Last einfach nicht mehr ertragen. Dann trinkt sie, bis der Schmerz aufhört. Und die Bitterkeit läßt sie an anderen Leuten aus. Üblicherweise an mir. Ich habe keine Ahnung, woher sie heute abend den Schnaps hatte. Sie muß ihn draußen in der Küche versteckt haben. Es ist mein Fehler. Ich hätte wissen müssen, daß sie zu schwach für eine Dinner-Party ist. Ich hätte sie besser beobachten sollen. Sie wird dich morgen anrufen, um sich zu entschuldigen, falls sie sich erinnert, aber normalerweise erinnert sie sich nicht, und ich möchte sie eigentlich nicht darauf hinweisen ...«

»Das kommt auch gar nicht in Frage«, sagte Mike. »Ich hoffe, daß sie es einfach vergißt. Ich hoffe, ihr werdet es beide vergessen. Es macht mir absolut nichts aus.« Ihr Herz klopfte vor Qual – seiner und ihrer eigenen –, und in ihren Ohren klang es immer noch. Sie wünschte sich verzweifelt meilenweit fort.

»Es macht sehr viel aus«, entgegnete er. »Aber ich habe keine Ahnung, wie ich es wieder gutmachen soll.«

»Meinst du nicht, daß du sie wieder in die Du-weißt-schon zurückbringen solltest?« fragte Dee in apokalyptischem Flüsterton.

»Nein«, erwiderte er. »Das kann ich ihr nicht wieder zumuten. Sie verabscheut das so, daß es absolut nichts bringen würde. Und sie weigert sich außerdem ganz einfach, mit irgendwelchen

Seelenklempnern zu sprechen. Opal und ich können uns hier genausogut um sie kümmern. Arme Sal. Diesmal habe ich wirklich angenommen ... Sie war so aufgeregt, Gäste zum Abendessen zu haben. Es ist schon so lange her ...«

Als sich DeeDee und Duck zögernd zur Tür in die blütenduftende Nacht hinausschoben, sagte Mike: »Ich werde nach Hause laufen, Dee. Es ist schließlich nicht weit.«

DeeDee startete einen Protest, aber Bayard Sewell meinte: »Ich werde sie begleiten, Dee. Ich brauche frische Luft.« DeeDee sah von einem zum anderen, sagte aber nichts mehr. Sie und Duck gingen mit dem Versprechen, am Morgen anzurufen. Mike wußte, daß ihre Schwester am Apparat hängen würde, noch bevor die Sonne ganz aufgegangen war.

Sie gingen schweigend, bis sie den Fußweg zu Mikes Haus erreicht hatten. Das dissonante Zirpen der Zikaden in der dunklen Masse der Bäume und ihre eigenen Schritte, langsam und regelmäßig, waren die einzigen Geräusche in der Nacht. Mike glaubte nicht, daß es spät war. Der leichte Wind, der dem Gewitter gefolgt war, hatte sich inzwischen gelegt, und die unglaubliche Süße der Mimosen, Glyzinen und der Kaskaden der altmodischen Rosenbüsche am Zaun zwischen dem Winship-Haus und dem Nachbargebäude, war fast greifbar. Es schien kein Mond, aber die Sterne waren sehr klar.

»Mach dir nicht die Mühe, noch weiter mitzukommen«, sagte Mike. »Du mußt zurück. Ich finde meinen Weg mit verbundenen Augen, und oben an der Treppe ist noch Licht. Vielleicht ist Daddy sogar noch wach. Es war richtig schön, einen Abendspaziergang gemacht zu haben. In New York tue ich das nicht allzu häufig. Man wird zu schnell überfallen. Aber wer würde einen in Lytton schon ausrauben? Besonders in so einer Nacht? Diese Mimosen ...«

Sie wußte, daß sie schwatzte, schien ihren Wortschwall jedoch nicht stoppen zu können. Sie wußte nicht, was im Schweigen auf sie wartete, nur, daß das etwas Außerordentliches und Unveränderliches war.

»Es ist keine Mühe, dich bis zur Tür zu bringen«, stellte er fest. Seine Stimme klang normal, fast beiläufig. »Das ist das Geringste, das ich tun kann und möchte. Opal ist bei Sally, und diese Luft ist wundervoll. Ist dir eigentlich klar, daß du deinen Vater ›Daddy‹ genannt hast? Das habe ich nicht mehr von dir gehört seit damals, als du noch zu Hause gewesen bist.«

»Nein«, sagte Mike. »Das war mir nicht bewußt. Ich nehme an, daß alte Gewohnheiten nie sterben, oder?«

»Nein«, sagte Bayard Sewell. »Sie sterben nicht.«

Mike blickte zu ihm auf, als sie da schweigend im Schatten der alten Eichen vor dem Haus an der Pomeroy Street standen, und sah, daß er weinte.

Sie wußte nicht, wann ihre Finger hinaufgelangt hatten, um sein Gesicht zu berühren, und dabei naß wurden. Später konnte sie nicht sagen, wann und wie sie sich gemeinsam zu der alten, gestreiften Hollywoodschaukel im Schutz des Glyzinenbogens auf der Seitenveranda begeben hatten, noch wie genau sie in seine Arme geraten, unter ihm auf der Schaukel zu liegen kam, mit hektischen Händen an seinem halbnackten Körper, während ihr Atem schnell und abgerissen aus den Nasenflügeln kam, ihre Augen blind und ihre Wangen naß von ihrer beider Tränen waren. Sie wußte nicht, wann ihre Empfindungen Qual wurden und darüber hinausging, als das Verlangen in nahezu unerträglicher Lust explodierte und unwiderruflich wurde, als sie laut aufschrie, und er ihre Schreie mit seiner Hand dämpfte und an seinen eigenen fast erstickte. Aber schon bevor er in sie eindrang und stieß und stieß mit der ungezügelten Kraft von zwanzig elenden und verschenkten Jahren, drängte alles, was an ihr Micah Winship war – Schmerz und Lust, Leidenschaft und Verweigerung, Angst und Freude und Elend; ihre unveränderliche Natur – durch ihre Poren, Fingerspitzen, Mund und Augen hinaus in sein Fleisch. Sie war zu Hause.

Und so begann es von vorne.

19

Während dieses ganzen Sommers kam an den Spätnachmittagen ein Kardinalpärchen in die verkrüppelte alte Magnolie vor Mikes Fenster geflogen, und seither, wenn sie das freudige Rufen dieser Vögel hörte, empfand sie stets von neuem das süße, schwere Gefühl der Befriedigung. Es war eine eigenartige Tageszeit für die Vögel, die falsche Zeit. Die anderen Kardinäle im Garten ihres Vaters fraßen und sangen in der kühlen Morgendämmerung oder kurz vor Einbruch der Dunkelheit.

»Sie stimmen zu«, sagte sie zu Bayard Sewell. »Das ist das offizielle Siegel der Zustimmung. Du brauchst keine Schuldgefühle zu haben.«

»Die habe ich nicht«, sagte er und stützte sich auf einen Ellbogen, um sie zu betrachten, wie sie da nackt und schlaff vor Erfüllung im Durcheinander des ananasverzierten Bettes lag. »Ich würde auch dann keine Schuldgefühle haben, wenn jeder Häher aus ganz South Fulton County da draußen erscheinen und damit drohen würde, es überall herumzuerzählen.«

Sie trafen sich an zwei oder drei Nachmittagen in der Woche in Mikes Zimmer oben im Haus an der Pomeroy Street. Er kam um drei statt wie sonst um vier, und John Winship schlief noch. Mike erwartete ihn im abgedunkelten Raum, nach den ersten zwei oder drei tastenden Begegnungen nackt, und oft hatte er bereits Jacke, Krawatte und Gürtel abgelegt, wenn er leise an ihre Tür klopfte. Lavinia Lester war gegangen, John Winships

Erwachen erst eine Stunde später fällig, und das Haus lag still und schläfrig in der Hitze da. Wenn ihr Vater wach wurde, tranken Bayard und Mike unten Kaffee, und Sam Canaday kam nie vor sechs. Es war nicht ideal; es war, wie sie wußten, riskant, aber es war das Beste, das ihnen einfiel, und Mike hätte jeden kaltblütig und seelenruhig ermordet, der versucht hätte, die Begegnungen zu verkürzen.

Nach dem ersten Abend hatten sie sich ein paarmal auf der Veranda wiedergetroffen, auf der alten Schaukel, aber ihre Vereinigungen waren zu hektisch und die Veranda zu offen gewesen. Die Abstinenz weniger Tage, bis sie sich für ihr Zimmer in der Nachmittagsstunde entschieden hatten, war fast unerträglich gewesen. Mike wollte aufschreien, wenn er kam, um ihren Vater zu besuchen, ihn packen, um sich auf dem Küchentisch oder dem Teppich im Wohnzimmer von ihm lieben zu lassen. Sie war, gestand sie sich reuevoll ein, unumwunden und unanständig heiß, schrie ihr Verlangen, ihre Lust, ihre Erfüllung heraus. In ihrer Vereinigung war nichts von Reife oder Vernunft. Seine Berührungen stürzten sie zurück in die Kindheit – machten aus ihr nicht das überschattete Kind, das sie in diesem Haus gewesen war, sondern ein nacktes, gottloses Kind, besessen und unersättlich wie ein Hungerleider mit gelegentlichem unbewachten Zugang zu einem Süßigkeitenladen, der erst zum Leben erwachte, wenn er mit den Bonbons allein war. Mike leuchtete, wenn sie mit Bayard Sewell zusammen war. Den Rest ihrer Zeit verbrachte sie zitternd unter der Last ihres Heißhungers. Keine ihrer vergangenen körperlichen Beziehungen hatte sie so erschüttert und in Brand gesetzt.

Das Zimmer war seine Idee gewesen. Er hatte sich schnell und praktisch dafür entschieden.

»Im Büro und zu Hause habe ich gesagt, ich hätte da an einem neuen Projekt zu arbeiten, das mich an mehreren Tagen in der Woche nachmittags aus der Stadt führt«, hatte er nach dem ersten Mal dort gesagt, nachdem er sie so schweigend, wild und schnell genommen hatte, daß ihr nicht einmal die Zeit geblieben war, sich aus dem Seidenmantel zu schälen, den sie aus diesem Anlaß nervös angezogen hatte. Er wurde zerdrückt und befleckt von seiner Wildheit. Seine Kleidung war über die dröhnende Klimaanlage geschleudert worden.

»Es ist die beste Lösung, denke ich. Alle Welt sieht mich ohnehin im Haus dauernd ein- und ausgehen. Und selbst wenn dein Vater wachwerden sollte, kann er sein Zimmer nicht verlassen. Himmel, ich verabscheue diese Heimlichkeiten! Am liebsten würde ich von allen Dächern schreien: ›Ich bumse Micah Winship, wie ich es schon immer tun wollte; und jeder, der etwas dagegen hat, wird sich damit abfinden müssen.‹ Aber wir werden sehr vorsichtig sein müssen. Ich schere mich keinen Pfifferling um meine sogenannte Stellung in dieser Stadt oder sogar in der Justizbehörde, aber ich möchte weder Sally noch deinen Vater verletzen. Das sind zwei Dinge, die ich einfach nicht tun kann. Er ist vernarrt in Sally. Hat man dir erzählt, daß er es war, der uns miteinander bekanntgemacht hat? Ihr Vater war ein Klient von ihm, und John packte mich buchstäblich am Kragen und stellte mich ihr vor. Ich dachte, er würde sogar an meiner Stelle den Heiratsantrag machen. Aber den Verlobungsring *hat* er bezahlt und nie erlaubt, daß ich ihm das Geld zurückerstatte.«

»Sie muß ihm als das absolute Gegenteil von mir erschienen sein«, sagte Mike. Diese Vorstellung beunruhigte sie keineswegs.

»Das mag vielleicht damals so gewesen sein«, sagte Bay. »Aber sie ist schon lange eine eigenständige Persönlichkeit für ihn. Er nennt sie Miss Sally. Sie nennt ihn Papa John. Er ist wahrscheinlich der einzige Mensch in Lytton, der nicht weiß, was aus ihr geworden ist. Ich hoffe, daß er das nie herausfindet.«

»Keiner von beiden braucht etwas hiervon zu erfahren«, sagte

Mike. »Ich sehe wirklich nicht, wie sie es herausfinden könnten. Aber natürlich, ich werde vorsichtiger sein als je zuvor in meinem Leben. Ich halte es für eine großartige Idee – du kommst einfach in dieses Haus, schlenderst herauf in mein Zimmer und bumst mich. Das hat den Vorteil äußerster Unkompliziertheit. Ich wäre nie darauf gekommen.«

»Nun ich bin ein Fachmann im Täuschen nach meinen Erfahrungen mit Sally«, sagte er lachend. Sie lachte auch. In ihr schmeckte nichts, keine Faser, kein Muskel, kein Molekül auch nur annähernd nach Reue oder Gewissensbissen.

Kein einziges Mal in diesem Sommer untersuchte Mike die Moral der Affäre oder zog zumindest ihr mögliches Ende in Betracht. Sie dachte nicht weiter als bis zu ihrem nächsten Treffen. Er füllte jede Spalte und jede Falte der Leere in ihr aus, die die kürzlichen großen Verluste und ihre neue Verletzlichkeit hinterlassen hatten. Wenn sie überhaupt dachte, dann sah sie Bayard Sewell und sich als Opfer irgendeiner privaten Katastrophe, die sich nur aneinander klammerten, um überleben zu können. Seine Hände auf ihrem Körper waren Rechtfertigung genug. Jeder gemeinsame Nachmittag bedeutete, daß sie einen weiteren Tag überleben konnten.

Es kann niemandem weh tun, dachte sie. Sally wird es nie herausbekommen, und ich würde von Bay nie verlangen, daß er sie verläßt. Daddy wird es auch nicht erfahren. Wen also sollte es verletzen?

Es war zum ersten Mal in ihrem Erwachsenenleben, daß sie für ihre ganze emotionale Existenz von einem anderen Menschen abhängig war; und anstatt mit ihrer üblichen kühlen Vorsicht zu reagieren, gab sie sich dieser Erfahrung vollständig und wollüstig hin. Das ist wirklich Liebe, dachte sie, wenn sie spürte, daß er in ihr anschwoll, bis er die ganze Welt ausfüllte. Ja. Wie war es möglich, daß ich es vorher nicht gewußt habe?

An diesem Nachmittag sagte er: »Ich habe dich nie vergessen; keinen Tag, keine Minute, nach all dieser Zeit. Dieser letzte Tag war der schlimmste meines Lebens – mit Ausnahme des folgenden, an dem wir wußten, daß du fort warst. Ich würde alles geben, was ich besitze, um zurückgehen und diesen Tag ungeschehen machen zu können. Ich hätte mit dir gehen sollen, ich hätte nach dir suchen sollen, bis ich dich gefunden habe – aber das habe ich nicht getan. Ich dachte, du würdest zum Studienbeginn zurückkehren. Ich wartete und wartete. Ich war sicher, daß du zurückkommen würdest. Und dann hörte ich, daß du verheiratet warst. Ich dachte, ich müßte sterben. Ich habe absolut keine Erinnerung an diesen Herbst, diesen Winter. Und jetzt will ich dich so sehr, daß ich wieder glaube, sterben zu müssen. Aber ich bin gefangen. Ich kann nicht fort. Das weißt du, nicht wahr, Mike? Ich kann sie nicht verlassen ...«

»Ich will nicht, daß du sie verläßt«, erwiderte sie und vergrub ihr Gesicht in der nach Moschus riechenden Feuchtigkeit, wo sein Arm in seinen Oberkörper überging. »Ich werde nie von dir verlangen, daß du gehst. Ich will nur das, jetzt, in dieser Minute. Das ist alles, das ist genug. Ich kann die Art und Weise wirklich nicht bedauern, in der sich alles entwickelt hat, Bay. Ich kann nicht einmal sagen, daß meine Ehe ein Fehler war. Ohne sie hätte ich Rachel nie bekommen. Ich hätte nie einen Beruf, eine Art von Karriere gehabt ...«

»Ist das denn so wichtig? Deine Karriere? Ist das genug?« Er sah sie im dunklen Bernsteinlicht forschend an, das durch die Jalousien einsickerte.

»Das ist so gewesen«, sagte sie langsam. »Das ist immer so gewesen. Aber jetzt ... ich weiß nicht. Ich fühle mich nicht als Journalistin. Ich fühle mich nicht als Mutter. Ich fühle mich nicht anders als ... ein Körper mit einer riesigen Öffnung darin. Eins, das du doch mit größter Begeisterung stopfen willst, oder? Hier? Und dann ... o Gott, hier ...«

Danach, sein Atem keuchte in seiner Brust, berührte er die warme Feuchtigkeit zwischen ihren Beinen.

»Ich möchte jeden umbringen, der dich hier je berührt hat«, sagte er. »Dein großartiger Richard oder wer sonst auch immer. Ich will nie etwas über die anderen erfahren, die es getan haben. Aber ... o Gott, Mike, waren es viele?«

»Ja«, erwiderte Mike gequält. »Es hat ziemlich viele gegeben. Ich habe mein ganzes Leben lang nach etwas ... nach jemandem gesucht, der mich ... ausfüllen kann, nehme ich an. Der diesen dumpfen, schrecklichen, beständigen Schmerz hier drin zum Abklingen bringt. Niemand hat das getan, niemand konnte es, aber ich habe lange und oft gesucht. Aber ich bereue jeden einzelnen von ihnen, Bay. Du warst doch so offensichtlich der, den ich wirklich wollte. Mit meinem ganzen Körper, ganz und gar. Und in mir und durch mich hindurch, hinter mir, vor mir ... immer nur dich. Du brauchst über die anderen Männer nichts zu wissen. Du brauchst nicht zu erfahren, wie ich vor jetzt gelebt habe. Es ist nicht wichtig. Es ist auch nicht wichtig, was dann kommt. Ich möchte nicht darüber nachdenken ... nicht über gestern, nicht über morgen. Und ich werde auch nicht darüber sprechen. Auf das, was jenseits des Jetzt und Heute liegt, gebe ich keinen Pfifferling.«

»Dann ist das Jetzt wichtig und wird es auch bleiben«, erklärte er. »Du bist jetzt zu Hause. Ich bin jetzt hier.«

Ja, dachte Mike. Ich bin zu Hause. Zu Hause ist da, wo Bay ist.

Und sie zeigte sich sehr entschlossen. Sie sprach nicht über ihr Leben vor ihrer Rückkehr nach Lytton. Sie sprach nicht über ihren Vater. Sie redete nicht über das, was Sam Canaday zugunsten ihres Vaters gegen die Verkehrsbehörde unternehmen wollte. Eines Nachmittags zu Anfang ihrer Beziehung, drängte sie Bayard Sewell sanft, ihn über den Stand der Dinge zu informieren, und sie protestierte gereizt.

»Wir haben nur eine Stunde«, sagte sie. »Und ich möchte sie

nicht damit vergeuden, daß wir über diesen verdammten Fall sprechen. Ich weiß *nichts* darüber. Ich will nichts darüber wissen.«

»Ich interessiere mich lediglich dafür, weil ich John so gern helfen möchte«, entgegnete Bayard Sewell. »Und ich komme mir ziemlich hilflos vor. Canaday gibt sich ausgesprochen zugeknöpft, und dein Dad reagiert so ... vage, unsicher ... wenn ich versuche, mit ihm darüber zu reden. Ich habe große Angst, daß dieser Nichtskönner von einem Winkeladvokaten ihn in einen aussichtslosen Prozeß verwickeln könnte. Ich wünschte, er würde deinen Dad zum Teufel nochmal in Ruhe lassen. Ich wünschte, er wäre nicht mit dir unter einem Dach.«

»Gott, Bay, ich *sehe* ihn doch nicht einmal«, erwiderte sie ungeduldig. »Ich halte mich bewußt von ihm fern, wenn er hier ist. Ich habe Sam Canaday gründlich satt, und ich habe es auch satt, über ihn zu reden.«

Sie schüttelte sich die Haare aus dem feuchten Gesicht als versuche sie, ein lästiges Insekt zu verscheuchen. Selbst außer Sichtweite war Sam Canaday penetrant und ätzend wie ein stechender Geruch.

»Ich mache mir nur Sorgen darum, weil ich nicht will, daß es dich berührt. Ich möchte nicht, daß das, was deinen Vater verletzen könnte, auch dir weh tut, ich will nicht, daß er *dich* verletzt«, erklärte er und strich ihr das wirre, seidige Haar aus dem erhitzten Gesicht.

»Das kann er nicht«, erwiderte Mike. »Das kann nichts – jetzt.«

Bayard Sewell redete nicht mehr über Sam Canaday und die juristischen Schritte gegen die Verkehrsbehörde.

Fast zwei Wochen vergingen, bevor Mike wieder in Priss Comforts kleines Steinhaus am Sportplatz ging. Sie hatte sich nicht bewußt ferngehalten, aber die lodernde Wirklichkeit der wenigen Nachmittagsstunden in ihrer dämmrigen, abgeschlossenen Höhle hatte alles andere um sie herum verblassen lassen und in die Ferne gerückt, und während der Zeit, die sie nicht mit Bayard Sewell in ihrem Zimmer verbrachte und sich mit ihrem ganzen Körper, ihrer ganzen Seele bemühte, ihr Innerstes nach außen zu kehren und in ihn hinein, dachte sie nur daran, wie es beim letzten Mal gewesen war oder wartete entflammt darauf, daß es erneut geschah. Mike war ein abstrakter Automat mit zitternden Nervenenden auf jedem Zentimeter ihrer Haut. Fand sie die Gelegenheit, so erwähnte sie Bayard Sewell jedem gegenüber, der anwesend war – nur um die Vollkommenheit seines Namens dabei auf der Zunge zu spüren, so wie ein paar Stunden später seinen heißen, dampfenden Körper. Sie machte wie im Traum Besorgungen in der Stadt, kochte ein paar oberflächliche Mahlzeiten, schlief lange, abstumpfende Zeitspannen, aß wenig, nickte Sam Canaday bei den wenigen Gelegenheiten zu, bei denen sie es nicht vermeiden konnte, im Haus auf ihn zu stoßen, und badete ungeheuer viel. Im lauen Wasser der rauhen alten Wanne kühlte das Feuer in ihr ein wenig ab, ließ nach. Hinten im Schrank ihres Zimmers fand sie einen Karton mit ihren Kinderbüchern, und danach schien ihre Lampe bis spät in die zikadensurrenden Nächte hinein auf die vergilbten, welligen Seiten von *Black Beauty, The Wind in the Willows* und die alte Arthur Rackham-Ausgabe von *The Water Babies.* Die heißgeliebten, halberinnerten kleinen Welten dieser Bücher waren in diesen ersten, heißen Nächten so real wie die, die sie umgab.

»Nun, ich dachte schon, du hättest uns für immer verlassen«, knurrte Priss, als Mike an einem heißen Vormittag in das kleine Haus schlenderte und den ersten einheimischen Pfirsich aß. »Daß du dich, eingesperrt in dein Zimmer, langsam zu Tode hungerst oder so. Setz dich da hin und laß mich dir etwas Handfesteres holen als diesen Pfirsich. Du siehst aus wie Mahatma Gandhi. Ich fühle mich sehr geehrt, daß du für meinesgleichen das Innerste Heiligtum verlassen hast.«

»Oh, sei doch nicht so brummig.« Mike lächelte sie an. »Wer hat dir denn gesagt, ich hätte mich in mein Zimmer eingesperrt, wie du es bezeichnest.« Ihre Worte klangen beiläufig, aber sie war wachsam, alarmiert. Niemand durfte von den Nachmittagen in diesem Zimmer erfahren.

»DeeDee sagte, Lavinia Lester hätte ihr erzählt, daß du jede Menge Zeit da oben verbringst«, erwiderte Priss. »DeeDee erschien in der letzten Woche zu einem kleinen Staatsbesuch, um zu erfahren, ob ich schon von der bezaubernden Dinner-Party im Haus der Sewells gehört hätte. Sie äußerte ihre feste Überzeugung, daß du mir davon berichtet hättest, und als ich sagte, du seist nicht hier gewesen, meinte sie, Lavinia hätte gesagt, du hättest dich in dein Bett zurückgezogen. DeeDee brachte diese Vorstellung fast um. Sie zeigte sich absolut sicher, daß du bis zur Schwermut von Peinlichkeit heimgesucht wärst. Ich erwiderte, daß du vermutlich mehr von dem übermächtigen Drang heimgesucht wärst, ihr zu entgehen. Ich glaube, damit könnte ich sie unter Umständen verärgert haben. Sie wurde puterrot.«

»Lieber Himmel, Dee treibt mich manchmal wirklich zum Wahnsinn«, fauchte Mike. »Ich bin keineswegs von Peinlichkeit heimgesucht, und ich hielt mich auch nicht in meinem Zimmer versteckt. Ich hole lediglich Schlaf nach, wie immer nach einem langen und anstrengenden Auftrag. Ich habe dir gesagt, daß ich das tun würde. Und was nun diese Dinner-Party anbelangt, so war sie tatsächlich ziemlich unerfreulich, aber doch nichts, womit Bay nicht fertig werden könnte und fertig wird. Aber es war schrecklich, Priss. Sie tut mir aufrichtig leid. Sie ist ein nettes kleines Ding und betet ihn offensichtlich genauso an wie er sie. Aber wenn das so ist, warum kann sie sich dann an dem einen Abend nicht ein bißchen beherrschen, an dem er eine alte Freundin zu Besuch hat und ihr seine Frau vorstellen will? Er ist über die ganze Affäre ganz wunderbar hinweggegangen, aber es blieb nicht verborgen, welche Qualen er litt. Es war ein gottverdammter widerlicher Schock.«

»Ich weiß nicht, warum das ein Schock gewesen sein soll«, erklärte Priss kühl. Mike sah sie überrascht an. Priss gelassenes Gesicht war ausdruckslos.

»Es ist mir unbegreiflich, was er eigentlich erwartet hat. Was sollte denn wohl geschehen, wenn seine Frau, erst wenige Tage aus dem Sanatorium entlassen, die Frau trifft, die ihr Mann fast geheiratet hätte? Ich habe keine Ahnung, was er von ihr erwartet hat? Da fließt der Schnaps in Strömen und sie bemüht sich, eine Gastgeberin zu sein, ihm zu gefallen, einen guten Eindruck auf dich zu machen, mit Duck und DeeDee fertig zu werden – das alles ist etwas, was auch durchaus widerstandsfähigere Gemüter dauerhaft zur Flasche greifen lassen könnte ... Ich weiß wirklich nicht, was er erwartet hat. Vielleicht genau das, was er dann ja auch bekommen hat.«

»Priss!« Mikes Stimme klang schrill vor Überraschung und Empörung.

Priss sah sie lange prüfend an. Dann wurden die eisgrünen Augen sanfter und senkten sich.

»O Gott, Mike«, sagte sie. »Nimm's mir nicht übel. Du hast nur eine Minute lang wie die Achtjährige gewirkt, an die ich mich erinnere ... vergiß es bitte. Ich konnte noch nie mit dir über Bayard Sewell reden.«

Danach sprach Mike nie mehr über ihn – weder zu Priss noch zu irgendeinem anderen. Aber er toste in ihr wie das Meer.

20

»Sagen Sie nichts, lassen Sie mich raten ... Däumlinchen nimmt Kochunterricht?« meinte Sam Canaday, als er an einem gewittrigen Morgen in diesem Juni in die Küche kam. Mike blickte von der Arbeitsfläche auf, auf der sie Butter und Kakao rührte. Ihre Haare waren mit blauer Wolle zu einem Pferdeschwanz zusammengebunden, sie trug abgeschnittene Jeans und ein altes Hemd von Richard. Ihre Füße waren nackt.

»Und wer sind Sie heute vormittag? Tab Hunter am Tag des großen Rendezvous?« Sie registrierte seinen blauen Blazer, die grauen Hosen und die rotgestreifte Krawatte. Sie hatte ihn noch nie in Sakko und Krawatte gesehen. Er wirkte total anders, dünner, feiner gebaut, irgendwie jünger. Sein blondes Haar war feucht-dunkel, die Kammspuren zeigten sich deutlich unter dem fluoreszierenden Licht von oben. Die Hügel seiner Wangenknochen schienen ganz neu mit der Sonne in Berührung gekommen zu sein.

»*Touché.* Aber Sie sehen trotzdem wie vierzehn aus. Und ich würde sagen, daß Sie entweder eine Eins in der Algebra-Arbeit geschrieben haben oder daß mit Ihrem Freund alles aus ist. Ist das Fudge zur Feier oder zum Trost?«

»Für eine Orgie. Ich werde die ganze Pfanne allein heute nachmittag vor dem Fernseher verputzen. Nehmen Sie sich etwas von dem anderen da. Aber Sie sollten sich beeilen, sonst ist nichts mehr da.«

Er griff nach einem Stück glänzendem Fudge, das auf einem alten, gelben Plastikteller abkühlte, den Mike aus einer unteren Schublade des Schrankes gezogen hatte.

»Mmmmm«, machte er. »Ihrem Kinn nach zu urteilen, würde ich sagen, daß Sie dem Fudge ganz schön regelmäßig zu Leibe rücken. Passen Sie lieber auf, sonst bekommen Sie jede Menge

Pickel, von einem richtigen Hinterteil ganz zu schweigen. Ist das der Ansatz von Hüften, den ich da erspähe?«

Er schielte anzüglich auf ihre engen Denim-Shorts.

»Ich fürchte ja«, erwiderte Mike. »Vor knapp zwei Wochen hingen sie noch fast sackförmig um mich herum. Der Himmel mag wissen, was ich anziehen werde, wenn ich nicht endlich zu essen aufhöre und ein bißchen Sport betreibe.«

»Nun, es sieht gut aus«, meinte er anerkennend. »So, als würden Sie endlich genug schlafen. Alle Ecken und Kanten sind weg. Sie haben sich außerdem ein bißchen Sonne eingefangen. Es ist nicht schwer zu sehen, daß Sie das hübscheste Mädchen auf dem High School-Ball waren.«

»Ich war nie auf einem High School-Ball«, entgegnete sie. »Aber vielen Dank für die liebenswürdigen Worte. Ich habe ja gar nicht gewußt, daß Sie auf so was wie Hüften und Bräune achten.«

»Guter Gott, ich als echter Sohn des Alten Südens? Ich war doch nicht umsonst vier Jahre auf der geilsten High School von ganz Amerika. Natürlich achte ich auf Hüften.«

Das war nicht gelogen. Sein Blick folgte ihr, als sie sich durch die Küche bewegte, das Fudge auf eine zweite gebutterte Platte goß, den Mixer auswusch und wegstellte, Sie spürte seine Augen auf ihrem Körper, ihren Beinen und fühlte sich fast unbehaglich in den kurzen Hosen und dem weichfallenden, anliegenden Hemd. Sie trug keinen BH und war sich ihrer Nippel plötzlich sehr bewußt, die sich gegen den dünngetragenen Baumwollstoff schoben.

Sie wußte, daß sie wie ein Teenager aussah. Es war Absicht. Bayard Sewell hatte ihr gesagt, während seine Hand mit dem Gewirr ihres dichten Haares gespielt hatte, daß er den Pferdeschwanz stets geliebt hätte, den sie auf der Schule getragen hatte. Noch am selben Abend hatte sie ihr Haar am Hinterkopf zusammengebunden und trug es seither so. Und als er einmal erwähnt hatte, wie blaß und hager ihr Körper aussähe und sich an jene

Sommer erinnerte, in denen sie geschmeidig und goldbraun gewesen war vom dauernden Schwimmen, legte sie sich danach morgens hinter dem Haus ins Gras, bis ihr der Schweiß in Strömen den Körper herunterlief und sie es nicht mehr aushalten konnte. Er war ein erstaunlicher Süßschnabel, was er früher nicht gewesen war, und hatte eine Vorliebe für klebrige, widerliche Kindersüßigkeiten. Also machte sie es sich zur Gewohnheit, an jenen Nachmittagen, an denen er kam, Süßigkeiten in ihr Zimmer hinaufzutragen. Sie machten sich über die Bonbons, Kuchen und Kekse ebenso heißhungrig her wie über ihre Körper, und schon bald verlor Mike die scharfen Ecken und Kanten, die sie den Kopf hatten abwenden lassen, wenn sie zufällig an einem Spiegel vorbeigekommen war. Ihm gefiel ihre Veränderung; ihm gefiel das gierige, unersättliche, wissende Kind, das sie geworden war. In seiner Gegenwart war sie eine vorpubertäre Buhlerin, in der Appetit und Impuls in einem Maß vorherrschten, wie es in ihrer wirklichen Kindheit in diesem Haus nie gewesen war, und sie bewegte sich in diesen neuen Gefühlen wie etliche Faden tief in einem warmen Meer.

»Du bist fast genauso wie früher, nur hunderttausendmal sexyer«, stellte er fest. »Ein kleines Mädchen, das die Tricks einer raffinierten Hure kennt. Das ist eine unvorstellbare Mischung.«

Sie fragte sich jedoch, welche Art von Kind er wirklich in ihr wiederfand, und dachte irgendwie, daß es das verlorene Kind dieses Hauses war, das er sah.

Mike wußte, daß auch die anderen die Veränderung wahrnahmen und wußte auch, daß sie sie beobachteten, wenn sie glaubten, sie bemerke es nicht. Mehr als einmal hatte sie lange, prüfende Blicke von Priss und Sam Canaday wahrgenommen und verhüllte von Dee. Von den Menschen um sie herum schien nur ihr Vater keinen Unterschied festzustellen. Es gab weniger Spannungen, weniger wiederbelebte Animosität zwischen ihnen, aber schließlich sah sie ihn ja auch weniger, seit Lavinia

Lester tagsüber im Haus war, und ihr neuer Zustand totaler Besessenheit trug dazu bei, daß sie sich über ihn weniger ärgerte. Das Fazit war, daß Mike freundlicher zu ihrem Vater war und er wiederum seine Hörner eingezogen zu haben schien.

»Sieht so aus, als würdest du dich ganz gut einleben«, sagte er einmal zu ihr, als sie das Geschirr des Abendessens abwusch und dabei vor sich hinsang. »Siehst nicht mehr ganz so aus wie ein gerupfter Kanarienvogel, der auf einem Stromkabel gelandet ist.«

»Ich nehme an, das soll ein Kompliment sein«, meinte Mike.

Ihr Vater gab das krächzende Geräusch von sich, das Heiterkeit aber auch Verärgerung ausdrücken konnte, und äußerte sich nicht mehr über ihr Verhalten oder ihr Aussehen. Aber sie wußte, daß sie ihn auf irgendeine Weise zufriedengestellt hatte.

Nun, dachte sie, warum denn nicht? Es schadet schließlich nichts, wenn von dem, was ich empfinde, auch etwas für ihn abfällt. Es ist ja nicht so, als würde er sich an mich hängen. Und ich kann nicht einfach so tun, als hätte sich nichts verändert. Es hat sich etwas verändert. Ich glaube, ich bin vielleicht sogar glücklich.

Sie war es, oder kam diesem Zustand zumindest sehr nahe, näher als je zuvor in ihrem Leben. Sie sang an den geißblattbefrachteten Vormittagen und lachte über DeeDees schockiertes Gesicht, wenn ihre freien Brüste unter den weichen T-Shirts und Blusen bei *A & P* Blicke auf sich zogen, dieser letzten Bastion von Lycra und Stützpolstern in Lytton. Seit der Wiederbelebung ihrer Affäre mit Bayard Sewell hatte sie es ganz aufgegeben, Unterwäsche zu tragen. Sie genoß das Gefühl, wenn sich ihre Kleidung an ihrer sensibilisierten Haut rieb, und stellte sich mit leicht angehaltenem Atem vor, wie sich die Stellen, die sie streifte, sich anfühlten, wenn er sie wieder berührte. Es war ihr gleichgültig, ob jemand bemerkte, daß sie unter ihrer Kleidung nackt war.

Mike hatte schon früher bemerkt, daß es eine strikte gesellschaftliche Trennung in den Einkaufsgewohnheiten von Lytton gab. Die betriebsamen Vormittage waren das Revier von anzugbehosten, korsettierten, bestrumpften und dauergewellten mittelalterlichen Frauen mit viertürigen Familien-Limousinen, während an den heißen, trägen Nachmittagen Bataillone mit Shorts, Slacks, Gummisandalen und Plastiklockenwicklern in die Supermärkte strudelten, Schwärme kreischender, grapschender Kinder im Schlepp. Der Abend war die Zeit, zu der die Schwarzen kamen. Sie sah nur wenige Leute, die sie von früher kannte. Früher hätte das Phänomen ihren journalistischen Spürsinn angeregt wie eine anthropologische Studie. Jetzt amüsierte es sie lediglich - besonders, wenn sie bemerkte, daß etliche der Vormittagsfrauen miteinander zu tuscheln schienen, wenn sie mit DeeDee an ihnen vorbeikam.

»Hierhin begeben sich alte Strumpfhaltergürtel und Taillenpanzer zum Sterben«, zog sie ihre Schwester auf. »Immer mit der Ruhe, Dee. Ich könnte einen Schador tragen, aber es würde nichts ändern. Sie reden sowieso über mich. Besser über meine Unterwäsche - oder das Fehlen derselben - von heute, als über meine wilden Eskapaden von ehemals. Ich glaube, ich werde diese Dame mit dem Gesicht wie ein gekochtes Ei mal fragen, wo sie eigentlich die Kondome aufbewahrt. Dann werden sie annehmen, ich treibe es mit J. W., und das sollte sie eigentlich den ganzen Sommer lang beschäftigen.«

»Diese traurige Angelegenheit von damals ist inzwischen fast vergessen«, fauchte DeeDee. »Warum zum Teufel mußt du halb nackt durch die ganze Stadt stolzieren, um alles wieder aufzurühren?«

»Lytton hat andere Dinge zu tun, als nur über dich zu sprechen, Mike«, erklärte Priss Comfort, als Mike höchst vergnügt über den Vormittag bei *A & P* berichtete. »Die halbe Stadt ist neu zugezogen oder zu jung, um sich an dich erinnern zu können. Sie erkennen nicht, daß der Freigeist Micah Winship wieder sein Unwesen treibt. Sie sehen eine dünne Frau in den besten Jahren mit Haaren wie ein im Samen geschossener Löwenzahn und hüpfenden Titten. Tut mir leid, dich enttäuschen zu müssen. Und darüber hinaus ist es ja durchaus nicht so, daß du einen BH nötig hättest. Ein paar Heftpflaster täten es auch.«

»Ich liebe dich, Priss«, japste Mike unter hilflosem Gelächter. »Du hast mir noch nie etwas durchgehen lassen, nicht einmal, als ich acht Jahre alt war.«

»Genauso verhältst du dich jetzt auch«, stellte Priss fest. »Um Himmels willen, zieh doch Unterwäsche an, damit die arme DeeDee mit erhobenem Kopf durch die Lebensmittelabteilung gehen kann.«

In der morgendlichen Küche sah sie Sam Canaday jetzt mit geschärfter Aufmerksamkeit an.

»Was machen Sie eigentlich mitten am Tag hier?« wollte sie wissen. »Ich habe Sie kaum je bei Tageslicht gesehen.«

»Ich werde mit Ihrem Dad zum Arzt nach East Point fahren«, erwiderte er. »Hat es Ihnen Lavinia nicht erzählt?«

»Ich habe Lavinia heute noch nicht zu Gesicht bekommen. Sie ist zu einem Termin in der Schule ihres Sohnes gegangen, als ich herunterkam. Was ist denn mit meinem Vater?«

»Er hat Schmerzen, sagt Mrs. Lester. Kann nachts nicht schlafen. Ich habe mich schon gefragt, wann das beginnen würde. Sein Arzt meint zwar, er könnte das Glück haben, um die Schmerzen herumzukommen, aber das ist doch großer Mist. Haben Sie je von einer Krebserkrankung gehört, die nicht früher oder später zu diesen Belastungen geführt hätte? Vermutlich hat er schon wesentlich länger Beschwerden, als er zugeben würde, und Gott mag wissen, wie schlimm die wirklich sind. Sein turnusmäßiger Arztbesuch ist ohnehin in der nächsten Woche fällig; also dachte ich mir, ich bringe ihn diesmal hin und spreche mit dem Arzt. Normalerweise fährt ihn J. W. nach East Point, aber dem sagt der Arzt ja nichts.«

»Warum sagt er *mir* denn nicht, wenn er zum Arzt muß?« fragte Mike. »Oder warum spricht Mrs. Lester nicht mit mir? Es ist meine Aufgabe, ihn dorthin zu bringen. Das ist schließlich einer der Gründe, aus denen ich hergekommen bin. Ich kann es nicht zulassen, daß Sie Ihre Zeit dafür opfern ...«

»Kein Problem«, erklärte Sam Canaday gelassen. »Er wollte nicht, daß Lavinia Ihnen etwas sagt, also fauchen Sie sie deshalb nicht an. Er meinte, er wolle Sie nicht behelligen. Er sagte, Sie würden in Ihrem Zimmer an irgend etwas schreiben, und er möchte das Genie nicht bei der Arbeit stören. Ich deute das so, daß er sehr stolz auf Sie ist. Ich hatte ja keine Ahnung, daß Sie wieder schöpferisch tätig sind. Das ist eine wirklich gute Nachricht.«

»Ich ... nun ja, ich beschäftige mich da ein bißchen«, murmelte Mike, verlegen und erbost über ihren Vater, Lavinia Lester und Sam Canaday. Sie log nicht gern und konnte es auch nicht besonders gut. »Wer zum Teufel hat ihm das denn erzählt?«

»Ich gehe davon aus, daß es Sewell gesagt oder zumindest angedeutet hat. Ich war nicht dabei. In letzter Zeit habe ich nur selten das Vergnügen, Mister South Fultons Gesellschaft genießen zu dürfen. Wenn ich abends hier auftauche, ist er auf und davon wie ein verbrühter Kater. Man könnte fast annehmen, er geht mir aus dem Weg, wenn man es nicht besser wüßte. Oder daß der Colonel versucht, uns voneinander fernzuhalten. Früher bin ich dauernd mit ihm zusammengestoßen, aber offenbar hat er seine Besuchszeiten geändert.«

Mike funkelte ihn an. »Ich bezweifle, daß er sich auch nur im geringsten darum schert, ob er Sie zu Gesicht bekommt oder nicht«, sagte sie. »Er hat da ein neues Projekt und mußte seinen Tagesablauf geringfügig ändern. Aber er besucht Daddy noch immer so oft er kann. Er ist sehr treu.«

»Das ist er«, erwiderte Sam. »Treue ist genau das richtige Wort für Bayard Everett Sewell. Nun, wenn er es fertiggebracht hat, daß Sie wieder schreiben, alle Ehren auf sein Haupt. Soll er mittags kommen und bis zum Abend bleiben. Darf man fragen, woran Sie arbeiten?«

»Darf man nicht«, erwiderte Mike und spürte, daß die verräterische Hitze in Oberkörper und Nacken stieg. »Es ist noch gar nichts, und wird vermutlich auch absolut nichts werden. Bay hätte es nicht ... erwähnen sollen.«

»Vielleicht nicht.« Er sah sie scharf an. »Nun, ich will Sie nicht weiter bedrängen. Aber ich habe mich sehr gefreut, das zu hören, Mike. Und das meine ich ehrlich. Und Ihr Dad ist aufrichtig stolz, auch wenn Sie wissen sollten, daß er Ihnen das nie sagen würde. Ich bin begierig, das fertige Produkt lesen zu dürfen.«

»Hmm«, machte Mike unbehaglich. Sie fühlte sich aus irgendeinem Grund sehr klein und sehr schuldbewußt – zum ersten Mal in diesem Haus. Und unter der Schuld empfand sie eine kriechende Nervosität. Sie war sehr unvorsichtig gewesen. Sie hatte keine Ahnung gehabt, daß sich ihr Vater nicht wohlfühlte, und sie hatte auch keine Ahnung gehabt, daß wenigstens einmal im Monat jemand ins Haus kam, um ihn zum Arzt zu fahren. Sie hätte es sich zur Aufgabe machen müssen, über diese Dinge Bescheid zu wissen.

»Kommen Sie nach dem Termin beim Arzt gleich wieder zurück?« fragte sie schnell.

»Ich weiß noch nicht«, erwiderte er. »Das hängt davon ab, wie er sich fühlt. Er möchte danach eigentlich noch einen Blick auf das alte Haus werfen, und ich sehe keinen Grund, ihn nicht hinzufahren, wenn es ihn nicht zu sehr anstrengt. Wir können ihn nicht auf Dauer davon fernhalten.«

»Aber Sie wissen, daß das alles wieder in ihm aufrühren wird«, wandte Mike ein.

»Meine Güte, Mike, es ist sein Haus«, sagte Sam Canaday. »Wer hätte mehr Recht als er, dorthin zu fahren, um es sich anzusehen? Abgesehen davon – was geht *Sie* das an? Sie haben von Anfang an erklärt, der Hof interessiere Sie nicht. Es sei schon alles in Ordnung, solange Sie davon nichts zu hören brauchten. Ich kann mir nicht vorstellen, daß Sie Ihre Meinung geändert haben.«

»Stimmt, habe ich nicht«, entgegnete Mike und drehte sich verärgert um, um die Küche zu verlassen. Aus seiner Stimme hatten zunächst echte Wärme und Anteilnahme geklungen, aber offenbar waren das zwei Dinge, die er nicht lange aufbringen konnte; zumindest nicht im Zusammensein mit ihr. Jetzt würde sie Bayard Sewell in seinem Büro anrufen müssen, um ihn zu bitten, heute nachmittag nicht zu kommen. Sie konnten kein Zusammentreffen mit Sam Canaday riskieren. Da ihr Vater nicht da war, gab es für Bayard keinen triftigen Grund, sich hier aufzuhalten. Sie rief nicht gern in seinem Büro an, und er hatte es nicht gern, daß sie dort anrief. Sie war in ihrem Zimmer hinter geschlossener Tür, als sie hörte, wie sie das Haus verließen, und kurz darauf wurde der Toyota gestartet. Mike wartete noch fünf Minuten, rief dann an und hinterließ eine Nachricht bei Bayard Sewells Sekretärin, daß sich Mister Winship nicht wohlfühle und heute leider keinen Besuch empfangen könne. Das war das Notsignal, auf das sie sich verständigt hatten.

»Frage nie nach mir, wenn kein wirklich dringender Anlaß besteht«, hatte er sie gewarnt. »Die alte Dorothy Blair ist eine selbsternannte Informantin für alle drei größeren Rundfunksender.«

»Oh, das ist aber sehr bedauerlich«, hatte die respekteinflößende Miss Blair zu Mike gesagt, als diese angerufen hatte. »Bestellen Sie Ihrem Daddy, daß wir alle hier hoffen, es möge ihm bald wieder besser gehen. Und Sie kommen uns bald einmal besuchen, hören Sie? Ich habe erfahren, daß Sie ein mächtig hübsches Mädchen geworden sein sollen, aber es sieht ganz so aus, als würde ich nie die Gelegenheit erhalten, das selbst feststellen zu können.«

»Werde ich tun. Danke, Miss Blair«, sagte Mike und schnitt der alten Frau durchs Telephon eine Grimasse. »Und ich werde Daddy sagen, daß Sie ihm gute Besserung gewünscht haben.«

»Alte Ziege«, murmelte sie dann und starrte vom Rand ihres Bettes in den grauen Tag hinaus. Aber schließlich schüttelte sie den Kopf. In Dorothy Blairs Stimme hatte nichts anderes als Interesse und Mitgefühl mitgeklungen. Die Luft war schwül und mit noch unvergossenem Regen angefüllt wie ein Kuheuter, und das fallende Barometer in Kombination mit der Enttäuschung, Bayard Sewell heute nicht sehen zu können sowie der ungewohnten Scham wegen der Lüge, die sie Sam Canaday im Hinblick auf ihr Schreiben aufgetischt hatte, machten Mike nervös und empfindlich. Warum um Himmelswillen hatte Bayard nur gesagt, sie würde arbeiten? Er hätte alles mögliche erzählen können, aber am besten gar nichts.

J. W. Cromies hochgewachsene Gestalt kam um die Ecke der Garage und schleppte einen Rasensprenger. Aus dem Impuls heraus stand Mike auf, lief die Treppe hinunter, packte den Teller mit Fudge in Klarsichtfolie und trug ihn hinaus in den Garten, wo J. W. hinten am Zaun den Sprenger aufstellte. Sie hatte ihn in letzter Zeit ebensowenig zur Kenntnis genommen wie alle anderen außer Bayard Sewell, konnte sich noch nicht einmal an das letzte Gespräch mit ihm erinnern. Die Entrüstung, die sie über J.W.s offensichtliche Zustimmung zu oder doch zumindest Einverständnis mit dem Abhängigkeitsverhältnis, in dem ihn John Winship hielt, verärgerte sie inzwischen nicht mehr so wie am Anfang. Sie nahm an, daß das ein Bestandteil ihrer allgemein gleichgültigeren Haltung gegenüber Lytton und allem war, was damit zusammenhing. Beim Geräusch ihrer Schritte drehte er sich um, und sie hielt ihm lächelnd den Teller entgegen.

»Ich habe Fudge gemacht und schaffe es nicht allein«, sagte

sie. »Ich glaube, du bist ein unverbesserliches Leckermäulchen, wenn ich mich recht erinnere.«

»*Yes'm*, bin ich«, erwiderte er, nahm den Teller, aber sah sie nicht direkt an. »Weiß das zu schätzen, wirklich. Ich nehme mir ein Stück, wenn ich diesen Sprenger hier aufgestellt habe.«

Er bückte sich jedoch nicht, um den Sprenger aufzustellen und sagte auch nichts weiter, und sie begriff, daß er darauf wartete, daß sie die Begegnung beendete und wieder ins Haus ging. Sie stand da vor ihm in der schwülen Hitze des Tages und wußte nicht, worauf sie eigentlich wartete. Schließlich holte sie tief Luft und sagte: »Ich glaube, ich bin dir eine Erklärung schuldig, J. W. Diese Sache damals mit dem Sit-in . . . Die hat dir hier eine Menge Probleme geschaffen, nicht wahr? Das habe ich nie gewollt.«

Er seufzte und stellte den Teller in den Schatten. Endlich sah er sie direkt an.

»*No'm*«, sagte er. »Das weiß ich. Von Ihrem Gesichtspunkt aus haben Sie richtig gehandelt. Sie wollten nur etwas Gutes tun. Aber Menschen, die so aussehen wie ich, sind nun mal nicht für die Befreiung geschaffen. Mama hat mir gesagt, daß ich es nicht bin.«

»Aber immerhin hast du einen Anfang gemacht, J. W.; du hast den ersten Schritt getan, du hast etwas verändert. Warum hast du nur aufgegeben, als es in Atlanta ein bißchen ungemütlich wurde und bist hierher zurückgekommen? Hier ist doch nirgendwo.«

»Das hier kenne ich. Hier kenne ich mich wirklich aus, Miss Mike. Und das hier paßt auch zu mir, nehme ich an.«

»Du bist jetzt nicht freier, als du es 1964 gewesen bist«, erklärte Mike. »J. W., du könntest aber inzwischen wirklich frei sein; du könntest . . .«

Sein Kopf schoß hoch, und da war ein kurzes Funkeln von Wildheit in seinen undurchsichtigen Augen.

»Sie haben sich nur noch nie überlegt, was wir eigentlich tun sollen, wenn wir frei sind, oder? *Yes,m*, jetzt kann ich mir in jedem Restaurant überall auf der Welt bestellen was ich will. Ich kann es nur nicht bezahlen.«

»Du mußt dir das Geld *verdienen*!« rief Mike. »Du mußt irgendwohin gehen und es dir verdienen! Mein Gott, J. W., ich habe es doch auch gemacht. Sieh dir ... sieh dir zum Beispiel Charlayne Hunter Gault an. Sie ist in deinem Alter. Sie ist auch fortgegangen, sie hat Geld verdient, sich eine Wohnung gesucht ...«

»Ich sehe mir Charlayne Hunter Gault sehr häufig sehr genau an«, erklärte J. W. gelassen. Es war eine Tonlage, die sie noch nie von ihm gehört hatte, nicht einmal damals, bevor sie ihr Vaterhaus an der Pomeroy Street verlassen hatte. »Sie hatte die ganze Bewegung hinter sich.«

»Nun, die hätte doch auch hinter dir gestanden. Das ist doch genau der Punkt.«

»*No'm*. Da gibt es einen Unterschied. Und der liegt darin, daß die Bewegung hinter ihr steht, aber ich hinter der Bewegung stehe. Das ist ein entscheidender Unterschied, Miss Mike.«

»Um Himmelswillen«, explodierte Mike. »Hör endlich mit diesem Miss-Mike-Mist auf. Ich bin aus dieser Stadt, genau wie du. Die gleichen Leute, die auf mich wütend waren, waren auch wütend auf dich. Aber ich laufe nicht in Sack und Asche herum, senke den Blick und bedanke mich für die Brosamen, die sie mir zukommen lassen. Ich gebe ihnen contra.«

J. W. lächelte. Es war kein frohes Lächeln. Es war wild, verächtlich. Und als er sprach, war keinerlei Negerdiktion mehr in seiner Stimme.

»Yeah, du bist auch aus Lytton. Genau wie ich. Bis auf die Tatsache, daß du verschwunden bist, als der Boden hier zu heiß wurde, Mike. Du hast dich flugs aus dem Staub gemacht und dir einen reichen Yankee geangelt, ihn geheiratet. Die meisten von uns mußten bleiben. Das war das einzige Gebüsch, das wir hatten. Und wer besprüht schon das Gebüsch mit Agent Orange, wenn man sich dann darin verstecken muß? Was weißt du schon vom Hierbleiben?«

Sie schwieg. Das Unfaire in seinen Worten verblüffte sie. Ich hatte doch gar keine Wahl – oder? Glaubte er etwa, sie wäre *freiwillig* davongelaufen? Dann fragte sie: »Aber warum bist du ausgerechnet in dieses Haus zurückgekommen? Zu ihm? Er war wütend auf dich. Kannst du denn nicht erkennen, daß diese Abhängigkeit, in der er dich hält, seine Art der Bestrafung ist?«

Er blickte an dem großen Haus empor, dann wieder auf sie.

»Er war gut zu Mama«, sagte er langsam. »Zu Mama und mir, als ich klein war. Und er ist immer noch gut zu mir – auf vielfältige Art und Weise, von der du nichts weißt. Das werde ich nicht vergessen. Nichts, was später geschehen mag, wird daran etwas ändern. Der Job, den er mir gab, diesen Raum über der Garage ... du nennst es Bestrafung. Für mich ist es mehr eine Form von Wiedergutmachung. Man mag sich gegen die Bestrafung durch einen anderen Menschen auflehnen, man sollte es sogar; aber es ist eine echte Sünde, wenn man die Wiedergutmachungsversuche eines Menschen abweist. Und mir will es so vorkommen, als würdest du eine ganze Menge abweisen.«

Er drehte sich um, nahm den Teller und ging auf das Haus zu. Am Fuß der Garagentreppe drehte er sich um und lächelte sie noch einmal an. Die Vertrautheit dieses Lächeln traf sie tief. Sie erinnerte es nur zu gut. »Du machst Fudge fast so gut wie ein Nigger, Mike«, rief er.

Mike lächelte schließlich zurück. Das Lächeln mußte sich erst seinen Weg um die kalte, salzige Enge in ihrer Brust bahnen, aber als es dann in ihrem Mund angekommen war, schmeckte es so stark und frei wie das Lächeln eines jungen Mädchens, das sie vor zwanzig Jahren gekannt hatte.

»Leck mich doch, J. W. Cromie!« schrie sie seiner davongehenden Gestalt nach.

»Du mich auch!« kam es durch die stille, leere Luft zurück.

Eine Stunde später brachte Sam ihren Vater zurück; gerade als das Gewitter, das im Westen gegrollt und gegrummelt hatte, über Lytton hereinbrach. Im Haus wurde es plötzlich dunkel, und der Wind trieb silberne Regentücher an den Fensterscheiben vorbei auf die Vorder- und Seitenveranden. Der Geruch warmer, feuchter Erde mischte sich mit dem beißenden Höllenfeuergeruch in der Luft, als ein Blitz irgendwo in der Nähe einschlug, und Mike rannte barfüßig hinaus unter den Glyzinenbogen, um die Kissen zu retten. Sie hatte gerade den Pferdeschwanz geöffnet und rubbelte sich die Haare trocken, als sie aus der Garage in die Küche kamen.

»Kommt schnell rein, bevor ihr ertrinkt«, sagte sie und hielt die Tür auf, während sich ihr Vater über die Rampe in den Raum rollte. Er war nicht naß, aber Sam Canaday, der mit einem unzulänglichen Regenschirm folgte, war vom Regen gestreift und gepunktet.

»Wie eine Kuh, die auf einen flachen Stein pißt«, stellte John Winship fest. »Tut aber dem Hof sehr gut. Der Rasen und die Muskatellerreben sahen schon ziemlich böse aus.«

In dem dunklen Raum war sein Gesicht erschreckend weiß, bleicher als es Mike je zuvor gesehen hatte, und da war ein scharfer, gelblicher Zug um seinen Mund, der von Schmerzen sprach, von der Anstrengung, sie zu unterdrücken, und dem Tod, der wie ein Komet auf ihn zugeschossen kam. Aber auf seinen eingefallenen Wangen waren hektische Flecke und seine Augen zeigten ein messerscharfes Glitzern. Er trug seinen schmalen Totenkopf hochaufgerichtet auf dem dünnen Stiel seines Halses und eine fieberhafte Aufgeregtheit umgab ihn wie eine Aura. Aus einer von Priss' längstvergessenen Englischstunden kam Mike die Vorstellung vom Tod als dem Besucher eines Maskenballs in die Erinnerung. Sie erkannte sie wieder: Poes *The Masque of the Red Death*. In diesem Moment, in seiner eigenartigen Erregung, wäre ein Tanz mit ihrem Vater ein Tanz mit dem Tod gewesen. Sie erschauerte und schaltete die Deckenbeleuchtung ein, und die Küche wurde fluoreszierend hell, hob sich grell gegen das Gewitter draußen ab.

»Hattest du eine gute Fahrt?« fragte Mike. »Was hat der Arzt gesagt?«

»Das, was ich bereits wußte. Er ist ein alter Dummkopf«, sagte John Winship. Seine Stimme war kräftiger als seit Wochen. »Er sagte, daß dieses kleine Zwicken letzte Nacht höchstwahrscheinlich Blähungen gewesen sind, und daß es mir kein bißchen schlechter geht als vor einem Monat. Nicht viel besser, aber auch nicht schlechter. Glatte Zeitverschwendung. Das habe ich Sam auch gesagt. Aber ich mußte endlich einmal sehen, was da unten am Hof getan werden muß, und ich werde J. W. sofort damit beauftragen. Es war etwas anderes als nur herumzuliegen und jeden Morgen, jeden Abend nur auf den verdammten Fernseher zu starren. Außerdem denke ich, daß ich eine Brief-Aktion beginnen werde. Ich werde jede Zeitung, jeden Fernseh- und Rundfunksender im Umkreis von hundertfünfzig Kilometer so mit Papier eindecken, daß sie schließlich reagieren müssen – wenn auch nur, um mich endlich loszuwerden. Ich werde ihnen sagen, wie man sich fühlt, wenn ein paar Hundesöhne von der Regierung so einfach daherkommen und einem das Eigentum wegnehmen wollen. Ich werde ihnen zeigen, wozu ein echter Südstaatler fähig ist, wenn irgendein Trottel versucht, ihm sein Land zu stehlen ...«

»Aber Sie wissen, daß die Verkehrsbehörde sich keineswegs ungesetzlich verhält«, wandte Sam Canaday ruhig ein. Sein Blick war auf das Gesicht ihres Vaters gerichtet.

»Dann werden wir eben dafür sorgen, daß die gottverdammten Gesetze geändert werden«, rief John Winship aus. »Ich werde auch Briefe an jeden einzelnen Kerl in der verdammten Legislative schreiben. Früher oder später werden sie etwas unternehmen müssen – schon, um mich zum Schweigen zu bringen.«

Er wandte sich an Mike, seine Augen und Wangen glühten. »Willst du uns bei unserem kleinen Kreuzzug behilflich sein, Micah?« fragte er und nannte sie damit zum zweiten Mal bei ihrem vollen Namen, seit sie dieses Haus vor zweiundzwanzig Jahren verlassen hatte. »Da könntest du deinen feinen Journalismus zur Abwechslung mal nutzbringend anwenden. Aber du kannst auch nur die Briefmarken anlecken, wenn du das willst.«

»Ich ... Daddy, meinst du wirklich, ich sollte ...« begann Mike. Sie wollte sich an diesem albernen, nutzlosen Unternehmen nicht beteiligen, wollte nichts davon hören. Es würde absolut nichts bewirken, war so unsinnig und donquichottisch wie der originale Kampf gegen die Windmühlenflügel. Aber andererseits hatte er sie seit ihre Heimkehr noch um nichts gebeten, nicht einmal um ein Glas Wasser oder eine Hilfestellung am Rollstuhl. Und obwohl er sich bemühte, das Interesse in seiner Stimme und in seinem Blick nicht deutlich werden zu lassen, war es da.

»Wir sollten Mike lieber ihrem eigenen Schreiben überlassen, Colonel«, warf Sam schnell ein, bevor sie weiterreden konnte. »Sie muß schließlich für ihren Lebensunterhalt sorgen, hat in New York Rechnungen zu bezahlen, und wir wollen sie doch hier behalten. Wer weiß, vielleicht ist da oben hinter der verschlossenen Tür ein großer amerikanischer Roman im Entstehen. Ich möchte sie eigentlich nicht ablenken, wenn sie gerade so gut im Fluß ist.«

Sie warf ihm über dem Kopf ihres Vaters einen Blick zu, in dem sich Dankbarkeit und Verärgerung die Waage hielten. Er hatte sie aus einer brenzligen Situation mit ihrem Vater gerettet, aber er verwickelte sie auch immer tiefer in die Lüge vom nachmittäglichen Schreiben. Ihr Unbehagen über die Scharade breitete sich aus wie Pilze nach dem Regen. Er fing ihren Blick auf und lächelte verbindlich. John Winship nickte.

»Yeah, es ist besser, das Genie weiterhin bei Laune zu halten«, sagte er, offenbar befriedigt durch Sams Worte. »Ich brauche sie ohnehin nicht. Sam wird mir eins dieser kleinen Transistor-Tonbandgeräte beschaffen, Mike, und dann diktiere ich. Er wird das dann abtippen und abschicken lassen.«

»Nun . . . gut«, sagte Mike und sah Sam Canaday erneut über den gesprenkelten Kopf ihres Vaters an. »Aber wer wird ihm dabei helfen?« Sie wußte, daß er keine Seketärin hatte und nahm an, daß er sich keine leisten konnte. »Warum läßt du das nicht von Bays Büro erledigen?« schlug sie vor und wandte sich wieder ihrem Vater zu. »Er hat außer Miss Blair noch andere Angestellte sowie einen ganzen Pool für die Post. Du weißt, er wäre mehr als froh, wenn . . .«

Ihr Vater senkte den Blick auf seine Hände, die gefaltet auf seinem Schoß lagen. »Sam weiß, was da bei der Verkehrsbehörde vorgeht«, sagte er. »Ich will nicht, daß Bay auch noch damit behelligt wird.« Da war etwas Unausgesprochenes und Störrisches in seinem Gesicht. Er sah keinen von beiden an.

»Kein Problem«, erklärte Sam. »Ouida Quigley vom Postamt wird die Bänder abends mit nach Hause nehmen. Der Colonel wird sie dafür bezahlen, daß sie sie abtippt und abschickt. Sie kann das Geld gut gebrauchen.«

»Nun, dann«, sagte Mike und sah ein bißchen befremdet von einem zum anderen. »Ich denke, wenn der Arzt nichts dagegen einzuwenden hat, ist es okay. Er hat doch nichts dagegen einzuwenden, oder?«

»Hölle, nein«, sagte John Winship laut. »Er meint, ich könne alles machen, wonach mir der Sinn steht.«

»Hat er dir irgend etwas gegen die Schmerzen gegeben?« fragte Mike.

»Brauche ich nicht«, entgegnete ihr Vater. »Ich habe dir doch gesagt, es waren nur Blähungen. Wahrscheinlich kommt es gar nicht wieder. War heute früh sowieso schon wieder weg.«

Sam Canaday schüttelte über dem Rollstuhl den Kopf. Sein Mund war grimmig verzogen. Aber als er sprach, klang seine Stimme gelassen: »Kommen Sie, Colonel. Sie haben versprochen, sofort nach dem Nachhausekommen ins Bett zu gehen, wenn ich Sie zum Hof fahre. Sie brauchen Ihren Krieg gegen die Verkehrsbehörde nicht hier auf der Stelle zu erklären und zu gewinnen. Und eine Abmachung ist eine Abmachung.«

»Okay, aber ich möchte, daß Sie heute nach dem Abendessen wiederkommen. Es ist eine Menge zu besprechen und zu planen.«

»Ich werde kommen«, sagte Sam und schob den alten Mann aus der Küche.

Wenige Minuten später war er wieder da.

»Ihm geht es überhaupt nicht gut, stimmts?« meinte Mike.

»Nein«, erwiderte Sam. »Ihm geht es überhaupt nicht gut. Er hat Schmerzen, und das schon eine geraume Zeit, und es wird noch schlimmer. Er ist durch den Schlaganfall so geschwächt, daß er eine weitere Chemotherapie nicht aushalten würde, und eine Operation steht völlig außer Frage. Der Arzt hat ihm etwas Stärkeres gegen die Schmerzen gegeben und gemeint, das würde ihm für eine gewisse Zeit Erleichterung bringen – die Dinge können offenbar noch eine ganze Zeit in der Schwebe gehalten werden –, aber früher oder später wird es schlimm werden.«

Mikes Hals war trocken, ihre Stimme rauh und holperig. »Wie schlimm?«

»Schwer zu sagen. Vielleicht nicht so schlimm, daß eine gewisse Dosis Schmerzmittel das nicht unter Kontrolle bekommen könnte. Und darauf müssen wir hoffen. Daß wir ihn nicht etwa in ein Koma dosieren und dann einfach so liegen lassen müssen, bis er stirbt. Daß wir die Schmerzen irgendwie im Zaum halten können, bis es Zeit für ihn ist, zu gehen.«

»Wie lange ... Wann wird das sein?« Mike kam es so vor, als würden sie über etwas sprechen, das sich hinter einer dicken Glasscheibe abspielte. Das Vakuum, das so lange mit Gedanken an Bayard Sewell und nichts sonst angefüllt gewesen war wie eine Schneekugel, wurde durchsichtig genug, um ihr eine ferne, verschwommene Landschaft der Sterblichkeit, der Gerüche, der Auflösung und Schmerzen zu enthüllen. »Ich ... hatte wirklich keine Ahnung, daß es so werden würde.«

»Was haben Sie sich denn vorgestellt? Eine Kurzmeldung in den Sechs-Uhr-Nachrichten? Ich weiß nicht, wie lange es dauern wird. Der Arzt weiß es auch nicht. Einen Monat. Ein Jahr. Aber die Dauer ist nicht das Entscheidende. Entscheidend ist, wie gut er bis dahin leben kann.«

Sie war unvermittelt verärgert. »Und warum lassen Sie es dann zu, daß er die wenige Zeit, die ihm noch bleibt, mit diesem blödsinnigen Streit mit der Verkehrsbehörde vergeudet, um Himmelswillen? Wie konnten Sie auch nur daran denken, ihn zu dieser absurden Brief-Aktion zu ermuntern! Sie wissen doch, daß dabei absolut nichts herauskommen wird, daß er die Auseinandersetzung nicht gewinnen kann. Warum schieben Sie den Tag dieser Wahrheit denn immer weiter hinaus? Das ist doch grausam. Ich werde ihm sagen, daß es keinen Sinn hat. Irgend jemand sollte ihm zumindest das ersparen. Er wird sich vor all diesen Leuten zum Trottel machen ...«

Er kam so schnell auf sie zu, daß sie die Bewegung kaum wahrnahm. Er beugte sich zu ihr herab, sein Gesicht war verzerrt, die Augen nicht mehr schläfrig, sondern funkelnd und springlebendig.

»Sie Närrin«, sagte er mit einem zitternden Fast-Flüstern. »Sehen Sie denn nicht, daß das, was Sie absurd nennen, das einzige ist, das ihn lebendig erhält?«

»Bis wann lebendig?« zischte sie zurück. »Lebendig für was?«

»Lebendig, bis er nicht mehr leben möchte!« Sam Canaday sah aus, als wolle er sie bei den Schultern packen und schütteln. Mike trat einen Schritt zurück. »Lebendig, bis er sterben möchte; lebendig, bis er zu der Überzeugung gekommen ist, sein Möglichstes versucht zu haben; lebendig, bis *er* entscheidet, nicht mehr leben zu wollen. Verdammtnochmal, Mike, es ist sein Land, und das hält ihn hier auf der Welt. Und Sie werden sich gefälligst da raushalten, oder Sie bekommen es mit mir zu tun!«

»Ich will aber nicht, daß er verletzt wird!« schrie Mike.

»Nun, er wird verletzt werden! Ihm zu sagen, daß er bei der Verkehrsbehörde nicht die Spur einer Chance hat, wird ihm diese Wunden auch nicht ersparen.« Er wandte sich um und ging quer durch die Küche zur Garagentür, drehte sich dort aber noch einmal um. »Ich hatte nicht die Absicht, grob zu Ihnen zu sein, Mike, aber Sie scheinen sich nicht im geringsten darüber klar zu sein, was mit Ihrem Vater vor sich geht; und das ist seit Ihrer Ankunft schon so. Ihr Vater stirbt an Krebs, und der wird ihm Schmerzen zufügen, bis es so weit ist. Es ist durchaus kein Spaß, dabei zuzusehen. Wenn Sie der Ansicht sein sollten, damit nicht ohne ihre großartige Distanziertheit fertigwerden zu können, dann sollten Sie vielleicht lieber wieder nach Hause fahren, und es mir und DeeDee überlassen. Sie mag ja vielleicht nicht besonders helle sein, aber sie kennt die Wirklichkeit.«

Mike wollte ihn schon anfauchen, lehnte sich dann aber statt dessen gegen den Kühlschrank. Die Szene in der Küche und die eigenartige Begegnung mit J. W. vorhin hatten sie irgendwie leergepumpt und abgestumpft. Es schien die Sache nicht wert zu sein, sich mit Sam Canaday über die Behandlung eines sterbenden Vaters herumzustreiten. Und darüberhinaus mutmaßte ein winziger und verblüffter Teil von ihr außerhalb der Glasglocke, daß er recht hatte.

»Kommen Sie gegen sechs zurück, dann werde ich Ihnen

etwas zum Abendessen machen«, sagte sie mit verzagterer Stimme, als sie sie üblicherweise Sam gegenüber anwandte.

»Danke«, erwiderte er, »das wäre schön«, und ging hinaus in den nachlassenden Regen.

21

»Hast du schon einmal etwas mit einem verheirateten Mann gehabt?« fragte Bayard Sewell, und vor der Kulisse guttural schmollenden Donnerns draußen und dem Dröhnen der Klimaanlage klangen seine Worte verschwommen. Das Gewitter, das Anfang der Woche die Hitzewelle unterbrochen hatte, wiederholte sich seither jeden Tag, aber es dauerte drei Tage voller Regen und Getöse, bis er endlich wieder zu ihr kam. Die gestaute Energie des Wartens hatte Mike im Moment ihres Höhepunkts fast gesprengt, und Bayard, der sich sonst ruhig verhielt, hatte laut aufgeschrien, als es bei ihm soweit gewesen war. Jetzt lagen sie feucht und keuchend hinter den regenverhangenen Fenstern. Mike wollte es erscheinen, als fehle das Zentrum ihres Körpers – sie fühlte sich kalt, hohl, abebbend, leicht. Sie dachte daran, daß es sich vielleicht so anfühlte, wenn man starb.

»Natürlich nicht«, antwortete sie verblüfft, fast schockiert über die Frage. »So etwas würde ich nie tun. Das ist gegen meine Überzeugungen.«

Und dann lachte sie, weil sie natürlich genau das tat und es auch fortzusetzen gedachte. Er lachte auch.

»Warum fragst du? Hast du Gewissensbisse?« fragte sie, drehte sich um und sah ihn an.

»Nein. Ich habe mich nur gefragt, ob es so gewesen ist, und

wenn, ob es dann so gut war wie jetzt mit mir«, sagte er und gähnte laut. »Sehe ich so aus, als hätte ich Gewissensbisse?«

Sah er nicht. Er sah wundervoll aus. Er wirkte entspannt, locker und zehn Jahr jünger, wie eine lässige Raubkatze im ersten Jahr ihrer Geschlechtsreife. Die tiefen, trockenen Linien des Leids in seinem Gesicht waren irgendwie weicher geworden, verblichen, und da war eine neue Fülle in seinen Wangen und der Haut unter seinem Kinn, als wären sie leicht mit Luft aufgepumpt worden.

»Nein«, sagte Mike. »Ich glaube, du hast absolut keinerlei Bedenken.«

»Ich fürchte allerdings, daß du welche hast. Du siehst ein bißchen besorgt aus«, sagte er, setzte sich auf, griff nach der Decke und legte sie über ihre schweißglatten Körper. Die geräuschdämpfende Klimaanlage hatte eine empfindliche Kälte verbreitet. Ihr fiel auf, daß er den winzigen Ansatz eines Bauches zeigte; zuvor war er da flach bis zur Ausgezehrtheit gewesen. Sie belächelte die kleine Ausbuchtung nachsichtig. Sie schien ein Totem der Befriedigung zu sein.

»Nein. Überhaupt nicht. Ich mache mir nur ein paar Gedanken über meinen Vater, um ganz ehrlich zu sein. Er hat große Schmerzen, und der Arzt meint, das würde noch ärger werden. Ich nehme an, daß es mir einfach zusetzt, abwarten zu müssen, bis seine Schmerzen stärker werden.«

Er setzte sich aufrechter hin. Alle Trägheit war verschwunden.

»Erzähle«, sagte er. Sie berichtete vom Besuch beim Arzt, von den Schmerzen und von der hektischen Brief-Aktion, die ihr Vater starten wollte. Er schwieg eine Zeit lang, nachdem sie geendet hatte, pfiff leicht durch die Zähne und starrte irgendwo ins Leere.

»Wann wird er ... uns verlassen?« fragte er schließlich. »Bald? Was sagt der Arzt?«

»Er kann nichts Genaues sagen. Vielleicht dauert es nicht mehr lange. Bay, ich möchte dich etwas fragen«, sagte Mike.

»Dann frag.«

»Nun, als ich vorschlug, er solle sich bei diesen albernen Briefen von deinem Büro helfen lassen, hat er . . . ich weiß nicht recht, mich irgendwie zurückgewiesen. Er hat vor sich hingemurmelt, er wolle dich damit nicht belasten. Dabei hat er mich nicht einmal angesehen. Und er redet nicht von dir, spricht kaum über dich, auch wenn du ihn besucht hast. Ich weiß, daß dir das auch schon aufgefallen sein muß. Das sieht ihm so gar nicht ähnlich. Glaubst du . . . er hat einen Verdacht im Hinblick auf uns?«

»Nein«, entgegnete er. »Nein. Da bin ich mir ganz sicher, daß er nichts vermutet. Er scheint nicht einmal zu bemerken, wie oft ich eigentlich hier bin.«

»Er weiß es«, erklärte Mike. »Er erinnert sich immer daran, wenn du hier gewesen bist. Und er weiß mit Sicherheit, daß ich jeden Nachmittag in mein Zimmer gehe und die Tür schließe. Das wußte er von Anfang an. Bay, warum hast du ihm nur gesagt, daß ich in dieser Zeit schreibe?«

»Warum nicht?« fragte er zurück. »Das verwischt unsere Spuren nahezu perfekt. Ich finde, das war ein ausgesprochen guter Einfall von mir.«

»Ich lüge nicht gern«, sagte Mike. »Ich finde, du hättest ihm gar nichts sagen sollen. Ich glaube nicht, daß er von sich aus auf dieses Thema gekommen wäre.«

»Vielleicht im Moment nicht, aber früher oder später hätte er sich ganz bestimmt gefragt, und nun haben wir eine befriedigende Erklärung für ihn«, sagte Bayard Sewell. »Immer mit der Ruhe, Mike. Ich lüge auch nicht gern, wenn ich es vermeiden kann, aber für uns würde ich es tun. Es will mir ein bißchen . . . pingelig vorkommen, hier mit einem verheirateten Mann zu bumsen, bei einer kleinen Lüge aber Gewissensbisse zu bekommen.«

Mikes Gesicht brannte.

»So also siehst du es?« fragte sie.

»Nein. Aber ich möchte keine Vorwürfe hören«, erwiderte er knapp. In seiner Stimme lag eine winzige Spur von Zurechtweisung.

»Ich habe dir keinerlei Vorwürfe gemacht. Ich finde es nur so unerträglich, daß er dich ... ausschließt, nachdem ihr euch die ganzen Jahre lang so nahegestanden habt. Und ich befürchtete, wir wären der Grund dafür.«

»Nun, du kannst dich beruhigen. Wenn überhaupt jemand, dann steckt Sam Canaday dahinter. Es ist doch mehr als offensichtlich, daß er nicht will, daß ich erfahre, was er da eigentlich mit deinem Dad ausheckt. Mike, ich habe nicht mehr darüber mit dir gesprochen, weil du dich beim ersten Mal so erregt hast, aber ich bin wirklich darauf angewiesen, daß du bei John für mich Augen und Ohren aufsperrst. Ich möchte seine Interessen wahren, und du bist die einzige, von der ich erfahren kann, wie die Angelegenheit mit dem DOT steht. Wirst du es mir sagen? Ich möchte die Sache im Auge behalten.«

»Ich habe wirklich keine Ahnung, was sich da abspielt«, erklärte Mike. Sie wußte nicht recht, warum sie so zögerte, mit ihm über ihren Vater und Sam Canaday sowie deren gemeinsames Vorgehen im Zusammenhang mit dem Hof zu sprechen. »Ich habe ihnen beiden von Anfang an erklärt, daß ich davon nichts hören will.«

»Nun, ich möchte, daß du etwas darüber hörst. Und ich möchte, daß du es erzählst. Ich meine es ernst, Mike. Wenn es ihm schlechter geht, wenn die Schmerzen zunehmen, und sie seine Medikamentendosis erhöhen, könnte der Tag kommen, an dem er nicht mehr selbst für sich entscheiden kann. Und dann muß ein anderer als Sam Canaday wissen, was eigentlich los ist.«

»Oh ... gut. Ich werde Sam fragen, und es dir dann sagen.«

»Wann?«

»Oh, Bay – bald. Wenn sich die Gelegenheit ergibt. Wenn der richtige Zeitpunkt gekommen ist. Okay?«

»Okay«, sagte Bayard Sewell. »Okay.«

Sam Canaday war nach dem Abendessen mit den Kopien der ersten Briefe gekommen, die Ouida Quigley für ihn getippt hatte, und der alte Mann war begeistert gewesen, seine Worte maschinegeschrieben zu sehen. Er hatte die Briefe Sam und Mike mit seinem dünnen, alten Raubvogelgekrächze vorgelesen, und Mike, die die Küche nicht verlassen konnte, ohne unhöflich zu erscheinen, hatte sich vor dem Spülbecken beschäftigt, damit ihr Vater ihr Gesicht nicht sehen konnte. Die Formulierungen waren kindisch, befrachtet mit schwächlicher Wut, und die Schimpfworte hörten sich an wie der unkontrollierte Zornausbruch eines Zehnjährigen. Bei der Vorstellung, daß jemand in den Redaktionen diese Briefe las, biß sie vor Peinlichkeit die Zähne zusammen. Sie hielt es für unwahrscheinlich, daß auch nur ein verantwortungsvoller Redakteur auf diese Ergüsse reagierte. Sam Canadays Gesicht war gelassen und nachdenklich, dann und wann nickte er, ein- oder zweimal bemerkte er: »Gutes Argument, Colonel.« Mike fragte sich, ob er die Verachtung bemerkte, die ihr Schultern und Rücken steif werden ließen.

Mitten in einem Brief holte ihr Vater scharf und hohl Luft und brach ab. Mike wartete darauf, daß die eintönigen Ausfälle fortgesetzt wurden, aber das geschah nicht, und als sie sich schließlich zu den beiden umdrehte, sah sie ihren Vater starr auf seinem Stuhl hocken. Sein Gesicht hatte die Farbe von Talg, seine Augen waren in den eingesunkenen Höhlen fast verschwunden. Um seine zusammengebissenen Lippen waren tiefe, weiße Falten, und seine Nasenflügel erbleichten, während sie ihn beobachtete. Ein dünner, mauzender, fast elektronischer Ton, ein durchdringendes Summen schwoll allmählich in der

Küche an, und sie sah sich nach der Ursache um, bis sie sich endlich bewußt wurde, daß er durch seine zusammengepreßten Lippen drang. Schweiß bedeckte sein eingefallenes Gesicht.

Sie stand wie angewurzelt auf der Fußmatte vor dem Spülbekken und starrte ihn an. In ihrem Kopf war nur ein Wort: Schlaganfall. Es hing vollständig und greifbar in der wabernden Luft vor ihr, als stünde es auf einer Lexikonseite. Das durchdringende Summen ging weiter, immer weiter.

»... den Arzt, um Himmelswillen, Mike! Sofort! Bewegen Sie sich!« durchschnitt Sam Canadays Stimme das schreckliche Mauzen, durchdrang den dichten Nebel um sie herum, und sie sah, daß er neben ihrem Vater kniete und ihm den Puls fühlte.

»Ich ... wo ist das Buch ...?«

Das Geräusch brach ab wie ausgeschaltet, und John Winship holte rasselnd tief Luft. Langsam entspannte sich sein starrer Körper und sackte tief in den Rollstuhl. Seine erschreckenden Augen richteten sich auf Sam Canaday, und er mühte sich ab, die Worte zwischen seinen krampfhaften Atemzügen hervorzubringen.

»Keinen ... Arzt. Schon besser. Keinen Arzt.«

»Sie können sagen, was Sie wollen, Colonel. Mike, sehen Sie neben dem Telephon nach. Da an der Wand ist die Nummer ...«

»*Keinen Arzt*!« Der Schrei war so rauh, guttural und laut, daß Mike tatsächlich den Telephonhörer fallen ließ, als sie gerade wählte. Abrupt wandte sie sich ihrem Vater zu, dann Sam. Er ließ ihren Vater nicht aus den Augen, der um Konzentration bemüht, aber irgendwie milchig-verschwommen zurückstarrte. Ein Hauch Farbe kroch in John Winships Wangen, so schwach, daß Mike nicht sicher sein konnte, ihn wirklich wahrgenommen zu haben, und die Sehnen und Falten im blaßgewordenen Fleisch neben seinem Mund entspannten sich. Sam hockte sich auf die Fersen.

»Okay. Also im Moment keinen Arzt«, sagte er mit ganz normaler Stimme. »Was war es, Colonel? Schmerzen?«

»Ein Zwicken«, erklärte ihr Vater, und die kurze Kraft schwand wieder aus seiner Stimme. »Nur wieder so ein verdammtes Blähungszwicken. Wenn Sie jedesmal den Doktor rufen, wenn ich das habe, dann kommen Sie überhaupt nicht mehr vom Telephon weg.«

»Es waren keine Blähungen, das wissen Sie ganz genau«, sagte Sam. »Sie wissen, was es war. Sie haben es die ganze Zeit gewußt. Und Sie wissen auch, daß es höchstwahrscheinlich wiederkommen wird, vielleicht schon heute Nacht, und daß es beim nächsten Mal vermutlich schlimmer sein wird. Ich werde jetzt ein Abkommen mit Ihnen treffen. Sie gehen ins Bett und nehmen etwas von der Medizin, die Ihnen Doktor French gegeben hat – Sie nehmen *genügend* von dem verdammten Zeug, und Sie nehmen es, ohne ein Wort zu sagen –, dann werde ich den Arzt nicht rufen, bevor ich mich morgen früh davon überzeugt habe, wie es Ihnen geht. Aber wenn Sie auch nur ein einziges verdammtes Wort des Protestes einlegen, bin ich in der nächsten Sekunde am Telephon. Nun können Sie entscheiden.«

»Gehen Sie doch zum Teufel, Canaday«, sagte John Winship. Aber er nickte mit seinem Totenschädelkopf. Seine Stimme war fast zu einem Nichts verblichen, und seine Hände, seine Arme lagen schlaff auf dem Schoß. Die kalte, ölige Feuchtigkeit überzog noch immer sein Gesicht. Ein langsames Erblassen der Haut um Mund und Nase sagten Mike, daß die Schmerzen wieder begannen.

Sie bewegte sich vorwärts, um den Rollstuhl in sein Schlafzimmer zu schieben, und ohne sich umzudrehen, um sie anzusehen, und ohne seine alten, fast toten Vogelaugen zu öffnen, sagte John Winship: »Geh weg, Micah. Ich will dich nicht in meiner Nähe haben. Will dich nicht in meinem Zimmer haben. Ich will dich noch nicht einmal mit mir unter einem Dach haben. Wünschte, du würdest ganz einfach wieder dahin verschwinden, woher du gekommen bist.«

Mike zog den Atem scharf ein, als hätte er sie geschlagen. Ihr Gesicht glühte, und unsinnige Tränen brannten in ihrer Kehle. Sie fuhr herum und versenkte die Hände wieder im abkühlenden Abwaschwasser, kämpfte gegen die alte Wut und den Schmerz an, die sie so deutlich erinnerte, als hätte sie beides erst am Tag zuvor empfunden.

Sam Canaday sagte nur: »Kommen Sie Colonel. Lassen Sie uns gehen.«

Als er in die Küche zurückkam, saß Mike am Tisch. Ihr Gesicht war starr vor erzwungener Beherrschung. Sie wünschte sich verzweifelt von ihnen fort, in die Stille und Geborgenheit ihres Zimmers eingeschlossen zu sein, aber sie mußte wissen, ob ihr Vater schlief, zumindest ruhte, und wahrscheinlich heute Abend keiner Aufmerksamkeit mehr bedurfte, bevor sie sich dazu entschließen könnte, dorthin zu entfliehen. Sie dachte nichts anderes als den Refrain, der in ihrem summenden Kopf widerhallte: Morgen werde ich dieses Haus verlassen. Ich werde keine Minute länger hier bleiben. Niemand und nichts kann mich dazu zwingen.

»Er schläft«, sagte Sam, ließ sich auf den Stuhl ihr gegenüber fallen und rieb sich mit der Faust die Augen. »Ich habe ihm genug Demerol gegeben, um ein Maultier zu betäuben. Ich nehme nicht an, daß er vor morgen früh wach wird. Aber wir werden uns etwas einfallen lassen müssen. Ihm stärkere Medikamente gegen die Schmerzen geben, eine Schwester kommen lassen, die ihm Injektionen gibt – etwas in der Art. Noch weitere dieser Anfälle würden ihn umbringen. Ich werde French gleich morgen früh anrufen.«

Mike sagte nichts.

»Es tut mir leid, daß er Sie so angefahren hat«, meinte Sam. »Das hat er natürlich nicht so gemeint. Er wollte nicht, daß Sie ihn so schmerzzerrissen sehen, das ist alles. Er kann nicht ertragen, daß Sie seine Schwäche erleben, oder sich um ihn bemühen, wenn die Schmerzen fast unerträglich werden. An solche Dinge werden Sie sich künftig gewöhnen müssen.«

»Es gibt kein ›künftig‹«, erklärte Mike. Ihre Worte zitterten leicht. »Ich bleibe nicht. Er will mich hier nicht haben. Es ist doch ganz klar, daß er das nie wollte. DeeDee hat mich belogen. Großer Gott, er tut ja gerade so, als hätte ich nach Hause kommen *wollen*, als hätte er mir einen großen Gefallen getan, **mir** das zu erlauben. Schöner Gefallen. Wann zum Teufel hätte er mir je einen Gefallen getan?«

Er schwieg eine Weile und sagte dann leise: »Schärfer als der Zahn einer Schlange.«

Ihr Kopf fuhr hoch. »Warum sollte ich ihm dankbar sein? Was hätte er je für mich getan, das er nicht tun mußte? Sie wissen nichts, Sie können nichts wissen ... Er hat mir nie etwas *geschenkt*. Niemals. Ich erinnere mich, daß ich mir als kleines Kind zwei Dinge mehr wünschte als alles andere auf der Welt. Nur zwei Dinge, zwei kleine Dinge. Ich wollte einen Fängerhandschuh und ein lebendiges Kaninchen zu Ostern. Ich habe ihn angefleht. Aber er sagte, für ein Kaninchen wäre ich zu unzuverlässig, und Fängerhandschuhe wären nichts für Mädchen. Er kaufte mir Sachen, vo, denen andere behauptet hatten, ich würde sie brauchen – Priss, Rusky, Dee oder meine Lehrer –, aber er hat mir nie in seinem Leben irgend etwas *geschenkt*. Nennen Sie mir nur eine Sache, für die ich ihm dankbar sein müßte.«

»Es gibt mehr Sachen, als sie vielleicht je erfahren werden«, erwiderte er. »Warum verhalten Sie sich ihm gegenüber so kalt und distanziert? Ich weiß, was geschehen ist, als Sie ein Kind waren – von den Sit-ins und so weiter. Das war schlimm. Aber es war vor zweiundzwanzig Jahren, und Sie sind aus eigener Kraft ganz hübsch vorangekommen, und ihm bleibt nicht mehr viel

Zeit, und der größte Teil davon wird immer häufiger so aussehen wie heute. Es ist für ihn wichtig, seiner Tochter nahe zu sein.«

»Er hat DeeDee. Sie ist alles, was er sich immer gewünscht hat – mit Ausnahme von Mutter und dem Hof.«

»Nein«, entgegnete Sam. »Sie ist nicht alles. Er will Sie. Warum hätte er Sie sonst wohl nach Hause rufen sollen?«

»Das hat er nicht getan«, widersprach Mike. »Nach heute abend wäre selbst dem größten Dummkopf klar, daß er das nicht getan hat.«

»Machen Sie sich nichts vor. Er ist vielleicht nicht fähig, das auszudrücken, aber er braucht Sie jetzt so notwendig und aus vielen Gründen, wie Sie es nicht einmal vermuten würden.«

»Er hat eine seltsame Art, das zu zeigen. Er ist derjenige, der die Mauer zwischen uns errichtet hat.«

»Aber Sie haben Sie zweimal so hoch gebaut. Seien Sie vorsichtig, Mike«, sagte Sam Canaday. »Es gibt etwas, das Mauern nicht liebt.«

»Nicht schlecht – ein Redneck, der Frost zitiert.«

»Nun ja, das ist das einzige, was ich auf dem College gelernt habe – bis auf das Trinken warmen Bourbons mit Coke aus Pappbechern und das Anfertigen von Wasserbomben aus Kondomen.« Er lächelte sie an – ein bemühtes, kurzes Phantomlächeln.

»Warum haben Sie diesen Fall übernommen?« wollte Mike wissen. Eine Erschöpfung, die seiner entsprach, schlängelte sich verstohlen durch ihre Adern, und sie glaubte nicht, daß sie aufstehen und die Küche verlassen konnte. »Warum verbringen Sie Ihre Zeit damit? Soviel Geld kann er Ihnen doch gar nicht zahlen. Er besitzt nichts als dieses verdammte alte Haus und das kleine Stück Land.«

»Ich habe sowieso nicht allzu viel zu tun«, erwiderte er. »Mir hängt noch der Gestank nach Kohlenrauch und Stahlfabriken an. Das beleidigt Lyttons feine Nase. Ich glaube, ich habe den Fall wegen des Landes übernommen. Wegen der Bedeutung, die es für ihn hat. Familie, Wurzeln, Identität. Ich hatte nichts davon. In Birmingham reichen die Wurzeln nicht tief. Aber das Land ... Mir ist es schon immer so vorgekommen, als sei das Land einem Menschen zugehörig. Daß es nicht nur etwas ist, was man besitzt, sondern, daß es da einen Zusammenhang gibt. Das Land ist das, wohin ein Mensch in der Ordnung der Dinge gehört. Und konsequenterweise ist es das, was er ist.«

»Meine Arbeit ist das, was ich bin«, erklärte Mike.

»Nein. Das ist, was Sie *getan* haben. Das Land ist jedoch wer, wo und wann Sie *sind*. Ich nehme an, auch warum.«

»Dann sind Sie genau der richtige Mann für diesen lächerlichen Fall«, schnappte Mike. »Sie hören sich genauso an wie er.«

»Ich habe Ihren Vater nun einmal sehr gern«, erwiderte Sam Canaday. »Er ist gut für mich. Er ist gut für den Süden. Der Süden ist inzwischen von Asphalt und Beton so verschlungen worden wie seinerzeit vom Kudzu-Wein. Dieser *Sunbelt*-Mist hat alles verändert, was für mich wichtig war. Er verändert auch die Menschen im Süden. Früher hatten wir Männer wie Ihren Vater; Männer, die wußten, was richtig war, und für welche Überzeugungen sie einstanden. Jetzt haben wir Männer wie Ihren Schwager. Und natürlich auch Ihren alten Freund Bayard Everett Sewell, Mister South Fulton County.«

Mike überhörte es. Sie durfte Bay nicht zu heftig verteidigen.

»Aus Ihrem Mund klingt es so, als wäre mein Vater Robert E. Lee«, sagte sie. »Aber Sie müssen doch auch wissen, wie bigott er ist. Sie erleben ihn doch jeden Abend.«

»Das ist unerheblich. Das hat nichts zu bedeuten. Es sind nicht die Schwarzen, über die er sich erregt. Es sind die Verluste. Ihre Mutter. Das Leben, das er sich einmal erträumt hat. Sie. Der Hof. Er muß einfach auf jemanden wütend sein. Aber das ist wirklich nicht wichtig. Das Entscheidende ist, daß er weiß, *was* wichtig ist. Und weiß, daß das einen Kampf wert ist. Übrigens zahlt er mir keinen roten Heller. Das ist eine kollegiale Gefälligkeit zwischen Anwälten. Lieber Himmel, er ist noch immer ein Dorn in Ihrem Fleisch, was?«

»Ich denke nicht mehr oft daran.«

»Den Teufel tun Sie«, entgegnete er.

Sie saß eine Weile schweigend da und fragte sich, ob sie jemals wieder ohne Hilfe von dem Stuhl hochkommen würde, auf dem sie saß. Schließlich sagte sie langsam: »Es ist ganz eigenartig. Im Moment, in diesem Haus bin ich nichts besonderes. Nichts, was ich gewesen bin. Ich fühle mich weder als Journalistin, noch als Mutter oder Ehefrau, nicht einmal besonders als Frau. Vielleicht werde ich das alles irgendwann einmal wieder sein, aber im Augenblick bin ich eine Art... emotionaler Kastratin.«

»Nun«, verkündete er leutselig. »Sie sind immerhin eine Tochter.«

Mike lachte rauh auf. »Das bin ich seit mehr als zwanzig Jahren nicht mehr gewesen.«

»Warum bleiben Sie dann in diesem Haus, wenn seine ganze Antriebskraft, sein Impetus, das, was ihn ausmacht, Sie so wenig berührt? Wenn Sie nicht seine Tochter sind - warum sind Sie denn dann eigentlich gekommen?«

In ihrem Zustand der Erschöpfung und der Unruhe über den Anfall ihres Vaters war Mike nahe daran, ihm von der entgangenen Reportage zu erzählen, von dem Buch, dem Apartment sowie von Rachels und Derek Blessings Treulosigkeit. Die Worte stiegen ihr wie Galle in die Kehle. Aber statt dessen sagte sie: »Sie haben mich hier gebraucht. DeeDee hat es so zwingend dargestellt, daß ich mich nicht weigern konnte. Man muß sich entscheiden. Ich habe meine Wahl getroffen. Aber deswegen brauche ich mich noch längst nicht an allem anderen zu beteiligen oder mich darum zu kümmern, die verdammte Farm zu retten. Ich bin hier, damit er nicht in ein Heim gebracht werden muß. Was braucht er Ihrer Meinung nach noch?«

»Mehr als Sie zu geben haben, nehme ich an«, antwortete Sam Canaday und streckte sich gelenkig. »Aber machen Sie sich bloß nicht vor, daß Sie sich entschieden hätten. Soweit ich weiß, haben Sie nie irgendwelche Entscheidungen getroffen, bis auf eine – als Teenager nach Atlanta zu gehen, um sich mit den großen Jungs an einem Sit-in zu beteiligen. Und selbst das haben Sie eher getan, um es Ihrem Vater zu zeigen, als um Ihre Meinung, Ihre Überzeugung zu demonstrieren. War übrigens trotzdem eine gute Entscheidung. Doch dann sind Sie davongelaufen. Seither sind Sie immer nur gelaufen wie eine Bowlingkugel auf ihrer Bahn, wenn ich mich nicht sehr täusche. Eine Bowlingkugel hat auch keine besonders große Entscheidungsfreiheit. Und dann sind Sie wieder nach Hause gekommen ... weil Ihnen keine andere Wahl blieb. Oh, kommen Sie, Mike – ich weiß Bescheid über Ihren Job, Ihre Tochter, die Wohnung. Priss hat mir das natürlich erzählt. Tut mir leid, wenn Sie das ärgert, aber es ist nun einmal so. Sie sind vor allem davongelaufen, einschließlich der Kerle, und so sind Sie schließlich wieder nach Hause gekommen. Ich mache Ihnen keine Vorwürfe, ich würde es genauso tun. Aber Sie wissen nichts von Entscheidungen. Nichts von den harten Entschlüssen, die schmerzlich zu treffen sind, die einen sehr viel kosten. Sie haben seit 1964 keine mehr gefällt.«

Bevor sie antworten konnte, drang die schwächliche Stimme ihres Vaters aus seinem Schlafzimmer. Sie rief nach Sam, und er stand abrupt auf, verließ die Küche. Mike blieb sitzen – sehr still und betroffen von seinen letzten Worten, wenn auch aus der Distanz. Wie alles, was er geäußert hatte, waren auch sie außerhalb der betäubenden Wände des Vakuums und der großen Erschöpfung gesprochen worden. Nach einer Weile versuchte sie, sich aufzuraffen und hinauf zu gehen, aber sie schaffte es lediglich, ihre Position zu verändern. Benommen fragte sie sich, ob sie Sam Canaday bitten müßte, sie ins Bett zu bringen.

»Er möchte Ihnen morgen den Hof zeigen«, sagte Sam, der ruhig wieder in die Küche zurückkehrte. »Meint, Sie wären noch gar nicht dort gewesen. Ich habe ihm versprochen, Sie beide morgen nach der Arbeit hinunterzufahren.«

Mike hob nur den Kopf und starrte ihn an. Meinten die beiden, ihr Vater und Sam, das etwa ernst? Sie wollten also einen kleinen sentimentalen Familienausflug unternehmen nach all den brennenden, verletzenden Worten, die heute abend gefallen waren?

»Es ist eine Rechtfertigung, Mike. Ich habe noch nie erlebt, daß er sich um eine bemüht hätte. Ich wünschte, Sie könnten sich dazu bereitfinden, ihm diesen Gefallen zu tun. Ich glaube, daß er Sie um nichts sonst bitten wird.«

Er ließ sie im tickenden Schweigen der großen weißen Küche nicht aus den Augen. Er wirkte weniger kräftig als zu Beginn des Sommers, nicht annähernd so breit. Mike fragte sich unsinnigerweise, wo er eigentlich seine Mahlzeiten zu sich nahm, wenn überhaupt. Mit Anstrengung stellte sie sich auf die Füße.

»In Ordnung«, sagte sie und spürte das heftige Pochen ihres Blutes in ihren Adern, den müden Schlag ihres Herzens. »Okay, Sie haben gewonnen. Sie beide. Sagen Sie ihm, ich würde den Hof gerne sehen. Es ist lange her. Viele Jahre her.«

22

Es war bereits nach acht Uhr, als er sie am nächsten Abend abholte, und das Licht im Westen hatte das klare Perlgrau, das manchmal mit der Hitze des Hochsommers im Tiefen Süden zu sehen ist. Mike wußte, daß die Elektrizität in dem alten Farmhaus abgeschaltet war, aber an diesem Abend würden sie kein künstliches Licht brauchen. Die träge, dichte Dunkelheit würde sich erst weit nach neun Uhr herabsenken.

Sam steuerte John Winships alten Cadillac nach Süden in Richtung auf den Highway, durchquerte gemächlich Lytton und fuhr zur Stadt hinaus. Mike sah nur wenig, an das sie sich erinnerte. Sie war hier nicht mehr entlang gekommen, seit sie ein Teenager gewesen war, seit sie mit ihrem Vater und DeeDee irgend etwas auf der Farm erledigt oder das Grab ihrer Mutter auf dem alten Friedhof südlich von Lytton besucht hatten, der noch aus der Zeit vor dem Sezessionskrieg stammte. Die meisten der alten Häuser und Farmen entlang des Highway gab es nicht mehr, jetzt waren da ein Chevrolet-Händler, ein kleines Einkaufszentrum, ein *Wendy's* und ein *McDonald's* sowie ein baumloser neuer dauergepflegter Friedhof, der den alten umschloß – so kunterbunt-schrill wie eine mexikanische Plaza mit Plastikgeranien. Mike erinnerte sich an ein bestimmtes altes Haus, eine riesige, baufällige Holzkonstruktion inmitten eines düsteren Geißblattgewirrs, in das DeeDee und sie gegangen waren, als sie klein waren, um mit Seidensamtkleidern mit Smokearbeiten und spitzenbesetzten Kragen ausgestattet zu werden – identisch bis auf die Farbe. Die Näherin war eine winzige, gebeugte Zwergenfrau gewesen, so verhutzelt und unvorstellbar alt wie eine Schildkröte. Sie hatte eine schwache, klingende Stimme wie ein Miniaturkristall gehabt und nach verstaubten Stoffen gerochen. Ihre arthritischen Finger machten so feine Stiche, daß sie nahezu unsichtbar gewesen waren, und sie trug ein langes Band um ihren Hals, an dem Hunderte von winzigen Messingnadeln glitzerten. Mike war sehr gern in dieses Haus gegangen; es erinnerte sie an eine Geschichte aus ihrem illustrierten Märchenbuch der Gebrüder Grimm. Alles war ruhig, sanft, zwergig, dämmerig, alt, kindergroß.

»Was ist mit Miss Tallys Haus geschehen?« fragte sie ihren Vater. »Ich kann mich nicht mehr genau daran erinnern, wo es stand. Sie kann doch unmöglich noch am Leben sein, oder?«

»Großer Gott, nein«, erwiderte ihr Vater. »Sie ist gestorben gleich nachdem du ... fortgegangen bist. Die Stadt hat ihr Haus wegen des neuen Friedhofs abgerissen. Widerwärtige Plastik-Geschichte. Vergiß nicht, daß ich auf dem alten beerdigt werden will, mit einem richtigen, aufrechten Stein, neben deiner Mutter. Es sind da auch Stellen für euch Mädchen und eure Ehemänner. Das heißt, falls du noch einen bekommen solltest.«

Mike warf ihm einen Blick zu, aber auf seinem Gesicht war keine Bosheit, nur eine Art von Nachdenklichkeit.

»Ich bin hergekommen und habe zugesehen, wie sie das alte Haus eingerissen haben«, fuhr John Winship fort. »Damals haben sie es mit einer Abrißbirne gemacht, nicht mit Bulldozern wie heute. Das war vielleicht ein Anblick. Aber so eine Abrißbirne hat durchaus etwas Würdiges, habe ich immer gedacht. Bulldozer wirken so, als würde ein mieser Ochse ein Gebäude mit den Hörnern einrammen.«

Sie hielten an einer Ampel, die es noch nicht gegeben hatte, als Mike fortgegangen war, und ein schlaksiger, blonder Mann in Nylonshorts und ärmellosem Sporthemd kam zum Auto gesprintet und steckte seinen Kopf an John Winships Seite durchs Fenster.

»Guten Abend, Mister Winship – Sam«, sagte er freundlich. Er atmete schwer, und Schweiß glänzte auf seinen dünnen, sehnigen Armen und Beinen. Oberkörper und Schulter zeigten jede Menge Sommersprossen. »Schön, Sie einmal draußen zu sehen, Sir. Das muß Mike sein. Ich hatte gehofft, die Möglichkeit zu bekommen, Sie kennenzulernen, Miss Winship, aber Ihr Vater beehrt mich nicht mehr mit seiner Anwesenheit, und einen offiziellen Besuch bei Ihnen kann ich nicht machen, weil er gedroht hat, mich aus dem Haus zu werfen, wenn ich es versuche. Ich bin Tom Cawthorn.«

»Ich bin erfreut, Sie kennenzulernen, Mister Cawthorn.« Sie lächelte ihn an, kurz und unsicher. Warum sollte ihr Vater diesen seltsamen jungen Mann besucht haben, den sie nie zuvor gesehen hatte? Warum sollte er ihren Vater besuchen? Warum sollte John Winship ihm das Haus verbieten?

Er bemerkte ihre Verwirrung und lachte. »Entschuldigung«, sagte er. »Ich weiß auch nicht, warum ich davon ausgegangen bin, Sie wüßten Bescheid. Reines Ego. Ich bin jetzt Pastor der First Methodist Church. Ich bin zwar erst drei Jahre hier, kenne Sie aber schon länger, und wollte Ihnen sagen, wie sehr ich Ihre Arbeit bewundere. Ihrem Vater kann man das nicht erzählen. Der schnaubt nur. Er ist einer meiner berühmten Fehlschläge. Weigert sich standhaft, in den Schoß der Kirche zurückzukehren.«

»Gottverdammte Good News Bible«, murrte ihr Vater verdrossen. »Jazzbands im Allerheiligsten. Steife Kragen und feierliches Ornat. Man denkt, man sei in Sankt Peter.«

Der junge Pfarrer und Sam Canaday lachten.

»Ich kriege Sie doch noch«, verkündete Tom Cawthorn.

»Über meine Leiche, nur über meine Leiche. Nur so werden Sie mich kriegen«, fauchte ihr Vater.

»Das will ich doch nicht hoffen. Nun, vor mir liegen noch ein paar Meilen. Sehen wir uns morgen abend, Sam?«

»Sicher«, erwiderte Sam. Der junge Mann winkte ihnen zu und lief davon. Sam lenkte den Wagen auf den Highway.

»Singen Sie im Kirchenchor, Sam?« erkundigte sich John Winship ironisch.

»Nein. Ich pokere mit dem Pfarrer und ein paar Diakonen. Sie wissen doch, daß wir jeden Monat einmal unseren Kartenabend haben, Colonel«, sagte Sam.

»Mit Sicherheit ist das nicht mehr die Kirche, an die ich mich erinnere«, sagte Mike und sah zu, wie der halbnackte Pfarrer neben dem hitzeflirrenden Highway mit der Entfernung schrumpfte.

»Nicht viel in Lytton ist noch so, würde ich sagen«, meinte Sam Canaday.

Sie durchfuhren eine enge Kurve des Highway, und die Konturen des Hofes ragten rechts von ihnen, dunkel in einem Hain alter Pecannußbäume, in den klaren Abendhimmel. Irgend etwas rührte sich in Mikes Brust. Wie oft hatte sie das Haus schon so gesehen? Im Abendlicht näher kommend, aus den Fenstern von John Winships Auto? Nichts an dem Haus und den Feldern schien sich verändert zu haben, die sich zu beiden Seiten bis zu den Wäldchen hin ausbreiteten. Aber die Nebengebäude, die etwa zwanzig Meter entfernt hinter dem Haus standen, sackten in sich zusammen, neigten sich der Erde zu, und die Weinreben, die Blumen und der Gemüsegarten, die das Haus umgeben hatten, waren inzwischen in Wildnis übergegangen und wucherten üppig. Der Hof wirkte so, wie er war: verlassen und irgendwie auffällig, aber wunderschön in seiner Einsamkeit. Würdevoll wie eine Witwe. Die besondere Schrägung und der Schwung der Hügel, Wälder und Felder rund um den Hof gaben dem Anwesen einen besonderen Reiz.

Ich habe mir nie klargemacht, was für ein schönes Stück Land es doch ist, dachte Mike. Ich glaube, ich habe es nie richtig betrachtet.

Statt auf die überwucherte Auffahrt einzubiegen, die von der staubigen Landstraße abführte, die sich am Haus entlangzog, dirigierte John Winship Sam noch ein bißchen die Straße hinunter, um mit dem Wagen dann in eine Allee alter, tiefhängender knorriger Zedern einzubiegen. Mike erinnerte sich, daß sie in den verzauberten, geschlossenen Räumen zwischen den bis auf den Boden herabreichenden Zweigen Haus gespielt hatte. Sie hatte das kleine Königreich aus irgendeinem unerfindlichen Grund »Stinktierstadt« genannt.

»Ich möchte mich an das Haus heranschleichen«, erklärte

John Winship. »Von dort aus kann man nicht sehen, daß hier ein Auto parkt, und falls sich da so ein paar Mistfinken unbefugt herumtreiben, möchte ich sie auf frischer Tat ertappen.«

»Weshalb sollte denn jemand in einem leeren Haus herumlungern?« erkundigte sich Mike verwundert.

»Es war schließlich nicht leer«, sagte ihr Vater. »Das ist ja der Grund, weshalb ich sie schnappen möchte. So ein paar verfluchte Hundesöhne von Niggern haben nahezu jedes Möbelstück gestohlen, haben jeden Topf, jede Pfanne im Lauf der Jahre gestohlen. Sogar die Garderobenhaken haben sie mitgenommen. Ist nichts mehr da, bis auf ein paar Dinge, die ich rechtzeitig in den Keller oder für J. W. in den Raum über der Garage retten konnte. Verdammtnochmal, meine Familie hat zwar nicht viel besessen, aber das wenige hätte ich gern behalten. Will nicht, daß sich jetzt Nigger damit zu schaffen machen. Ist mir aber nie gelungen, die Lumpen zu packen. Ich hatte versucht, Mieter hier hineinzusetzen, aber die waren so erbärmlich, daß sie noch schlimmer als Nigger waren. Die Polizei sagt, sie würde jede Nacht hier vorbeifahren. Aber sie will nie etwas gesehen haben. Wie kommt es dann, daß Stück für Stück aus dem Haus verschwunden ist, habe ich Olin Herderson gefragt. Das passiert eben, wenn ein Haus leersteht, hat er geantwortet. Aber so war es doch früher nicht – nicht in Lytton. Ich weiß, es liegt daran, daß die Polizei die Augen nicht aufsperrt. Die Hälfte von ihnen sind ja selber Nigger. Die Hälfte von ihnen hat wahrscheinlich die Möbel meiner Mutter in ihren Häusern. Also versuche ich, sie selbst zu schnappen, wenn ich kann. Aber ich komme jetzt nicht mehr so oft her. Na ja, es ist vermutlich auch nicht mehr viel übrig, was man stehlen könnte, nehme ich an.«

Mike seufzte leicht auf. Der Wunsch, ihrem Vater wegen seiner Bigotterie die Leviten zu lesen, war längst unter dem Einfluß von Bayard Sewell und des gläsernen Vakuums verblichen.

Es war niemand auf dem Gelände, niemand im Haus, aber Mike stellte erstaunt fest, daß um die hintere Tür neue Gerüste aufgestellt worden waren, die eine Rollstuhlrampe rahmten, die irgendwann in der Vergangenheit installiert worden war, und daß neue Farbe weiß in der Dämmerung glänzte. Die Fensterläden waren abgenommen worden und standen, abgebeizt und saubergeschrubbt, an den alten, verdeckten Brunnen gelehnt und warteten auf einen Anstrich. Unter geteertem Segeltuch schienen sich Kanister und Leitern zu befinden. Mike hatte das Gefühl, als stocke ihr der Atem: Der alte Brunnen war buchstäblich mit einem glühenden Mantel roter Rosen bedeckt, und ihr Duft war so schwer und so beschwörend in der stillen Luft, daß sie einen Moment lang in ein anderes Land getaucht wurde, das ihrer Kindheit. In all den Wochen, in denen sie nun schon zu Hause verbrachte, war es ihr nicht so lebendig und nahe vorgekommen. Die Gefühle schlugen wie mit Keulen auf sie ein.

»Ich erinnere mich an diese Rosen«, sagte sie. »Ich erinnere mich an diesen Geruch, als wäre es gestern gewesen. Aber ich erinnere mich nicht daran, daß sie den alten Brunnen so verschwenderisch bedecken.«

»Paul Scarlet«, sagte ihr Vater. »Meine Großmutter hat die ersten Stöcke gepflanzt, glaube ich. Climbing-Rosen. Mama hat sie regelmäßig zurückgeschnitten, und auch ich habe es bis vor ein paar Jahren getan. Ein herrlicher Anblick, nicht?«

»Was ist mit dem Anstrich, Colonel?« fragte Sam Canaday und stoppte den Rollstuhl am Fuß der Rampe. Seine Stimme klang neutral, aber Mike sah, daß seine Lippen verspannt waren.

»Habe Amos Butler endlich dazu bewegen können, mit einer Truppe herzukommen«, sagte der alte Mann. Er sah weder Sam noch Mike an. »Haben mich fast ein Jahr hingehalten, aber schließlich hat es eben doch noch geklappt. Ist aber auch höchste Zeit. Das Haus fing ja schon an zu faulen. Sah aus wie eine Nigger-Hütte. Der neue Anstrich sollte mindestens die nächsten zehn Jahre überdauern.«

Vor ihrem inneren Auge sah Mike die riesigen Kinnladen der Bulldozer rostrot, blutrot gegen die neue weiße Farbe vorgehen. O Gott, Daddy, dachte sie verwirrt und gequält.

»Sieht ganz so aus, als würden sie ihre Arbeit gut machen«, erklärte Sam Canaday gelassen. Er schob John Winships Rollstuhl über die Rampe ins Haus. Mike folgte.

Mike war hundertmal in dem alten Haus gewesen, aber jetzt waren ihr die Räume insgesamt fremd und eigenartig in dem Halblicht: Die verworfenen alten Dielenböden ohne die Flikkenteppiche ihrer Großmutter, die fleckigen Biberbaumwände ohne die soliden, massiven, aus dem Katalog bestellten Möbel aus dunkler Eiche. Soweit sie sich erinnerte, hatte nie jemand in diesem Haus gelebt, aber früher hatten die Gebrauchsgegenstände aus einem Jahrhundert kargen Lebens die unzähligen kleinen Räume bis zum Bersten gefüllt. Aber selbst damals hatte sie sich nie vorstellen können, daß hier tatsächlich Menschen gelebt hatten; hatte kein Gefühl dafür gehabt, daß ihre Vorfahren ihre Freude, ihr Leid, ihren Zorn, ihre Erschöpfung und ihr Lachen durch diese Räume getragen hatten; daß ihr Vater als lebendiger und lebhafter kleiner Junge hier aufgewachsen war. Der Hof war nie etwas anderes für sie gewesen als eine flache, zweidimensionale Bühnenkulisse.

Aber jetzt bewegten sich in den bläulich-dämmerigen, leeren und vernachlässigten Räumen, die kleiner wirkten als damals, als sie möbliert waren, Schatten in den Ecken, huschten über die Decken. Schwache, stimmlose Stimmen trieben durch die schale, heiße Luft. Gerüche drangen kaum wahrnehmbar in ihre Nase. Oder eher Geistergerüche, Gespensterdüfte. Das ganze Haus wisperte von einem Phantomleben.

Schweigend folgte sie ihrem Vater und Sam Canaday von

Raum zu Raum, und der Rollstuhl hinterließ deutliche Schnekkenspuren in dem dichten Staubpelz auf den unebenen Dielenbrettern. In einigen der Zimmer, in den ältesten, waren die Dielenbretter nicht mit Nägeln, sondern mit Holzpflöcken befestigt. Ihr Vater redete, während sie weitergingen, und hinter seiner rauhen Stimme flüsterten andere Stimmen, raunten, wisperten. Mike wollte sie nicht hören. Sie heftete ihren Blick auf den Pergamentschädel ihres Vaters und konzentrierte ihre ganze Aufmerksamkeit auf seine Worte. Gelegentlich mußte er einen Moment innehalten, um in der schalen Luft mühsam durchzuatmen, doch dann sprach er weiter. Er redete und redete von der Zeit, als es in diesem toten Haus Leben gegeben hatte.

»Mama hat immer ein weißes Mehlsack-Tuch über den Abendbrottisch gedeckt«, sagte er, als sie in der riesigen Küche standen. »Das tat sie, um die Hühner, mich und die Katzen vom Naschen abzuhalten. Wir hatten zwei, als ich ein Kind war, und Mama nannte sie die Aschenkatze und den Tabletträuber, weil eine von ihnen im Winter in der warmen Asche des Kamins schlief und die andere unentwegt versuchte, unter dem Tischtuch an die Sahne, das Maisbrot und die gekochten Kartoffeln heranzukommen, die sie dort auf einem Tablett aufbewahrte. Ich erinnere mich nicht, ob sie auch richtige Namen hatten, aber ich erinnere mich genau an sie – einen alten gelben Tiger und einen riesigen Kater, schwarz wie ein Pik-As. Einmal habe ich ihre Schwänze zusammengebunden und sie über die Wäscheleine gehängt, um zu sehen, wie sie miteinander kämpfen. Herr im Himmel, sie brachten sich fast um, bis Mama mich erwischte. Sie hat mich ganz schön verwimst.« Er lachte keckernd. »Ich habe auch Maiskörner an einer Art Angel befestigt und die im Hühnerhof ausgelegt. Die alte Dominecker-Henne schluckte prompt die Körner, und ich konnte sie dann den ganzen Tag lang an der Leine herumführen. Auch dafür habe ich eins hinten drauf gekriegt.«

»Sie müssen ein echter Lausebengel gewesen sein«, gluckste Sam Canaday lachend. Mike lachte nicht. Genauso gut hätte er über einen Jungen aus einem viktorianischen Jugendroman reden können. Sie konnte sich die Kindheit ihres Vaters ebensowenig vorstellen wie seine vitale Jugend. Für sie hatte er nur zwei Persönlichkeiten: distanziertes, gletscherkaltes Mittelalter und das Sterben dieses alten Raubvogels in der Mauser.

»Meine schlimmste Prügel bekam ich jedoch dafür, daß ich vom Baumwollspeicher auf den Wagen voller Baumwolle gesprungen bin, bevor der zur Entkörnungsmaschine fuhr. Pa hatte den Leuten bereits gesagt, sie könnten losfahren, und ich war da oben mit einer Forke, einem kleinen, alten Ding, aber ich hob sie ihm entgegen und schrie plötzlich laut los: ›Sieh mal, Pa! Sieh her!‹ und sprang hinunter. Ich landete oben auf einem Baumwollballen. Ich weiß nicht, ob er um mich oder die Baumwolle Angst gehabt hatte, aber er spürte mich hinter dem Kälberschuppen auf, ließ mich die Hosen ausziehen und walkte mich mit seinem Gürtel grün und blau. Das hat er nie zuvor und auch danach nicht mehr getan. Das mußte Mama immer erledigen, und sie benutzte dazu einen Zweig von der Ligusterhecke. Sie schickte mich raus, ließ mich die Rute aussuchen und schickte mich glatt zurück, wenn sie ihr nicht kräftig genug war. Das ist wohl an die hundert Mal passiert. Aber mit dem Gürtel war es nur einmal, soweit ich mich erinnere.«

In einem Zimmer gab es einen kleinen weißgetünchten Kamin. Die Feuerstelle war rußgeschwärzt und um sie herum gab es eigenartige sternförmige, bräunliche Flecke.

John Winship lächelte. »Daddy kaute Tabak. Saß hier jeden Abend, bevor sie zu Bett gingen – im Winter saßen wir abends alle in ihrem Schlafzimmer, weil es der einzige Raum mit einem Kamin war –, und ich aß Yates-Äpfel aus dem Korb neben dem Kamin, und Mama erzählte mir Geschichten über die Familie und so weiter, und Daddy nickte und schaukelte und kaute. Von

Zeit zu Zeit spuckte er einen Pfriem los – und verfehlte üblicherweise die Feuerstelle. Ich kann immer noch hören, wie Mama mit ihm geschimpft hat. Sie hat diesem Kamin vier- oder fünfmal im Jahr neu getüncht, aber es verging jedesmal kaum eine Woche und er hatte wieder die ersten Flecke. Er trank nicht, er rauchte nicht oder fluchte. Hatte keine anderen schlechten Angewohnheiten, aber den Kautabak liebte er nun mal. Ich sehe ihn immer noch vor mir. Du siehst ihm sehr ähnlich, Micah.«

Er blickte sich nicht um, um sie anzusehen, schien sich nicht einmal wirklich bewußt zu sein, daß außer ihm noch jemand im Zimmer war.

Er zeigte ihnen das vordere Zimmer, die Vorratskammer und den kleinen verglasten Wintergarten, in dem seine Mutter ihre Nähmaschine stehen hatte, ihr Butterfaß und ihren Stickrahmen.

»Das ist in gewisser Weise ihr Raum. Hier erinnere ich mich am besten an sie«, sagte er. »Wenn ich an sie denke, dann sehe ich sie hier in dieser verglasten Veranda.«

Er bedeutete Sam, ihn hinaus auf die kleine Terrasse davor zu fahren. Dort deutete er mit seiner dünnen alten Klaue auf das ausgetrocknete Becken eines alten Seerosenteiches. Eine hohe, gebogene Steinbrücke überquerte ihn, inzwischen geborsten und zerbrochen, und die hinfälligen Skelette alter weißer Gartenmöbel umgaben den Teich. Mike erinnerte sich daran, daß das Becken voller Wasser gehalten worden war, daß riesige, glänzende Seerosenblätter auf der Oberfläche geschwommen waren, und im Sommer sternenförmige rosafarbene und weiße Seerosenblüten. DeeDee und sie hatten hier Kaulquappen gefangen.

»Das ist seine Stelle, Daddys Stelle. Hier sehe ich ihn. Abends saß er nach dem Essen gern am Seerosenbecken und hörte den Fröschen zu, beobachtete die Glühwürmchen. Da hat es einen großen alten Frosch gegeben, der sich mehrere Jahre hier aufgehalten hat, ein richtiges Monstrum. Ich habe ihn einmal zu Gesicht bekommen, und wenn er bei Laune war, konnte man ihn bis nach College Park hören. Daddy nannte ihn Gikiwalli. Hat behauptet, jemand hätte ihm gesagt, das sei ›Frosch‹ auf italienisch. Ist mir irgendwie komisch vorgekommen, aber wir haben ihn nun mal so genannt. Er war immer noch da, als ich fortging, um mein Jurastudium zu beginnen. Ich weiß nicht, was mit ihm geschehen ist. Die Katze oder der Waschbär mußte erst noch geboren werden, die es mit ihm hätten aufnehmen können. Pa war jeden Abend hier draußen, wenn es nicht gerade eiskalt war.« Er schwieg, ließ den Blick über den verfallenen Teich, die Brücke und die Gartenmöbel schweifen.

»Hierher bin ich auch gekommen, nachdem er gestorben war. Ich habe mir in die Hand geschnitten und ließ das Blut auf den Boden tropfen«, fuhr er fort. »Gleich da drüben, neben diesem spanischen Bajonett. Dort hat immer sein Stuhl gestanden. Die Narbe habe ich immer noch.«

Er betrachtete die durchsichtige, verwelkte Hand auf seinem Schoß, als hätte er sie noch nie gesehen. Weder Sam noch Mike sagten etwas. Sie waren es nicht, mit denen er sprach.

Als Sam ihn wieder durch das Haus und zur Hintertür mit der Rampe rollte, deutete er auf einen kleinen, verschlagähnlichen Raum, der von der Veranda abging, wirklich nicht viel größer als ein Schrank. Zu Mikes Zeiten waren in ihm die Gartengeräte aufbewahrt worden. Sam schob John Winship zur Öffnung des Raums. Eine Tür gab es nicht.

»Das war mein Zimmer«, sagte John Winship. »Hier habe ich achtzehn Jahre meines Lebens lang geschlafen. Es war wirklich gemütlich da drinnen. Die Decke reichte fast bis zu mir herab, es gab kein Fenster, also war es, als wohnte man in einer Höhle. Hierher nach hinten, auf der Rückseite des Hauses, kam niemand, wenn er nicht einen besonderen Grund hatte. Hatte hier immer das Gefühl, daß ich mich vor der ganzen Welt verstecken kann, daß mich nie jemand finden würde. Man würde noch nicht einmal wissen, ob ich im Haus war oder nicht. Wie Tom Sawyer in der Höhle. Ich lag hier und stellte mir vor, ich sei Tom Sawyer. Ich konnte das Pfeifen der Eisenbahn über Meilen hinweg hören und tat so, als wäre da draußen der Mississippi und die Züge wären Schaufelraddampfer. Ich habe in diesem kleinen alten Raum wirklich gut geschlafen, sommers und winters, mit gepolsterten Matratzen und Mamas Quilts über mir. Fühlte mich so sicher wie ein Bär im Honigbaum. Habe nie wieder so geschlafen. Heutzutage möchten die Kinder in einem so winzigen Raum keine Sekunde verbringen, aber für mich war es der schönste Platz der Welt.«

Er machte eine Geste zu Sam, aus dem Raum und die Rampe hinunter gefahren zu werden, aber dann ließ er ihn wieder innehalten.

»Was ist das da drüben? Da, in der Ecke?« wollte er wissen. »Sieht aus wie Porzellan. Vielleicht eine Vase oder so etwas.«

Mike beugte sich vor und hob den Gegenstand auf. Es war die Scherbe eines Tonkruges, an der sich noch der geschwungene Henkel befand – weiß lasiert, mit einem Muster von Streifen und Quirlen. Die Scherbe war unglaublich verschmutzt, und Mike trug sie mit zwei spitzen Fingern zu ihrem Vater und legte sie ihm auf den Schoß.

»Meine Güte«, sagte John Winship, »das ist der alte Yankee-Krug. Den habe ich nicht mehr gesehen, seit ich jung gewesen bin. Wußte nicht einmal, daß er noch im Haus war. Habe überall danach gesucht. Seht her, Sam und Mike, dieser Krug ist weit über hundert Jahre alt, und irgendein Lump hat ihn gefunden, zerbrochen und dann einfach in eine Ecke geworfen. Wenn ich eine Waffe hätte, bei Gott . . .«

»Warum wird er Yankee-Krug genannt, Colonel?« unterbrach Sam hastig.

Und ihr Vater ließ sich ablenken. »Als mein Urgroßvater

Worthy – dein Ururgroßvater, Micah – in Virginia gekämpft hat, waren nur meine Urgroßmutter und ein paar Niggerpächter hier zurückgeblieben. Sie war nur ein kleines Ding, reichte einem Mann knapp bis zur Schulter, mit dunkelroten Haaren bis zur Taille, etwa neunzehn Jahre alt, glaube ich. An einem Sommertag kam hier ein Trupp Sherman-Jungs durch, und der Leutnant ritt prompt vor die Veranda und fragte sie, ob sie nicht etwas zu trinken hätte. Sie brachte ihm diesen Krug mit kalter Buttermilch hinaus. Es war das letzte, was sie noch hatte, aber sie dachte sich, es wäre besser, freundlich zu ihm zu sein, wenn sie ihn schon nicht bekämpfen konnte. Sie hatte eine Kuh, ein paar Kälber und ein Maultier unten am Sumpf, und nachts ging sie da hinunter, um ihnen die Mäuler mit Streifen von ihrem Unterrock zuzubinden, damit sie keinen Lärm machten, falls Yankees in der Nähe waren. Jedenfalls hat mir meine Mama das immer so erzählt. Wie auch immer, der Leutnant nahm den Krug, ohne sich zu bedanken, und sie war fest überzeugt, daß sie den zum letzten Mal gesehen hatte, aber zumindest hatten sie ihr nicht das Dach über dem Kopf angezündet. Aber am nächsten Tag fand ihn einer der Nigger im Moos unter der großen Kiefer, die sich über die Landstraße neigt. Er war sauber ausgespült. Danach haben wir ihn immer den Yankee-Krug genannt.«

Er betrachtete die zerbrochene Keramikscherbe in seiner Hand, und dann durch die offene Tür über die Felder zum Wald hinüber, wo sich die Nacht wie ein ausgeworfenes Netz senkte.

»Er ist von Appomattox nach Hause gelaufen«, fuhr er fort. »Kostete ihn vier Monate. Sie hatte keine Ahnung, wann sie nach ihm Ausschau halten sollte, ob er überhaupt nach Hause kommen würde. Eines Tages saß sie in der Abenddämmerung auf der Veranda, und da kam er die Zedernallee herauf, setzte sich auf die Veranda, lehnte sich gegen die Hauswand und fragte: ›Was ist uns geblieben?‹ Es war weiß Gott nicht viel, aber sie hatten genug, um wieder von vorn anzufangen.«

Er schleuderte die Scherbe zurück in die Ecke, wo sie über den Boden kollerte und an der Scheuerleiste liegenblieb.

»Sie lassen einem nicht viel«, sagte er.

Die flüsternde Armee der Geister erwachte unvermutet zum Leben wie vom Finger Gottes berührt. Ein verhärmter junger Soldat lief die Zedernallee herauf, und Mike konnte den Schweiß und den Staub der Strecke riechen, die hinter ihm lag; ein blasses junges Mädchen streckte ihm schwielige, ruinierte, sonnenverbrannte Hände entgegen, und sie konnte das Salz seiner Tränen schmecken. Mike hörte lebendiges Lachen und Weinen, die Schreie von Kindern und Tieren, die Gleichgültigkeit des Todes; sie roch Schweiß, Schmutz, Dung, Tabak, Rosen, Kiefernfeuer, Erde nach dem Regen, auf den Feldern trocknendes Heu, bratendes Fleisch, durchdringende Laugenseife, Schweinefutter und sauer werdende Buttermilch in der morgenkühlen Vorratskammer. Das winzige Geviert wimmelte vor Menschen, und sie waren ebenso aus Fleisch und Blut, so unverwechselbar wie die drei, die heute abend in dieses Haus gekommen waren. In ihrer vordersten Reihe sprang ein kleiner Junge mit Haaren wie Distelwolle pausenlos von einem Bodenspeicher durch die leere, sonnendurchglühte Luft und schrie: »Sieh her!«

Mike stolperte blindlings die Stufen der Heimstatt hinunter und in die kühlerwerdende Luft draußen. Ihr Kopf summte, in ihren Ohren klang die Kakophonie ihrer Vorfahren. Sie hörte Sam und John Winship die Rampe hinter sich herunterkommen. Nachdem sich ihr Kopf ein wenig geklärt hatte, wandte sie sich ihrem Vater zu. Sie räusperte sich.

»Ich würde dir gern helfen, das Zeug in Umschläge zu stopfen und Briefmarken zu lecken, wenn du mich noch haben willst«, sagte sie.

»Nun, ich glaube schon, daß ich da etwas für dich finden werde«, sagte er und blickte an ihr vorbei auf den Schwung der bewaldeten Hügel in der Ferne. »Mouts Brunnen verdient deine Fürsorge.«

»Mouts Brunnen«, sagte Mike.

Noch immer sah er sie nicht an. Er sah sie während des ganzen langsamen, beschwerlichen Weges zurück zur Zedernallee nicht an, aber als Sam ihm aus dem Rollstuhl half und die Tür des Cadillac öffnete, legte er seine Hand, so leicht, rauh und trocken wie die Klaue eines längst toten Habichts, auf den Arm seiner Tochter, und Mike half ihm ins Auto und schloß die Tür.

Sie waren zu Hause, bevor es dunkel war.

23

»Wie zum Teufel ist das denn passiert?« fragte Sam Canaday und sah Mike durch die Gläser seiner Nickelbrille an, die sein Gesicht seltsam verletzlich und altmodisch wirken ließ, wie das eines gewissenhaften, weltfremden viktorianischen Vize-Rektors einer durchschnittlichen britischen Public School. »Ich habe ja angenommen, daß wir Sie früher oder später auf unsere Seite bekommen würden, aber ich rechnete doch damit, daß Sie wesentlich mehr Widerstand leisten würden, als es dann der Fall war. Sie sind umgefallen, ohne daß auch nur ein Schuß abgegeben worden wäre.«

Er hatte darauf bestanden, am Morgen nach ihrem Besuch auf dem Hof vor seiner Arbeit vorbeizukommen, um sie ausführlich über ihr Vorgehen gegen die Verkehrsbehörde aufzuklären. Mike hatte versucht, das abzuwenden. Sie hatte noch immer keinerlei Interesse an dem juristischen Vorgehen und wollte nichts davon hören. Aber er war beharrlich geblieben.

»Wenn Sie sich jetzt in alles einschalten wollen, bestehe ich darauf, dß Sie erfahren, auf was Sie sich einlassen«, sagte er. »Danach werde ich mich nicht mehr einmischen, aber es ist für Ihren Dad und mich wichtig, daß Sie informiert sind.«

»Ich glaube, es war der alte Krug«, antwortete sie jetzt auf seine Frage. »Das, und als er sagte: ›Sie lassen einem nicht viel‹. Irgendwie habe ich da erst begriffen, wie wenig ihm doch bleibt, wenn dieses alte Gemäuer abgerissen wird. Und dann kam es mir ganz plötzlich so vor, daß ... jeder, der in diesem Haus gelebt hat, auch ganz real war, irgendwie lebendig und nicht nur ein Name aus alten Familiengeschichten, die ich gehört hatte. Und ich sah ihn fast als kleinen Jungen vor mir ... Oh, ich weiß auch nicht recht. Ich kann es wirklich nicht erklären ...«

»Das brauchen Sie auch gar nicht«, sagte Sam und lächelte leicht. »Das hat Paulus bereits für Sie getan. Ihm ist da mal was ähnliches passiert, auf der Straße nach Damaskus.«

»Ach, hören Sie doch endlich mit Ihren biblischen Anspielungen auf«, meinte Mike verdrossen. Sie hatte nicht gut geschlafen, hatte die ganze Nacht gegen Träume und Schatten gekämpft und war müde. »Ich weiß, was eine Epiphanie ist. Lassen Sie uns jetzt über diese Sache mit dem DOT reden.«

»Gut«, sagte er, richtete sich auf und zog ein paar Papiere zu sich heran. »Nun, das alles hat vor etwa sechs Monaten angefangen. Üblicherweise hört man ja immer Gerüchte über neue Straßen und derlei Dinge, aber diesmal wurde absolut gar nichts bekannt. Der Colonel erhielt den Brief eines gewissen Leonard Tinsley, einem DOT-Umsiedlungs-Beauftragten – hübsche Bezeichnung, was? –, in dem mitgeteilt wurde, das Ministerium habe einen Tag zuvor Besitz an dem Gelände erworben, auf dem sich der Hof befindet, und alle persönlichen Besitztümer seien innerhalb von sechzig Tagen zu entfernen. Sobald das erfolgt sei, schrieb unser Mister Tinsley, werde er das Grundstück in Augenschein nehmen und Ihren Dad ein Schadenersatz-Formlar unterzeichnen lassen, das er dann zur Auszahlung von vierhunderteinundvierzig Dollar und vierundachtzig Cents weiterreichen würde.«

»Vierhunderteinundvierzig Dollar und vierundachtzig Cents!« Mike war erschüttert. Mit Sicherheit war allein das Abrißholz soviel wert.

»Natürlich war das ein absurder Preis«, sagte Sam Canaday, »und das war ihnen vielleicht sogar klar. Aber Sie wären überrascht, wenn Sie wüßten, wie oft das erste Angebot akzeptiert wird. Die Behördensprache schüchtert eine Menge Leute ein. Nun, wie auch immer, Ihr Vater rief diesen Tinsley an, und der sagte, daß der Staat Georgia vorhabe, einen neuen Highway von Carrolltown hinüber zur Interstate 85 im Osten zu bauen. Als John einwendete, es gäbe bereits eine Verbindung, nicht einmal acht Kilometer entfernt in Richtung Newnan, erklärte Tinsley, er wisse lediglich, daß es bald eine zweite geben würde. Also kam der Colonel zu mir, und ich legte bei Tinsley Widerspruch mit der Begründung ein, das Angebot sei nicht akzeptabel. Und ich kam weiterhin um eine Einstweilige Verfügung sowie um Schadensersatz beim Superior Court ein, weil John selbstverständlich ohne den Streifen Gelände, auf dem sich das Haus befindet, das Land nicht für zehn Cents verkaufen oder auch nur erschließen kann, falls er oder seine Erben das jemals vorhaben sollten. Das war aber auch alles, was ich tun konnte, Mike. Es gibt nichts, was ich im Hinblick auf das Haus unternehmen kann, das hat es nie gegeben. Die Chance dazu war in dem Augenblick dahin, in dem Ihr Vater den Brief von Tinsley bekam. Aber ich wußte, daß wir das Ganze eine Weile hinauszögern konnten, indem wir über den Preis verhandelten und auf Schadensersatz klagen. Natürlich machte das DOT daraufhin geltend, daß die angebliche Wertsteigerung – die Zerstörung des Hauses – alle finanziellen Einbußen ausgleichen würden, die möglicherweise entstehen könnten.

»Also habe ich bisher nichts weiter getan, als alle ihre Angebote einfach abzulehnen und mich zu weigern, einen festen Preis zu nennen. Das kann ich natürlich nicht bis in alle Ewigkeit so weitertreiben, aber ich denke, ein bißchen Zeit kann ich schon noch herausschinden. Aber irgendwann werden sie der Sache überdrüssig sein und Nägel mit Köpfen machen.«

»Und was dann?«

»Dann werden sie die Enteignung beantragen, diese durchbekommen, eine Übernahmeerklärung beantragen, einen Gerichtsbeschluß erwirken und den Titel übernehmen. Der Rest ist, wie man so schön sagt, Geschichte.«

»Sie meinen ...?«

»Ich meine, daß sie Kostenvoranschläge von Unternehmern einholen, und dann treten die Bulldozer in Aktion. Sie nehmen Messungen vor, machen Probebohrungen und stecken im Winter die Gewinne ein. Das ist alles ganz logisch.«

»Mein Gott, Sam! Diese Dingsda – diese Übernahmeerklärung ... Damit können sie also machen, was ihnen beliebt. Ganz gleich, ob man mit ihren Preisangeboten einverstanden ist oder nicht? Das ist doch mies, das ist *kriminell* ...«

»Nein, das ist ganz legal. Sie können es tun, und sie werden es in diesem Fall tun. Bis zum Zweiten Weltkrieg war es nicht möglich, einen Grundstückstitel einfach zu übernehmen, ohne daß zuvor ein ordentliches Enteignungsverfahren über die Bühne gegangen wäre. Aber so etwas konnte Jahre dauern. Und in Kriegszeiten kann man manchmal nun einmal nicht warten. Da sind Straßen zu bauen, Munitionsfabriken, alles mögliche. Man kann ihren Standpunkt schließlich auch irgendwie begreifen, Mike. Ohne ein Instrument wie die Übernahmeerklärung würde es wahrscheinlich gar kein Freeway-System geben. Aber jetzt, wo sie es jederzeit und überall anwenden können, wird es natürlich auch mißbraucht wie jedes andere Gesetz. Offen gestanden weiß ich eigentlich nicht recht, warum sie mich die Angelegenheit so verschleppen lassen, wie ich es schon getan habe. Allerdings habe ich auch mit Krankheit und familiären Schwierigkeiten argumentiert, was ja weiß Gott auch zutrifft. Aber so etwas kann die Verkehrsbehörde im Grunde kaum stoppen.«

»Vielleicht ist es Bay gelungen, sie zu beeinflussen«, meinte Mike. »Ich weiß, daß er es versucht.«

»O ja«, sagte Sam Canaday. »Ich bin überzeugt, daß er beträchtlichen Einfluß hat. Nun, so ist der Stand der Dinge, im Grunde und in Kürze. Ich wollte Ihnen nur erläutern, auf was Sie sich da einlassen. Ich wollte, daß Sie sich völlig darüber im klaren sind, daß wir nicht gewinnen, daß wir nur verzögern können.«

»Weiß er . . . weiß Daddy das auch? Mir kommt es nicht so vor. Diese Malerarbeiten, die er da ausführen läßt, die Art und Weise, wie er über dieses Thema spricht . . .«

»Der Colonel weiß es«, erklärte Sam. »Schließlich ist er Anwalt. Ob er sich damit abfindet, ist allerdings eine andere Frage. Aber ich bin ganz sicher, daß er die Aussichtslosigkeit erkennt.«

»Sam . . . ist es auch gut? Diese Verschleppungstaktik? Sie kann doch etwas nur aufschieben, was ihn irgendwann doch schmerzen wird. Und er wird schließlich nicht kräftiger, ganz im Gegenteil . . .«

»Stimmt«, sagte Sam Canady, nahm die Brille an und rieb sich die Augen. Unter ihnen waren dunkle Flecken der Erschöpfung zu sehen, und die kräftige Bräune seines Gesichtes war so verblichen, daß er in der Morgendämmerung der Küche fast so ockerfarben wie J. W. aussah. »Sie wissen, warum ich es verschleppe. Wir haben darüber gesprochen. Es erhält ihn am Leben. Und es gibt ihm die Zeit für den Versuch, Sie zurückzugewinnen.«

»Er hat mich doch jetzt. Ich stehe in vorderster Front, neben Ihnen beiden«, erwiderte Mike. »Ich habe ihm gesagt, daß wir heute mit den Briefen anfangen werden. Ich hole mir Priss' Schreibmaschine . . .«

»Nein«, widersprach Sam Canaday. »Er hat Ihre Beteiligung. Ihre Liebe hat er nicht.«

»O Gott!« rief Mike, schob ihren Stuhl zurück und fuhr herum, um blicklos aus dem Fenster über dem Spülbecken in den heller werdenden Tag zu starren. »Sie verlangen zu viel. Sie beide, sie alle . . . Sie verlangen ganz einfach entscheidend zu viel!«

»Sie haben recht«, sagte er, sammelte seine Papiere ein und stopfte sie zurück in seine schäbige alte Aktentasche. »Wir verlangen alles.«

Mike war durch nichts auf die Reaktion vorbereitet, die ihre Teilnahme an John Winships Medien-Kampagne bei ihrer Schwester und Bayard Sewell hervorrief. Sie hatte zwar auch nicht erwartet, daß DeeDee sich erfreut zeigen würde, da sie sie mehr oder weniger darauf eingeschworen hatte, ihren Vater von seinem Kampf gegen das DOT abzubringen. Aber sie hatte doch keine Wut, keine Angst erwartet.

Mike und John Winship waren gerade mit den Briefen dieses Morgens fertig – mit denen an die Redakteure der kleineren Tages- und Wochenblätter in den umliegenden Gemeinden –, und Mike frankierte sie, während Lavinia das Mittagessen vorbereitete und es sich ihr Vater in seinem Stuhl bequem machte, um *Tic-Tac-Dough* zu sehen, als DeeDee in der Küche des Hauses an der Pomeroy Street erschien. Sie war erhitzt, hochrot, steckte in einem pinkgestreiften Baumwollzelt von verblüffenden Ausmaßen und trug eine folienverpackte Pie-Form in den Händen.

»Pfirsich-Pie von unseren ersten Pfirsichen«, sagte sie, küßte ihren Vater und sah sich in der kühlen, hellen Küche um. »Was macht ihr denn da? Bereitet ihr eine Party vor?«

»Ich helfe Daddy bei seiner Korrespondenz«, erklärte Mike strahlend und hoffte, ihre Schwester würde nicht weiter fragen. Aber DeeDee ließ sich nicht ablenken.

»Was für eine Korrespondenz?« wollte sie wissen. »Wen kennt Daddy denn, daß er so viele Briefe schreiben müßte ...« Sie nahm ein paar der Umschläge hoch, die Mike frankiert und ordentlich am Rand des Küchentisches gestapelt hatte. DeeDee erbleichte unter ihrer normalerweise rötlichen Gesichtsfarbe.

»Du hilfst ihm bei diesen irren, schrecklichen Briefen«, kreischte sie auf. »Mike, du hast es *versprochen*; du hast gesagt, du würdest diese DOT-Geschichte ebenso unsinnig finden wie wir ...« Ihr ging der Atem aus. Sie stand da, starrte Mike an, die große Schublade ihrer Brust hob sich krampfartig, Luft blubberte in ihrer kleinen Schweinchennase.

»Nun, ich habe meine Meinung geändert«, erwiderte Mike gleichmütig. Was war das für ein seltsamer schriller Ton in DeeDees Stimme? Warum um alles in der Welt regte sie sich so auf? DeeDee mochte die Briefe für unsinnig und nutzlos halten, aber was machte es ihr wirklich aus, wer sie tippte und abschickte?

»Was ist denn mir dir, Daisy?« fragte John Winship mit einer Stimme, die ebenso laut und scharf klang wie DeeDees. Den ganzen Morgen über war er angeregt, fast überschäumend gewesen, hatte deutlich und entschieden diktiert, dann und wann sogar über seine eigenen Formulierungen gekichert, schien fast einen schwachen, seltsamen Abglanz einer Persönlichkeit widerzuspiegeln, die Mike nur ein- oder zweimal in ihrem Leben gesehen hatte und kaum erinnerte. Und sie hatte sich von dieser Hochstimmung anstecken lassen. Ihre Finger flogen nur so über die Tastatur von Priss' alter, mechanischer Schreibmaschine und in ihren Adern pulste eine Energie, wie sie sie seit der ersten schlafwandlerischen Vereinigung mit Bayard nicht mehr verspürt hatte. Jetzt wandte sie sich ihrem Vater zu und bemerkte, daß seine Wangen hochrot wie Zinnober waren, daß seine Augen tief in ihren Höhlen saßen und wie im Fieber glänzten.

Offensichtlich bemerkte DeeDee es auch, denn sie zwang ihren kleinen rosafarbenen Mund zu einem Lächeln und sagte: »Ich habe nichts, Daddy. Ich möchte nur nicht, daß du dich überanstrengst. Mike meint es gut, aber sie ist nicht von Anfang an hier gewesen, und ich befürchte, sie weiß nicht, was gut für dich ist und was nicht.«

»Micah weiß besser als jeder andere hier im Haus, was mir gut tut, mit Ausnahme von Sam Canaday«, krächzte John Winship. Mike sah, daß es in seiner schwachen Brust zu arbeiten begann, und so sagte sie: »Daddy, du hast versprochen, daß du dich bis zum Lunch hinlegen wirst, wenn wir fertig sind«, und der alte Mann sah von einer Tochter zur anderen, warf ihnen sein flüchtiges, groteskes Halb-Lächeln zu und meinte: »Habe ich.« DeeDee sagte nichts mehr, bis Lavinia Lester ihren Vater in sein Zimmer geschoben hatte, aber dann wandte sie sich an Mike.

»Du wirst ihn umbringen. Ist dir das eigentlich klar? Was du da tust, wird meinen Daddy umbringen, und ich hoffe, du bist zufrieden, wenn er dann auf dem Totenbett liegt! Was du tust ist grausam, gefährlich und grauenhaft . . .«

»DeeDee, ich füge ihm keinen Schaden zu«, entgegnete Mike. »Sie ihn dir doch an. Er hat Farbe im Gesicht, er nimmt Anteil, ißt und schläft gut. Seit ein paar Tagen hat er keinen einzigen dieser Schmerzanfälle mehr gehabt . . . Er löst sich aus dieser furchtbaren Lethargie, in der er gefangen gewesen ist. Du hast es vielleicht noch nicht bemerkt, weil du in der letzten Zeit nicht sehr häufig hier gewesen bist. Ihm geht es wesentlich besser, er ist viel kräftiger . . .«

»Das ist das letzte Aufbäumen seiner Energie! Er wird einen neuen Schlaganfall bekommen. Er wird einen Zusammenbruch erleiden ...« In DeeDees Augen war etwas, das nur schreckliche Angst sein konnte. Tränen liefen ihr über Wangen und Doppelkinn.

Mikes Herz verkrampfte sich. Ihre Schwester litt offenbar Qualen. Ganz unabhängig davon, wie unbegründet und geschwätzig ihre Sorge auch sein mochte, sie verursachte ihr trotzdem Pein. Sie sah auch nicht gut aus. Die dünne, gespannte Haut um ihre blauen Augen war violett und von einem Netz winziger Erschöpfungsfalten überzogen, ihr blauschwarzes Haar strähnig und glanzlos. Es wirkte schwer, schlaff und lustlos wie die Flügel einer toten und regendurchnäßten Krähe, und Mike erkannte zum ersten Mal, daß DeeDee es färbte. Sie dachte an das schreckliche Pseudo-Heim am Rand des Wohnwagen-Camps, an die nörgelnde, fordernde alte Frau, die auf Dauer dort untergebracht war, und an Duck Wingo.

Sie legte DeeDee eine Hand auf die Schulter. »Ich würde nie zulassen, daß ihm etwas zustößt«, sagte sie sanft. »Wir hören sofort auf, wenn er auch nur den geringsten Hauch von Ermüdung zeigt. Vielleicht haben wir uns heute ein bißchen von unserer guten Laune hinreißen lassen. Vielleicht haben wir es ein bißchen übertrieben. Aber das wird nicht mehr vorkommen.«

»Aber *warum* Mike?« Dees Stimme zitterte. »Du hast doch das alles auch für absurd und nutzlos gehalten ...«

»Aber was kann es denn schaden?« fragte Mike zurück. Sie wollte nichts von dem Abend in dem alten Haus erzählen, der noch immer in ihrem Innern brannte. In DeeDees augenblicklicher Verfassung würde sie wahrscheinlich vermuten, daß Mike lediglich die Farm für sich sichern wollte, und nichts hätte weiter von der Wahrheit entfernt sein können. Mike wollte das alte Haus nicht. Sie wollte nur, daß es und ihr Vater in Ruhe gelassen wurden.

»Ich bemühe mich lediglich, ihm Gesellschaft zu leisten und ein bißchen auf ihn zu achten«, sagte sie. »Die Briefe hätte er ohnehin geschrieben, weißt du. Er hat sie auf Sams altes Tonbandgerät diktiert. Aber das fiel die meiste Zeit aus, und dann regte er sich jedesmal furchtbar auf, bis es wieder funktionierte. Schließlich war er dreimal so erregt wie jetzt. So kann ich ihn zumindest im Auge behalten. Wirklich, Dee. Es wird sicher nichts ändern – aber wenn es ihn nun einmal glücklicher macht? Warum denn nicht?«

Ihre Schwester sah sie aus tränenumflorten Augen an und ließ dann ihre massigen Schultern sinken. »Wahrscheinlich hast du recht. Es ist nur so, daß ich ihn liebe, Mikie. Ich will nicht, daß ihm etwas zustößt.«

»Oh, Dee ...« In Mikes Augen brannte es nun auch, und sie nahm DeeDees mollige, beringte Finger in ihre Hand. »Etwas wird ihm zustoßen, und das können wir nicht abwenden. Aber das geschieht mit Sicherheit nicht wegen dieser Briefe.«

Als sie sah, daß die Tränen wieder in die schönen, kurzsichtigen Augen stiegen, sagte sie schnell: »Ich werde dir was sagen. Laß uns in der nächsten Woche irgend etwas unternehmen, nur wir beide. Irgend etwas Unvernünftiges und Lustiges. Ich werde Lavinia zu Ducks Mutter schicken, damit sie bei ihr bleibt, und J. W. kann sich um Daddy kümmern. Dann machen wir uns einen schönen Tag. Was würdest du denn gern machen? Nach Atlanta fahren, zu Mittag essen, einkaufen, ins Kino gehen? Ich lade dich ein.«

»Weißt du, was ich wirklich gern tun würde?« fragte DeeDee mit munterer Stimme. »Bay ist doch Mitglied im Country Club. Er sagt, wenn wir da mal schwimmen, in der Sonne liegen oder auch nur am Pool etwas essen und trinken wollen, würde er Gästekarten hinterlegen. Wir sind noch nie dort gewesen, und ich ... nun, ich würde gern da hingehen, wenn du mitkommst. Ich glaube, das könnte viel Spaß machen. Wir könnten sogar eine Mitgliedschaft erwägen, Duck und ich, falls es uns gefällt ...«

Mikes Stimme rutschte ab, dennoch sagte sie: »Selbstverständlich. Entscheide dich für einen Tag, dann machen wir das.« Aber würde sie es ertragen? DeeDee im Badeanzug, im Country Club von Lytton, Georgia, an obstbefrachteten Drinks nippend, mit ihren nervenden, so durchsichtigen Allüren? Mike nahm an, sie würde es ertragen. Was würde es schon wirklich ausmachen?

»Wir können jederzeit hin«, erklärte DeeDee mit fröhlichem Gesicht. »Bay hat dem Personal bereits Bescheid gesagt. Er war einige Jahre Präsident, bis es mit Sally so schlimm wurde.« Sie machte eine Pause und fragte dann: »Hast du etwas, das nicht so ... nun, du weißt, Mikie ... nicht so nackt ist?«

»Ich werde dich nicht blamieren, DeeDee«, erwiderte Mike und widerstand dem Impuls, ihre Schwester zu ohrfeigen. Immer, wenn man DeeDee gegenüber ein paar freundliche Gefühle in sich entdeckte, trat diese prompt diesen guten Willen mit ihren Elefantenfüßen.

»Das habe ich nicht gemeint«, sagte DeeDee und wandte sich, unempfindlich für ihre Wirkung auf Mike, zum Gehen. »Du bist nur so dünn. Du wirst eine Menge neuer Leute kennenlernen, und du möchtest dich doch sicher von deiner besten Seite zeigen.«

»Selbstverständlich«, erwiderte Mike ironisch. Sie konnte sich nichts vorstellen, was sie weniger interessiert hätte als ihr Eindruck auf die neuen Bewohner von Lytton. Nahm DeeDee denn an, sie hätte ihre Meinung geändert und wolle auf Dauer bleiben? Und da sie gerade daran dachte: Wollte sie? Sie wußte es nicht, hatte nicht mehr drüber nachgedacht, nachdem sie jedem erzählt hatte, sie wäre nur vorübergehend hier, bis eine Entscheidung im Hinblick auf ihren Vater getroffen war. Aber das war, bevor Bayard Sewell ...

Er rief sie an diesem Nachmittag an, eine knappe Stunde bevor sie sich in ihrem Zimmer mit ihm treffen wollte.

»Pech, Mike. Ich muß weg. Ich bin bereits auf dem Flughafen und habe nicht viel Zeit.«

»Oh, Bay – warum? Es ist fast schon eine Woche her ...« Ihr Herz krampfte sich zusammen. Sie war aufgeladen durch das Verlangen nach ihm, fühlte sich hilflos.

»Ich weiß, Liebes. Ich weiß. Aber es ist nicht zu ändern. Zum Teil ist es Sally. Ihr geht es immer schlechter, und Doktor Gaddis meinte, daß inzwischen auch ihre Leber angegriffen ist. Es sei das beste, sie in eine Klinik zu bringen, in der man sich richtig darum kümmern kann. Also werde ich mir Silver Hill in Connecticut ansehen. Ich gehe davon aus, daß es sehr gut ist. Wenn sie bereit sind, sie aufzunehmen, werde ich Shep Watson, unseren Anwalt, bitten, sie ins Flugzeug zu setzen. Ich hole sie dann ab und bringe sie hin. Hart für die arme Sally, Liebling, aber besser für uns. Und dann muß ich mich in Boston geschäftlich mit ein paar Leuten treffen. Das ist sehr eilig.«

»Wie lange wird es dauern? Ich glaube nicht, daß ich es sehr lange ohne dich aushalten kann, Bay ...«

»Ich auch nicht, oder ich finde mich mit einer dieser aufblasbaren Damen aus Japan in meinem Hotelzimmer wieder. Tut mir leid, Mike. Es ist nur für ein paar Tage. Höchstens eine Woche. Kannst du dich irgendwie beschäftigen?«

»Nun, wie es sich gerade so fügt, habe ich etwas zu tun«, erwiderte sie. Sie erzählte ihm von der Brief-Aktion, und daß sie ihrem Vater dabei half. »Ich weiß, du findest es vermutlich unsinnig, Liebling, aber es beschäftigt mich und hält mich von der Straße fort. Sonst würde ich mich vermutlich im *Red Rose Motel* herumtreiben, mit den guten Jungs von früher in der Piano-Bar herumgrölen und mich bemühen, diese Sehnsucht zu vergessen, die du in mir zurückgelassen hast.«

Sie wartete auf sein tiefes, angenehmes Lachen, aber es kam

nicht. Statt dessen kam ein Schweigen und dann sagte er: »Es gefällt mir ganz und gar nicht, daß du ihn auch noch ermutigst, Mike. Wie ich dir bereits gesagt habe, glaube ich keineswegs, daß er auch nur die geringste Aussicht auf Erfolg hat, und das wird alles für ihn noch viel schwerer machen, wenn er verliert.«

In seiner Stimme waren Eis und kleine Peitschen.

»Du sagst doch immer, du würdest dein Bestes tun, um die Geschichte bei der Justiz abzuwenden«, entgegnete sie defensiv. Seine Stimme hatte sie tief getroffen.

»Ich habe aber auch immer betont, daß ich kaum viel tun kann. Ich habe wirklich keinen sonderlich großen Einfluß auf das Komitee, und das weiß er auch. Ich bin erst neu da. Mir geht es vor allem darum, ihm das sichere Gefühl zu vermitteln, daß ich auf seiner Seite bin. Ich ermutige ihn nicht wirklich, und es gefällt mir keineswegs, daß du das tust. Du treibst ihn an. Das ist mehr als grausam. Das könnte gefährlich sein.«

In Mike regte sich etwas Fremdartiges, eine schwache, kaum erkennbare Rebellion, durch den Schock und durch die Enttäuschung hindurch. »Ich werde ihm auf keinen Fall schaden, Bay«, entgegnete sie distanziert. »Und ich treibe ihn durchaus nicht an. Ich denke, ich habe meine Meinung geändert. Ich bin inzwischen davon überzeugt, daß er recht hat. Der Staat sollte einem Menschen gegen seinen Willen nicht seinen Besitz wegnehmen dürfen. Du weißt so gut wie ich, daß das nicht richtig ist. Und es wäre auch nicht richtig, sich nicht dagegen aufzulehnen. Selbst auf die Gefahr hin, den Kürzeren zu ziehen. Wenn er sich zu sehr erregt, bemühe ich mich, ihn wieder zu beruhigen. Aber ich werde ihn weiterhin unterstützen.«

Es entstand ein weiteres Schweigen. Dann sagte er mit der gleichen angespannten und kalten Stimme: »Dann kann ich davon ausgehen, daß du den Plan ihres Vorgehens kennst.«

»Ich kenne ihn überhaupt nicht«, erwiderte Mike. Sie war den Tränen nahe. Sie würde diesem Fremden mit der kalten Stimme auf keinen Fall erzählen, was ihr Sam Canaday gesagt hatte. Jedenfalls nicht jetzt. Er konnte verdammtnochmal warten. Sie würde es ihm sagen, wenn sie die Zeit für gekommen hielt, vielleicht auch gar nicht. Welchen Einfluß hätte es ohnehin auf den Ausgang des Unternehmens?

»Nun, ich möchte, daß du es unverzüglich herausfindest. Und ich möchte, daß du mich dann im *Ritz Carlton* anrufst. Vielleicht kann ich wenigstens etwas von dem Schaden reparieren, den du anrichtest – wenn ich weiß, was da eigentlich vor sich geht. Mike, wenn du weitermachst, so tust du das ohne meine Billigung. Im Klartext: Mit meiner äußersten Mißbilligung.«

»Wie schade«, erwiderte Mike. Ein Kloß der Kälte, der Qual schien ihr den Atem zu nehmen.

Er legte auf.

Während des Abendessens fühlte sich Mike unruhig und elend. Sie bekam nichts von der ausgezeichneten Gemüsesuppe und dem Maisbrot hinunter, die Lavinia Lester dagelassen hatte. Mike empfand eine erschreckend dunkle, hoffnungslose Bedrückung – eine so tiefe Traurigkeit, als stünde einem geliebten Menschen eine Katastrophe oder sogar der Tod bevor. Nichts auf der Welt schien mehr in das gewohnte Muster zu passen. So sollte ich im Hinblick auf Daddy empfinden, dachte sie. Pech für uns beide, daß es nicht so ist. Sie erinnerte sich an den Sommer, in dem sie mit fünfzehn Jahren die Gedichte Dorothy Parkers entdeckt und große Teile der spröden, brillanten Verse auswendig gelernt hatte. »Die Sonne schien grün, der Mond verlor sein Licht. Ich liebte ihn, doch er liebte nicht.« Diese Zeilen hatte sie damals besonders geliebt und sich danach gesehnt, eine so kultivierte, spöttische, lebenserfahrene Frau zu sein, die solche Worte aus eigenem Erleben aussprechen konnte. Wie dumm ich doch war, dachte sie jetzt. Sie sind nicht sarkastisch gemeint. Sie war keine ironische Frau. Sie hat das ernst gemeint – und so fühlt man dann.

Ihr Vater schien ihre Gedanken zu ahnen und hob seinen Kopf vom Teller wie ein verhungerter alter Hund.

»Kommt Bay heute abend nicht?« fragte er verdrossen. »Er ist eine ganze Weile nicht mehr hier gewesen, oder?«

»Als du geschlafen hast, hat er angerufen. Er muß in den Norden, um sich eine Klinik für Sally anzusehen. Ich ... Er sagte, sie wäre wieder krank.«

Die Augen ihres Vaters verloren das Vogelfunkeln, und seine Stimme wurde sanfter. »Arme Miss Sally«, sagte er. »Sie hat nicht viel Glück gehabt. Hat wirklich nicht viel Glück gehabt. Manchmal glaube ich, ich hätte mich da raushalten sollen. Sie hätte vielleicht ein ganz anderes Leben haben können.«

»Nach meinen Erfahrungen trinkt ein Alkoholiker ganz unabhängig davon, wo er oder sie landet«, entgegnete Mike. Unerklärlicherweise fühlte sie sich von der Parteinahme ihres Vaters für Sally Sewell getroffen. Aber dann fiel ihr ein, daß Bay gesagt hatte, ihr Vater wisse nichts von Sallys Alkoholismus. Unwillkürlich zuckte ihre Hand an den Mund.

»Du denkst, ich weiß nicht, daß sie eine Trinkerin ist?« fragte ihr Vater und sah sie aus den Augenwinkeln an. »Das wußte ich praktisch vor jedem anderen hier. Gibt nicht viel, das ich nicht wüßte, Micah. Ich weiß auch, warum sie trinkt.«

»Nun«, sagte Mike. »Es war eine Tragödie mit dem kleinen Jungen, aber das ist nun – wie lange? Zwölf Jahre? – her, und man sollte doch annehmen, daß sie sich ein bißchen zusammennehmen kann. Bay sieht man auch nicht im Gin untergehen, weil sein Sohn ertrunken ist.«

»Nein. Das ist etwas, was du nie sehen wirst«, erwiderte ihr Vater. »Steht zuviel für ihn auf dem Spiel. Könnte ihm bei vielem schaden. Aber Miss Sally ... hat überhaupt nicht viel, will mir scheinen.«

»Oh, Pa, sei doch nicht so verdammt sentimental«, rief Mike fast empört. »Sie hat ein wunderschönes Heim, zwei herrliche

Söhne, einen wunderbaren Ehemann. Bay könnte nicht mehr für sie tun, als er tut.«

»Das kannst du laut sagen«, sagte ihr Vater. Bald darauf versank er in seinem Rollstuhl vor dem Fernsehgerät in nikkendes Dösen. Mike räumte das Geschirr ab und sortierte es in die Geschirrspülmaschine. Als sie den Tisch und die Arbeitsflächen abgewischt und das Handtuch aufgehängt hatte, war es gerade acht Uhr und noch hell draußen. Die Vögel hatten noch nicht einmal begonnen, sich in den Schlaf zu singen. Mike ging von Raum zu Raum, säuberte hier einen Aschenbecher, wischte dort einen Staubfilm mit einem Zipfel ihrer Bluse weg. Ihr Elend wanderte mit ihr, sang und summte in ihren Ohren. Wenn er nur anrufen würde, wenn er doch nur anrufen würde ... Sie würde sich dafür entschuldigen, eigenmächtig und kindisch gewesen zu sein. Sie würde ihm sagen, daß sie ihre Beteiligung an der Brief-Aktion einstellen würde. Sie würde ihn bitten, nicht mehr böse auf sie zu sein. Sie wußte, sie würde es wieder in Ordnung bringen. Sie würde die richtigen Worte finden. Wenn er nur anriefe.

Das Telefon klingelte, und sie nahm in der Halle den Hörer ab, bevor es zum zweiten Mal läutete. »Ja, bitte?« sagte sie. Ihr Atem ging so schwach, daß sie kaum die Worte über die Lippen bekam.

»*Hi*, ich bins«, sagte Rachel aus Kalifornien.

Die Enttäuschung war so umwerfend, daß Mikes Knie weich wurden, und sie sich auf den Rand des alten Tischs aus der Zeit Jakobs I. setzen mußte, der die Halle dominierte, solange sie zurückdenken konnte. Und dann registrierte sie: Es ist Rachel. Meine Tochter. Meine erste und beste Liebe. Meine Tochter, mit der ich seit diesem gräßlichen Tag auf dem LaGuardia-Flughafen vor sechs Wochen nicht mehr gesprochen habe.

»*Hi*, Liebling.« Sie zwang Unbeschwertheit in ihre Stimme. Sie hörte, daß ihre Stimme jenen leicht gezwungenen, fast affektierten Ton angenommen hatte, den sie immer anderen Kindern gegenüber anwandte. Aber nie Rachel gegenüber. Rachel war nicht irgendein Kind. Rachel war ihre Tochter. Tochter? Mike Winship war seit vielen Tagen keine Frau mehr, für die Kinder eine Realität waren.

»Wie schön, daß du dich meldest«, sagte sie.

»Ich freue mich auch. Ich hoffe, es läuft da unten alles gut. Sind alle . . .. okay? Du weißt, dein Vater . . .«

»Es geht ihm sehr gut«, erwiderte Mike. Warum sollte Rachel ihn »Großvater« nennen. Sie wäre ja an »Vater« bis vor kurzem selbst fast erstickt. »Wie stehen die Dinge bei dir?«

»Oh, einfach *wundervoll*«, jubelte Rachel über dreitausend summende Kilometer hinweg. Ihre Stimme klang anders, älter, härter, klarer. »Ich komme gerade von einem späten Mittagessen im *Spago* . . . du weißt, Wolfgang Pucks Lokal, und wir haben Warren Beatty gesehen und mit Emilio Estevez sogar gesprochen. Er hat gesagt, ich wäre vielversprechend, sagte, er würde liebendgern ein oder zwei Jahre warten, bis ich erwachsen bin . . . Und wir haben mit diesem Mann da gegessen. Er ist ein unabhängiger Produzent, und er liest gerade ein Drehbuch von einem Klienten von Daddy, und wir glauben, er wird es verfilmen, in Puerto Vallarta, und eigentlich rufe ich genau aus dem Grund an . . .«

Rachels Stimme federte weiter, die Stimme und die Worte eines Kuckuckseis ohne jede Unschuld, einer verwöhnten und zirpenden Venus. Mike lauschte verdutzt. Wer war dieses wissende kleine Ding, das sich Rachel Singer nannte?

». . . und dann sagte Daddy, wenn ich wollte, könnte ich es machen, aber ich müßte zunächst dich fragen. Aber du wirst es mir erlauben müssen, oder ich sterbe. Ich bringe mich um.«

»Dir was erlauben?« fragte Mike. »Entschuldige, Rachel, aber ich scheine heute abend nicht besonders gut zu begreifen. Sprich ein bißchen langsamer.«

»O Gott, Mutter! Sei doch nicht so begriffsstutzig! Laß mich mit ihnen nach Puerto Vallarta gehen und eine Rolle in dem Film spielen. Es ist nur eine kleine Rolle, nur ein Teeny-Streifen, aber er kann mich zum Star machen, sagt Paul – das ist der Produzent. Eine Art Lolita von heute, sehr jung, sehr sinnlich. Ihm geht es um den Kontrast zwischen der Unschuld und der Lasterhaftigkeit, der Exzesse der reichen, verworfenen Schickeria.« Las Rachel da aus einem Schundroman vor? »Er sagt, ich hätte genau die richtige Ausstrahlung, wäre eine Art ironischer vorpubertärer Engel. In der Einstellung, in der ich vorkomme, gibt es weder Sex noch Gewalt, auch keine echte Nacktheit...«

»Entschieden und abschließend: Nein«, sagte Mike. Ihr Blut schien zu klumpen und eiskalt zu werden.

»O *Gott*! Ich habe ihm und Daddy gesagt, daß du uneinsichtig sein würdest«, schrillte ihre Tochter. »Ich habe ihnen gesagt, daß du nicht die Spur eines Einsehens haben würdest, was das für mich bedeutet, und was sie versuchen, mit diesem Film zu erreichen...«

»Rachel, ich werde dir nicht meine Einwilligung dazu geben, daß du mit irgendeinem bekoksten Larifari-Produzenten nach Mexiko abschwirrst, um einen Soft-Porno zu drehen – nicht mit zwölf, auch nicht, wenn du ein paar Jahre älter wärst. Du mußt den Verstand verloren haben, und dein Vater ist mit Sicherheit schlicht und unheilbar geisteskrank. Schlag dir das sofort aus dem Kopf und hol ihn mir an den Apparat, bitte.«

»Er ist nicht da. Er ist ausgegangen ... mit Lacey Schiller. Mit der, die gerade *Lush Life* abgedreht hat und im Moment die heißeste Leinwandware der Nation ist. Er schläft seit Monaten mit ihr und wird sie vermutlich heiraten. Und dann wird sie meine Mutter sein; denn wenn du mir nicht erlaubst, diesen Film zu drehen, bleibe ich für immer hier, und ich werde nie wieder nach Hause kommen, und du kannst dein Hinterteil darauf verwetten, daß sie mich den Film machen lassen wird, weil sie einer solchen Chance wie dieser nie im Wege stehen würde.«

»Rachel, hör zu. Hör mir zu. Ich werde dir nicht verbieten, diesen idiotischen, schrecklichen, geschmacklosen, schlüpfrigen Streifen zu drehen, weil ich immer darauf geachtet habe, daß du deine Entscheidungen selbst triffst, und das weißt du auch. Aber ich möchte, daß du dich daran erinnerst, welche wundervollen Anlagen du hast, welche Vorteile du mitbekommen hast. Willst du das alles jetzt einfach so wegwerfen?« Mike hatte das Gefühl, selbst in einem Film aufzutreten, in einem, in dem Bild und Ton verlangsamt worden waren.

»O Gott, das ist wirklich Klasse«, giftete Rachel. »Das ist doch einfach nicht zu glauben! Welche Anlagen? Welche Vorteile? Ein blödes Scheibenhaus in Greenwich Village und eine Mutter, die keinen Job, keinen Mann und kein Dach über dem Kopf halten kann? Schöne Anlagen. Schöne Vorteile. Aber du hast recht. Du kannst es mir nicht verbieten, weil ich es auf jeden Fall machen werde. Da kannst du dich auf die Hinterbeine stellen – interessiert mich nicht die Bohne!«

Rachel knallte den Hörer auf die Gabel, aber vorher bekam Mike noch mit, daß sie heftig weinte. Wo war Richard? Hatte er überhaupt nur die leiseste Idee, was er seiner Tochter antat? Kümmerte er sich denn gar nicht mehr um sie? Gab es da drüben überhaupt jemanden, der starke, sichere Arme um Rachel legen konnte, um sie zu beruhigen? Wie Mike auch, weinte Rachel fast nie, und wenn sie es einmal tat, dann verstörte sie dieser Verlust der Beherrschung ungeheuer und für lange Zeit. Das waren die einzigen Momente, in denen sie Mike gestattete, sie in den Arm zu nehmen, sie zu wiegen, zu besänftigen. Sie konnte das wilde Zucken der kleinen Schultern, die zierlichen Vogelknochen jetzt noch spüren. Anstelle von Zorn und Schmerz empfand Mike einen jähen Ausbruch jener großen weißen Leere und Erschöpfung, die sie an ihrem ersten Abend in diesem Haus fast überwältigt hätte. Sie legte den Kopf auf die Arme und schloß die Augen.

So fand sie Sam Canaday, als er mit einem neuen Stoß Briefpapier und neuen Bändern für das Aufnahmegerät von der Vorderveranda hereinkam. Sie hatte keine Ahnung, wie lange er da im schwindenden Zwielicht der Halle gestanden und sie beobachtet hatte, weil sie sein Kommen nicht gehört hatte.

»Wollen Sie sich aussprechen?« fragte er, schaltete die alte Bibliothekslampe aus Messing auf dem Tisch ein und setzte sich ihr gegenüber.

Seltsamerweise wollte sie es, und so wiederholte Mike das Gespräch Wort für Wort. In einer Stimme, die weder Schmerz, noch Kummer, weder Zorn oder auch nur Bedauern enthielt. Mike hätte ihm genauso gut eine Einkaufsliste vorlesen können. Er hörte zu, ohne den Gesichtsausdruck zu verändern, und als sie fertig war, schwieg er einen langen Moment, um schließlich zu sagen: »Und was werden Sie tun?«

»Was kann ich denn tun?« fragte Mike hilflos zurück. »Sie sagt, sie würde nie wieder nach Hause kommen, falls ich versuche, sie davon abzuhalten. Er könnte sie für immer behalten, Sam. Ich habe stets gewußt, daß er das kann. Er wollte nur nicht. Ich glaube nicht, daß ihm früher wirklich etwas an ihr gelegen hat. Aber nun hat sich das offenbar geändert – jetzt, da sie so gut in seine Welt paßt. Welche Möglichkeiten habe ich denn? Ich bin nicht ihr Gefängniswärter. Ich habe mich immer bemüht, ihr eine Art Mentor zu sein, eine Schwester, eine Freundin. Ich war stets darauf bedacht, daß sie eigenständige Entscheidungen trifft.«

»Guter Gott, in Puerto Vallarta mit einem Kokaindealer in einem Sexfilm? Sie ist zwölf Jahre alt? Wollen Sie denn, daß sie die Prinzessin Stephanie des nächsten Jahres wird?«

»Natürlich nicht . . .«

»Dann holen Sie sie! Schreien Sie sie an, hauen Sie ihr eine runter, notfalls entführen Sie sie!« Die Intensität seiner glänzenden grünen Augen im Lampenlicht war fast erschreckend. Das Licht warf schräge Schatten auf sein scharfes Gesicht und unter seine Wangenknochen, so daß er wild und mongolisch aussah – von unten beleuchtet. Sie schwieg.

»Wissen Sie, Mike«, fuhr er schließlich mit gelassener Stimme fort, »ich habe darauf gewartet, die ganze Frau in Ihnen zu erkennen, aber das haben Sie nie zugelassen, und ich beginne langsam zu glauben, daß es da gar keine gibt. Warum sind Sie nicht so zornig, daß Sie zu Fuß nach L. A. laufen könnten, um sie auf Ihren Schultern zurückzutragen? Ich habe Ihre bewundernswerte Geduld erlebt, ich habe Ihre weiß Gott sagenhafte journalistische Objektivität erlebt, und ich habe Sie so maßlos und panisch in Angst und Schrecken erlebt, daß Sie dabei waren, aus der Haut zu fahren, als Sie hier ankamen. Und ich habe Sie in letzter Zeit weicher, sanfter erlebt – als so eine Art Schlafwandlerin, was zweifelsfrei ein Fortschritt ist. Aber ich habe Sie nie lachen gesehen, nie trauern, und nie, nie, nie habe ich erlebt, daß Sie auch nur ansatzweise geweint hätten. Was sind Sie, Lady? Und was das Lieben anbelangt . . .«

»Was wissen Sie vom Lieben, zum Teufel?« fragte Mike müde. »Glauben Sie denn, ich würde meine eigene Tochter nicht lieben? Glauben Sie, ich würde . . . Wenn Sie ein solcher Fachmann zum Thema Liebe sind, wo ist denn *Ihre* Familie? Wo ist Ihre Frau, sind Ihre Kinder, oder ist Ihre Geliebte? Wen lieben *Sie*, Sam? Lassen Sie mich in Ruhe. Steigen Sie aus meinem Fall aus. Sie halten mir Predigten, seit ich meinen Fuß in dieses Haus gesetzt habe. Ich möchte nichts mehr davon hören. Ich bin so müde, daß ich auf der Stelle tot umfallen könnte.«

Sam Canaday schwieg. Dann hob er die Schultern, ließ sie fallen und rieb sich den Nacken.

»Sie haben recht«, sagte er. »In allen Punkten. Ich habe mich um Ihren Fall gekümmert, und werde ihn jetzt auf der Stelle fallenlassen. Es ist nicht am Pott, sich über den Tiegel zu wundern. Hören Sie. Ich muß morgen nach Atlanta, um eine Aussage zu Protokoll zu nehmen. Warum kommen Sie nicht mit? Wir könnten abends essen gehen, ein paar Gläser trinken, ein bißchen Jux und Tollerei – ganz nachdem, wonach Ihnen zumute ist. J. W. kann dem Colonel Gesellschaft leisten. Er hat das früher immer getan. Sie müssen mal aus dem Haus kommen.«

Vor ihrem inneren Auge sah Mike einen schwachbeleuchteten, anonymen, kühlen Restaurantraum, sah kleine, rosabeschirmte Lampen, sah, wie der Kellner die Weinkarte herüberreichte, roch gutes Essen, den Wein und die Abenddüfte der sommerlichen Stadt, fühlte kühle Stadtluft an ihren Wangen und den seidigen Glanz von Strümpfen an ihren Beinen, die Umarmung von zierlichen, hochhackigen Schuhen an ihren Füßen. Ihre Finger schienen schweres Silber und kühles Kristall zu berühren.

»Das würde mir gefallen«, sagte sie, hob im Lampenlicht den Kopf und sah ihn an. Er lächelte. In diesem Lächeln war nichts von Frage oder Vorbedeutung. Er wirkte einfach wie ein junger Mann, der den Augenblick gekostet hatte und Geschmack daran gefunden hatte.

24

Sams Termin betraf die Aussage des ersten der Geometer, die der Landkreis zur Heimstatt geschickt hatte, und der hatte sein Büro in einem schäbigen, im Umbruch befindlichen Gebiet von Atlanta, westlich der Peachtree Street und nahe den Busbahnhöfen von Greyhound und Trailways. Früher einmal war es eine respektable, wenn auch nicht gerade imposante Gegend mit Großhandels- und Fabrikunternehmen sowie Familienbetrieben gewesen. In ihren Kinder- und Teenagerjahren war Mike oft durch diese unauffälligen Straßen gelaufen, wenn sie mit dem Bus in die Stadt kam oder diese verließ, meist mit DeeDee und Priss, die sich weigerte, ihren alten Hudson Hornet dem Stadtverkehr auszusetzen. Damals hatte die Gegend alles beinhaltet, was Atlanta an ethnischen Besonderheiten aufzuweisen hatte: Ein paar gelbe, schwarze und milchkaffeebraune Gesichter würzten das Meer der weißen aus der Arbeiterklasse. Jetzt waren die Straßen größtenteils leer, mit Ausnahme der Gruppen herumlungernder junger Schwarzer und der schafähnlichen Herden der Fahrgäste, die die Busstationen verließen und in Richtung Peachtree Street und in Sicherheit hasteten. Selbst der Autoverkehr war spärlich und lief im Grunde auf dahinkeuchende alte Blechkisten und erstaunliche Gefährte hinaus, die Mike für Zuhälterkarossen hielt. Das Freeway-System, das fertiggestellt worden war, nachdem sie den Süden verlassen hatte, nahm den Verkehr aus diesem Gebiet fort, und die wenigen unkrautüberwachsenen und abfallbedeckten Parkplätze waren nur halbvoll. Sam stellte den Toyota auf einem Parkplatz einen halben Block von dem vierstöckigen Backsteingebäude entfernt ab, das das Büro des Landvermessers beherbergte, und half ihr beim Aussteigen. Die späte Sonne brannte, die Luft war dick, feucht und unbeweglich. Es war wie New York im August.

»Wollen Sie mitkommen?« fragte er. »Es gibt da mit Sicherheit einen Sessel oder so was ähnliches für Besucher. Ich würde Sie nur ungern hier zurücklassen. Es ist eine miese Gegend.«

»Machen Sie Scherze?« fragte Mike, hob den Kopf und witterte die Stadt wie eine Stute. »Ich habe zwanzig Jahre in Manhattan verbracht. Und ich bin zu meiner Zeit in ein paar der miesesten Straßen von ganz Amerika gewesen. Vor diesen Straßen hier habe ich keine Angst.«

»Meine Straßen sind mieser als deine Straßen, was?« meinte Sam. »Nun, ganz wie Sie wollen. Mir ist nicht danach, mir Sorgen um Sie zu machen. Es wird ungefähr anderthalb Stunden dauern. Wollen wir uns im *Parasol* oben in der Sunbelt Plaza an der Peachtree Street treffen? Das Essen ist nicht berauschend, aber die Aussicht atemberaubend, und es gibt im Stadtzentrum wirklich kein Restaurant ohne Touristen mehr. All die guten sind draußen in Buckhead, und das ärgert mich. Suchen Sie uns einen Tisch am Fenster und bestellen Sie mir einen Canadian Club mit Wasser. Wir treffen uns um sechs. Was werden Sie machen? Einkaufen?«

»Herumlaufen«, sagte Mike. »Ich habe schon fast vergessen, wie es ist, in einer Stadt herumzulaufen.«

Sie tat es. Sie lief meilenweit kreuz und quer über die Hauptverkehrsadern von Atlanta, sah in Fenster, an massiven, überhängenden Türmen empor und in spiegelverglaste Canyons hinunter. Es war nicht Manhattan, überhaupt nicht, aber es war einwandfrei und fühlbar eine Stadt. Wenn sie als Kind am späten Nachmittag im Zentrum von Atlanta gewesen war, hatte das eine unheimliche und fremdartige Qualität für sie gehabt, eine Leere, ein Alleinsein, was nicht an der Zahl der Menschen auf den Straßen, sondern mehr an dem harschen, erbarmungslosen, toten Licht auf den öden Backsteinfassaden gelegen hatte. Inzwischen nannte sie es Edward Hopper-Licht. Damals hatte es ihr fast Angst eingejagt. Manchmal erschien dieses verlorene Stadtlicht noch immer in ihren Alpträumen. Doch jetzt ragten die Wolkenkratzer so dicht und hoch auf, daß das Zentrum in die permanente Halb-Dämmerung wirklich großer Städte getaucht war, und auf der sonnenlosen Straßenebene lagen die Schatten dick und blau. Mike glitt in sie hinein, tauchte wie eine Kreatur des Meeres in sein Element zurück – nach langer, qualvoller Gefangenschaft an Land. Ihre Schritte wurden länger, gingen über in das behende City-Federn, das ihr so vertraut war, daß ihre Muskeln danach zu schreien schienen, und ihre Arme und Schultern fühlten sich fast nackt-leicht an ohne den gewohnten Recorder und die große Gucci-Tasche. Unbeschwert, sich jung und seltsam befreit von der schlafwandlerischen Phase fühlend, lief Mike, lief und lief. Mit jedem Schritt wurde sie sich ihrer selbst stärker bewußt. Was habe ich in all diesen Wochen nur mit mir angefangen, fragte sie sich. Ich bin das hier, nicht diese träge, zögerliche Frau da in Lytton. Diese Frau muß Bay kennenlernen; ich muß sie ihm zeigen. Und dann erinnerte sie sich an die Entfremdung, an die kalten, schneidenden Worte und zuckte ungeduldig mit den Schultern. Das konnte und würde repariert werden. Sie würde ihn in Boston anrufen, wenn sie nach Hause kamen. Sie würde das in Ordnung bringen. Schluß mit diesen Absurditäten. Jetzt aber lag die ganze Stadt vor ihr und der Abend.

Sie nahmen ihre Drinks und ein Abendessen – zu teuer, dafür nicht warm genug – in dem großen Restaurant ein, das mit jedem anderen Panorama-Restaurant im obersten Stock jedes anderen guten Touristenhotels in jeder anderen Stadt Amerikas zu verwechseln war, und Mike genoß es sehr. Sie redete und redete wie sie noch nie mit Sam oder irgendeinem anderen Menschen in Lytton geredet hatte. Nicht über sich, sondern über ihre Arbeit, die Orte, an die sie diese geführt hatte, die Menschen, denen sie begegnet war. Sie sprach über Bücher, Autoren, Theaterstücke, Künstler und ihre Anhänger. Sie sprach über Manhattan, seine Exzesse, Absurditäten, seinen Zauber. Sie kicherte und klatschte in die Hände. Sie lachte, gestikulierte und warf ihren Kopf zurück, daß die silbrigen Haare flogen, genoß ihr Gewicht und ihre seidige Berührung auf den Wangen, genoß das Gefühl der weichen italienischen Schuhe an ihren Füßen, der glatten Seide ihrer Bluse auf ihren Brüsten und Schultern, den guten Geruch von Rauch und schalkalter Luft und des *Casaque*, mit dem sie sich besprengt hatte, bevor sie das Haus verlassen hatte, genoß das edelsteinbesetzte Netz der Stadt, die zu ihren Füßen zu ihr herauffunkelte, und sie erfreute sich am amüsierten, anerkennenden Blick seiner grünen Augen, während er zuhörte. Im Westen wuchs eine purpurfarbene Gewitterwolke. Sie breitete sich aus wie ein Schirm, Blitze zuckten geräuschlos zur Erde, aber das schwache Grummeln des Donners durchdrang selbst das dicke graugetönte Glas der großen Fenster. Die ursprüngliche Energie des Gewitters schien Mike irgendwie ins Blut überzugehen. Sie hatte nur zwei Glas Wein getrunken, fühlte sich jedoch sonderbar berauscht.

»Wir sollten lieber zum Auto zurück, bevor das Ding sich entlädt«, sagte er schließlich, gab dem Kellner ein Zeichen und zog eine leicht gebogene American Express-Karte hervor. »Ich hasse es, Sie zu unterbrechen. Ich könnte die ganze Nacht hier sitzen und Ihnen zuhören. Aber ich will Sie auch nicht ertränken. Wir werden uns einen Kaffee machen, wenn wir zu Hause sind, und die Unterhaltung fortsetzen.«

Mike kam sich ernüchtert und deprimiert vor. Sie hatte, erkannte sie, die Unterhaltung total dominiert. Den ganzen Abend lang hatte er kaum zwei Worte gesagt. Sie wollte nicht, daß der Abend endete; sie wollte nicht nach Hause ... aber er hatte selbstverständlich recht. Das Gewitter sah bedrohlich aus. Und sie konnte sich nicht erinnern, ob sie J. W. über die Zehn-Uhr-Medizin ihres Vaters informiert hatte oder nicht. Vermutlich habe ich ihn tödlich gelangweilt, dachte sie und spürte, daß ihr die vertrackte Röte wieder ins Gesicht stieg.

»Das war mehr als genug über mich«, stellte sie reuevoll fest. »Jetzt gibt es nichts mehr, das Sie nicht über mich wüßten, aber ich weiß über Sie überhaupt nichts. Entschuldigen Sie, Sam, ich war unhöflich. Ich glaube ich bin einfach selig, wieder in einer Stadt zu sein, und ich hatte das nötiger, als ich vermutet hatte. Normalerweise bin ich gar nicht so geschwätzig.«

»Das weiß ich«, erwiderte er. »Deshalb hat es mir ja so viel

Spaß gemacht. Es kommt einem vor, als würde man beschenkt, wenn man zuhört, wie Sie über die Dinge reden, die Ihnen wichtig sind. Ich hatte mich gefragt, welche das wohl wären. Und das alles hätte ich wahrscheinlich verpaßt, wenn ich Sie nicht in die Stadt geschleppt und zum Trinken genötigt hätte.«

Die Nacht war hereingebrochen, und sie hasteten hinaus in die dichte, schwere Dunkelheit, spürten den nassen Atem des Gewitters näherkommen. Zu dem Zeitpunkt, als sie die Trailways-Station erreicht hatten, klatschten die ersten Tropfen auf das heiße Pflaster, und die neonglitzernden Straßen waren nahezu ausgestorben. Ein Wind strich hoch über ihre Köpfe hinweg, und im Schein der Blitze flogen Wolken niedrig darüber hin. Der Parkplatz war zwei Blocks entfernt. Es war offensichtlich, daß sie es nicht schaffen würden.

»Kommen Sie hier rein«, sagte Sam und zog sie auf eine winzige, erschreckend schmuddelige Bar zu, deren pinkfarbene und blaue Neonreklame unangenehm und naß aussah wie Eingeweide im Regen. Die Bar duckte sich zwischen einen aufgegebenen Theaterbedarfsartikelladen und eine Großwäscherei. Ihre Fenster waren so hoffnungslos mit urbanem Ruß verkrustet, daß sie nicht sagen konnte, ob sich drinnen jemand aufhielt oder nicht, aber ein kleineres Neonschild unter der Hauptreklame besagte: »Geöffnet«.

»Ich habe nichts dagegen, ein bißchen naß zu werden«, begann Mike unsicher. Miese Straßen waren eine Sache, aber diese Kneipe verhieß mit Sicherheit Probleme.

»Aber ich«, entgegnete er. »Kommen Sie schon!«

Der Regen schlug inzwischen ernsthaft zu, hieb steil auf das Pflaster und prallte bis fast zur Taillenhöhe wieder ab. Ein gewaltiger Blitz zerfurchte den Himmel, gefolgt von einem gigantischen Donnerkrachen. Sie rissen die Tür auf und stolperten hinein.

Das Innere der kleinen Bar war so dunkel, daß es volle

Minuten dauerte, während der sie sich ihren Weg zu einer zerkratzten und zerfetzten Lederimitat-Nische suchten und hineinsanken, bis Mike erkennen konnte, daß der Raum bis auf einen ungeheuer dicken, bleichen Mann hinter dem Tresen leer war. Sie seufzte unbewußt erleichtert auf. Ihre Bluse klebte so eng an ihren Brüsten, daß sie ebensogut nackt hätte sein können, und die Klimaanlage des Raumes war eisig. Sie verschränkte die Arme über der Brust, und Sam stand auf und legte ihr sein Sakko um, und sie zog es dankbar zusammen.

»Ich habe keine Lust, mit Ihnen zu streiten«, sagte sie.

»Canadian Club und zwei Gläser, mit Eis bitte; und lassen Sie die Flasche hier«, erklärte Sam dem trägen Mann, der so phlegmatisch zur Nische herübergeschlendert war, als käme ihresgleichen jeden Tag in die Bar anstelle der Stammkundschaft von Wermutbrüdern, Obdachlosen und Sozialhilfeempfängern.

Der Mann tappte gemächlich von dannen, und Mike sagte: »Ich hätte wirklich lieber ein Glas Wein.« Sam Canaday lachte.

»Erstens brauchen Sie den Whisky – naß wie Sie sind, und zweitens ist der einzige Wein, den dieses Haus zu bieten hat, vermutlich ›Blauer Donnerschlag‹, Dessertwein. Haut Sie glatt bis nach Tennessee«, sagte er. Der dicke Mann tauchte mit Whisky und Gläsern auf, knallte die Flasche auf den Tisch. Sam goß jedem von ihnen einen großzügigen Schluck ein. »Austrinken!« befahl er. »Sie stehen unter Beobachtung, Kleine.«

Der Whisky floß weich hinunter, brannte auf angenehme, schlängelnde Art, und er schenkte erneut ein. Sam hob das Glas und betrachtete den Inhalt.

»Eigenartig spröde, aber ein einmaliger Duft«, meinte er bedächtig. »Anmaßend, aber ganz amüsant, nicht? Nun ja, von allen Bars in allen Städten dieser Welt mußten wir ausgerechnet in dieser landen. Werden Sie es aushalten, bis der Regen aufhört?«

»Mir gefällt es«, verkündete Mike. Der Whisky war inzwischen eine kleine geheime Quelle des Frohsinns und Wohlgefühls in ihrem Magen. Die schmuddelige Bar hatte plötzlich die Atmosphäre einer Zuflucht.

»Es ist romantisch, wenn man es recht bedenkt«, erklärte sie. »Auf so eine Claude Raines-Art. Oder Jack Nicholson. Finden Sie nicht, daß die Bar eine gewisse Geh-zur-Hölle-Romantik an sich hat?«

»Ich halte sie für etwa so romantisch wie Taubenmist«, erklärte er. »Ich verabscheue es, Sie allein zu lassen, aber ich muß aufs Klo, und das mache ich lieber, solange hier niemand ist, der Sie belästigen könnte. Drücken Sie mir die Daumen. Vermutlich komme ich mit Herpes oder schlimmerem zurück.«

Er kippte einen weiteren großen Schluck Whisky, goß Mike noch einmal ein und erhob sich aus der Nische. Mike hatte den Eindruck, daß er ein klein wenig schwankte. Sie selbst hatte das Gefühl, in der Nische eines Lachkabinetts zu sein – frohbeschwingt und geschützt durch eine Glasscheibe. Es unterschied sich eindeutig von dem Vakuum.

Da sitzen wir hier in diesem zwielichtigen Loch und lassen uns vollaufen, dachte sie, nippte und gluckste in sich hinein. Was um alle Welt würde DeeDee dazu sagen. Ich kann es kaum erwarten, ihr von unserem großartigen Abend in der ... Wie heißt die Kaschemme eigentlich? Sie beugte sich so weit aus der Nische, daß sie das blinkende Reklameschild an der Tür sehen, und drehte dann den Kopf so, daß sie es auch lesen konnte. *Cameo*. Die *Cameo Lounge*. Großer Gott, kicherte Mike, schlug sich mit der Hand vor den Mund und schüttelte sich vor klammheimlichem Vergnügen. Als Sam an den Tisch zurückkehrte, konnte sie das sprudelnde Gelächter kaum unterdrücken.

»Was ist los?« fragte er lächelnd.

»Sam, ich kenne diese Kneipe«, kicherte Mike. »Die *Cameo Lounge*. Mein Gott, genausogut könnte sie Sodom und Gomorrha sein. Ich habe sie der Pforte zur Hölle stets für fast ebenbürtig gehalten. Mir wurde immer gesagt, sie sei der erste Schritt auf dem sicheren Weg zur ewigen Verdammnis.«

Er lachte laut über ihr Gelächter und goß einen neuen Drink aus der dezimierten Flasche ein. Auf seinen hohen Wangenknochen saßen Farbflecke und eine Strähne seines hellen Haares hing ihm wie ein blondes Komma übers Auge. Er hatte den Hemdkragen geöffnet und die Krawatte abgelegt, und er sah jung aus, ein bißchen liederlich und geringfügig gefährlich.

»Wer hat Ihnen das gesagt?« wollte er wissen.

»Miss Ora Campion. Meine Lehrerin in der Sonntagsschule, als ich etwa zehn und sie ungefähr hundertvierzig Jahre alt war. Eine große, grobknochige alte Jungfer mit einem riesigen Gesicht, das wie ein Riff da oben hing und einer beständigen schwarzen Wolke über ihrem Haupt. Augen wie ein eierschlürfender Hund. Sie ließ sich pausenlos über den Alkohol und die Etablissements aus, in denen er ausgeschenkt wurde. Sie betonte, der erste Schluck sei der erste Schritt in die Gosse und darüber hinaus. Sie hat die *Cameo Lounge* immer als warnendes Beispiel erwähnt – die Kneipe muß dreißig Jahre oder noch älter sein –, und einmal hat sie jemand gefragt, woher sie denn so gut darüber Bescheid wisse. Sie sagte, sie hätte von der Busstation aus die jungen Soldaten und Seeleute hineingehen und sturzbetrunken wieder herauskommen und in die Gosse fallen sehen. Wir haben uns stets gefragt, was sie eigentlich an der Busstation zu suchen hatte. Oh, ich finde es herrlich. Ich wünschte, die alte Ziege könnte mich jetzt sehen. Sie hat immer schon gewußt, daß es mit mir ein böses Ende nehmen würde. Ich wünschte, die ganze United Methodist Church von Lytton könnte mich sehen. Sie alle haben das auch gedacht, wenn sie es auch nicht so häufig aussprachen wie Miss Ora Campion.«

»Hassen Sie die Kirche so sehr?« fragte er.

Sie sah ihn an. Er lächelte nicht mehr, und da war etwas

übernatürlich Konzentriertes in seinen hellen Augen. Es war weder Übermut noch Alkohol.

»Nein«, sagte sie, und das Gelächter in ihr verebbte so schnell, wie es herangeflutet war. »Damals nicht. Nicht, als ich noch klein war. Manchmal war sie wundervoll. Weihnachten – diese reine, sanfte Heiligkeit, das Warten, und Ostern, dieser erste Choral während des Sonnenaufgangs-Gottesdienstes, als es immer noch dunkel und kalt war ... ›*Up from the grave he arose (he arose)/With a mighty triumph o'er his foes (o'er his foes)*‹ ... Man konnte diesen Triumph fast schmecken. Er schrie aus einem heraus. Wir schrien ja auch. Aber das ›Peace‹ habe ich immer verabscheut. Dieses Umarmen, Ansichdrücken, Wangenküssen – obwohl man doch genau wußte, daß nichts davon wirklich so gemeint war. Ich glaube, das war meine erste Bekanntschaft mit der Heuchelei. Die hasse ich. Diese furchtbare Heuchelei. Liebe deinen Gott, aber hasse die Nigger. Nun, Sie kennen das ja auch, nach dieser Geschichte mit dem alten Tait. Aber ich hoffe, ich habe Sie nicht vor den Kopf gestoßen. Ich habe vergessen, daß Sie ein großer Kirchgänger sind. Irgendwie kann ich Sie mit Religion nicht recht in Einklang bringen, Sam.«

»Ich bin nicht mehr wirklich religiös«, erwiderte Sam Canaday und bestellte mit einem Finger eine neue Flasche Whisky. »Jedenfalls nicht so, wie ich es einmal war. Wie ist es mit Ihnen, Mike? Sind Sie religiös? Das ist nicht das Gleiche wie gläubig, wissen Sie.«

»Ich weiß es nicht«, erwiderte sie langsam. »Nein, für mich nichts mehr. Ich kann ja kaum noch artikulieren. Ich glaube, alle Schreiber sind im Grunde ihrer Seele ein bißchen religiös. Es geht da zuviel vor, das man sich nicht erklären kann. Genau, wie die besten Arbeiten immer irgendwie außerhalb von einem selbst entstehen. Der Verstand nimmt Zuflucht zu Verbindungen, wo gar keine existieren. Wenn ich religiös bin, dann geht es mir um eine Art von Geheimnis und Mystizismus. Ich habe immer gedacht, ich könnte mich von der Römisch-Katholischen Kirche angezogen fühlen, oder einer sehr abgehobenen Kirche ... allein wegen der Mysterien. Das scheint für mich der Kern zu sein. Aber Lytton mußte immer alles erklären, säubern, vereinfachen – zu Knüttelversen mit dem Du-sollst-nicht ... Man sollte das ganze Leben daran ausrichten.«

»Aber es ist der Kern des Lebens«, entgegnete er. »In Lytton *ist* die Kirche Leben. Freundlich, mitfühlend, jederzeit hilfsbereit, wenn irgendwo Schwierigkeiten auftauchen. Die Kirche in Lytton und vergleichbaren kleinen Städten ist weit mehr als nur das Du-sollst-nicht, Mike. Auch mehr als Bigotterie, wenn sie auch zweifellos genug von beidem zeigt. Sie ist die Maschinerie, durch die notwendige humane Dinge getan werden. Sie ist besser als die Summe ihrer Gemeindeglieder. Sie richtet nur Unheil an, wenn zu wenig passiert oder ihre Glieder in buchstäblich allen Belangen ihres Lebens von ihr abhängig werden. Dann rührt sie wie ein gelangweiltes Kind mitunter Dinge auf, die wirklich nicht nötig wären. Aber darüber dürfen Sie die praktische Nutzanwendung nicht vergessen, die Güte. Schütten Sie das Kind nicht mit dem Bade aus.«

»Aber die Engstirnigkeit, die *Zensur*«, protestierte Mike. »Ich weiß nicht, wie Sie das Sonntag für Sonntag ertragen. Alles im Namen der Religion. Ich verstehe einfach nicht, warum das nicht etwas in Ihnen abtötet.«

Er schwieg so lange, daß sie sich ein bißchen weiter über den Tisch beugte und in sein Gesicht blickte. Im streifigen Licht des Kerzenstummels, der in eine schmutzige Chianti-Flasche gerammt worden war, schien es sich zu verlagern, zu wechseln, als wären da jetzt ganz andere Muskeln im Spiel als jene, die sie bislang gesehen hatte. Er blickte auf, und ein Fremder sah aus den grünen Augen: Ungeformt, ernst, schmerzlich jung.

»Das war so«, sagte er. »Das war buchstäblich so. Wollen Sie hören, was meine Religion getötet hat, Mike?«

Sie machte sich klar, daß er kein bißchen betrunken war.

»Ja«, sagte sie. »Ich möchte es hören.«

»Gut«, sagte er, lehnte sich in der Nische zurück und stützte einen Fuß ab. »Ich war einmal Pfarrer. Bin es noch, nehme ich an. Ich bin noch nicht entordiniert. Ein aufrechter, bibelschleppender, geweihter Pfarrer der Southern Baptist Church, Absolvent des Marian Breathitt Bible College in West-Tennessee, Hirt der guten Herde der Mount Moriah Baptist Church in Ottley, Mississippi, mit neunhundertachtundachtzig Seelen, als ich dort hingekommen bin, dreißig Kilometer westlich von Greenville im Mississippi-Delta. Auch ein guter Pfarrer. Bei meiner ersten Erweckung habe ich elf Menschen getauft. Ich startete das erste christliche Vorschulprogramm des Landes. War sehr gefragt im ganzen Washington County bei Hochzeiten, Taufen und Beerdigungen. Überrascht?«

Mike starrte ihn über die brandnarbenbedeckte Kunststofftischplatte an und schüttelte langsam den Kopf. Ein Teil in ihr war sprachlos vor Überraschung, aber ein älterer, tieferer Teil war es nicht. Sie konnte sich seine stämmige Gestalt sehr gut auf einer schmucklosen Provinzkanzel vorstellen; konnte die geballte Kraft in seinen Armen sehen, während er gestikulierte, die Inbrunst in den schmalen, grünen Augen, das Leuchten auf dem sonnenverbrannten Gesicht.

»Nun, es hat auch sonst niemanden überrascht«, fuhr er fort, trank einen Schluck Canadian Club und verzog das Gesicht. »Am wenigsten meine Mutter. Meine Mutter war eine Heilige, Mike. Mit so etwas läßt man sich besser nicht ein. Loretta Jasper Canaday wurde geboren, lebte und starb als Heilige in Birmingham, Alabama, ohne das Haus je mit einem anderen Ziel als dem fabrikeigenen Einkaufsladen oder der Kirche verlassen zu haben. Hat meinen Dad geheiratet, um ihn zu reformieren, bekam meinen älteren Bruder, meine Schwestern und viel später mich, und warf ihn dann raus, als ich sechs wurde, weil er nicht vom

Schnaps lassen wollte. Vermutlich kann ich ihr das nicht verübeln – er schlug sie regelmäßig zusammen. Ich erinnere mich an die Beulen, Prellungen und Heftpflaster. Sie beklagte sich nie darüber, aber wir mußten nach derartigen Ereignissen alle eine Stunde extra auf unsere Knie, um für Daddy zu beten. Ich erinnere mich kaum an ihn. Später erfuhr ich von meiner Tante Doreen, daß er nach dem Tod meiner Mutter in Texas gestorben ist. Wie auch immer, mein Bruder war groß genug, in die Fabrik zu gehen, nachdem Daddy fort war, und das brachte ein bißchen Geld, die Mädchen halfen mit, und meine Mutter machte Kuchen, Pies und solche Sachen für Feiern in der Nachbarschaft. Also konnte Little Sam nur Pfarrer werden. Ich habe keine Ahnung, warum und wie sie sich das in den Kopf gesetzt hat, daß es das war, was ich werden sollte. Ich habe ebenso wenig Ahnung, warum ich dabei mitmachte. Aber ich war so ans Beten und Vorgebetetbekommen gewöhnt, daß es mir als ganz natürlich erschien. Ich begann, mich für etwas Besonderes, für geheiligt zu halten. Abgesehen davon hatte ich keine Lust, wie Daddy und mein Bruder Frank in die Fabrik zu gehen. Großer Gott, Tennessee Coal and Iron warf einen sehr langen Schatten auf meine Kindheit. Ich erinnere mich an den Gestank, die Verbrennungen, die dreckigen Sachen, wenn sie heimkamen. Nein, nein. Niemals. Das war nichts für den kleinen, heiligen Sam. Ich nahm einen Job als Assistent des Küsters in unserer Kirche an, als meine Mutter beschloß, ich sei nun alt genug, mir eine passende Arbeit zu suchen. Und das machte ich, bis ich die High School verließ. Der Lion's Club schickte mich mit einem Stipendium zum Marian Breathitt, und da Mama kurz nach meinem Examen starb, ging ich nicht wieder nach Birmingham zurück. Lange Zeit nicht.

Aber bevor sie das Zeitliche segnete, suchte mir Mama eine Frau aus. O ja, Mike, ich war verheiratet. Es wäre für einen jungen Pfarrer der Southern Baptist Church fast ein Skandal gewesen, seine erste Gemeinde ohne Ehefrau zu übernehmen. Die Leute hätten sich fragen können, ob er seinen Samen wie Onan über die Erde verschüttete oder schlimmeres. Und ich hatte weiß Gott Samen genug. Ich lernte Jackie am Matian Breathitt kennen, als ich im zweiten und sie im ersten Studienjahr war. Mama gab ihre Zustimmung, und wir heirateten am Tag meines Examens. Jackie war ein hübsches Ding, klein und rund, rothaarig, mit einer kleinen Stupsnase, Lachfältchen um die blauen Augen und fast ebenso dicker Hornhaut an den Knien vom Beten wie Mama. Es war eine Ehe, die im Himmel geschlossen wurde: Jackie, ich und Mama. Ich glaube, sie hatte das Gefühl, nun könnte sie sterben, nachdem sie unseren Bund geknüpft hatte. Und genau das tat sie auch. Wir fuhren für ein Flitterwochenende nach Memphis ins Hotel *Peabody*, und natürlich wurde Jackie schwanger, als sie zum ersten Mal ihre Höschen auszog. Zu dem Zeitpunkt, als ich mich in Ottley eingelebt hatte, mich in der Stadt auskannte, wurde Frannie, unser kleines Mädchen geboren, und wir waren eine perfekte kleine Pfarrersfamilie. Sah ganz so aus, als sollten wir ganz oben auf der Spitze einer Hochzeitstorte stehen, wir alle. Einfach vollkommen. Es war 1961, und ich war einundzwanzig, sie neunzehn Jahre alt. Wir hatten ein winziges Haus aus Asbestpappe neben der Kirche, wirklich nicht mehr als eine Hütte, aber keiner von uns hatte zuvor einen Raum für sich allein gehabt, und wir dachten, wir wären im Erwachsenenhimmel. Sie pflanzte Blumen, Tomaten, Bohnen und eine oder zwei Reihen Mais, und ich errichtete einen kleinen Zaun, kaufte einen Grill von *A & P*, einen mechanischen Rasenmäher, und Frannie wuchs ein Lockenkopf, für den die Leute von *Gerber* glatt einen Mord begangen hätten, und ihr erstes Wort war ›De-sus‹. Für Jesus. Ehrlich. Sie hätten aus uns eine Pfarrerserie fürs Fernsehen machen können.«

Er verfiel in Schweigen, verloren in ein Idyll der sechziger Jahre, von dem Mike nicht einmal gewußt hatte, daß so etwas wirklich existiert hatte. Es war so ganz anders als ihre ersten Tage der Ehe. Sie fand es schwierig, ihn nicht anzustarren. Seine Ausstrahlung unerschütterlicher Einsamkeit war fast total – und das, seit sie ihn kennengelernt hatte. Sie konnte sich nicht vorstellen, daß er eine kleine, rundliche Frau küßte oder eine kleine, lockige Tochter liebkoste. Mike nahm an, er wolle nicht weiterreden, aber schließlich tat er es doch, sah auf und lächelte sie an. Es war kein angenehmes Lächeln.

»Ich glaube nicht, daß ich Ihnen erzählen muß, was weiter geschah«, sagte er. »Das gleiche ist Ihnen passiert, auch in Mississippi. Allerdings suchte ich nicht nach der Bürgerrechtsbewegung. Großer Gott, nein. Agitatoren von draußen hier unten, um Gottes Ordnung durcheinander zu bringen? Was würden die Baptisten des Südens dazu sagen? Was würde Mama sagen? Und so kam die Bewegung zu mir. 1961 gab es in Mississippi noch nichts Vergleichbares wie den Friedens-Sommer, aber da war eine Vorhut. Leute, die ein Wählerregistrierungs-Programm ins Leben riefen, junge Leute von den Colleges im Norden und Osten sowie ein paar junge Schwarze aus Kings Organisation in Atlanta. Sie können sehr gut mit ein paar von ihnen ein paar Jahre später im Gefängnis gesessen haben. Nun, sie waren in meinem Alter, und es war unvermeidlich, daß sie mich herauspickten, mich zu rekrutieren versuchten. Ein junger weißer Pfarrer aus dem Süden in ihren Reihen? Ich wäre der perfekte Vertreter vor Ort gewesen. Ich war moralisch entrüstet, entschied aber, es sei nicht mehr als christlich, sie wenigstens einmal anzuhören. Vermutlich hatte ich angenommen, ich könne *sie* bekehren. Hölle, in jenen Tagen war ich sogar überzeugt, Dschingis Khan bekehren zu können. Also traf ich mich mit einigen von ihnen im Pfarrhaus.

Jackie führte sich auf, als wären es Abgesandte der Hölle. Sie nahm Frannie, ging ins Schlafzimmer und verschloß die Tür. Sie betete die ganze Zeit, die sie da drin war. Zumindest hatten sie soviel Takt, keinen Neger mitzubringen. Jedenfalls damals noch nicht. Als sie das erste Mal kamen. Ich hatte meine Bibel parat, war entschlossen, ihren Worten mit dem Wort entgegenzutreten. Aber dazu kam es nicht. Sie brauchten mir nicht einmal einen Schuß vor den Bug zu geben. Nach zwei Stunden war ich einer von ihnen.«

Er sah sie intensiv an. »Erinnern Sie sich, wie das damals war, Mike? In jenen ersten Tagen der Bewegung? Sie müssen sich erinnern. Es hat Sie doch auch gepackt. Diese Verbundenheit, dieses Gefühl, zu einer kleinen, elitären Gruppe von Revolutionären mit Idealen zu gehören, diese Erregung der Gefahr, diese seltsame... Sinnlichkeit, das Charisma, die Macht? Erinnern Sie sich?«

Sie nickte schweigend, erinnerte sich.

»Nun, ich hatte noch nie in meinem Leben zu etwas gehört, das irgendwie attraktiv gewesen wäre. War nie selbst ein Erneuerer, immer nur Gefolgsmann. Ich folgte meiner Mutter, Jackie, meinen Lehrern, dem Herrn. Aber nun war da diese Bande von selbstsicheren, ungemein anziehenden Ivy League-Kids, die eine ganze Welt von Büchern, Ideen, großen Städten, lässigem Benehmen, klugen Worten und guter Kleidung mitbrachten. Die mit einem Anliegen gekommen waren, das so nobel und selbstlos war, daß man schon aus Stein hätte sein müssen, um sich ihnen nicht anzuschließen. Wie Ihr Richard. Diesen Großstadtmenschen wäre ich doch glatt nach Cambridge gefolgt. Und da war der unverhüllte physische Glamour der Gefahr. Die Elektrizität in den Eingeweiden. Sie brauchten wirklich nicht lange, um mir einen Sam Canaday zu zeigen, von dessen Existenz ich keine Ahnung gehabt hatte. Furchtlos, verwegen, engagiert, wagemutig - *ich*. Ich lernte Zigaretten zu rauchen und zu trinken, Mike, und das war keineswegs die Art, in der ein Fabrikarbeiter aus Elyton Village raucht und trinkt. Ich lernte auch lesen. Ich las ununterbrochen, Nacht für Nacht bis zum Morgengrauen, und stand doch ohne das geringste Anzeichen von Müdigkeit auf. Ich lernte *shit* sagen, *fuck*, und durch Zigarettenrauch hindurchzuzwinkern. Und schon bald demonstrierte und arbeitete ich für die armen, eingeschüchterten Schwarzen in Washington County, die nur einen Wunsch hatten: Daß ich endlich den Mund hielt, und daß die Yankees und City-Niggers nach Hause gingen. Und dann begann ich die Schwarzen, die nach Mississippi kamen, im Pfarrhaus aufzunehmen. Ich arbeitete für SNCC und den Congress of Racial Equality, reiste mit einem Vorhut-Trupp eine Woche lang im Sommer durch Mississippi, brachte die Dinge ins Rollen, sagte *shit, fuck* und zwinkerte durch Zigarettenqualm. Jackie war entsetzt und wütend. Sie war an dem Punkt, mich zu verlassen, und mit Frannie zu ihrer Familie nach Tennessee zurückzugehen. Aber zu der Zeit war sie wieder schwanger und recht unbeweglich, hatte fast fünfzig Pfund zugenommen. Natürlich stand auch die Kirche kurz davor, mich zu entlassen, aber ich war dem allen gegenüber blind und taub. Ich tat schließlich Gotteswerk. Ich hatte einen neuen Gott für mich entdeckt; einen, von dessen Existenz die Provinz-Baptisten nichts wußten; einen, der mir sagte, es sei gut und richtig, *shit* und *fuck* von mir zu geben; einen, der sagte, es sei gut und richtig, daß Sam Canaday aus Elyton ein charismatischer und furchtloser Kämpfer für die Freiheit wurde. Wenn ich so zurückblicke, glaube ich wirklich, ich habe mich in jenen Tagen für unsterblich gehalten.«

»Das ging uns allen so«, sagte Mike. »Es war eine ziemlich wirkungsvolle Droge. Auch widerstandsfähigere und ältere Menschen als Sie verloren in diesen Jahren den Kopf. Und schließlich, Sam – wenn ein Pfarrer nicht in vorderster Front einer Schlacht steht, die so offensichtlich dem Guten, Reinen, Wahren dient, wer sonst?«

»Ich war zu dieser Zeit kein Pfarrer, Mike. Ich gab keinen Pfifferling auf das Wohlergehen meiner Gemeinde. Ich verbrachte kaum noch Zeit in der Kirche. Und ich bin mir durchaus nicht sicher, ob die Bewegung mir so viel bedeutete. Ich verbrachte meine gesamte Zeit damit, bis in die Nacht hinein in Räumen mit verhängten Fenstern zu sitzen, mit ausgeschaltetem Licht, damit der Klan keinen Verdacht schöpfte. Ich trank, rauchte, sagte *shit*. Ich war ein erstklassiger, monumentaler, unverbesserlicher Romantiker. Die Bewegung selbst war ungeheuer romantisch. Das sind alle revolutionären Bewegungen. Himmel, wir waren wie die RAF, so kleine Elitäre – aber in Wahrheit waren wir Mörder.«

»Nun kommen Sie aber, Sam ...« unterbrach Mike.

»Ja.« Seine Stimme übertönte sie. »Mörder. Romantiker sind letztendlich Mörder. Gerade in der letzten Woche wurde in *Esquire* ein Bursche von Harvard mit den Worten zitiert: ›Romantizismus kann nach Dachau führen‹. Das stimmt. Ein Romantiker weigert sich, die Dinge so zu sehen, wie sie sind. Und das ist die gefährlichste Sache von der Welt. Ich weiß das. Ich war einer, und ich tötete meine Frau und mein Kind.«

»Sam!« Mikes Atem zischte vor eiskaltem Schock.

»Oh, ich habe sie nicht erschlagen, erschossen oder etwas in dieser Richtung, Mike. Ich hielt nur eine Predigt über die Schwarzen in einem weißen Landkreis im Mississippi-Delta Anfang der sechziger Jahre zuviel, nahm nur einmal zu viele Schwarze und Yankee-Agitatoren auf. Ich werde nie erfahren, was es war. Jackie hatte mir immer wieder gesagt, wie gefährlich es sei. Großer Gott, hatte sie Angst. Sie war zu Tode erschreckt, weinte immer nur, weigerte sich, das Haus zu verlassen. Und ich erinnere mich, daß ich für sie nichts anderes empfand als eine Art heiliger Verachtung über ihre Jammerei und Zorn darüber, daß sie aus meiner Tochter einen Feigling machte. Frannie hatte doch zu dieser Zeit schon Angst vor ihrem eigenen Schatten. Ich hätte auf sie hören sollen. Eines Abends fuhr ein Wagen voller Terroristen am Pfarrhaus vorbei – wruhm-wruhm-wruhm! – und warf eine kleine, selbstgebastelte Bombe in das Haus, zerfetzte die kleine dicke Jackie Jefferson und ihr lockiges Kind in sehr kleine Stücke. Man fand von beiden kaum ein Stück, das groß genug gewesen wäre, um es beerdigen zu können. Die Typen hat man nie erwischt.«

»O Sam«, flüsterte sie. »O mein Gott. Ich habe doch nicht gewußt ...«

Sie erinnerte sich an ihre eigene Stimme, die erst am Abend zuvor gesagt hatte: »Wenn Sie ein solcher Fachmann zum Thema Liebe sind, wo ist denn *Ihre* Familie?« Sie schloß gequält die Augen. Salz brannte hinter ihren Lidern.

»Woher hätten Sie es wissen sollen?« fragte er mit normaler, fast heiterer Stimme. »Es gibt keinen Grund, aus dem Sie es hätten wissen können. Hören Sie, Mike, ich habe Ihnen das nicht erzählt, damit Sie mich bemitleiden. Also sparen Sie sich die Tränen. Das war vor sehr langer Zeit, und ich habe dafür gebüßt, so gut es mir möglich war. Ich brauche keine Trauerarbeit mehr zu leisten. Aber wollen Sie nicht hören, wie ich mein Leid überwand und ein weltberühmter Anwalt wurde?«

»Sicher«, erwiderte sie und blickte ihn durch einen Schleier leicht-beschwipster Tränen an. »Sicher, Sam. Aber diese Narben auf Ihren Händen. Waren Sie ... haben Sie ...?«

»Nein, ich war nicht einmal zu Hause. Ich saß in der Nachbarstadt in einer schwarzen Kneipe am Fluß und redete *shit* und *fuck*. Das Feuer war fast gelöscht, als ich nach Hause kam. Nein, die habe ich mir bei der Arbeit in der Fabrik geholt. In der guten alten Tennessee Coal and Iron drüben in Birmingham, der ich entkommen wollte. Sie hat mich schließlich doch noch gekriegt.«

»Sie sind also zurückgegangen und haben in der Fabrik gearbeitet?«

»Ja. Danach konnte ich nicht mehr in Mississippi bleiben. Falls mich der Klan nicht geschnappt hätte, so wäre das mit Sicherheit meiner Gemeinde gelungen. Und ich konnte auch nicht mehr predigen. Dafür war ich noch immer zu sehr Romantiker, wenn auch ein gescheiterter. Gott ist kein Romantiker. Und ich war nicht dazu fähig, etwas anderes zu machen. Also ging ich nach Hause, zog bei meiner Schwester und ihrer Familie ein und verbrachte die nächsten zehn Jahre damit, Stahl zu puddeln und mich jeden Abend im Norden von Alabama zu betrinken, mich zu prügeln und zu huren. Wenn ich mal nüchtern war, schloß ich mich in meinen Raum ein und las. Nie habe ich den Anreiz zum Lesen verloren – diesen Funken, den diese reichen, liberalen, weißen Kids in mir in jenem Jahr entzündet hatten. Und nie vergesse ich diese andere Welt, die sie mir gezeigt haben. Ich glaube, selbst wenn Jackie nicht ... gestorben wäre, hätten wir bald keine gute Ehe mehr führen können. Gott sei mir gnädig, aber ich war bereits auf diesem Weg. Und ich weiß nicht, was ich dann getan hätte. Schließlich hatte ich es einfach leid, in einem gemieteten Raum in Birmingham herumzuhängen. Ich ging nach Atlanta, besuchte abends die Georgia State University und die Oglethorpe Law School. Nun – hier bin ich.«

»Ist es besser für Sie?« fragte Mike. »Ist es anders, das Recht? Sind Sie anders?«

»Ich weiß es nicht.« Er schaute mit gerunzelter Stirn in sein Glas. »Ich dachte, es würde anders sein. Ich dachte, ich würde anders sein. Aber vielleicht ist es doch nicht so. Ich benehme mich noch immer wie ein Romantiker und sollte es doch nun wirklich besser wissen.«

»Das Recht ist kaum romantisch«, meinte Mike.

»In diesem Fall ist es das aber. Es ist wie bei Don Quichote und Sancho Pansa, aber vielleicht auch nicht. Er kann nicht gewinnen, vielleicht können wir ihm jedoch helfen, etwas anderes zu gewinnen.«

»Was? Wenn er das Haus verloren hat, wird er sterben. Was gäbe es da noch zu gewinnen?«

»Hatten wir das denn nicht schon?« fragte Sam Canaday zurück. »Kommen Sie, Mike, setzen Sie Ihre Phantasie ein, verhalten Sie sich wie eine gute, echte Romantikerin.«

»Das ist so mit das einzige, dessen Sie mich nicht beschuldigen können«, erwiderte Mike. »Einen romantischen Journalisten gibt es nicht.«

»Sie machen wohl Witze«, spöttelte Sam Canaday, hob seinen Canadian Club und blinzelte sie durch das halbvolle Glas an. Fast war es so, als hätte es die letzte halbe Stunde gar nicht gegeben, als wären die bitteren, sehr persönlichen Worte nie gesagt worden. »Sie sind doch so hoffnungslos wie Walt Disney und Norman Rockwell zusammengenommen. Denken Sie an Ihre Tochter Rachel, das Möchtegern-Nymphchen mit der vorpubertären Sinnlichkeit. Ich zitiere: ›Ich habe mich immer bemüht, ihr eine Art Mentor zu sein, eine Schwester, eine Freundin.‹ Romantischer Mist, Mike! Und sehr gefährlich, vergessen Sie das nicht. Sie sind Ihre Mutter. Hören Sie auf, ihre Freundin zu sein. Verhalten Sie sich wie ihre Mutter, eine zornige Mutter.«

Er lachte, und etwas von dem Whisky schwappte aus dem Glas und auf die Tischplatte. »Verhalten Sie sich wie eine zornige Mutter, Schwester. Himmel, ist das würdelos. Ich glaube, ich bin betrunken. Ich war nicht mehr betrunken, seit ich Birmingham verlassen habe. Wir sollten hier lieber verschwinden, bevor ich endgültig rückfällig werde und Ihnen zu nahe trete. Glauben Sie, daß Sie mit dem Toyota klar kommen?«

»Selbstverständlich«, sagte sie steif. Seine Bemerkung über Rachel brannte.

Draußen auf dem nassen Bürgersteig legte er ihr seinen Arm schwer um die Schultern und sah in ihr Gesicht.

»Das mit heute abend tut mir leid«, sagte er, und seine Stimme war jetzt klarer. »Ich hatte nicht die Absicht, Sie zu meiner seelischen Müllkippe zu machen oder Ihnen zu nahe zu treten. Ich bin kein guter Trinker, und es war ein herrlicher Abend, bevor ich damit angefangen habe. Bitte, lassen Sie sich von meinem Verhalten nicht zu sehr beeinflussen.«

»Das werde ich nicht«, sagte sie. »Es macht überhaupt nichts aus. Ich ... habe gern etwas über Sie erfahren. Das verändert die Dinge.«

»Nicht allzu sehr, wie ich hoffe«, entgegnete er.

»Nein. Nicht allzu sehr.«

Er lief sehr aufrecht neben ihr durch die kühle Feuchtigkeit der verlassenen Straßen zum Parkplatz, fischte die Toyota-Schlüssel aus der Tasche und bezahlte den schläfrigen Parkwächter, aber als sein Kopf die Lehne des Beifahrersitzes berührte, schlossen sich seine Augen, er fiel gegen die Tür auf seiner Seite und schlief. Mike wußte nicht, wie sie auf dem Freeway nach Hause kam, also lenkte sie den Wagen auf die alte Strecke, direkt auf den alten Roosevelt Highway neben den Gleisen der Atlanta and Westpoint Rail Road. Sie fuhr über nasse, ölfleckige, öde Straßen, vorbei an Reihen verlassener und verschlossener Lagerhäuser. Es wurde Mike bewußt, daß sie unter Umständen in echte Gefahr geraten konnte, wenn sie aus irgendeinem Grund gezwungen sein sollte, den Wagen anzuhalten, aber seltsamerweise beunruhigte sie dieser Gedanke nicht. Gelegentlich schickte eine nicht zerbrochene Straßenlampe einen Heiligenschein von Natriumgelb über geborstene Eisenbahngleise und unkrautbegrabene Zementblöcke, aber sie sah kein lebendes Wesen, nicht einmal eine Katze oder eine Ratte. Der grünliche Schein vom Armaturenbrett zeigte an, daß Mitternacht vorbei war.

Eine halbe Stunde später hatte sie die Stadt hinter sich gelassen, war auf der Straße nach Hause und kam durch die schäbigen, stillen, kleinen Industrieansiedlungen, die den Highway nach Lytton säumten. Der Verkehr wurde spärlicher und bald strich nur noch gelegentlich ein Scheinwerferpaar durch den Toyota, dann gar keins mehr. Sie schaltete das Radio ein, und Nat King Coles Stimme schwebte durch die grünbeleuchtete Dunkelheit: »*She wore blue velvet, and bluer than velvet were her eyes...*«

Sam Canaday murmelte im Schlaf und verlagerte sein Gewicht, glitt auf sie zu. Sein Kopf rollte gegen ihre Schultern, seine Wange lag schlaff und verletzlich an ihrem Oberarm. Sie zog sich zurück, wollte ihn abschütteln, fühlte sich jedoch unerwartet scheu und tat es nicht. Er murmelte wieder, und sie neigte ihm den Kopf zu, um etwas zu verstehen. Ihre Lippen berührten seine Haare. Sie fühlten sich kalt und seidig an, und im Licht des Armaturenbrettes wirkte er sehr blaß. Diesmal zog sie sich zurück.

»Was?« fragte sie.

»Sagte, Sie haben heute abend verdammt hübsch ausgesehen«, murmelte er mit geschlossenen Augen. »Noch nie habe ich Sie so hübsch gesehen.«

»Danke«, sagte Mike.

»Keine Ursache.«

Er schwieg für den Rest der Fahrt, atmete tief und regelmäßig. Er nahm seinen Kopf nicht von ihrer Schulter. Ruhig und gleichmäßig fuhr Mike durch die Sommernacht. Einmal sah sie zu ihm hinüber.

»Wer bist du?« flüsterte sie.

Als sie auf die Einfahrt zum Haus an der Pomeroy Street bog, schlief er noch immer fest. Sie wollte ihn wecken, aber als sie ihn dann ansah, wie er ausgestreckt auf dem Vordersitz schlief, ging sie ins Haus und holte die afghanische Sofadecke, deckte ihn zu und schloß leise die Tür des Toyota.

Das Auto war noch da – ein heller Klotz im dunklen Teich der Schatten unter der Eiche –, als sie noch einmal hinausblickte, bevor sie zu Bett ging. Aber als sie am Morgen aufstand, war es fort.

25

Sie rief Bay Sewell schließlich doch nicht in Boston an. Als sie leise und auf Strümpfen, ihre Schuhe in einer Hand, in das Haus an der Pomeroy Street kam, fand sie ihren Vater in seinem Rollstuhl in der Küche vor. Er trank mit J. W. Cromie Bourbon und sah David Letterman im Fernsehen. Im hellen Licht der Deckenbeleuchtung wirkte sein Gesicht bleich und verzerrt, aber seine Augen funkelten mit ihrer gewohnten Bosheit.

»Nun, Micah, bist du wieder dazu übergegangen, dich nach Mitternacht in mein Haus zu schleichen? Ich dachte, das hätten wir seit langer Zeit hinter uns.«

Die scharfe Antwort erstarb Mike auf den Lippen, als sie sich sein Gesicht genauer betrachtete. Es sah aus, als wäre das Fleisch geschrumpft und um die alten, spröden Knochen zusammengefallen, so ausgemergelt und eingetrocknet wirkte es. Seine Nase stach schnabelähnlicher als je hervor, und Mike sah, daß sein Teint nicht weiß war, sondern das gefürchtete Gelb des fortschreitenden Krebs zeigte. Sie hatte diese verräterische Gelbsucht zuvor nie bemerkt. Die leichte Rötung, die in den letzten paar Tagen aufgetaucht war, gab es nicht mehr.

»Ihr zwei seid mir ein feines Pärchen«, sagte sie sanft und erforschte J. W.s Gesicht. »Trinkt da mitten in der Nacht in der Küche, wenn ich mal nicht da bin – wie ein paar Halbwüchsige. Ist irgend etwas besonderes los?«

»Nichts ist gottverdammt los«, erwiderte ihr Vater gereizt. Hinter seinen Worten schien absolut kein Atem zu sein.

»Mister John hatte Schmerzen«, erklärte J. W. lakonisch, stellte sein Glas auf den Küchentisch und stand auf, um zu gehen. »Die Tabletten haben nicht geholfen; da dachten wir, wir probieren es mit ein bißchen Whiskey. Der hat hervorragend gewirkt.«

Mike sah ihren Vater an. Er erwiderte den Blick mit der

Kampflust eines kranken, alten Habichts. Seine Stirn war jedoch glatt und trocken. Sie zeigte nicht die furchtbaren, großen öligen Schweißtropfen, die von den ärgsten Schmerzen hervorgerufen wurden. Mike wandte sich an J. W.

»Du hättest Doktor Gaddis rufen sollen«, sagte sie. »Er meinte, wir sollten ihn holen, falls die Schmerzen wiederkommen. Er hätte ihm eine Spritze oder sowas geben können. Also wirklich, J. W., Whiskey mitten in der Nacht ...«

»Es hat geholfen, Mike«, erwiderte J. W. knapp und ließ die langsame, träge Sprache fallen, den Negerakzent. »Er will keinen Doktor, und die Medizin hilft ihm auch nicht. Er mag Whiskey, und der hilft. Also was soll's?«

Sie starrte ihn einen Moment lang an und zuckte dann mit den Schultern. Sie war sehr müde, wollte nur ins Bett, in die schwere, totale Dunkelheit ihres Zimmers, um in dem Unterwassersurren der Klimaanlage unterzugehen. Was sollte es wirklich? Sie würde den Arzt am Morgen selbst anrufen. Bis dahin gab es nur eins: Schlafen.

»Wenn es dir nichts ausmacht, ihn zu Bett zu bringen, werde ich jetzt in mein Zimmer hinaufgehen«, sagte Mike. »Vielen Dank, daß du ihm Gesellschaft geleistet hast. Und übrigens – Mister Canaday schläft in seinem Auto draußen in der Einfahrt. Sei also bitte leise beim Hinausgehen. Allerdings bezweifle ich, daß du in der Lage wärst, ihn zu wecken.«

J. W. grinste sie an, und ihr Vater ließ ein erschreckend unheimliches Keckern hören.

»Sam und du – ihr seid heute wirklich zur Sache gegangen, was?« erkundigte er sich boshaft. »Was hast du angestellt? Ihn unter den Tisch getrunken, nach Hause gefahren und dann im Auto zurückgelassen, damit er seinen Rausch ausschläft?«

»So in etwa«, sagte Mike und lächelte beide müde an. Sie fragte sich flüchtig, ob ihr Vater und J. W. Cromie über Sam

Bescheid wußten; über die Zeit in Mississippi, seine Frau und seine Tochter.

»Warte, bis ich ihn morgen zu Gesicht bekomme«, krähte ihr Vater, während J. W. seinen Rollstuhl aus der Küche schob und weiter in die Richtung seines Zimmers. Abgesehen von den Nachwirkungen der Schmerzen hatte ihn Mike selten so unbeschwert gesehen. Als sie sich ausgezogen und das Bett aufgeschlagen hatte, war es fast zwei Uhr, und sie wollte nur noch schlafen. Jetzt noch Bay anzurufen, dazu hatte sie keine Lust. Er und seine kalte Verärgerung hatten so lange gewartet. Sie konnten noch eine Weile länger warten.

Am nächsten Morgen war ihr Vater heiter und aktiv. Er wartete ungeduldig mit einer Kassette auf sie, damit sie die Korrespondenz abtippte, und scherzte unbeholfen mit Lavinia Lester, die einen Schmorbraten in den Ofen schob. Es muß ihm tatsächlich besser gehen, dachte Mike. Normalerweise behandelte er Lavinia so, als wäre sie nicht anwesend, wenn er sie auch – war er mal dazu gezwungen – betont als Mrs. Lester ansprach. Lavinia behandelte ihn mit der gleichen distanzierten und würdevollen Höflichkeit wie jeden anderen im Haus, und Mike wußte, daß die triefende Ironie ihres Vaters Lavinia nicht das geringste ausmachte. Die beiden schienen ihre gegenseitige Gesellschaft wenn nicht zu genießen, so doch zumindest ganz gut ertragen zu können.

»Du siehst besser aus«, sagte Mike zu ihrem Vater. »Hattest du in der Nacht noch Schmerzen?«

»Nicht, nachdem mir J. W. diesen Schluck Whiskey gegeben hat«, erwiderte er. »Und gerade eben habe ich mir noch einen genehmigt. Mrs. Lester hat ihn mir persönlich gegeben. Von Gaddis' Medizin will ich nichts mehr wissen. Hilft nicht die Spur. Whiskey ist das einzige, was hilft. Bringt diesen verdammten Hund zum Schweigen.«

Mike war überrascht. Üblicherweise leugnete er jede Form

von Schmerzen – ganz unabhängig davon, wie offensichtlich es auch war, daß er litt. Sie sah Lavinia Lester an, die ihr ein verhaltenes kleines Lächeln zukommen ließ. Wenn eine Krankenschwester Whiskey sanktionierte, konnte der zumindest nichts schaden. Sie seufzte.

»Dann muß es ganz schön schlimm sein«, stellte sie fest.

»Ziemlich schlimm«, sagte er. »Ziemlich schlimm. Okay, Micah, laß uns heute mit den Fernsehsendern beginnen. Was meinst du? Die Burschen von den Sechs-Uhr-Nachrichten oder lieber die vom Mittag? Oder ist dein Kater zu groß, um heute überhaupt etwas tun zu können?«

»Die Chefredakteure, glaube ich, oder die Nachrichtenchefs«, erwiderte Mike. »Nein, ich habe ganz und gar keinen Kater. Vielen Dank für die freundliche Nachfrage. Allerdings wird man das von deinem Freund Sam Canaday kaum sagen können.«

Mike überraschte und verärgerte sich selbst ungeheuer dadurch, daß sie bei der Erwähnung seines Namens bis unter die Haarwurzeln errötete.

Ihr Vater sah es und keckerte sein altes Eierschalen-Gelächter. »Sieh dich doch nur an, Micah, röter als Rote Bete«, gluckste er. »Was hast du sonst noch angestellt, außer in irgendeinem Bumslokal von Atlanta zu schlucken? Kein Geknutsche im Auto, will ich hoffen. Oder gar Schlimmeres. Ich muß ihn mir vorknöpfen, das sehe ich jetzt ganz klar. Kann nicht zulassen, daß er mit meiner Tochter rumpoussiert, einer so großartigen City-Journalistin. Das paßt nicht zu einem Landjungen wie Sam.«

»O Gott, Daddy, hör auf, ja?« schnappte Mike, blutrot vor Verlegenheit aber noch etwas anderem . . . Was? Schuld? Bayard Sewells dunkles, gutgeschnittenes Gesicht trat vor ihr inneres Auge, und sie wollte danach greifen wie eine Ertrinkende auf hoher See nach einer Ringboje. Doch dann schob sich das Bild von Sam Canaday davor – wie er im grünlichen Licht des Armaturenbretts geschlafen hatte, mit seinem Kopf weich an ihrer Schulter. Sie konnte seine Wange wieder an der Haut ihres Oberarms spüren, seinen warmen Atem durch den dünnen Stoff ihrer Bluse. Sie konnte das Seidenweiche seiner Haare riechen. Die Hitze auf ihrem Gesicht, ihrem Hals vertiefte sich. Bayard Sewells Gesicht verblich und war fort.

Für den Rest des Nachmittags arbeiteten sie fast schweigend. John Winship nippte gelegentlich an dem Glas Whiskey, das neben ihm stand. Mike blickte nicht oft zu ihrem Vater hinüber, spürte jedoch von Zeit zu Zeit seine Augen auf sich, und wenn sie ihn dann anschaute, ruhte sein Blick forschend auf ihr. Aber er sagte nichts mehr über Sam Canaday oder die vergangene Nacht. Als Sam nach dem Abendessen vorbeikam, flüchtete Mike hinauf in ihr Zimmer, und hockte dann, steif vor Verärgerung über sich selbst, auf dem Rand ihres Bettes. Man könnte annehmen, wir hätten uns betrunken und eine Orgie gefeiert, dachte sie angewidert. Ich benehme mich wie eine Sechzehnjährige am Morgen nachdem sie ihre Jungfräulichkeit verloren hat. Und dabei hat er mich nicht einmal berührt. Nicht, daß er das sollte. Großer Gott, ich mag diesen Mann nicht einmal besonders, und er würde mich nicht mal auf einer silbernen Platte mit einer Kiwi im Mund haben wollen. Schluß mit diesem Unsinn. Ich gehe jetzt hinunter, da ist es kühl. Und dann trinke ich meinen Kaffee wie jeden Abend.

Aber das tat sie nicht. Statt dessen rief sie Bayard Sewell im *Ritz Carlton* in Boston an und war über alle Maßen enttäuscht, als die Telefonzentrale des Hotels sagte, er sei ausgegangen, ohne eine Nachricht zu hinterlassen. Aber schließlich war es acht Uhr, Dinnerzeit.

»Nein, keine Nachricht«, erklärte sie der Telefonzentrale. »Ich werde es später noch einmal versuchen.«

Aber auch das tat sie nicht. Sie ging mit einem zerfledderten Band von Albert Payson-Terhunes Hundegeschichten ins Bett. Sie lehnte den Kopf gegen die dünnen, alten Kissen und überflog die Seiten und lauschte daneben Sam Canadays tiefer Stimme, seinem Lachen, das von der piepsigen Stimme ihres Vaters kontrapunktiert wurde. Die Worte konnte sie nicht verstehen. Er mußte lange geblieben sein. Ihre Armbanduhr lag auf der Kommode, aber es schien sehr spät zu sein, als sie seine Schritte in Richtung Tür gehen hörte, und auch, daß sie geöffnet wurde.

»Gute Nacht, Mike«, rief er die Treppe hinauf, als hätte er die ganze Zeit lang gewußt, daß sie da oben wachte und auf den Klang seiner Stimme lauschte. Wieder begann ihr Gesicht zu glühen.

»Nacht, Sam«, rief sie zurück.

Während der nächsten Tage war er bewußt locker mit ihr, so ausgesprochen beiläufig wie sie auch mit ihm. Wenn sie den Kopf wandte, war sein Blick auf sie gerichtet, aber er sah schnell fort. Sie wiederum zuckte zusammen wie ein von einer Bremse gestochenes Pony, wenn er sie ansprach, und unternahm große Anstrengungen, jemanden – Lavinia, J. W. oder ihren Vater – im Raum zu behalten, wenn sie mit ihm zusammen war. John Winship blickte von einem zum anderen, genoß offensichtlich die prickelnde Unbehaglichkeit im Haus, sagte aber kein einziges Wort. Schließlich folgte ihr Sam Canaday in die Küche und stellte sie: »Hören Sie. Ich habe Sie weder geschändet noch Ihnen einen unsittlichen Antrag gemacht. Sie haben kein Jota Ihrer Ehre und Würde verloren. Ihr Höschen und Ihre Tugend sind vor mir sicher, das verspreche ich Ihnen. Ich würde sehr gern wieder einmal mit Ihnen ausgehen, um ein Glas zu trinken; aber das kann ich nicht, wenn Sie sich in meiner Anwesenheit benehmen wie ein jüngst entehrter Teenager. Okay?«

»Okay«, erwiderte Mike erleichtert. »Ich war es schon leid, Veronica und Archie mit Ihnen zu spielen.«

Er lachte, und alles war plötzlich wieder normal. So normal, wie es vorher gewesen war. Aber da gab es eine neue lockere Art von Ungezwungenheit zwischen ihnen. Er piesackte sie nicht mehr mit sarkastischen Bemerkungen, und sie überzog ihn nicht mehr mit ihrem dünnen, spröden Netz aus Eis. Er neckte sie häufig, aber auf eine Art, wie er das zuvor nie getan hatte, und sie ertappte sich häufig dabei, über seine Scherze zu lachen. Selbst ihren Vater schien das ständige abendliche Geplänkel zu erfreuen. Seine Stimme hatte das Quengelige verloren, und die nervöse Anspannung, unter der er stand, ließ offenbar nach. Es war ein kleiner, summender Schwebezustand des Sichwohlfühlens – bis auf den allgegenwärtigen, bleiernen Schmerz der Worte Bayard Sewells in ihr und den von Rachels Anruf. Sie hatte noch ein paarmal versucht, Bay in Boston zu erreichen, aber er war nie dagewesen, und sie wollte nicht in seinem Büro anrufen, um zu erfahren, wann er zurückerwartet wurde. Nach einem oder zwei Tagen rief sie nicht mehr an. Sie unternahm auch keinen Versuch, mit Rachel in Verbindung zu treten. Zwischen ihnen war zuviel zu besprechen – und gar nichts.

Mitten in dieser friedlichen Zeitspanne, am Sonnabend, rief DeeDee vor dem Frühstück an.

»Ich habe gestern abend mit Bay gesprochen, und er sagte, wir sollten diese Gästekarten für den Country Club nutzen, bevor sie ihre Gültigkeit verlieren«, sagte sie. »Komm schon, Mikie. Du hast jetzt tagelang für Daddy geschuftet, und wir werden wohl kaum noch einen so schönen Tag wie heute bekommen. Der August steht vor der Tür, und dann ist es zu heiß, um in der Sonne zu sitzen. Ducks Schwester fährt mit Mama Wingo nach Atlanta zum Arzt, also habe ich fast einen ganzen Tag für mich, und Duck möchte auch gehen. Wir brauchen alle eine kleine Abwechslung.«

»Wie geht es Bay?« fragte Mike und bemühte sich um eine neutrale Stimme. Aber Anspannung und Schmerz saßen in ihrer Kehle. Er fand die Zeit, ihre nervtötende Schwester anzurufen, aber sie nicht. Er mußte wirklich verärgert sein.

»Oh, ganz okay. Er hat da ein paar geschäftliche Probleme,

glaube ich; aber das ist mit Sicherheit nichts, was er nicht bewältigen könnte. Er meint, er würde bald zurückkommen, bestand aber auf unserem Besuch im Club. Er sagte, er würde dich später anrufen und bat mich, dich dazu zu bewegen, mit uns zu kommen und dich nicht von Daddy tyrannisieren zu lassen.«

Mikes Herz tat einen Sprung. Der Klumpen unterdrückter Qual, den die Entfremdung in ihr hinterlassen hatte, löste sich auf, als hätte es ihn nie gegeben. Das war, wußte sie, seine Art der Entschuldigung. Sie fühlte sich schwindlig, leicht, unbeschwert, fast ausgelassen. Selbst die Aussicht, mit Duck Wingo und DeeDee in einen hitzeflirrenden Country Club gehen zu müssen, war erträglich; ja, schien unvermutet voller komischer Möglichkeiten. Sie könnte Bay von diesem Ausflug erzählen, wenn er nach Hause kam; im sicheren, gardinenverhängten Halbdunkel ihres Zimmers, im Chaos des Bettzeugs eine lustige Anekdote daraus machen. Offenbar liefen seine Verhandlungen in Boston nicht allzu gut, und nach all den neuen Problemen mit Sally wäre es gut, ihn endlich wieder einmal lachen zu hören. Sie wußte, sie konnte ihn dazu bringen. Sie hatte es immer gekonnt.

»Du hast versprochen, daß wir bald einmal etwas gemeinsam unternehmen«, zirpte DeeDee, die Mikes Schweigen als Zögern mißdeutete.

»Habe ich.« Mike lächelte ins Telephon. »Ich würde sehr gern hingehen, Dee. Wann wirst du hier sein?«

»Ich dachte an elf Uhr. Wir könnten im Club mittagessen. Bay möchte, daß wir es tun. Alle gehen da zum Lunch hin. Hör mal, Mike - können wir nicht Daddys Wagen nehmen? Was meinst du? Duck möchte schon etwas früher hinüber, und er fährt mit dem guten Auto. Meine alte Kiste sieht doch schon ziemlich jämmerlich aus. Die meisten Clubmitglieder haben so schöne Wagen.«

»Selbstverständlich«, erwiderte Mike, und ihr Herz zog sich

vor Mitleid mit ihrer Schwester zusammen, die so vielen Begehrlichkeiten auf Gedeih und Verderb ausgeliefert war. »Ich werde J. W. bitten, ihn auf Hochglanz zu polieren.«

»Bis dann«, jauchzte DeeDee. Ihre Stimme klang sehr jung und sehr glücklich.

Mikes Stimmung sank, als DeeDee in der Einfahrt parkte und sich dann aus dem Volkswagen quälte. Sie trug einen gewaltigen gestreiften Strand-Kaftan mit zurückgeworfener Kapuze, der sie mit ihrer schwarzen, undurchsichtigen Sonnenbrille und dem grell scharlachroten Mund wie einen korpulenten Emir eines unvorstellbar reichen und wilden, ölproduzierenden Landes wirken ließ. DeeDee trug gigantische Plastikreifen an den Ohren, und an einem ihrer massigen Arme reichten die Reifen bis fast zum Ellbogen. An ihren Füßen waren die goldenen Pantoffeln, die sie am Abend der Dinner-Party angehabt hatte, und auf ihrem Kopf hockte ein riesiger Strohhut im Farbton einer Fuchsie, die in keinem irdischen Garten erblüht sein konnte. Es war einfach unmöglich, sie nicht anzustarren. Mike wußte, daß diese Gewandung mit unendlicher Sorgfalt mit Hilfe der Seiten der neuesten *Vogue* oder *Elle* zusammengestellt worden sein mußte. Von Bar Harbor bis Boca Raton trugen die Frauen in diesem Sommer so etwas – aber chice Frauen, reiche Frauen, schlanke Frauen. DeeDee mußte ein kleines Vermögen ausgegeben haben, dieses Kostüm zusammenzustellen. Es hätte nicht schlimmer aussehen können, dachte Mike mitleidig und verärgert. Ich frage mich, ob ich ihr diese schreckliche Expedition vielleicht doch noch ausreden kann. Alle Welt wird sich über sie lustig machen. Aber angesichts des rosa Hauchs reiner Vorfreude auf dem Gesicht ihrer Schwester und des Schwungs in ihrer Stimme, als sie »Guten Morgen« zwitscherte, wußte Mike, daß sie es nicht tun konnte. Aber wenigstens kann ich verhindern, daß Daddy sie aufzieht, dachte sie, nahm schnell ihre Strandtasche, das Handtuch und lief die Vordertreppe hinunter.

»Hast du denn nichts Farbenfroheres als das da?« fragte DeeDee und beäugte Mikes übergroße weiße Bluse und den weichen alten Anglerhut, den sie gegen die Sonne aufgesetzt hatte. »Das sind alles neue Leute für dich, und in dieser Stadt ist der erste Eindruck entscheidend.«

»Nein«, entgegnete Mike gleichmütig und glitt auf den Fahrersitz des alten Cadillac, der von Wachs und J. W.s Schweiß glänzte. »Ich gebe nichts vor. Und mach dir keine Sorgen, Dee. Ich habe auf meinen winzigen Pünktchen-Bikini verzichtet. Ich habe einen absolut züchtigen Panzer an. Keine Spur zu sehen.«

»Was sollte zu sehen sein?« erkundigte sich DeeDee, aber da war nichts Maliziöses in ihrer Stimme. Sie war erregt. Sie wand sich auf dem Sitz herum, holte einen Spiegel aus ihrer enorm großen Badetasche und bedeckte ihre Lippen mit einer weiteren Schicht Scharlachrot. Etwas davon geriet auf ihre Zähne. Es ließ sie aussehen, als hätte sie sich am frischen Kadaver irgendeines kleinen Tieres gütlich getan. Der Kaftan rutschte den Arm hinauf, und Mike entdeckte auf dem schlaffen, weißen Fleisch ein Gesprenkel von verbleichenden alten blauen Flecken und erschreckend purpurfarbenen neuen, die verdächtig nach Fingerabdrücken aussahen. Sie schwieg, aber eine Welle des Widerwillens gegen Duck stieg wie Galle in ihr hoch, und sie fragte sich, ob sie jemals einigermaßen höflich zu ihm sein konnte. Ob die blauen Flecke Stigmata seiner Leidenschaft oder seiner Wut waren, war unerheblich. Sie bereiteten ihr Übelkeit.

»Ist Duck schon da?« fragte sie.

»Er ist vor einer Stunde losgefahren«, sagte DeeDee. »Er pokert sonnabends im *Mens Grill.* Üblicherweise ist auch Bay mit von der Partie. Duck gewinnt nie, aber er verliert auch nicht, und es ist eine wunderbare Chance für ihn. Die einflußreichsten Leute der Stadt gehen in den Club, und die meisten von ihnen pokern. Inzwischen kennt er einige von ihnen bereits sehr gut.«

Sie fuhren vor dem Lytton Country Club vor, einem dürftigen Flachdach-Durcheinander von vage spanischer Architektur an einer Straße, an der vor allem Kiefernwälder und Farmhäuser gestanden hatten, als Mike fortgegangen war, und ein mürrischer junger Schwarzer schlenderte heran, um das Auto zu parken. Als sie sich umblickte, sah Mike weitere schwarze Halbwüchsige, die Golftaschen auf Karren stapelten, volle Tabletts zum Pool trugen, der von hier aus nicht zu sehen war, und mit Harken und Hacken den spärlich bepflanzten, sonnenverbrannten Blumenbeeten zu Leibe rückten.

»Ah«, stellte sie fest, »Lyttons Lösung für Schwarze im Country Club. Ich habe mich schon gewundert.«

»Fang nicht damit an, Mike«, sagte DeeDee. »Der Club hat einer Menge einheimischer Neger Arbeit und Brot gegeben. Sie haben auch J. W. einen guten Job bei der Instandhaltung und Wartung angeboten. Er würde hier wesentlich mehr verdienen als das, was Daddy ihm zahlt. Aber er hat das Angebot nicht angenommen.«

»Vielleicht hat J. W. eigene Vorstellungen davon, für wen er instandhält und wartet«, meinte Mike.

»Mikie . . .« jammerte Dee.

»Entschuldige. Tut mir leid«, sagte Mike. Es tat ihr leid. Sie hatte nicht die Absicht, DeeDee den Tag in der Sonne zu verderben. Sie gab dem jungen Mann die Autoschlüssel, und sie gingen um das Clubhaus herum zur Terrasse am Swimming-Pool.

Jetzt, um halb zwölf, war sie bereits gut besucht. Kinder und Teenager kreischten und plantschten im Pool, schrien dauernd irgend etwas Unverständliches, was in Mikes Ohren wie »Marco Polo« klang und etwas mit einem geräuschvollen Wasserspiel zu tun haben schien. Junge Frauen lagen grüppchenweise auf Liegestühlen oder saßen am Rand des Pools und behielten ihre Kinder halbherzig im Auge, während sie sich unterhielten, lachten und ihre Haut mit Lotions ölten. Alle trugen farbenfrohe, knappe, glänzende Fetzchen von Badeanzügen und Sonnenhüte. Ein paar andere lagen flach, mit weißen Schalen über den Augen, wie betäubt unter der strafenden Faust der Sonne. Auf einer höher gelegenen Terrasse gab es Tische mit älteren Frauen in geblümten Schößchen-Badeanzügen oder gnädig verhüllenden Sonnenanzügen. Sie spielten Bridge und nippten an pastellfarbenen Drinks, die ihnen von lustlosen Schwarzen gebracht wurden. Eine hochnäsige junge Frau in einem nassen T-Shirt mit der Aufschrift: »Go Dawgs« und weißer Zinksalbe auf dem Nasenrücken schien die Bademeisterin zu sein. Sie thronte auf einem hohen Stuhl, starrte ins Leere und scherte sich nicht um die johlende, rempelnde Bande halbwüchsiger Gockel, die sich unten zu ihren Füßen um sie geschart hatte. Es war eine träge, absolut banale Vorstadt-Idylle, und Mike hatte nicht die geringste Ahnung, was DeeDee daran so bezauberte und anzog. Die jüngeren Frauen hatten schlaffe Körper und stumpfe, leere Gesichter; eine oder zwei trugen pinkfarbene Plastik-Lockenwickler unter Kopftüchern. Die älteren Frauen schienen alle den gleichen Badeanzug zu tragen und frisch getrimmte Frisuren. Die Pool-Umrandung war gesprungen und beherbergte kräftige Tuffs von sprossendem Unkraut. Die Wagen auf dem Parkplatz hinter dem Pool waren zwar nicht gerade Mercedes und Jaguar, aber immerhin Kompaktautos und TransAm. Es waren keine Männer über sechzehn Jahre in Sicht. Es war ein kleines Wasser-Königreich der Frauen und Kinder.

»Na, ist das nicht etwas für Lytton«, meinte DeeDee stolz und schlingerte die Stufen zur Pool-Terrasse hinunter wie ein sich blähendes Zirkuszelt. »Ich hoffe nur, daß es klappt und wir im nächsten Sommer auch beitreten können. In diesem Jahr ist es zu spät, noch jemanden zu suchen, der bei Mama Wingo bleibt.

Aber Bay hat versprochen, im Winter eine Lösung für uns zu finden.«

Hinter ihren dunklen Brillengläsern sah sich Mike um. Bei ihrem Erscheinen hoben sich die Köpfe um den Pool und an den Bridge-Tischen. Myriaden sonnenbrillengeschützter Augen waren auf sie gerichtet. Wie immer seit ihrer Ankunft in Lytton, konnte Mike auch hier kein Gesicht entdecken, das sie aus ihrer Zeit hier gekannt hätte. Vielleicht existierte Alt-Lytton, wie es DeeDee beharrlich nannte, gar nicht, hatte bis auf einen Kontext zu ihrer Kindheit nie existiert. Oder es tauchte nur einmal in einem Jahrhundert auf wie Brigadoon. Jedenfalls war auch in den auf sie gerichteten Blicken keinerlei Erkennen.

Sie bemerkte, daß jedes Gespräch verstummt war. DeeDee rauschte die Stufen hinunter und über die Pool-Umrandung wie die *Queen Elizabeth II.* beim Einlaufen in Southampton; sie nickte hier einer Gruppe zu, schenkte einer anderen ein kleines, lässiges Winken und ein getrillertes »Hallo«. Ihr Blick strich über das Pool-Gelände, taxierte und katalogisierte die Menge. Ihr Lächeln galt allen und niemandem. Das hatte ganz entschieden etwas von einem königlichen Auftritt. Mike, die im Kielwasser ihrer Schwester segelte, sah das, was DeeDee nicht sah: Die zum Himmel geschlagenen Augen, die Hände, die an die Lippen fuhren, um ein Lachen zu unterdrücken, die Köpfe, die zusammengesteckt wurden, während sie ihrer elefantenartigen Parade folgten. Mikes Gesicht brannte vor Peinlichkeit und Wut. Am liebsten hätte sie die ondulierten und besprayten Köpfe gegeneinander geschlagen, am liebsten hätte sie ihre Schwester wegen ihrer hennenähnlichen Selbstgefälligkeit geschüttelt. Sie spürte den scharfen Biß der Sonne durch das Nylon des Anglerhutes und beschloß, so bald wie möglich Kopfschmerzen vorzutäuschen, um sofort nach dem Lunch flüchten zu können. DeeDee konnte mit Duck nach Hause fahren.

DeeDee ließ sich an einem Tisch mit Sonnenschirm am Ende

der Terrasse nieder und nahm ihren Sonnenhut ab. Ihr Haar fiel ihr offen auf den Rücken, war wie ein Cape über ihre massigen Schultern gebreitet. Mike konnte die scharfgeschnittene Linie dicht am Schädel sehen, wo die Ebenholzfärbung endete und DeeDees eigenes stumpfes Schwarz begann. Sie betete innerlich, daß ihre Schwester nicht auch noch den Kaftan ablegte. Sie konnte sich einfach nicht vorstellen, wie sie in einem Badeanzug aussehen würde. DeeDee tat es nicht.

»Laß uns erst einmal essen«, sagte sie. »Danach können wir schwimmen. Das heißt, du kannst es tun. Ich glaube, ich werde ein bißchen Bridge mit Helen Apperson und ihren Freundinnen da drüben spielen. Ich weiß doch, wie sehr du Kartenspiele verabscheust.«

Frohgemut winkte sie einer dürren, mausgrauen Frau an einem Nebentisch zu, die einen steifen kleinen Gruß herüberschickte, gefolgt von einem oberflächlichen Fletschen ihrer riesigen Chiclet-Zähne. Die drei anderen Frauen am Tisch lächelten, blickten hastig auf Helen Apperson, und starrten dann wieder DeeDee und Mike an. Mike wußte, daß sie über sie beide redeten – über die groteske Mrs. Wingo und ihre seltsame Journalistenschwester aus dem Norden, die nie jemand in der Stadt zu Gesicht bekam. Sie spürte ihre Blicke im Nacken, fühlte fast die Brandlöcher, die die Gier in den sensationshungrigen Augen hinterließen.

»Komm mit hinüber, dann stelle ich dich vor«, verkündete DeeDee. »Nach dem Essen gehe ich mit dir auch zu allen anderen.«

»Oh, laß uns erst einmal essen«, erwiderte Mike. »Ich bin schon fast verhungert, und sie sind mitten in einem Spiel.«

»Nun, dann willst du vielleicht jemanden bitten, uns ein wenig Gesellschaft zu leisten«, zirpte DeeDee und bedachte die Schar der Umsitzenden mit einem allumfassenden Lächeln. »Oh, da ist ja Lolly Bridges. Sie ist ganz reizend. Ihr Mann ist

Pilot, und sie hat eine Art Stadtküche, macht ganz herrliche Sachen. Sie ist wirklich kreativ. Alle lassen sich inzwischen ihre Hochzeiten und Jubiläen von ihr ausrichten. Hey, Lolly«, rief sie einer hart wirkenden, rothaarigen Frau in einem Golfrock und ärmelloser Bluse zu, die gerade auf die Terrasse gekommen war und sich offenbar vergeblich nach einem leeren Tisch umsah. »Kommen Sie doch zu uns und lernen Sie meine kleine Yankee-Schwester kennen. Sie kennt hier niemanden mehr, und ich habe ihr gerade von Ihnen erzählt.«

Die Frau stutzte und schenkte DeeDee dann ein strahlendes, absolut unaufrichtiges Lächeln. »Oh, es tut mir so leid, Mrs.... Wingo, nicht wahr? Ich würde es liebend gern tun, aber ich kann nicht bleiben. Ich habe nur nach meinem Sohn Ausschau gehalten, aber ich kann ihn nirgends entdecken. Also nehme ich an, er ist schon gegangen ... Ein anderes Mal sehr gern.«

»Oh, sicher«, erwiderte DeeDee und lächelte unbeeindruckt. »Wir werden vermutlich im Winter eintreten, und dann werden wir einander ja häufig zu Gesicht bekommen.«

»Wie schön«, sagte Lolly Bridges und floh von der Terrasse. Köpfe drehten sich, Blicke folgten ihr, und eine oder zwei Frauen streckten Hände aus, berührten ihren Arm, als sie vorüberging, und sagten lachend irgend etwas zu ihr. Sie schüttelte hastig den Kopf und verschwand um die Ecke des Clubhauses.

»Rettet die Wale«, hörte Mike eine der Frauen sagen, und in der Umgegend wurde wieder gelacht. Mikes Gesicht brannte, als würde sie auf einem mittelalterlichen Scheiterhaufen gefoltert. Sie warf ihrer Schwester einen verstohlenen Blick zu, aber DeeDee hatte offensichtlich nichts mitbekommen, denn ihr Gesicht hatte nichts von der selbstgefälligen Hochstimmung verloren.

»Das ist ein Leben, was?« meinte sie. »Es ist zu schade, daß aus Alt-Lytton niemand dem Club beitreten will. Nun ja, viel ist davon auch nicht mehr da. Und ich bezweifle, daß diese Leute etwas mit ihnen zu tun haben wollen. Das sind jetzt die Menschen, die in der Stadt etwas zu sagen haben. Bay und sein Bekanntenkreis wären selbstverständlich überall willkommen, aber das ist die Ausnahme unter den alten Familien.«

»Ist Sam Canaday Mitglied?« fragte Mike.

»O Mike, natürlich nicht. Wer um alles in der Welt würde ihn denn zur Mitgliedschaft vorschlagen, geschweige denn für seine Aufnahme stimmen? Du magst das vielleicht nicht so sehen, aber es ist wirklich ein sehr exklusiver Club.«

»Es hat den Anschein«, erwiderte Mike und betrachtete die kichernden Frauen am Pool. »Ich bezweifle sehr, daß ich die Aufnahmeprüfung bestehen würde.«

»Aber natürlich würdest du«, entgegnete ihre Schwester. »Eine Winship? Wie kannst du so etwas nur sagen? Abgesehen davon wäre jeder, den Bay vorschlägt, innerhalb einer Minute Mitglied.«

Der Kellner kam, und sie bestellten ihre Getränke. DeeDee einen hochgetürmten pinkfarbenen Daiquiri und Mike paradoxerweise ein Bier. Als es gebracht wurde, verzichtete sie auf das angebotene Glas und trank direkt aus der Dose. Sie mochte zwar kein Bier, aber an einem glühendheißen Tag wie heute waren die ersten Schlucke immer gut. Danach schmeckte es wie Seife. Aber sie bestellte sich noch eins – einfach aus der Überlegung heraus, daß DeeDee das für nicht passend hielt. Doch dann bereute sie ihre kindische Bosheit. Sie ließ die laue Flüssigkeit in der Dose kreisen und fragte sich, ob sie in dieser Hitze überhaupt einen Bissen Thunfischsalat hinunterbekommen und wie schnell sie Kopfschmerzen so überzeugend wie möglich vortäuschen konnte. Die Luft roch intensiv nach Sonnenöl, Parfum und Chlor.

Ein Schatten fiel auf ihren Tisch. Sie blickte auf und sah einen kleinen, rundlichen Mann mit rosa Wangen und dem einzigen Freizeitanzug, den sie seit etlichen Jahren gesehen hatte. Er lächelte nicht. Seine Augen, schwarz und glänzend wie Johannisbeeren in einem Stück Gebäck, huschten von ihr zu DeeDee. Er sieht aus wie das *Pillsbury*-Männchen, dachte Mike.

»Mrs. Wingo?« fragte er.

»Ich bin Mrs. Wingo«, erklärte DeeDee und zeigte ihr erschreckendes Gesellschaftslächeln.

»Ich bin Sonny Sampson, der Clubmanager«, sagte der kleine Brötchen-Mann, und DeeDee streckte ihm huldvoll die Hand entgegen. Er nahm sie so zögerlich, als wäre ihm zugemutet worden, ein totes Meergetier zu halten, und ließ sie schnell wieder los.

»Das ist meine Schwester Micah Winship.« DeeDee zeigte Grübchen. »Wenn Sie die Nachrichtenmagazine lesen, werden Sie sie kennen.«

Sonny Sampson sah Mike leicht beunruhigt an und nickte.

»Miss Winship«, sagte er.

Er denkt ganz offensichtlich, ich sei eine Sensationsnudel in den Medien, dachte Mike und unterdrückte ein unpassendes Glucksen der Erheiterung. Die Mätresse eines großen Tiers in Washington, das keine Geheimnisse vor mir hat.

»Mister Sampson«, sagte sie und nickte.

»Wie liebenswürdig von Ihnen, uns zu begrüßen«, trällerte DeeDee. »Wir sind Gäste von Bay Sewell. Bayard Everett Sewell. Ich bin sicher, Sie kennen ihn. Er ist ein enger Freund von meinem Mann und mir. Wollen Sie sich nicht zu uns setzen?«

»Nein, Ma'am, vielen Dank. Ich kann leider nicht bleiben ... Äh ... Mrs. Wingo, ich hasse es, mit einem unserer Gäste über Unerfreulichkeiten zu sprechen, aber ... äh ... Mister Wingo ist im Grillrestaurant ohnmächtig geworden, und ich denke, er sollte nach Hause gebracht werden. Vor einer Minute hat mich Mister Collingwood angerufen. Sie können ihn nicht mehr auf die Beine stellen ...«

»Oh, mein Gott«, jammerte DeeDee und fuhr sich mit der

Hand an die Kehle. Diese Geste hatte Mike zuletzt Bette Davis in *Dark Victory* vollführen gesehen. »Was ist mit ihm? Ist es sein Herz? Haben Sie einen Arzt gerufen?« Sie erhob sich halb vom Stuhl.

»Nein, Ma'am«, sagte Sonny Sampson und machte keinerlei Anstalten, ihr behilflich zu sein. »Er ist nicht krank, Mrs. Wingo. Er ist betrunken. Er war recht ausfallend, bevor er umgefallen ist, und ich fürchte, er wird das Gelände verlassen müssen. Wenn Sie sich Ihren Wagen vom Boy vor den Eingang bringen lassen, werde ich dafür sorgen, daß ein paar Jungs aus dem Grill ihn dorthin schaffen. Es tut mir unendlich leid, Mrs. Wingo, aber Mister Sewell wäre der erste, Ihnen zu erklären, daß der Club ausfallendes Benehmen nicht dulden kann.«

DeeDee errötete zu einem tiefen, gefährlichen Karminton. Ihre Brust hob und senkte sich wie eine Nippflut.

»Mein Mann ... betrinkt sich nicht«, zischte sie. »Und auf gar keinen Fall benimmt er sich ausfallend. Passen Sie auf, mit wem Sie es zu tun haben, Mister Sampson. Das wird Bay Sewell nicht gern hören. Ganz und gar nicht.«

»Ihr Mann ist betrunken wie ein Schwein, Mrs. Wingo, und das nicht zum ersten Mal«, erklärte der kleine Mann schleppend-südstaatlich. »Das letzte Mal ruinierte er den Flipper und verstreute beim Armdrücken Erdnüsse über den ganzen Boden. Er hat einen Deckel in Höhe von siebenundsiebzig Dollar anfallen lassen. Natürlich kann jederzeit Mister Sewell seine Schulden bezahlen, da er ja sein Gast ist, also werde ich diese Angelegenheit nicht forcieren. Aber diesmal kann er seine Spielschulden nicht begleichen, Mrs. Wingo, und so etwas können wir in diesem Club nicht dulden. Wir schätzen Mister Sewell außerordentlich, aber das alles ist höchst unerfreulich.«

»Sie kümmerliches Würstchen«, schrillte DeeDee. »Wagen Sie es ja nicht, meinen Mann einen Betrüger zu schimpfen. Ich gehe auf der Stelle nach Hause und rufe Bay Sewell in Boston an ...«

Köpfe wandten sich um, erneut verstummten die Gespräche. Mike legte eine Hand auf DeeDees Arm. Ihre Schwester bebte. Ihr Atem zischte hörbar in ihrer Nase.

»Ruhig, Dee. Laß uns gehen. Du wirst dich doch hier nicht herumstreiten«, sagte sie.

»Ich werde Mister Wingo von den Boys hinausbringen lassen«, erklärte Mister Sampson. »Aber ich fürchte, Sie fragen zu müssen, wer für seine Schulden aufkommt. Die anderen Herren bestehen darauf, daß er es tut. Sie möchten damit nicht Mister Sewell behelligen.«

»Sie können zu ihm gehen und sich einsargen lassen«, keifte DeeDee. »Ich gehe selbst zu Bay. In der gleichen Minute, in der er zurück ist. Ich zahle die Schulden. Wieviel ist es?« Sie griff nach der voluminösen Strandtasche.

»Es sind achthundertundsechzehn Dollar«, sagte Sonny Sampson leidenschaftslos.

»Achthundertundsechzehn Dollar ...« japste DeeDees Stimme. Es klang, als entwiche Luft aus einem Ballon. »Ich habe mein Scheckbuch nicht mit.«

»Ich habe meins dabei«, sagte Mike und sah keinen von beiden an. Es entstand eine klebrige Stille, in der dem Tag jedes Geräusch zu entweichen schien, selbst das Planschen der Kinder. Mike holte ihr Scheckbuch aus ihrer Strandtasche, stellte einen Scheck auf den Lytton Country Club aus, faltete ihn und gab ihn Sonny Sampson, der ihn einsteckte.

»Danke, Miss Winship. Das alles tut mir sehr leid, meine Damen. Es ist mir zutiefst unangenehm, aber ich muß darum ersuchen, daß Mister Wingo das Gelände dieses Clubs nicht mehr betritt.«

»Sie kleiner aufgeblasener Wichtigtuer«, kreischte DeeDee. »Sie können sich Ihren miesen kleinen Club Sie-wissen-schon-wohin stecken! Bay Sewell wird Sie so schnell vor die Tür setzen lassen, daß Sie gar nicht wissen, wie Ihnen geschieht! Ich würde keinen Fuß mehr in diesen schäbigen Club setzen, selbst wenn mein Leben davon abhinge. Und mein Mann ebensowenig! Wir haben, weiß Gott, Besseres zu tun ...«

»Sei still, Dee«, sagte Mike, und DeeDee hielt den Mund.

Sonny Sampson winkte, und zwei der schwarzen jungen Männer tauchten aus dem *Mens Grill* auf. Duck Wingo – halb geschleift, halb getragen – hing zwischen ihnen. Sein Kopf baumelte auf den Oberkörper herab, und er hatte ganz offensichtlich eine Menge Alkohol verschüttet, denn seine karierten Hosen waren vom Schritt bis zu den Knien befleckt. Dem Geruch nach zu urteilen, der von ihm ausging, hatte er sich auch übergeben. Seine weißen Slipper schleiften über den Betonboden, als ihn die beiden Jungen um das Clubhaus herum zum Vordereingang brachten. Er war nur halb bei Bewußtsein und murmelte vor sich hin. In dem tödlichen Schweigen hörte Mike leises Ächzen und unterdrücktes Lachen der Bridge- und Pool-Damen sowie das Pochen ihres eigenen Herzens. Sonny Sampson verschwand abrupt wieder im Clubhaus, und Mike schob DeeDee der beschwerlichen Prozession hinterher. Sie konnte das Gesicht ihrer Schwester nicht sehen, aber noch immer ihren Atem hören. DeeDee sagte kein Wort. Der Weg bis zum wartenden Cadillac wollte kein Ende nehmen. Mike war nie zuvor derart Spießruten gelaufen – weder in Watts, noch in Chicago oder auf dem Campus der Kent University. Sie versuchte es mit ihrem alten Krisenbewältigungstrick: Sich soweit wie möglich ins Innere ihres eigenen Hirns zurückzuziehen, sich komplett und total von der Umgebung zu distanzieren. Aber diesmal funktionierte es nicht. Das Vakuum war nicht mehr da. Mit jeder Faser ihres Ich war sie sich der Blicke bewußt, die ihnen folgten, den Pfeilen des Gelächters.

Die schwarzen Jungen stopften Duck auf den Rücksitz des Cadillac, und Mike durchwühlte hastig ihre Tasche und drückte ihnen Geld in die Hände. Sie wußte nicht, wieviel sie ihnen gegeben hatte. Sie murmelten ihren Dank und schlenderten davon. Mike schob DeeDee auf den Beifahrersitz. Sie fuhren schweigend an. Hinten, inmitten der Geruchswolken von Erbrochenem und Alkohol fluchte Duck Wingo vor sich hin. »Diese Scheißtypen können ihren Arsch doch nicht mal von einem Loch in der Wand unterscheiden. Nächstes Jahr kauf ich mir diese Scheißtypen und ihren Scheißclub. Nächstes Jahr werden die sich noch in ihre Hosen scheißen, um mich um sich zu haben ...«

»Ich schlage vor, daß du jetzt den Mund hältst, Duck«, sagte Mike über die Schulter hinweg. »Du kannst von Glück sagen, wenn Bay dich je wieder ansieht.«

»Der gute alte Bay?« Er lachte ein verschwommenes, verächtliches Lachen. »Der gute alte Bay wird kein Sterbenswörtchen zu seinem guten Freund Duck sagen. Er wird seinen guten Freund Duck echt zuvorkommend behandeln, denn ...«

»Halt deinen dummen Mund, oder ich stopf ihn dir!« schrie DeeDee. Duck schwieg.

Mike sah zur Seite, sah ihre Schwester an. DeeDees großes gerötetes Gesicht war weißfleckig, Tränen liefen ihr lautlos über die Wangen in den Mund. Mike hatte ihre Schwester nicht weinen sehen, seit sie klein gewesen waren. DeeDee war ein fröhliches Kind gewesen, munter und redselig, aber ihre Ängste – Gewitter, Dunkelheit, große Tiere und vor allem das Preisgegebensein – waren damals Grund zur Verzweiflung für sie gewesen und Anlaß zu bitteren, fast hysterischen Tränen. Ruskys oder ihres Vaters Beruhigungsversuche konnten sie schließlich besänftigen, aber beim nächsten Mal, wenn sie Angst hatte, schluchzte DeeDee genauso verzweifelt und hemmungslos. Nur sehr viele Umarmungen und die magische Beschwörung: »Alles wird wieder gut« konnten ihr helfen. Aber jetzt war nichts gut, war es viele Jahre lang nicht gewesen. Und in all diesen Jahren hatte es niemanden gegeben, der sie hätte trösten können. Mikes Herz zappelte in ihrer Brust wie ein Fisch am Haken.

»DeeDee, Liebes, bitte, wein doch nicht«, sagte sie. Sie legte ihre Hand auf DeeDees geballte Fäuste auf ihrem Schoß, und Dee ergriff sie mit erstaunlicher Kraft.

»Ich hasse ihn«, flüsterte sie. »Ich habe ihn schon bald nach der Hochzeit hassen gelernt und das hat nie aufgehört. Ich hatte Angst, solche Angst... Ich wünschte, er wäre tot. Ich wünschte, er würde sterben. Nie hat er mir etwas anderes gebracht als Arbeit, Sorgen und Schande. Nie habe ich irgend etwas gehabt, irgend etwas! Und wenn ich mal etwas hatte, etwas, was ich mir selbst beschafft hatte, hat er es mir kaputtgemacht. Jetzt kann ich mich nie wieder im Club sehen lassen. Wie soll ich all den Menschen denn je wieder in die Augen blicken können? Mike, das sind die Leute, die in Lytton wichtig sind. Und nun sind wir ein Nichts für sie, und das wird immer so bleiben. Alles wegen dieses jämmerlichen, verantwortungslosen Lumpen, den ich geheiratet habe. Da zieht er die große Schau ab, betrinkt sich, prahlt und protzt, betrügt ... Gott, Mikie, ich bin schließlich eine Winship. Eine *Winship!* Ich hätte jeden haben können. Ich hätte jeden einzelnen in der Stadt haben können. Und ich wünsche zu Gott, ich hätte einen anderen genommen. Dann hätte ich wenigstens ein anständiges Leben gehabt. Es wäre sogar besser gewesen, ledig zu bleiben. Daddy hätte für mich gesorgt. Aber ich mußte ja unbedingt diesen Kerl heiraten. Und nun werde ich überhaupt kein Leben haben, solange ich an ihn gebunden bin. Niemals!« Sie würgte an ihren Tränen.

Mike holte tief Atem.

»Dee ... warum verläßt du ihn nicht?« fragte sie. »Daddy würde auch jetzt noch für dich sorgen. Und du weißt, daß du das Haus und den Hof erhalten wirst. Du könntest es machen. Es gibt nichts, was dich davon abhalten könnte. Bay würde dir helfen. Ich würde helfen ...«

DeeDee lachte. Es war ein wäßriges, häßliches kleines Geräusch. »Vielen Dank, Mike, aber sehr bald bin ich in der Lage, für mich selbst zu sorgen. Sehr bald werde ich weder Daddy, noch Bay oder dich brauchen; und dann werde ich ihn so schnell loswerden, daß er annimmt, ein Tornado hätte zugeschlagen. Warte nur ab. Noch ein bißchen Zeit, und dieser Hund, seine widerliche alte Mutter und diese gräßliche kleine Bruchbude sind *Vergangenheit!*« Da war etwas so Abstraktes und Traumverlorenes in ihrer Stimme, daß Mike zu ihr hinüberstarrte. DeeDee schien sie nicht zu sehen. Weder sie noch das Wageninnere oder den strahlenden Tag, der ihr soviel Schmerz und Scham gebracht hatte. Ihre blauen Augen waren in die Ferne gerichtet, und ihr Blick wirkte ein bißchen entrückt.

»Worauf wartest du?« fragte Mike. »Was soll denn geschehen, das alles wieder in Ordnung bringt? Es wird sich nichts bessern, Dee!«

»Oh ... ich meine auch nur, daß es noch eine kleine Weile dauern wird, bis ich mir darüber klar bin, was ich eigentlich tun werde«, entgegnete DeeDee. »Ich kann ihn nicht sofort verlassen, Mike. Ich habe seit Jahren nicht mehr unterrichtet. Ich habe kein Geld, keine besonderen Fähigkeiten. Ich weiß nicht recht, was ich anfangen sollte. So mir-nichts-dir-nichts kann ich einfach nicht ausziehen ...«

»Wirst du mir versprechen, mit Bay darüber zu reden, wenn er zurückkommt?« fragte Mike. »Er kann helfen. Ich weiß, daß er das kann. Willst du mir das versprechen, Dee?«

»Ich verspreche, daß ich mit ihm reden werde«, erklärte ihre Schwester. »Bestimmt, ich werde mit ihm reden, Mikie. Vielen Dank, daß du bezahlt hast ... dafür, daß du den Scheck ausgeschrieben hast. Ich weiß nicht, wann wir es dir zurückgeben können. Soviel Geld haben wir nicht ...«

»Wozu brauche ich in Lytton Geld?« Mike lächelte. »Denk nicht mehr daran, Dee.«

Auf dem Rücksitz übergab sich Duck Wingo erneut. DeeDee verbarg ihr Gesicht in den Händen und schluchzte. Sie weinte den ganzen Weg nach Hause, und als Mike den Cadillac vor dem scheußlichen kleinen Pseudo-Ranchhaus neben dem Wohnwagen-Parkplatz stoppte, weinte sie immer noch.

26

Das Telephon klingelte, als sie in die Einfahrt fuhr, und Lavinia Lester kam ihr in die Halle entgegen, als sie das Haus betrat.

»Mister Sewell ist am Apparat. Aus Boston«, sagte sie. »Er hat mit Mister Winship gesprochen, und nun möchte er mit Ihnen reden.«

»Danke. Ich werde oben mit ihm sprechen«, erwiderte Mike. Sie stürmte die Treppe hinauf und riß den Hörer vom Apparat in seiner altmodischen Nische im oberen Korridor.

»Bay?«

»Hello, Mike«, sagte seine weiche, tiefe Stimme. »Kannst du sprechen?«

»Ja«, erwiderte sie.

»Ich habe dich so sehr vermißt, daß ich in den letzten Nächten geradezu unsägliche Dinge mit meinem Kopfkissen angestellt habe«, erklärte er. »Ich möchte nach Hause kommen und sie mit dir machen.«

»Nun, dann komm doch heim«, erwiderte sie mit froher, erleichterter Stimme. »Ich werde deinem gottverdammten Kissen ein paar hübsche Tricks beibringen.«

»O Gott, Mike, ich will dich so.«

»Ich auch. O Bay, ich auch. Wann kommst du zurück?«

»Heute abend, spät. Es wird vermutlich Montagnachmittag

werden, bis ich dich sehen kann. Aber dann auf jeden Fall. Paß auf, daß nichts dazwischen kommt, Mike.«

»Aber nein. Bestimmt nicht. Ist alles gut gelaufen? Wie ist es in Silver Hill? Werden sie Sally aufnehmen?«

»Nein. Ich kann sie nicht da oben lassen, Mike. Es ist zu ... kalt, irgendwie zu nördlich ... Dort oben würde sie glatt verkümmern und sterben. Sie bieten da auch keine Langzeittherapie an. Ihre Leber ist wirklich in einem schlimmen Zustand, wenn man Doktor Gaddis Glauben schenkt. Sie besorgt sich den Alkohol auch weiterhin von irgendwoher. Opal hat kurz vor meiner Abreise all die leeren Flaschen in einem Versteck gefunden. Ich werde sie genauer im Auge behalten müssen. Sie stirbt, wenn sie nicht mit dem Trinken aufhört.«

»Woher bekommt sie den Alkohol denn?« fragte Mike.

»Das weiß der Himmel. Wenn ich es nicht besser wüßte, müßte ich annehmen, daß Opal sie damit versorgt. Woher sollte sie ihn denn sonst bekommen? Aber das wäre doch verrückt ... nun ja. Und jetzt muß ich dir unbedingt etwas sagen, Mike. Es ist wirklich wichtig, also versuche nicht, mich davon abzuhalten. Ich war ein solches Rindvieh vor meinem Abflug. Du hattest völlig recht. Du kannst deinem Dad bei seiner Brief-Aktion meinetwegen bis zum Sankt Nimmerleinstag helfen, wenn es dir Spaß macht. Es ist die Sache wert, wenn ihr einander nur wieder etwas näher kommt.«

»O Bay, es ist alles in Ordnung ...«

»Nein, das ist es nicht. Ich habe mich scheußlich benommen, und ich habe dafür gesorgt, daß du dich elend fühlst. Es ist nur so, daß ich mir große Sorgen um John mache. Aber DeeDee erzählte, es täte ihm gut. Wie geht es ihm wirklich, Mike? Unterhaltet ihr euch häufig? Gibt es irgend etwas im Bezug auf das DOT, das ich wissen sollte?«

»Alles beim alten. Aber, Bay, heute ist im Club etwas Furchtbares passiert. Und man wird es dir erzählen, also ist es besser, du hörst es von mir und nicht von anderen Leuten. Die arme DeeDee – sie tut mir ja so unendlich leid . . .«

Sie berichtete ihm von der schrecklichen Szene im Country Club, von DeeDees Tränen, ihren Problemen mit Duck Wingo.

Er seufzte laut auf. »Großer Gott, was für eine schreckliche Sache«, sagte er. »Es ist meine Schuld, daß ich weggefahren bin und ihn allein zu diesem Pokerspiel gehen ließ. Ich bin das ganze Frühjahr hindurch für seine Schulden aufgekommen, wußte aber, daß da etwas geschehen muß. Ich hätte es vor meiner Abreise regeln müssen. Dann hätte es nicht dazu kommen können, daß die arme DeeDee alles abbekommt. Dieser verdammte Dummkopf! Sie wäre ohne ihn weit besser dran, da hat sie absolut recht; aber ich weiß zum Teufel nicht, wovon sie dann leben will. Die beiden besitzen keinen einzigen Cent, und sie kann nicht wieder an die Schule zurückkehren. Jedenfalls nicht in ihrem jetzigen Zustand. Mike, hör zu. Sie hat doch alles für den Fall geregelt, daß John . . . uns verläßt? Ich meine, sie hat mir gesagt, daß sie die Farm bekommt und das Haus deines Vaters. Stimmt das immer noch?«

»Warum . . . ja, sicher. Ich gehe zumindest davon aus«, erwiderte Mike. »Das hat sie mir so erzählt, als ich hier ankam, und ich kann mir nicht vorstellen, daß sich daran etwas geändert haben sollte. Daddy weiß doch, wie Duck ist.«

»Er könnte also sein Testament nicht geändert haben oder so? Ihr beide kommt einander wieder sehr nahe, Mike, und man weiß einfach nie, wozu alte, kranke Menschen fähig sein können . . .«

»Oh, ich bin ganz sicher, daß da nichts geschehen ist«, meinte Mike. »Er weiß, daß ich nicht bleiben werde. Und ich bin sicher, er weiß auch, daß ich mir aus dem Land nicht besonders viel mache.«

»Bist du dir da sicher? Ich muß überzeugt sein, daß für

DeeDee gesorgt ist, Mike. Ich kann ihr helfen, glaube ich, aber zuvor muß ich wissen, daß sie das Land erben wird. Erst dann kann ich mit ihr sprechen. Das Land ist ihre Sicherheit.«

»Ich bin so sicher wie sie es ist«, erklärte Mike.

»Wer könnte es denn wissen? Canaday?«

»Das nehme ich an. Wenn du es nicht weißt . . .«

»Ich möchte, daß du ihn fragst, Mike. Noch heute, wenn das möglich ist.«

»Ich möchte mich nicht nach Daddys Testament erkundigen, Bay«, wandte Mike unbehaglich ein. »Das würde ja so klingen, als wollte ich etwas haben. Und das ist nun einmal ganz und gar nicht der Fall.«

Sie konnte wieder einen Seufzer durch die Telephonleitung zischen hören. »Mike, bitte. Ich habe weder die Zeit noch die Energie, mich auch noch darum zu kümmern. Ich habe da oben in Boston gewisse Probleme, ich mache mir entsetzliche Sorgen um Sally, und ich kann mich zusätzlich nicht auch noch um DeeDee kümmern.«

»Es tut mir leid. Ich werde versuchen, es herauszubekommen. Wenn du zurückkommst, werde ich es dir sagen«, erklärte Mike zerknirscht. Seine Stimme klang bedrückt wie nie zuvor. Sie konnte förmlich spüren, wie sich seine Lasten auch auf ihre Schultern legten.

Sie ging am Abend auf Sam Canaday zu, nachdem sie John Winship zu Bett gebracht hatten. Seine Schmerzen waren durch den lindernden Einfluß des Alkohols in gewissen Grenzen gehalten worden. Ihr Vater war fast ständig in einem Zustand sehr leichter Trunkenheit und schlief sehr viel. In stillschweigendem Übereinkommen hatten weder Mike noch Sam Dr. Gaddis etwas von dem Bourbon erzählt. Wie J. W. gesagt hatte: Was machte es schon aus?

Sams Augen hinter dem Dampf seiner Kaffeetasse wurden schmal, als sie ihn nach DeeDees Erbteil fragte.

»Interessieren Sie sich inzwischen für das alte Haus?« wollte er wissen.

»Nein. Aber da war heute eine so furchtbare Szene im Country Club. Ich möchte nur ganz sicher wissen, daß sie versorgt sein wird.«

»Yeah, das war vielleicht eine sehr unangenehme Geschichte«, sagte Sam. »Dieser Lump gehörte erschossen. Dann wäre sie wesentlich besser dran. Aber wie kommen Sie darauf, ich könnte etwas über Johns Testament wissen, Mike?«

»Nun, ich habe lediglich angenommen, Sie als sein Anwalt ... Und Bay hat absolut keine Ahnung ...«

»Ah«, sagte er. »Das habe ich mir schon gedacht. Sewell. Bay der Gute. Nun, Sie können Sewell sagen, er brauche sich keine Sorgen zu machen. DeeDee wird abgesichert.«

»Da bin ich aber froh«, meinte Mike. Sie fühlte sich durch seinen Ton nicht beleidigt. Bays bevorstehende Rückkehr saß ihr freudig-erregt im Blut.

Sam trank schweigend seinen Kaffee aus und ging, ohne sich zu verabschieden. Mike wollte ihn schon zurückrufen, verzichtete dann aber darauf. Sie konnte es wirklich nicht ändern, wenn er derartig gegen Bayard Sewell eingestellt war. Das war nicht ihr Problem. In diesem Moment, in dem Bayard Sewell irgendwo am Himmel über Atlanta schwebte, kannte Mike keine Sorgen, die über kleine weiße Wolkenfetzen an einem Sommerhimmel hinausgegangen wären.

»Ich muß mich schon wieder entschuldigen«, meinte Bayard Sewell, sobald er überhaupt wieder etwas sagen konnte. Sein Atem ging stoßweise, und Mike konnte seinen jagenden Puls in seiner Halsbeuge sehen. Sein ganzer Oberkörper, schweißglatt und bleich im dunklen Licht des Zimmers, wurde davon geschüttelt. Als er vorhin auf den Rücken gerollt war, hatte sein Atem buchstäblich in seiner Kehle geschluchzt. Er hatte geächzt und gestöhnt, daß sie fast befürchtete, er hätte einen Herzanfall. Ihr eigenes Herz klopfte inzwischen in einem ruhigeren Rhythmus, aber ihre Schläfen und Handgelenke fühlten sich wie gelähmt und steif durch das hindurchrasende Blut, und sie hätte ihre schlaffen, erschöpften Glieder nicht bewegen können, selbst wenn jemand das Bett in Brand gesteckt hätte. Diesmal war ihre Reaktion nicht die hingebungsvoller Leidenschaft oder befriedigten Verlangens, machte sie sich bewußt. Einen kurzen Moment lang, genau zum Zeitpunkt ihrer Klimax, hatte sie etwas empfunden, das Angst sehr nahe kam. Sie wollte es nicht wahrhaben, wußte es aber dennoch, daß ihre Vereinigung einer Vergewaltigung sehr ähnlich gewesen war.

Sie hatte in dem kühlen, dunklen Schlafzimmer auf ihn gewartet. Die Klimaanlage hatte gesummt wie immer, ihr Vater schlief in seinem Nebel von Krankheit und Bourbon. Das Haus war still, und sie hatte eine köstliche Trägheit empfunden, eine langsame und herrliche Sinnlichkeit, die ihr Handgelenke und Lider schwer werden ließen, ihren Atem weich und schnell. Sie würden einander sehr langsam ausziehen, dachte sie, das Gefühl ihrer Fingerspitzen auf dem hungrigen Körper des anderen genießen, all die kleinen unsinnigen Worte murmeln; sie würden tasten, berühren, einatmen – bis sie es nicht mehr aushalten konnten und auf das kühle frische Bett fallen und den langsamsten Liebesakt beginnen würden, den sie je miteinander erfahren hatten. Sie war noch nicht einmal ausgezogen, in Vorfreude auf das kleine formelle und laszive Ritual der Hurerei, das er liebte, ging nicht zur Tür wie sonst, um ihn zu begrüßen, sondern saß mit brav verschränkten Armen und Beinen auf dem Bett, als er eintrat. Jetzt lagen ihre Bluse und ihr Rock auf dem Fußboden, wohin er sie geworfen hatte, und ihre Spitzenhöschen hingen ihr noch immer um die Knöchel. Er selbst trug noch immer sein Hemd. Er hatte sie hingeworfen, ihre Beine auseinandergedrückt und war in ihr, bevor sie auch nur ein Wort herausgebracht hatte. Er hatte ihre Schreie mit seiner Hand gedämpft und in ihre Lippen gebissen, bis sie den Kupfergeschmack des Blutes im Mund hatte. Er hatte ihre Arme und Beine mit blauen Flecken übersät und die intimeren Stellen brutal mißhandelt. Er war schnell fertiggeworden, aber nicht, ohne ihr ziemlich weh zu tun. Mike war nicht verärgert; sie fühlte sich gedemütigt und verletzlich, hatte das Bedürfnis, sich zu einem Ball zusammenzurollen, damit er ihre Nacktheit nicht sah. Und sie fühlte sich zerrissen und gereizt. Sie hatte ihren eigenen Orgasmus nicht erreicht.

Bay stützte sich auf einen Ellbogen und sah auf sie herunter. Sein Gesicht war schlaff und blaß, unter seinen Augen sah sie tiefe Ringe. Seine schwarzen Haare waren zerzaust.

»Ich komme mir vor wie ein Barbar«, sagte er. »Es ist zwar keine Entschuldigung, aber ich habe wirklich eine schauerliche Woche hinter mir, und ich habe mich schon so lange nach dir gesehnt. Da warst du, und du hast so wundervoll ausgesehen ... Kannst du mir verzeihen? Willst du, daß wir noch einmal ...? Himmel, was mußt du jetzt nur von mir denken?«

Sie schüttelte den Kopf. Beim Klang seiner Stimme schwanden die Fremdheit, der Schmerz und die eigenartige Furcht. Sie verspürte erneut den alten Frieden, die Liebe und das gute Gefühl, zu Hause zu sein.

»Und ist sie nicht willig, so brauche Gewalt«, sagte sie. »War mir ein Vergnügen, zu Diensten sein zu können. Es tut mir leid, daß du eine so schlechte Woche hinter dir hast. Was ist denn aus deinen Geschäften geworden? Gibt es da wirklich ein Problem?«

»Nein«, erwiderte er. »Noch nicht. Es ist eine Frage der Zeitplanung. Aber sie drängen mich ziemlich, und neben meinen Problemen mit Sally kann ich das wirklich nicht brauchen. Ich weiß einfach nicht mehr, was ich mit ihr machen soll, Mike. Es kommt mir fast so vor, als wolle sie sich bewußt umbringen, ganz unabhängig davon, wie genau ich sie auch beobachte. Und sie ist ja so schlau. Und dann diese Beständigkeit. Nie gibt es auch nur die kleinste Unterbrechung in ihrer Trinkerei. Jetzt kommen auch noch die Schwierigkeiten mit DeeDee dazu. Manchmal wünschte ich wirklich, alles hinwerfen und davonlaufen zu können. Einfach verschwinden und irgendwo anders auf der Welt ganz neu anfangen und absolut frei sein. In einer Stadt, in der man nicht einmal meinen Namen kennt.«

»Das Gefühl kenne ich«, sagte Mike. »Das ist übrigens das beste an einer Stadt. Es ist das, was ich am meisten vermisse. Und um DeeDee brauchst du dir keine Sorgen mehr zu machen. Sam sagt, daß sie abgesichert ist.«

»Ah«, machte er. »Was hat er sonst noch gesagt?«

»Nichts mehr. Sie erhält den Hof und das Land. Genau wie wir es uns gedacht haben. Das sollte ihr genügend finanzielle Sicherheit geben, falls sie sich entscheidet, Duck zu verlassen.«

»Gut«, meinte er. »Das macht die Dinge sehr viel einfacher.«

Eine Weile lagen sie schweigend da, und dann fragte sie: »Hast du je wirklich darüber nachgedacht, alles hinter dir zu lassen? Sally zu nehmen und irgendwo ganz von vorn anzufangen? Wer weiß, ob ihr das nicht sehr gut tun könnte. Ob ein solcher Wechsel nicht etwas Positives bewirken würde . . .«

»Nein«, erwiderte er. »Ich kann es nicht tun. Aber natürlich habe ich darüber nachgedacht. Aber ich glaube nicht, daß Sally woanders als in Lytton leben könnte. Und ich bin mir nicht ganz sicher, daß ich es könnte.«

»Ist dir die Stadt denn so wichtig?« wollte Mike wissen. »Ich kann mich an eine Zeit erinnern, in der du nichts anderes wolltest, als sie so schnell wie möglich zu verlassen.«

»Es war nie Lytton, das ich verabscheut habe«, sagte er langsam. »Nur Kleinstädte im allgemeinen. Ich glaube, ich habe dir das nie erzählt, aber bevor meine Mutter und ich nach Lytton gezogen sind, haben wir in drei oder vier anderen kleinen

Städten in Georgia gewohnt. Und in all diesen verdammten Nestern waren wir die offiziellen Sozialfälle. Zu jedem Feiertag erschienen die Komitees und die Pfarrer mit ihren Körben und Taschen voller Erbsen und Karotten. Und den abgetragenen Kleidungsstücken. Ich hätte dir bis zu meinem Eintritt ins College nicht sagen können, welche Kleidergröße ich eigentlich hatte. Großer Gott, ich erinnere mich an eine Stadt, in deren Kirche immer ein Weihnachtsbaum gestanden hat, unter dem Julklapp veranstaltet wurde. Jedermann zog Namen und tauschte Geschenke aus, und der gute alte Santa Claus rief die Namen auf. Dann lief man nach vorn, erhielt sein Geschenk und dankte dem, wer auch immer für das Geschenk verantwortlich war. Mutter und ich bekamen jedesmal mindestens fünfzig Geschenke, während alle anderen nur eins bekamen. Es waren immer nützliche Geschenke, und sie kamen stets von ›Ein Freund‹. Also bin ich pausenlos nach vorn gegangen, habe meine Geschenke hochgehalten, gegrinst wie ein vom Kuhfladen getroffenes Opossum und gerufen: ›Vielen Dank, Freund!‹ Alle lächelten gnädig zurück, applaudierten und sagten, was für ein wohlerzogener Junge ich doch sei und wie weit ich es doch eines Tages noch bringen würde. Mutter strahlte. Später hörte ich, daß wir die bedürftige Familie der Stadt gewesen sind. Gottseidank sind wir im Jahr darauf fortgezogen. Ich glaube, ich hätte es durchaus fertiggebracht, den Weihnachtsbaum beim nächsten Mal anzupinkeln. Danach wurde es für mich fast zur Besessenheit, von niemandem abhängig zu sein, nie wieder auf Wohltaten angewiesen zu sein.«

Mikes Augen füllten sich mit Tränen. »Das habe ich nie gewußt«, sagte sie. »O Gott, ich kann nur hoffen, daß du gegenüber Daddy oder mir nicht ähnlich empfunden hast. Du fühlst dich hier wirklich nicht gefesselt? Nicht an Sally, dein Haus oder sonstwas?«

»Nein«, erklärte er. »Hier nicht. Nicht in Lytton. Und auf gar keinen Fall an deinen Vater. Er war für mich immer der Vater, den ich nie kennengelernt habe. Ich habe ihm buchstäblich alles zu verdanken. Lytton ist zu mir immer gut gewesen. Hier hat es sehr viele Möglichkeiten für mich gegeben. Hier gibt es noch weitere Möglichkeiten. Ich kann Lytton nicht verlassen. Und ich will es auch gar nicht.«

Er schwieg eine Zeitlang und dann fragte er: »Mike ... würdest du bleiben? Meinst du, du könntest unter Umständen in Lytton bleiben? Ich habe wirklich keine Ahnung, wie ich es fertigbringen soll, dich je wieder fortgehen zu lassen.«

Da haben wir es, dachte Mike. Ich habe immer gewußt, daß es irgendwann kommen würde.

»Wie sollte ich bleiben können, Bay?« fragte sie zurück. »Da ist Rachel, meine Arbeit ... nichts davon spielt sich in Lytton ab. Und Daddy? Es wird wohl nicht mehr lange dauern. Ich kann nach seinem Tod nicht einfach hierbleiben – als deine Geliebte.«

»Könntest du dann nicht nach Atlanta ziehen? Das zu deinem Standort machen, wenn du unbedingt in einer Stadt leben mußt? Atlanta ist eine schöne Stadt, sie expandiert schnell. Wir könnten dir ein Apartment suchen; ich könnte mich darum kümmern, bis du auf eigenen Beinen stehst. Himmel, ich könnte mich sogar auf Dauer darum kümmern. Du könntest deine Tochter herkommen lassen. Die Schulen in Atlanta sind so gut wie überall, und es gibt ganz ausgezeichnete Privatschulen. Während der Sitzungsperiode des Parlaments bin ich fast täglich in Atlanta. Kein Mensch würde sich etwas dabei denken, wenn ich dazu überginge, in der Stadt zu bleiben, statt täglich hin und wieder zurückzufahren. Das tun die meisten meiner Kollegen sowieso ...«

»Nein, Bay, das würde einfach nicht funktionieren. Ich kann nicht einfach die Hände in den Schoß legen und mich von dir aushalten lassen«, erklärte Mike. Sie hatte das Gefühl, als käme ihr Leben von allen Ecken auf sie zugestürmt. Oh, warum hatte er nur mit diesem Thema anfangen müssen? Warum hatte er sich denn nicht damit zufriedengeben können, in der klaren, zeitlosen, gedankenlosen Blase der Gefühle zu leben, die sie bisher umhüllt hatte.

»Wir werden einen Weg finden«, entgegnete er. »Das alles ist gar nicht so abwegig, wie du anzunehmen scheinst. Jedenfalls nicht auf längere Sicht. Ich werde darüber nachdenken.«

»Bitte!« rief Mike. »Laß das! Kannst du denn nicht begreifen, was die Hoffnung darauf in mir anrichten würde? Bitte, laß das Thema ruhen, Bay. Zumindest für den Moment.«

»In Ordnung«, sagte er. »Entschuldigung. Ich werde nicht mehr darüber sprechen. Aber nur für den Augenblick, Mike.«

Er verließ das Bett, wusch sich und zog sich in der grünlichen Dämmerung des Badezimmers an. Mike lauschte dem Laufen des Wassers und trieb ganz langsam und träge in Richtung Schlaf. Er kam in das Zimmer zurück, so frisch und kühl in seinem Seersucker-Anzug, als wäre es morgens, und er gerade nach erholsamem Schlaf erwacht. Mike dachte wieder einmal, wie unglaublich, fast absurd gut er doch aussah.

»Du bist zu schön für einen Mann«, stellte sie schläfrig fest.

»Du würdest ganz schön in der Patsche sitzen, wenn ich etwas anderes wäre«, entgegnete er. »Soll ich bei deinem Vater klopfen? Was meinst du? Er war nicht so ganz auf der Höhe, als ich am Sonnabend mit ihm sprach. Aber ich möchte keineswegs, daß er annimmt, ich würde ihn vernachlässigen. Wenn er jedoch neuerdings gut schläft, möchte ich ihn auch nicht stören.«

»Oh, er schläft wirklich gut«, sagte Mike. »Offensichtlich ist der Alkohol die Lösung. Verschieb es doch einfach auf morgen. Heute schien er ein bißchen müder als üblich. Ich sollte wirklich versuchen, ihm diese Brief-Aktion auszureden. Inzwischen bin ich gar nicht mehr so sicher, ob diese Verzögerungstaktik wirklich eine so gute Idee ist ...«

»Welche Verzögerungstaktik, Mike?«

Sein Gesicht war gelassen, seine Stimme seltsam verändert. Schärfer, leerer, trockener.

»Nun ja«, meinte Mike und wußte nicht recht, warum sie so zögerte, »das ist es, was Sam mit den Verhandlungen über den Preis für die Heimstatt bezweckt. Er glaubt, das sei alles, was er erreichen kann ...«

»Erzähl mir etwas mehr, Mike.«

Mike erzählte.

Sie sah, daß sein Gesicht unter der Bräune blaß wurde, dann wieder errötete, als sei er geschlagen worden. Er biß die Zähne so fest zusammen, daß die Muskeln um seinen Mund wie weiße Wülste hervorstanden. Seine Hände in den Hosentaschen waren zu Fäusten geballt.

»Ich sollte dafür sorgen, daß dieser Lump für das, was er deinem Vater antut, hinter Gitter gebracht wird«, sagte er ganz leise, und der Ton seiner Stimme erschreckte sie mit seinem reptilienhaften Zischen. »Das ist mehr als kriminell, und bei Gott, ich werde dafür sorgen, daß er nichts mehr anstellen kann.«

Er war quer durch den Raum und an der Tür, bevor Mike wußte, wie ihr geschah. Sie sprang vom Bett und stürzte hinterher. Warum war er so wütend? Wie Sam vorausgesagt hatte, schien ihr Vater doch durch die Verfahrensweise geradezu aufzublühen, die er im Hinblick auf die Verkehrsbehörde entwickelt hatte.

»Bay, so warte doch«, rief sie. »Es schadet niemandem. Sam wird nichts tun, was Daddy irgendwie weh tun könnte.«

»Da hast du verdammt nochmal recht. Das wird er nicht«, sagte er fast frohlockend, riß die Tür auf, schlug sie hinter sich wieder zu und war bereits die Treppe hinunter, bevor Mike die Tür erreicht hatte. Sie hörte, wie die Haustür ins Schloß fiel. Dann herrschte Stille.

Sie ging hinaus bis zum Treppenabsatz und sah verwirrt

hinunter in die leere Halle, auf die geschlossene Vordertür. Der Lärm des Zuschlagens schien endlos in der stillen, heißen Luft nachzuhallen. Außerhalb ihres Zimmers war die aufgestaute Hitze des Tages sengendheiß. Mike trug nur Höschen und BH, aber ihr Körper war bereits schweißnaß.

Da unten in der Dunkelheit gab es eine kleine Bewegung, und sie beugte sich vor, sah in den hinteren Bereich der Halle hinunter. Im heißen Zwielicht stand da Sam Canaday und blickte zu ihr auf. Sein Gesicht war ein weißer Nebel im Dunkel der hinteren Halle. Mike erstarrte.

»Nun«, sagte Sam langsam. »So ist das. Ich hatte mich natürlich schon gefragt ... Sie lassen in letzter Zeit Ihre Vorsicht ein bißchen außer acht.«

»Was machen Sie da?« Mikes Stimme sperrte sich in ihrer Kehle.

»Ihr Daddy hatte einen heftigen Anfall«, erwiderte Sam Canaday. »Er konnte Sie mit seinen Rufen nicht alarmieren, also kroch er zum Telephon und rief mich an. Doktor Gaddis ist bereits auf dem Weg. Sie sollten sich besser etwas anziehen.«

»Ich ... haben Sie ... Wie lange stehen Sie schon da?«

»Lange genug, Miss Winship-Singer«, sagte er. »Lange genug. Aber machen Sie sich keine Sorgen, Mike. Ihr Geheimnis ist bei mir sicher. Ich sehe lieber *Dallas.*«

Er drehte sich um und ging durch die Halle zu John Winships Zimmer. Mike lief in ihr Zimmer und schloß die Tür. Lange Zeit saß sie auf ihrem Bett, lauschte dem Brummen der Klimaanlage und dachte an gar nichts. Dann zog sie sich an und ging hinunter. J. W. Cromie kam aus dem Zimmer ihres Vaters mit einem Glas und einem Waschlappen in den Händen, aber Sam Canaday war fort. Sie hörte das dünne, sich entfernende Surren des Toyota, als er die Einfahrt verließ und die Pomeroy Street in Richtung Stadt hinunter fuhr.

27

Mike war bei Priss, als der Anruf kam.

An diesem Morgen war sie angenehm spät aufgewacht, erst gegen elf Uhr, und nach dem längsten und tiefsten Schlaf seit ihrer Heimkehr. Sie hatte sich in ein friedliches und allumfassendes Cape des Jetzt gehüllt. Für den Moment gab es keine Vergangenheit, die eine qualvolle Szene in der halbdunklen Halle des Hauses an der Pomeroy Street enthielt, kein verschlossenes, weißes Gesicht, das zu ihrer Fast-Nacktheit heraufstarrte, keine tonlose Stimme, die sagte: »Sie sollten sich besser etwas anziehen«, kein verschwindendes altes Auto. Und es gab auch keine Zukunft, in der eine solche Szene irgendwie bewältigt werden müßte. Es war nicht das gläserne Vakuum, es war auch nicht Mikes übliches Krisenbewältigungs-Werkzeug. Sie wußte nicht recht, was es war, aber sie fühlte sich friedlich-gelassen und war abstrakt dankbar dafür.

Unten strickte Lavinia Lester und sah etwas altes, englisches und flackerndes im Fernsehen. John Winship war nicht in der Küche. Dr. Gaddis hatte ihm eine starke Beruhigungsspritze gegeben und nach einem wesentlich stärkeren Schmerzmittel telephoniert, das unverzüglich aus der Apotheke gebracht wurde, und ihr Vater hatte die Nacht ruhig verbracht. Aus Erfahrung wußte sie, daß er auch den größten Teil des Tages verschlafen würde, wie er es nach einem heftigen Anfall von Schmerzen immer tat.

»Geben Sie ihm die Tabletten wann immer er sie braucht«, hatte der Arzt gesagt. »Lassen Sie ihm auch den Alkohol. Ich hoffe, daß er nicht noch stärkere Schmerzen bekommt, bis es vorüber ist, aber vielleicht trifft das nicht ein. Es könnte durchaus noch eine furchtbare Zeit werden. Aber es wird nicht mehr lange dauern, Mike. Geben Sie ihm alles, wonach er verlangt; lassen Sie ihn tun, was er will.«

Mike hatte genickt, und Dr. Gaddis war gegangen. J. W. hatte darauf bestanden, neben John Winship zu wachen, während der seinen stillen und todesähnlichen Schlaf schlief.

»Ich bin morgen nicht da, Mike«, sagte er. »Sam und du – ihr solltet eure Kräfte für den Augenblick sparen, an dem ihr sie braucht.«

»Vielen Dank, J. W.«, hatte sie erwidert. »Du bist ein besserer Freund, als wir verdienen.«

Sie hatte Bayard Sewell nicht erzählt, daß Sam Canaday beobachtet hatte, wie er ihr Zimmer verlassen hatte, und irgendwie wußte sie, daß Sam es auch nicht tun würde. Sam hatte weder angerufen, noch war er gekommen. Sie wußte, daß er auch das nicht tun würde. Mike trieb im Jetzt und wartete auf das, was kommen würde.

Am Nachmittag fuhr sie zu Priss hinüber.

Sie trank geeisten Kaffee und bewunderte Priss' neue Vogelfütterungsanlage, als das Telephon klingelte. Priss verlagerte einen grauenhaft schnarchenden Walker Pussy und hievte sich hoch, um an den Apparat zu gehen.

»Es ist Sam. Für dich«, sagte sie, als sie wieder in das Zimmer kam.

Mike nahm den Hörer auf.

»Sam?« meldete sie sich.

»Wir haben verloren«, sagte er knapp. Seine Stimme klang gelassen. »Es ist vorbei. Sie haben die Übernahmeerklärung beantragt und werden das Grundstück bald übernehmen. Sagen Sie ihm nichts. Ich werde heute abend vorbeikommen, dann machen wir es gemeinsam.«

»Ja«, erwiderte sie. »Vielen Dank.«

»Was ist?« fragte Priss und forschte in Mikes Gesicht. »John?«

»Nein«, entgegnete Mike. »Es geht um den Hof. Er ist verloren, Priss. Sam kann nichts mehr unternehmen.«

Priss schwieg so lange, daß Mike den Kopf drehte, um sie

anzusehen. Das große, buddhaähnliche Gesicht war verblüffenderweise qualverzerrt. Noch nie hatte Mike einen solchen Ausdruck in Priss' Gesicht gesehen; nicht einmal an jenem Abend vor langer Zeit im Haus ihres Vaters. Tränen liefen über ihre Wangen in die Falten, die ihren schmalen, etruskischen Mund umklammerten.

»Oh, armer Win«, flüsterte sie. »Oh, armer Scamp.«

»Scamp?« echote Mike. Auch sie flüsterte, obwohl sie nicht hätte sagen können, warum. Sie wußte nicht, was unglaublicher war: Priss' Tränen oder der neckische, altmodische Kosename. Er paßte weder zu dem distanzierten Traum-Vater ihrer Kindheit noch zu dem Wrack, das dieser Mann jetzt war.

»Ich habe ihn Scamp genannt, als er ein Junge war. Das haben wir alle getan, all die Jahre auf der High School.« Ein kleines zitterndes Lächeln spielte um Priss' Mund, und ihr Blick war weit fort in Erinnerungen. »Er war ein richtiger Rowdy, ein durchtriebener Junge, immer zu einem Streich aufgelegt, immer lachend. Und so gutaussehend! Du würdest nicht glauben, wie gut er ausgesehen hat. Nie werde ich vergessen, wie er bei unserem Abschlußball aussah, in seinem ersten richtigen Anzug, für den er ein ganzes Jahr nach der Schule gearbeitet hatte, mit einer von Miss Daisys Rosen im Knopfloch . . .«

Sie holte tief und erschauernd Atem, nahm die Brille ab und wischte sich über die Augen.

»Ich werde morgen vorbeikommen, nachdem Sam es ihm gesagt und er ein bißchen darüber geschlafen hat«, verkündete sie sachlich. Ganz so, als würde sie mehrmals täglich im Haus an der Pomeroy Street ein- und ausgehen. »Vielleicht kann ich ihn ein bißchen aufheitern. Ich konnte Scamp früher immer zum Lachen bringen.«

Mike starrte sie an. Fragmente setzten sich zu einem Ganzen zusammen.

»Du hast ihn geliebt, nicht wahr?« fragte sie.

Priss antwortete nicht.

»Du liebst ihn noch immer. Nicht, Priss? Nach all diesen Jahren. Nach allem, was er getan hat, was aus ihm geworden ist.«

»Liebe ist eine Haltung«, sagte Priss Comfort mit schwerer Stimme. »Sie ist kein Gefühl. Das lernt man mit der Zeit.«

Die Worte hatten einen seltsamen Nachklang, als wären sie ein Echo aus weiter Ferne.

»J. W. hat vor einer Weile etwas ähnliches gesagt«, meinte Mike.

»Das überrascht mich nicht«, erwiderte Priss. »J. W. hat seine Haltung vor langer Zeit festgelegt.«

Mike verließ das kleine Steinhaus und begab sich nicht in den Schutz ihres Zimmers, um Bay Sewell anzurufen, wie sie es geplant hatte, sondern fuhr, offenbar ferngesteuert, zu Sam Canadays Büro. Die Hauptstraße von Lytton war ausgestorben, als sie den Wagen vor dem abblätternden alten Haus parkte und ausstieg. Nur ein Polizeiauto war in Bewegung, patrouillierte ziellos durch die Straßen wie ein streifender Adler. Mikes Rock klebte an ihren nackten Beinen. Es war noch immer sehr heiß, sehr still und absolut zeitlos.

Sie ging die staubigen Holzstufen in das zweite Stockwerk hinauf, ihre weichen Espadrilles bewegten sich geräuschlos auf der staubpelzigen Trittspur. Treppe und Flur rochen nicht unangenehm nach Leinöl und Alter. Sie ging den langen, dunklen Korridor entlang. Zu beiden Seiten waren dunkle Eichentüren mit quadratischen Milchglasscheiben. Sie waren geschlossen. Die schwarzen Buchstaben auf den meisten von ihnen waren abgeblättert, kaum mehr entzifferbar. Mike nahm an, daß die meisten Firmen in eins der neuen Einkaufs- und Bürozentren am Rand der Stadt gezogen waren. Die letzte Tür rechts, obwohl geschlossen wie ihre Nachbarn, trug eine neue schwarze Beschriftung: Samuel F. Canaday, Rechtsanwalt. Der Messing-Türknauf war blank poliert.

Mike hob die Hand, um an die Scheibe zu klopfen, zögerte und stieß dann leicht gegen die Tür. Sie schwang auf. Der Raum war dunkel; die einzige Lichtquelle waren die breiten Tigerstreifen, die durch die altmodischen Holzjalousien auf den riesigen leeren Mahagoni-Schreibtisch vor den gewölbten Doppelfenstern fielen. Das einzige Geräusch war das vertraute Ächzen der Klimaanlage. Anfangs konnte Mike in dem muffigen Halbdunkel nichts erkennen, aber dann sah sie, daß Sam Canaday am Schreibtisch saß, das Gesicht in seinen Händen. In dem dunklen Raum wirkte sein Haar sehr hell. Auf seinem Gesicht, durch die verschränkten, narbenbedeckten Finger hindurch, glänzte Feuchtigkeit, aber Mike wußte nicht, ob es Tränen oder Schweißtropfen waren. Trotz der Klimaanlage war es im Raum stickig heiß.

Mike stand lange Zeit an der Tür, ging dann quer durch das Zimmer und legte von hinten die Arme um ihn. Er rührte sich nicht, bedeckte dann aber ihre Hände mit seinen. Sie spürte die Stränge der Narben an ihren Fingern. Mike legte ihr Kinn kurz auf seinen Kopf. Sein Haar roch nach der trockenen Sommerhitze.

»Es tut mir leid«, sagte Mike schließlich.

»Mir tut es auch leid«, sagte Sam Canaday.

Er kam an diesem Abend, nachdem ihr Vater schließlich aus seinem Schlaf erwacht war und sich ein bißchen besser fühlte, obwohl er durch die Schmerzen und Medikamente offensichtlich geschwächt war. Sam schob ihn in seinem Rollstuhl auf die Terrasse und herum zum Bogen der Glyzinen, machte ihnen allen einen Whiskey mit Wasser, und Mike streckte sich auf der Hollywoodschaukel aus, auf der Bay Sewell und sie sich zum ersten Mal geliebt hatten. Das schien inzwischen so nebelhaft, schien Jahre her zu sein.

Sam beugte sich vor, stützte seine verbrannten Hände auf die Knie und sagte dem alten Mann, daß sie ihren Kampf verloren hatten. Es war kein langer Bericht, und er erstattete ihn unumwunden und knapp.

»Nun«, sagte John Winship. »Was wollen Sie? Es war trotzdem ein guter Kampf, Sam. War es nicht ein guter Kampf, Mike?«

»Der bestmögliche, Daddy«, erwiderte Mike. In ihrer Kehle saß ein riesiger Kloß. Ihre Brust schmerzte.

»Das muß noch nicht unbedingt das Ende sein, Colonel«, sagte Sam. »Ich kann immer noch Widerspruch einlegen ...«

John Winship wehrte mit seiner durchsichtigen Hand ab. »Nein. Das ist nicht wichtig. Der Kampf war wichtig, und dessen brauchen wir uns nicht zu schämen, ganz und gar nicht. Nein, Sir. Lassen Sie es sein. Lassen Sie es. Aber etwas anderes ... Sie werden doch auch weiterhin abends vorbeikommen, oder? Sieht ganz so aus, als hätte ich mich an Sie gewöhnt. Auch an sie habe ich mich gewöhnt.« Er schwenkte sein Kinn in Mikes Richtung, sah sie aber nicht an.

»Ich werde kommen, so lange Sie mich sehen wollen«, sagte Sam Canaday.

»Mike wird uns schon bald verlassen, nehme ich an«, sagte ihr Vater und sah sie noch immer nicht direkt an. »Will in den Norden, um noch mehr Zeug aus tiefempfindendem Herzen zu schreiben ...«

»Ich habe noch keine festen Pläne, Daddy«, sagte Mike zu ihrer eigenen Überraschung. Sie war dankbar, daß die schlechte Nachricht ihn nicht so getroffen zu haben schien, wie sie es befürchtet hatte. Das war ein Moment gewesen, vor dem sie sich geängstigt hatte. Sie hörte sich weiter reden:

»Ich dachte, ich könnte vielleicht ernstmachen ... du weißt, mit diesem Buch. Ich glaube, das könnte ich hier ebensogut wie irgendwo anders.«

Was mache ich denn da? dachte sie.

»Oh yeah«, sagte er. »Das Buch. Nun ja. Das wäre was. Ich

würde schon ganz gern ›Winship‹ in einem Buch sehen. Ein Buch überdauert jeden von uns. Hast du vor, mich in diesem Buch zu erwähnen?«

Sam warf Mike einen Blick zu. Sie wich ihm nicht aus.

»Warum nicht?« wandte sie sich an ihren Vater. »Shakespeare hatte Jago. Unzählige Autoren hatten ihre bösen Buben.«

John Winship lächelte, versteckte das aber hinter seiner Hand.

»Nun, wie lange wird es dauern, bis sie das alte Gemäuer abreißen, Sam?« fragte er.

»Nicht so bald, denke ich«, erwiderte Sam. »Sie wollen mir Bescheid sagen. Aber ich gehe davon aus, daß es sich noch eine ganze Weile hinzieht.«

»Lange genug?«

»Das würde ich annehmen, Colonel.«

»Gut«, sagte John Winship.

28

Danach änderte sich nichts und alles. Den ganzen August hindurch hatte es den Anschein, als wäre keine Entscheidung über die Winship-Farm gefallen, kein Kampf verloren, keine Herzen gebrochen, kein Riß im Wandteppich der Tage entstanden, den Mike, John Winship und Sam Canaday geknüpft hatten. In stillschweigendem Übereinkommen sprach niemand über die Übernahmeerklärung und die schwerfällige gesetzliche Maschinerie, die dreißig Kilometer nördlich im Gerichtsgebäude von Fulton County ihren vorgeschriebenen holprigen Verlauf nahm. Mike hatte ihren Vater gefragt, ob er mit den Briefen weitermachen wollte, die ihnen zu einer vormittäglichen Routine geworden waren, und er meinte, er wolle das nicht tun.

»Nicht jetzt, Micah. Vielleicht nach einer gewissen Zeit. Ich denke, ich mache jetzt erst mal ein bißchen Ferien und lasse dich mit deinen Buchplänen weiterkommen. Möchte die berühmte Autorin doch nicht damit erschöpfen, daß sie auf einen toten Gaul einschlagen muß.«

»Das wäre kein Problem«, erwiderte sie. »Und es würde ganz und gar nichts schaden, jedermann wissen zu lassen, was mit dem Haus geschieht. Vielleicht können wir es nicht mehr ändern, aber wir könnten unter Umständen anderen dabei helfen, daß sie vermeiden, daß ihnen ähnliches zustößt. Zumindest könnten wir die Verkehrsbehörde als das darstellen, was sie ist. Ich hasse es, dich aufgeben zu sehen.«

»Ich gebe nicht auf«, entgegnete er. »Ich mache nur eine kleine Pause. Ich werde es diesen Hundesöhnen schon zeigen, wenn die Zeit gekommen ist. Nörgle nicht an mir herum, Micah. Gieß mir etwas von dem Whiskey ein und mach dann, daß du hier rauskommst. Ich möchte meine Spiel-Shows sehen und weiß genau, wie sie dich anwidern.«

Sie goß Whiskey ein, stellte Glas und Flasche auf den Tisch neben seinem Rollstuhl. Er trank stetig den ganzen Tag lang, jetzt auch in die Abende hinein, aber keiner unternahm den Versuch, das zu verhindern. Selbst DeeDee hatte ihre wütenden Proteste aufgegeben, nachdem ihr Dr. Gaddis geraten hatte, sie möge ihren Vater doch seinen Bourbon in Ruhe trinken lassen.

»Er lindert die Schmerzen besser als alles andere, haben wir inzwischen herausgefunden, Daisy«, hatte er gesagt, als ihn DeeDee in höchster Empörung angerufen hatte, nachdem sie gesehen hatte, daß Mike John Winship am hellen Vormittag Whiskey gab. »Und es hält ihn am Leben. Es ist nicht der Krebs, der ihn töten wird. Das wird sein Herz vorher tun. Es ist sehr schwach. Alles – große Schmerzen, jede Art von Schock – könnte das bewirken. Also lassen Sie ihn in Ruhe, lassen Sie ihn trinken.« Und das tat DeeDee dann auch, allerdings zögernd. Und im Moment schien es John Winship besser zu gehen als während der ganzen vergangenen Wochen.

Priss hielt Wort. Am Tag, nachdem Sam Canaday mit der Neuigkeit im Hinblick auf die Heimstatt angerufen hatte, erschien sie mit einem Zitronen-Käsekuchen, der in der Hitze die Form zu verlieren drohte, in der Küche des Hauses an der Pomeroy Street, zog einen Küchenstuhl an den Tisch, an dem John Winship saß und ließ sich schwer darauf niederfallen.

»Nun, Scamp, du siehst ja aus, als wärst du mit einem Bussarddarm durch die Hölle gepeitscht worden«, sagte sie, und er starrte sie an, kollernd wie ein alter Puter. Dann lachte er laut auf. Das war bei weitem der robusteste Laut, den Mike in all den Wochen von ihm gehört hatte, die sie nun schon zu Hause war. Er lachte, bis ihm die bleichen Tränen über sein erschreckend weißes Totenschädelgesicht liefen, und als er aufhörte, war wieder ein bißchen Farbe in seinen Wangen. Priss grinste ihn unverfroren an. Ihre grünen Augen schwammen in nichtvergossenen Tränen.

»Eine hübsche Ausdrucksweise für eine Lehrerin«, stellte John Winship fest. »Aber du hattest ja schon immer das übelste Mundwerk in ganz Fulton County. Sieh dich doch mal selbst an, alte Dame. Bist doch das denkbar beste Beispiel ausgesprochen schlechter Geschäftsführung.« Seine Augen schimmerten feucht, und er blinzelte ein paarmal, schildkrötenähnlich. Er griff langsam nach vorn und bedeckte Priss' Hand mit seiner fleckigen Mumienklaue. Als Sam Canaday Stunden später in der heißen Dämmerung die Küche betrat, fand er sie immer noch lachend und plaudernd vor, als hätte es die mehr als zwanzig Jahre bitteren Schweigens zwischen ihnen nie gegeben. John Winship näherte sich dem Boden der Whiskeyflasche, Priss und Mike hatten mehr als die Hälfte des Kuchens aufgegessen, und die Küche des Hauses an der Pomeroy Street war in diesem

Moment ein besserer Aufenthaltsort als damals, bevor Mike fortgegangen war.

»War gottverdammtnochmal Zeit«, stellte Sam gelassen fest und senkte einen Kuß auf Priss' roten Kopf. Er sagte nichts weiter über die Wiedervereinigung, sondern goß sich einen Drink ein, nahm sich ein Stück Kuchen und setzte sich zu ihnen an den Tisch.

»Mike«, sagte er und nickte ihr höflich zu.

»Sam«, erwiderte sie.

Sie wußte, daß er nicht mehr von sich geben würde. Die alte Distanz und Förmlichkeit war wieder zwischen ihnen, ohne den Unterton leicht bewundernden Spotts, der zu Anfang dagewesen war, und sie wußte, daß er nicht lange bleiben würde. Bay Sewell hatte angekündigt, daß er am Abend vorbeikommen würde, um zu versuchen, ihren Vater aufzuheitern, und Mike wußte, ohne zu wissen, warum sie es wußte, daß Sam nicht im Haus sein würde, wenn die Möglichkeit bestand, daß er hier mit Bay Sewell zusammentraf. Priss und John Winship sahen die beiden neugierig an, warfen sich dann einen Blick zu, aber sie sagten kein Wort, und bald plätscherte das unbeschwerte, hemdsärmelige Gespräch fort wie ein Fluß, der einen Felsen umstrudelt. Sam ging tatsächlich, bevor Bay kam, aber eine Zeitlang war die Sonnenuntergangsküche so locker, behaglich und voller Lachen. Und Mike dachte, daß sie künftig daran zurückdenken würde, wann immer sie das Wort »Zuhause« hörte.

Danach, für eine helle und scheinbar endlose Reihe von Tagen, kam Priss Comfort jeden Nachmittag ins Haus; Sam Canaday erschien an den Abenden, und gemeinsam schienen sie John Winships Krankheit in gewissen Schranken zu halten. An den Vormittagen trank und döste er in der Küche, während Lavinia Lester geschäftig herumhantierte, und Mike oben in ihrem Zimmer tagträumte oder las, aber wenn nachmittags die Gazetür zuschlug und Priss erschien, reckte sich sein gelähmter

Kopf, Farbe kehrte in sein Gesicht zurück, und Leben und Energie pulsierten im Haus wie der Schlag eines großen Herzens. Das Wohlgefühl hielt an, bis Sam kam und wieder ging, und dann war ihr Vater häufig bereit, sich von Mike und Priss zu Bett bringen zu lassen wie eine trockene Feder. Meist schlief er schon, bevor sie sein Licht löschten. Er nahm jetzt nur noch sehr wenige Schmerztabletten und gar keine Schlafmittel. Die Niederlage und die Zerstörung seines Traums schienen nie stattgefunden zu haben. Es schien überhaupt nicht viel geschehen zu sein.

Und doch hatten sich die Dinge verändert. Da Priss jetzt nachmittags da war, konnte sich Mike nicht mit Bayard Sewell in ihrem Zimmer im oberen Stockwerk treffen, und beide wurden gereizt, unruhig und hungrig aufeinander. Er kam ein oder zweimal, um ihren Vater zu besuchen, nachdem Priss und Sam gegangen waren, aber John Winship war bereits zu weit in sein Whiskeymeer hinausgetrieben, um noch auf ihn reagieren zu können, und Bay konnte nicht bleiben, bis der alte Mann eingeschlafen war, um Mike die dunkle Treppe hinaufnehmen und seine Sehnsucht nach ihrem Körper stillen zu können. Sally und die alte Pflegerin warteten zu Hause; Sally strudelte inzwischen in ihrem eigenen vergifteten Meer. Es gab heftige, hungrige Küsse in der dunklen Halle und fiebrige Hände am Körper des anderen, Stöhnen, heiße, ungestüme Worte, schwer atmenden Lungen entrissen, aber da war kein Nachlassen der Gier, keine Erleichterung. Einmal, als John Winship einen Vormittag voller Dunkelheit und Gewitter durchschlief, nahmen sie einander oben im Korridor im Stehen, an die Wand gelehnt, leise, wild und so hastig, daß sie nicht einmal ihre Kleider auszogen. Durch ihren schluchzenden Atem hindurch angestrengt auf mögliche Rufe des alten Mannes da unten lauschend. Es war qualvoll, aushöhlend, furchtbar, und sie unternahmen keinen zweiten Versuch. Er wurde so starrgesichtig und angespannt, daß ihn selbst das kleinste Geräusch hochfahren ließ, und Mike verzehrte eine prickelnde Rastlosigkeit, die mehr als nur sexuell war. Ruhelos strich sie in den stillen Stunden durchs Haus. Ein unbarmherziger und unkontrollierbarer Motor schien in ihr in Gang gesetzt worden zu sein - er klopfte heftig und stetig die hitzeflirrenden Nächte und Tage hindurch. Aber er trieb sie zu keinen Handlungen an, noch ließ er sie in Ruhe. Das war keine Rückkehr des Schreckens vom Anfang des Sommers, sondern mehr eine Art pulsierenden Wartens, ein Gefühl langsamen und unausweichlichen Geschehens. Irgend etwas wuchs, irgend etwas vertiefte sich, irgend etwas kam auf sie zu.

Aber noch geschah nichts. Priss kam und ging, Sam kam und verschwand wieder, DeeDee trudelte herein und wieder hinaus, bleicher, tränenreicher und verzweifelter als Mike sie je erlebt hatte. Den schrecklichen Vormittag im Country Club erwähnte sie nicht, schien ihn über der Sorge für ihren Vater sogar vergessen zu haben, denn in diesen hitzeschweren Tagen war John Winship für sie so etwas wie eine Obsession. Sie erschien fast jeden Tag, überließ es einem vermutlich ernüchterten und bußfertigen Duck, bei seiner Mutter zu bleiben, und sorgte sich, jammerte und wehklagte, bis Priss, Mike und mitunter John selbst sie wieder nach Hause scheuchten. Sie hatte mit Tränen und Klagen reagiert, als Mike ihr vom Sieg des DOT über ihren Vater berichtet hatte, und darauf bestanden, sofort an seine Seite geflattert zu kommen, bis er ihr gegenüber explodierte und sie in frischen Tränen nach Hause gegangen war. Danach erkundigte sie sich mehrmals am Tag bei Mike nach ihm, entweder am Telephon oder persönlich, wenn sie morgens kam, bevor er wach war, oder abends, wenn er bereits wieder im Bett lag.

»Wie geht es ihm wirklich?« fragte sie dann, und ihre Stimme zitterte hart am Rand der Hysterie. »Ich weiß, er zeigt eine tapfere Fassade, aber wie geht es ihm wirklich, wenn er mit dir allein ist? Bringt es ihn denn nicht fast um? Was sagt er? Weint er? O Gott, der arme Daddy, der arme Daddy ...«

»Es ist keine Fassade«, versuchte Mike sie zu beruhigen. »Ihm geht es tatsächlich gut. Er trägt die Nachricht gut. Wir sind überrascht, wie gut. Selbstverständlich weint er nicht. Wann hätte Daddy je geweint? Er wird besser damit fertig als wir anderen. Er äußert sich nur selten darüber, scheint es sogar fast vergessen zu haben. Wirklich, Dee, was ist denn nur mit dir los? Du warst doch so erpicht darauf, daß die Sache endlich ein Ende hat! Fast könnte man annehmen, du wärst dafür verantwortlich, wenn man sieht, wie du dich aufführst. Du regst ihn mit deinem Gejammer und deinen Tränen wesentlich mehr auf als das DOT.«

Und Dee nahm sich zusammen, tränenüberströmt und verzweifelt, aber sie rief dann doch wieder an oder kam vorbei, und erneut fragte sie mit Tränen in ihren blauen Augen: »Wie geht es ihm wirklich?«

Mike hatte ihre Schwester noch nie so aufgewühlt gesehen und fragte schließlich Bay Sewell, ob er sie nicht beruhigen könne, wie er es nach dem Debakel mit Duck im Country Club getan hatte. Es gelang ihm wohl auch diesmal, denn danach erschien DeeDee nicht mehr so oft im Haus an der Pomeroy Street, rief auch nicht mehr an, und das bewegungslose Vakuum ausgesetzter Zeit zwischen dem Ende des Kampfes und dem Tod des alten Hauses senkte sich wieder über sie. Der August stand absolut still, war laut und zeitlos wie ein Ort unter Wasser.

In der letzten Woche des Monats erfuhr Sam Canady, daß das DOT am Dienstag nach dem Labor Day, dem ersten Wochenende im September, mit einem Bulldozer und einer Mannschaft gegen das Haus vorgehen würde. Er sagte es Mike, Priss und J. W. am selben Abend auf der schattigen Veranda, bevor er hineinging, um John Winship zu besuchen, und riet ihnen, diese Nachricht vor ihm geheimzuhalten.

»Wir sollten so tun, als wäre es ein ganz normaler Tag«, sagte er. »Uns nichts anmerken lassen und versuchen, nicht daran zu denken. Wir sollten auch nicht hingehen. Ich will es mir zumindest nicht ansehen. Ich werde es ihm sagen, wenn alles vorüber ist.«

Sie stimmten zu.

»Aber ich glaube, daß er sich damit abgefunden hat«, erklärte Mike.

»Oh, sicher«, entgegnete Sam. »Wie mit einem Tod, den er nicht abwenden kann. Aber das heißt nicht, daß er der Hinrichtung beiwohnen muß.«

Für den Rest der Woche lag Mikes Herz schwer und steinähnlich in ihrer Brust. Diese Schwere dämpfte das schleichende, prickelnde Unbehagen für geraume Zeit.

»Es ist, als würde man auf einen weiteren Tod warten, eine zweiten« sagte sie an diesem Abend am Telephon zu Bayard Sewell, als ihr Vater im Bett und alle anderen fort waren. »Auf gewisse Weise ist es sogar schlimmer, weil ich das Datum dieses Todes kenne. Bay, du darfst dir ihm gegenüber nichts anmerken lassen. Du weißt, was Doktor Gaddis über sein Herz gesagt hat. Ein Schock könnte . . .«

»Himmel, Mike, für wen hältst du mich?« fragte er. »Der arme John. Er wird besser werden, wenn alles vorüber ist. Mit Sicherheit. Dann können wir alle . . . weitermachen, sehen, wo wir stehen, Pläne machen. Mike . . . wenn ich dich nicht bald sehe, verliere ich den Verstand.«

»Ich auch«, sagte sie kläglich. »Oh, ich auch.«

Drei Tage später weckte sie ihr Vater in der Nacht durch heisere Schreie. Er litt grauenvolle Schmerzen, schrie und schrie, monoton und rhythmisch, warf sich im schweißnassen Bett von einer Seite auf die andere. Die Sehnenstränge seines hageren alten Halses standen vor, wie Würmer krochen die prallen Adern unter der tödlichweißen Haut seiner Stirn, sein Blick war leer, in weite Fernen gerichtet. Er schrie und schrie, krallte mit seinen Leichenfingern in die qualgerötete Luft, bis ihn die eilenden Füße und die gesenkte Nadel von Dr. Gaddis tief in die Bewußtlosigkeit schickten. Mike, tropfnaß und so zitternd, daß sie sich kaum aufrecht halten konnte, säuberte seinen geschwächten, reglosen Körper von den Exkrementen, mit denen er sich beschmutzt hatte, und J. W. half ihr, ihm einen sauberen Schlafanzug anzuziehen und die Bettwäsche zu wechseln. Da waren Blut und Schleim auf den Laken, ebenso wie Fäkalien und ein schauderhafter grünschwarzer Fleck, wie sie ihn noch nie gesehen hatte. Sam Canaday erschien, nachdem der Arzt das Zimmer ihres Vaters verlassen hatte, und sie saßen alle und tranken den Kaffee, den J. W. zubereitet hatte, und sagten kein Wort. Es war fast vier Uhr morgens, aber niemand, nicht einmal der schlaff in sich zusammengesunkene Arzt, machte Anstalten zu gehen. Keiner brach das Schweigen. Es gab, wußte Mike, nichts zu sagen. Sie waren am Ende angekommen. Was immer sie kommen gefühlt hatte – jetzt war es da.

»Und was nun?« fragte Sam Canaday schließlich. Seine Stimme klang eingerostet und heiser, als hätte er sie lange Zeit nicht benutzt. »Das Krankenhaus?«

»Wenn Sie wollen, Mike«, sagte Dr. Gaddis und sah sie an. »Ich kann ihn am Morgen einweisen. Vielleicht erspart Ihnen das viel Arbeit und Leid. Aber sie werden ihm da einfach nur ein bißchen mehr von dem geben, was ich ihm schon verabreiche, und ich kann die Dosierung ebensogut bis zu dem Punkt erhöhen, daß es ihn gerade noch nicht umbringt. Er könnte hier bleiben, wenn Sie es ertragen können. Aber er wird sehr viel Pflege brauchen.«

»Ich kann es ertragen«, sagte Mike. »Und ich möchte nicht, daß er ins Krankenhaus gebracht wird. Ich kann mich um ihn kümmern, Lavinia und ich. Aber so etwas wie heute kann er nicht noch einmal überstehen, und ich kann es auch nicht.«

»Das wird nicht mehr passieren«, erklärte der Arzt. »Das kann ich Ihnen versichern. Ich glaube, ich hätte die Dosis längst erhöhen müssen. Aber er schien sich relativ wohlzufühlen, die Besuche von Priss so zu genießen, daher wollte ich ihn so lange wie möglich bei klarem Bewußtsein halten. Ich kann die Schmerzen fast ganz ausschalten, aber dann wird er kaum noch wissen, was um ihn herum geschieht.«

»Tun Sie es«, erwiderte Mike. »Ich will nicht, daß er noch einmal so leidet. Ich möchte nicht, daß ihm bewußt wird, daß er ... sich nicht mehr in der Gewalt hat. Priss und ich werden da sein, wenn er aufwacht, und Sam auch ...« Sie sah ihn an und er nickte. Sein Gesicht war verschlossen und weiß wie an jenem Nachmittag hinten in der Halle, als er zu ihr aufgeschaut hatte.

»Wir werden alle hier sein«, sagte er. Er wandte sich an den Arzt. »Ist es ... so weit? Wird er die nächsten Tage nicht überleben?« Mike wußte, daß er an die Bulldozer dachte, daran, wie sie insektenähnlich auf den gefegten Hof der Winship-Farm krochen, an den grauenhaften Alraunen-Schrei splitternden Holzes. Vielleicht war es besser, wenn es jetzt ...

»Ich weiß es nicht«, erwiderte der Arzt. »Vermutlich nicht. Sein Herz macht immer noch mit. Es ist erstaunlich.«

»Alle Achtung, Colonel«, sagte Sam Canaday sanft.

John Winship erwachte erst am folgenden Nachmittag. Mike und Sam hatten fast zwei Stunden lang schweigend auf Küchenstühlen neben dem alten Bett im dunklen, klösterlichen Schlafzimmer gesessen. Die Klimaanlage rauschte stetig, nahezu im Rhythmus mit dem Puls, der hohl in dem pergamentgelben Hals schlug. Mike war fast in den Schlaf hinübergeglitten und fuhr hoch, als sie die Stimme ihres Vaters scharf, vogelähnlich und klar in den brummenden Raum hinein sagen hörte: »Arbeitest du noch an deinem Buch, Micah? Ich möchte nicht, daß du das vernachlässigst, was du auch immer tust.«

Sie sah hoch. Er starrte sie an, in seinen Augen funkelte etwas

– Fieber oder irgendeine Art von Hartnäckigkeit. Es war ein Blick, den sie nicht deuten konnte.

»Yeah«, sagte Sam Canaday, und der alte spöttische, sarkastische Ton war wieder in seiner Stimme, und darüber etwas, das wie Zorn klang, Zorn, der aus Leid geboren war. »Schließen Sie sich noch immer an den heißen Nachmittagen mit diesem Buch ein, Mike?«

Mike sah ihn an und spürte die verräterische Glut über Oberkörper und Hals in ihr Gesicht steigen.

»Ja«, erwiderte sie. »Ich arbeite an dem Buch.«

In dieser Nacht – schmerzhaft erschöpft und starr angesichts des unausweichlich drohenden Unheils – griff sie in den Koffer, den sie am Morgen nach ihrer Ankunft ganz hinten in ihrem Schrank verstaut hatte, und holte einen neuen Schreibblock hervor. Sie nahm einen Filzschreiber aus der Schublade ihrer Kommode und zog die Schutzkappe ab. Sie starrte das glatte, linierte gelbe Papier eine ganze Weile lang an und schrieb dann oben auf die erste Zeile: *Heimwärts.* Nach einem Augenblick fügte sie hinzu: *Von Micah Winship.* Dann, wie in einer Aufwallung, schrieb sie: »Vor zwei Monaten, im Sommer meines vierzigsten Lebensjahres, kehrte ich zum ersten Mal nach einem Vierteljahrhundert in das Haus meines Vaters zurück.«

Sie starrte die Worte an, mit kräftigen, schrägen Strichen auf das Papier geworfen; dann barg sie nach einem kleinen Moment ihr Gesicht in den Händen.

»O Gott«, flüsterte Mike vor sich hin. »O Gott.«

Und dann hob sie wieder den Kopf und begann erneut zu schreiben. Sie schrieb und schrieb, lange Zeit, bis weit in die Nacht hinein.

29

»Geh jetzt nicht«, sagte Bayard Sewell, streckte die Hand aus und ergriff Mikes Arm kurz über dem Ellbogen. Seine Hand war kalt, fast schockierend kalt in dem heißen, schwachbeleuchteten Raum. Mike lehnte sich in die aufgetürmten Kissen zurück und sah ihn an. Sie hatte angenommen, er würde schlafen.

»Ich sollte nach Daddy sehen«, sagte sie. »Wir sind jetzt seit fast drei Stunden hier oben. Seit er seine letzten Tabletten bekommen hat, sind es schon vier.«

»Ich habe zu ihm hineingeschaut, als ich gekommen bin«, erwiderte er. »Er hat selig geschlummert, als gäbe es kein Morgen. Ruhig, Mike. Du bist gespannt wie ein Geigenbogen. Er wird nicht wach. Du hast ihm doch die doppelte Dosis gegeben, oder?«

Sie nickte, fühlte sich aber doch irgendwie schuldig, obwohl der Arzt gesagt hatte, daß zwei, sogar drei Tabletten nichts schaden könnten, wenn ihr Vater sie brauchte. Sie würden ihn, hatte er betont, nur tiefer und länger schlafen lassen. Bay Sewell hatte es ihr vorgeschlagen, als er ihr gesagt hatte, er würde an diesem Nachmittag zu ihr kommen, und sie hatte ohne Zögern zugestimmt. Es war fast einen Monat her, seit sie sich das letzte Mal geliebt hatten oder auch nur allein zusammen gewesen waren. Und ausgerechnet heute hatte sie sich mit einer Heftigkeit nach ihm gesehnt, die tief, schmerzhaft und durchdringend gewesen war.

»Ich kann einfach nicht länger warten«, hatte er irgendwann während des Labor Day-Wochenendes gesagt, das gerade vorüber war. »Und ich möchte mit dir an dem Tag zusammensein, an dem sie das Haus . . . übernehmen. Ich möchte in Johns Nähe sein – für den Fall des Falles. Kannst du Priss und Canaday nicht dazu überreden, sich für einen einzigen Tag ein bißchen rarer zu machen? Und kannst du ihm nicht ein bißchen mehr geben, damit er durchschläft? Es wäre einfach besser, wenn er diesen Tag verschläft, Mike. Dann gehen wir kein Risiko ein, daß er es erfährt. Wir können es ihm erzählen, wenn alles vorüber ist.«

»Das hatte Sam ohnehin vor«, erwiderte Mike.

Bay murrte, sagte aber nur: »Nun gut. Kannst du dafür sorgen?«

»Ja«, hatte sie erleichtert und voller Vorfreude aufgeatmet. »Ich werde es tun. Bay, ich bin so froh. Ich habe nicht gewußt, was ich tun soll, um über diesen Tag hinwegzukommen.«

»Habt ihr etwas dagegen, wenn ich am Dienstag mit Daddy alleinbleibe?« hatte Mike Sam und Priss am Sonntag vor dem Dienstag gefragt, an dem die Bulldozer den Hof zerstören sollten. »Ich werde ihm eine Extratablette geben, damit er das alles verschläft, und ich wäre auch gern ein paar Stunden allein. Wir können uns zum Abendessen treffen und beschließen, ob er die Wahrheit erfahren soll oder nicht.«

»Wenn du das so willst«, sagte Priss und runzelte ein bißchen die Brauen. »Mir will die Vorstellung nicht so recht gefallen, Scamp bis zur Halskrause mit Medikamenten vollzupumpen. Das ist so, als würde man einem unruhigen Kind Belladonna geben.«

Der Vergleich traf so gut, daß Mike errötete und den Blick abwandte. »Ich glaube nur nicht, daß ich in der Lage dazu bin, an seinem Bett zu sitzen und die Totenwache für das alte Haus zu halten«, sagte sie, und das war die Wahrheit. »Ich habe immer geglaubt, er könne meine Gedanken lesen, und bin mir jetzt noch nicht hundertprozentig sicher, daß er das nicht kann.«

»Du *bist* eine schlechte Lügnerin«, stellte Priss fest. »Also gut, wenn du mir versprichst, hier nicht trübsinnig herumzusitzen, und mich anzurufen, wenn du zu traurig wirst.«

»Sam?« fragte Mike. »Sind Sie auch einverstanden, am Dienstag nicht zu kommen?« Sie dachte an das Bett, das oben auf sie wartete und konnte ihm nicht in die Augen sehen, aber sie mußte dafür sorgen, daß er am Dienstag nicht kam.

Er nickte, sagte aber nichts. Er sah sie auch nicht an. Mike dachte, daß er fast krank aussah: Grau unter der Bräune und sehr viel älter. Bald danach ging er zu John Winship, verabschiedete sich und ging. Priss folgte ihm. Sie ging nicht mehr zu John hinein.

»Wenn er wach ist, bin ich sofort hier, falls er mich sehen will«, hatte sie Mike nach diesem furchtbaren Anfall gesagt, als der Arzt die Dosis der Schlaf- und Schmerzmittel so drastisch erhöht hatte. »Aber ich werde da nicht hineingehen und ihn ansehen, wenn er betäubt ist. Scamp legt großen Wert auf seine Würde. Er würde mir das nie vergeben.«

»Aber er muß die Medikamente haben«, sagte Mike flehend. Die angedeutete Kritik saß tief; auch sie verabscheute es, ihren Vater in dem unheimlichen Dämmerschlaf zu halten, in dem er die vergangenen paar Tage verbracht hatte. »Du hast ihn nicht schreien gehört; du hast ihn nicht gesehen. So etwas würde er nicht noch einmal überstehen.«

»Ich weiß, daß er das nicht kann«, erwiderte Priss mit Tränen in ihren grünen Augen. »Aber ich kann ihn mir nicht ansehen, wenn er mit Medikamenten vollgestopft ist. Ich gehe zu ihm, wenn er wach ist.«

Und er wurde wach; ein oder zweimal am Tag, üblicherweise am Morgen und dann noch einmal gegen Abend. War er bei Bewußtsein, war er friedvoll und klar und lächelte sie wirklich an. Es war ein Lächeln, das sich unendlich von dem wildverzerrten Gesicht unterschied, das er bei ihrer Rückkehr als Lächeln ausgegeben hatte. Es war ein fast sanftes Lächeln, wenn auch ein bißchen schief, und ein wissendes und umfassendes. Es bestand keine Frage darüber, daß er in diesen Zeiten voll bei Sinnen war, und auch endlich frei von der Wut und der Anspannung, die ihn so lange und furienhaft in den Klauen gehalten hatte. Er war in diesen Momenten ein Mann, den Mike nicht kannte, nie gekannt hatte, und von dem sie nicht recht wußte, wie sie mit ihm umgehen sollte.

Er war wach gewesen, als sie ihm um zwei Uhr seine Medizin gegeben hatte, lag friedlich im Bett, lauschte dem Fernseher, aber sah nicht hin, sondern betrachtete interessiert die Zimmerdecke. Mike hatte Lavinia Lester früher nach Hause geschickt und mit den Tabletten ein Glas Kakao mitgebracht. Das war eines der wenigen Dinge, die John Winship noch vertragen konnte. Er wurde von Tag zu Tag dünner und durchsichtiger. Es schien fast unwahrscheinlich, daß das Leben so hartnäckig durch diesen ruinierten Körper pulsieren konnte. Aber seine Stimme war kräftig und seine Gesichtsfarbe durchaus sichtbar, wenn auch schwach.

»Zwei Tabletten?« fragte er.

»Wirst du zwei schaffen?« fragte Mike zurück und schaltete die Lautstärke am Fernseher herunter. »Lavinia ist schon gegangen, Sam und Priss kommen nicht vor dem Abendessen. Ich dachte, es könnte dir gefallen, ausnahmsweise ein bißchen länger zu schlafen.«

»Gut, wenn du dich auch ein bißchen hinlegst«, erwiderte er. »Du siehst müde aus. Ich fürchte, es ist ziemlich hart für dich, mich zu pflegen.«

»Überhaupt nicht«, erwiderte Mike. Aus irgendeinem Grund hatte sich ein Kloß aus schmerzenden, unvergossenen Tränen in ihrer Brust angesammelt, direkt unterhalb ihrer Kehle, und sie fand es schwierig, zu sprechen. Wie er da in dem weißen Bett lag, schien er kaum in der Lage, sich zu erheben. Er lag sehr still. Sie konnte tatsächlich durch seine alten Hände hindurchsehen. Sie dachte daran, daß seine Unterarme ihr als kleines Kind so stark und fest wie die Äste eines Baumes vorgekommen waren. Sie richtete die Vorhänge, schloß die Holzjalousien und trat dann neben ihn, um seinen Kopf zu stützen, während er die Tabletten schluckte.

»Laß sie mir hier«, sagte er. »Ich nehme sie später, denn ich würde gern das Ende von *Perry Mason* hören. Wäre Sam Canaday ein so guter Anwalt, wäre er reich.«

Mike lächelte trotz des salzigen Kloßes in ihrem Hals und ging zur Tür.

»Du nimmst sie dann aber, wenn das Programm zu Ende ist«, sagte sie.

»Mach ich«, meinte er. Und dann: »Micah?«

»Ja?«

»Du bist ein richtig hübsches Mädchen geworden. Ein richtig hübsches Mädchen. Hätte ich dir schon früher sagen sollen.«

»Vielen Dank, Daddy«, sagte Mike und floh die Treppe hinauf in ihr Zimmer, bevor die Tränen über den Rand ihrer Wimpern fließen konnten. Aber als sie oben war, weinte sie doch nicht. Sie konnte es nicht.

Eine Stunde später, um drei Uhr, war Bayard Sewell gekommen. Er hatte leise an ihre Tür geklopft und war leise auf den weichen Sohlen seiner Topsiders eingetreten, als sie »Herein« rief. Sie trug ein schlichtes weißes Charmeuse-Nachthemd, das ihm besonders gefiel, hatte ihre Haare zu fließendem Goldglanz gebürstet und sich mit einer Wolke *Giorgio* besprüht, das er ihr aus Boston mitgebracht hatte. Sie mochte das moschusduftende, einschmeichelnde Parfum nicht besonders, aber er behauptete, es sei ein starkes Aphrodisiacum, und es war eine Art scherzhaftes Symbol zwischen ihnen geworden. Immer wenn Mike es trug, wollte sie fast gewaltsam genommen werden.

Heute hatte er gelächelt, als er es roch, hatte sie hastig und mit harten Händen aufs Bett gelegt, war schnell in sie eingedrungen, ohne das spielerische, träge Ritual des Vorspiels, das sie mitunter fast zur Unerträglichkeit hinausgezögert hatten. Mike hatte ihren Rücken gewölbt und ihre Hüften in Erwartung auf ihn angehoben, jedoch fast sofort gewußt, daß es nicht gutgehen würde. Sie war verspannt und trocken, und nach dem ersten oder zweiten heftigen Stoß wurde er plötzlich schlaff und glitt heraus. Sie versuchten es erneut, intensiv und angestrengt, aber er konnte seine Erektion nicht halten. Schließlich rollte sie, hochrot und zerzaust nach den Bemühungen unter ihm, auf die Seite, zog ihn an sich heran und barg ihr Gesicht an seinem feuchten Hals.

»Waffenstillstand, Liebling«, sagte sie. »Es ist dafür heute einfach nicht der richtige Tag.«

»Das ist mir noch nie passiert«, erklärte er spitz.

»Das macht doch gar nichts; ist absolut unwichtig«, sagte sie. »Und im Grunde ist es auch kein Wunder. Da liegen wir beide hier, obwohl wir wissen, was auf der alten Farm vor sich geht. Glaubst du, ob sie – du weißt, schon abgerissen ist?«

»Ich weiß es nicht«, erwiderte er. »Wenn noch nicht, dann sicher bald.«

»Was werden sie mit den ...« Sie hatte »Überresten« sagen wollen, änderte das dann aber – »mit den Trümmern machen?«

»Vermutlich verbrennen«, sagte er. »Diese alten Häuser brennen wie Zunder. Und es ist die sauberste und schnellste Methode. Sie wollen schließlich die Trümmer nicht ewig herumliegen lassen.«

»Nein«, meinte Mike und erschauerte unwillkürlich. »Das wäre schrecklich.«

Sie nahm an, er würde zur gewohnten Stunde gehen, aber das tat er nicht.

»Ich habe meinen Schreibtisch für heute geräumt«, stellte er fest. »Ich habe es ernst gemeint, als ich sagte, daß ich in Johns und deiner Nähe sein will.« Aber er schien nicht unbedingt glücklich, mit ihr in dem summenden, zeitlosen Raum zusammen zu sein. Er wirkte hektisch, gereizt, sah irgendwie gequält aus. Und doch war da um ihn auch eine Art spontaner Erheiterung, die sie an ihren ersten Abend erinnerte, als sie sich auf der alten Schaukel unter dem Bogen der Glyzine geliebt hatten. Er schien nicht zur Ruhe zu kommen.

»Möchtest du vielleicht etwas essen?« fragte sie schließlich zusammenhanglos, nachdem er zum dritten Mal das Bett verlassen hatte, zum Fenster gegangen war und die Vorhänge beiseite geschoben hatte, um in den heißen, unbewegten Nachmittag hinauszublicken. Er lächelte schuldbewußt und jungenhaft, kam zu ihr ins Bett zurück.

»Ich kann es einfach nicht aus dem Kopf bekommen«, stellte er fest. »Fast wünsche ich mir, ich wäre hinuntergefahren und hätte es mir angesehen.«

»Ich weiß. Es ist beinahe so, als ließe man einen Angehörigen sterben, nicht?« meinte Mike. »Ich bin schon den ganzen Tag lang in einem grauenhaften Gemütszustand.«

Er sah sie scharf an; im Halbdunkel waren seine blauen Augen fast weiß.

»Du bist schließlich doch auf die andere Seite übergelaufen, nicht wahr?« meinte er.

»Im Grunde nicht«, erwiderte Mike. »Ich habe es immer für die vernünftigste Lösung gehalten, sich von dem verdammten alten Ding zu trennen. Aber es war furchtbar, ihn so darunter leiden zu sehen.«

»Ich weiß. Ich wünschte, ich hätte es abwenden können. Aber jetzt wird alles besser, Mike. Für alle. Du kannst es dir nur noch nicht vorstellen. Und wenn das Haus weg ist, wird das Land DeeDees Rettung sein. Das wünschst du dir doch auch, oder?«

»Aber erst, wenn er tot ist, Bay! Nicht jetzt schon! Er ist noch nicht tot!« Ihre Stimme schwoll schrill an, und sie senkte sie wieder. »Bring ihn nicht jetzt schon unter die Erde.«

»Das habe ich nicht gemeint«, entgegnete er. »Du weißt, daß ich es so nicht gemeint habe.«

Nach einer Weile schlief er ein. Mike lag auf dem Rücken und lauschte auf das Dröhnen der Klimaanlage, die sich nach gewisser Zeit wie leichter, steter Regen anhörte. Sie sah zu ihm hinüber. Nicht einmal im Schlaf war er entspannt; ein kleiner Tic zuckte nagetierähnlich in seinem Augenlid und gelegentlich verzog er den Mund. Wie immer sah er in der Düsternis fast unwahrscheinlich gut aus – aber, wie Sam Canaday, heute auch wesentlich älter, und müde. Sie fragte sich, ob Sam ruhig am Schreibtisch in dem halbdunklen Büro saß oder ob er in der Stadt etwas erledigte und für den Tag fort war. Sie fragte sich, ob DeeDee und Duck etwas von der Zerstörung des Hauses erfahren hatten und hingefahren waren, um das Schauspiel zu betrachten. Sie hoffte nicht. Sie wußte, daß Sam es ihnen nicht gesagt hatte, und auch sie hatte das nicht getan. Irgendwie gefiel ihr die Vorstellung nicht, daß die beiden an diesem heißen Nachmittag da unten waren und zusahen, wie das alte Haus in die Knie gezwungen wurde. Sie wälzte sich unruhig im Bett, lag dann aber wieder still, um Bay Sewell nicht zu wecken. Der Schweiß auf ihrem Körper war getrocknet, und sie fühlte sich in kalte Stickigkeit eingehüllt. Erneut bewegte sie sich. Die Schwere in ihrer Brust nahm ihr fast den Atem. Sie wünschte sich die Nacht herbei, das Ende eines endlosen Tages. Dieser Tag teilte die Zeit. Sie hatte das Gefühl, daß sich danach ein riesiges Zahnradgetriebe, rostig und schwerfällig in Bewegung setzte, um quietschend und holprig irgendeine große Sache, eine Ungeheuerlichkeit unnachgiebig voranzutreiben. Was das war, wußte sie nicht. Aber was es auch war – die schöne, irisierende, lautlose Blase des Sommers würde vergehen, um einer anderen Art von Leben Platz zu machen. Sie fühlte sich noch nicht bereit, es damit aufzunehmen.

Mike stand auf, ging ins Bad und betrachtete sich in dem grünlichen Unterwasserlicht des Spiegels. Sie erinnerte sich an Priss' Worte zu Beginn des Sommers: »Du siehst aus wie vierzehn. Wie eine äthiopische Vierzehnjährige.« Jetzt sah sie nicht mehr aus wie vierzehn, sondern war unveränderlich eine Frau mit dem gezeichneten Gesicht einer Frau und ihren wissenden Augen.

»Hallo«, wisperte Mike der grünen Unterwasserfrau zu.

Sie ging wieder ins Bett, zog die Decke über ihren Körper und trieb schließlich in eine Fuge des Halbschlafs. Rachels Gesicht tauchte vor ihr auf. Rachel, als sie jünger war, etwa sechs oder sieben Jahre alt, lachend und unbeschwert in ihrer Begeisterung. Im Halbschlaf lächelte Mike auch.

Das Klopfen weckte sie so abrupt, daß sie auf den Beinen und mitten im Zimmer war, bevor sie ganz zu sich kam. Das Klopfen schien endlos weiterzugehen, beharrlich, fast hysterisch. Mike wurde plötzlich und blindlings eiskalt vor Furcht.

»Wer ist da?« rief sie mit starren, prickelnden Lippen.

»Ich bin's, J. W., Mike.« Seine Stimme drang so deutlich durch die schwere verschlossene Tür, als stünde er im Zimmer. »Mach auf, ich muß mit dir reden.«

»Großer Gott!« zischte Bayard Sewell hinter ihr und sprang aus dem Bett. »Laß ihn nicht herein! Mach bloß die Tür nicht auf!« Er tastete hastig nach seinen Sachen, griff sie vom Boden neben dem Bett, schoß ins Bad und schloß die Tür hinter sich. Mike hörte das Kratzen des großen, reichverzierten Schlüssels im Schloß.

»Was ist los, J. W.?« rief sie und wollte die Antwort unter keinen Umständen hören.

»Es geht um Mister John«, rief er zurück. »Er ist nicht da. Er ist fort!«

»Fort«, wiederholte Mike ohne zu begreifen. »Fort? Wo sollte er denn sein?«

J. W. klopfte wieder. Wütend, wild.

»Mike, um Himmelswillen! Mach endlich auf oder ich trete die Tür ein. Ich glaube, dein Daddy hat das mit dem Haus erfahren und ist irgendwie da hinuntergekommen. Das Auto ist nicht mehr in der Garage, und sein Rollstuhl liegt daneben.«

»Oh, lieber Jesus im Himmel«, ächzte Mike, vor Angst fast gelähmt. »Oh, lieber Herrgott! Ich bin sofort da, J. W.!«

Sie schlüpfte in ihre zerdrückten Jeans und ein T-Shirt, und riß die Tür so heftig auf, daß sie gegen die Wand prallte. J. W. sprintete vor ihr her, und Mike war fast die halbe Treppe hinunter, als sie sich klarmachte, daß sie keine Schuhe anhatte, daß Bayard ihr durch die verschlossene Badezimmertür nachrief: »Mike! Mike! Komm zurück! Mike!« Beides mißachtend, sprang sie weiter in die Halle hinunter. Dem Stand der Sonne nach mußte es ungefähr sechs Uhr sein. Weder inner- noch außerhalb des Hauses rührte sich etwas. Mike rannte zunächst, unsinnigerweise, in das Zimmer ihres Vaters. Es war, wie J. W. Cromie gesagt hatte. Das Bett war leer, die Decke ordentlich zurückgeschlagen. Auf dem Nachttisch lagen die beiden Tabletten neben dem unberührten Kakao. Mike stöhnte tief in der Kehle auf, ohne daß es ihr bewußt wurde. Sie machte auf dem Absatz kehrt und rannte zurück in die Halle. J. W. kam ihr entgegen, nach Atem ringend und aschgrau im Gesicht.

»Sam«, rief Mike mit eigenartig kleiner, pfeifender Stimme. »Ruf Sam an, J. W. Ruf Sam an!« Sie dachte nicht an Bayard Sewell oben in seinem verschlossenen Schlupfwinkel, obwohl sein schneller kleiner BMW an der nächsten Straßenecke geparkt war. Sam, wenn sie doch nur Sam erreichen könnte ...

»Er ist schon auf dem Weg«, erwiderte J. W. »Ich habe ihn als ersten angerufen. Hast du nichts gehört, Mike? Hat Mister John nicht rumort oder sowas?«

»Nein«, flüsterte sie. »Ich habe ... ich habe geschlafen. Ich hatte ihm Tabletten dagelassen und dachte, er würde schlafen wie ein Murmeltier ...«

»Er hat die Tabletten nicht genommen«, entgegnete J. W.

»Ich weiß«, sagte sie. Ihr Atem schien noch immer zu versagen. »O Gott, Sam – wo *bleibst* du?«

In diesem Moment rollte er auf die Einfahrt des Hauses an der Pomeroy Street, Bremsen quietschten, und er war schon aus dem Wagen, als der noch gar nicht zum Stillstand gekommen war. Der Motor lief weiter.

»Steigt ein«, sagte er. Sein Gesicht, seine Stimme waren ruhig und gelassen, aber die Worte kurz und bündig. »Warum waren Sie nicht bei ihm, Mike? Ich dachte, Sie wollten ihm eine Extradosis geben.«

»Ich habe ihm die Tabletten dagelassen«, ächzte sie. »Aber er hat sie nicht genommen. Er versprach es zu tun, aber ... ich ... ich hatte mich schlafen gelegt ...«

»Ich hoffe, Sie hatten ein erholsames Nickerchen«, erwiderte er. »J. W., du hast keine Ahnung, wie lange er fort ist?«

»Nein«, erwiderte J. W. »Als ich vor ungefähr zehn Minuten kam, habe ich den umgestürzten Rollstuhl in der Garage entdeckt, und daß das Auto fort ist. Dann habe ich Sie sofort angerufen.« Er kletterte auf den Rücksitz des Toyota. Mike sackte schlaff gegen den Kotflügel. Sie schien nicht fähig, Arme oder Beine zu bewegen.

»Steigen Sie ein, Mike!« rief Sam Canaday, und sie tat es stolpernd. Er legte den Gang ein und jagte den Wagen auf die Straße hinaus und nach Süden, auf den Highway zu.

»Ich nehme an, Sie haben während Ihres ... Schläfchens nichts gehört«, sagte er. Vor dem Sonnenuntergang im Westen waren seine Augen Schlitze. »Er muß doch ein ziemliches Getöse veranstaltet haben, als er diesen Rollstuhl aus dem Haus manövriert hat. Ganz zu schweigen davon, ins Auto zu kriechen und es in Gang zu bekommen. Das muß ihn doch Stunden gekostet haben.«

»Nein«, erwiderte sie. »Die Klimaanlage lief auf Hochtouren. Ich hatte doch keine Ahnung, daß er so etwas ... tun könnte.

Und woher soll er erfahren haben, daß es heute geschehen würde? Ich sehe nicht wie ...«

»Nein?« meinte Sam. »Ich sehe es. Ich weiß wie. Gott wird wissen, was es ihn gekostet hat, in das Auto zu gelangen, aber er hat es geschafft. Er hat es geschafft.«

»Und Sie sind sicher, daß er dort ist ...?«

»Gott, Mike – wo sollte er denn sonst sein? Natürlich ist er da! Gott verdamme uns alle!«

Die Zeit erlaubte sich Scherze mit ihr. In einem Moment schob sie sich ineinander, eilte rückwärts, sodaß es nur einen Atemzug herzusein schien, seit Mike Bayard Sewell in ihrem Zimmer die Arme entgegengestreckt hatte, angetan mit weißem, seidigem Charmeuse. Und dann dehnte sie sich unendlich aus, sodaß die Entfernung zwischen den beiden Ampelanlagen im Zentrum von Lytton eingefroren und enorm schienen. Auch das Licht war seltsam. Die Stadt schien in einer Flut unwahrscheinlich strahlenden, schattenlosen Leuchtens zu liegen. Und jedes Geräusch war verstummt: Das normale Straßenleben einer Kleinstadt um sechs Uhr abends lief weiter wie auf einer Filmleinwand, ohne Ton. Mike kam es so vor, als könne niemand das Auto sehen. Weder das Auto, noch Sam, J. W. oder sie in seinem Inneren. Im Auto war es sehr heiß. Eine Fliege summte und stieß hektisch gegen die Scheiben, suchte nach einer Fluchtmöglichkeit. Mike ließ sie nicht aus den Augen.

»Wußten Sie, daß eine Fliege, die in einem Flugzeug herumfliegt, das sich mit einer Geschwindigkeit von neunhundert Kilometern pro Minute bewegt, der perfekte Beweis für Einsteins Relativitätstheorie ist?« fragte sie.

Sam warf ihr einen Blick zu, griff dann herüber und legte eine narbenzerfurchte Hand auf ihre Finger, die verkrampft und eiskalt auf ihrem Schoß lagen.

»Ich möchte, daß Sie im Auto bleiben, wenn wir da sind«, sagte er.

»Gehen Sie zum Teufel«, erwiderte sie, und er sagte nichts mehr.

Sie sahen die Trümmer von der Straße aus. Wo der Umriß des Hauses wie eine Kulisse vor den Sonnenuntergängen gestanden hatte – während Mikes Leben und lange davor –, duckte sich nun eine zermalmte und fremdartige Silhouette. Es war fast genau die Hälfte des Hauses. Die beiden Vorderräume und das Dach standen noch wie früher unter den großen Pecan- und Walnußbäumen, der zentrale Schornstein ragte noch immer gen Himmel, aber die hintere Hälfte des Hauses, die hintere Veranda, die Küche, die Schlafzimmer, der Brunnen waren fort. Die leere Luft schien zu flimmern, wo sie gewesen waren. Ein Hügel elenden, vergänglichen Schutts lag an der Stelle der Räume. Backsteine, Mörtel, Putz, Holz und Schindeln ergossen sich wie Eingeweide auf dem gefegten Hof, der einst Daisy Winships tägliche Aufgabe, ihr täglicher Stolz gewesen war. Weißer Staub und dichte rostrote Partikel lagen in der reglosen Luft wie geologische Formationen. Eine kleine Gruppe von Männern in Overalls und mit Baseballmützen standen herum und sahen einem anderen Mann zu, der einen großen, störrischen Schaufelbagger in eine Position neben den noch stehenden Mauern und dem Schornstein manövrierte. Seine orangefarbenen Kiefer schienen gegen die Masse des weißlichen Schutts zu schieben und zu stoßen wie ein großes mutiertes Tier aus einem furchtbaren jüngeren Zeitalter, das sich über die Leiche seiner Beute duckt. Bis auf das seltsam triviale Brummen und Schnarren des Baggers war kein Geräusch zu vernehmen. Der alte Cadillac war nirgendwo in Sicht.

»O Gott, vielleicht ist er doch nicht hier ...« Auch Sams Stimme schien keine Kraft mehr zu haben.

»Fahren Sie zum Anfang der Zedernallee«, sagte Mike. Die Angst in ihrer Brust war so kalt und so schwer, daß sie nicht einmal mehr ihr Herz schlagen hören konnte. Sie wußte mit einer kristallenen Vorahnung, daß das Auto dort sein würde – den Blicken der Männer mit dem Bagger entzogen, wie auch denen der Menschen, die den Highway passierten.

So war es. Die Tür auf der Fahrerseite stand offen, und eine grauenhafte Schneckenspur durchzog den Sand der Allee vom Auto bis zum Haus. Da waren keinerlei Fußabdrücke, nur eine Spur im rötlichen Sandstaub. Er mußte sich mit Händen und Unterarmen vorwärts geschleppt haben. Niemand, der von der Zedernallee nichts wußte, hätte ihn sehen oder wissen können, daß er dort entlangkroch.

Mike war aus dem Auto, bevor es Sam zum Halten gebracht hatte, und lief mit ihren nackten Füßen auf die Trümmer des Hauses zu. Sie schien in Zeitlupe und ohne Ton zu laufen, wie in einem Alptraum. Sie hörte die Stimme eines Mannes rufen: »Lady, Sie können da nicht hinein! Das ist gefährlich!« und Sam Canadays Stimme: »Halten Sie doch das gottverdammte Ding an! Mike, kommen Sie zurück! Haltet das Mistding an, ihr verfluchten Hunde! Da drinnen ist noch ein Mann!«

»Reden Sie doch kein Blech!« schrie der Mann auf dem Bagger, aber das Geräusch der großen Kiefer verstummte und eine unendliche Stille senkte sich herab. In ihr hörte Mike das Gleiten und Scharren ihrer nackten Füße in den Trümmern, aber sie fühlte nichts. Alles war weiß und dicht mit Mörtelstaub bedeckt, und am Rand des Schutts, wo der Brunnen gestanden hatte, lag ein Gewirr zerstörter roter Rosen – wie Blut oder das Bahrtuch auf einem Sarg. Mike riß die Rosen beiseite, spürte nicht, daß ihr die Stacheln Hände, Beine und Füße aufkratzten, und ging in die Trümmer hinein. Sie konnte wegen der Staubschichten kaum etwas sehen, schien aber genau zu wissen, was sie suchte. Ihre Hände und Füße trugen sie von selbst dorthin.

Sie fand ihn unter einem großen, gestürzten Pfeiler, unter dem zentralen Stützpfeiler des alten Hauses, dort, wo der Schlafraum seiner Kindheit gewesen war. Eine halb eingestürzte Mauer verbarg ihn vor den Blicken der Männer mit ihrer Maschine, und Mike kniete sich neben ihn, hinter die Mauer. Er war weiß von Staub und lag so still und gerade wie eine Steinplastik auf dem Grabmal eines Kreuzfahrers auf dem Rücken. Seine Hände waren fast pedantisch um den Pfeiler gefaltet, der ihm den Brustkorb eingedrückt hatte. Mike dachte, er wäre tot, aber dann sah sie das schwache Heben und Senken seiner Brust, und er öffnete die Augen. Sie waren klar und frei von Schmerzen, hatten das glänzende Grau des Regens und verbreiteten eine Art schillernden Lichts. Unglaublicherweise lächelte er. Eine dünne rote Blutspur kroch vom herabgezogenen Winkel seines Mundes, schnitt wie ein scharlachroter Faden durch das dichte Weiß. Seine bleichen Lippen bewegten sich fast unmerklich. Mike beugte sich über ihn, um ihn verstehen zu können. Die Luft um ihr Gesicht vibrierte vor Schock und Stille. Gipsstaub schmerzte in ihren Augen, knirschte in ihrem Mund, wollte ihr die Kehle ersticken.

»Heb ... hoch«, flüsterte John Winship. Seine Stimme war kaum hörbar und dünn wie die eines sehr schläfrigen kleinen Kindes. Mike tauchte ihre Hände in den Schutt unter seinem Kopf, um ihn anzuheben und spürte einen Stich in ihrer Handfläche. Ein schartiger Streifen Blech hatte tief hineingeschnitten. Sie sah gleichgültig auf das Blut, das über ihr Handgelenk auf das Gesicht ihres Vaters floß, in den Schutt und schließlich in die darunterliegende Erde. Nach dem ersten Stich verspürte sie keinerlei Schmerz. Aber ihr Blut auf der Wange ihres Vaters, das aus dem Staub dort eine dunkelrote Paste machte, störte sie, und sie versuchte es mit der Kante ihrer anderen Hand fortzuwischen.

»Hast ... dich geschnitten«, keuchte er. »Tut mir leid.« Blut sickerte aus seinem Mundwinkel.

»Ist schon gut, Daddy«, sagte Mike. »Es ist nichts weiter.«

»Du irrst dich«, sagte er sehr schwach. »Es ist alles.«

Sie sah erneut auf ihr Blut, wie es da durch den Mörtel tropfte, weiter in das Erdreich der alten Farm, und verspürte wieder das große salzige Andrängen der Tränen, das sie schon früher an diesem unendlichen Tag empfunden hatte. Aber noch fielen sie nicht. Mike spürte eine Art von Distanz, als würde sie sich selbst durch das falsche Ende eines Teleskops betrachten, und den Frieden des Entferntseins. Sie sah zu, wie sich seine Brust hob und senkte, hob und senkte. Sie wurde sich bewußt, daß jemand hinter ihr stand, hörte wie durch Nebel laufende Füße und den Ruf nach einem Krankenwagen, aber das alles schien nicht die Stille zu durchdringen, die sie und John Winship umfing. Er schwieg eine Weile, auch sie rührte sich nicht, als sie da neben ihm kniete. Dann sprach er wieder, und seine Stimme klang ein bißchen kräftiger.

»Wem sieht sie ähnlich? Deine Toch. . . deine Rachel?«

»Deine Enkeltochter meinst du?« fragte Mike. »Sie sieht aus wie ich. Und wie du, Daddy. Sie sieht genauso aus wie du.«

Er schloß seine Augen, öffnete sie wieder, hob sie zum Himmel, wo einhundertfünfunddreißig Jahre lang das Dach des alten Hauses gewesen war, und richtete sie dann wieder auf Mikes Gesicht. Schließlich schloß er sie wieder. Mike rührte sich nicht, atmete kaum.

»Dann tut sie mir leid«, sagte John Winship. Der Atem verließ seine Kehle mit einem langen Seufzer, und seine Brust hob sich nicht wieder.

Hinter sich hörte Mike das unterdrückte, qualvolle Männerschluchzen von J. W. Cromie, fühlte Hände auf ihren Schultern und wußte, daß es Sam Canadays waren. Er kniete neben ihr im weißen Schutt, sagte nichts, kniete nur da, während seine Hände sie berührten. Mike kauerte sich in dem zusammen, was von John Winships Haus übriggeblieben war, und endlich weinte sie. Sie senkte den Kopf in die blutenden Hände und weinte um alle verlorenen Dinge auf der Welt und um diese erste und letzte lange Liebe.

30

Später in ihrem Leben, als Mike mit anderen Todesfällen an anderen Orten fertigwerden mußte, dachte sie an die schlichte Selbstverständlichkeit des Todes ihres Vaters. Nicht die seines Sterbens, sondern dessen, was danach kam. In Kleinstädten wie Lytton, besonders im Süden, setzt sich die Maschinerie des Todes ruhig und unkompliziert in Bewegung – wie geölt. Auf gewisse Weise ist das wie ein ausgefeiltes Insektenballett, irgendein uraltes und unveränderliches Ritual von Ameisen oder Käfern. In dem Moment, als John Winships Leben mit seinem letzten Atemzug verlosch, wurde Lytton aktiv. Da wurde kein Fuß falsch gesetzt, kein Takt ausgelassen. Mike war von dieser Uhrwerkpräzision beeindruckt und für sie dankbar, da sie dafür nicht benötigt wurde. Denn während der ersten sechs Stunden, nachdem ihr Vater diese Welt verlassen hatte, konnte sie nicht aufhören zu weinen.

Unten klingelte das Telephon und wurde abgenommen, die Gazetür schwang auf und wieder zu, leise, ernste Schritte kamen und gingen, Lieferwagen, Personenautos und Fahrräder von Floristen erschienen in der Einfahrt und bewegten sich leise wieder davon, die Sterbeurkunde wurde beantragt, die Frage des Sarges geklärt; Pfarrer, Bestatter, Schmorgerichte und Kuchen fluteten ins Haus an der Pomeroy Street.

Und während der ganzen Zeit weinte Mike oben in ihrem abgedunkelten Zimmer.

Sam Canaday hatte sie im Toyota nach Hause gebracht, und es J. W. überlassen, auf den Krankenwagen und die Polizei zu warten. Sie waren der betroffenen Gruppe der Arbeiter mit ihrem Vormann davongefahren, der seinem Chef gegenüber seine Schuldlosigkeit beteuerte. Sie hatte auf dem Heimweg leise und beständig geschluchzt, und Sam hatte keinen Versuch unternommen, sie zu trösten oder ihre Tränen zu stoppen. Er hatte lediglich seine Hand auf ihrer Schulter, während er fuhr. Er geleitete sie durch das düstere, stille Haus und hinauf ins Bad, wo er sie auf den Rand der alten, klauenfüßigen Wanne setzte, und ihr den weißen Mörtelstaub von Händen, Füßen und Gesicht wusch. Einige der Schnittwunden und Kratzer waren tief, und die Wunde in ihrer Handfläche klaffte mit weißen Rändern, aber sie zuckte vor dem heißen Wasser ebensowenig zurück wie vor dem Wasserstoffsuperoxid, das er ihr in die Hand goß und die Wunde dann mit einem spröden gelben Gazestreifen bedeckte, den er im Medizinschränkchen gefunden hatte. Sie sagte kein Wort, schluchzte nur monoton vor sich hin, und er sprach auch nicht. Er führte sie zurück in ihr Zimmer, setzte sie aufs Bett und bürstete ihr, so gut es ging, den Gipsstaub aus den wirren Haaren, mit einer Bürste, die er in ihrer Frisierkommode gefunden hatte. Dann sagte er: »Heben Sie die Arme, Mike«, und sie gehorchte. Er zog ihr das schmutzige T-Shirt über den Kopf und streifte ihr langsam und sanft die Blue Jeans über die Hüften hinunter. Mike trug keine Unterwäsche. Der laue Atem der noch immer arbeitenden Klimaanlage strich über ihren nackten Körper. Sie sah zu Sam Canaday auf, als sähe sie ihn an diesem Nachmittag zum ersten Mal. Sie starrte ihn lange Zeit an, sah den weißen Staub in seinen hellen Harren und Augenbrauen, die Streifen auf seinen Wangen, wo seine Tränen entlanggelaufen und getrocknet waren. Jetzt standen keine Tränen in den hellgrünen Augen. Er starrte zurück.

»Du hast einen herrlichen Körper«, sagte er leise. »Wie ein Windhund oder eine Weide. Geh jetzt ins Bett. Ich werde dich zudecken. Bis Priss kommt, bleibe ich bei dir.«

Ganz automatisch hob Mike ihre Arme und schlang sie um seinen Hals. Sie schob ihren Körper eng an ihn und spürte den Schlag seines Herzens, das Anspannen der Muskeln an Armen und Hals. Sie verbarg ihr Gesicht in der Beuge, wo sich seine

Arme und Schultern trafen, roch die Sonnenhitze, den Mörtelstaub und seinen trocknenden Schweiß, ließ ihre Tränen weiß auf seine Haut laufen. Sie zog an ihm, zupfte, zog ihn auf ihr Bett.

»Geh mit mir ins Bett, Sam«, schluchzte sie. »Komm mit mir ins Bett.«

Er hielt sie einen langen Moment, sehr leicht, dann löste er ihre Arme, einen nach dem anderen, und stand auf.

»Jetzt nicht, Mike«, flüsterte er. »Und in diesem Zimmer niemals.«

Er hob das weiße Nachthemd vom Boden auf, wohin sie es vor drei Stunden und einer Ewigkeit geworfen hatte, und sie ließ es sich von ihm über Arme und Kopf streifen. Sie weinte leise, während er es tat.

Dann erschien Priss, mit verschlossenem Gesicht und trockenen Augen. Sie setzte sich auf den Rand des Bettes und hatte ein Glas Wasser und zwei kleine rotgrüne Kapseln in der Hand.

»Dalmane«, sagte sie. »Ich möchte, daß du beide nimmst. Danach kannst du ruhig schlafen und hast doch keinen Brummschädel, wenn du aufwachst. Weine nur, Mike. Du mußt weinen, und kannst es zwischen den Schlafpausen tun. Aber wenn du aufstehst, wirst du gefaßt sein müssen. Ich war gerade bei DeeDee und habe es ihr gesagt. Wir mußten den Doktor rufen. Sie ist total zusammengebrochen. Ich dachte schon, sie würde diese gottverdammte kleine Bruchbude in Stücke schreien. Gaddis hat ihr eine Spritze gegeben, die sie eigentlich bis zum Morgen ruhig halten sollte, und ich möchte, daß wir bis dahin ein paar Entscheidungen getroffen haben. Du wirst sie treffen müssen. Das gibt dir ein paar Stunden Pause. Ich bin unten, wenn du mich brauchst.«

Mike richtete sich auf, strich sich die Haare aus den Augen und sah Priss an, immer noch weinend.

»Er ist diese ganze entsetzliche Zedernallee entlanggekrochen und hat sich einfach in diesen kleinen Verschlag gelegt, in dem früher sein Bett gestanden hat, Priss«, schluchzte sie. »Er hat da einfach so gelegen und auf den Tod gewartet. Und ich habe ihn nicht davon abgehalten. Ich habe ihn nicht einmal gehört!«

»Schsch«, sagte Priss Comfort. »Er hat nur getan, was er tun wollte. Das hat Scamp immer getan. Er ist an dem Ort aus der Welt geschieden, an dem er sie auch betreten hat. Und das war der Ort, den er auf dieser Welt am allermeisten geliebt hat. Ich bin froh, daß du ihn nicht davon abgehalten hast, Mike. Nach diesen letzten Schmerzen ist ihm nichts mehr als dieses Warten geblieben. Das wußte er. Sei froh, daß er sich seinen Tod selbst gewählt hat. Das können nicht viele von uns.«

»Aber woher *wußte* er es? Ich muß herausbekommen, woher er es wußte!«

»Scamp wußte es eben«, sagte Priss.

Mike drückte ihr Gesicht in die Kissen und weinte heftiger. Sie fragte sich flüchtig, woher all die Tränen kamen. Es erschien ihr unvorstellbar, daß ihr dünner Körper soviele Tränen produzierte. Schließlich schlief sie irgendwann ein. Priss Comfort sah Sam Canaday an, nickte wie befriedigt, und sie verließen das Zimmer, schlossen die Tür hinter sich.

Unten richtete Priss ihre Kommandozentrale in John Winships Küche ein. Sie weinte nicht. Jetzt nicht und auch später nicht. Sie beauftragte J. W. Cromie, dessen gelbbraunes Gesicht von silbrigen Leidspuren gezeichnet war, Lavinia Lester zu Dee-Dee zu schicken, damit diese nicht in ihrem Schlaf der Verzweiflung allein war. Die verwirrte alte Frau in dem winzigen hinteren Schlafraum würde ihr kaum eine Hilfe sein, und Duck war in der Winship-Küche aufgetaucht – beflissen und schwer von gewichtigem Kummer –, und keine Andeutungen konnten ihn dazu bewegen, wieder nach Hause zu gehen. Schließlich warf ihm Priss ein paar böse Blicke über die Schulter zu und ging in John Winships Zimmer. Sie blieb eine Weile dort und kehrte dann mit den Kleidungsstücken zurück, von denen sie meinte, daß er mit ihnen bestattet werden sollte. Sie erledigte die Pflichten des Todes mit ruhigem Gesicht, aber ihre Hände verweilten auf den Kleidern. Dann gab sie sie schnell Duck und schickte ihn damit zum Bestattungsunternehmen.

»Und dann gehst du nach Hause und bleibst bei deiner Frau«, erklärte sie. »Hier ist für dich nichts zu tun. Spar dir dein Mitleid für die Lebenden.«

Duck entfernte sich widerspruchlos. Er hatte schon immer einen heillosen Respekt vor Priss gehabt.

Um zehn Uhr abends kam Bayard Sewell, weißgesichtig und leiderfüllt. »Kann ich für eine Minute zu Mike hinauf?« fragte er Priss ehrerbietig. Sie nickte. Er versetzte J. W.s Schulter einen kleinen Stups und lief leichtfüßig die Treppe zu Mikes Zimmer hinauf. J. W., der gerade mit Priss ein verspätetes Abendessen – Huhn und etwas welken Salat von der Methodist Church Altar Guild – einnahm, sah ihm gleichgültig nach. Priss hob den Blick nicht vom Teller.

Mike war halbwach, als Bay in den Raum trat. Sie lächelte ihn benommen an, sagte aber nichts und richtete sich auch nicht auf. Er setzte sich zu ihr aufs Bett und nahm ihre Hand. Schließlich sagte er: »Ich wäre früher gekommen, aber ich habe es gerade erst erfahren. O Gott, hätte ich dich doch nur begleitet ...«

»Du hättest nichts tun können«, flüsterte Mike. Ihre Stimme war kratzig und rauh in ihrer geschwollenen Kehle.

»Ich hätte ihn mir genauer ansehen sollen, als ich heute nachmittag gekommen bin«, sagte er. »Ich nahm an, er würde schlafen, aber er hatte mir den Rücken zugedreht, und ich wollte nicht um das Bett herumgehen, um ganz sicher zu sein.« Er rieb sich die Augen heftig mit Daumen und Mittelfinger. »Ich muß ja ein köstlicher Anblick gewesen sein, wie ich da wie ein gehäuteter Hase davongeschossen bin, als J. W. geklopft hat. Ich wünsche mir, du hättest das nicht gesehen. Ich wünsche, du könntest das einfach irgendwie vergessen.«

Sie schüttelte den Kopf, hatte ganz vergessen, daß er nackt ins Bad geflüchtet war, als er J. W. Cromie an der Tür gehört hatte. Es schien nicht wichtig zu sein, schien vor Jahren zwei ganz anderen Menschen passiert zu sein.

»Es macht absolut nichts, Bay«, sagte sie.

»Wodurch kann ich dich ein bißchen trösten?«

»Durch nichts«, erwiderte sie und spürte erneut, daß die Tränen gegen Nase und Augenlider drängten. »Vielleicht könntest du mich noch ein bißchen allein lassen. Ich nahm an, ich hätte mich ausgeweint, aber das scheint doch noch nicht der Fall zu sein. Ich habe nur ungern einen anderen Menschen um mich, wenn ich weine.«

»Du hast früher nie geweint«, sagte er und lächelte leicht. Er berührte unter dem Gewirr ihrer Haare ganz sanft die Haut ihrer Stirn. »Bist du ganz sicher, daß ich nicht doch lieber bleiben soll? Ich habe eine sehr breite Schulter.«

Sie dachte darüber nach, stellte jedoch fest, daß sie ganz sicher war.

»Ich kann nicht ordentlich weinen, wenn du mich beobachtest«, sagte sie und versuchte ihn anzulächeln, aber die Tränen liefen ihr bereits über die Wangen in die Mundwinkel. »Ich sehe dich dann morgen früh. Bist du morgen früh wieder hier?«

»Sicher«, erwiderte er und erhob sich vom Bett. »Morgen und an vielen anderen Morgen auch.«

Er ließ sie in der Dunkelheit zurück, und sie weinte, empfand ganz unmittelbar und verzweifelt die Leere einer Welt, in der es John Winship nicht mehr gab.

Zwei Stunden später, kurz nach Mitternacht, hörte Mike auf zu weinen, setzte sich auf und knipste die Nachttischlampe an. Sie wußte irgendwie, daß sie jetzt genug geweint hatte. Sie fühlte sich leer und leicht schwindlig. Ihre zerkratzten und zerschnittenen nackten Füße fühlten sich an, als würde sie schweben, als sie durch das Zimmer ging. Sie öffnete die Schranktür und griff nach etwas, was sie anziehen konnte. Sie blickte auf die penible Reihe ihrer Kleider, die da hingen wie aufgehängte Frauen, fremde Frauen, deren Vergehen sie nicht kannte. In diesem muffigen Kindheitszimmer wirkten sie aufwendig, übertrieben und genußsüchtig fragil. Die Schuhe, ordentlich nebeneinander gestellt, wirkten zu schmal, zu fein, zu kostspielig. Die riesige Gucci-Tasche hockte auf einem Schrankbrett. Schon vor zehn Jahren war sie teuer gewesen, heute würde sie ein Vermögen kosten. Auf den Etiketten stand New York, Milano, London, Paris. Mike verzog unwillkürlich unangenehm berührt den Mund. Sie erinnerte sich nicht an die schlanke, entschlossene, smarte New Yorkerin, die diese Stücke gekauft, die Schuhe und die Tasche getragen hatte. Sie ging hinüber zur Kommode und betrachtete das kleine, silbergerahmte Photo von Rachel, das sie überallhin begleitete. Es war vor drei Jahren aufgenommen worden, an einem Nachmittag, an dem sie mit Derek Blessing vor Montauk gesegelt waren. Rachel trug eine riesige schwarze Sonnenbrille, ein Frottee-Stirnband um die dunklen, flatternden Haare, und die Brillenbügel glänzten in der Sonne. Sie blickte in die Kamera, fast so alt wie Mike, und ihr ganz und gar nicht ähnlich. Ich habe dich belogen, Daddy, dachte Mike. Sie sieht überhaupt nicht aus wie du oder wie ich. Plötzlich und seltsamerweise fragte sie sich, ob Rachel eines Tages um Richard weinen würde wie ihre Mutter um John Winship. Ich nehme an, daß sie es tun wird, dachte Mike, aber ich kann es mir nicht vorstellen.

Unten in der Küche brannte Licht, aber Priss war nicht zu sehen. Mike nahm an, daß sie schließlich doch nach Hause gegangen war und stöberte im Kühlschrank nach etwas Eßbarem. Sie hatte keinen Hunger, wußte aber, daß das Schwindelgefühl körperliche Leere bedeutete und daß sie in den nächsten Tagen alle Energie brauchen würde, die sie aufbringen konnte. Bei dem

Gedanken daran empfand sie eine ungeheure, totale Erschöpfung.

»Mike, bist du es?« Priss kam aus John Winships Schlafzimmer, im Nachthemd und einem alten Baumwollflanell-Morgenrock. Sie hatte unglaubliche rosa Satinpantöffelchen an den Füßen und hielt ein Taschentuch in der Hand.

»Hast du geschlafen? Tut mir leid, wenn ich dich geweckt habe«, sagte Mike. »Ich glaube, ich habe Hunger.«

»Das hoffe ich. Es ist genug da, um eine Armee zu versorgen. Bei der Vorstellung, wie der Kühlschrank morgen aussehen wird, stockt mir der Atem. Scamp kannte so viele Leute, und sie alle halten sich für Köche. Nein, ich habe nicht geschlafen. Ich habe dagesessen, nachgedacht und ein bißchen gelesen.«

»In Daddys Zimmer? Das ist doch ein schrecklicher Raum. Es gibt viel hübschere Schlafzimmer oben. Ich werde dir eins herrichten . . .«

»Nein, ich möchte kein anderes Zimmer«, sagte Priss. »Irgendwie scheint dieses Versteck genau der richtige Aufenthaltsort für mich zu sein.« Sie lächelte. »Weißt du, was dein Vater gelesen hat?«

»Nein. Was?«

Priss hielt ihr das Taschenbuch entgegen. »Mary Roberts Rinehart. *Die Wendeltreppe.* Kannst du dir das vorstellen?«

»Nein«, erwiderte Mike, begann zu lachen und merkte dann, wie das Lachen erneut in die verhaßten, monotonen Tränen überging. »O Priss, oh, Mist.«

»Ich weiß«, sagte Priss Comfort.

Schließlich, nachdem Mike ein Schinken-Sandwich gegessen und sie beide Kaffee getrunken hatten, setzten sie sich auf die Veranda unter den Glyzinenbogen und verbrachten dort die Nacht. Mike schlief, wenn sie schlief, auf der alten Hollywoodschaukel. Immer, wenn sie die Augen öffnete, sah sie Priss' Umrisse in dem alten Schaukelstuhl aus Rohrgeflecht. Sie schaukelte, schaukelte. Ein oder zweimal sah sie Priss' grüne Augen aufleuchten, wenn sie von einem Mondstrahl getroffen wurden. Als der Morgen grau heraufkroch, sich der Himmel im Osten rosa färbte, sich die ersten Vögel verschlafen regten und in den noch immer dunklen Bäumen zu singen begannen, richtete sich Mike auf. Sie sah, daß Priss sie gelassen betrachtete und immer noch schaukelte.

»Das habe ich nicht mehr getan, seit ich ungefähr acht Jahre alt war«, sagte Mike und streckte sich. »Ich erinnere mich, wie ich Daddy angefleht und angebettelt habe, mich doch auf der Veranda schlafen zu lassen. Schließlich wurde es ihm eines Abends zu dumm, und er gestattete es. Aber ich mußte versprechen, die ganze Nacht draußen zu bleiben und nicht etwa verängstigt ins Haus zurückgelaufen zu kommen. Er verschloß sogar die Tür, um das zu verhindern.«

»Na, und hat es so viel Spaß gemacht, wie du gedacht hattest?« fragte Priss.

»Nein«, erwiderte Mike. »Es hat überhaupt keinen Spaß gemacht. Ich habe mich zu Tode gefürchtet.«

DeeDee und Duck erschienen erst am späteren Nachmittag. Das Wohnzimmer, in dem Priss und Mike den ganzen Tag Kondolenzbesucher empfangen hatten, war in diesem Moment dankenswerterweise leer, als DeeDee erschien: Auf Ducks Arm gestützt und mit schleppenden Schritten wie eine alte Frau. Obwohl sie von Priss erfahren hatte, wie verzweifelt DeeDee den Tod ihres Vaters aufgenommen hatte, war Mike vom Anblick ihrer Schwester tief schockiert. Ihr Gesicht zeigte ein talgiges Weiß, sie hatte weder Lippenstift noch Augen-Make-up oder Rouge aufgelegt und jeder Quadratzentimeter ihrer Haut, der nicht von ihrer Kleidung bedeckt war, wies das gleiche ruinierte, kränkliche Weiß auf. Ihre blauen Augen waren fast zugeschwollen, ihre kleine Stupsnase rot und aufgesprungen, was ihr mehr denn je das Aussehen eines kleinen, bekümmerten Schweinchens verlieh. Ihr scharzes Haar hing strähnig als Pferdeschwanz auf die massiven Schultern, und als sie mitten auf dem ausgeblichenen Bucharateppich stehenblieb, schwankte sie auf ihren dicken kleinen Füßen wie ein untersetzter Baumstamm im Sturm. Duck leistete ihr würdig Beistand, der respektvolle Prinzgemahl einer großen, trauernden Königin.

»Wir waren gerade bei Daddy und haben ihn uns noch einmal angesehen«, sagte sie mit kleiner verletzter Stimme in die Runde. »Er sieht wunderbar aus. So natürlich, als wäre er ganz friedlich eingeschlafen. Ich habe ihn zum Abschied geküßt, und er fühlte sich kein bißchen kalt an. Sie sagten, du wärst noch nicht dagewesen, Mike, also habe ich deinen Namen eingetragen, bis du hingehst. Aber du solltest hingehen, sobald du dir etwas anderes angezogen hast. Es kommen *Hunderte* von Leuten, um ihn zu sehen, und niemand von der Familie ist bei ihm. Das macht sich einfach nicht gut.«

»Ich habe nicht die Absicht, mich an den Sarg meines Vaters zu setzen, um jeden anzugrinsen, der nur gekommen ist, um ihn anzustarren.« Mike war aufrichtig empört. »Leute, die ja doch nur feststellen wollen, ob man sehen kann, wo ihn der Pfeiler getroffen hat. Es ist schlimm genug, daß wir den Sarg offenlassen mußten . . .«

»Diese Leute sind meine Freunde und die Freunde meines Vaters«, rief DeeDee. »Diese Leute sind Alt-Lytton! Und wenn du nicht willst, daß sie alle über dich reden, weil du es nicht einmal für nötig hältst, dich an den Sarg deines eigenen Vaters zu begeben . . .«

»Dee«, sagte Duck warnend. Er drückte ihre Hand und tätschelte ihren riesigen schinkenähnlichen Oberarm, aber sie riß sich von ihm los.

»Tu doch nicht so, als würdest du dir um mich Sorgen machen, Duck Wingo!« schrillte sie. Tränen liefen ihr die Wangen herunter, Schleim machte sich in ihrer Nase bemerkbar. Sie war eindeutig am Rand eines Zusammenbruchs, und Mike empfand die alte, widerwillige Reue. DeeDee, die bevorzugte, hübsche, kleine Kindfrau ihres toten Vaters ...

»Ich werde bald hinuntergehen«, sagte sie. Ihre Schwester nickte wortlos unter Tränen.

Es war ein langer Nachmittag. Die Menschen erschienen in nicht abreißender Folge, sprachen mit leisen Stimmen, schüttelten Duck ernst die Hand, sorgten sich um DeeDee, die bei jeder Begrüßung, jeder Umarmung in neue Tränen ausbrach. Sie sprachen auch alle mit Mike, die DeeDee gegenüber mit Priss auf dem kleinen Sofa ihrer Mutter saß, und ein paar umarmten sie sogar flüchtig, aber sie waren alle knapp und förmlich, gingen bald wieder. Mike nickte ihnen allen höflich und mit trockenen Augen zu, murmelte ihren Dank. Schinken und Schmorgerichte, Schüsseln voller Kartoffelsalat, Brathühner, gemischte Salate, Kuchen und Kekse überfüllten den Kühlschrank, stapelten sich auf dem Küchentisch und den Arbeitsflächen. Lavinia hielt frischgebrühten Kaffee bereit, gab Teller, Schüsseln und Servietten herum, sammelte Leergegessenes wieder ein. Die Geschirrspülmaschine arbeitete pausenlos. Gegen Ende des Tages schlüpfte Bay Sewell frisch und makellos in einem blauen Seersucker-Anzug unauffällig in die Halle, wo er Duck an der Tür ablöste. Dort schien er jeden zu kennen, der kam oder ging, er schüttelte alle Hände und küßte viele Wangen, als wäre er der gebürtige Sohn des Hauses und nicht der ernannte Erbe. Er küßte DeeDee, die sich wehklagend an ihm klammerte, umarmte Mike kurz und förmlich, aber seine Finger drückten hart in ihren Rücken, und sein Atem war warm an ihren Ohren, als er flüsterte: »Später, Liebling. Warte nur noch ein bißchen.«

Die Besucher waren alle freundlich, und Mike erinnerte sich an einige von ihnen, aber niemand schien ihr sagen zu wollen daß auch er sich an sie erinnerte, als sie noch ganz klein gewesen war, oder daß sie aussah wie ihr Vater. Eine Handvoll lobten ihre journalistische Arbeit und fragten, wann sie wieder nach New York zurückfahren würde. Mike lächelte und sagte wieder und wieder: »Vielen Dank, daß Sie gekommen sind. Es hätte Daddy sehr gefreut, Sie hier zu sehen.« Sie alle schienen aber froh zu sein, zu der gesprächigeren und zugänglicheren DeeDee entkommen zu können. New York hing massiv und undurchdringlich zwischen Mike und ihnen im Raum.

Mehr als einmal ertappte sich Mike dabei, sich im Zimmer umzuschauen – bis sie sich klarmachte, daß sie nach Sam Canaday suchte. Aber er tauchte nicht auf. Sie wußte, daß er nicht kommen würde, daß er der Meinung war, dies sei ein Tag der Familie, der alten Freunde. Und doch war da eine Leere, die er eigentlich hätte ausfüllen sollen. Unter der dumpfen Erschöpfung fühlte sich Mike unbehaglich.

Nachdem die letzten Trauergäste gegangen waren, versammelten sie sich alle in der von Dämmerung erfüllten Küche. DeeDee rückte wiederhergestellt und besitzergreifend einem Teller mit Schinken und Kartoffelsalat zu Leibe, während sich Duck über einen Chicken Pie hermachte. Bay Sewell trank Kaffee und sah ihnen zu. Dann und wann trafen sich seine Blicke mit denen Mikes. »Bald«, sagten die blauen Augen. »Bald.«

Sie ging hinauf, um sich ein Kleid anzuziehen, das DeeDee für die Totenwache als schicklich erachten würde, und als sie zurück in die Küche kam, besprachen sie die Beerdigung ihres Vaters. Priss hatte sie für den folgenden Nachmittag anberaumt, Anzeigen in Lokalblättern und Zeitungen von Atlanta aufgegeben und den jungen joggenden Pfarrer benachrichtigt, den Mike mit Sam und ihrem Vater getroffen hatte ... War das wirklich erst einen Monat her? Aber sie hatten bisher noch keine Einzelheiten festgelegt.

Sie strich sich den ungewohnten Leinenrock glatt, sank auf

einen Stuhl und hörte verblüfft zu, wie DeeDee ein bombastisches Begräbnis umriß und einen barocken Schrecken nach dem anderen herunterrasselte: Vor dem Altar der offene Sarg, flankiert von großzügigen Blumenarrangements, ein Dutzend Sargträger, das ganze Pantheon der methodistischen Choräle, Texte und Lobpreisungen, je einen Polizisten vor dem Bestattungsunternehmen als auch vor der Kirche, um den Verkehr zu regeln und dann eine Motorradeskorte zum alten Friedhof von Lytton, wo John Winship dann neben seiner geliebten Claudia und seinen Eltern die letzte Ruhe finden konnte. Und dann – am Grab – ein weiterer Gottesdienst. Duck grinste und nickte zustimmend, während DeeDee sprach. Priss und Bayard Sewell betrachteten sie ebenso wie Mike einfach nur stumm. J. W. Cromie, der mit einem weiteren Blumengebinde hereingekommen war, lehnte sich an die Arbeitsfläche und hörte ebenfalls zu. Seine Augen waren steinähnlich und unergründlich.

DeeDee hielt inne, um Atem zu schöpfen, und Mike seufzte tief auf. Eben war ihr Herz noch von Eis umschlossen gewesen, jetzt kochte dort geschmolzene Lava.

»Du vergißt die diversen Photomöglichkeiten«, sagte sie. »Oder wie wäre es mit einem Begräbnis-Scheiterhaufen. Vielleicht auch Feuerwerk?«

DeeDee schoß zu ihr herum.

»Wenn es dir nicht paßt, fahr doch zurück zu deiner superschlauen Künstlerbande, diesem ... Abschaum«, zischte sie wütend. »Wie kommst du eigentlich dazu, dich hier aufzuspielen und mir vorzuschreiben, wie ich meinen Daddy zu begraben habe? Du konntest doch nicht einmal auf ihn achten. Du konntest ihn ja nicht einmal davor bewahren, getötet zu werden. Du hast doch keinen einzigen Finger für ihn gerührt, seit du ihm vor fünfundzwanzig Jahren das Herz gebrochen hast, weil du dich mit den Niggern besudelt hast! Geh doch wieder in den Norden und wälz dich da in noch ein paar mehr Betten ...«

»Halt den Mund, DeeDee«, sagte Bayard Sewell mit leiser, gefährlicher Stimme. DeeDee sah ihn von der Seite und mit vor Zorn hochrotem Gesicht an. Aber sie senkte den Blick und schwieg.

»Red nicht so mit meiner Frau!« forderte Duck Wingo streitsüchtig.

»Haltet doch um Himmelswillen alle den Mund«, grollte Priss Comfort mit ihrer herrlichen Bronzestimme. »DeeDee, achte auf deine spitze Zunge. Du solltest einem Schutzengel danken, daß deine Schwester hergekommen ist; ohne sie würdest du jetzt ganz hübsch in der Tinte sitzen. Mike, ich weiß, wie du dich fühlst, aber DeeDee hat recht, was die Beerdigung anbelangt. So etwas entspricht weder deiner noch meiner Einstellung, noch der von Scamp, aber es ist nun einmal die gute alte Lytton-Art, und irgendwie sind wir es ihm schuldig. Er hat ein bißchen Zeremoniell schon verdient. Duck, setz dich und sei still.«

Duck setzte sich.

»Also gut«, sagte Mike zögernd. Sie war müde. Die Nacht und der nächste Tag standen riesig und fast unüberwindlich vor ihr. Sie konnte nicht erkennen, was dahinter lag. »Aber ich möchte, daß du dich über jeden Schritt, jede Einzelheit kümmerst und sie gutheißt, Priss.«

»Das ist mir recht.« DeeDee zuckte mit den Schultern. Sie starrte beleidigt auf den Küchenboden, und dann sah sie zu Mike auf und lächelte ein zitterndes, anmaßendes Lächeln.

»Und dann, Mikie ...« begann sie. »Ich weiß, daß du dein gewohntes Leben weiterleben mußt. Du hast doch bereits den ganzen Sommer drangegeben. Deine Arbeit muß sich ja direkt zu Bergen türmen. Dann wird auch Rachel zum Schulbeginn nach Hause kommen. Du warst wirklich eine wunderbare Hilfe, ohne dich hätten wir es tatsächlich nicht bewältigen können, aber es wäre doch sehr egoistisch, wenn wir dich auch noch weiter in Anspruch nehmen würden, obwohl wir es natürlich liebend gern hätten, wenn du für immer hierbleiben würdest ... Ich möchte jedoch, daß du dich absolut frei fühlst, wieder nach Hause fahren zu können, sobald die Beerdigung vorüber ist. J. W. und Priss werden uns helfen, Bay auch ...«

Sie sah sich im Raum um, blickte einen nach dem anderen an. Bayard Sewell nickte, aber seine Augen sahen Mike an. Später, versprachen sie. Später werden wir über alles reden.

J. W. blickte DeeDee nicht an. Er starrte unverwandt auf Mike.

»Vielleicht würde Mike ganz gern noch ein bißchen länger in ihrem Elternhaus bleiben«, meinte Priss trocken. »Bis sie sich ein wenig gefaßt hat. Oder hast du die Absicht, unverzüglich hier einzuziehen, DeeDee?«

»Was? Nein, natürlich nicht. Jedenfalls nicht sofort«, erwiderte DeeDee.

Mike war erstaunt über das Gefühl des Verlustes, das sie überkam. Selbstverständlich hatte DeeDee das Haus ihres Vaters geerbt. Das hatte sie seit Sommerbeginn gewußt. Und selbstverständlich würde sie lieber hier wohnen als in dem elenden Loch, in dem sie so lange Jahre mit Duck verbracht hatte. Und sie selbst hatte doch gar nicht vorgehabt, in Lytton zu bleiben, oder? Mike verdrängte die Vorstellung von Duck Wingo auf dem Stuhl ihres Vaters am Eßtisch und in dem großen Doppelbett, das einmal John und Claudia Winship gehört hatte.

»Ich denke, ich muß mein Leben weiterleben, Dee«, sagte Mike. »Und du hast recht. Es gibt tatsächlich keinen Grund für mich, weiterhin hier zu bleiben, nicht wahr?«

Sie sah Bayard Sewell nicht an, als sie die Küche verließ, um mit dem alten Cadillac ihres Vaters zum Bestattungsinstitut zu fahren. Er schwieg. Natürlich, dachte sie und schloß die Tür hinter sich. Er kann nichts sagen. Nicht vor den anderen.

Sehr viel später an diesem Abend, nachdem sie Priss Gute Nacht gesagt hatte und müde in ihr Zimmer zurückgekehrt war, schlug sie ihr frischbezogenes Bett auf und fand eine Nachricht auf dem Kopfkissen unter dem Deckbett.

»Rosen sind rot und Efeu ist grün,
wär'n doch alle nackten Frau'n wie du so schön.«

Der Zettel war nicht unterschrieben, aber der lachhaft allgegenwärtige Smiley war darunter gemalt – zeigte ein anzügliches Grinsen –, und sie erkannte Sam Canadays eigenwillige großzügige Handschrift.

Mike kletterte in ihr Bett, knipste das Licht aus und drückte den Zettel an sich. Wieder kamen ihr die Tränen.

31

Am nächsten Morgen, am Tag der Bestattung von John Winship, gegen Viertel sechs, klopfte J. W. Cromie erneut an Mikes Zimmer.

Mike schreckte abrupt aus einem Gewirr und Gewebe schweißtreibender Träume hoch. Ihr Herz klopfte erschöpft und beunruhigt, ihre Haare hingen ihr in feuchten Strähnen auf den Rücken. Sie war sofort an der Tür und wickelte sich in ihren Morgenrock.

»Priss?« rief sie leise und fragend.

»J. W., Mike. Kann ich reinkommen?«

Sie öffnete die Tür, und er betrat schweigend den Raum, ging zum Fenster und zog die Holzjalousien hoch, als wäre er schon viele Male zuvor in diesem Zimmer gewesen. Weiches graues Licht drang ein. Selbst unter dem kühlen Hauch der Klimaanlage wirkte der knospende Morgen irgendwie heiß.

J. W. drehte Mike den Rücken zu und sah lange auf die Rasenfläche vor John Winships Haus. Sie war ordentlich geschnitten, gemäht und geharkt. Das hatte er alles am Tag zuvor getan, in Vorbereitung auf die Menschen, die heute nachmittag nach der Beerdigung ihres Vaters ins Haus geströmt kommen würden. Mike fragte sich, ob er jemals zuvor in der Lage gewesen war, seine Arbeit von hier zu sehen, wie das jene konnten, die in diesem Haus lebten.

»Ich muß dir etwas sagen, Mike«, begann er. Er sprach nicht weiter, und sie setzte sich auf den Rand des Bettes. Furcht begann sich in ihrer Magengrube bemerkbar zu machen. Sie spürte, daß es schlimm werden würde. Aber was konnte da noch sein? Das Schlimmste war bereits geschehen, war vorüber.

»Dann solltest du es mir endlich erzählen«, erwiderte sie.

»Eigentlich wollte ich es dir nicht sagen«, meinte er. »Aber inzwischen glaube ich, du mußte es wissen. Und es ist nicht mehr viel Zeit. DeeDee und Duck planen seit mehr als einem Jahr, das Haus abreißen und an seiner Stelle eine Straße bauen zu lassen. Vielleicht sogar noch länger. Ich habe für DeeDee ein paar Gartenarbeiten erledigt, und dabei habe ich sie zum ersten Mal davon reden hören, als sie dachten, ich wäre nicht da. Und danach habe ich meine Ohren gespitzt, so oft ich konnte. Sie waren nicht gerade vorsichtig bei ihren Unterhaltungen. Vermutlich dachten sie, ich hätte nicht genug Verstand, um begreifen zu können, was sie da sagten. Als du dann nach Hause gekommen bist, haben sie mich nicht mehr zu Gartenarbeiten gerufen; also habe ich nichts mehr erfahren. Aber über das, was ich gehört habe, bin ich mir hundertprozentig sicher.«

Mike wußte nicht, was sie sagen sollte. Alles schien aus den Fugen zu geraten. Sie starrte diesen Schwarzen an, den sie ihr ganzes Leben gekannt hatte, und der ihr nun absolut fremd war, eine Silhouette vor dem heller werdenden Himmel.

»Wie konnten sie das?« fragte sie benommen. »Sie haben doch gar keinen ... Einfluß, keine Macht. Wer sollte schon auf sie hören? Und warum? *Warum?* Was haben sie sich von einer Straße versprochen? Einer Straße ins Nichts?«

»Ich bin mir nicht sicher«, erwiderte J. W. und wandte sich noch immer nicht vom Fenster ab. »Aber es klang so, als würde es irgendeinen großen Immobilienverkauf geben, wenn Dee-Dee das Land geerbt hätte – was jetzt der Fall ist, wie ich annehme, nachdem Mister John von uns gegangen ist. Sie wollen eine Menge Geld damit machen. Ich habe sie darüber sprechen gehört, was sie damit machen wollen. Es würde eine ganz schöne Veränderung geben, wenn sie das Land deines Daddys an irgendeinen großen Bauunternehmer verkaufen, der dann Häuser, eine Fabrik oder was-weiß-ich darauf errichtet. Ich habe keine Ahnung, wer mit ihnen da unter einer Decke steckt. Ich habe gelauscht, so gut ich konnte, aber das haben sie nie gesagt. Aber es muß schon ein sehr großer, wichtiger Mann sein, wenn er dazu in der Lage ist, die Straße bauen zu lassen und das Haus einzureißen.«

»Aber wie konnten sie es tun? Das Land gehörte ihnen doch gar nicht. Es gehörte DeeDee nicht. Jedenfalls nicht bevor Daddy ... Aber jetzt ist er ja gestorben, nicht wahr? Aber woher konnten sie schon vor so langer Zeit wissen, daß ihnen das Land gehören würde?«

»Man braucht kein Wahrsager zu sein, um vorherzusagen, daß ein alter kranker Mann nicht mehr lange zu leben hat. Besonders, wenn der sich über eine Sache so sorgt und grämt wie über dieses Haus.«

»Hast ... hast du Daddy davon erzählt? Wem hast du es sonst noch erzählt? Warum hast du es mir nicht schon früher gesagt?«

Ihre Stimme klang in ihren Ohren nörgelnd und weinerlich. Er wandte ihr das Gesicht zu, und sie sah, daß es qualverzerrt war, seine schwarzen Augen geschwollen waren.

»Ich habe es deinem Daddy nicht erzählt. Nein. Ich wußte, es würde ihn umbringen, wenn er erführe, daß DeeDee so etwas tun würde. Ich habe es nur einem anderen Menschen gesagt. Sam Canaday. Ich habe es niemandem sonst erzählt, weil er sich von mir versprechen ließ, das nicht zu tun. Besonders dir sollte ich nichts sagen, Mike. Er kannte dich damals noch nicht, Mike. Er wußte nicht, auf welcher Seite du stehen würdest. Und später hat er dir dann einfach nicht wehtun wollen, nehme ich an. Er wußte, daß DeeDee dich praktisch aufgezogen hat. Ich glaube, er wollte, daß dir wenigstens noch ein Familienmitglied blieb.«

»Ich hätte es nie erfahren«, stellte sie in höchstem Erstaunen fest. »Ich hätte es nie erfahren, wenn du es mir heute nicht erzählt hättest. Warum hast du dein Versprechen gegenüber Sam gebrochen, J. W.?«

»Du hast uns nie so gesehen, wie wir wirklich sind, Mike«, sagte J. W. Cromie. »Keinen von uns. Und ich wollte nicht, daß du von hier wegfährst, ohne zu wissen, wie die beiden wirklich sind. Selbst wenn sie mit all ihren Plänen durchkommen sollten und wir nichts dagegen unternehmen können. Ich wollte einfach, daß du über sie Bescheid weißt. Dein Daddy hätte wahrlich Besseres verdient. Und du auch. Eine Zeitlang habe ich geglaubt, daß du vielleicht hierbleiben könntest. Das hätte ihn glücklich gemacht. Die Tochter hier zu haben, wenn er von uns gegangen ist . . . Die Tochter, um die er nie zu trauern aufgehört hat. Ich habe ihn an jedem Tag seines Lebens gesehen, nachdem du gegangen warst. Ich weiß, wie er empfunden hat. Ich hätte dir nichts von dieser Sache erzählt, wenn ich gewußt hätte, daß du hierbleibst, aber nun, da du gestern gesagt hast, du würdest abfahren . . . da habe ich es eben getan.«

Er lehnte sich gegen die dröhnende Klimaanlage, als wäre er so erschöpft, daß ihn seine Beine nicht mehr tragen konnten, und steckte die Hände in die Taschen seiner Arbeitshosen.

»Vielleicht hätte ich bis heute abend warten sollen«, fuhr er fort. »Aber ich wollte nicht, daß du Mitleid mit ihnen hast, wenn sie sich in der Kirche um ihn die Augen ausweinen. Und ich bin sicher, daß du jetzt nicht zusammenbrechen wirst.«

»Nein«, flüsterte Mike. »Jetzt nicht.«

Eine lange Zeit rührte sich keiner von beiden, und dann ging Mike über den dünnen, abgetretenen alten Teppich auf ihn zu und lehnte ganz einfach ihren Kopf an seine Brust. Erst regte er sich nicht, dann legte er die Arme um sie und hielt sie leicht an sich gedrückt.

»Danke, J. W.«, sagte Mike.

»Keine Ursache, Mike.«

Schließlich ging er so leise und unauffällig wieder aus dem Zimmer, wie er es betreten hatte. Die Tür fiel sanft hinter ihm ins Schloß. Mike zog sich in der warmen, schweigenden Morgendämmerung an, ging leise die Treppe hinunter, um Priss Comfort nicht zu stören, die in John Winships Zimmer schlief, holte das Auto aus der Garage und fuhr zu dem baufälligen kleinen Haus am Rand des Wohnwagen-Parkplatzes, um ihre ältere Schwester zur Rede zu stellen.

Mike wußte, daß sie in Kürze sehr wütend sein würde, mehr als wütend: Außer sich, weißglühend vor Zorn, verrückt vor Wut. Doch im Moment war diese Wut noch auf Eis, weil sie es noch nicht ganz wahrhaben wollte. Während sie fuhr, hoffte sie so unumwunden und fieberhaft wie ein Kind, das sich etwas inbrünstig wünscht, daß dieser Zorn erst durchbrach, nachdem sie ihre Schwester und den furchtbaren, trivialen, aufgeblasenen Mann gesprochen hatte, mit dem sie verheiratet war, und sich wieder auf dem Heimweg befand. Sie wußte nicht, was sie DeeDee und Duck sagen würde, aber im Augenblick war es die wichtigste Sache von der Welt, daß sie es sagte, daß es ausgesprochen wurde und vorüber war. Dann, dachte Mike, dann kann ich abfahren. Dann kann ich von hier weg. Als sie noch sehr klein gewesen war und sich bei Dr. Gaddis eine dieser Kindheitsimpfungen abholen mußte, hatte sich Mike dadurch beruhigt, daß sie sich immer wieder schluchzend versichert hatte: »Und dann, dann, dann wird alles vorbei sein. Und dann, dann, dann.« Genau das tat sie nun wieder, als sie in dem ruhigen alten Cadillac dahinfuhr: »Und dann, dann, dann ...«

DeeDee und Duck saßen um den runden, gelackten, hellen Kiefernholztisch in der Frühstücksnische, wie DeeDee es nannte. DeeDee trug einen voluminösen knielangen Morgenrock von undefinierbarer Farbe und Gummisandalen. Ihre Haare waren ungekämmt und ihr Gesicht vom stundenlangen Weinen fast bis zur Unkenntlichkeit verschwollen. Ihre hübschen blauen Augen waren nahezu vollständig verschwunden, und auf ihrer Gesichtshaut zeigten sich streifige, rote Flecke. Sie trank Kaffee aus einem Henkelbecher mit Kermit dem Frosch darauf und atmete feucht durch den Mund. Ihre kleine, entzündete Nase schien nach all den Tränen total verstopft zu sein. Duck trug nichts als seine Unterhosen. Wäre Mike zu konzentrierter Beobachtungsgabe fähig gewesen, hätte seine schlaffe Fettleibigkeit sie abgestoßen, sein erbärmlicher körperlicher Ruin. Doch sie sah nichts anderes als das Gesicht ihrer Schwester. Sie ging mit steifen Schritten auf die Frühstücksnische zu, die Hände seitlich herabhängend, verkrampft; die Autoschlüssel gruben sich tief und schmerzhaft in ihre verbundene Handfläche.

Sie sahen dumpf überrascht zu ihr auf, als wäre sie eine Geistererscheinung. Mike war seit jenem Abend, an dem sie Bayard Sewell wiedergesehen hatte, nicht wieder in diesem kleinen Haus gewesen. Sie nahm an, daß sie aussah wie eine Wahnsinnige. Sie hatte sich ihre fliegenden Haare nicht gekämmt und die Kleidung angezogen, die sie am Abend zuvor unordentlich neben ihr Bett geworfen hatte. Wie durch einen Nebel wurde ihr bewußt, daß sie keine Schuhe trug.

»Mikie?« fragte DeeDee vorsichtig-tastend.

»Es hat ihn umgebracht«, stellte Mike fest. »Das ist dir hoffentlich bewußt.« Ihre Stimme überraschte sie; sie hätte genauso gut über das Wetter sprechen können. »Ich weiß nicht, ob du das geplant hast oder nicht – auf jeden Fall hat es ihn genauso getötet, als hättest du ihm eine Pistole an die Stirn gesetzt und abgedrückt. Herzlichen Glückwunsch, DeeDee. Es hätte für dich nicht besser laufen können. Die Zeitplanung war perfekt. Du hast an einem einzigen Nachmittag das Haus einreißen lassen und den alten Mann umgebracht. Wann wird nun die Straße gebaut?«

Sie protestierten nicht; sie taten auch keineswegs so, als wüßten sie nicht, wovon sie redete. Duck sagte nichts, stellte aber seine Kaffeetasse auf die gelackte Tischfläche, auf der eine unappetitliche Ansammlung von Frühstücksüberresten klebte. Er faltete die Hände auf dem Tisch und beobachtete sie, seine schwerlidrigen Augen waren fast geschlossen. DeeDees Mund verzerrte sich zu einer riesigen Öffnung – es sah aus wie das herzzerreißende Wehklagen eines Kindes –, und frische Tränen liefen über ihre großflächigen Wangen. Ihr Atem kam und ging in großen Schluchzern, aber im Moment waren noch keinerlei Geräusche zu hören. Ihre enorme Lade von einer Brust, zu dieser Tagesstunde noch ohne jede Stütze, hob und senkte sich über ihrem Bauch, während sie sich darum bemühte, zu Luft zu kommen. Schließlich gelang es ihr, und ihre Worte ergossen sich über ihre erstickenden Schluchzer, waren eine Lava des Leids: »Aber ich wollte doch nicht, daß er dorthin geht! Wir hatten keine Ahnung, daß er wußte, daß es an dem Tag war! Ich habe doch nicht gewußt, daß er sich bewegen kann ... Ich habe fest damit gerechnet, daß dann alles vorüber wäre, und er sich um den Rest des Landes nicht mehr sorgen würde! Oh, Mikie, ich habe meinen Daddy geliebt, und ich war sicher, daß es ihn nicht mehr interessieren würde ...«

»Nun, er hat sich darum zu Tode gesorgt, DeeDee.« Mike war unnachgiebig. Die groteske Erregung ihrer Schwester berührte sie nicht. »Großer Gott, ich kann es einfach nicht glauben! Von

Duck bin ich nicht überrascht; Duck hätte ich gut genug kennen sollen. Aber du ... DeeDee, du warst sein Baby, du warst sein Liebling! Hast du ihn jemals wirklich gekannt? Wenigstens ein bißchen? Wie konntest du nur annehmen, es würde ihn nicht mehr interessieren?«

»Er hat dieses dumme Haus sein ganzes Leben lang gehabt«, schluchzte DeeDee durch ihre vors Gesicht geschlagenen Hände. »Die berühmte, herrliche Winship-Farm. Er konnte sie doch nie mehr nutzen. Sie stand all die langen Jahre leer. Er ist doch seit Monaten nicht mehr dort gewesen. Und schließlich hatte er sein Leben gehabt, und du warst schon so lange fort. Du hast ein so feines, großartiges Leben geführt, hattest überhaupt nicht vor, jemals wieder zurückzukommen, aber ich ... Ich habe nie auch nur ein bißchen gehabt! Niemals in meinem ganzen Leben! Und es war doch ohnehin mein Land ...«

Mike erkannte zum ersten Mal, obwohl Priss es bereits angedeutet hatte, daß DeeDee sie um jede Verfasserzeile, um das angebliche Leben in Luxus und Abenteuer, um die Privilegien, den Pseudo-Glanz der großen Weltstädte, den wohlhabenden Ehemann, die exemplarische Tochter und die vorgestellte zärtliche, sichere Ehe beneidet hatte.

Sie hat meine Wahrheit ebensowenig gekannt wie ich ihre, dachte Mike. Tief drinnen in ihr begann die Wut zu beben und zu zittern.

»Es war nicht dein Land«, sagte sie zu ihrer Schwester. »Und das hätte noch eine ganze Weile so bleiben können.« Ihre Stimme begann zu zittern. »Hast du nicht warten können? Du mußt doch gewußt haben, daß es nicht ewig dauern konnte. Konntest du denn nicht warten? Mußtest du ihn denn dazu bringen, es auch noch mitanzusehen?«

DeeDee sagte nichts, weinte aber noch heftiger.

»Was ist schon groß geschehen, Mike?« fragte Duck und lächelte sie gewinnend an. Es war das alte Lächeln: Träge, schmeichlerisch. Es kroch über Mike hin wie ein großer Wurm. »Das Land wurde nicht mehr bearbeitet. Das alte Haus fiel in sich zusammen. Es war kaum wahrscheinlich, daß er es je wiedersehen würde, und über kurz oder lang hätte es ohnehin uns – DeeDee – gehört. Wir wollten keineswegs, daß er erfährt, an welchem Tag der alte Haufen eingerissen wird. Ich habe keine Ahnung, wie er das zum Teufel noch mal herausgefunden hat ... Aber das war unsere große Chance, Mike. Und wir wußten, daß sie nie wiederkommen würde. Die Investoren waren da, sie hatten das Geld, sie wollten anfangen. Und eine solche Chance darf man sich nicht entgehen lassen. Wir hätten sie verloren, wenn wir abgewartet hätten. Großer Gott, John hätte es liebend gern gesehen, daß für die Menschen, die er geliebt hat, vorgesorgt ist; seine Tochter, seine Enkelkinder. Er hätte ihnen doch alles auf der Welt gegeben ...«

»Vielleicht wollte er ihnen etwas anderes geben«, sagte Mike. Die Wut begann sich durch das Eis zu fressen. Das machte ihr Angst.

»Was?« fragte Duck Wingo. »Er hatte nichts anderes. Himmel, es war doch nur ein altes Haus ...«

Unvermittelt begann Mike zu schreien. Sie sah rot. »Meine Güte, es war *sein* Haus! Es war nicht richtig! Was ihr beide getan habt, ist unvorstellbar! Es ist schlecht, böse, schauerlich! Es war sein Haus! Nichts kann das rechtfertigen, was ihr getan habt!«

DeeDee sprang auf die Füße, baute sich vor Mike auf. Sie schaukelte auf ihren kleinen, dicken Beinen, mit zusammengebissenen Zähnen zischte sie, während ihr der Atem pfeifend durch die verstopften kleinen Nasenflügel zog:

»Wage es ja nicht, uns schlecht zu nennen, Mike Winship!« kreischte sie. »Miss Micah Hochnäsig Winship Singer! Es war nicht unsere Schuld! Es war nicht unsere Idee! Wenn du Namen nennst, dann halte dich an die richtigen! Wende dich an deinen teuren, süßen Liebhaber Bayard Sewell! O ja, wir wissen Bescheid! Alle in der Stadt wissen Bescheid! Was meinst du denn, wer mit dem Vorschlag zu uns gekommen ist? Wer meinst du, hat die Investoren da oben in Boston gefunden und uns dann ein Angebot gemacht, das uns für den Rest unseres Lebens sorgenfrei leben läßt? Wer wird die größte Fabrik für Katzenfutter auf der Welt mitten auf dem Gelände errichten, nachdem die Straße erst einmal fertiggestellt ist? Und wer ist wohl der Partner bei diesem Unternehmen? Wer hat die Genehmigungen für dieses Projekt wohl bei den zuständigen Behörden durchgeboxt? Bay Sewell hat dich in diesem Sommer nicht nur in einer Hinsicht aufs Kreuz gelegt, kleine Schwester!«

»Du bist eine gottverdammte Lügnerin«, sagte Mike. DeeDee zog so schnell und so tief den Atem ein, daß ihre Wangen erzitterten. Dann schlug sie Mike mitten ins Gesicht. Sie begann zu lachen.

»DeeDee, Schätzchen . . .«, sagte Duck Wingo. Er hievte sich auf die Beine und legte DeeDee eine Hand auf den Arm. Sie wirbelte herum und versetzte auch ihm eine Ohrfeige.

»Wage es ja nie wieder, mich anzurühren, du erbärmlicher Lump.« Sie verschluckte sich an ihrem Lachen, und er trat einen Schritt zurück. Seine Hand fuhr an die Wange. DeeDees Gelächter glitt schnell in Tränen über.

Mike stand regungslos. In ihren Ohren hallte der Schlag nach. Sobald DeeDees Worte herausgewesen waren, erkannte sie, daß sie die Wahrheit gewußt hatte, seit J. W. an ihre Zimmertür geklopft hatte – vielleicht sogar noch länger. Wie kalter Atem über einem Glas löste sich die Liebe so schnell auf, als hätte es sie nie gegeben. Da war, in diesem Moment, keinerlei Schmerz, nur eiskalte Wut. Sie drehte sich um, verließ das furchtbare kleine Haus und stieg ins Auto. DeeDees eskalierendes Jammern folgte ihr. Mike zog die Tür des Cadillac zu, und die Jammerlaute verstummten abrupt. Sie fuhr heim in die Pomeroy Street. Irgendwann während der Fahrt verrauchte die Wut, aber die Kälte blieb. Sie wollte nichts mehr als ein Bad nehmen, hinaufgehen, sich in ihrem Bett verkriechen und schlafen.

Als sie die Küche betrat, stand Bayard Sewell an der Arbeitsfläche. Makellos und unbeschreiblich gutaussehend in einem dunkelgrauen Anzug, weißem Hemd und gelber Krawatte, goß er sich eine Tasse Kaffee ein.

»Die Gazetür stand offen, also bin ich hereingekommen«, sagte er und zeigte ihr sein wundervolles weißes Lächeln. »Priss hat Kaffee gemacht und ist dann nach Hause gegangen, um ihre Katze zu füttern. Ich habe mich zu Tode erschreckt, als sie sagte, du seist nicht oben in deinem Bett. Wo bist du denn so früh schon gewesen?«

Sie schluckte angesichts seiner männlichen Schönheit und seiner Niedertracht.

»Ich war bei DeeDee.«

Er setzte die Kaffeetasse ab, kam zu ihr herüber, legte seine Hand sanft unter ihr Kinn und hob es an, bis sie ihm direkt in die Augen sah. »Hast du nicht schlafen können?« fragte er. »Ich konnte es auch nicht. Ich habe die ganze Nacht lang nur an dich gedacht, wie du da oben allein in dem Bett liegst, was du durchmachen mußt. Gott, wie gern wäre ich zu dir gekommen ...«

Mike wandte sich ab, setzte sich auf einen der Küchenstühle und legte den Kopf auf die auf dem Tisch verschränkten Arme.

»DeeDee hat mir alles über euer kleines Immobiliengeschäft erzählt«, sagte sie.

Es entstand ein langes Schweigen. Mike beobachtete, wie sich die Dunkelheit hinter ihren Augenlidern in dunkles Rot und Windrädchen mit Parabeln weißen Lichtes verwandelte. Dann sagte er in einer Stimme, die Bays tiefer Stimmlage ähnlich und doch anders war: »Nun, ich wünschte, sie hätte das nicht getan. Ich hoffte, du würdest es noch eine Weile lang nicht erfahren, Mike. Vielleicht sogar nie. Vielleicht wäre es sowieso besser gewesen, du wärst nach New York gefahren und hättest die Dinge hier so gelassen wie sie ... sind. Allerdings habe ich es auch durchaus ernst gemeint, als ich sagte, ich wünschte, du würdest bleiben. Ich glaube, wenn DeeDee den Mund gehalten hätte, wäre es möglich gewesen, irgendeine Lösung zu finden. Jetzt ist das natürlich alles hinfällig.«

Mikes Herz, das sie für erfroren gehalten hatte, sank kalt und bleischwer unendlich tief in unendlich dunkles Wasser. Sie hatte gehofft, erkannte sie jetzt, daß er es leugnen würde.

Sie hob den Kopf und wirbelte herum, um ihn anzusehen Er gab den Blick zurück. Sein gutgeschnittenes Gesicht war ernst, aber auch eine Spur amüsiert. Seine Hände steckten in seinen Sakkotaschen. Er wirkte wie eine Modezeichnung in *Gentleman's Quarterly*.

»Warum hast du den ganzen Sommer lang mit mir geschlafen?« fragte sie. Ihre Stimme schien nicht ihre eigene zu sein. »DeeDee sollte das Land schon immer bekommen, nicht ich. Jetzt hat sie es. Warum hast du sie nicht flachgelegt? Sie hätte das sehr genossen. Und Duck hätte Eintrittskarten verkauft, wenn du ihn darum gebeten hättest.«

Er gluckste. Es war ein fröhlicher, leutseliger, unglaublicher Ton.

»Kannst du dir vorstellen, daß jemand DeeDee besteigt? Da bist du doch etwas ganz anderes – Lichtjahre entfernt, Mike. Nein, du warst meine Informationsquelle. Und ich wollte dich auf unsere Seite bekommen. Du warst es, die er nach seinem Schlaganfall um sich haben wollte, nach der er gefragt hat. Du, und nicht DeeDee. Wir wollten dich dazu bringen, daß du ihn dazu überredest, DeeDee den Rest des Grundstücks zu überschreiben, wenn erst einmal alles vorüber war, wenn er mit seinem Einspruch keinen Erfolg gehabt hatte. Wir hatten angenommen, daß er froh sein würde, einen Schlußstrich unter die ganze Angelegenheit ziehen, sie vergessen zu können. Aber dann wurde seine Beziehung zu dir immer inniger. Das ist keinem von uns verborgen geblieben. Und DeeDee gegenüber wurde er immer kühler. Ich mußte ihr sogar raten, nicht mehr so häufig herzukommen. Das hat uns große Sorgen gemacht. Wer konnte denn wissen, was ihr da beide aushecken würdet? Du warst längst auf seine Seite übergelaufen. Und er war zum Schluß nur noch ein verrückter alter Mann.«

»Ja, das war er wohl«, erwiderte Mike. »Er war tatsächlich ein verrückter alter Mann. Aber er hat euch allen doch eine Menge Ärger erspart, daß er sich so problemlos abgemeldet hat, nicht? Zu dumm, daß er nicht gleich nach dem Schlaganfall gestorben ist. Dann hättest du dich nicht so verausgaben müssen, Bay.«

Das alte Lächeln erschien unsinnigerweise wieder, zeigte seinen ganzen unbeschwert heiteren Charme.

»Oh, gegen diesen Teil des Unternehmens hatte ich absolut nichts einzuwenden«, sagte Bay Sewell. »Du bist schon ein phantastisches Luder. Das müssen all diese Auslandsreisen sein. Noch nie hatte ich eine Frau, die sich mit dir vergleichen könnte.«

Sie schrie ihm die gleichen Worte entgegen, die sie auch DeeDee und Duck vorgehalten hatte: »Konntest du denn nicht warten?«

»Nein«, entgegnete er ernst. »Die Investoren wollten endlich anfangen. Du hast fast alles vermasselt, als du mit dieser irrsinnigen Brief-Kampagne angefangen hast. Ich mußte nach Boston fliegen, um den Versuch zu unternehmen, die Lunte wieder zu löschen, und eine Zeitlang nahm ich wirklich an, die ganze Sache wäre endgültig verpatzt. Oder besser gesagt, du hättest sie verpatzt. Ich habe dafür praktisch mein Leben verpfändet. Aber das liegt inzwischen hinter uns. Ich habe bereits einen großen Batzen des Geldes erhalten. Sie haben es gestern überwiesen. Der Rest kommt, wenn wir das Land erschließen. Wir werden das Unternehmen Winship Farms Industrial Park nennen –

genau wie er es getan hätte. Du weißt genau, daß es ihm gefallen hätte, Mike. Hör mal, man muß nun einmal reagieren, wenn der richtige Zeitpunkt gekommen ist. Das habe ich mein ganzes Leben lang gewußt. Danach habe ich mich gerichtet. Das hat mich dahin gebracht, wo ich jetzt bin. Man muß die Chance nutzen, wenn sie sich bietet. Du hast die deine ergriffen, als du mich verlassen hast.«

Der Zorn brach sich Bahn. »Als ich dich verlassen habe! Verdammtnochmal, Bay Sewell, du hast dich genau hier, in diesem Haus, an dieser Stelle für ihn entschieden! Gegen mich! Du hast dich für ihn entschieden, und für sein Geld! Das hatte ich von Anfang an begriffen. Und du ... du kannst deine Hände einfach nicht von dem lassen, was ihm gehört, was? Ob das nun sein Land ist oder seine Tochter ...«

Er schwieg, und sie fuhr nach einer kurzen Pause fort: »Du haßt mich schon sehr lange Zeit, nicht wahr, Bay? DeeDee, Duck und du – ihr alle. Die ganze Zeit ...«

Er blickte auf den Linoleumboden. »Ich habe dich auf gar keinen Fall gehaßt. Niemals. Aber du hättest mich nicht so in Verlegenheit bringen dürfen«, sagte er. »Alles war so genau geplant. Du hattest kein Recht, mir das anzutun.« Unerwartet verzerrte sich sein Gesicht. »Du warst meine Fahrkarte weg von hier, Mike«, sagte er leise aber so bösartig, daß sie unwillkürlich einen Schritt zurücktrat. »Mein Ticket. Weißt du denn nicht, was eine Stadt wie Lytton Gewinnern antut? Meinst du denn, ich hätte nicht gewußt, wer ich war, was ich hatte, noch immer habe? Ich hätte die Welt aus den Angeln heben können – da draußen. Und du hättest mir helfen können. Sein Geld hätte uns zu einem blendenden Start verholfen. Aber du bist einfach davongelaufen, und ich war all die Jahre an eine Alkoholikerin, einen bigotten Greis und zwei Trottel gebunden. Aber *dein* Name war in all diesen Magazinen und Zeitungen. Dabei war ich der Kluge; ich war immer der Beste ...«

»Du hättest jederzeit gehen können«, flüsterte Mike.

»Nein. Sein Geld hielt mich hier fest. Sein Geld ermöglichte mir meine Ausbildung. Sein verdammtes Land war das Startkapital meiner Firma. Guter Gott, er hat mir doch sogar meine Frau ausgesucht!«

»Er hat dir geholfen, Bay!« rief Mike.

»Nein. Er hat mich gekauft. Mit der Immobilienfirma und der Frau habe ich dafür bezahlt, zum College gehen zu können. Damit, und daß ich in einer unbekannten Stadt ein Leben in seinem Schatten geführt habe. Aber diese Schuld ist jetzt getilgt. Ist aus den Büchern gestrichen.«

Sie sah ihn lange an – sein gutgeschnittenes Gesicht, seine schmalen Hände, die herrlichen Augen, in denen jetzt fast so etwas wie ein Hauch von Wahn flackerte.

»Hast du mich jemals geliebt?« fragte sie.

»Selbstverständlich«, entgegnete er überrascht. »Du warst doch das erste, was ich je besessen habe. Und ich liebe dich immer noch. Hättest du das Land geerbt – oder hättest du mit uns gemeinsame Sache gemacht –, wärst du innerhalb eines Jahres meine Frau gewesen.«

»Ach so. Und wie hättest du das angestellt? Sollte Sally den gleichen Weg wie Daddy gehen?«

»Lieber Himmel, Mike. Ich hätte sie so wenig umbringen müssen, wie ich deinen Vater umgebracht habe. Siehst du denn nicht, was sie sich selbst antut? Sie wird noch vor Weihnachten tot sein.«

Seine Lippen bewegten sich weiter; er sagte noch etwas, aber Mike hörte ihn nicht mehr. Sie drehte sich um, ging die Treppe hinauf, stieg in die Badewanne, füllte sie mit soviel brühend heißem Wasser wie möglich und blieb lange Zeit darin. Sie schloß die Augen und dachte an gar nichts.

Als sie wieder hinunterging, war Bayard Sewell gegangen, und Sam Canaday saß auf seinem üblichen Platz am Küchentisch, trank den letzten Rest Kaffee und aß Doughnuts aus einer fettfleckigen weißen Tüte, die vor ihm lag.

»Schließt du denn nie deine Tür ab?« wollte er wissen. Er trug einen blauen Blazer, graue Hosen, und seine Krawatte war heute dunkelblau mit feinen roten Streifen. Sein blondes Haar schimmerte fast weiß unter der Deckenbeleuchtung, und sein leichtgebräuntes Gesicht war nicht so grau vor Erschöpfung, wie das letzte Mal, als sie ihn gesehen hatte, obwohl die gelbgrünen Wolfsaugen dunkle Safranringe zeigten. Er roch nach Seife und nach einem Tannennadel-Rasierwasser.

Mike setzte sich an den Tisch und angelte sich einen Pfannkuchen aus der Tüte. Sie hatte plötzlich brennenden Hunger, stellte sie fest. Mike verdückte den Doughnut und begann dann zu sprechen. Sie redete fast eine Stunde lang. Als sie fertig war, sah sie ihn an und wartete auf eine Reaktion: Erbitterung, Mitleid, Bedauern – irgend etwas. Aber auf seinem Gesicht zeigte sich nichts anderes als zunehmende Resignation. Ihre eigene Wut begann wieder zu steigen.

»Du hast es also erfahren«, meinte er. »Na, wenigstens hast du es von der richtigen Adresse. Ich kann nicht behaupten, daß es mir leid tut, daß du es weißt. Aber ich kann sagen, daß ich froh bin, daß ich es dir nicht zu sagen brauche. Denn das hatte ich vor – nachdem die Beerdigung vorüber ist. Dieser Sewell ist schon ein seltsamer Vogel, nicht? Er hätte einen großartigen Borgia abgegeben. Also Katzenfutter, ja? Ist ja mal was anderes für Lytton, so eine richtige Yankee-Katzennahrung. Sie könnten den Mist Lytton Liver and Lights Limited nennen. Der Junge hat echt das Zeug zum Präsidenten.«

Mike starrte ihn an.

»Ist das alles, was du dazu zu sagen hast?«

»Ich würde meinen, daß dein hübscher Freund Bayard Everett Sewell für den Moment alles gesagt hätte.«

»Und du wirst nichts dagegen unternehmen?«

»Was erwartest du denn von mir, Mike? Sie haben nichts Gesetzwidriges getan.«

»Sie haben meinen Vater umgebracht! Und das ist eindeutig gegen das Gesetz!«

»Nein, das haben sie nicht getan. Das kannst du einfach nicht behaupten, jedenfalls nicht öffentlich. Dann würdest du innerhalb von drei Wochen in einer Klapsmühle landen.«

»Bei Gott, ich werde es sagen!« schrie Mike. Die Wut durchzuckte sie wie eine Reihe von Blitzen, ballte sich zu einem ungeheuren Gewitter zusammen. »Ich werde allen in dieser Stadt sagen, was sie getan haben! Jedem einzelnen Menschen in diesem Staat! Noch besser – ich werde darüber schreiben und es an jede einzelne Zeitung im verdammten Staat Georgia schikken. Man kennt mich; sie werden meine Artikel drucken. Und wenn du mir nicht helfen willst, dann mach ich es eben allein.«

Sie hatte sich von ihrem Stuhl erhoben und stand, stützte sich auf die Kante des Küchentisches. Sie zitterte am ganzen Körper. Er stopfte sich den letzten Bissen Pfannkuchen in den Mund, stand ebenfalls auf und drückte sie sanft auf den Stuhl zurück.

»Nein«, stellte er fest. »Du wirst weder das noch irgend etwas anderes tun. Du wirst nichts zu DeeDee, Sewell, Priss oder sonst jemandem sagen. Du wirst ihnen dabei helfen, dem Colonel das hervorragendste Begräbnis zu geben, das die Methodist Church von Lytton bieten kann. Und du wirst jeder alten zittrigen Dame mit blaugetönten Haaren, jedem hühnerhalsigen Tattergreis für ihr Kommen danken und lächeln. Du wirst Kaffee und Kuchen servieren – allen tausend Leutchen, die danach hier erscheinen werden, wenn es sein muß, und dann wirst du dich noch einmal bedanken.«

»Sam, das kann ich nicht. Ich kann einfach nicht mit ansehen, wie diese drei an seinem Grab jammern und klagen. Ich kann nicht mit ansehen, daß die Menschen zu ihnen gehen und sie trösten. Besonders von ihm könnte ich das nicht ertragen. Alle

Welt nimmt an, er hätte Daddy wie seinen eigenen Vater geliebt. Sie werden ihn hätscheln und trösten, und das wird ihm runtergehen wie Öl – ihnen allen dreien wird es runtergehen wie Öl. Du verlangst also allen Ernstes von mir, daß ich sie einfach ... sie einfach damit davonkommen lasse?«

»Ja. Das verlange ich von dir.«

»*Warum?*« Die zwei Silben waren ein einziger verzweifelter Aufschrei der Qual und des Nichtbegreifenkönnens.

»Weil es nichts gibt, das du dagegen unternehmen könntest, Mike. Zumindest jetzt nicht. Sie haben nichts – ich wiederhole *nichts* – Illegales getan. DeeDee nicht, Duck nicht, Bayard Everett Sewell nicht, die Verkehrsbehörde von Georgia nicht.«

»Sam, es gibt verdammtnochmal irgend etwas auf dieser Welt, was ich dagegen unternehmen kann, und ich werde herausfinden, was das ist, und dann werde ich es tun.«

»In Ordnung, Mike. Gut. Ich werde jetzt nicht sagen, daß der Tag kommen wird, an dem du es gar nicht mehr tun willst, an dem du nicht mehr so empfinden wirst. Aber er wird kommen, und das schneller, als du dir vorstellen kannst. Aber in der Zwischenzeit möchte ich, daß du dieses Thema ruhen läßt. Nur für den Augenblick. Wir wollen ihm ganz einfach ein großartiges Wikinger-Begräbnis geben. Wirst du das fertigbringen? Für ihn? Für mich?«

»Erzähl mir bloß nicht diesen dummen Spruch von der Zeit, die alle Wunden heilt«, entgegnete Mike und ihre Stimme zitterte tief in ihrer Kehle.

»Okay«, erwiderte Sam Canaday. »Sage ich nicht. Jetzt solltest du aber lieber hinaufgehen, um dich umzuziehen. Wir müssen ein bißchen früher in der Kirche sein.«

»Sam«, sagte sie und stand erneut auf. »Wirst du etwas in der Kirche sagen? Für Daddy? So eine Art von ... du weißt schon, so eine Art von Würdigung?«

»Das kann ich nicht tun, Mike.«

»Warum denn nicht? Du bist doch ein guter Freund von diesem Pfarrer Wie-heißt-er-doch-gleich?«

»Das ... kann ich nicht machen. Ich spreche nicht mehr in Kirchen, Mike. Das habe ich ... seit langer Zeit nicht mehr getan. Und Lytton würde einen Anfall bekommen. Wie du weißt, bin ich nicht gerade jedermanns Lieblingssohn ...«

»Bitte, Sam. Du warst sein Lieblingssohn. Du bist wirklich so etwas wie ein Sohn für ihn gewesen. Sam, hör mir zu ...« Mike spürte die verhaßten Tränen wieder in ihr hochsteigen und schüttelte ungeduldig den Kopf, aber sie liefen ihr bereits warm über die Wangen. »Ich habe doch nichts, was ich ... ihm geben könnte, was ich ihm zum Abschied mitgeben könnte. Diese ganze Trauerfeier, dieses ganze Tamtam – das ist nicht von mir, sondern von DeeDee. Auch von Priss. Es ist von Lytton. Aber ich möchte, daß etwas bei dieser Beerdigung auch von mir ist.«

Er kam um den Tisch herum und wischte ihr mit seinem Daumen sanft die Tränen vom Gesicht.

»In Ordnung, Mike«, sagte er. »Ich werde Tom Cawthorn fragen, ob er etwas dagegen hat. Und ich werde mir etwas einfallen lassen. Ich werde es versuchen.«

»Nicht versuchen, Sam«, erwiderte sie und hielt an der Küchentür inne. »Tu es. Bitte. Für Daddy und für mich.«

Er machte mit dem Daumen ein Siegerzeichen.

»Du hast gewonnen«, sagte er.

32

Seit mehr als hundert Jahren stand die United Methodist Church von Lytton nun schon an der Ecke Trinity und Elder Street, westlich der Hauptgeschäftsgegend. Seit Mike fortgegangen war, hatte man sie neu aufpoliert, und das Gotteshaus war jetzt anheimelnd und modern mit hellen, einfachen Kirchenbänken aus Eiche, Altar, Teppich und Kniekissen in Dunkelrot. Es gab eine neue Orgel mit einer Kathedrale von schimmernden Pfeifen, eine hohe, geräumige Empore für den Chor und eine hängende Kanzel, die den Redner angemessen über die Gemeinde erhob. Es war nicht viel übriggeblieben von dem düsteren, zeitfleckigen Stuckheiligtum, an das sich Mike erinnerte, aber der Geruch war der gleiche: Gefiltertes Sonnenlicht, kirchlicher Staub und der geisterhafte Atem des alten, längstverschwundenen Kohleofens.

Auch das Licht war das gleiche. Mike hatte die endlosen Sonntagsvormittags-Gottesdienste gehaßt, war während der eintönigen Botschaften diverser ernster, offensichtlich antiker Pfarrer unruhig herumgerutscht, war von den häufigen und apokalyptischen Erweckungen ernsthaft erschreckt worden. Aber das Licht hatte sie immer geliebt, das durch die Buntglasfenster der alten Kirche drang. Es waren acht Fenster, vier auf jeder Seite des Gotteshauses, und sie zeigten Szenen aus dem Leben Jesu und seiner Jünger. Sie waren so alt wie die Kirche, in Deutschland gefertigt und wunderschön. Als sie klein gewesen waren, hatte DeeDee fromm behauptet, das Fenster am meisten zu lieben, auf dem ein teutonisch aussehender Christus die aufgewühlten Wasser des See Genezareth besänftigte, während seine zweifelnden Anhänger sich verzagt am Boden eines großen flachen Bootes zusammendrängten. Aber Mike hatte das Fenster geliebt, auf dem ein verzweifelter Petrus schamvoll das Haupt senkte, während ein Hahn – so groß wie er selbst – lustvoll krähte und ein verratener Jesus entsprechend verzweifelt im Hintergrund dreinschaute.

Das Licht, das durch die Fenster strömte, hatte die gewöhnliche Gemeinde von Lytton in Mikes Augen irgendwie verzaubert, sie zu Reihen verzückter und frohgestimmter Menschen gemacht. Und selbst heute war das züngelnde, tiefleuchtende Strahlen das erste, was sie bemerkte, als sie die Kirche betrat. Das zweite war der ungeheure Bronzesarg, der halb begraben unter Blumen zu Füßen des Altars stand. Mikes Magen zog sich zusammen. DeeDee war, so wußte sie, zum Bestattungsinstitut gegangen und hatte den schlichten Mahagonisarg abbestellt, den Priss und Sam ausgesucht hatten, um ihn durch dieses Bronze-Monstrum zu ersetzen, der aussah wie ein 1956er Buick. DeeDee hatte auch die Sargdecke bestellt, eine große Fläche aus roten, rosafarbenen und weißen Nelken. Sie wirkte wie etwas, das man über den Seattle Slew drapieren würde, dachte Mike. Ihre eigenen Blumen, altmodische rote Kletterrosen, die den Paul Scarlets auf dem Hof so ähnlich waren wie möglich, ergossen sich aus einem hohen weißen Rohrgeflechtkorb an der Stirnseite des Sarges. Priss hatte Unmengen farbenprächtiger Gerbera aus ihrem Garten geschickt, Sam gar keine. »Ich hasse Beerdigungsblumen«, hatte er erklärt. »Irgendwie riechen sie alle nach Balsamierungsflüssigkeit. Ich werde nicht auch noch meine über den Colonel kippen.« Eine Vase mit grazilen rosafarbenen Lilien, fremd für die Jahreszeit und so vollkommen wie chinesische Jade, trug eine Karte mit der Aufschrift: Bayard Everett Sewell und Familie.

Mike saß in der ersten Reihe der Kirchenbänke, wo in dieser Kirche und in anderen Gotteshäusern des Südens die Familie der Hinterbliebenen gewohnheitsmäßig saß. DeeDee war links neben ihr, dahinter Duck, und J. W. Cromie saß aufrecht, starr und unbehaglich zu ihrer Rechten. Auf dem Weg in die Kirche hatte Mike J. W. bei seinem ungewohnten marineblauen Ärmel gepackt und ihn über den Mittelgang zur Familienbank gesteuert, wo bereits DeeDee und Duck saßen, um ihn auf den Sitz neben sich zu drücken. DeeDee hatte sie mit tränenumflorten Blicken durchbohrt, aber Mike hatte ungerührt geradeaus geschaut und J. W. zugezischt: »Wenn du aufstehst und gehst, werde ich dir auf den Fersen folgen und nicht mehr zurückkommen.« Er blieb wo er war, sah gut und vornehm in dem ungewohnten Anzug aus, wirkte aber höchst bekümmert und verzweifelt. Mike spürte die Augen von Lytton in ihrem Rücken, vernahm die sanfte Welle des Geflüsters, das gegen sie anbrandete, drehte sich aber nicht um. Hinter ihr saßen Priss Comfort und Sam Canaday allein in der zweiten Familienbank. Dahinter war die Kirche bis zum Bersten gefüllt. Alt-Lytton, das Mike seit ihrem Fortgehen nicht gesehen hatte, war schließlich doch erschienen, um von einem der Seinen Abschied zu nehmen.

Die Chor-Empore war voll von Männern, Frauen und Halbwüchsigen in Roben von sanftem Rot, das zu den Sitzkissen paßte, und weißen Chorröcken. Mike hatte noch nie einen vollständigen Chor bei einer Trauerfeier erlebt, und sie fragte sich, wie DeeDee – vermutlich eher Priss – es geschafft hatte, eine so beachtliche Armee so kurzfristig zusammenzubekommen, noch dazu an einem Wochentag. Der Chor saß schweigend und sehr würdevoll in den Strahlen des farbigen Lichtes, das schräg durch die Buntglasfenster einfiel – heilige Wunderstrahlen hatte sie Mike genannt, als sie klein gewesen war –, aber er hatte bisher noch nicht gesungen. Statt dessen spielte eine kleine, stämmige, energische Frau in Robe und Chorrock und mit einer wie gemeißelten blaugetönten Frisur an der Orgel leise ein Medley der ehrwürdigen, alten Hymnen, während sich das Gotteshaus füllte: *Rock of Ages, The Old Rugged Cross, I Came to the Garden Alone* und *Softly and Tenderly.* Als die Organistin an den Refrain des letzten Chorals kam, erhob sich der Chor und sang leise: *»Come home, come ho-oo-me. Ye who are weary come home«*, und DeeDee ließ einen lauten Schluchzer hören. Mikes Mund zuckte. Am liebsten hätte sie DeeDees blasses, tränenüberströmtes Gesicht geohrfeigt. Der Chor blieb stehen und glitt zu dem Choral über, der in Mikes Kehle immer einen Kloß entstehen ließ, ganz unabhängig davon, wo sie ihn hörte; und sie hörte ihn oft, weil er in der letzten Zeit für ökumenische elegische Zwecke in Mode gekommen zu sein schien: *»Amazing grace, how sweet the sound...«* Mike schluckte schwer. Sie war fest entschlossen, nicht zu weinen. Der Kloß löste sich auf, als Bayard Sewell mit Sally Sewell über den Mittelgang geschritten kam und sich jenseits des Ganges in die erste Reihe setzte.

Er sah Mike nicht an, als er auf seinen Platz zuging. Aber alle Blicke hingen an seiner hochgewachsenen Gestalt – durch sein jüngstes Leid leicht gebeugt –; während die schöne, problematische Ehefrau schwer an seinem Arm hing, das Gesicht durch aufrichtige Trauer ebenso wie durch den Alkohol beeinträchtigt. Mike hörte das leise Aufseufzen, das Gemurmel des Mitleids, während Lytton zusah, wie dieser glanzvollste seiner eingeborenen Söhne seine Last galant vor den Sarg des einzigen Vaters geleitete, den er je gekannt hatte. Hinter ihr schnaubte Priss Comfort verächtlich.

Mike sah ihn unverwandt an. In einem plötzlichen Anflug von Reue sah sie ihn in einem riesigen holzverschalten Büro, mit gekreuzten Flaggen hinter seinem gutgeschnittenen Kopf. Höchst unpassend fand sie, daß er aussah wie eins von diesen Photos, die man in den in Warenhäusern gekauften Portemonnaies findet, wenn man sie zum ersten Mal öffnet, und erinnerte sich mit überdeutlicher Klarheit an die Photographien in dem schrecklichen flamingorosa Plastik-Portemonnaie, das sie gekauft hatte, als sie von Lytton nach Atlanta gegangen war, und die sie anstelle der Familienphotos und seines Bildes behalten hatte. Sie betrachtete die verletzliche, dahinschwindende kleine Sally Sewell. Sie wird ganz und gar keine Last für ihn sein, dachte Mike. Sie kann sich zu Tode trinken und wird das vermutlich auch tun, aber die Leute werden nur sagen, was für ein Heiliger er ist – wie tapfer und gut. Es wird ihm sogar nützlich sein. Seine arme, alkoholabhängige, dem Untergang geweihte Frau wird zu einem politischen Gewinn werden. Es ist verblüffend. Nichts kann ihn aufhalten. Sie dachte an all die hastigen Nachmittage in dem Bett im oberen Stockwerk im Haus an der Pomeroy Street, an all die Dinge, die sie miteinander getan, zueinander gesagt hatten, die ganze Hitze, das Winden und die springlebendigen Exzesse ihrer Körper. Nichts in ihr - weder Verstand noch Gefühl - zuckte vor dieser Vorstellung zurück. Das war eine andere, eine gänzlich andere Frau gewesen. Alles, was Mike empfand, als sie in das Gesicht des Mannes blickte, der ihre Liebe und ihr Liebhaber gewesen war, war ein leichter und klinischer Widerwille.

Der Chor setzte sich, und die Organistin begann wieder zu spielen; diesmal keinen Choral, sondern das schmerzlich süße und herrliche Largo aus Dvoraks Symphonie *Aus der Neuen Welt.*

Oh, Daddy, sagte Mike tonlos und drehte sich zu Priss Comfort um. Priss schenkte ihr ein kleines Nicken und ein Lächeln. Mike wußte, daß die Musik, einschließlich der vertrauten, ehrwürdigen alten Choräle ihre Wahl gewesen war. »Danke«, wisperte sie. Priss nickte noch einmal und machte mit den Lippen eine Kußbewegung.

Es entstand eine Stille, die von Rascheln, Scharren, unterdrücktem Husten und weiterem Geflüster ausgefüllt wurde, und Mike dachte plötzlich und erschreckt, daß ihre Schwester aufstehen, neben den Sarg und vor den Altar treten und singen könnte. Sie erinnerte sich an die furchtbaren Tage von Yma Sumac. *It ain't over till the fat lady sings,* dachte sie unsinnigerweise, und einen Moment lang durchzuckte sie so krampfhaft Gelächter, daß sie befürchtete, es könne sich Bahn brechen und die Gemeinde überfluten. Aber DeeDee strich nur ihren Rock glatt und lehnte sich dann wieder massiv auf der Kirchenbank zurück. Sie sah heute überraschend gut aus, in einem einfachen dunklen Hemdblusenkleid, das Mike noch nie an ihr gesehen hatte, und offenbar neuen schwarzen Lackleder-Pumps. In ihren rosigen kleinen Ohren steckten kleine Perlen und ihre dunklen

Haare waren hinten zu einem französischen Knoten zusammengefaßt. DeeDees Gesicht war von Trauer gezeichnet und geschwollen, aber sie zeigte heute eine Würde, die Mike noch nie an ihr bemerkt hatte und die ihr gut stand. Wieder Priss, dachte Mike. Sie mußte mit DeeDee nach Atlanta oder zu einem der nähergelegenen Einkaufszentren gefahren und ihr das Kleid und die Schuhe gekauft haben. Das mußte an diesem Morgen geschehen sein, nach der schrecklichen Auseinandersetzung in DeeDees Haus. Sie fragte sich, ob Priss Bescheid wußte. Sie glaubte es nicht. DeeDee müßte sonst irgendwie die Narben von Priss' Reaktion tragen, wenn die Wahrheit ans Licht gekommen wäre.

Der junge Pfarrer, den Mike vor ein paar Wochen kennengelernt hatte, kam aus einer Tür neben dem Chor und stieg die Stufen zur Kanzel hinauf. Ohne seine Jogging-Kleidung hätte ihn Mike fast nicht erkannt. Er trug einen schwarzen Talar, sein Gesicht war ruhig, offen, nachdenklich. An seiner runden, metallgerahmten Brille brach sich das rötliche Licht. Er sah sehr jung aus. Er hielt einen Augenblick lang inne, überblickte die Gemeinde, sah dann auf Mike und DeeDee, lächelte ansatzweise und nahm ein ledergebundenes Gebetsbuch auf. Mit sanfter, langsamer Stimme, die die melodische, schleppende Tonart einer der alten kreolischen Küstenstädte hatte – Savannah oder Charleston, dachte Mike – begann er zu lesen: »Ich bin die Auferstehung und das Leben; wer an mich glaubt, der wird leben, ob gleich er stürbe. Und wer da lebet und glaubet an mich, der wird nimmermehr sterben.«

Diese Worte waren Musik, die Musik der alten King James-Version der Bibel, die Musik der Kindheit. Mike fühlte sich aufgehoben und mit den musikalischen Worten des jungen Pfarrers in ihre eigene Kindheit zurückversetzt – in die spärliche Sicherheit, in das magere Wohlgefühl, die sie damals erfahren hatte: Rusky, Priss, mitunter DeeDee, ein oder zweimal, in

Momenten großer Anspannung und kindlicher Verzweiflung die flüchtige Zuflucht der harten Arme ihres Vaters. Es war warm in der Kirche, und diese Wärme schien sie einzuhüllen, in sie einzudringen, sich um ihr Herz zu legen, das da kalt, klein und versteinert irgendwo tief in ihrem Inneren lag, sodaß es ein kleines bißchen anschwoll, als wolle es knospen. Etwas in ihrer Brust, das sehr gut das brennende Herz dieses Kindes sein konnte, schien sich zu entspannen, auszudehnen. Ihre Muskeln entkrampften sich, ihre Hände auf dem Schoß wurden lockerer. Die Trauer der Menschen um sie herum, die ihren Vater so lange gekannt hatten, ergriff sie, bezog sie mit ein, und wenn es auch keine frische Trauer war, auch nicht besonders tief ging, war sie nichtsdestotrotz sehr real. Mike schloß die Augen und hörte die herrliche kreolische Stimme weiter und weiter singen: »Höre mein Gebet, Herr, und vernimm mein Schreien und schweige nicht über meinen Tränen; denn ich bin dein Pilgrim und dein Bürger wie alle meine Väter.«

Mike fühlte sich eingehüllt, gebadet – wenn schon nicht in ein Mysterium, so doch in eine Art von Frieden und den Anfang einer kleinen Hoffnung. Das ist es, was Sam gemeint hatte, und Priss. Das jetzt, hier, in diesem Moment, ist Güte.

»Laß ab von mir«, sagte Tom Cawthorn von der Kanzel herab, »daß ich mich erquicke, ehe denn ich hinfahre und nicht mehr hier sei.«

Schließlich kam er zum Ende, und die Gemeinde rührte sich, murmelte und machte sich bereit, zum Schlußgebet aufzustehen. Doch da sagte Tom Cawthorn: »John Winships Familie hat einen Menschen, der ihn genauso geliebt hat wie sie, gebeten, ein paar Worte zu seinem Gedenken zu sprechen. Sam?«

Und Sam Canaday erhob sich neben Priss von der Kirchenbank, schritt über den Mittelgang und zur Kanzel hinauf.

DeeDee holte tief und scharf Atem, wandte sich Mike zu und funkelte sie böse an. Die Gemeinde summte halblaut und ungehemmt. Duck drehte Mike ein hochrotes Gesicht zu, das an Umfang zuzunehmen und zu schwellen schien, während sie es anblickte. Bayard Sewell drehte sich nicht um, aber Mike spürte mehr als sie es sah, daß sich seine Schulter- und Halsmuskeln versteiften. Sie sah DeeDee und Duck lange und ungerührt an. Sie war sich keineswegs sicher, was sie getan hätte, wenn sie irgendeine Geste oder irgendein Wort des Protestes geäußert hätten, aber sie wußte, daß es etwas Schockierendes und Nichtwiedergutzumachendes gewesen wäre. Und offenbar sahen die beiden das an ihrem Blick, denn sie senkten die Augen. Sie drehten sich nicht einmal zu ihr um.

»Braves Mädchen«, flüsterte ihr Priss von hinten zu.

»Meine Güte«, wisperte J. W.

Sam Canaday verschränkte locker die Hände und stützte seine Arme auf die Brüstung der Kanzel. Er sah sich langsam in der Kirche um, blickte eine Reihe hinunter, die nächste herauf, ließ seine grünen Augen über jeden Einzelnen in dem lichtdurchfluteten Gotteshaus schweifen. Er blickte Mike direkt an, wie sie da neben J. W. saß, aber er grüßte sie nicht. Er ließ seine Blicke weiter durch die Kirche wandern, holte dann tief Atem und richtete sich leicht auf. Mit einer Stimme, die Sams Stimme und doch wieder nicht seine Stimme war, begann er sanft und wohlklingend, klar und tragend, die zuversichtlichen Worte von John Donne:

»Tod, sei nicht stolz! Zwar nennen manche dich
Mächtig und furchtbar, doch das kann nicht sein.
Denn jene, die du zwingst und wähnest dein,
Sie sterben, Armer, nicht, noch tötest du mich.
Vom Schlaf schon fließt (der nur dein Abbild ist)
Viel Lust; von dir muß sie noch höher sein.
Die Größten gehen ehstens zu dir ein,
Des Leibes los, befreit die Seele sich,
Dem Schicksal, Zufall, Fürsten, Tollen Knecht
Tust du was Gift und Krieg und Krankheit tut.

Mit Mohn und Spruch schläft es sich grad so gut
Und besser als durch dich. Stolz steht dir schlecht!
Ein kurzer Schlaf, dann ewiges Morgenrot,
Und Tod wird nicht mehr sein, Tod, du bist tot.«

Er las die Worte nicht ab, sondern zitierte sie wie aus langer und sicherer Vertrautheit, und in dem absoluten Schweigen, der Stille, die ihnen folgte, hing seine Kraft fast hörbar in der Luft, war fast greifbar. Etwas, das die ruhigen, überzeugten Worte überstieg, ihnen widersprach, sprang und zuckte durch die alte Kirche wie gefangene Blitze. Was für ein Pfarrer muß er doch gewesen sein, dachte Mike. Von irgendwo her, außerhalb seines Selbst, hatte er diese strahlende, neue Persönlichkeit hergeholt und übergestreift. Kein Wunder, daß er mit dem Predigen aufgehört hatte. Kein Mensch kann mit dieser Art Verantwortlichkeit leben.

Sam lehnte sich wieder auf die Kanzelbrüstung. »Wir sind heute hier zusammengekommen, um von unserem Freund John Winship Abschied zu nehmen«, sagte er. »Aber bevor wir ihm das letzte Geleit geben, habe ich Ihnen noch etwas zu sagen. Unvermeidlich wird es hier und da zu Fragen kommen, ob er gewußt hat, was er tat. Ob er bei klarem Bewußtsein war, als er sich in die Trümmer seines Elternhauses legte, um zu sterben. Einige von Ihnen könnten sich fragen, ob sein Tod das war, was die Welt einen Selbstmord nennt.

Nun, lassen Sie mich Ihnen sagen, daß er es wußte. Er wußte absolut, aufrichtig und genau, was er tat. O ja, er wußte es. Es gab nur wenig, was er nicht wußte. Er kannte sich am Ende seines Lebens mit Liebe und Verrat zu gleichen Teilen aus, und er wußte auch, daß die Liebe das Größere von beiden ist, und das hat er mit seinem Tod bewiesen.«

Sam machte eine Pause und holte noch einmal tief Luft. Ganz langsam atmete er wieder aus. Die Gemeinde schien im gleichen Rhythmus mit ihm zu atmen.

»Es war ein großartiger Tod«, fuhr er fort. »Es war der Tod

eines Helden. Lassen Sie sich nicht einreden, daß es keine Helden mehr gibt. Am Dienstag ist ein Held für das gestorben, was er am meisten geliebt hat, und heute tragen wir einen Helden zu Grabe.«

Er sah Mike und J. W., DeeDee und Duck an, und dann hinüber zu Bayard Sewell. DeeDee schluchzte laut auf und ließ das Gesicht in die Hände sinken; Duck blickte auf seinen Schoß. Bayard bewegte seinen dunklen schmalen Kopf nicht. Sam Canaday hob plötzlich seine Stimme, und seine Worte klangen, als würden aus Stein Funken geschlagen: »Errette mich, mein Gott von meinen Feinden und schütze mich vor denen, so sich wider mich setzen. Errette mich vor den Übeltätern und hilf mir vor den Blutgierigen.«

Er hielt inne, sah sie wieder alle an und fuhr mit normaler, gelassener Tonlage fort: »John Winship war kein Selbstmörder und er war kein Opfer. Er war ein Sieger. Er hat so gelebt, wie ein Mann wie er leben sollte, und er ist einen Tod gestorben, auf den jeder Mann stolz sein könnte. Und was er gewonnen hat, war immens.« Er sah Mike direkt an und lächelte; sie lächelte zurück, hielt die Tränen mit der konzentrierten Energie des Willens zurück. DeeDee holte tief und abgehackt Luft und schluchzte weiter.

»Dies war ein Mann«, sagte Sam Canaday. »Wir werden nimmer seinesgleichen sehn.«

Er blieb noch einen Moment auf der Kanzel stehen, ging dann zu seinem Platz und setzte sich. In der Kirche war es still. Dann sprach der junge Pfarrer einen Segen und der Trauergottesdienst für John Winship war vorüber.

Auf der kurzen Fahrt zum alten Friedhof von Lytton sagte Mike nichts zu Sam bis auf ein kurzes »Danke«.

»Keine Ursache«, erwiderte er.

Die Nachmittagssonne prallte gnadenlos auf den alten Friedhof, strahlte scharf von den schäbigen, pockennarbigen alten

Grabsteinen wider, brach sich pfeilartig an den wenigen großen Statuen der Engel, Heiligen und Cherubim sowie den zwei oder drei schlichten Familienmausoleen. Der alte Friedhof war nicht besonders gut gepflegt. Mike hatte von ihrem Vater gehört, daß sich die Stadt keinen Totengräber leisten konnte, und daß die notwendigen Arbeiten nun von den Familien der Toten erledigt wurden. Unkraut und Ranken wucherten hoch aus der harten roten Erde und Plastiktöpfe mit Geranien lehnten trunken an etlichen der Gräber, zu fleckigem Rosa gebleicht und ausgeblutet durch die Sonne und den Regen vieler Jahreszeiten. Es gab nur wenige neue Gräber und mit Ausnahme des von John Winship kein frisches. Die Menschen von Lytton betteten ihre Toten jetzt auf dem neuen Dauerpflege-Friedhof am Highway im Süden zur letzten Ruhe. Mike stieg aus dem glänzenden alten Cadillac und ging mit Sam Canaday zu der Grube, die am hinteren Ende des alten Friedhofs in der harten Erde gähnte. Sie war mit einem Baldachin des Bestatters überwölbt und von Kränzen und Blumengebinden flankiert.

Die Gräber der Winships waren begrenzt von Granitsteinen, und das spärliche Gras war sauber gemäht. J. W., wußte Mike. Neben dem neuen Grab war da ein sauberer, gepflegter Stein mit der Aufschrift: *Claudia Searcy Winship. Beloved wife and mother, 1918–1946.* Hinter den beiden Gräbern war Raum für vier weitere. Klappstühle standen rund um das neue Grab, und DeeDee saß neben Duck bereits in der ersten Reihe unter dem Baldachin. Ducks Arm lag um DeeDees Schultern, und sie weinte noch immer monoton in ein längst nasses Taschentuch. Sie blickte nicht auf, als Mike auf den Stuhl neben ihr glitt. Auch Duck tat es nicht. J. W., Sam und Priss standen hinter Mike, und die, die zu der frischausgehobenen Ruhestätte gekommen waren, füllten die Stühle ringsum und standen in dichten Reihen hinter ihnen. Der junge Pfarrer, immer noch im Talar, trat an die Stirnseite des Sarges, der mit dem Leichenwagen hergebracht worden war, und begann die kurze Andacht am Grab: »Alles was mir mein Vater gibt, das kommt zu mir; und wer zu mir kommt, den werde ich nicht verstoßen.«

Mit gesenktem Kopf saß Mike unter der Sonne. Sie hatte die Augen geschlossen, dachte entschlossen an nichts besonderes und hörte Tom Cawthorns Stimme nur halb zu. Ihr Vater hatte mit diesem Ort und diesen Menschen nichts zu tun; er hatte nichts zu tun mit dieser Grube in der Erde und dem Hügel rötlichen Staubs, der sich daneben auftürmte; hatte nichts zu tun mit den ernsten und schönen Worten, denen er in seinem späteren Leben abgeschworen hatte. Sie fragte sich plötzlich, wie er wohl aussah, wie er da in dem gewaltigen automobilähnlichen Sarg lag, und war dankbar, daß Priss DeeDee dazu überredet hatte, den Sarg während des Trauergottesdienstes geschlossen zu halten. Sie wollte ihren toten Vater nicht anschauen, und sie wollte auch nicht, daß das jemand anderes tat.

»Wir anempfehlen die Seele unseres Bruders John Winship der Gnade Gottes, des Allmächtigen, und wir übergeben seinen Körper der Erde; Erde zu Erde, Asche zu Asche, Staub zu Staub; in der sicheren und gewissen Hoffnung auf die Auferstehung zum Ewigen Leben . . .« intonierte Tom Cawthorn. Seine Stimme verklang, und Mike blickte hoch, sah eine stolpernde, weinende DeeDee, gestützt von Duck, die an das Grab ihres Vaters trat und eine Handvoll Erde auf den Sarg ihres Vaters warf. Es gab ein flaches, klatschendes Geräusch. Mike sah sich um, ob jemand auch ihr Erde geben würde, damit sie sie auf ihren Vater fallenlassen konnte; aber niemand machte Anstalten dazu, und sie nahm an, daß DeeDee als Älteste automatisch die Ehre hatte, ihm Erdklumpen nachzuschicken. Aber dann spürte sie, daß ihr jemand von hinten etwas in die Hand drückte, und sie blickte hinunter auf den mit Fingerabdrücken versehenen Ballen roter Tonerde, der da lag, und die Ranke feuerroter Rosen, die ihr J. W. entgegenhielt.

»Vom alten Haus«, sagte er mit leiser Stimme. »Los, Mike, wirf sie da hinein.«

Mike schloß die Augen und warf. Erde und Blumen trafen den Sarg mit dem gleichen dumpfen und endgültigen Geräusch. Die elektrische Winde begann zu quietschen, John Winship wurde in die Erde von Lytton gesenkt, und die Erde und das Feuer der Winship-Farm fuhren mit ihm hinab.

Um sieben Uhr brach an diesem Abend ein heftiges Gewitter los, vertrieb die schwere reglose Luft und peitschte die Bäume vor dem Haus an der Pomeroy Street mit kräftigen silbernen Regensträngen. Es wurde dunkel, bis aus dem Zwielicht tiefschwarze Nacht geworden war, und Priss rannte mit Lavinia Lester hinaus auf die Veranda, um die Korbmöbel in Sicherheit zu bringen. Die letzten der Trauergäste, die gekommen waren, um sich an dem von Lavinia vorbereiteten Buffet gütlich zu tun und die Winship-Töchter in die Arme zu schließen, waren bei den ersten auf dem heißen Pflaster zerspritzenden Regentropfen geflohen. Nur der engste Kreis war geblieben.

Schweigend und benommen saß Mike auf dem Sofa im Wohnzimmer und nippte kaltwerdenden Kaffee. DeeDee, Duck und Bayard Sewell hockten auf der langen weißen Damast-Couch an der gegenüberliegenden Wand. Unter den Tröstungen der Kondolenten, die sie gehätschelt, umarmt und gepriesen hatten, war DeeDees Weinen endlich verstummt, und nun saß sie verwirrt und wie vor den Kopf geschlagen da. Duck machte unzusammenhängende Bemerkungen über den Gottesdienst, die Fahrt zum Friedhof, die Predigt und das Essen, das Lavinia zubereitet hatte – eine Art Trauerfeier-Kritik eines freien Mitarbeiters, dachte Mike düster. Er fühlte sich offensichtlich unwohl mit ihr zusammen in einem Raum und sah sie nicht an. Bayard Sewell lehnte ernst und gesammelt auf der Couch, balancierte eine Kaffeetasse und hatte die langen Beine elegant von sich gestreckt. Er sah Mike häufig an, und sein Blick war freundlich und heiter. Aber er sagte kaum etwas, hörte nur Duck zu. Er hatte vor geraumer Zeit erst die erschöpfte Sally nach Hause gebracht, war zurückgekommen und geblieben, während die Menge dünner geworden und sich schließlich ganz verlaufen hatte. Er, DeeDee und Duck hatten ebenfalls aufbrechen wollen, als der Regen begonnen hatte. Nun waren sie unfreiwillige Gefangene in diesem Raum, der in all ihren Leben große Bedeutung gehabt hatte, gefangen durch die strömenden Regenfluten. Mike war nicht gern mit ihnen zusammen unter einem Dach, geschweige denn im selben Raum, aber sie war auch zu müde, um aufzustehen und zu gehen, zu müde zum Sprechen, sogar zu müde zum Denken. Und so saß sie reglos und schweigend.

Sam Canaday betrat in dem Moment das Zimmer, als ein ungeheurer Blitz irgendwo in der Nähe einschlug und das Licht flackerte. Er und Priss hatten fast den ganzen Nachmittag in der Küche verbracht, außer Sichtweite, aber in Bereitschaft. Mike spürte ihre Anwesenheit mehr, als daß sie sie sah, und war benommen froh darüber.

»Donnerwetter«, sagte Sam. »Jetzt feuern die ganz großen Geschütze. Hören Sie, ich frage mich, ob Sie etwas dagegen hätten, mit mir für eine Minute in das Arbeitszimmer des Colonel zu kommen. Da gibt es etwas, das ich mit Ihnen besprechen muß. Es wird nicht lange dauern.«

DeeDees Kopf fuhr hoch. Sie wirkte wie eine Kuh, die eine lästige Fliege abwehrt.

»Worum geht es?« fragte sie mißtrauisch.

»Ich möchte mit Ihnen das Testament Ihres Vaters besprechen, DeeDee«, erwiderte Sam. »Ich weiß, daß es jetzt vielleicht nicht der geeignete Zeitpunkt ist und bin bereit, später noch eine formelle Eröffnung zu vollziehen, falls Sie darauf bestehen, aber er wollte, daß das Thema gleich nach seiner Beerdigung besprochen wird. Ich weiß, daß Sie sich seinem Wunsch nicht widersetzen werden.«

»Was wissen Sie vom Testament meines Vaters?« fragte DeeDee schnippisch. Ihre geschwollenen blauen Augen funkelten feindselig.

»Ich bin sein Notar«, sagte Sam sachlich. »Bin es sogar schon eine ganze Weile. Ich dachte, Sie wüßten das.«

»Nun, ich wußte es nicht. Ich bin davon ausgegangen, daß er seine Angelegenheiten selbst regelt.«

»Es ist unter Anwälten üblich, daß man sich bei der Abfassung eines Testamentes eines Kollegen bedient«, erklärte Sam. »Aber ich werde Sie nicht über Gebühr aufhalten. Es ist für alle von uns ein schwerer Tag gewesen.«

Sie schnaufte verächtlich, stand aber mühsam auf und folgte ihm durch die kleine Halle in das Arbeitszimmer ihres Vaters. Duck und Bayard Sewell gingen ihr nach. Duck beäugte Sam streitsüchtig, Bay sah Sams stämmiger Gestalt gleichmütig nach.

Sam blieb stehen und wandte sich um.

»Kommst du, Mike?«

»Ich würde lieber hierbleiben, bitte«, sagte sie angestrengt. Sie wollte der Aufteilung der Güter ihres Vaters nicht beiwohnen.

»Ohne dich können wir nicht anfangen«, erklärte Sam. Also stand sie auf und folgte ihnen in den düsteren, strengen Raum, der während ihrer gesamten Kindheit für sie unzugänglich und daher geheimnisvoll gewesen war.

J. W. Cromie saß in dem schwachbeleuchteten Zimmer, steif und unbehaglich. Er stand nicht auf, sah sie nicht an. Neben ihm saß Priss Comfort auf einem weiteren hochlehnigen Stuhl. Sie lächelte Mike an und nickte den anderen zu, als wäre sie es gewohnt, in diesem Allerheiligsten tagtäglich Besucher zu empfangen.

»Bitte, nehmen Sie Platz«, sagte Sam höflich. Sie taten es und starrten ihn mißtrauisch an. Er selbst setzte sich hinter John

Winships riesigen glänzenden Rolladen-Schreibtisch, auf dem die hübsche, silbergerahmte Claudia Searcy dauerhaft in die Düsternis lächelte, knipste die Messinglampe mit dem grünen Schirm an, die John Winship aus dem alten Gerichtsgebäude von Fulton County gerettet hatte, und legte seine Hände auf die Schreibtischfläche.

»Wie ich schon sagte, ist dies keine formelle Testamentseröffnung. Vielleicht brauchen wir die ja auch gar nicht, aber wir können sie jederzeit später nachholen, falls jemand von Ihnen den Wunsch danach verspürt. Ich habe für jeden von Ihnen Abschriften und werde sie dann später herumreichen. John hat mich gebeten, Priss zu fragen, ob sie so freundlich wäre, als seine Testamentsvollstreckerin zu fungieren . . .« er nickte Priss zu, die zurücknickte, buddhaähnlich und nicht überrascht, ». . . und sie hat zugestimmt. Es ist also Priss, die dafür sorgen wird, wie, wann und daß der Besitz übergeben wird. Die sozusagen darauf achtet, daß die Fackel weitergereicht wird. Nun also – es ist ein sehr einfaches, unkompliziertes Testament. Unter Auslassung der Formalien sage ich Ihnen, daß die Garage und das darüberliegende Apartment dieses Hauses, der Cadillac und eine Barsumme in Höhe von fünfzehntausend Dollar an J. W. Cromie gehen.«

Sam nickte J. W. zu, der den Kopf einzog. Seine Augen glitzerten und er machte sie schnell zu.

»Die goldenen Manschettenknöpfe, die Kragennadeln, die Taschenuhr sowie die Sammlung *Rose Medallion*-Porzellan, die sich momentan im Haus befinden, gehen an Priss Comfort.«

Er nickte Priss zu, und sie lächelte ein unwillkürliches, ganz zauberhaftes Lächeln.

Sam räusperte sich und sagte: »Der Rest des Besitzes, einschließlich dieses Hauses mit seinem gesamten Inventar, Bargeld und Guthaben in Höhe von fünfzigtausend Dollar und der Erlös aus dem Verkauf des alten Winship-Hauses an die Verkehrsbehörde fallen an DeeDee.« Er lächelte DeeDee an, und diese lächelte zurück, ein zitterndes, unwilliges Lächeln. Ihre Augen füllten sich erneut mit Tränen.

»... mit Ausnahme der verbleibenden achtzig Morgen Land, die zur Farm der Familie Winship gehören. Sie gehen an seine jüngere Tochter Micah Winship Singer.«

Er blickte sich leutselig im Zimmer um. »Gibt es vielleicht irgendwelche Fragen?« wollte er wissen.

Einen Moment lang herrschte totale Stille. Mike, versunken in ihre Erschöpfung und das Unbehagen, hier in diesem Raum zu sein, begriff zunächst Sam Canadays Worte nicht. Es war erst das folgende, absolute Schweigen, das sie den Kopf heben ließ, nicht der Sinn der Worte. Zu dem Zeitpunkt, als ihr die Bedeutung klar war, hatte DeeDee schon zu schreien begonnen.

Mike hatte einmal einen Fernsehfilm von Marlin Parkins über afrikanische Löwen gesehen. In ihm war eine kleine Gazelle von einem Löwenpaar aufgespürt, gejagt und getötet worden. Die Schreie dieser Gazelle hatten sie noch wochenlang in ihren Träumen verfolgt. Sie waren heiser, intensiv und nicht sehr laut gewesen und hatten einfach nicht enden wollen. Die absolute Verzweiflung in ihnen war nur schwer erträglich gewesen.

Genauso klang DeeDee.

Sie hörte nicht auf, bis Dr. Gaddis gerufen worden war und ihr eine Spritze gegeben hatte. Und als sie aufhörte, dann nur, weil sie in einen Zustand der Halbapathie versank und von Sam und Duck zum Auto geleitet werden mußte. In ihrer perfekten, rauschenden Hülle des Schocks dachte Mike: Doktor Gaddis hat im letzten Jahr an den Winships ein Vermögen verdient. Wir hätten ihm durchaus ein Krankenhaus bauen können. Niemand sprach, während DeeDee versorgt und ins Auto gebracht wurde. Priss und J. W. saßen ruhig und abwartend in der Küche, und Bayard Sewell hatte sich irgendwann ganz selbstverständlich im Wohnzimmer ihres Vaters an ihre Seite gestellt.

Sam kehrte ins Haus zurück und Duck folgte ihm wütend, regendurchnäßt und mit zusammengekniffenen, zornigen Augen. Er war so außer sich, daß er sich nur unzusammenhängend äußern konnte. Es dauerte ein paar Augenblicke, bis sie verstanden, was er schrie.

Er legte Sam eine feste, klammernde Hand auf die Schulter und riß ihn zu sich herum.

»Ich sollte Sie umbringen, Sie mieser Hundesohn von einem Lügner!« brüllte er, aber Sam schüttelte seine Hand ab. Seine grünen Augen waren ganz schmal.

Duck wandte sich an Mike.

»Du scheinheilige, intrigante, verdammte New Yorker Schlampe ...«

Sam machte einen Satz auf ihn zu, aber Bayard Sewells Stimme durchschnitt die nachhallende Luft, und Duck Wingo brach ab.

»Halt den Mund, Duck, und mach, daß du hier verschwindest«, sagte Bay Sewell. Seine Stimme klang wie einige Peitschenschläge. Er rührte sich nicht von seinem Standort neben Mike. »Bring DeeDee nach Hause und laß dich hier nicht wieder sehen. Mike hat auch ohne diesen peinlichen Auftritt genug durchzumachen.«

Duck Wingo bewegte seinen großen Kopf von Bay Sewell zu Mike, zu Sam und wieder zurück, wie ein bösartiger, feiger Hund, dessen Herr sich unerwartet gegen ihn gewandt hatte. Er verbreitete eine Atmosphäre von Brutalität und Dummheit. Bay starrte ihm mit unbewegtem Gesicht direkt in die Augen. Nach einem Moment drehte sich Duck um, schwankte schwerfällig zur Haustür hinaus und durch den nachlassenden Regen auf das Auto zu, in dem DeeDee in ihrer drogenbeeinflußten Ruhe gegen die Tür gesunken war. Mike hörte nicht, wie der Motor gestartet wurde.

Bay Sewell rückte über die Orientbrücke noch ein bißchen näher an Mike heran. Das hatte sie ihn schon einmal tun sehen, in demselben Wohnzimmer, auf demselben Teppich. Allerdings war er damals von ihr abgerückt und nicht auf sie zugekommen. War auf ihren Vater zugerückt, seine Errettung. Er legte ihr leicht die Hand auf die Schulter und sah auf sie herunter. Seine Augen waren sanft, klar und sehr, sehr blau.

»Du mußt dich jetzt ausruhen, Mike«, murmelte er. »Ein bißchen schlafen. Morgen früh werde ich wiederkommen. Wir haben miteinander zu reden, aber das hat Zeit, viel Zeit.«

Sie sah ihn an.

»Nimm deine Hände von mir, Bay, oder ich schneide dir die Eier ab und verarbeite sie zu Katzenfutter«, sagte Mike.

Er zuckte zurück, als hätte sie ihn geschlagen, und die Muskeln um seinen Mund traten hervor wie weiße Stränge. Er sah Sam Canaday an.

»Wir werden dieses Testament selbstverständlich anfechten«, sagte er. Seine Stimme klang nicht wie sonst, sie war höher, belegt. »Das dürfte eine Angelegenheit von einer Viertelstunde sein. Ich habe Verbindungen zu ein paar der besten Anwälte der Vereinigten Staaten.«

»Sie hatten, meinen Sie«, erwiderte Sam gedehnt. »Sie können sich glücklich schätzen, wenn sich Ihre Geschäftspartner auf die Herstellung von Katzenfutter erstrecken. Aber meinetwegen, versuchen Sie es.«

»Ich werde dafür sorgen, daß Sie aus der Anwaltskammer ausgeschlossen werden! Das heißt, falls Sie überhaupt in der Kammer sind ...«

»Oh, ich bin Mitglied«, entgegnete Sam, ging zur Tür und öffnete sie. »Aber Sie können sich auch daran versuchen. Dann haben Sie wenigstens etwas zu tun, was Sie von der Straße fernhält. Aber inzwischen schlage ich vor, daß Sie einfach gehen.«

»Mike«, zischte Bayard Sewell. »Gott ist mein Zeuge, falls ich je herausbekomme, daß du davon gewußt, mir aber nichts gesagt hast ...« Die blauen Augen zeigten ganz entschieden einen Hauch von Wahnsinn, dachte sie.

Sam trat schützend vor Mike und stieß Bayard Sewell leicht zwischen die Schulterblätter.

»Verabschieden Sie sich, Bay«, sagte er.

Bayard Sewell wirbelte herum und schritt schnell über die Veranda hinaus in den letzten Regen. Er trat achtlos in die Pfütze, die sich immer am Fuß der Vordertreppe sammelte. Sam schloß die Tür und lehnte sich von innen dagegen. Mike setzte sich abrupt auf die unterste Stufe der Treppe ins obere Stockwerk.

»Also Katzenfutter, ja?« meinte Sam Canaday und fing an zu lachen. »Nun, das ist wesentlich besser als das, was ich vorhatte. Ich dachte an Madame Tussaud oder vielleicht das Smithsonian.«

»Sam, ich bin einfach ganz furchtbar müde«, sagte Mike mit ersterbender Stimme.

Er zog sie auf die Füße.

»Geh nach oben, leg dich ins Bett. Ich werde für heute Nacht mein Lager hier unten aufschlagen. Aber wage es ja nicht, vor Ablauf der nächsten zwölf Stunden hier unten zu erscheinen.«

»Wirst du morgen früh noch hier sein?« fragte Mike.

»Ich werde hier sein«, versprach Sam Canaday. »Aber jetzt mach endlich, daß du ins Bett kommst. Geh.«

Mike ging.

33

Als Mike am nächsten Morgen hinunterkam, hievte sich Sam gerade von der alten Couch im Arbeitszimmer ihres Vaters. Die Sofadecke hing auf den Fußboden und er setzte sich auf, rieb sich die Augen mit den Fingerknöcheln. Seine hellen Haare fielen schlaff über seine noch helleren Augen, und die Flecke unter ihnen schienen tiefer denn je zu sein. Silberne Stoppeln glitzerten auf seinem Kinn. Er lächelte sie an. Mike lächelte zurück. Er wird nie anders aussehen können als ein Wolf der gerade ein Lamm gefressen hat, dachte sie.

Die Welt außerhalb des Hauses an der Pomeroy Street war gewaschen und kristallklar. Spinnennetze waren von dem leicht kühlen Hauch des Septembers überzuckert. Die langanhaltende Hitze war in der Nacht gebrochen worden und der Herbst folgte ihr auf den Spuren. Mike wußte, daß es wieder heiß werden würde. Es würde brennende Mittagsstunden geben, brütende Nachmittage – aber die monströse Hitze des Sommers war vorüber. Die Geräusche hatten eine neue Deutlichkeit bekommen. Sie konnte einen Hund eine Straße entfernt bellen hören, und J. W.s elektrischer Rasenmäher schien vor Behagen zu schnurren.

»Der Grundbesitzer besorgt sein Land«, sagte Sam, als er bemerkte, daß sie den Kopf in Richtung des Geräusches reckte. »Er arbeitet seit dem Morgengrauen rund um die Garage.«

»Dafür sei Daddy gesegnet«, sagte Mike.

»Dafür sei er wirklich gesegnet«, meinte Sam.

Sam stellte die Kaffeemaschine an, und Mike fand übriggebliebene Doughnuts im Kühlschrank und schob sie in den Backofen. Sie aßen schweigend, und dann sagte sie, als hätten sie gerade über das Thema gesprochen: »Ich verstehe nur nicht, warum das DOT Bay mit einer Straße ausstattet, obwohl er erst so kurz in der Justizverwaltung ist. Schön, er ist überzeugend, aber *so* überzeugend ...«

»Großer Gott, Mike. Ganz offensichtlich wird er eines Tages Gouverneur sein. Oder wäre es zumindest geworden. Das ist ihnen schließlich nicht entgangen. Sie wollten ihm einen Gefallen tun. Man sollte immer einen Gouverneur in der Tasche haben. Das ist die klassische Art behördlicher Verwaltung im Süden. Er hat irgendwie von diesem Investor in Boston erfahren, ganz gleich, wer dieser große Katzenfutter-Mogul auch sein mag. Er wußte, daß es da ein hübsches Stückchen Land gab, das er in die Hände bekommen konnte – der Rest ist, wie man so schön sagt, Geschichte. Das einzige Problem war die Tatsache, daß die Investoren auf einem Highway-Anschluß bestanden. Also ging er zum Ausschuß für Highway-Bau oder wer sonst die Geschäfte der Verkehrsbehörde in dieser Hinsicht besorgt, und – *voilà*. Eine kleine Straßen-Gefälligkeit. Selbstverständlich im Austausch für künftige Vergünstigungen. Er mußte schnell handeln, weil sich die Leute in Boston sonst an einen anderen gewandt hätten. Er konnte nicht abwarten, bis der Colonel gestorben war und das Land DeeDee hinterlassen hatte; und zu diesem Zeitpunkt wußte er noch nichts von der Krebserkrankung. Und er mußte mit DeeDee und Duck eine Partnerschaft eingehen, um überhaupt an das Grundstück heranzukommen. Gott mag wissen, was er ihnen versprochen hat. Ich nehme an, daß sein Anteil in einer beträchtlichen Partnerschaft an dem Katzenfutter-Unternehmen bestanden hätte, zuzüglich einer fetten Provision für die Vermittlung des Landes. Das alles ist doch wirklich nicht kompliziert. Es paßt alles.«

»Weißt du«, meinte Mike, »nie ist irgend etwas wirklich fair, nicht? Selbst wenn man gewinnt, gewinnt man nicht. Bay, DeeDee und Duck mögen vielleicht ihr Riesengeschäft verloren haben, aber Daddy verlor seinen Krieg.«

»Nein«, entgegnete Sam. »Er hat eine Schlacht verloren, aber seinen Krieg hat er gewonnen. Und welches Vermächtnis hat er uns hinterlassen. Er hat uns die Macht absoluter Hingabe bewiesen, die Macht der Liebe. Er zeigte uns, welche Wirkung sie haben kann. Sieh dich doch selbst an, um Himmelswillen. Als du herkamst, warst du nichts als ein Kind. Alles, was wir von dir zu sehen bekamen, war irgendwie kindlich. Das ›gute‹ Kind, das rebellische Kind, die kleine Nymphe, die mit dem Sex herumspielte – o ja, das war so deutlich wie die Nase in deinem Gesicht –, aber du warst doch nicht einmal ansatzweise so etwas wie eine vollständige Frau. Aber dann hast du es irgendwie geschafft, ihn wiederzufinden – den Vater, nach dem du all diese Jahre gesucht hattest. Und als du das fertiggebracht hast, sogar in jenem Moment, in dem er starb, hast du dich in eine der realsten und ›fraulichsten‹ Frauen verwandelt, die ich kennengelernt habe. Diese dürre, eiskalte New Yorker Kindfrau war für immer ausgelöscht, und du warst plötzlich eine Frau, die weinen, schreien, hassen und lieben konnte ... Das war schon was! Und das ist etwas, Mike. Das ist die Macht der Liebe, Mike. Das ist es, was sie bewirken kann. Sie kann dich zur Erfüllung bringen, vervollständigen. Und wenn er dir nichts anderes hinterlassen hätte, so hätte er dir doch gezeigt, wie man das Unwichtige beiseiteläßt und seine Leidenschaften dem zuwendet, was wirklich zählt.«

»Was hat für ihn gezählt?« fragte Mike.

»Nun ... ›das Land bleibt‹. Und so ist es auch mit seiner Tochter. Der Frau, die aus ihr geworden ist.«

Mike lächelte.

»Du bist ein Romantiker«, sagte sie. »Völlig unabhängig davon, was du dazu sagst. Und was war mit diesem herrlichen, wunderschönen Nachruf in der Kirche? Wie willst du den anders nennen, als unverhüllte Romantik?«

»Nein«, erwiderte Sam. »Das war nichts romantisches. Das gehörte mit zum Paket, war Teil des Wikinger-Begräbnisses, das wir ihm versprochen hatten. Das war in Ordnung. Es hat mir sogar Freude gemacht; aber so etwas möchte ich nicht mehr machen. Es führt die Menschen in die Irre. Das Recht ist besser.«

Sie saßen eine Zeitlang schweigend da, tranken ihren Kaffee. Draußen war der Rasenmäher verstummt, und die Zikaden hatten begonnen. Sie klangen nach Schläfrigkeit und Hitze, diesmal aber nach der trockenen, verträumten Hitze des Herbstes.

»Armer Daddy«, sagte Mike. »Ich bin so froh, daß er nichts davon erfahren hat.«

Sam trank seine Tasse aus und sah sie an.

»Er wußte es«, sagte er.

Die Qual schoß wieder wie Lava durch Mikes Körper. »O Gott!« schrie sie auf. »Oh, mein Gott! Es muß ihn doch fast umgebracht haben! O Sam, wie hat er das nur herausbekommen?«

»Es hat ihn fast umgebracht«, erwiderte Sam Canaday. »Als er es erfuhr, hatte er den Schlaganfall. Ich habe es ihm gesagt, Mike. J. W. kam damit zu mir, ich verpflichtete ihn zur Geheimhaltung und dann habe ich es deinem Vater gesagt.«

Ihre Stimme wollte einfach nicht aus ihrer Kehle kommen. »Wie konntest du?« flüsterte sie schließlich. »Denk doch nur daran, was es ihm angetan hat!«

»Ich weiß. Was meinst du denn, wie ich mich in all diesen Monaten gefühlt habe – jedesmal, wenn ich ihn in diesem verdammten Rollstuhl gesehen habe? Ich habe deinen Vater wirklich geliebt. Und doch – wie hätte ich es ihm verschweigen können? Er war ein Mann, Mike. Er war kein Kind. Zwei Menschen, die er liebte, haben ihn belogen und betrogen. Ich wollte nicht der dritte sein. Ich konnte einfach nicht zulassen, daß sie ihn zu einem Baby degradieren, zu einem alten *Trottel!* Zusätzlich zu allem anderen, was sie ihm antaten, auch das noch? Niemals!«

»Warum hast du es mir nicht gesagt? Hätte ich es denn nicht wissen müssen? Ich konnte also zum Trottel gemacht werden?« Tränen der Erbitterung brannten hinter Mikes Augen.

»Zunächst einmal wollte ich nicht derjenige sein, der dir über deine Schwester Bescheid sagt. Ich nehme an, daß ich da auf irgendein Wunder oder etwas ähnliches gehofft habe. Daß sie vielleicht auf ihre Straße verzichten würde. Und dann kannte ich dich anfangs doch gar nicht. Du hättest ihr Vorhaben schließlich auch für eine großartige Idee halten können. Du hast immerhin kein Geheimnis aus der Tatsache gemacht, daß du ihn zunächst gerade so ertragen hast. Und was nun Sewell anbelangt ... Ich bin kein Dummkopf, Mike. Ich habe auch einmal geliebt, ob du es mir nun glaubst oder nicht.«

Mikes Gesicht wurde blutrot. Sie wußte, daß sie ihm nicht geglaubt hätte.

»Nach gewisser Zeit wollte ich es dir sagen. Das war zu dem Zeitpunkt, als du auf seine Seite übergeschwenkt warst«, fuhr Sam fort. »Aber ich mußte ihm versprechen, das nicht zu tun. Ich mußte auf die Bibel seiner Väter schwören. Ehrlich. Er meinte, du hättest mehr als genug an familiärem Verrat erfahren. Aber ich bin unendlich froh, daß J. W. sein Versprechen mir gegenüber gebrochen hat, daß er den Verstand und Mut dafür aufbrachte. Ich bin buchstäblich durch die Hölle gegangen. Ich konnte den Gedanken nicht ertragen, daß Sewell das Land über dich vielleicht doch noch in seine Hände bekam, wenn ihm das andersherum nicht gelang.«

Und das wäre ihm natürlich gelungen, dachte Mike. Er war auf dem besten Wege dazu. Ich war der größte Trottel, nicht Daddy. Sie verzog das Gesicht. Laut sagte sie: »Wann hat er sein Testament geändert?«

»Sobald er nach dem Schlaganfall wieder sprechen konnte. Und dann hat er darum gebeten, daß du nach Hause kommst. Das hat er tatsächlich getan, Mike. Er wollte, daß eine Winship das Land bekommt. Die richtige Winship.«

»Und so hat er einen Weg gefunden, das Land zu retten.«

»Das ist nicht der Grund, daß er um deine Rückkehr gebeten hat. Er wußte sehr genau, daß eine reelle Chance bestand, daß du es ablehnst. Er wußte, daß du es verkaufen oder DeeDee geben könntest – ganz egal, wie er darüber bestimmte. Nein, deshalb hat er nicht um deine Rückkehr gebeten.«

Er sah zu Mike auf. Sie goß sich frischen Kaffee ein und legte die Hände um die Tasse. Sie fühlte sich irgendwie kalt und reduziert.

»Er wollte sich mit dir aussprechen, sich mit dir aussöhnen«, sagte Sam. »Aber er konnte nie die richtigen Worte finden. Er hätte nie sagen können: ›Es tut mir leid. Ich habe mich geirrt. Ich liebe dich.‹ Aber er hat es auf eine andere Art versucht. Er hat dir das gegeben, was er neben deiner Mutter am meisten auf dieser Welt geliebt hat. Er hat die letzten drei Monate seines Lebens damit verbracht, dir auf seine Weise ›Ich liebe dich‹ zu sagen.«

»Die ganze Zeit«, flüsterte Mike. »Die ganze Zeit, und ich habe nicht einmal hingehört, was er gesagt hat. Ich nahm an, er könne mich gerade so ertragen. Ich habe es auch nie zu ihm gesagt ... ›Ich liebe dich‹, meine ich.«

»Doch, du hast es getan. Du hast es an jenem Tag getan, als wir auf der Farm waren, und du ihn gefragt hast, ob du für ihn die Briefmarken anlecken dürftest. Du hättest es nicht deutlicher ausdrücken können. Hast du denn sein Gesicht nicht gesehen?«

Mike begann wieder zu weinen. Erneut bedeckte sie ihr Gesicht und weinte um den unbekannten Vater, den Vater, der ihr neu gegeben worden war. Unter den Tränen war Ungeduld. Sie hatte geglaubt, mit dem Weinen endlich fertig zu sein.

»Ich habe dieses Weinen so entsetzlich satt«, sagte sie schließlich zu Sam Canaday durch ihre nassen Finger hindurch.

»Ich auch«, erwiderte er. »Ich wünschte, du würdest damit aufhören.«

Mike bespritzte sich das Gesicht am Spülbecken mit kaltem Wasser und setzte sich dann erschöpft wieder an den Tisch.

»Da ist noch etwas«, sagte Sam. »Ich sage es dir nur, weil J. W. gemeint hat, er würde es tun, wenn ich mich weigere. Und er sollte dir das eigentlich nicht erzählen. Er ist ziemlich sicher, daß Sewell deinem Vater gesagt hat, daß sie an diesem Tag das Haus abreißen. Er ist überzeugt davon, daß er deinen Vater geweckt und ihm davon erzählt hat, bevor er ... nach oben ging. In der Hoffnung, das zu erreichen, was dann ja auch eingetreten ist.« Sein Gesicht war verschlossen.

»Bevor er zu mir ins Zimmer kam!« rief Mike, rotglühend vor Wut. »Bei Gott, ich *werde* diese Geschichte schreiben! Ich werde ihn in der Justizverwaltung ruinieren! Ich werde ihn aus Lytton hinausjagen! Die einzige Möglichkeit, dem Amt des Gouverneurs nahe zu kommen, wird für ihn die offizielle Besichtigungstour der Regierungsgebäude sein!«

»Und alles, was du damit erreichst, ist eine Verleumdungsklage«, erklärte Sam. »Die Zeitungen würden eine unbewiesene Behauptung nie drucken, und die Justizverwaltung hackt einer ihrer Krähen selbstverständlich kein Auge aus. Für die Regierung von Georgia sind das ganz kleine Fische, Mike. Und J. W. kann es natürlich nicht beweisen, aber Sewell kann ihm den Boden unter den Füßen ganz schön heiß machen, wenn herauskommt, daß J. W. mir Bescheid gesagt hat. Er muß hier immer noch arbeiten können, auch wenn er jetzt über Grundbesitz verfügt. Laß es bleiben. Bayard Sewell hat seine große Chance verloren, und er kann nie im Leben das Geld zurückzahlen, daß ihm die großen Bosse schon gegeben haben. Alles was er erreicht hat ist eine Straße ins Nichts. Und das reicht aus, ihn in der sogenannten politischen Arena blaß aussehen zu lassen. Er kann von Glück sprechen, wenn er nicht mit zerschossenen Kniescheiben in irgendeinem dreckigen Straßengraben in Coweta County endet. Er hatte während der letzten zwanzig Jahre Sally Sewell am Hals, und nun sitzen ihm für den Rest seines Lebens DeeDee und Duck im Nacken. Das reicht vollauf. Ich würde mich nicht wundern, wenn er seine Siebensachen und seine arme Frau nimmt und in absehbarer Zeit aus Lytton verschwindet. Du hast doch gesagt, daß er die Stadt schon immer gehaßt hat, und nun gibt es hier nichts mehr, was ihn hält.«

»Du weißt, daß sie das Testament anfechten wollen«, sagte Mike. Es kam ihr unvorstellbar vor, daß sie an diesem wunderschönen, kristallklaren Morgen ein solches Gespräch führten.

»Laß sie. Es ist so hieb- und stichfest wie nur möglich. Ich habe lange Zeit daran gearbeitet. Ich wußte, daß ich ihm gegen die Verkehrsbehörde nicht viel helfen konnte, aber ich kann einen wasserdichten Letzten Willen aufsetzen. Ich habe mich sogar insofern rückversichert, daß ich zwei Seelenklempner aufgetrieben habe, die ihn untersucht haben und bezeugen können, daß er bei absolut klarem Verstand war, falls sie auf Geistesverwirrung hinauswollen. Ihn in deren Praxen zu bekommen, war ein hübsches Stück Arbeit, glaub mir.«

»Sam, du weißt, daß ich dich nicht für alles bezahlen kann, was du für ihn getan hast. Ich weiß nicht, wann ich je dazu in der Lage sein werde. Ich weiß nicht einmal, wie ich dir danken soll.«

»Es war mir, wie man so schön sagt, ein Vergnügen.« Er schwieg einen Moment lang und fragte dann leise: »Macht es dir viel aus, Mike? Das mit Sewell?«

»Nein«, erwiderte sie ohne zu zögern. Sie hielt seinem Blick stand. »Das ist irgendeiner anderen passiert. Und das meine ich durchaus ernst. Ich sage das nicht aus einem Schock oder falscher Tapferkeit heraus. Es wird nicht einmal irgendeine verspätete Reaktion geben. Davon bin ich fest überzeugt. Das ist einfach einer Frau passiert, die es nicht mehr gibt.«

»Dem Himmel sei Dank«, sagte er. »Sie war ein gutaussehendes Frauenzimmer, aber sie war auch eine echte Zimtzicke.«

Mike lachte. »Das war sie nicht«, sagte sie.

»Und was kommt nun?« fragte Sam Canaday. »Du hast neulich gesagt, daß du zurückfahren und dein altes Leben wieder aufnehmen willst. Hast du das ernst gemeint?«

»Ich . . . weiß nicht recht«, sagte Mike. »Ich brauche Geld. Ich bin nahezu abgebrannt. Ich könnte nach New York fahren, neue Reportage-Aufträge bekommen . . .«

»Aber?«

»Aber ... ich denke, ich könnte tatsächlich ein Buch fertig bekommen, Sam. Oder genauergesagt: den Anfang eines Buches. Es ist ... ich weiß auch nicht, aber so ganz anders als alles, was ich bisher geschrieben habe. Es wird furchtbar schwer, wird ungeheuer lange dauern, ich müßte einen eisernen Willen aufbringen ... aber ich glaube, es würde mir auch sehr viel Spaß machen. Ich glaube, ich werde es zuende schreiben. Ob es dann einen Verleger finden wird, steht in den Sternen. Ich könnte es dem Mann zeigen, der an dem anderen Buch interessiert gewesen ist. Mal sehen, ob er mir vielleicht einen Vorschuß zahlt. Wenigstens könnte ich auf diese Weise den ersten zurückzahlen.«

»Wo würdest du dieses Buch schreiben?«

»Auch das weiß ich nicht. Eine Eigentumswohnung in New York kann ich mir nicht leisten, aber ich könnte unter Umständen eine kleine Wohnung irgendwo finden ...«

»Du könntest versuchen, es hier zu schreiben«, sagte er betont beiläufig. »Wenn es von Lytton handelt, warum schreibst du es dann nicht auch in Lytton?«

»Wo um alles in der Welt sollte ich denn wohnen? DeeDee wird in dieses Haus einziehen wollen, sobald sie ihre Sachen gepackt hat«, entgegnete Mike.

»Rein rechtlich kann sie hier nicht einziehen bevor das Testament offiziell eröffnet ist. Und wenn sie es anfechten, kann sich die Sache bis zum Sankt Nimmerleinstag hinziehen. Und ich kann es wahrscheinlich noch weiter hinauszögern. Du hast jede Menge Zeit, genug, um zwei Bücher zu schreiben«, stellte er fest.

»Nein, ich möchte nicht in diesem Haus bleiben.« Mike war über sich selbst verblüfft, wußte jedoch, daß ihre Aussage stimmte. »Dieses Haus ist nie für mich ein Zuhause gewesen. Und nachdem er nicht mehr da ist, empfinde ich es sogar noch weniger. DeeDee soll es ruhig haben.«

Er sah sie scharf an. »Du wirst dir das Ganze mit deiner Erbschaft doch nicht etwa noch einmal überlegen? Brütest du etwa ein paar noble Gesten aus? Denkst du darüber nach, ihr das Land vielleicht doch noch zu überlassen?«

»O nein. Das käme überhaupt nicht in Frage. Vielleicht bin ich hart und egoistisch, aber ich finde, daß DeeDee das Land nicht ... verdient. Nicht nach allem, was sie getan haben. Allerdings habe ich noch keinerlei Vorstellung, was ich eigentlich damit anfangen werde. Was soll ich denn nur mit achtzig Morgen Farmland in Georgia? Aber ich würde es nie fertigbringen ... aber Sam, das heißt doch nicht, daß sie nicht Besseres verdient hätte als das, was sie bekommen hat. Sie wollte Daddy keinen Schaden zufügen, davon bin ich überzeugt. Sie mag vielleicht habgierig sein, aber sie hat ihn sehr geliebt. Sie wird mit allem einfach irgendwie fertigwerden müssen; es wird sie allerdings mit Sicherheit für den Rest ihres Lebens belasten.«

»Wenn sie sich klug und vernünftig anstellt, wird es ihr mit Sicherheit gutgehen«, erwiderte Sam. »Sie hat dieses Haus und das Geld, das ihr der Colonel hinterlassen hat. Sie hat ihre Lehrerausbildung. Und ich könnte ihr helfen.«

Mike lachte. »Ich zweifle doch stark daran, daß sie deine Hilfe annehmen würde. Aber ich könnte ihr dadurch helfen, daß ich sie bald hier einziehen lasse. Und später könnte ich ihr vielleicht sogar noch ein bißchen mehr helfen. Ich denke manchmal, sie könnte sehr viel mehr aus sich und für sich machen, wenn sie nur Duck loswerden könnte.«

»Nun, jetzt hat sie ihre Chance. Aber rechne nicht darauf, daß sich DeeDee allzu sehr ändert. Sie war lange Zeit arm und unglücklich. So etwas richtet dauerhaften Schaden an. Vielleicht ist sie ein bißchen zu lange zu arm gewesen.«

»Ich rechne mit gar nichts«, erwiderte Mike.

»Du weißt, daß du jederzeit bei Priss wohnen kannst; so lange du willst. Ich würde dir gern selbst einen Unterschlupf anbieten, aber wie du weißt, wohne ich über diesem kleinen Laden. Du könntest vielleicht sogar ein bißchen von dem Land verkaufen, um dir ein Haus zu bauen. Er hätte mit Sicherheit nichts dagegen einzuwenden.« Er sah sie nicht an, sondern zum Küchenfenster hinaus, wo J. W. den Rasenmäher hin und her schob, hin und her. Sie konnten ihn wegen des Geräusches des Mähers nicht hören, sahen aber an seinen Lippenbewegungen, daß er sang.

»Nein«, sagte Mike mit einer schnellen, unwillkürlichen Sicherheit, hinter der das Gewicht einer lebenslangen Überzeugung stand. »Ich werde das Land nicht verkaufen. Ich weiß nicht, wo ich leben werde, weiß noch nicht einmal, ob ich hierher zurückkommen will, aber ich werde dieses Land nie verkaufen. Ich brauche einen Ort, von dem ich stamme, Sam. Eine Heimat. Und Rachel braucht sie auch, selbst wenn sie sie nie zu Gesicht bekommt. Man kann nicht aus irgendeiner Wohnung in der Mitte Manhattans stammen; und darauf wird es für mich hinauslaufen, wenn ich wieder zurückgehe. Ich glaube, damit will ich sagen, daß man ungefährdet herumziehen kann, solange man nur irgendwo Wurzeln hat. Ohne diese Wurzeln ... kann man sehr leicht den Boden unter den Füßen verlieren, wenn man nicht aufpaßt. Und genau das ist es, was ich mein ganzes Leben lang vermeiden wollte: Den Boden unter den Füßen zu verlieren. Dieses entsetzliche Gefühl, zu frei zu sein, keine Bindungen zu haben, ist fast so schlimm wie der freie Fall. Ich weiß das, ich habe es erlebt. Es ist grauenhaft.«

»Nun, jetzt hast du Wurzeln«, erwiderte er. »Du wirst also zurückgehen und versuchen, ob du einen Vorschuß auf dieses Buch kriegen kannst. Und dann?«

»Ich werde an die Westküste fliegen und Rachel zurückholen.« Die Dinge klärten sich. Mike spürte eine große Ordnung in sich. »Sie hat in diesem Sexbetrieb da absolut nichts verloren. Er ist zum Vater ebensowenig geeignet wie Roman Polanski. Ich werde sie bei ihren superschlauen Öhrchen packen und nach Hause zerren, wohin sie gehört.«

»Und wo ist das?« Seine Stimme klang sehr langsam, sehr weich.

»Irgendwo, wo sie die Public School besuchen, Zehensandalen und abgeschnittene Jeans ohne Designerzeichen auf dem Hintern tragen kann«, sagte Mike. »Irgendwo, wo es Abgeschiedenheit und Raum zur Entfaltung gibt, richtige Bäume und richtige Menschen, die nicht die Absicht haben, chic sein zu wollen. Irgendwo, wo ich in einem Zimmer schreiben kann, das nicht auch mein Schlafraum ist. Irgendwo, wo ich einen großen Hund halten und ein großes Auto fahren kann. Wußtest du, daß ich noch nie ein eigenes Auto hatte? Ich wünsche mir einen großen Chevrolet-Kombi.«

»Ich kenne einen solchen Ort«, sagte Sam Canaday. »Ungefähr drei Kilometer die Straße hinunter. Schönes Grundstück. Keine Nachbarn, die einem in die Suppe spucken. Bäume. Ein Bach. Wald. Der Schulbus fährt direkt daran vorbei. Auch eine brandneue Straße. Es würde kein Vermögen kosten, dort ein hübsches Haus hinzusetzen. Es würde nicht mehr kosten als . . . Oh, was verdient man so durchschnittlich mit einem Buch? Und wie lange wird es dauern, ein Buch zu schreiben? Was meinst du?«

»Ich weiß nicht«, entgegnete Mike. »Ich habe noch nie eins geschrieben. Vielleicht ein Jahr.«

»Hmmm«, macht er. »Ein Jahr. Lange Zeit, so ein Jahr.« Und dann: »Oh, warte mal, das hätte ich ja fast vergessen. Ich habe da etwas für dich.«

»Du hast etwas für mich?«

»Yeah«, meinte er. »Eine Minute.« Und damit war er auch schon zur Küche hinaus. Sie hörte, wie sich seine Schritte durch die Halle in Richtung des Schlafzimmers ihres Vaters entfernten, hörte, daß die Tür geöffnet und wieder geschlossen wurde. Dann kamen seine Schritte zurück und er stand wieder in der Küche –

mit einem großen Karton, auf dessen Seite *J & B Scotch* stand. Er stellte den Karton auf den Küchentisch ab, direkt vor Mike. Sie spähte hinein. Da kauerte sich ein winziges, zitterndes, seidenweiches braunes Kaninchen in die Handfläche eines neuen, hellbraunen Fängerhandschuhs. Seine Miniaturnase schnupperte ganz leicht. Der Handschuh war groß, roch herrlich nach Leder und trug den schablonisierten Namen *Rawlings.*

Mike griff sehr langsam in den Karton, nahm das winzige Wesen hoch und hielt es dicht an ihr Kinn, spürte es vor Angst ganz leicht zittern und seine unglaubliche Weichheit. Das Kaninchen schmiegte sich dicht an ihren Hals. Ein ungeheures, lächerlich bebendes Lächeln stieg in ihr hoch, ließ ihre Mundwinkel zucken. Sam griff in den Karton und holte den Fängerhandschuh heraus, streifte ihn sich über.

»Paßt prächtig«, stellte er fest. »Gutes Leder.«

Immer noch das Kaninchen wiegend, lief sie langsam um ihn herum, stellte sich hinter ihn, hob ihre freie Hand und schob einen Finger sanft unter den Wirbel, der sich auf der Kopfmitte aus seinen blonden Haaren erhob. Der Septembertag draußen schien zu leuchten.

»Wirst du in einem Jahr noch hier sein?« fragte Mike.

Sam Canaday warf einen kalten Pfannkuchen in die Luft und fing ihn sauber mit dem Handschuh wieder auf. Er grinste sein weißes Wolfslächeln.

»O ja«, sagte er. »Schätze, daß ich hier bin.«